亚非译丛

般吉姆小说选集（上册）

〔印度〕**般吉姆琼德罗·丘多巴泰** 著
Bankimchandra Chattopaadhyaaya

董友忱 等 译

社会科学文献出版社
SOCIAL SCIENCES ACADEMIC PRESS (CHINA)

《亚非译丛》编辑委员会

编委会主任：彭　龙
主　　　编：孙晓萌
编　　　委：（按姓氏拼音排序）

安春英　冯玉培　耿引曾　贺圣达　胡仕胜
华黎明　姜景奎　金京善　李安山　李金明
李丽秋　刘曙雄　陆蕴联　米　良　穆宏燕
邱苏伦　舒　展　孙晓萌　唐孟生　陶家俊
许利平　杨保筠　叶奕良　郁龙余　张西平
周维宏

光从东方来

张西平

现代性源于西方,而西方精神之根是希腊,希腊的神话、希腊的艺术、希腊的哲学、希腊的逻辑,这一切奠基了西方精神。既然西方是现代性的最早的实践者和成功者,其他民族若要走向现代性之路,自然要学习西方,回归希腊,只有"言必称希腊"才是正道,而"落后"的东方则作为西方的对立面只能被抛弃。像黑格尔所说的,东方只是人类的童年,而希腊才是人类的青春。这就是近百年来植根于我们思想中的"东方—西方""现代—传统"二分的思维方法。

人类的精神之根在希腊还是在东方?这本来是一个历史常识,却被忘记了。这里的"东方"概念,在英文中叫作 Levant,指地中海东岸"各地"。正是在这个东方,产生了农业文明,文明之光首先从美索不达米亚即两河流域兴起,这个新兴的文明被称为"苏美尔文明",它从公元前5000年至前2000年,绵延达3000年。从两河流域往西,则是古埃及文明。它兴起于公元前4000年,经历了两度分裂、三度统一,断断续续达3500年。古埃及的文字、法律都达到了很高的水平,这在《帕勒摩碑铭》和《金字塔铭文》中均有明确体现。在此之后,才是克里特—迈锡尼文明,这个文明存在于大约公元前2000年至前1100年,晚于苏美尔和古埃及文明。这便是后来所称的"爱琴海文明""希腊文明"。这个历史事实,西方的思想家也是承认的,但他们认为人类文明只是到了希腊时代,才真正达到了自觉,正如黑格尔所说:"希腊的名字被欧洲的知识阶层深刻地领会着,尤其是被德国人深刻领会着……他们

（希腊人）的宗教、文化的实质性开始当然自……亚洲、叙利亚和埃及；但是，他们是如此深刻地泯灭了这一来源的外来性质，如此深刻地改变、修正、变化了它，使它变得完全不同，以至于他们，如同我们一样，在其中注重、了解和钟爱的东西本质上是他们自己的了。"①

黑格尔对希腊的崇爱到了无以复加的地步，作为希腊精神之根的亚洲和非洲则被他完全抛在了一边。黑格尔的这种叙述，被马丁·贝尔纳（Martin Berna）在他的《黑色雅典娜：古典文明的亚非之根》一书中称为"雅利安模式"，贝尔纳对黑格尔所代表的将希腊自我神圣化的叙述提出了严厉批评，他说："如果我坚持推翻雅利安模式，而代之以修正的古代模式是正确的，那么，不仅有必要重新思考'西方文明'的基石究竟是什么，而且有必要认识到种族主义和'大陆沙文主义'对我们所有史学或曰历史写作哲学的渗透。古代模式没有重大的'内部'缺陷或解释力单薄的问题，它被推翻是由于外部原因。在18和19世纪的浪漫主义者和种族主义者看来，希腊不仅是欧洲的缩影，而且是欧洲纯洁的童年，认为希腊是本土欧洲人与外来殖民的非洲人和闪米特人混合的结果简直令人无法忍受。因此，古代模式必须被推翻，而代之以更能让人接受的东西。"② 一系列的研究已经证明，19世纪以来西方学术界和思想界所提出的"东方—西方""现代—传统"模式，所反复叙说的希腊是人类文明之根的理论是站不住脚的。

人类文明之根是亚洲和非洲文明，尽管在其后发展起来的希腊文明在人类文明史上也有着重要地位，但以希腊为代表的西方文明是在充分吸收了亚非文明的成果后发展起来的。亚非文明不仅在历史上是人类文明之根，在文明进展上至今仍是人类文明的重要财富。21世纪将是亚洲和非洲重新崛起的世纪，19世纪以来形成

---

① 转引自〔美〕马丁·贝尔纳《黑色雅典娜：古典文明的亚非之根》，郝田虎、程英译，吉林出版集团，2011，第266页。
② 〔美〕马丁·贝尔纳：《黑色雅典娜：古典文明的亚非之根》，郝田虎、程英译，吉林出版集团，2011，第2页。

光从东方来

的世界政治、经济格局将被改变，19世纪所形成的文明观和文化观也将被重写。亚洲和非洲文明与文化的特色与价值将获得它们应有的地位。走出西方中心主义已经是历史之必然。当然，告别"西方中心主义"，并不是回到"东方中心主义"。"'物之不齐，物之情也'。和而不同是一切事物发生发展的规律。世界万物万事总是千差万别、异彩纷呈的，如果万物万事都清一色了，事物的发展、世界的进步也就停止了。每一个国家和民族的文明都扎根于本国本民族的土壤之中，都有自己的本色、长处、优点。我们应该维护各国各民族文明多样性，加强相互交流、相互学习、相互借鉴，而不应该相互隔膜、相互排斥、相互取代，这样世界文明之园才能万紫千红、生机盎然。"① 这种文明互鉴观是我们处理文明之间关系的基本原则。

重读亚非文明的经典吧！我们疏远、冷淡这个人类文明之根的时间太长了。当亚非学院组织出版这套"亚非研究译丛"，希望我写篇序言时，我欣然允诺下来，这不仅仅是因为我曾在亚非学院工作过，与亚非学院的很多同事结下了深厚友谊，更为重要的是，正是我在亚非学院工作这段时间，我的学术和思想更为坚定地走向东方，开始回到亚非这个人类文明的家园。

是为序。

写于2015年6月5日从孟加拉访问返回之时。

---

① 习近平在纪念孔子诞辰2565周年国际学术研讨会暨国际儒学联合会第五届会员大会上的讲话。

般吉姆及其作品简介

> 一位伟人,般吉姆琼德罗·丘多巴泰,是当时孟加拉所发生的文学革命的第一位先驱者。……他将各种冗赘的形式等僵死的重负从我们的语言中去除,用他那神奇的魔杖一点,便将我们的文学从长久的沉睡中唤醒。
>
> ……
>
> 从前,我读过他的作品,觉得他是位超凡出众的人。……他不仅是位具有睿智的洞察力的作家,他的额上似乎还点有无形的王公的吉祥痣。
>
> ——罗宾德罗纳特·泰戈尔

般吉姆及其作品简介

19世纪中叶,孟加拉文学的题材和体裁有了新的拓展,这就使得孟加拉语文学在近代印度各民族语言文学的发展中居于先导地位。19世纪60年代,在孟加拉语文学中就已经形成了诸如短篇小说、中长篇小说、话剧等文学体裁。客观地说,翻译文学,主要是从英文翻译过来的欧洲各国文学,促进了孟加拉语文学新体裁的形成和发展。而真正意义上的孟加拉语中长篇小说(upanyash),出现在19世纪资本主义生产关系形成的历史时代,因此,它必然反映那个时代孟加拉社会的真实生活,并带有殖民主义统治时代的一些烙印。

最早的孟加拉语小说家是别里羌德·密特罗(1814~1883,

笔名为"特克羌德")和普代博·穆科巴泰(1827~1894)。这两位小说家的作品与当时的文学传统不同,其特点是题材的新颖性和内容的现实性。

般吉姆创造性地继承并极大地发展了别里羌德·密特罗和普代博·穆科巴泰的小说创作的优良传统,一生共创作了十四部中长篇小说(四部中篇小说,十部长篇小说),成为早期最著名的孟加拉语小说家,也是深受孟加拉语读者喜爱的小说家之一。般吉姆的小说作品大体上可以分为两类,一类是历史小说,另一类是社会写实小说,各有七部。他的创作不仅对规范和发展孟加拉文学语言发挥了奠基性的作用,对孟加拉语小说后来的发展产生了深远影响,而且对整个印度近代各民族的文学发展产生了深远影响。

生平与创作

在距离加尔各答以北大约四十公里远的地方,在川流不息的胡格利河的东南岸边,坐落着一个不太大的城市——乃哈迪。该城的一些平顶和尖顶的不甚高大的石料建筑,隐映在翠绿的棕榈树丛中。19世纪中叶,孟加拉邦知识界的许多杰出人物,包括很多著名的社会活动家、作家、诗人、哲学家,都曾经在这座城镇里生活、工作过,这其中就有印度著名的孟加拉语小说家——般吉姆琼德罗·丘多巴泰。丘多巴泰家族从前住在西孟加拉邦的胡格利县代什穆克村。般吉姆的祖父得到祖母的一笔家产,于是他们就在乃哈迪城边缘的康达尔巴拉镇建了自己的宅第,在那里定居下来。在丘多巴泰家族的这座宅第兴建的时候,当地还没有铁路;后来,火车站的地下通道几乎紧贴着他们的家族庄园。丘多巴泰家族的这座宅第是个四方形的院落,这里有般吉姆的工作室和客厅,还有一座建筑物,是当年的印刷所,当时《孟加拉观察》杂志就是在这里印刷的。如今,这里是般吉姆故居博物馆,里面陈列着他的手稿、书信,以及他阅读并做过批注的一些书籍;墙上挂着般吉姆及其妻

般吉姆及其作品简介

子、父亲、兄弟的照片。

为了纪念这位杰出的作家，1947年在康达尔巴拉镇开设了以般吉姆的名字命名的一所学院，这所学院实现了般吉姆的教育理想——用孟加拉人的母语孟加拉语授课。

1838年6月26日，般吉姆就诞生在康达尔巴拉镇。当时般吉姆的父亲贾多博琼德罗刚刚从房地产部门调入曼迪尼普尔县，就任副税务官。他父亲通晓英语和波斯语，曾经担任过当时英国殖民主义者允许印度人担任的一些行政官职。他还是位学识渊博的人，对古代印度哲学和诗歌都有研究。他父亲曾一度遭遇厄运，多亏一位出家人的怜悯，才幸免于难。他的母亲出身书香门第，是一位很有文化修养的女人，也是一位封建意识比较浓厚的贤惠母亲。般吉姆的外祖父婆巴尼琼龙·比代普松是一位精通梵语的著名学者。

般吉姆的母亲生有四个孩子——般吉姆排行第三，大儿子舍马，二儿子松吉博，四儿子布尔诺，四个人都爱好文学，也都有一定的造诣。在般吉姆创办孟加拉语文学刊物《孟加拉观察》的过程中，他的二哥和小弟都曾经帮助过他。般吉姆生长在这样的家庭里，从小就受到了良好的传统教育和熏陶。

从出生到六岁，般吉姆是在康达尔巴拉镇度过的。他六岁时就表现出了非凡的天赋。布尔诺在回忆他三哥时写道："我听说，般吉姆在一天之内就学会了孟加拉语的字母。"他还提到，父亲意识到三哥具有非凡的天赋，因此对他的学习特别关心，在他五岁那年，就让他跟本家族的宗教大师学习梵语和英语，但是他从未进过镇里的学堂。他父亲聘请本镇学堂的一位知识渊博的老师来家里给他上课，但是般吉姆并不喜欢那位老师的教学方法。后来，他曾经写道："幸运的是，八九个月后我们就从这伟大灵魂的手里解脱出来，来到了曼迪尼普尔。"

1844年，般吉姆来到曼迪尼普尔，开始了自己的正规学习生涯。般吉姆的父亲在曼迪尼普尔担任副税务官，因此，他有机会结识与其父共事的一些英国人。那些英国人很喜欢般吉姆的温顺举止和天真无邪的性格。当时曼迪尼普尔英语学校的主讲教师是个英国人，在他的建议下，般吉姆的父亲把他送进了其执教的那所学校。般吉姆在很短时间内就在班级里表现出了惊人的才华，年终考试取得了优异的成绩。那位英国先生就想让他连升两级，但由于父亲反对，般吉姆没有跳级。他在那所学校学习英语达五年之久。1849年初，般吉姆回到了康达尔巴拉镇。

根据父母的决定，这一年他与一个年仅五岁的女孩结了婚。当时般吉姆只有十一岁。因此，他深知这种童婚的弊端。后来他在自己创作的小说中总是谴责童婚陋习，赞美男女青年自由恋爱的婚姻。

当时在康达尔巴拉镇有位著名的学者，名叫斯里拉姆·内耶巴基什。般吉姆开始跟随他学习梵语和孟加拉语诗歌。般吉姆很擅长背诵诗歌。《娱乐消息报》和《阳光消息报》上刊登的许多诗歌他都能背下来。

1849年10月23日，般吉姆通过入学考试，进入当时最好的一所学校——胡格利大学学习。当时他的年龄还不到十二岁。

当时，高等教育的体制是所有的高校都设有学院和系。每个系又分为两部分：高级部和低级部。胡格利大学同印度教学院、达卡大学一样，每个系也设有高级部和低级部。般吉姆一开始进入低级部第一级的"A"班学习。般吉姆在胡格利大学学习达七年之久，一直到1856年6月12日为止。

他每天都乘船渡过恒河到学校去上课。在胡格利大学读书期间，他的小弟弟布尔诺也跟随他在那所学校学习。布尔诺在回忆他三哥的学习情况时说，般吉姆在班里总是名列前茅，尽管他根本就不喜欢课堂上的教学。这期间他阅读了大量书籍，以满足自己对知识的渴求。他在这里很快展露了自己的聪慧才智。当时，每个新学年都是从10月1日开始，到第二年的9月30日结束。般吉姆在第一年的年终总考核中成绩优异，获得了奖励。从1853年起，新学年改为从5月1日开始，到下一年4月30日结束，因此，这一年的年度考试是在过了18个月后，即在1854年4月进行的。这次考试是1853年度低级部综合知识考试。低级部综合知识考试在规定的院校单独进行。胡格利大学及其所属各系共有 73 名学生参加了这次考试。般吉姆在这次考试中取得了非常优异的成绩，在上述 73 名考生中他考取了第一名，因此获得每个月 8 卢比的奖学金。

1853 年在般吉姆的一生中值得提及，因为这一年般吉姆参加了《阳光消息报》举办的诗歌竞赛，并且获得了奖励，奖金是 20 卢比。他参加竞赛的诗歌题为《女人说：六季，你好!》，这首诗刊登在 1853 年 3 月 18 日的《阳光消息报》上。胡格利大学的校长詹姆斯·卡尔于 1854 年 2 月 20 日给该报教育栏目的编辑写信，向他通报了般吉姆获得这一荣誉的情况。根据该报主编伊绍罗琼德罗·古普多（Ishvarachandra Guputa）的建议，般吉姆在胡格利大学学习期间就开始为《阳光消息报》和《娱乐消息报》撰写散文和诗歌。在此后的两年间，他在这两家报纸上发表了许多散文和诗歌。"院校学生诗歌大战"是当时青年学生关注的一件大事。胡格利大学的般吉姆、黑天城（Krishnanagar）大学的达罗迦纳特·奥提科里（Dvārakānāth Adhikarī）和印度大学的迪诺邦图·密特罗（Dīnabandhu Mitra，1830～1873）都在《阳光消息报》上发表诗歌，展开论战。《阳光消息报》的主编、大诗人伊绍罗琼德罗·古普多特别支持这场辩论。达罗迦纳特英年早逝；般吉姆和迪诺邦图·密特罗尽管在这段时间是辩论的对手，但是后来两人结下了深厚的友谊。

1854 年，由于考试成绩优异，般吉姆继续获得每月 8 卢比的奖学金。般吉姆在 1855 年的考试中又获得了第一名，因此继续获得每月 8 卢比的奖学金。次年，即 1856 年 4 月，在有 13 人参加的高级综合知识考试中，般吉姆在所有科目都取得了优异的成绩，因此，后来两年他获得了每月 20 卢比的奖学金。暑假后，他继续就读胡格利大学，但时间不长。1856 年 7 月 12 日，他离开胡格利大学，进入加尔各答高级学院学习法律。这一年，他的《美女、古代故事和心声》一书出版了，这是他在学生时代出版的第一本诗集。

为了学习法律，般吉姆确实进入过高级学院，但是第三学年的学习尚未结束时,他就离开了该学院。因为就在高级学院开学几个月之后,即 1857 年 1 月,加尔各答大学成立了。该大学决定于当年 4 月进行第一次招生考试,般吉姆决定参加这次考试,同时代后来成名的许多人士也参加了这次入学考试。1857 年秋,般吉姆进入加尔各答大学学习。

般吉姆本来已经参加过高级学院法律系的考试,并且通过了一级。1858 年 4 月,加尔各答大学举行第一次认定 B. A. (Bachelor of Arts,文学学士)学位的资格考试。这次考试的题目非常难,参加这次考试的 13 名考生中只有两个人——般吉姆和焦杜纳特·巴苏——通过了二级,没有一个人通过一级。1858 年 4 月 24 日,该大学的考试委员会做出决定:放宽标准并从 7 个达到标准的人选中选出两人,授予他们文学学士学位,这两个人就是考取第一名的般吉姆和考取第二名的焦杜纳特。1858 年 12 月 11 日,在加尔各答大学举行的第一次结业典礼上,般吉姆和焦杜纳特正式被授予文学学士学位。

般吉姆还没有结束法律专业的学习就离开了高级学院,原因是政府于 1858 年 8 月 6 日任命他为副地方法官兼副税务官。

从 1858 年 8 月 6 日起,般吉姆了开始了自己的仕途生涯,直到 1891 年 12 月 14 日退休,历时 33 年之久。

1859 年般吉姆在杰索尔工作,这一年的年底他的妻子病逝。1860 年 1 月,他被调往曼迪尼普尔的内衮亚区(现在的康提)工作。不久,他回家休假,结识了哈利城著名的乔杜里家族的大家闺秀——拉吉洛姬。1860 年 6 月,般吉姆与拉吉洛姬结婚。拉吉洛姬作为他的生活伴侣,始终与他风雨同舟、同甘共苦,是他的贤内助。般吉姆不论住在哪里,总有文学界的朋友前来拜访。拉吉洛姬总是热情地欢迎和招待文学界的这些朋友。后来,在谈到自己的妻子拉吉洛姬时,般吉姆说过这样一段话:"我的一生是不知疲倦地战斗的一生。有一个人对我的生活影响是非常大的,她就是我的妻子。如果需要写我的传记,也应该写一写她。假如没有她,我会是什么样子,还真不好说啊。"

般吉姆及其作品简介

尽管公务繁忙，但般吉姆从来没有停止文学创作，并且与当时的一些著名的文学家和社会活动家一直保持密切联系。在杰索尔，般吉姆与当时著名的剧作家迪诺邦图·密特罗交往密切，结下了深厚的友谊——甚至在迪诺邦图逝世后，般吉姆还一直无微不至地关照他那些尚未成年的子女，直到他们长大成人。

般吉姆的文学创作经历了两次大的转变。第一次转变是创作形式的变化，即由写诗歌改为写小说。早在学生时代，般吉姆就喜欢写诗歌，并且获过奖，因此也小有名气。可是后来他觉得，他写的诗歌并没有多少新意，大多数都是模仿旧诗体，继续写下去不会有更大的成绩，于是他毅然放下写诗的笔，开始潜心学习和研究英国当时出版的小说，并于1864年用英文创作了第一部小说《拉吉莫汉之妻》（*Rajmohan's Wife*）。这部作品写成之后，他陷入了沉思：自己是个孟加拉人，为什么不用自己的民族语言写作呢？他觉得，即使自己能够用英文写出好的作品来，也不能算作是印度文学佳作。于是他决定用孟加拉语写作，这样就开始了他的第二个转变：从用英语写作改为用孟加拉语写作。般吉姆终于找到了一条适合自己创作的正确道路：用自己的母语——孟加拉语进行创作，用小说来反映人民的生活，表达人民的心声，唤起人们对自己民族语言的热爱。

1860~1864年，般吉姆深入地研究了印度的历史，阅读了当时能够搞到的一切历史著作。这为他后来创作历史小说奠定了基础。在英文小说《拉吉莫汉之妻》发表之后，他又先后发表了用孟加拉语创作的长篇历史小说《要塞司令的女儿》（Durgeshanandinī）、《科巴洛昆多拉》（Kapālakundalā）、《穆里纳莉妮》（Mrinālinī）。

1872年4月1日，般吉姆创办的孟加拉文学刊物《孟加拉观察》问世了。这个刊物团结了当时孟加拉邦一大批先进的知识分子，为发展孟加拉语言和繁荣孟加拉文学创作发挥了巨大作用。这个刊物还向广大读者介绍先进的科学文化知识和社会思潮，激发同胞的爱国热情，增强他们的自信心。

1870~1880年是般吉姆文学创作的大丰收时期。《孟加拉观察》发表了般吉姆最初的一批作品：长篇小说《毒树》（Bishabriksa, 1873）、《月华》（Chandrashekhar, 1873~1874）、《克里什诺康托的遗嘱》（Krishnakanter Uil, 1875），中篇小说《罗久妮》（Rajanī, 1874）、《印蒂拉》（Indirā, 初稿, 1872）、《两只戒指》（Jugalānguriya, 1874）、《拉达兰妮》（Rādhārānī, 1875），此外还发表了有关社会、文学、语言学、伦理学、历史、哲学等方面的大量文章。

1876 年，在加尔各答大学举行的一次老同学年会上，般吉姆结识了青年诗人泰戈尔。后来泰戈尔回忆那次相识时写道："我突然发现在人群中走动的一个人，他是那么超凡出众，决不能归入芸芸众生里的等闲之辈。他身材魁梧，红润的脸庞上闪耀着一种迷人的光彩。我无法遏制急于认识他的好奇心。在那天的人群里，我仅仅问了一个问题：'他是谁？'当听到'这就是般吉姆琼德罗'的答复时，我大为惊愕。从前，我读过他的作品，觉得他是位超凡出众的人；今天，我从他的容貌上感到他是那样的不同凡响，这种奇特的巧合在当时给我留下了不可磨灭的印象。他高耸的鹰钩鼻，紧闭的嘴唇，锐利的目光，都显示着一种超人的力量。……他不仅是位具有睿智的洞察力的作家，他的额上似乎还点有无形的王公的吉祥痣。"① 可见，当时般吉姆在年轻的泰戈尔心目中已经是位了不起的大作家。

1881~1885 年，般吉姆大部分时间住在加尔各答，他与当时的诗人、作家、政论家交往密切，经常邀请他们去他家里参加各种文学艺术聚会。19 世纪 80 年代，般吉姆对宗教哲学和伦理学问题越来越感兴趣。他认为，道德修养和统一的宗教信仰是协调人际关系的重要手段。般吉姆的宗教哲学思想的形成和发展，是与当时印度的宗教思潮分不开的。那时候印度有两种印度教教派影响着当时的社会生活。一种是宗教改革团体"梵社"，它是 1858 年由孟加拉著名启蒙运动活动家拉姆莫洪·拉伊发起建立的。它代表着一种

---

① 《泰戈尔全集》，第 19 卷，白开元、董友忱等译，河北教育出版社，2000，第 248 页。

思潮,主张崇敬唯一的不可见的神,反对偶像崇拜,反对牺牲献祭和各种烦琐的宗教仪式。另一种是19世纪七八十年代出现的新印度教教派。该教派狂热地维护印度教的传统,反对西方文化,主张恢复印度教的一切古老的仪式,包括一些腐朽落后的东西,但是新印度教教徒在自己的活动中又表现出爱国主义激情和一定的进步倾向。新印度教教派主张反对殖民主义压迫,赞扬印度人民争取民族独立的斗争。般吉姆在思想上受到了新印度教教派的很大影响,在很大程度上接受了该教派的主张。般吉姆把新印度教教派看作是"爱国主义的宗教",把新印度教教徒看作是崇敬祖国母亲的爱国者。般吉姆的这种宗教观点在他的文学作品——长篇小说《阿难陀寺院》(Anandamatha, 1882)、《戴碧·乔图拉妮》(Debī Chaudhurāni, 1884)、《西达拉姆》(Sītārām, 1887)和其他一些作品如《黑天的生活》、《宗教的实质》中都有所反映。

当时年轻的泰戈尔不赞成他的这种观点,于是与般吉姆展开了论战。他在《婆罗蒂》《实践》等杂志上发表文章及文学作品,批驳般吉姆的宗教观点。公正地说,泰戈尔的看法是正确的。他一贯反对宗教偏见,反对不平等的种姓制度,反对腐朽落后的宗教传统,虽然他也重视自己的民族文化,珍视自己民族的光荣历史,但是他反对盲目地复古,反对一切腐朽落后的东西。泰戈尔重视科学与进步,重视向西方学习科学与技术,但是他又不迷信西方。恰恰在这些问题上,泰戈尔与般吉姆产生了争论。泰戈尔的长篇小说《戈拉》集中地体现了他的宗教观,可以说,是对这场争论所做的一个总结。总之,般吉姆的宗教观是狭隘保守的,带有很大的片面性。但是这位长者表现出宽宏大度的姿态,他主动给泰戈尔写了一封要求和解的信,因而两位作家又和好如初了。

应该充分肯定的是,般吉姆以生动的艺术形象,真实地展现了英国殖民统治下的印度社会的生活画面,揭示了殖民主义者的种种罪行及其狰狞的面目,歌颂了赤诚的爱国者的高昂斗志和义愤填膺的战斗精神;般吉姆的历史小说再现了印度人民反对外来侵略者的光辉历史,赞美印度历史上的民族英雄,企图以此唤起同胞的觉醒。这在孟加拉文学史上，是功不可没的。

1891年9月，般吉姆从国家公务活动中退出来，全身心地投入文学创作和社会活动。1891年般吉姆出版了他的《散文和诗歌》，该书收录了他少年时代所写的一些作品。这一年他还修改了自己在不同时期发表在各种刊物上的文章，并准备出版单行本；后来他还修改了《黑天的生活》（1892）、《印蒂拉》（1893）、《拉达兰妮》（1893）；完成了长篇历史小说《拉吉辛赫》（Rājsinha, 1893）的创作。他还写了两部理论性的著作《作家的艺术》和《英语基础》，他在前一部著作中总结了自己多年来的创作经验。

1894年3月中旬，般吉姆的健康状况开始恶化，严重的糖尿病使他不得不卧床休息。4月8日下午，深受孟加拉读者爱戴的小说家般吉姆离开了人世，享年只有56岁。在他死后，他的妻子拉吉洛姬又活了很长时间。他们没有儿子，只有三个女儿：绍罗特库玛丽、妮拉久库玛丽和乌特波尔库玛丽。

般吉姆逝世后，整个孟加拉邦都沉浸在悲痛之中。人们在各种悼念的集会上述说他的丰功伟绩。

历史小说

在孟加拉文学中，小说只有长篇和短篇之分，没有中篇的概念。实际上，孟加拉人所谓的长篇小说也包括了中篇小说，所以，我们通常把孟加拉人所谓的长篇小说译成中长篇小说。般吉姆创作的中长篇小说共有十四部，四部中篇，十部长篇。其中历史长篇小说有七部：《要塞司令的女儿》（1865）、《穆里纳莉妮》（1869）、《月华》（1873～1874）、《阿难陀寺院》（1882）、《黛碧·乔图拉妮》（1884）、《西达拉姆》（1887）、《拉吉辛赫》（1893）；社会写实长篇小说三部：《科巴洛昆多拉》（1866）、《毒树》（1873）、《克里什诺康托的遗嘱》（1875）；中篇小说四部：《印蒂拉》（1873）、《拉达兰妮》（1875）、《两只戒指》（1874）、《罗久妮》（1877）。

般吉姆及其作品简介

般吉姆作为小说家和社会活动家，是在 19 世纪五六十年代成长起来的。这个时期印度国内最重大的事件就是 1857～1859 年的民族大起义，这一次起义曾经被马克思称为印度第一次民族起义。这次起义表明，印度人民对英国殖民主义者充满了刻骨的仇恨；这次大起义使印度广大人民群众觉醒，也激发了在英国殖民主义压迫下痛苦呻吟的印度人民对新生活的渴望。正是在这个时期，般吉姆集中精力研究了印度的历史，并且得出结论：不认真全面地研究自己祖国的过去，就不可能理解祖国的现在，也不可能预见祖国的未来。般吉姆坚决反对形形色色的反科学的虚无主义的历史观——持这种历史观的人认为，印度没有历史，没有光荣的过去；居住在印度这块土地上的人们都是懒惰的，冷漠的，他们没有能力独立地管理国家，因此，印度人民的命运注定是永远贫穷的，将永远处于被奴役的从属地位。般吉姆坚决反对这种毫无根据的错误观点。他想全面地正确地阐述祖国的历史，也多次着手历史著作的写作，但是他的写作只停留在草稿上，并没有最后完成。最后，般吉姆决定创作历史体裁的长篇小说，期望以历史小说的形式来完成自己正确阐述祖国历史的任务。

般吉姆历史题材小说的问世，是 19 世纪印度文学和社会生活中的重要现象。在这些中长篇历史小说中，般吉姆再现了印度过去的光荣历史。他一次又一次地诉诸祖国的历史事件，再现印度人民过去与外族侵略者所进行的英勇斗争，歌颂了他们那种不屈不挠的战斗精神，指出了印度争取独立应该走的道路。般吉姆的历史小说大多是根据基本史实并加以大胆的艺术虚构写成的。般吉姆的七部长篇历史小说鲜明地展现了他的创新思想和高超的艺术功力，显示了其作为文学巨匠的才华。

《要塞司令的女儿》是般吉姆用孟加拉文写的第一部长篇小说，开始创作这部作品时他只有 24 岁，作品于 1865 年 3 月发表。小说的主要故事情节是这样的：年轻的王子久格特·辛赫，跟随父王出征，在胜利归来途中遇到暴风雨。突然马失前蹄，他从马背上滚到一个山沟里，爬起来一看，面前有一座神庙。他走进神庙，发现两个年轻美貌的女人在庙里避雨,她们是要塞司令的女儿蒂洛窦玛和她的继母碧莫拉。久格特王子与蒂洛窦玛一见钟情,王子摘下项链送给蒂洛窦玛,作为定情信物。不料,她的父亲与国王不和,不同意女儿与王子定亲。蒂洛窦玛的继母则竭力促成他们的婚事。一天夜里,碧莫拉溜出要塞,邀请王子前来与蒂洛窦玛约会。就在两位年轻人会面的那天夜里,帕坦人王国的国王寇多卢·汗率领军队来进攻要塞。结果要塞司令被打死,久格特王子身受重伤。寇多卢·汗将他们掠走,并逼迫蒂洛窦玛做他的妃子,蒂洛窦玛誓死不从。寇多卢·汗国王的公主阿叶霞精心护理受伤的久格特,并且深深地爱上了他。碧莫拉决心为丈夫报仇,借国王寿诞宴会之机,手持利刃刺伤了寇多卢·汗,并且趁机与蒂洛窦玛一起逃走了。寇多卢·汗国王在临死之前,把久格特王子叫来,宣布双方和解,并且签署了和约。久格特在返回自己的军营之前,要求会见公主阿叶霞,可是公主坚持不见。久格特王子回到自己的军营,终于找到了蒂洛窦玛,将她接回宫中。后来在他与蒂洛窦玛举行婚礼的时候,阿叶霞也应邀前来参加他们的婚礼,将自己精美的首饰给新娘戴上,并祝贺蒂洛窦玛新婚幸福,而她自己却流出了泪水。

这部小说成功地塑造了三个女性形象。蒂洛窦玛热情善良、勇敢坚强,不畏强暴,敢于抗争,面对国王的威逼利诱,毫不动摇,执着地追求自己的爱情,经过种种磨难,终于实现了自己的理想。阿叶霞公主心地纯洁、善良,同情别人的疾苦,精心照料受伤的王子,并且对他产生了爱慕之情,但是当她得知王子与蒂洛窦玛已经订婚时,就忍受着内心的巨大痛苦,主动忍痛割爱,成全他们的婚姻。作者细腻地刻画了她这种崇高的自我牺牲精神。碧莫拉出身社会下层,后来成为司令的侍女。她机智勇敢,对主人无限忠诚。在要塞司令的妻子死后,她成为司令的继室。为了蒂洛窦玛的婚姻大事,她深夜冒险出城,处处为蒂洛窦玛着想。在丈夫弥留之际,她发誓要为他报仇。后来她果然履行了自己的诺言,手持利刃刺杀了仇敌。在她的身上体现出了普通印度人民的高贵品质——忠厚朴实、勇敢坚强、助人为乐。

般吉姆及其作品简介

《穆里纳莉妮》描写了12世纪印度人民反对突厥人的斗争。小说一开始就描写了这样一个场面：赫姆冒着生命危险，营救出落水少女穆里纳莉妮，随后又为追捕间谍而落入内奸之手。得救后，他又与土耳其侵略者展开厮杀，但因寡不敌众，身负重伤；在身体尚未痊愈的情况下，他又冲向敌阵，几乎丧生。最后，他不得不退出战斗，积蓄力量，联合其他土邦，才把入侵者赶走。小说故事情节起伏跌宕，引人入胜，整个作品以战斗为主线，以男女主人公的爱情为辅线，集中刻画了赫姆不畏强敌、英勇顽强的品格，赞扬了他那种出生入死、不屈不挠的战斗精神。《穆里纳莉妮》被一些印度文学评论家视为传世佳作。

《阿难陀寺院》是般吉姆历史小说中一部具有强烈反殖民主义色彩的作品。作者在这部作品中力图真实地再现印度的社会历史，描绘了1769年印度骇人听闻的大饥荒和孟加拉农村荒凉凄惨的景象，以及农民所受到的残酷剥削和沉重的赋税负担，塑造了一系列栩栩如生的人物形象。小说描写了印度北方一座寺院的僧人为了抢夺送往东印度公司的租银而展开的一场斗争。斗争的矛头直接指向英国殖民主义者。领导这场斗争的是该寺院的长老绍代农德，他号召僧俗人民起来为解救祖国的危难而斗争。吉巴农德和他的妻子山蒂勇敢地奋起反对英国殖民主义者，这对夫妻以大无畏的英雄气概，为起义者树立了光辉的榜样。起义者高唱着《礼拜母亲》的战歌，冒着敌人的炮火，与英国军队展开了搏斗。《礼拜母亲》这首颂歌，以孟加拉人民所崇拜的女神难近母作为祖国的象征，用虔诚的宗教情感来表达僧俗人民对祖国的挚爱之情，因而具有很强的感召力。1906年泰戈尔为这首赞歌谱写了乐曲，直到1950年，这首赞歌一直作为印度的国歌在传唱。

《黛碧·乔图拉妮》的故事情节具有强烈的传奇色彩。青春年少的黛碧·乔图拉妮坐在花轿里出嫁了，在前往婆家的路上遇到了强盗。他们抢走了她的全部衣物和首饰，并把她一个人丢在半路上。后来，一位心地善良的年长的绿林好汉收留了她，并且教她武功和文化。黛碧·乔图拉妮后来成长为一名武艺高强的绿林女英雄。她虽然身在山寨，但她仍然关心夫家，为了不使婆家破产，她为婆家还清了债务，可是卑鄙的公公向官府告了密，她险些落入官府之手。她带领手下的绿林好汉与英国殖民主义者的军队进行英勇斗争，并且巧妙地俘获了英国军队的统领，但是她并没有杀他，而是给他路费，放他回去。这使英军统领感到很意外。这些绿林好汉从不抢劫老百姓的财物，因此，深受民众的欢迎和拥护。后来，迫于舆论压力，黛碧·乔图拉妮离开了自己的伙伴，回到婆家，做起了遵纪守法的好媳妇。

般吉姆虽然以赞美的文笔歌颂了这些绿林好汉，以嘲讽的语气鞭挞了告密者的卑鄙行为，但是最后还是让黛碧·乔图拉妮回了婆家，回到传统的信守妇道的印度社会中。这反映了作者思想的局限性。

《西达拉姆》是真正意义上的历史小说，因为小说的主要故事情节是依据历史事实写成的。西达拉姆是一个小王国的君主，起初，他是个具有敬业精神、关心国家命运和人民疾苦的勤奋的国君。他注意发展国民经济，鼓励人民辛勤劳动，所以，国内呈现一派欣欣向荣的景象。可是后来，西达拉姆变了，他贪图享乐，沉溺酒色，不理国政，结果国内生变，出了奸细。当敌人大举进攻时，他措手不及，只好匆忙迎战。尽管西达拉姆英勇作战，可是终因寡不敌众，不得不仓皇出逃。这部历史小说向人们揭示了一个颠扑不破的社会真理：一个人如果腐化堕落、懒惰成性、追求享乐，必然会走向毁灭。

《月华》（《琼德罗舍克尔》的意译）是一部情节比较复杂、人物众多的长篇历史小说。小说以孟加拉总督与英国殖民军队大战前夕的矛盾和斗争为主线，以普罗达布和赛博利妮的爱情纠葛为辅线，大视角地展现了孟加拉城乡的社会生活，详细地描写了错综复杂的人际关系，塑造了许多富有个性的人物形象。

赛博利妮和普罗达布青梅竹马，是一对相爱很深的恋人。可是因为他们是亲戚，所以不能结婚。后来赛博利妮嫁给了自己并不爱的月华，月华的堂妹鲁波丝则嫁给了普罗达布。由于月华的推荐，普罗达布在王宫里谋到了很高的职位，成为很有钱的地主。月华是

般吉姆及其作品简介

总督米尔卡瑟姆·汗的宗教导师。他的两个美丽的堂妹苏多丽和鲁波丝在没有出嫁前和他住在同一个村子里,因此,赛博利妮与月华结婚后,就与苏多丽成为很要好的朋友。

一天傍晚,赛博利妮和苏多丽来到池塘洗澡、打水,被英国一家丝绸厂的老板——劳伦斯·福斯特看见了。这个英国人决定把赛博利妮搞到手,于是就在一天夜里带着打手和轿子闯进了赛博利妮的家,把她抢走了。当时月华不在家,他被总督请进王宫去了。后来,月华回到家里,知道了所发生的一切,把所有的书籍统统烧毁,而后就离家出走了。

孟加拉总督米尔卡瑟姆·汗对英国殖民主义者的横行霸道极为不满,因此决定和英国人决一死战。米尔卡瑟姆·汗的爱妃窦娄妮是总司令古尔功·汗的妹妹。她听总督米尔卡瑟姆·汗说,要与英国人打仗,就竭力劝说他不要那样做,但是米尔卡瑟姆·汗不听她的劝告,于是窦娄妮就带着女仆库尔绍姆悄悄地离开王宫,去见他的哥哥——总司令古尔功·汗,企图劝说他去说服总督不要与英国人打仗。古尔功·汗告诉她,通过这场战争总督会被英国人打败,他可以坐收渔翁之利,登上总督的宝座。窦娄妮听了很生气,并且谴责了古尔功·汗的险恶用心。窦娄妮一气之下带着女仆离开了总司令的官邸。古尔功·汗担心窦娄妮会向总督报告他的意图,就命令手下人向蒙格尔要塞城门卫兵传达他的命令,不许放窦娄妮主仆返回蒙格尔要塞里的王宫。夜幕降临了,两个美女只好在路边过夜。这时候,离家出走的月华碰巧遇到了她们。在了解了她们的处境后,月华就把两个女人带到位于城堡附近的普罗达布的家里安歇,并且答应为窦娄妮王妃去王宫里送信。月华连夜进王宫送去了王妃窦娄妮写给总督的信。

劳伦斯·福斯特这时已经接到调离丝绸厂去执行另一项任务的命令,因此,他把赛博利妮安排在一艘游船上,让士兵护送她去加尔各答,而他计划先去执行任务,然后再去追赶游船。

苏多丽乔装成女美容师,赶到赛博利妮所在的游船上,企图救她脱险,可是赛博利妮不同意逃走,因为她知道,自己被英国人劫持到游船上,已经失去了种姓,丈夫是不会再接纳她的。苏多丽很生气,并且希望她快点儿自杀死去。

苏多丽来到妹妹家,将所发生的不幸事件告诉了鲁波丝和普罗达布。于是普罗达布带着仆人拉摩丘龙袭击了英国人的游船,打伤了劳伦斯·福斯特,救出了赛博利妮。拉摩丘龙将赛博利妮护送到普罗达布在要塞附近的家里。普罗达布也回来了。被普罗达布击伤的一个英国人的雇佣兵探知了赛博利妮的住处,并向英国殖民主义者头目告了密。当天夜里,英国人在那个雇佣兵的带领下,袭击了普罗达布的住所,打伤了拉摩丘龙,抓走了普罗达布和拉摩丘龙,并且带走了窦娄妮王妃和女仆库尔绍姆,因为他们误认为这两个女人就是赛博利妮及其女仆。住在楼上的赛博利妮看到了所发生的一切,痛苦不堪。

第二天,总督接到爱妃写来的信,立即派轿子来普罗达布的住所接窦娄妮王妃,结果来人把赛博利妮当成王妃接走了。总督看到接回来的不是窦娄妮王妃,而是一位娇媚的美人,十分诧异。赛博利妮向总督讲述了昨天夜里所发生的一切,但是她没有说出自己的真实身份,而佯称自己是普罗达布的妻子鲁波丝。

总督把总司令古尔功·汗叫来,让他派兵去逮捕英国大使阿米亚特并解救窦娄妮王妃。古尔功·汗说阿米亚特的船队已经离开这里,前往加尔各答了。这时赛博利妮对总督说,她的丈夫普罗达布是位非常英勇的人,只要他有武器,他就能救出王妃等人。她请求总督拨给她一艘快艇去追赶英国人的船队,给普罗达布送武器去。总督同意了。于是赛博利妮带领女仆和太监乘快艇追赶上了英国人的船队。赛博利妮设计救出了普罗达布。这一对昔日的恋人又相遇了。赛博利妮一边游泳,一边向普罗达布诉说她对他的爱恋以及渴望见到他的那种痛苦的心情。普罗达布严厉地谴责了她。赛博利妮看到他这样绝情,也绝望了,于是她就上了岸,在风雨中向附近的一座高山上登攀。

与此同时,在阿米亚特和福斯特一起离开蒙格尔的那一天,月华的导师罗曼侬德·斯瓦米出来寻找窦娄妮王妃。这时候他得知,福斯特、窦娄妮王妃等人和阿米亚特一起乘船走了。来到恒河岸边，罗曼依德·斯瓦米见到了月华，并且告诉了他这一消息。月华和罗曼依德·斯瓦米也乘坐一艘小船，跟在英国人的船队后面，企图搭救王妃。看见英国人的船只，他们就把自己的小船停靠在隐蔽处，然后登上了河岸。他们发现，赛博利妮的船也到了，停靠在隐蔽处。他们两个人躲在河岸上的隐蔽处，开始观察所发生的一切。他们看见，普罗达布和赛博利妮离开英国人的游船，然后又登上小船逃走了。当时罗曼依德·斯瓦米和月华也登上小船，跟在他们的后面。看见他们的船靠岸，罗曼依德·斯瓦米和月华也在离他们稍远一点的地方把船靠了岸。这时他们看到，赛博利妮一个人向山上攀登，估计她可能会遇到危险。于是他们俩也在暗中跟着她。在风雨交加的深夜里，赛博利妮晕倒了。月华根据导师的指示，将她抱进一个山洞里。然后罗曼依德·斯瓦米让月华去救窦娄妮，他自己留在山洞里，指导赛博利妮在那里进行七天的苦行赎罪。

劳伦斯和窦娄妮王妃所乘坐的游船继续在河里航行。劳伦斯看见一艘小船紧紧跟着他们，就认为那艘小船是为了救王妃才追赶他们的。劳伦斯害怕被他们追上来，自己会被杀害，于是就劝王妃下船。窦娄妮下了船，可是她的仆人库尔绍姆不肯下船。窦娄妮下船后发现，那艘小船根本就不是总督派来营救她的船。正当她独自一个人在河岸上绝望的时候，她遇到了月华。月华了解到她的情况后，就把她送往穆尔什达巴德，因为米尔卡瑟姆·汗总督的代表穆罕默德·窦吉·汗驻守在那里。

在此前，穆罕默德·窦吉曾接到米尔卡瑟姆·汗总督的秘密命令，让他从英国人的船上解救窦娄妮王妃并将其送往蒙格尔。但是他没有执行总督的命令。后来，他发现"被击毙"的英国人的那艘船上并没有窦娄妮王妃，这时候他才意识到，自己面临着因违背总督的命令而被惩罚的危险，于是，他给总督送去一份包含着虚假内容的报告。他在报告里说，在阿米亚特的船上找到了王妃，并且把她接回了要塞；他从那些还活着的英国人雇用的仆人、船夫、士兵的口里听说，王妃是作为阿米亚特的情人住在船上的，他们两个人睡在一张床上，王妃自己也承认这一切；现在他不知道该怎么办，所以请求总督的指示，一旦接到指示，他将根据指示行事。

总督与英国人交战两次接连失利。心情不佳的总督接到穆罕默德·窦吉的报告后很生气，于是就写了一份让窦娄妮自杀的手谕。穆罕默德·窦吉给窦娄妮王妃看了总督的手谕，她就服毒自杀了。

后来总督召开审判会议，窦娄妮的女仆库尔绍姆向总督讲述了王妃清白无辜的真实情况，被捕的劳伦斯也讲述了王妃和赛博利妮始终保持种姓的情况，从而揭穿了穆罕默德·窦吉的谎言。总督处死了罪孽深重的穆罕默德·窦吉，杀死了劳伦斯。普罗达布率领他的队伍参加了反抗英国军队的战斗，最后他志愿战死，因为他知道，只要他还活着，赛博利妮的内心就不会平静，她也不会幸福。月华得知赛博利妮是清白的，也接纳了她。

小说细腻地描写了孟加拉总督及以普罗达布为首的人民群众与英国殖民主义者及心怀鬼胎的总司令之间错综复杂的斗争，生动地塑造了一系列人物形象。窦娄妮王妃本是个穆斯林，是位来自波斯的美女，她对自己的夫君无限忠诚和爱戴，她竭力劝总督不要与强大的英国殖民者打仗，因为这种战争等于以卵击石。可是总督无法忍受英国人对他的欺凌，他宁可战死，也要与英国人打这一仗。在这种情况下，她提出与总督一起战斗，总督当然不会同意。在万般无奈的情况下，她私自去找担任总司令的哥哥，结果招致一系列的不幸，最后以自杀表明自己对丈夫的忠诚。作为印度教教徒的赛博利妮，从小就深深地爱上了普罗达布，后来虽然与月华结了婚，但是心里一直暗恋着普罗达布。她得知普罗达布被英国人抓走后，就勇敢地乘快艇去追赶，并设计把他营救出来。她知道，自己对普罗达布的眷恋是一种罪过，因而不断责备自己，但她又无法摆脱，结果疯癫了。在宗教导师的调理下，她慢慢地恢复了健康。苏多丽是个虔诚的印度教教徒，也是一个机智勇敢、见义勇为的女性。她在得知自己的女友赛博利妮被英国人抢走后，就与自己的丈夫乘坐小船去解救。她伪装成美容师，登上英国人的游船，让赛博利妮穿上她的衣服逃走。赛博利妮拒绝了她的建议，为此她十分生气，于是就诅咒赛博利妮尽快死去。

小说中的反面人物也被刻画得栩栩如生，例如，奸诈阴险、背信弃义但不说假话的劳伦斯，野心勃勃而又假装忠于总督的古尔功·汗总司令，为了自己的私利不惜编造谎言诬陷王妃的穆罕默德·窦吉，等等。

长篇历史小说《拉吉辛赫》反映了17世纪印度人民反抗莫卧儿王朝统治的英勇斗争，是般吉姆所有的长篇历史小说中写得最好的一部作品，也是孟加拉读者最喜爱的一部小说。孟加拉著名历史学家焦杜纳特·绍尔迦尔在为《拉吉辛赫》所写的长篇序言中指出，般吉姆在创作长篇历史小说时所掌握的历史材料是很有限的，他所掌握的那些材料远不能全面地揭示拉吉普特人与莫卧儿统治者斗争的历史。在般吉姆生活的时代，印度历史科学还不够发达，因此，他不可能了解后来才发表的有关奥朗则布及其儿子们的那些信函、报告等文件，而恰恰是那些信函、报告等，才透射出拉吉普特人与莫卧儿王朝统治者斗争的真理之光。但是焦杜纳特·绍尔迦尔强调，这种局限性并没有降低这部小说的价值，般吉姆恰恰用虚构弥补了历史材料的不足。焦杜纳特·绍尔迦尔特别指出了般吉姆所创造的奥朗则布形象的真实性。

《拉吉辛赫》的主要情节是这样的：莫卧儿王朝的皇帝奥朗则布对当时印度的很多小王国实行残酷的政治统治、宗教压迫和经济盘剥，因此，虽然许多小王国不得不屈服，但是以拉吉辛赫国王为首的拉吉普特人不肯屈服。奥朗则布听说华美城王国的琼秋洛公主美丽动人，于是就给该国国君送去了一份信函，通知华美城国王，皇帝要迎娶琼秋洛公主为妃。不久，奥朗则布就派军队前去华美城迎接公主，但是公主暗下决心死也不嫁。在这种危急时刻，她的贴身女仆妮尔莫拉深知公主爱慕拉吉辛赫，于是就建议公主给拉吉辛赫写信，向其求援。不料，送信的老婆罗门在山里遇到了强盗，信函及其随身携带的金币被掠走，他本人被强盗捆在树上。拉吉辛赫带着武士在山中打猎，碰巧遇到了那伙强盗，消灭了他们，并且俘虏了其中的一个名叫马尼克拉尔的强盗。拉吉辛赫得知，马尼克拉尔有个年幼的女儿需要抚养，因此没有杀他，反而释放了他。马尼克拉尔把从婆罗门身上搜来的那封信交给了拉吉辛赫。拉吉辛赫看过信后决定去营救琼秋洛公主，并且成功地将她救出。

奥朗则布得知消息非常生气，于是决定对印度教教徒实行报复。他命令军队捣毁印度教寺庙，屠宰印度教教徒崇敬的牛，向非穆斯林居民征收人头税，并且发动了一场大规模的战争，企图消灭拉吉辛赫的王国。在马尼克拉尔的帮助下，拉吉辛赫运用巧妙的战术，将莫卧儿皇帝连同其庞大的军队围困在山洞里，迫使奥朗则布签订了和约。奥朗则布摆脱困境后，立即撕毁和约，又一次向拉吉辛赫发动进攻，结果又遭遇失败。小说最后以拉吉辛赫迎娶琼秋洛公主为妃结束。

这部作品有三个特点。第一，作者以基本的史实为依据，大胆构筑了《拉吉辛赫》这部历史小说跌宕起伏的故事情节。因此，这部作品具有强烈的吸引力，从而赢得了广大读者的喜欢。第二，作者在这部作品中塑造了许多生动可信的、呼之欲出的人物。例如，骄横残暴、愚蠢腐败、时刻不忘享乐的莫卧儿皇帝奥朗则布；英勇顽强、足智多谋又极富同情心的拉吉辛赫国王；不畏强暴，既勇于牺牲又敢于追求自己幸福的琼秋洛公主；阴险奸诈、大权独揽、生活糜烂的奥朗则布之长女——杰波-温妮萨公主；胆大心细、机智勇敢、不畏强权、无限忠于自己主人的女仆妮尔莫拉；大智大勇、心地善良、具有极大忍耐精神而又知恩图报的马尼克拉尔；等等。第三，作者善于描写典型的环境，善于营造战争氛围，给读者以身临其境之感。例如，作者生动地描写了德里皇宫的富丽堂皇及陈设的奢侈豪华，描写了紧张激烈的战争场面，描写了马尼克拉尔从被挖开的坟墓里营救摩巴拉克的情景，等等。

总之，般吉姆的七部历史小说，再现了印度各族人民反抗异族统治和奴役的光荣历史，赞美了他们那种敢于斗争、不畏强暴的英雄主义气概，并号召人民起来与英国殖民主义者进行斗争，从而促进了当代印度人民的觉醒。

社会写实小说

般吉姆创作的中长篇社会写实小说共有七部，其中中篇小说四部：《印蒂拉》（1873）、《两只戒指》（1874）、《拉达兰妮》（1875）、《罗久妮》（1877），长篇小说三部：《科巴洛昆多拉》（1866）、《毒树》（1873）、《克里什诺康托的遗嘱》（1875）。

《印蒂拉》所描述的是一个动人的爱情故事：女主人公印蒂拉在出嫁去丈夫家的途中，遭遇强盗抢劫，历经坎坷磨难，最后终于赢得丈夫的接纳。小说如同印度教社会的一幅细腻的风俗画卷，展现了当时的社会风俗并塑造了印蒂拉这样一个敢于追求自己的幸福的新女性形象。小说情节曲折动人，心理描写细腻，人物形象生动、鲜明，是一部非常优秀的作品。

《两只戒指》是一部比较短的中篇小说，甚至可以划入短篇小说之列。小说描写了一对青梅竹马的青年男女的纯真爱情故事。

《拉达兰妮》也是一部比较短的小说，但是要比《两只戒指》稍长一些。它是一篇具有很强感染力的非常精彩的作品。女主人公拉达兰妮在极度穷困的情况下，得到一位年轻人的慷慨资助，于是在内心埋下了感激和爱恋的种子。后来她赢得胜诉，得到了属于她的巨额家产，成为非常富有的女人。从此她到处寻找她爱恋的那位恩人，最终如愿以偿，同他结成伉俪。

《罗久妮》也是一部比较短的中篇小说，被誉为印度最早的一部心理小说。它讲述了一个盲女曲折动人的爱情故事，展现了罗久妮善良、纯洁、美好的心灵。在创作上，作者进行了一种新的大胆尝试：每一章都以一个人物自述来展开故事情节。后来泰戈尔在创作《家庭与世界》时也采用了这种创作方法。

《科巴洛昆多拉》的主要故事情节是这样的：忠厚老实的青年诺波库马尔乘船出行，当船在河岸上停泊时，他下船去为大家捡拾烧饭用的柴火,可是没等他回来,船就开走了,他被迫流落在大山中。夜里,他鬼使神差地与一个名叫科巴洛昆多拉的姑娘匆忙地结了婚。在偕新婚妻子回家途中,他遇到了一个落难的女子,他们把她带到一个饭馆,这时落难女子的女仆和轿子也赶到了。诺波库马尔和妻子回到了自己的村子。后来,那个被救的女子在距离诺波库马尔所在的村庄不远的森林旁边建起了房屋,并且在那里住了下来。这位落难的女子原来就是诺波库马尔以前的未婚妻。她随父亲改信了伊斯兰教。她本来可以成为宫廷里的贵妃,享受荣华富贵,但她拒绝了那一切,仍然眷恋着自己的未婚夫。尽管她知道,由于宗教信仰的隔阂,她不可能与自己的未婚夫结合,可是她仍然不改初衷。后来科巴洛昆多拉因为丈夫怀疑她与别人私通,不堪忍受侮辱,投河自杀,诺波库马尔为救她也落入水中。故事的结局很悲惨。小说歌颂了孟加拉女人对爱情的专注和执着,同时也鞭挞了宗教隔阂和无端怀疑,因为正是这种社会现象酿成了这部小说所描写的悲剧。

《毒树》是般吉姆创作的一部出色的反映社会现实的小说,也是深受孟加拉读者欢迎的一部作品。1873年《孟加拉观察》杂志连载这部小说的时候,该杂志成为每个有文化的孟加拉家庭争相阅读的刊物。当时英文版的《加尔各答评论》发表文章说,"自《孟加拉观察》连载《毒树》以来,在每一户孟加拉人的客厅里都可以见到这本杂志"。可见读者是多么喜欢这部作品。

《毒树》讲述的是,英俊年轻而又才华横溢的地主诺根德罗乘坐自己家的游船去加尔各答办事,途中遇到风暴,不得不把船停靠在河岸边。黑夜里,他去一个村子里寻找借宿的地方,在一个破旧的房子里,他看见一个少女守着一位垂死的老人。出于对少女昆德诺蒂妮的同情,他替昆德诺蒂妮料理了其父的丧事,并把她带到加尔各答的妹妹家。后来,诺根德罗的妻子姝尔久穆基决定让昆德与自己领养的弟弟达拉秋龙结婚。结婚三年后,达拉秋龙病故,姝尔久穆基又把孤苦伶仃的弟媳妇昆德诺蒂妮接到自己的家里。已经十七岁的昆德诺蒂妮长得非常美丽,诺根德罗很喜欢她,而昆德诺蒂

般吉姆及其作品简介

妮也渐渐地爱上了诺根德罗。姝尔久穆基看出了他们之间的暧昧关系，就借故把昆德诺蒂妮赶出了家门。诺根德罗非常生气，家里人四处寻找昆德，但没有找到。诺根德罗对妻子开诚布公地说，他要离开这个家，到天涯海角，去寻找昆德诺蒂妮。他承认自己变了心，确实爱上了昆德诺蒂妮。其实，昆德诺蒂妮就藏在女仆茜拉的家里。昆德诺蒂妮也一直在思念着诺根德罗。一天夜里，她悄悄溜回诺根德罗家的花园里，想偷看他一眼，不巧被姝尔久穆基碰到了，于是姝尔久穆基就把她领回了家，并且主动劝丈夫与她结婚。在他们结婚后的第二天夜里，姝尔久穆基离家出走了。姝尔久穆基的出走使诺根德罗幡然悔悟，他意识到自己犯了个大错误，从此对昆德诺蒂妮恶语相加。邻村的一个年轻人代本德罗看上了昆德诺蒂妮的美貌，并且知道昆德诺蒂妮就藏在茜拉的家里。他想贿赂茜拉，请她帮助自己娶昆德诺蒂妮为妻，为此他百般地向茜拉献殷勤。茜拉误以为代本德罗真喜欢自己，于是就与之同居了几天。而后代本德罗抛弃了她，并且用恶言秽语侮辱她，茜拉非常生气，决定对他或者他爱的人进行报复。诺根德罗找了一个月也没有找到姝尔久穆基，于是他就回到了家里。一天夜里，历尽坎坷的姝尔久穆基也悄悄地回到家里，夫妻两人和好如初。诺根德罗回来后，并没有立即去看望昆德诺蒂妮，昆德因此非常痛苦，茜拉趁机诱导她服毒自杀了。昆德死后，茜拉也精神失常了。

这部小说触动了当时印度社会一个十分尖锐的问题——寡妇再嫁。这个问题之所以严重，是因为它与印度盛行的包办婚姻和童婚习俗有关。在印度，一般女孩子长到八九岁，就要由父母包办结婚，有的十一二岁就成了寡妇。印度的这种童婚习俗是有其历史和社会根源的。印度的婚姻与中国不同，女孩子要想出嫁，其父母就要支付给男方一大笔陪嫁费，否则女孩子是嫁不出去的，所以印度人家如果生了女孩子，对父母来说，就是一个很沉重的负担，特别是对贫困家庭来说，简直不堪重负。因此，父母很早就要为女儿操劳婚姻大事——女儿年龄大了就嫁不出去了。这样，久而久之，童婚就逐渐成为印度社会的一种习俗。从这部小说中我们可以看到，般吉姆对童婚习俗、包办婚姻是不赞成的。代本德罗由父母包办，娶了一个相貌一般、他不喜欢的妻子；茜拉还未成年，就成了寡妇；昆德诺蒂妮十四岁就结了婚，十七岁时丈夫就去世了。般吉姆自己也深受其害：他在十一岁的时候由父母包办娶了个年仅五岁的女孩。因此，他对童婚习俗是深恶痛绝的。

从这一方面来说，我们的确看到了般吉姆反对包办婚姻、童婚习俗等封建陋习和忧国忧民的民主主义思想的火花。同时，我们也看到，作者对寡妇改嫁持否定态度。小说通过昆德诺蒂妮这个人物形象，生动地描写了寡妇再嫁给诺根德罗的家庭造成的恶果，给贤惠善良的姝尔久穆基带来的痛苦和不幸。作者多次把寡妇比喻为"毒树"，认为不论谁接触她们，都会倒霉。般吉姆不仅把寡妇昆德诺蒂妮和茜拉描写成毒害别人的毒树（例如，第三十六章的标题就是"茜拉的毒树开花了"，第四十章的标题是"茜拉的毒树结出了果实"，等等，就连《毒树》这个书名也蕴含着作者对寡妇改嫁的否定），而且还让她们自身也遭到了毁灭：昆德诺蒂妮身败名裂，服毒自杀了；茜拉也被人玩弄之后变得疯疯癫癫了。再看看作者塑造的宣传妇女自由解放和寡妇再嫁的两个人物形象——代本德罗和诺根德罗，前者打着解放妇女的幌子，却在追求有夫之妇昆德诺蒂妮；而后者作为有妇之夫，鼓吹寡妇再嫁不违反圣典，只不过是为给自己再娶昆德诺蒂妮寻找借口。换句话说，他们主张妇女自由解放、寡妇改嫁，并不是从维护妇女的权利出发，并不是让妇女们真正摆脱封建枷锁获得自由解放，恰恰相反，在般吉姆的笔下，他们大声呼吁维护妇女权益，不过是为了掩人耳目，以达到自己不可告人的目的。总之，他们都是被作者所否定的人物形象。

姝尔久穆基是般吉姆在《毒树》中精心刻画的唯一的正面人物形象。她温柔善良，知书达理；她深深地爱着自己的丈夫，把自己的一切都献给了丈夫，并且始终忠于丈夫；她把丈夫的幸福看作是自己的幸福，把丈夫的欢乐看作是自己的欢乐。当她发现丈夫爱上了昆德诺蒂妮的时候，就借故把她赶走；当她看到丈夫在昆德诺蒂妮被赶走之后十分痛苦的时候，她就忍痛主动建议丈夫把昆德诺蒂妮娶过来，而自己离家出走了。最后丈夫被感化，回心转意，夫妻和好如初。忍痛割爱、善良贤惠的姝尔久穆基是作者心目中最理想的女性形象。

《毒树》反映出作者在寡妇再嫁问题上的思想局限性和保守性。一方面，他很同情寡妇们的不幸；另一方面，他又不赞成寡妇再嫁。在他看来，寡妇就应该一辈子守寡，不应该有非分之想。

《克里什诺康托的遗嘱》也是一部优秀作品，是很受读者喜爱的一部社会写实长篇小说。这部长篇小说通过对家庭矛盾和婚姻纠葛的描写，全面展现了19世纪中期孟加拉农村中产阶级家庭的社会生活，塑造了一批栩栩如生的具有鲜明个性的人物形象，表达了作者所赞美的当时居于统治地位的正统的家庭伦理道德观。

克里什诺康托是个家财万贯的大地主，他和弟弟共同积累下了丰厚的家产，但是家产都写在他自己的名下。他的弟弟突然死去后，他决定写一份遗嘱，把属于弟弟的那一半家产让自己的侄子戈宾德拉尔继承。他的大儿子霍罗拉尔不同意父亲这样分配遗产，于是就和父亲发生了争吵，并且一气之下离家出走了。他从外地写信来威胁父亲说，如果不按照他的愿望改写遗嘱，他就要和寡妇结婚。父亲读过他的信后很生气，因此决定重新写一份对他更加不利的遗嘱。霍罗拉尔偷偷地回到村里，找到那位将负责改写遗嘱的老人，企图以金钱收买他，让他写一份对自己有利的假遗嘱去偷换真遗嘱。老人虽然写了假遗嘱，但是没敢偷换真遗嘱。老人有个年轻美丽的寡妇侄女，名叫罗希妮，她与老人相依为命。霍罗拉尔又找到她并且向她暗示，事情办成后他会娶她为妻。罗希妮趁黑夜用假遗嘱换回真遗嘱之后，霍罗拉尔却反悔了，因此，她就没有将真遗嘱交给霍罗拉尔，而且她很后悔，觉得对不起戈宾德拉尔。后来，罗希妮决定改正自己的错误，再把真遗嘱送回去，把假遗嘱换回来毁掉。不幸的是，她在偷换遗嘱的时候被克里什诺康托发现了。克里什诺康托认定她是小偷，并且把她捆了起来，准备惩罚她。戈宾德拉尔向伯父求情，克里什诺康托就饶恕了她。戈宾德拉尔建议罗希妮和叔叔一起前往加尔各答定居，并且答应资助他们。因为罗希妮已经默默地爱上了戈宾德拉尔，所以不想离开村子。同时，她又意识到，自己不可能与戈宾德拉尔结为夫妻，因为戈宾德拉尔已经有妻室。在痛苦和绝望中，罗希妮沉入池塘自杀。凑巧的是，戈宾德拉尔晚上散步路过池塘时发现了她，并且把她从水里捞上来，经过一番救治，她又活了过来。罗希妮的美貌也使戈宾德拉尔有些动心了，但是他竭力克制自己的感情。为了忘掉罗希妮，他前往外地视察自己家的田产去了。村子里一些女人散布谣言说，罗希妮是戈宾德拉尔的情妇，戈宾德拉尔送给她许多首饰，等等。罗希妮听到后，就认定是戈宾德拉尔的妻子婆摩拉散布的谣言，于是罗希妮就向别人借了一些镀金首饰和一件高档纱丽，捆成一个包裹，拿去见婆摩拉，并且故意气她说，她丈夫只送给她这么一点东西。婆摩拉非常气恼，于是就写了一封谴责丈夫的信。戈宾德拉尔读了妻子的信后，觉得事情不妙，决定回家解释。婆摩拉得知丈夫要回来的消息，赌气回娘家去了。戈宾德拉尔回到家里，知道婆摩拉回娘家去了，也很气恼，因此没有去接她回来。

　　这时候，村子里的流言蜚语也传到了克里什诺康托的耳朵里。他本来想和侄子谈一谈，规劝他几句，可是他自己不久就病倒了。在弥留之际，他当着许多证人的面，又让人改写了遗嘱。新遗嘱取消了戈宾德拉尔的遗产继承权，而由他的妻子婆摩拉继承家产的一半。随后，老人病故了。戈宾德拉尔的母亲不理解老人改写遗嘱的用意，因此她很不满意，觉得自己是在儿媳妇面前讨饭吃，因此她决定去圣城迦尸度过余生。戈宾德拉尔借送母亲之名也离家出走了。婆摩拉每天都思念丈夫，结果忧郁成疾。这时候罗希妮也离开了村子，不知去向。婆摩拉的父亲认为，女儿的疾病都是女婿和罗希妮造成的，于是他决定对他们进行报复。他探听到了罗希妮和戈宾德拉尔在外地的住址，就让他的一个朋友去见戈宾德拉尔，并且设计离间他们的关系。戈宾德拉尔怀疑罗希妮又在勾引别的男人，一气之下开枪打死罗希妮，然后逃跑了。后来戈宾德拉尔被捕归案。婆摩拉得知消息后，请求父亲去营救丈夫。她父亲用重金收买了侦探找来的证人，结果法院宣判戈宾德拉尔无罪。戈宾德拉尔获

般吉姆及其作品简介

释后没有回家，一直到处流浪。后来他实在活不下去了，不得不向婆摩拉写信求助，婆摩拉请他回来，可是他不肯回来，婆摩拉只好每月给他寄钱。几年后，婆摩拉病情加重，她在临死前希望能与丈夫再见一面，这时候戈宾德拉尔回来了，夫妻得以相见，婆摩拉握着丈夫的手离开了人世。戈宾德拉尔追悔莫及，决定去过苦行僧式的生活赎罪。

这部作品之所以赢得读者的喜爱，在我看来，主要原因有三点。第一，小说非常引人入胜，故事情节跌宕起伏。比如，霍罗拉尔以金钱为诱饵，让罗希妮的叔叔为他写一份假遗嘱，并叫他用假遗嘱去偷换真遗嘱，老人犹豫再三，最后还是同意了。故事发展到这里，作者就为我们设置了一个悬念——老人能得手吗？读到这里，我们就会急切地想知道事态的下一步发展，必然要读下去。再比如，罗希妮想弥补自己的过错，决定去把她偷出来的真遗嘱放回原处，她趁黑夜悄悄走进克里什诺康托的卧室，开抽屉的时候弄出声音来了，读到这里，我们的心仿佛也悬起来：她会不会被发现？第二，小说中的人物形象生动鲜明，真实可信。作者并没有把小说中的人物写得完美无缺，或者一无是处，他们的身上有优点也有缺点，区别仅仅在于孰多孰寡。小说中的人物仿佛就在我们身边。例如，男主人公戈宾德拉尔，英俊善良，富有同情心和正义感，但是他又经不住美色的诱惑。女主人公罗希妮是个年轻的寡妇，她美丽纯洁，渴望得到幸福，因此才答应霍罗拉尔去偷换遗嘱。然而当她知道上当之后，很懊悔，并且企图改正错误。她被当场捉住后，敢于承担责任，不肯说出假遗嘱的来历，以此来保护自己的叔叔。再看另一个女主人公婆摩拉。她八岁就嫁给了戈宾德拉尔，因此年幼不懂事，有时候很任性，但是随着年龄的增长，她渐渐成熟起来。她始终恪守妇道，深爱着自己的丈夫。所以在这部作品中，我们找不到完整无缺的好人，也找不到完全意义上的坏人。第三，人物的心理描写细腻感人。为了充分揭示人物的矛盾心态，小说运用了代表一个人物内心矛盾着的双方——库摩蒂和苏摩蒂——对话的形式。通过这种对话，人物的内心世界就赤裸裸地展现出来。正因为如此，这部作品已经成为世界文学宝库中的一朵奇葩。

出版《克里什诺康托的遗嘱》单行本的编辑们曾经给予这部作品很高的评价，他们指出了《克里什诺康托的遗嘱》的两个特点。第一个特点是，这部作品没有冗长烦琐的描写，没有华丽的辞藻炫耀。"如此杰出的写作风格，如此紧凑凝练的思想表述，如此科学的情节安排和如此美好的情感协调，在孟加拉文学的任何一部中长篇小说中都是难得一见的。"在他们看来，般吉姆的写作技巧在《克里什诺康托的遗嘱》中已经达到了炉火纯青的程度。第二个特点就是，《克里什诺康托的遗嘱》深刻地反映了孟加拉邦中产阶级的生活。这种评论是很中肯的，也是很有道理的。

般吉姆创作《克里什诺康托的遗嘱》看来是受到他自身家庭财产纠纷的启发。据说，他父亲也曾经写过一份遗嘱，并且以此调解了般吉姆与兄弟们的财产纠纷。看来，他们家庭矛盾调解的结果是般吉姆有资金出版《孟加拉观察》并且迁出康达尔巴拉镇，搬到琼丘拉居住。霍罗普罗沙德·夏斯特里与般吉姆的下列谈话透露了这一情况："一年后他（般吉姆）看见我的时候很高兴。我问他：'您搬到琼丘拉来住了，这其中是不是有类似《克里什诺康托的遗嘱》那样的原因？'他回答说：'你理解得对。我很高兴，我就不必再向你做特别说明了。'"

由于健康方面的因素，般吉姆于1875年请了6个月的假，在6月份回到了康达尔巴拉。可能就是在这段时间里，他创作了《克里什诺康托的遗嘱》。

《克里什诺康托的遗嘱》的一部分曾经在《孟加拉观察》杂志1875年12月至次年的3月号上连载。恰特拉月号出版后，般吉姆就让《孟加拉观察》停刊了。因为宗教意识在般吉姆的内心里占据了主导地位，他与亲人们的关系也疏远了。从1877年1月起，《孟加拉观察》杂志又复刊了，般吉姆的二哥松吉博琼德罗负责编辑工作。《克里什诺康托的遗嘱》又从拜沙克月开始连载，直到玛克月那一期结束，共历时10个月。这部作品于1878年帕德拉月出版了单行本。在般吉姆在世的时候，共出了四版。第四版于1892

般吉姆及其作品简介

年出版,作者做了最后的修改。从《孟加拉观察》上连载到出单行本,罗希妮和戈宾德拉尔这两个人物的品格都有了一些变化。最初堕落、贪婪的罗希妮,在后来的修改版中有了惊人的变化:罗希妮已经不再是堕落的女人,也不完全是贪婪的女人。戈宾德拉尔这个人物在《孟加拉观察》连载时和最初三版的单行本中几乎没有什么变化,但是在出版第四版时,作者对书的最后部分做了修改:在以前的版本中,戈宾德拉尔企图以自杀来解除自己内心的痛苦;在后来的版本中,戈宾德拉尔是通过赎罪和敬神求得安慰的。

综览般吉姆的社会写实小说,我们仿佛穿越时空隧道,清晰地看到了一个半世纪以前印度社会的种种生活画面;许许多多栩栩如生的人物活跃在我们的眼前;他们的苦难、他们的不幸令我们同情,使我们垂泪;而一些反面人物的污浊卑鄙行为、丑陋不堪的灵魂,也令我们恶心和不齿。

印度是个多民族的国家,据不完全统计,印度境内有一百多种语言,而就其语系而言,可以分成两大语系:印欧语系和达罗比荼语系。而使用人口超过五千万的民族语言就有十五六种,其中操孟加拉语的人口仅次于印地语,大约有二亿五千多万。孟加拉邦地处恒河平原,是整个印度次大陆比较富庶的地区,也是殖民者最早侵入的地区,其中心城市加尔各答就是随着英国殖民主义统治在印度的确立而发展起来的。因此,孟加拉人最早受到了外来文化的影响,并在此基础上发展了本民族的文化,其中就包括文学。般吉姆就是最早接触、吸收西方文化,并在此基础上开拓了孟加拉文学的新领域,取得了辉煌成就的第一批孟加拉人之一。他的文学作品,特别是他的中长篇小说,不仅深受孟加拉人的喜爱,而且深受印度其他各民族读者的喜欢。他的作品在发表后不久就被陆续翻译成英语及印度其他民族的语言文字,后来又被翻译成俄文、德文、法文等许多国家的文字,成为世界文化宝库中的珍贵遗产。

般吉姆的历史小说,不仅开创了孟加拉历史小说的先河,为孟加拉文学的发展开创了一个崭新的领域,而且为印度近现代各民族语言文学的发展开辟了一片新天地。他的社会写实小说,极大地推动了孟加拉文学现实主义创作风格的发展，成为后来诸如罗宾德罗纳特·泰戈尔、绍罗特琼德罗·丘多巴泰、普列昌德等一大批现实主义作家效仿的对象。从这个意义上，完全可以说，般吉姆的确是印度现实主义小说的奠基人。

董友忱

2006年9月4日于深圳陶然居完成初稿，12月28日做了修改

2015年3月24日定稿于北京海淀区大有庄100号院63楼410号

目录 Contents

上 册

月 华

引 子 ·· 003
    第一章　男孩和女孩 ································· 003
    第二章　谁沉没了？谁浮上来了？ ············ 004
    第三章　找到了新郎 ································· 006

第一部　有罪的女人 ································· 008
    第一章　窦娄妮王妃 ································· 008
    第二章　毗玛池塘 ···································· 012
    第三章　劳伦斯·福斯特 ························· 017
    第四章　女美容师 ···································· 020
    第五章　月华回来了 ································· 026

第二部　罪孽 ··· 029
    第一章　库尔绍姆 ···································· 029

第二章 古尔功·汗	031
第三章 窦娄妮出了什么事？	035
第四章 普罗达布	038
第五章 恒河岸边	041
第六章 惊雷	044
第七章 戈尔斯顿和约翰	050
第八章 奇妙的罪恶历程	054

第三部 善意的接触 ········ 058

第一章 罗曼依德·斯瓦米	058
第二章 新相识	060
第三章 新欢	062
第四章 哭泣	066
第五章 欢笑	067
第六章 在深水中游泳	071
第七章 拉摩丘龙逃脱	075
第八章 在山上	076

第四部 赎罪 ········ 081

第一章 普罗达布做了什么	081
第二章 赛博利妮做了什么	083
第三章 起风了	088
第四章 船沉了	093

第五部 掩护 ········ 098

第一章 阿米亚特的结局	098
第二章 还是他	102
第三章 歌舞	105
第四章 窦娄妮做了什么	109

第六部　结局 ······ 112
- 第一章　以前发生的事情 ······ 112
- 第二章　命令 ······ 114
- 第三章　君主及其身边的人 ······ 118
- 第四章　乔恩·斯泰尔卡特 ······ 122
- 第五章　又回到智慧村 ······ 124
- 第六章　瑜伽的力量不是PSYCHIC FORCE吧？ ······ 127
- 第七章　在审判会上 ······ 131
- 第八章　在战场上 ······ 136

克里什诺康托的遗嘱

第一部分 ······ 145
- 第一章 ······ 145
- 第二章 ······ 148
- 第三章 ······ 152
- 第四章 ······ 156
- 第五章 ······ 159
- 第六章 ······ 161
- 第七章 ······ 164
- 第八章 ······ 167
- 第九章 ······ 168
- 第十章 ······ 173
- 第十一章 ······ 178
- 第十二章 ······ 180
- 第十三章 ······ 185
- 第十四章 ······ 187
- 第十五章 ······ 191
- 第十六章 ······ 193
- 第十七章 ······ 195

第十八章 ... 196
第十九章 ... 198
第二十章 ... 199
第二十一章 ... 201
第二十二章 ... 204
第二十三章 ... 205
第二十四章 ... 207
第二十五章 ... 209
第二十六章 ... 211
第二十七章 ... 213
第二十八章 ... 216
第二十九章 ... 219
第三十章 ... 221
第三十一章 ... 225

第二部分 ... 227
第一章 ... 227
第二章 ... 228
第三章 ... 230
第四章 ... 234
第五章 ... 236
第六章 ... 238
第七章 ... 242
第八章 ... 245
第九章 ... 248
第十章 ... 250
第十一章 ... 251
第十二章 ... 253
第十三章 ... 256
第十四章 ... 259

第十五章 …………………………………………… 262

拉达兰妮

第一章 …………………………………………… 273
第二章 …………………………………………… 277
第三章 …………………………………………… 281
第四章 …………………………………………… 282
第五章 …………………………………………… 288
第六章 …………………………………………… 289
第七章 …………………………………………… 293

下　册

印蒂拉

第一章　我要到婆家去 …………………………… 299
第二章　我动身到婆家去 ………………………… 300
第三章　到婆家去的"幸福" ……………………… 303
第四章　现在我到哪里去 ………………………… 305
第五章　脚镯声脆把水担 ………………………… 308
第六章　苏帕 ……………………………………… 312
第七章　"墨水瓶" ………………………………… 316
第八章　"般度族五兄弟的夫人" ………………… 320
第九章　白发的悲欢 ……………………………… 324

第十章　希望之光 ……………………………………… 330
第十一章　偷看一眼 ……………………………………… 332
第十二章　哈拉妮不再笑了 ……………………………… 335
第十三章　我应当经受考验 ……………………………… 340
第十四章　我决心离开人世 ……………………………… 345
第十五章　在家外 ………………………………………… 347
第十六章　我杀了人就去偿命 …………………………… 349
第十七章　绞刑后的调查 ………………………………… 352
第十八章　弥天大谎 ……………………………………… 355
第十九章　智慧仙女 ……………………………………… 361
第二十章　智慧仙女消失了 ……………………………… 362
第二十一章　当时的习俗 ………………………………… 365
第二十二章　尾声 ………………………………………… 374

毒　树

第一章　诺根德罗乘船外出 ……………………………… 379
第二章　油尽灯灭 ………………………………………… 382
第三章　梦境中的预兆 …………………………………… 384
第四章　就是他！ ………………………………………… 386
第五章　形形色色的故事 ………………………………… 387
第六章　达拉秋龙 ………………………………………… 391
第七章　眼似莲花瓣的女人啊，你是谁？ ……………… 394
第八章　读者愤怒的原因 ………………………………… 398
第九章　信奉毗湿奴的女人霍莉达释 …………………… 400
第十章　巴布 ……………………………………………… 406
第十一章　姝尔久穆基的信 ……………………………… 411
第十二章　发芽 …………………………………………… 414
第十三章　一场大战 ……………………………………… 417
第十四章　真相大白 ……………………………………… 421

第十五章	茜拉	424
第十六章	"不!"	427
第十七章	百里挑一的联系人	431
第十八章	孤独无助的女人	436
第十九章	茜拉的愤怒	439
第二十章	茜拉的妒恨	442
第二十一章	茜拉的吵闹——毒树之花	445
第二十二章	小偷遇到强盗	450
第二十三章	笼子里的小鸟	451
第二十四章	堕落	454
第二十五章	喜讯	457
第二十六章	谁反对?	462
第二十七章	姝尔久穆基和蔻莫洛摩妮	464
第二十八章	祝福的信	466
第二十九章	毒树为何物?	468
第三十章	调查	469
第三十一章	一切幸福都是有限度的	471
第三十二章	毒树的果实	473
第三十三章	爱的伤痕	477
第三十四章	路边	480
第三十五章	在希望的路上	483
第三十六章	茜拉的毒树开花了	486
第三十七章	姝尔久穆基的消息	488
第三十八章	这些天来一切都完结了!	490
第三十九章	一切都已经结束,但是痛苦却没有消失	493
第四十章	茜拉的毒树结出了果实	498
第四十一章	茜拉的姥姥	500
第四十二章	昏暗的住宅——昏暗的人生	502
第四十三章	归来	504
第四十四章	在昏暗的灯光下	506

第四十五章　影子 ······· *511*
第四十六章　往事重提 ······· *512*
第四十七章　单纯与阴险 ······· *514*
第四十八章　昆德当机立断 ······· *517*
第四十九章　昆德终于讲话了 ······· *518*
第五十章　结局 ······· *520*

拉吉辛赫

第一部分　践踏画像 ······· *525*
　第一章　卖画像的女人 ······· *525*
　第二章　践踏画像 ······· *528*
　第三章　评论画像 ······· *531*
　第四章　老太婆非常谨慎 ······· *534*
　第五章　窦里娅夫人 ······· *536*

第二部分　天堂中的地狱 ······· *538*
　第一章　命运的预言 ······· *538*
　第二章　杰波－温妮萨 ······· *541*
　第三章　财富的地狱 ······· *544*
　第四章　卖情报 ······· *548*
　第五章　乌迪普丽夫人 ······· *552*
　第六章　久陀普丽皇后 ······· *555*
　第七章　天神为什么要创造公主？ ······· *558*

第三部分　婚姻中的阴差阳错 ······· *562*
　第一章　巴伽和大雁 ······· *562*
　第二章　奥侬多·米什罗 ······· *566*
　第三章　米什罗先生向毗湿奴祈求 ······· *568*
　第四章　马尼克拉尔 ······· *571*

第五章　琼秋洛公主的信………………………………… 575
　　第六章　母亲的胜利……………………………………… 578
　　第七章　绝望……………………………………………… 581
　　第八章　梅赫尔姜………………………………………… 582
　　第九章　忠于主人………………………………………… 583
　　第十章　卖蒟酱叶的幽默女人…………………………… 589

第四部分　在山口的战斗……………………………………… 593
　　第一章　琼秋洛的离别…………………………………… 593
　　第二章　妮尔莫拉姑娘跳入深渊………………………… 595
　　第三章　军事家摩巴拉克………………………………… 596
　　第四章　胜利的琼秋洛公主……………………………… 599
　　第五章　机智的马尼克拉尔……………………………… 606
　　第六章　享受胜利果实的国王…………………………… 609
　　第七章　亲切可爱的大婶………………………………… 610

第五部分　准备火焰…………………………………………… 613
　　第一章　皇帝的女儿不如穷苦女人……………………… 613
　　第二章　拉吉辛赫的失败………………………………… 615
　　第三章　需要点燃火焰…………………………………… 619
　　第四章　还需要点燃火焰………………………………… 622
　　第五章　还需要什么？…………………………………… 623
　　第六章　点火的建议……………………………………… 624

第六部分　战火在燃烧………………………………………… 628
　　第一章　火镰——仙女…………………………………… 628
　　第二章　火绳——普鲁罗芭……………………………… 629
　　第三章　增加怒火………………………………………… 631
　　第四章　乌迪普丽往火上浇油…………………………… 634
　　第五章　阎摩自己也往火上浇油………………………… 636

第六章　还要往火上浇油 …………………………………… *641*
   第七章　杰波－温妮萨往火上浇油 ……………………… *643*
   第八章　都一样 …………………………………………… *647*
   第九章　窦里娅往火上浇油 ……………………………… *649*

第七部分　烈火在燃烧 ……………………………………………… *652*
   第一章　第二个瑟尔与第二个普罗达普 ………………… *652*
   第二章　纳扬之火也在燃烧 ……………………………… *656*
   第三章　皇帝处在烈火的包围中 ………………………… *661*
   第四章　烈火的包围圈非常可怕 ………………………… *669*

第八部分　哪些人死于战火之中 …………………………………… *672*
   第一章　焚烧皇帝的烈火开始燃烧 ……………………… *672*
   第二章　皇帝被大火焚烧 ………………………………… *673*
   第三章　火焰开始焚烧乌迪普丽 ………………………… *676*
   第四章　火焰开始焚烧杰波－温妮萨 …………………… *678*
   第五章　火上浇油——火焰更旺 ………………………… *680*
   第六章　皇帝的女儿变成了灰烬 ………………………… *683*
   第七章　干渴难忍的皇帝乞求水喝 ……………………… *688*
   第八章　商量停火 ………………………………………… *691*
   第九章　往火焰上泼水 …………………………………… *694*
   第十章　火焰熄灭之时乌迪普丽蔫如死灰 ……………… *696*
   第十一章　雌燕在大火中遭受干渴之苦 ………………… *698*
   第十二章　火焰又燃烧起来 ……………………………… *700*
   第十三章　摩巴拉克开始受煎熬 ………………………… *702*
   第十四章　新火星 ………………………………………… *704*
   第十五章　摩巴拉克和窦里娅化为灰烬 ………………… *706*
   第十六章　最后奉献的回报——获得幸福 ……………… *708*
   结束语　作者的说明 ……………………………………… *711*
   后　　记 …………………………………………………… *713*

月华

董友忱 译

··· 引　子 ···

第一章　男孩和女孩

　　一个男孩子坐在帕吉罗提河①岸边的一处芒果园里，倾听着黄昏时分帕吉罗提河的潺潺流水声。在他脚下的嫩绿芳草地上，躺着一个小姑娘。她在默默地凝望着男孩子的脸——望着望着，又不时瞧一下天空、河流、树木，然后又开始凝望他那张脸。那男孩的名字叫普罗达布，女孩子的名字叫赛博利妮。赛博利妮当时只有七八岁，普罗达布已经是个少年了。

　　一只鹰杜鹃在天空中一边翱翔，一边高声鸣叫着。赛博利妮开始模仿鹰杜鹃的叫声，帕吉罗提河岸边芒果林中的枝叶在簌簌地颤抖。帕吉罗提河的潺潺流水声融入了这场可笑的大合唱。

　　小姑娘用她那娇嫩的小手采集来像她一样美丽的野花，编了一个花环，并将它戴在少年的脖颈上。然后她又将花环摘下来，挂在自己的发辫上，随后又摘下来，把它戴在少年的脖子上。她拿不定主意，究竟谁应该佩戴这个花环。赛博利妮看到，一头肥胖的老牛在附近悠闲地吃草，于是她就把那个花环戴在那头牛的犄角上，这样就避免了一场争吵。他们总是这样。有的时候不编花环，男孩子就从鸟巢里掏来小雏鸟，或者在芒果成熟的时候去摘熟芒果。

　　宁静的黄昏，天空开始出现了星星。这时候他们就坐下来开始数星星。"谁先看见了？""哪颗星先升起来？""你看见了几颗呀？是四颗吗？""我看见了五颗呢。""一颗，又一颗，又一颗，又一

---

①　Bhāgīthī，这里指恒河，也指恒河的支流胡格利河。

颗，还有一颗，不对呀，赛博利妮，你只看见了三颗呀。"

"数船吧。你说说看，有几艘船在航行？"

"十六艘吧？"

"打赌吧，我说是十八艘。"赛博利妮不知道该怎么数，数了一下，是九艘，又数了一下，是二十一艘。然后，他们放弃了数船，两个人将目光投向了一艘大船。

"那艘船上坐着什么人呢？那船向哪里开去呢？是从哪里开来的呢？船桨荡起的水花怎么会闪烁着金光呢？"

第二章　谁沉没了？谁浮上来了？

就这样，在两个孩子之间萌发了友爱。你要说是爱情嘛，当然也可以；你不叫它爱情，也可以。一个是十六岁的男孩子，另一个只是个八岁的女孩。像他这样年纪的男孩子，是不懂得爱情的。

童年的爱情，总是伴着赌咒发誓。在童年所爱恋的那些人们中间，有多少人你在青年时代又遇见过呢？有多少人还活着呢？有多少人还值得你爱呢？到了桑榆之年，童年时代的爱情就只剩下回忆了，而其余的一切都已消失了。然而，那种回忆是多么甜蜜啊！

每一个少年都会经历这样的时刻：他突然觉得，某一个少女的脸蛋儿非常甜美；在她的眼神中蕴含着某种不可知的奥秘。有多少次他放弃玩耍，专注地凝望她的脸庞，有多少次他站在她经过的路边，躲在暗处偷瞧她。有时他并没有意识到，自己已经爱上了她。可后来随着时间的推移，那张甜蜜的笑脸，那质朴的目光，不知消失在何方了。即使我们找遍全世界，那也是徒劳的——剩下的只有回忆了。少年时代的爱情，也会有诅咒伴随。

赛博利妮心里想："我要与普罗达布结婚。"普罗达布知道，

月　华

　　他们不可能结婚。赛博利妮是普罗达布亲戚家的女儿。他们确实是远亲，但毕竟是亲戚。这是赛博利妮盘算中的第一个错误。

　　赛博利妮是穷人家的女儿。除了母亲，她再没有任何亲人了。她家一贫如洗，只有一座茅屋，还有赛博利妮的美丽。普罗达布也是个穷苦人。

　　赛博利妮渐渐长大了——她出落为一个亭亭玉立的美女，可是还没有结婚。因为结婚是需要钱的，谁又肯替她出这笔钱呢？谁又肯到这种荒凉的森林中去寻找和摘取这朵无与伦比的美丽花朵呢？

　　后来，赛博利妮也明白了这一切。她意识到，普罗达布不在身边，在这世界上她是不会幸福的。她还意识到，她今生今世是没有可能得到普罗达布了。

　　两个人开始商量，商量了很多日子。他们是在偷偷地商量，不让任何人知道。最后两个人决定，他们俩去恒河举行圣浴。很多人都在恒河里游泳。

　　普罗达布说："走吧，赛博利妮！我们去游泳。"

　　他们两个人开始游泳了。两个人都是游泳能手，在游泳方面，村子里没有哪一个男孩子能与他们相比。当时正值雨季——恒河两岸一片汪洋，波涛翻滚，汹涌澎湃，河水急速地向前流淌。他们俩劈波斩浪，搏击水流，奋力向前游去。他们那靓丽的年轻身体，犹如镶嵌在银戒指上的一对宝石，在波涛中闪闪发光。站在河岸上的人们，看见他们已经游远了，就呼唤他们快游回来。但是他们听不见——他们继续向前游去。游到一个很远的地方，普罗达布说："赛博利妮，我们就在这儿结婚吧。"

　　赛博利妮说："好，就在这儿吧。"

　　普罗达布沉下去了。

　　赛博利妮没有沉下去。这时她害怕了。赛博利妮想："我为什么要死呢？普罗达布是我的什么人呢？我害怕，我不能死。"赛博利妮没有沉下去，她游回来了。她游向岸边，回到了家里。

第三章　找到了新郎

在离普罗达布沉下水的地方不远处，一艘小船正在划行。坐在小船上的一个人看见普罗达布沉下去，就跳入水中。这个人就是月华·绍尔马。

月华游过去，把普罗达布救上小船，然后就把小船划向了岸边。月华又把普罗达布送回了他的家。

普罗达布的母亲不肯放月华走，跪在他的脚下，恳请他留下做他们家的客人，哪怕待一天也好。月华同意了。当时月华根本不了解普罗达布内心的想法。

赛博利妮再也没敢出现在普罗达布的面前，但是月华看见过她——当他见到赛博利妮的时候，他简直被她的娇媚惊呆了。

月华当时的境况有些不妙：他已经过了三十二岁，可是他既没有房子，也没有成家，还是光棍一人，不过他对结婚也并不特别热心，因为他觉得，家庭生活会妨碍他的学业。又过了一年多，他的母亲去世了。现在他开始感觉到，不结婚对他的学业反倒有影响了。首先，需要亲手做饭，这要花去很多时间，因此影响了他的学习和研究工作。其次，他还要敬神，他家里供奉着一块沙罗村黑石[①]，与敬神有关的一切事情都得他亲自操办，因此，时间被浪费掉了，这不仅导致在敬神方面没有了严格的程序，也使家里完全乱了套，甚至有的时候一整天也吃不上一顿饭。经常是一本书放在什么地方，过后就再也找不到了；钱放在什么地方了，交给什么人了，他全然不记得；他觉得没怎么花钱，可是钱却没了。月华想，

[①] 在北比哈尔邦有一条恭豆吉河，河中间有一块地方叫沙罗村，那里出产一种黑色的石头，上面有昆虫蛀成的圆形花纹。印度教教徒认为这种黑石头为毗湿奴的化身，因此就供奉它们。

月　华

如果结婚，情况可能会有些改善。

不过，月华心里暗自决定："如果我结婚，那么我就不娶漂亮的女人。因为男人的心可能会被美色征服。一个男人不应该沉醉于卿卿我我的夫妻恩爱之中。"

就在月华处在这样一种心态的时候，他遇见了赛博利妮。一看到赛博利妮，他那种企图抑制自己情欲的誓愿就消失了。他左思右想，还有一点儿犹豫，但是最后还是决定自己做媒，和赛博利妮结了婚——又有谁不会为美色所陶醉呢？

这个故事就是从他们结婚八年之后开始的。

第一部 有罪的女人

第一章 窦娄妮王妃

孟加拉、比哈尔和奥里萨三个联邦的总督阿利扎·米尔卡瑟姆·汗大公，住在蒙格尔要塞里。在要塞的内宫里有一座大殿，那里的一个宫室装修得十分豪华。现在午夜还没有过去。在金碧辉煌的宫室的地板上，铺着柔软的地毯。银质的香油宫灯使宫室充满了光明。宫室里弥漫着鲜花的芬芳。一个身材苗条的宛如小姑娘的年轻女子，将自己那一颗不大的头靠在锦缎枕头上，她斜躺在床上聚精会神地阅读着《果园》①。这个年轻女子已经十七岁了，但是瘦小的身材使她就像一个少女那样娇嫩。她读着《果园》，一会儿又坐起来，看一下外面，并且默默地说着什么。她时而说一句："他为什么现在还不来呀？"时而又说："他为什么要来呢？我只不过是他上千女仆中的一个呀，他难道为了我能从那么远的地方赶来吗？"少女又开始读起了《果园》。读了几小段后，她又说："我不喜欢。好了，不来也罢，要是他想念我的话，我可以去嘛。他会思念我吗？我只不过是他成千女仆中的一个呀。"她又开始读起了《果园》，一会儿又把书放下，说道："天神为什么要这样做呢？为什么要让一个人望着另一个人回来时要走的那条路呢？如果天神想这样做，那么，为什么不让两个相爱的人经常见面呢？为什么要让两个不相爱的人时常相见呢？我只是一棵蔓藤呀，可为什么却想攀上高大的桫椤树呢？"这位年轻的女子放下书，站起身来，甩动一下她那头犹如长蛇般的浓密的卷发——她那件由金丝织成的、散发

---

① 波斯著名诗人萨迪（1208~1292）创作的长篇故事诗。

月　华

着芳香气味的、闪闪发光的头巾，也随之飘动起来——她身体的运动仿佛使整个宫室荡起美艳的涟漪，就像在无底深渊的水中涌起的波浪一样。

这时她拿起一把小维那琴①，弹拨起来，并且开始小声而舒缓地唱起了歌曲——仿佛她害怕别人听到似的。就在这个时候，附近卫兵们的问候声和脚步声传到了她的耳朵里。这位少女警觉起来，急忙走到门边站住了。她看见了总督的轿子。米尔卡瑟姆·汗大公下了轿子，走进了这间宫室。

总督落座后，说道："窦娄妮，你在唱什么歌啊？"这个年轻女人的名字，大概叫窦娄特温那莎，可是总督简单地叫她"窦娄妮"，所以宫里所有人也都叫她"窦娄妮王妃"或"窦娄妮太太"。

窦娄妮难为情地低下头。总督看见窦娄妮羞涩的样子，就说道："你就再唱一遍刚才你唱过的那首歌吧。我想听一听。"

这时尴尬的局面出现了：窦娄妮手中的维那琴不听使唤了，她根本弹不出曲调来。窦娄妮放下维那琴，又拿起小提琴，可是她觉得，小提琴也发不出和谐的声音。

总督说："好了，你就用它伴唱吧。"

窦娄妮觉得，总督仿佛以为她不懂音乐。这时窦娄妮简直张不开嘴了。窦娄妮多次企图开口说话，可是她的舌头却不听她指挥了——她根本张不开嘴了！嘴唇动了动，但就是说不出话来。就像阴雨天泥水里的荷花花蕾一样，花瓣仿佛马上就要张开了，可是终归还是没能绽放；又像性情胆怯的诗人创作诗歌花蕾一样，花之嘴唇仿佛就要绽开了，但是终归还是没有张开；又像已经来到傲慢女人嘴边的爱情感受一样，她的嘴角已经微微翕动了，但是终归还是没有说出话来。

窦娄妮突然放下琴，说道："我不唱。"

总督惊奇地问道："为什么？你生气了吗？"

---

① 印度的一种弹拨乐器，有七根弦，所以又译为七弦琴，类似中国的琵琶。

窦娄妮说:"你给我弄一件英国人在加尔各答唱歌时所弹奏的那种乐器来,我再唱给你听,否则我就不再唱了。"

米尔卡瑟姆·汗笑着说:"如果那条路上没有什么障碍,我一定会弄来的。"

窦娄妮:"为什么会有障碍呢?"

总督心情沉重地说:"看来,要和英国人交战了。怎么,你没有听到大家议论吗?"

"我听说了。"窦娄妮说了一句,就沉默不语了。

米尔卡瑟姆·汗问道:"窦娄妮,你严肃认真地说一说,你是怎么想的?"

窦娄妮说:"有一天,您曾经说过,谁和英国人打仗,都会失败的,既然如此,那您为什么还想和他们打仗呢?我只是个少女——您的女仆,我说这种话是不妥当的,不过,因为您这样宠爱我,所以我也就有了说话的权利。"

总督说:"你这话说得对,窦娄妮,我爱你。我从来没有像爱你这样爱过别的女人,而且我想,我再也不会这样去爱任何别的女人了。"

窦娄妮十分激动,她浑身的汗毛简直都竖立起来了。她沉默了很久——她的眼睛里滚动着泪花。窦娄妮擦干眼泪,说道:"既然你知道,谁跟英国人作战都会失败,那你为什么还准备和他们交战呢?"

米尔卡瑟姆轻声回答说:"我再也没有别的出路了。你是我唯一的亲人,所以我当着你的面对你说——我当然知道,在这场战争中我会失去王位,还可能,我会丧失生命。那么,我为什么还要进行这场战争呢?英国人的所作所为表明,他们才是真正的国君,而我不是。难道我需要这样一个我不是君主的王国吗?还不仅如此。英国人说:'我们是国王,但是欺压老百姓的重任要由你来承担。请你替我们去压迫臣民百姓吧。'我为什么要做这样的事情呢?既然不能保护老百姓的利益,那么,我就要放弃王位——为什么我要毫无意义地去参与犯罪和无耻行径呢?我不是西拉吉道拉,也不

月　华

是米尔·贾法尔①。"

窦娄妮在心里默默地无数次赞颂这位孟加拉的君主。她说："我的生命之主啊！对于您所说的这一切，我还有什么可说的呢？不过，我只有一个乞求：您不要亲自去参加战斗。"

米尔卡瑟姆说："在这种事情上，难道孟加拉总督应该听从一个女人的忠告吗？对于这种事情提出忠告，恐怕也不是一个少女的责任吧？"

窦娄妮很难为情，也很痛心。她说："请原谅我无知冒昧的胡说。女人之心不易明白事理，因此我才说了这些话。可是，我还想提一个乞求。"

"什么乞求？"

"您带我去参加战斗，好吗？"

"怎么，难道你也想参加这场战争？说说看，是不是要我撤销古尔功·汗的职务，任命你去代替他呀？！"

窦娄妮又陷入了尴尬的境地，她没有再说话。米尔卡瑟姆亲切地问："你为什么想参加战斗呢？"

"因为我要和您在一起。"

米尔卡瑟姆拒绝了她的要求——他根本不会同意。

窦娄妮这时微微一笑，说道："总督殿下！您是善于预测未来的。请您说说看，在战争期间我该住在哪里呢？"

米尔卡瑟姆笑着说："你拿笔筒来。"

窦娄妮吩咐女仆去拿，一个女仆拿来了一个用黄金制作的笔筒。

米尔卡瑟姆曾经在印度教教徒那里学习过占星术。他打开自己学过的一张测算表，观察起来。过了一会儿，他将一张纸抛向远处，然后他就显现出抑郁不乐的样子。

窦娄妮问道："您预见到什么了？"

---

①　西拉吉道拉（1730～1758）和米尔·贾法尔都是孟加拉邦的前总督，他们曾经奉行过亲英国反人民的政策。

米尔卡瑟姆回答说:"我所预见到的令人吃惊啊。你就不要听了。"

这时总督走到宫室外面,叫来米尔蒙斯,对他吩咐道:"派一个印度教教徒官员到穆尔什达巴德去,在穆尔什达巴德地区有一个智慧村。在那里住着一位名叫月华的婆罗门学者——他教过我占星术——就请他来预测一下:如果与英国人的战争很快爆发,那么,在战争期间和战争之后,窦娄妮王妃应该住在何处。"

米尔蒙斯去办理此事了,他派人前往穆尔什达巴德请月华去了。

第二章 毗玛池塘

在一个名叫毗玛池塘的四周,生长着一排排浓密的棕榈树。落日的金色余晖洒在池塘昏暗的水面上,棕榈树的阴影与落日的余晖在昏暗的水中留下了身影。在池塘的一侧岸边,长着几棵被蔓藤覆盖着的小树,它们与许多蔓藤缠绕在一起了,长长的枝条垂落到水面,遮盖了水中的两个女人。在这种昏暗的水中,赛博利妮和荪多丽手里拿着铜水罐,在与水嬉戏。

女人怎么能与水戏耍呢?我们不理解,我们毕竟不是水呀。只有一看见美女就化为水的人才能够说得清楚——只有他才能够说清楚,水一触摸到水罐是怎样掀起波浪的,伴随着女人手腕上的手镯的撞击声,池水又是怎样翩翩起舞的;水中的莲花又是怎样伴随着她们胸脯的起伏而摇曳舞动的;在水面上游动的小鸟是怎样随着这种拍节而摇曳漂流的;池水从四面八方围绕着两位年轻的美女,一次又一次地窥探她们的手臂、脖颈、肩膀、胸脯,不断掀起涟漪。年轻的美女让水罐漂浮在水中,将它交付温柔的水波之手,而自己却沉入水里,只露着下巴颏,用自己那殷红的嘴唇接触水流,把它吸入口中,随即向着太阳喷吐出去,水珠又把在自己降落时映射出

月　华

的无数个小太阳献给这两个年轻的女人。随着年轻女人手脚的运动，池水也跳起了舞蹈，年轻女人的心灵也随着水波一起舞动起来。二者是多么相似啊！池水是动荡不安的，搅动世界骚动不安的女人们，其心灵也是动荡不安的。水是不会留下痕迹的，而女人的心里又会留下什么呢？

眼看着金色的落日余晖与昏暗的池水渐渐地融为一体了，一切都变得昏暗了——只有棕榈树的树冠，犹如金黄色的旗帜一样，还在熠熠地闪耀着金光。

苏多丽说："妹妹，天黑了，不要再待在这里了。走吧，我们回家去吧。"

赛博利妮说："这里什么人都没有，朋友，我们小声唱一支歌吧。"

苏多丽说："算了吧！别胡闹了！回家吧。"

赛博利妮唱道：

　　　　啊，女友，我不回家！
　　　　我的心上人就要来啦。
　　　　啊，女友，我不回家！

苏多丽说："真该死！你的心上人就在家里呐，你不想回家吗？"

赛博利妮说："你回去对他说：'你心爱的女人看见毗玛池塘里的水很清凉，就沉下去淹死了'。"

苏多丽说："现在不要开玩笑了。天已黑下来了，我不能再待在这里了。还有，今天凯米的妈妈说，有一个白种人来过这里。"

赛博利妮说："你我干吗要怕白种人呢？"

苏多丽说："哎呀，你在说什么呀？快上来，不然我可要走了。"

赛博利妮说："我不上去，你走吧。"

苏多丽生气了，她将水罐灌满水，走上岸来。她又一次回过头来，对赛博利妮说："唉，天都这么晚了，难道你真的要一个人待在池塘岸边吗？"

赛博利妮什么也没有说，只是伸出手来，用手指头指了一下。苏多丽顺着她手指的方向望去，就看见在池塘对岸的一棵棕榈树下有一个人——太可怕了！苏多丽没有再说话，把水罐扔在地上，一口气跑掉了。那个铜水罐叮叮当当地滚着，里面的水都溢了出来，水罐最后滚落到池塘里。

苏多丽看见棕榈树下站着一个英国人。

赛博利妮看见英国人，既没有鞠躬，也没有激动——她并没有从水里出来。她只是站立在齐胸的水中，用湿漉漉的衣襟将自己的头连同发髻遮盖起来，宛如一株盛开的莲花伫立在水里。又仿佛是藏在云层中的闪电绽开了笑脸——这株金色的花朵在毗玛池塘昏暗的波浪中开放了。

苏多丽跑掉了，这个英国人看了看，再没有什么人了，就在棕榈树丛的遮盖下慢慢地向池塘岸边走过来。

这个英国人，看上去，的确很年轻。他一点儿胡须也没有，头发略带黑色；相对于一般英国人来说，他的眼睛也有一点儿黑。他穿着十分整洁华贵，还戴着项链、戒指等华丽的首饰。

这个英国人慢慢地来到岸边，走到近前，说道："I come again, fair lady.①"

赛博利妮说："我听不懂你那无用的废话。"

"Oh-ay-that gibberish-I must speak it I suppose. Hom again aya haye.②"

赛博利妮问："怎么？这条路难道不是通向阎摩殿的吗？"

英国人没听懂这句孟加拉语，于是又用印地语问道："你说什么？"

赛博利妮说："我说，阎摩是不是把你忘了？"

英国人说："JOM③！John you mean？④ 我不是Jom，我是劳伦斯。"

赛博利妮说："好了，我学会了一个英文词，劳伦斯的意思是

---

① 这句英语的意思是："我又来了，美丽的女士。"
② 头一句是英语，后一句是印地语。两句话的意思是："啊，那的确是令人讨厌的废话，我看我还是应该讲清楚。我又来了。"
③ 孟加拉语的意思是"阎摩"，掌管死亡之神。
④ 这句英文的意思是："阎摩！你指的是约翰吗？我不是约翰，我是劳伦斯。"

月　华

猴子。"

在这个黄昏时刻，劳伦斯·福斯特受到了赛博利妮用地方语言对他的咒骂后，就返回了自己的住处。劳伦斯·福斯特从池塘旁边的高坡上走下来，又从芒果树下解开马缰绳，然后翻身上马走了，他一边听着从迪比亚特河岸的山上传来的回声，一边回忆起从前听过的民歌。心里突然闪现一个念头："童年时代，我曾经与玛丽·福斯特爱恋过，在那种爱恋中自己感受到的，就像是那个寒冷的国度里的冰雪一样的冷漠，如今那一切都成了一场梦。来到这个陌生的国家，为什么会产生不同的感觉呢？冰冷的玛丽难道能与这个火热的美丽的热带国家的美女相媲美吗？我说不清楚。"

劳伦斯·福斯特走了之后，赛博利妮不慌不忙地将水罐灌满水，把水罐夹在腰间，就像被春风吹拂的彩云一样，步履轻盈地回到家里。她放下水罐，就走进了卧室。

在卧室里，赛博利妮的丈夫——月华，用印有霍里[①]名字的披肩围着腰部和两个膝盖，坐在毡垫上，借助微弱的灯光，在阅读发黄的手抄书稿。我们现在叙述的事情，如今已经过去了一百一十年了。

月华的年龄大概四十来岁，他高高的个子，身材很匀称，大大的头颅，宽阔的前额，上面涂了一层檀香膏。

赛博利妮在走进房间的时候默默地想："如果他问我，为什么这么晚才回来，我该说什么呢？"可是，在赛博利妮走进房间的时候，月华什么也没有问。当时他正在全神贯注地研究《梵经》[②]经文的含义。赛博利妮笑了起来。

这时月华才看见了她，问道："今天为什么这么不合时宜地出现了闪电啊？"

赛博利妮说："我在想，不晓得你会怎样责备我呢！"

月华问："为什么要责备你呢？"

[①] 孟加拉人敬奉的天神，通常被塑造成恐怖的形象。
[②] 印度古代的文献，系吠檀多哲学的格言集。

赛博利妮说:"因为我从池塘岸边回来晚了呗。"

月华说:"也的确是啊——你怎么才回来?为什么晚了?"

赛博利妮说:"来了一个英国人。你的堂妹苏多丽当时在池塘岸上,她扔下我就跑回来了,我在水里,因为害怕不敢出来。吓得我沉到水中,只露着头,等那个英国人走了,我才上来。"

月华心不在焉地说:"再不要这么晚了。"说完,他又重新埋头研究起山克尔①的注释了。

夜已经很深了,月华仍然在潜心研究普罗玛、马亚、斯婆特、奥剖鲁释特沃②等等术语。赛博利妮首先把做好的饭菜送到丈夫的面前,然后自己吃过饭,就躺在丈夫旁边的床上睡着了。月华允许她这样做,因为他通常研究经典到深夜,在吃过晚饭后从来不早早地躺下睡觉。

突然,从屋顶上传来了猫头鹰深沉的叫声。这时月华才意识到,夜已经深了,于是就收起书稿。他将一切都放回原处之后,伸了一下懒腰。他从敞开的窗子看到了明媚的月光下大自然的美景。透过敞开的窗子,月光洒在了正在熟睡的美丽的赛博利妮的脸上。月华满怀喜悦地望着赛博利妮——在他这间居室里,仿佛一枝荷花在月光下舒蕾绽放了!他站在房间里,久久地,用他那充满爱意的眼睛欣赏着赛博利妮那张流露着幸福感的美丽面容。他看见,在那犹如描画过的宛如弯弓的浓黑的眉毛下面,一双荷花花苞似的眼睛闭合着。在她那娇嫩的眼皮上,他看见了清淡的静脉纹路。睡梦中的赛博利妮把她那温柔娇嫩的一只小手放在自己的前额上——就好像有人把一束鲜花放在了另一束鲜花上一样。因为一只手放在了面颊上,所以就使得她那娇嫩殷红的嘴唇微微地张开了,一排珍珠般的牙齿显露出来。酣睡中的赛博利妮仿佛做了一个幸福的美梦,她微微地笑了——这微笑仿佛是夜空中出现的闪电。随后她那张脸又

---

① 印度中世纪吠檀多学派的创始人之一,以注释《梵经》著称。

② 普罗玛、马亚、斯婆特、奥剖鲁释特沃都是印度哲学术语,"普罗玛"指来自实证方面的知识;"马亚"的本义是幻觉、魔幻;"斯婆特"含有多种意思,如爆炸声、肿瘤、脓肿等;"奥剖鲁释特沃"含有胆怯、可耻等意思。

恢复了此前那种沉睡的平静。看着这个纹丝不动的、熟睡的二十二岁的年轻女人那喜悦的容颜，月华的眼里涌出了泪水。

望着赛博利妮那张娇媚熟睡的脸庞，月华流泪了。他在想："唉！我为什么要和她结婚呢？这枝鲜花本应该插在王冠上——我为什么要把这颗珍珠带回我这个只知醉心研究经典的婆罗门学者的茅屋呢？毫无疑问，娶了她，我很幸福，但是赛博利妮幸福吗？像我这样的年纪不可能再使赛博利妮对我激起发自内心的爱恋，或者说，我已经不能满足她对爱情的渴望。特别是，我总是忙于我的书稿研究，我什么时候考虑过赛博利妮的幸福呢？将我的这些书籍搬来搬去，对于一个年轻女人来说，算是什么幸福呢？我完全是为了追求自己的幸福，所以才和她结了婚。现在我该怎么办呢？难道将这些费尽周折收集来的书籍都扔到水里去，今生今世把自己统统献给美如莲花的美女吗？不，不，我绝对不能那样做！那么，难道就让这个毫无过错的赛博利妮为了我的罪过而做出牺牲吗？难道我摘取这枝娇嫩的花朵就是为了让她在这种无法满足的青春烈火中烧毁吗？"

就这样思来想去，月华竟然忘了用餐。次日早晨，从米尔蒙斯那里传来消息，月华应该前往穆尔什达巴德去，总督有事情找他。

第三章　劳伦斯·福斯特

在离智慧村不远处，有一个布龙多尔普尔村，在这村子里设有东印度公司的一个小丝绸厂。劳伦斯·福斯特就是这个工厂的厂长，或称老板。劳伦斯在年轻的时候对玛丽·福斯特曾经有过一段狂热的爱恋，如今他已经心灰意冷了，于是他就来到孟加拉邦，就职于东印度公司。就像现在的英国人来到印度之后会被感染上各种疾病一样，当时的孟加拉熏风使得英国人感染了渴望发财的瘟疫。福斯特在很小的时候就感染了这种疾病，因而玛丽的形象从他的心目中彻底消失了。有一天，因为要办事，他来到了智慧村——站在毗玛池塘水中的莲花般的赛博利妮进入了他的眼帘。赛博利妮看见这个英国人，就跑掉了，但是福斯特在回工厂的一路上都在想着她。福斯特想着想着，突然得出结论：黑眼睛比蓝眼睛好看，黑头发比黄头发漂亮。他突然意识到，在人生的大海里，女人就是一种特殊的渡船——所有人都应该接受这种渡船的庇护。来到这个国家的英国人大都瞒着教父，迎娶孟加拉美女作为自己的生活伴侣，他们并没有做坏事。很多孟加拉姑娘都羡慕英国人的财富——不知赛博利妮是否也羡慕？福斯特带领工厂的一个办事员又来到智慧村，他们隐藏在树林里。这个办事员还去偷偷地看了赛博利妮一下，并且查看了她家的住处。

孟加拉的孩子们，一听说妖怪就害怕，但是也有个别被宠坏的孩子，他们倒很想看一看，妖怪是什么样子。赛博利妮的心态正是这样的。根据当时人们的习惯心态，赛博利妮最初一看见劳伦斯，就会一口气跑掉。后来，有人告诉她："英国人抓住人后并不立即吃掉——英国人是一种非常奇怪的野兽——总有一天你会看到的。"赛博利妮真的看到了——英国人抓到人并不立即吃掉。从那以后，赛博利妮再看见福斯特就不跑了。慢慢地，她居然敢和他讲话了。这种情况读者已经知道了。

在不吉利的时辰，赛博利妮降生在人世间；在不吉利的时辰，她与月华结了婚。赛博利妮究竟是个什么样的人呢？我会慢慢地讲述。但是不管怎么说，福斯特的企图并没有得逞。

后来，一道命令从加尔各答发给了福斯特："已经任命别人到布龙多尔普尔村的工厂里去任职，请你立即来加尔各答。将任命你承担一项特殊的工作。"被任命来该工厂任职的人带着这项命令来了，福斯特应该马上动身前往加尔各答。

赛博利妮的姿色占据了福斯特的心。他觉得，还是不应该放弃得到赛博利妮的希望。这个时期住在孟加拉的所有英国人都不肯做两件事情：他们不肯放弃诱惑自己的东西，也不肯认输。他们从来都不肯承认，某种事情他们做不到，最好还是放弃；他们从来都不

月　华

承认，某种行为不合乎道义，因此不应该去做。那些在印度首先建立了大不列颠统治的英国人——像他们那样掌握着无限权力并且胡作非为的人，在人世间还从来出现过。

劳伦斯·福斯特就是具有这样品格的人。他无法抑制自己的贪欲——道德语汇在当时居住在孟加拉邦的英国人中间已经消失了。福斯特根本不再考虑，什么应该做，什么不应该做。他心里在想："或者现在就应该去做，或者永远也没有机会再去做了。"

这样想过之后，就在他动身去加尔各答的前一天晚上，他带着一顶轿子、轿夫、工厂的几个火枪手，全副武装地向智慧村进发了。

那一天的夜里，智慧村的居民们惊恐地听到，月华的家里被抢劫了。那天月华没有在家——他接到王室官员发来的邀请书，去穆尔什达巴德了，还没有回来。村民们听到叫喊声、嘈杂声、哭泣声和棍棒击打声，就从床上爬起来，来到外边观看，月华的家正在遭受抢劫——他们看到了很多点燃的火把，谁也不敢走上前去。人们站在远处看到，强盗们在抢劫之后，又一个个从房子里走出来。他们惊恐地看到，几个轿夫抬着一顶轿子，从月华家的院子里走出来，轿门垂挂着帘子，布龙多尔普尔工厂的洋大人跟在后面。看到这种情况，大家都惊呆了。

强盗们走了之后，村民们走进月华的家里，他们发现，被抢走的东西并不多——大部分东西都在，但是赛博利妮却不见了。

有人说："大概，她是在什么地方躲起来了，现在还没有回来。"

老人们说："她不会回来了。即使回来了，月华也不会再收留她了——你们看到那顶轿子了吗？她被那顶轿子抬走了。"

那些期待赛博利妮能回来的人们，一直站在外面等着，最后坐下来。坐着坐着，他们就打起瞌睡来了。打了一会儿瞌睡，他们就厌烦了，于是就站起来走了。赛博利妮并没有回来。

一开始，我们曾经介绍过的那位名叫苏多丽的年轻女人，是最后一个站起来离去的。苏多丽是月华的邻居，又是他的堂妹，还是赛博利妮的女友。因为后面还要讲到她，所以我在这里做一点儿简单的介绍。

　　苏多丽一直坐在那里，直到次日早晨才回家。她一回到家里就哭了起来。

第四章　女美容师

　　福斯特亲自护送轿子来到帕吉罗提河岸边。在那里已经准备好一艘船。他把赛博利妮送上船，并且还雇了信奉印度教的男女仆人和保镖在船上为她服务。为什么船上还需要信奉印度教的男女仆人呢？

　　福斯特自己要乘坐别的交通工具去加尔各答。他必须尽快赶到那里——乘坐大船逆风行驶要走一个星期，这对他来说是不可行的，因此他为赛博利妮安排了随行的女仆，然后就要乘坐别的交通工具前往加尔各答。福斯特并不担心自己不和赛博利妮一起乘船走，会有人为解救赛博利妮来袭击他的这艘船，因为一听说是英国人的船，谁也不敢靠近。因此，他吩咐赛博利妮乘坐的那艘船向蒙格尔开去，然后他自己也动身了。

　　赛博利妮乘坐的那艘宽敞的大船，在晨风的吹拂下，冲破微波细浪，向北方驶去，船下面不时地传来波浪撞击船体的轻柔的声响。你们可以相信骗子、恶棍、无赖，但是你们不要相信晨风。晨风是很甜蜜的，但它就像小偷一样，蹑手蹑脚地走来，到处与莲花、茉莉花、芬芳的波库尔花轻轻地戏耍着——它给人们带来芳香，深夜里它驱散人们肢体的疲乏，还会使人们发热的头脑冷静下来。看见年轻女人的秀发，它就轻轻地吹一下，然后逃之夭夭。如果你是坐在船上的乘客，那你就会看见，这种喜欢戏耍、令人愉悦的晨风就是用细波微浪的花环来装点河川的；它赶走天空中的几片乌云，使得天空更加明亮洁净；它让河岸上的树木轻轻地舞动着枝叶，它和那些在水中游泳的姑娘们一起欢快地嬉笑玩耍；如果你进

月　华

入船底，它就会把甜蜜的歌声送到你的耳畔。你可能会认为："晨风具有多么舒缓的属性，多么深沉的品格啊！它不尚浮华喧闹，又总是那么欢畅喜悦！如果生活中大家都能够如此，那该多好哇！"这时候你会打开船舱的舱门。太阳升起来了——你就会看到，照射在波浪上的阳光熠熠闪烁着金光，波浪也渐渐地大起来——一群天鹅随着波浪上下漂浮游动。那些身在水中的美女们将水罐放在波浪中，让其不停地漂游舞动，有时波浪涌上了美女们的肩膀，有时浪花会飞溅到站立在河岸边的美女的脚上——波浪仿佛在一边拍打着自己的头，一边说："请让我们在你那娇嫩的脚边栖息吧！"随后波浪从她们的脚上冲走一些红色颜料，使自己的身体也变成了红色。渐渐地，你就会听到，晨风的呼唤声会一点儿一点儿地大起来，它并不像贾亚代瓦①的诗歌那样掠过耳畔，它也不在美女的耳边弹奏起轻柔的维那琴。渐渐地，你就会看到，晨风的响声大了起来——呼呼地炫耀着；突然间波涛高涨起来，浪头摇晃着，相互撞击着，随后又跌落下去，变得昏黑一片。逆风在阻挡着船继续前行——它仿佛迫使船头向水面撞击——有时候还迫使船头掉转方向——这时候你就会觉得，仿佛船在向风神鞠躬施礼，然后靠向河岸。

赛博利妮所乘坐的那艘船正是如此。过了不太长的时间，风就大了起来。这艘大船在逆风中再也无法前进了。士兵们只得将船停靠在河岸边。

不一会儿，一个女美容师向这艘船走来。女美容师是个有夫之妇，她身穿一件镶有红边的纱丽②，手上挎着一个红漆篮子。女美容师看见船上有很多留有黑胡子的男人，她就撩起衣襟把头蒙上了。那些留着胡子的男人都惊奇地瞧着那个女美容师。

在离船不远的一个沙滩上，甚至现在还可看到印度教的习俗——一个婆罗门③正在为赛博利妮做饭。劳伦斯知道，一天也不

---

① 印度中世纪用梵语写作的诗人，Jayadeva 也意译为"胜天"。
② 按照印度的传统习俗，只有结婚的女人才能穿镶红边的纱丽，寡妇不能穿这种服装，更不能戴首饰。
③ 印度四大种姓中的最高种姓，是最受尊敬的种姓。

能让这位夫人受委屈。只要赛博利妮不逃跑或者自杀,那么就总有一天,她会坐在餐桌旁边,品尝非印度教教徒所做的美味佳肴。可是现在不能太着急。如果现在急于求成,那么一切都可能被搞得一团糟。这样想过之后,劳伦斯就根据仆人的建议,派来了婆罗门和赛博利妮同行。婆罗门在做饭,旁边一个女仆协助他。女美容师来到女仆面前说:"啊,你们这是从哪儿来呀?"

女仆生气了,因为她是受英国人雇用的,于是说道:"这关你什么事呀!我们去德里,德里,是从麦加来的!"

女美容师显得很尴尬,她说:"我没有别的意思,我是说,我们是属于理发师种姓——我是想问一下,在你们的船上是否有姑娘小伙子想刮脸做美容。"

女仆的态度有点儿缓和了,她说:"好吧,我去问问。"说完,女仆就问赛博利妮,她是否想染指甲。赛博利妮正想分散自己的苦恼,于是说道:"我想染。"女仆征得士兵的同意,就把女美容师带进了船舱。然后,她仍然像以前一样,帮助婆罗门做饭去了。

女美容师看见赛博利妮,就把盖在头上的衣襟往下拉了一下,然后拉过她的一只脚,开始染起来。赛博利妮聚精会神地看了女美容师一会儿,然后问道:"女美容师,你家住哪里?"

女美容师没有说话。赛博利妮又问道:"女美容师,你叫什么名字?"

还是没有得到回答。

"女美容师,你哭了?"

女美容师轻声回答道:"没有。"

"不对,你在哭啊!"赛博利妮说着就扯下了蒙在女美容师头上的纱丽。女美容师确实哭了。纱丽一角被拉下来的时候,女美容师却笑了一下。

赛博利妮说:"你一进来我就认出你了。你蒙着纱丽也骗不了我!你想找死啊?你是从哪里来的?"

女美容师不是别人,她正是丈夫的堂妹苏多丽。苏多丽擦干眼泪,说道:"你赶快走!穿上我这件纱丽,我脱下来给你。拿着这

月　华

个红漆篮子。蒙上纱丽赶快离开这艘船。"

赛博利妮心不在焉地问道:"你是怎么来这儿的?"

苏多丽说:"我从哪里来,又是怎么来这儿的——以后有时间我再告诉你。我总算找到你了。我听人们说,一顶轿子向恒河走去了。早晨起来后,我没有告诉任何人,就奔向恒河岸边来了。人们告诉我,一艘大船向北开去了。我走了很远的路,脚都走痛了。当时我雇了一艘小船,去追赶你们。你们的大船开不动了,我的小船很快就追上了你们。"

赛博利妮说:"你怎么敢一个人来呀?"

"你这个厚颜无耻的女人,你怎么敢坐洋大人的轿子呢?"这句话已经来到苏多丽的嘴边,但是她意识到现在不是说这句话的时候,所以她就没有说出口。她回答说:"我不是一个人来的。我丈夫和我一起来的。我们的小船就停靠在离这儿不远的地方,我换上女美容师的服装就来了。"

赛博利妮问:"后来呢?"

苏多丽说:"后来嘛,你赶快穿上我这件纱丽,拿着这红漆篮子,蒙上头巾,下船离开这里。谁也不会认出来的。你要沿河岸走。你就会看见我丈夫坐在小船上。你不要因为他是你小姑子的夫婿而害羞——你就坐上那艘小船。你一坐上船,他就会解开缆绳,把你送回家去。"

赛博利妮沉思良久,然后问道:"那你怎么办呢?"

苏多丽说:"你不要为我担心。能够把女婆罗门苏多丽强行留在船上的英国人,还没有来到孟加拉呢。我们是婆罗门的女儿,是婆罗门的妻子,只要我们思想坚定,在这个世界上我们就不会有任何危险。你快走吧,总会有办法的,夜里我就会回到家里。我是相信破灾救难的毗湿奴①的。你不要再迟疑了——你小姑子的夫婿到现在还没有吃东西呢。今天他是否会吃上饭呢?我说不好。"

赛博利妮说:"好了,即便我回去了,我丈夫还会接受我吗?"

---

① 印度教教徒信奉的三大天神之一。

苏多丽说:"说蠢话!怎么会不接受呢?即使不接受又有什么关系呢?"

赛博利妮问:"你看,英国人把我抢走了,我还会保持自己的种姓吗?①"

苏多丽惊奇地望着赛博利妮的脸。苏多丽那犀利的目光刺伤了赛博利妮的心——高傲的赛博利妮犹如吞噬了含毒草药的毒蛇似的,垂下头来。

苏多丽严肃地问道:"你能讲实话吗?"

赛博利妮说:"我能。"

苏多丽问:"你能在这恒河②上讲实话吗?"

赛博利妮说:"我能讲。你不用问了,我现在就讲。到现在我与那个洋大人还没有见过面。我丈夫接受我,他也不会玷污自己的信仰的。"

苏多丽说:"那么,你丈夫一定会接受你的,对此你不必怀疑。他是一位品德高尚的人,不会做出不道德的事情来的。那么,你就不要再编造假话浪费时间了。"

赛博利妮沉默了一会儿,哭了,然后擦干泪水,说道:"我回去——我丈夫也会接受我的,但是我的污点难道能洗清吗?"

苏多丽没有回答,赛博利妮接着说:"村子里的姑娘们难道就不会指着我说'就是她曾经让英国人带走了'?但愿天神不会怪罪我,但是如果我生了儿子,那么在邀请客人来参加他的进食日的时候,又有谁肯来我家进餐呢?如果什么时候我有了女儿,那么,又有哪一个婆罗门肯让他的儿子娶我的女儿呢?我始终是信守贞节的,但是我回去之后,又有谁肯相信呢?我回到家里又怎样去见人呢?"

苏多丽说:"所发生的这一切都是命中注定的,这一切再也无法挽回来了。你不得不长期忍受一些痛苦,可是你毕竟是在自己的家里呀。"

---

① 根据印度教的古老传统,禁止女人与非本种姓的人接触,否则就会失去种姓。
② 印度教教徒心目中的圣河,发源于喜马拉雅山,系印度最主要的河流。

月　华

赛博利妮说：“还有什么幸福可言呢？还有什么幸福可期待呢？我回家去难道就是为了忍受这么多的痛苦吗？没有父亲，没有母亲，也没有朋友——”

苏多丽问：“不是还有丈夫吗？作为一个女人还能为谁活着呢？”

赛博利妮说：“要知道，这一切——”

"我知道。"苏多丽打断她的话说，"我知道，世界上有多少罪孽的女性，但是没有哪一个女性能像你一样，拥有这样一个丈夫。像你丈夫那样的人在世界上是很难得的，而你对于他的爱还不满意。他并不像孩子们对待木偶剧院里的木偶那样，不知道尊爱自己的妻子。造物主亲自把他造就成为一个真正的男人——并没有使用浮华的装饰材料。他是一位具有高尚道德情操的人，是一位学者。你是一个罪孽的女人，你为什么不用心去爱他呢？你连盲人都不如，所以你不懂得，你丈夫对你的那种爱，在女人的一生中是很难得到的——大概由于你前世做了很多善事，所以你才能得到这样一个丈夫对你如此的珍爱。算了，这种话不要说了——这里不是说这种话的地方。即使他不再爱你，那么，如果你能在他身边伺候他，你的生活也是有意义的！你为什么还要耽搁呢？我要生气了。"

赛博利妮说："你看，我已经想过，回去后我住在家里，如果我能够找到父母家里的什么人，我就去他们那里居住。不然我就去迦尸①以乞讨为食，或者沉入水中淹死。现在我去蒙格尔，看一看蒙格尔怎么样。我要看看，在首府能不能得到施舍。我应该去死，我会死的。死亡就掌握在我的手里。现在除了死亡，我还有什么出路呢？不过，不管我死还是活，我发誓，我决不回家。你白白地为我受了那么多的苦——你回去吧。我不会走的。你就当我已经死了。你要相信，我会死的！你走吧。"

苏多丽这时没有再说什么。她抑制住自己的泪水，站起身来，说道："我相信，你很快会死去！我衷心祈求天神，使你有勇气去

---

① 著名的印度教圣地，也译为迦尸。印度教教徒认为，在迦尸死亡，灵魂可以升天。

死！让你在到达蒙格尔之前就死去。不管是暴风雨，不管是飓风，也不管是大船沉没，反正应该让你在到达蒙格尔之前死去。"

说完这番话，苏多丽就从船舱里走出来，将红漆篮子扔到水中，回到了丈夫的身边。

第五章　月华回来了

月华通过占卜预见到了未来，可是他却对宫廷命官说："先生，请转告总督，我没能预见到未来。"

宫廷命官问道："为什么呀，先生？"

月华回答说："靠占卜是不能预见到一切的。如果能够预见到一切，那么，人就成为万能的了。况且我又不善于观测天象。"

宫廷命官说："或许，人们都不想说出会令大公不愉快的消息吧。算了，您怎么说，我就怎么向大公报告吧。"

月华告辞了。宫廷命官不敢给他路费。月华是婆罗门学者，他不是那种云游四方的婆罗门，所以他不接受施舍——任何人的馈赠他都不肯接受。

快到家的时候，月华就远远地就看见了自己家的房屋。一看到自己的家，他的心里就充满了喜悦。月华是一位理论家，是一位探索理论问题的学者。他问自己："为什么从外地回来的时候，一看见自己的家，心里就充满了欢乐呢？难道这么多天来我一直没有吃好睡好吗？难道回到家里比在外地幸福吗？在我这样的年龄，毫无疑问，必然会有很多眷恋。在这个家里有我的爱妻在等待着我，就是为此我才这样喜悦吗？这个世界上的万事万物，都是大梵天①创造的。如果是这样，那么为什么会对一些人产生眷恋，而对另一些

---

① 印度教教徒信奉的三大天神之一。印度教认为，他主管创造，宇宙万物都是他创造的。另外两位天神是毗湿奴和湿婆，毗湿奴为保护之神，而湿婆则是毁灭之神。

月　华

人会产生厌烦呢？所有人不都是大梵天创造的吗？为什么我连一次也不想回头看一眼为我挑行李的人，我却如此强烈地渴望看到那张令人愉悦的莲花般美丽的脸呢？我并不讨厌天神的教诲，可是我却被可怕的眷恋之网所纠缠。我不想撕破这种眷恋的罗网——如果我能够永远活着，那么，我就希望永远生活在这种眷恋之中。还要过多久我才能再见到赛博利妮呢？"

突然，月华的心里产生了一种恐惧感："如果回到家里，我看不到赛博利妮呢？为什么我会看不到她呢？如果她生病了呢？——所有人都会生病的，也都会好的。"月华在想："为什么一想到她生病，我就会感到如此痛苦呢？谁能不生病呢？那么，她要是患了某种很严重的疾病呢？"月华想到这里，就加快了脚步。"如果赛博利妮生病了，我就要举行免灾的宗教仪式，天神一定会让她康复的。""如果她的病不能好，那可怎么办呢！"月华的眼里涌出了泪水。他想："天神啊，您在我这样的年纪赐给我这样一颗珍珠，难道还要夺走吗？！那是多么不可思议呀！我这样虔诚地敬奉天神，难道天神不赐给我幸福，反而还让我遭受痛苦吗？也许，我的命运注定要遭受这样可怕的不幸。如果回到家里发现赛博利妮不在了呢？如果我回来后听说，赛博利妮被怪病夺去了生命呢？那样的话，我也就不活了。"月华加快了脚步，向家里走去。他一走进村子就发现，邻居们都在以十分严肃的表情望着他。月华不明白他们这种目光的含义。孩子们看见他都默默地笑了。有些人远远地跟在他的后面。年纪大的人一看见他，就躲了起来。月华既感到奇怪，又有些恐惧，他有些心慌意乱了。他并没有左顾右盼，径直来到自己的家门口。

房门关闭着。他从外面敲了敲门，仆人打开外室的大门。一看见月华，仆人就哭起来。

月华问道："出了什么事？"

仆人什么也没有说，一边哭着一边走开了。

月华想起了守护神。他看到，院子没有打扫，祈祷室里落了一层灰土，四周的地上到处都是燃烧过的火把，几扇门被砸破了。月华走进内室，发现所有房间都从外边上了锁。一个女仆一看见他，就走开了。他听到，那个女仆一走到外边，就大声地哭起来。这时月华来到院子里，声嘶力竭地高声喊道："赛博利妮！"

没有人回答。听到月华声嘶力竭的喊声，正在恸哭的女仆也惊呆了。

月华又喊了一声。院子里只听到了回声——没有人回答。

与此同时，赛博利妮所乘坐的那艘漂亮的大船，正在恒河中行进，英国人的一面红旗迎着微风在大船上面飘扬，船员们唱着船工之歌。

月华听说了所发生的一切。

此时，月华把精心供奉在家里的那块沙罗村黑石送到苏多丽父亲的家里保存起来。他把一些穷苦的邻居叫来，将餐具、衣服等家里所用的东西都送给了他们。到黄昏的时候，他已经处理完所有的事情。傍晚，他将已经读过的和准备阅读的那些犹如血液般珍贵的书籍一本一本地收集在一起，把它们一本一本地堆放在院子里——他一边堆放一边抽出一本来翻一下，随后又放下了——所有的书籍都堆放在院子里了，然后他就把它们点燃了。

火焰烧了起来。往事书、历史书、诗歌、修辞学、语法等方面的书籍，渐渐地燃烧起来了；马奴、贾甘瓦尔寇、波拉绍尔等人的回忆录，逻辑学派、吠檀多学派、数论学派等哲学著作，卡尔巴经、森林书、奥义书等经典，也都沾火燃烧起来。他精心收集来的、长期以来一直在阅读的所有这些十分宝贵的书籍，最后都化为灰烬了。

夜里，月华烧完了书籍之后，只带上生活用品和衣物，就离家出走了。他去了哪里，谁也不知道——也没有人问过他。

第二部 罪孽

第一章 库尔绍姆

"算了,鸟不会跳舞。你现在就来讲一讲你自己吧。"

窦娄妮王妃说完,就用手去摸了一下那只不再跳舞的孔雀的尾巴。然后她把自己手上戴的那只镶有钻石的镯子摘下来,戴在了另一只孔雀的脖子上。她向一只会说话的鹦鹉的脸上、眼睛上喷洒了一些玫瑰花水。鹦鹉大声叫起了"女奴仆"。这种侮辱性的话语,还是窦娄妮亲自教它说的呢。

站在旁边的一个女仆,还想让这几只鸟跳舞,窦娄妮对她说:"现在讲讲你自己吧。"

库尔绍姆说:"有什么好讲呢?两艘装有武器的船停靠在河岸边。船上有一个英国乘客;两艘船都被截获了。阿利·希布拉西姆·汗说,应该把船放了,因为扣留英国人的船,可能会引发与英国人的战争。古尔功·汗说:'那就和他们打吧。我决不放走船。'"

窦娄妮问:"武器运往哪里?"

库尔绍姆说:"运往阿吉马巴德①的工厂。如果爆发战争,首先就在那里开始。(如果)把武器运到那里,就很难把英国人从那里赶走。要塞里的人都这样传说。"

窦娄妮问:"古尔功·汗为什么想扣留他们的船?"

库尔绍姆说:"他说,如果在那里存放大量武器,那么就很难打赢战争。让敌人聚集力量不好。阿利·希布拉西姆·汗说,我们不管怎么做,都不可能打赢这场战争。所以我们不应该和英国人打

---

① 巴特那。

仗。既然如此，为什么要扣留英国人的船从而引发战争呢？看来，他的话是对的。我们无法摆脱英国的控制。看来，又要重演西拉吉道拉总督的历史事件了。"

窦娄妮沉思了良久。然后她说道："库尔绍姆，你能不能去做一件冒险的事情？"

库尔绍姆问："什么事情？是去吃伊利石鱼①，还是下到冷水里游泳？"

窦娄妮说："算了，不要开玩笑了。要是阿利扎知道了，他会把你和我扔到大象脚下的。"

库尔绍姆说："他怎么会知道呢？我偷过那么多的香水、花露水、金子和银子，不是谁也不知道嘛！我觉得，男人的眼睛只不过是头上的摆设——什么也看不见。我还从来没有听说过，在什么地方什么时候男人们能猜到女人的计谋。"

窦娄妮说："好了，我不是说太监和侍卫。总督阿利扎和别的男人可不一样。他怎么能不知道呢？"

库尔绍姆问："难道我就不会躲开他吗？应该去做什么呢？"

窦娄妮说："应该往古尔功·汗那里去送一封信。"

库尔绍姆惊愕得说不出话来。

窦娄妮问道："你想说什么？"

库尔绍姆说："谁的信？"

窦娄妮说："我的。"

库尔绍姆说："怎么？你疯了吗？"

窦娄妮说："差不多吧。"

两个女人默默地坐着。两只孔雀看见她们沉默不语，就跳到自己窝里的横杆上。那只鹦鹉毫无意义地喊叫起来。其他的鸟全都在吃食。

过了一会儿，库尔绍姆说："这件事很容易办到。只要给一个太监一点儿好处，他就会把信送去。可是这件事又很危险。要是总

---

① 一种味道很鲜美的鱼，只有在雨季才容易捕捞到。

督知道了，我们俩就没命了。不管怎么样，你自己晓得你要做的事情。我只是个女仆。把信给我吧——再给一点儿钱。"

随后库尔绍姆带着信走了。以这封信为线索，天神将窦娄妮和赛博利妮的命运连在一起了。

第二章　古尔功·汗

窦娄妮的那封信送给了一个人，他的名字叫古尔功·汗。那个时候在孟加拉所有宫廷命官中，古尔功·汗是最优秀的和最杰出的。他是亚美尼亚人，出生在伊斯法罕。传说，虽然他以前曾经是个贩卖布匹的商人，但是他具有非凡才能和天赋。到宫廷任职不久，他就被任命为军队的总司令。不仅如此，他就任总司令之后，就组建了一支新型的步兵军队。他按照欧洲方式训练和装备这支部队，他主持制造的火炮和步枪比欧洲的还好；他的步兵部队可以与欧洲最优秀的部队相媲美。阿利扎·米尔卡瑟姆总督对他寄予这样的厚望——希望自己能在古尔功·汗的帮助下打败英国人。古尔功·汗的威信也慢慢地提高了，不与他商量，阿利扎·米尔卡瑟姆任何事情都不能做。反对他意见的人们，无论说什么，阿利扎·米尔卡瑟姆总督都是不肯听的。结果，古尔功·汗居然成为一个小总督。对此，一些穆斯林官员很不满。

夜已经很深了，但是古尔功·汗还没有就寝。他借助唯一的烛光在阅读一些信函。这些信函是住在加尔各答的几个亚美尼亚人写来的。读完信函，古尔功·汗就叫了一下仆人。一个侍从走进来，立在一旁，古尔功·汗吩咐说："所有的门都开着吗？"

侍从回答道："是的。"

古尔功·汗说："如果有什么人到我这里来，任何人都不要阻拦，也不要问'你是谁？'你把我的话传达下去了吗？"

侍从回答说："是，您的命令已经在执行中。"

古尔功·汗说:"好,你可以走了。"

这时古尔功·汗把信函捆起来,藏在一个合适的地方。他开始在心里默默地说:"现在我应该走哪条路呢?这个印度现在就是有个大海——不论谁获得多少珍珠,都会沉入海底。可是坐在岸边数波浪又有什么用呢?你看,我以前曾经贩卖过服装,而现在整个印度都惧怕我。我就是孟加拉的主人。我真是孟加拉的主人吗?到底谁是主人呢?主人是英国商人,阿利扎·米尔卡瑟姆只是他们的仆人;我是阿利扎·米尔卡瑟姆的仆人——我是主人之仆人的仆人。多么高的职位呀!我为什么不能成为孟加拉的主人呢?谁能在我的大炮面前傲然屹立呢?英国人吗?如果有一天与他们相遇呢?然而,不把英国人赶出去,我就不可能成为孟加拉的主人。我想成为孟加拉的总督。我对阿利扎·米尔卡瑟姆倒并不在意——不论哪一天(只要)我想推翻他,我就可以把他拉下宝座。他只是我登上最高权位的一个阶梯——现在我已经登上了屋顶——我可以抛弃梯子了。妨碍我的只有那些该死的英国人。他们想控制我——我也想控制他们。可是他们是不会被控制的。因此,我要把他们赶走。暂时就让阿利扎·米尔卡瑟姆留在宝座上;在他的帮助下,就让'印度英国人'这个名称在孟加拉消失。因此,我准备发动这场战争。然后我再和阿利扎·米尔卡瑟姆分手。这是一条最好的道路。但是今天我怎么接到了这样一封信呢?那个少女为什么要干这种冒险的事情呢?"

这时候,古尔功·汗默默地思考着的那个人,径直走了进来。古尔功·汗请她坐在另一个座位上。她就是窦娄妮王妃。

古尔功·汗说:"过去了很多时日之后,今天又见到你了,我感到很高兴。自从你进入总督的内宫以后,我就再也没有见到过你。可是你为什么要做这种冒险的事情呢?"

窦娄妮反问道:"怎么是冒险的事情呢?"

古尔功·汗说:"你作为总督的夫人,深夜里一个人偷偷地跑到我这里来,这要是让总督知道了,你和我两个人都会被他处死的。"

窦娄妮说:"如果他知道了,我就公开我和你的亲戚关系,那样一来,他就再也没有任何生气的理由了。"

古尔功·汗说:"你真是个孩子,所以你才抱有这样的希望!长期以来,我们都没有公开过我们的亲属关系。到现在为止,我们没有向任何人说过你认识我,我也认识你。现在由于陷入了困境就公开说明,谁会相信呢?人们会说,这是我们求生的计谋。你来这里可不好啊!"

窦娄妮问:"总督怎么可能会知道呢?所有卫士都是忠于你的——他们一看到你下达的命令,就放我进来了。我来就是想问你一件事:要和英国人打仗——此话当真吗?"

古尔功·汗说:"你住在要塞里听到过这种议论吗?"

窦娄妮说:"听到过。在要塞里流传着这样的说法:同英国人的战争就要爆发了,而且就是您要发动这场战争。这是为什么?"

古尔功·汗说:"你一个姑娘家,怎么会懂得这种事情呢?"

窦娄妮说:"像我这样一个姑娘就不该讲话吗?不,像我这样的姑娘不是也可以做事情吗?您既然把我安置在总督的内宫里,作为自己的心腹助手,您怎么就不能和我这样一个姑娘讲话呢?"

古尔功·汗说:"好了。和英国人打仗对你对我有什么损失呢?!如果有损失,就不要开战好了。"

窦娄妮问:"你们能胜利吗?"

古尔功·汗说:"我们有可能胜利。"

窦娄妮又问:"迄今为止,有谁战胜过英国人吗?"

古尔功·汗反问:"有几个英国人同我古尔功·汗打过仗呢?"

窦娄妮说:"西拉吉道拉也曾经这样想过。即便我是个女人,我还是相信我的心灵所意识到的一切。我觉得,我们同英国人作战,无论如何都不可能取得胜利。在这场战争中我们将会遭到毁灭。因此我才来请求您,不要打这场战争。"

古尔功·汗说:"在这种事情上,不应该采纳女人的建议。"

窦娄妮说:"应该采纳我的建议。请您来保护我吧。我看到周围一片黑暗。"说完,窦娄妮就哭了起来。

古尔功·汗感到十分惊奇,他说:"你哭什么呢?如果阿利扎·米尔卡瑟姆失去宝座,我就带你回到故乡去。"

窦娄妮气得两眼闪着泪花。她气愤地说:"阿利扎·米尔卡瑟姆是我的丈夫——您难道忘了吗?"

古尔功·汗有点儿惊奇,也有点儿羞愧,他说:"不,我没有忘记。但是任何人的丈夫都不会是长久的,一个丈夫走了,还会有另一个丈夫的。我相信,总有一天,你会成为印度的第二个奴尔贾汗①的。"

窦娄妮站起来,气得浑身发抖。她止住泪水,瞪着一双大眼睛,声音颤抖地说道:"你见鬼去吧!在不吉利的时刻我作为你的妹妹出生了,在不吉利的时刻我曾经发誓帮助你。可是你不懂得一个女人所具有的那种友爱、善良、正义感。如果你肯接受我的建议放弃战争,那很好,否则,从今天起我就与你断绝关系——不仅断绝关系,而且从今天起我与你就是敌人了。我还知道,你是我最凶恶的敌人。你也该知道,我也是你最凶恶的敌人。我——你的最凶恶的敌人就住在王宫的内室里。"

说完这番话,窦娄妮王妃匆匆离开房间,走了出去。

窦娄妮走出去之后,古尔功·汗开始思考起来。他明白了,窦娄妮现在已经不再是他的人了,她是米尔卡瑟姆的人了。窦娄妮可能会把他作为哥哥而爱他,但是她对米尔卡瑟姆是更加忠爱的。如果她已经意识到或者将会意识到,她的这个哥哥会对她的丈夫采取不好的举动,那么,为了丈夫她就会对哥哥做出不利的事情来,所以,不应该让她再回到要塞里去。古尔功·汗叫了一声内侍。

一个全副武装的卫士走进来。古尔功·汗让他去传达命令:不要让窦娄妮再回到要塞里去。

卫士骑着马先于窦娄妮来到要塞的门旁,而窦娄妮来到要塞门口的时候,卫士们禁止她进要塞里去。

听到这命令,窦娄妮犹如被折断的蔓藤,缓缓地瘫坐在地上。

---

① 18世纪印度莫卧儿王朝的皇帝贾汗吉的妃子,以绝色美貌著称。贾汗吉杀死她的前夫纳她为妃。

成串儿的泪水从眼睛里簌簌地流下来。

"妹妹，简直没有我的立足之地了！"窦娄妮感叹地说。

库尔绍姆说："走吧，我们回到总司令的官邸去吧。"

窦娄妮说："你走吧。我的栖身之地是在恒河的波涛里。"

在这个漆黑的夜里，窦娄妮站在国道旁又哭了起来。头上的星星在闪烁——鲜花的芬芳从花树丛中飘过来——在和风的吹拂下，被黑暗笼罩着的树木枝叶微微地颤抖。

窦娄妮哭着叫了一声："库尔绍姆！"

第三章　窦娄妮出了什么事？

深夜，在唯一一个侍女的陪同下，王妃站在国道旁哭泣着。库尔绍姆问道："现在怎么办？"

窦娄妮擦干了眼泪，说道："走吧，我们就站在那棵树下，等天亮了再说。"

库尔绍姆说："如果在这里等到天亮，我们会被抓走的。"

窦娄妮说："怕什么？难道我做了什么坏事？为什么要害怕呢？"

库尔绍姆说："我们像小偷一样，悄悄地离开了王宫。为什么我们来到这里，只有你知道。可是你想想看，人们会怎么想呢？总督又会怎么想呢？"

窦娄妮说："随他怎么想吧，天神才是审视我行为的法官——任何其他人的审判，我都不承认。最多不过一死，有什么关系呢？"

库尔绍姆说："可是我们站在这里又有什么用呢？"

窦娄妮说："站在这里，我们会被捉住的——正是为了此目的我们才站在这里。被捉住是我的愿望。不过，逮捕我们的人，会把我们带到什么地方去呢？"

库尔绍姆说："王宫。"

窦娄妮说："带到主人那里？我正想回到那里去呢。我没有其他地方可去了。如果他命令处死我，那么，在临死的时候我会对他说，我是无辜的。好了，走吧，我们就坐在要塞门口等着——在那里很快就会被抓走的。"

就在这个时候，两个女人惊恐地看到，一个高个子男人的身影在黑暗中正朝着恒河岸边走去。她们俩走到树下的黑暗中躲藏起来。两个女人又惊恐地发现，高个子男人离开了恒河岸边的小路，向她们藏身的这棵树的方向走过来。看到这种情况，两个女人就往黑暗处躲藏起来。

高个子男人走到那里，问道："你们是什么人？躲藏在这里干什么？"问了这一句之后，他又轻声地仿佛是对自己说道："难道你们也像我一样，深夜里睡不着而在路上游荡？不幸的人啊，你们是什么人？"

高个子男人发现，听到自己的声音后，两个女人原先所产生的恐惧感已经消失了，因为他的声音很亲切——充满了忧伤和同情。

库尔绍姆说："我们是女人，您是什么人？"

男人又问道："我们？你们几个人呢？"

库尔绍姆说："我们就两个人。"

男人问："黑夜里你们来这里做什么？"

这时候窦娄妮说道："我们是两个不幸的女人——听到我们的不幸，您又能做什么呢？"

这位陌生人听了后，说道："我是一个微不足道的小人物，不过小人物也可以帮助别人。如果你们陷入了困境，我会尽力帮助你们的。"

窦娄妮说："帮助我们几乎是不可能。您是什么人？"

陌生人说："我是个小人物——只是个贫穷的婆罗门，是研究圣典经书的人。"

窦娄妮说："不论您是什么人，听了您的话，我是很信任您的。一个沉入水中快要被淹死的人，是不会考虑别人的帮助可靠还是不可靠的。如果您想听一听我们的不幸，那么，我们就离开这条

月　华

大路，到远一点儿的地方去吧。说不定附近的什么地方会有什么人呢。没有必要向所有人述说我们的不幸。"

这时那位婆罗门学者说道："那你们俩就跟我走吧。"说完，他就带领窦娄妮和库尔绍姆向城里走去。来到一座小房子门前，婆罗门学者敲了一下门，叫道："拉摩丘龙！"拉摩丘龙走过来，打开房门。婆罗门学者吩咐他把灯点上。

拉摩丘龙点上灯，向婆罗门学者鞠躬施了大礼。婆罗门学者对他说："你去睡觉吧。"拉摩丘龙望了一眼窦娄妮和库尔绍姆，就走开了。不言而喻，拉摩丘龙这一夜再也没有入睡。"这位尊敬的先生，为什么在深夜里把两个年轻女人带回家里来呢？"——这个念头搅得他不得安宁。拉摩丘龙把婆罗门学者当作天神一样来敬奉——知道他是能够抑制自己的情欲的——他的这一信念并没有动摇。最后拉摩丘龙得出结论："大概，这两个女人刚刚成了寡妇——先生把她们叫来是为了劝说她们自焚殉夫①。真是糊涂啊，我怎么才明白过来呀?!"

婆罗门学者坐在一个坐垫上，让两个女人坐在地上。首先，窦娄妮做了自我介绍，然后讲述了夜里所发生的一切。

听了她的讲述后，婆罗门学者默默地想："谁能够避免注定要发生的事情呢？注定要发生的事情，必然会发生。但是也不能因此而丧失勇气。我一定要去做应该做的事情。"

唉！婆罗门学者先生！你为什么要烧毁那些书籍呢？所有的书籍都可以变成灰烬，但是心灵之书是不会变成灰烬的。

婆罗门学者对窦娄妮说："我的建议是这样的：您不要贸然地出现在总督面前。首先，您应该写封信函，把所发生的事情都告诉他。如果他对您还怀有爱意，那么，他一定会相信您所说的话。而后在收到他的命令之后，您再回到他的身边去。"

窦娄妮问："谁去送信呢？"

---

① 在印度 19 世纪还残存的一种陋习。丈夫死后，妻子志愿和丈夫的尸体一起被焚烧，以显示自己的贞节。

婆罗门说:"我派人送去。"

窦娄妮需要纸和笔。婆罗门学者又把拉摩丘龙叫起来。拉摩丘龙拿来纸、笔等书写用品,然后又离去了。窦娄妮开始写起信来。

这时,婆罗门学者说:"这所房子不是我的,但是您在收到总督答复之前可以一直住在这里——任何人都不会知道的,任何人都不会问您什么。"

走投无路的两个女人,只好接受这个建议。信写好了,窦娄妮将它交给了婆罗门学者。这位婆罗门嘱咐拉摩丘龙要好好儿照顾两个女人,随后他带着信就走了出去。

蒙格尔宫廷的所有官员都是印度教教徒,他们早就认识这位婆罗门学者。就连穆斯林也认识他,而且所有工作人员都很尊敬他。

文书官拉姆戈宾德·拉伊对他特别敬重。当太阳冉冉升起的时候,婆罗门学者已经走进了蒙格尔要塞。他会见了拉姆戈宾德,并且把窦娄妮的信交给了拉姆戈宾德。他对拉姆戈宾德说:"请不要提我的名字,你就说,一个婆罗门送来了这封信。"

文书官说:"您明天来听答复吧。"文书官并没有打听这是谁的信。婆罗门学者又重新回到前面提到的那座房子里。他见到窦娄妮,并对她说:"明天会有回答。请设法挨过今天吧。"

拉摩丘龙早晨起来后发现,两个女人没有一点儿准备自焚殉夫的迹象。

在这所楼房的上面一层,还睡着另外一个人。在这里应该对此人做一点儿介绍。通过对他品行的描述,我这支被赛博利妮所玷污的笔将会被洗清了。

第四章 普罗达布

苏多丽非常生气,她从赛博利妮的船上走下来。她要回到她丈夫所在的那艘船上去。在回来的一路上,她都在咒骂赛博利妮。有

月　华

时说她是"倒霉的女人",有时说她是"轻佻的女人",有时骂她是"不要脸的女人",等等,她把这种咒骂变成了对赛博利妮的亲切称呼,她丈夫也不得不听着。回到家后,苏多丽哭了很久。后来,月华回来了,然后又离开村子走了。就这样又过了一些日子。再也没有得到关于月华或赛博利妮的任何消息。有一天,苏多丽穿上达卡制造的纱丽,佩戴上首饰。

前面我已经讲过,苏多丽是月华邻居的女儿,也是他的堂妹。苏多丽的父亲并不是个很穷的人。苏多丽一般都住在父亲家里。她的丈夫斯里纳特也不是真正倒插门的女婿,所以他只是有时来岳父家里住一住。赛博利妮遭到不幸的时候,斯里纳特正在智慧村。关于这个村子的情况,前面已经说过了。苏多丽就是她父亲家里的女主人——她的母亲有病,因此不能操持家务。苏多丽还有一个妹妹,名字叫鲁波丝。鲁波丝住在婆婆家里。

苏多丽穿上达卡出产的纱丽,戴上首饰,对父亲说:"我去看一看鲁波丝——我做了一个很不好的梦,不知她那里是否出了什么事。"苏多丽的父亲克里什诺科莫尔·丘克罗波尔迪一般都是听从女儿的——开始有一点儿反对,但是最后还是同意了。苏多丽就前往鲁波丝的婆家去了,而斯里纳特也回自己家了。

鲁波丝的丈夫是谁呢?他就是普罗达布!月华与赛博利妮结婚后,经常看见普罗达布。月华很喜欢普罗达布的人品。苏多丽的妹妹到了该出嫁的时候,月华就介绍她与普罗达布结了婚。不仅如此,月华还是米尔卡瑟姆·汗的导师,所以他受到米尔卡瑟姆·汗的特别尊重。月华就在总督府里给普罗达布安置了一个差使。普罗达布凭借自己的才干,一步一步获得了提升。如今普罗达布已经成为一个大地主。他拥有一栋庞大的楼房,而且整个孟加拉都晓得他的名字。苏多丽的轿子被抬进了他的院子。鲁波丝看见姐姐,向她行了大礼,随后把她迎进屋里来。普罗达布走进来,风趣地欢迎他的大姨了。

然后,普罗达布向苏多丽询问了有关智慧村的一切情况。听了其他一些情况之后,普罗达布又询问起月华的情况。

苏多丽说:"我来这里就是为了告诉你们关于他的一些情况,你听我讲吧。"

接着,苏多丽详细地讲述了关于月华和赛博利妮背井离乡的情况。听了之后,普罗达布简直惊呆了,一句话也说不出来。

过了一会儿,普罗达布抬起头来,用有些粗暴的口气对苏多丽说:"为什么过了这么多天你才来告诉我这件事呢?"

苏多丽说:"为什么?即使我早告诉了你,又会怎么样呢?"

普罗达布说:"会怎么样?你是个女人家,我不想在你面前吹牛。如果你及时告诉我,我总会对他们有些帮助的。"

苏多丽说:"我怎么会知道你能够帮助他们呢?"

普罗达布说:"怎么?你难道不知道吗?——我所有的一切都是月华给的。"

苏多丽说:"我知道。可是我也听说,人一旦发了财,他就会忘掉以前的事情。"

普罗达布生气了,一句话也没说,他站起身来走了出去。看见他生气了,苏多丽非常高兴。

次日,普罗达布只带着一个厨子和一个仆人动身前往蒙格尔了。仆人的名字叫拉摩丘龙。普罗达布没说他要去哪里,他只对鲁波丝说:"我去寻找月华和赛博利妮,找不到他们,我就不回来。"

婆罗门学者将窦娄妮安顿住下来的那所房子,就是普罗达布在蒙格尔的住所。

苏多丽在妹妹家里住了几天,因为失望而又咒骂起赛博利妮来。早晨、中午、晚上,她一直喋喋不休地企图向鲁波丝证明,像赛博利妮这样有罪的下流女人,再也不会降生到这个世界上来了。

有一天,鲁波丝对姐姐说:"这些都对,不过,你干吗要为她这样大吵大闹呢?"

苏多丽说:"我恨不得把她的头拧下来——我要让她去见阎摩——我要用火烧她的脸!"等等等等。

鲁波丝说:"姐姐,你怎么这样喜欢骂人呢!"

苏多丽回答说:"这都是她把我气的!"

第五章 恒河岸边

英国驻加尔各答的委员会决定与孟加拉总督打一场战争,因此,近期内必须把一些武器运送到巴特那的工厂去。为此他们装运了一船武器。

还需要给驻在巴特那工厂的经理伊利斯先生送去一些秘密指示。这期间阿米亚特先生正在蒙格尔与孟加拉总督解决一些争论问题——他在那里做了什么事情,了解到什么情况,委员会一点儿都不知道,所以不能向伊利斯先生发出确切的指示。因此,必须派一个有经验的工作人员到那里去。此人应该会见阿米亚特,并带着他的指示去见伊利斯,向他说明加尔各答委员会的指示和阿米亚特的意见。

为了完成这些使命,驻印度的英国总督巴尼萨特从布龙多尔普尔召回了福斯特,让他负责押送那艘装有武器的船,并去会见阿米亚特,然后再前往巴特那。可是他到了加尔各答以后又动身去了西部。他事先知道了这一安排,所以他先派人护送赛博利妮前往蒙格尔。福斯特在半路上赶上了赛博利妮所乘坐的那艘大船。

福斯特随同装有武器的船和赛博利妮一起来到了蒙格尔,把船停靠在岸边。他会见了阿米亚特,然后就告辞出来,但是就在这个时候,古尔功·汗扣留了他的船。当时阿米亚特正在与王公争吵。当天阿米亚特和福斯特做出了这样的决定:如果王公肯释放被扣押的船,那一切都好;否则,第二天早晨福斯特就抛弃那两艘船,前往巴特那。

福斯特的两艘船都停靠在蒙格尔要塞的码头上。一艘是本地的驳船——吨位很大,另一艘是大型游船。驳船上面有王公的几个士兵,岸边也有几个士兵。这艘船上装载着武器——这艘船被古尔功·汗扣留了。

那艘游船上没有装载武器,停靠在离驳船二十来米远的地方。在那艘船上没有王公的士兵。在船的甲板上有一个被英国人雇用的"傣林甘人"①士兵守卫着。

夜幕降临了,时间渐渐地临近了午夜。四周一片漆黑,但是空气清新。游船上的那个士兵一会儿站起来,一会儿坐下,然后再打一会儿瞌睡。河岸边有一片芦苇荡。那里面有一个人在向那个士兵瞭望,他就是普罗达布。

普罗达布发现,士兵在打瞌睡,于是他就走过来,慢慢地下到水里。士兵听到水声,睡眼蒙眬地问:"谁?"普罗达布没有回答。士兵又打起瞌睡来。船舱里的福斯特并没有睡觉,他听到士兵的问话后,就从游船里走出来,他向四周查看了一下。他发现,有一个人在水里洗澡。

就在这个时候,从芦苇丛中突然传来了枪声。游船上的士兵因被子弹击中而掉进了水里。普罗达布当时来到停靠船的地方,躲进船的阴影里,沉入水中,只把头露出水面。

一听到枪声,驳船上的士兵们就喊起来:"怎么回事?"紧接着响起一片叫喊声。船上的其他人也都醒了。福斯特手里拿着枪走了出来。

福斯特走出船舱,开始向四周观察起来。他发现,傣林甘人士兵不见了——借助月光他看见,士兵的尸体漂浮在水中。最初,他以为是王公的士兵们开的枪,但就在此时他看见,芦苇荡那边升起一小股烟雾。他还发现,跟随他一起来的第二艘船上的人们都向这边跑来,大概是想弄清楚发生了什么事。天上的星星在闪烁,城里的灯火也在闪烁。恒河里数百艘大船一字排开,犹如沉睡的罗刹,在黑暗中静卧不动。只有永无休止的恒河在不停地潺潺流淌。卫兵的尸体随着流水在漂动。刹那间福斯特看清了这一切。

看到芦苇丛上面升起的一股烟柱,福斯特举起手中的步枪,瞄

---

① 即现在的安塔拉邦人。

月　华

准了那个方向——福斯特立刻明白了,在那个芦苇丛中一定隐藏着敌人。福斯特还意识到,那个敌人在暗处打死了卫兵,现在他也可以开枪打死他。但是他是在普拉西战争①之后来到印度的,他的脑子里根本没有想过,当地人竟敢向英国人开枪射击。作为一个英国人,怎么能惧怕当地的敌人呢!如果那样,还不如死了好!这样想过之后,福斯特站在甲板上举起枪,但是就在这一瞬间芦苇丛中又闪了一下火光——枪又响了——福斯特的头部被击中了,他也像那个士兵一样,掉在了恒河里。他手里的步枪咣当一声掉在了船的甲板上。

普罗达布这时从腰间拔出刀子,割断了系游船的缆绳。这里的河水比较浅,水流缓慢,所以船员们就没有抛锚——即便是抛了锚,对于手脚灵活而又身强力壮的普罗达布来说,也不会有什么特别的妨碍。普罗达布一下子跳到了游船上。

描述这些事件所需要的时间是很长的,而所有这些事件发生的时间却只占所描述时间的百分之一。士兵被击毙,福斯特从船里走出来,也被击中,普罗达布跳上船——在所有这些行动所花费的时间内,第二艘船上的人们还来不及跑近游船,但是最后他们还是跑过来了。

他们跑过来后就看见,游船已经被普罗达布撑出很远了。有一个人游过去追上了游船,普罗达布举起竹篙,击中了他的头部。此人只得游了回去。再也没有人敢去追赶了。普罗达布将竹篙插入水底又撑船前进了。游船转入深水处就快速向前方驶去。

普罗达布手执竹篙转过身来一看,还有一个傣林甘人士兵跪在甲板上举着枪。普罗达布抢起竹篙向那个士兵的手上打去,他的手被打麻木了——步枪掉在了甲板上。普罗达布捡起掉在甲板上的那支步枪,又拾起从劳伦斯手中滑落的那支步枪。他对船上所有人说道:"你们都听着,我是普罗达布·拉伊。就连王公都

---

① 这里指 1757 年 6 月 23 日孟加拉邦王公西拉吉道拉在普拉西(那迪亚地区)与英国人进行的那场战争,那场战争以英国人取胜而告终。

惧怕我！我用这两支步枪和这支竹篙，大概瞬间就可以打死你们几个人。你们如果听我的话，那我就不会伤害你们中的任何人。我来掌舵，桨手们都去划船，而其余所有的人都要回到原来自己的位置上去。不然的话，我就打死你们——只要服从我，你们就不会有危险。"

说完这番话，普罗达布就用竹篙把桨手们一个个捅起来。他们被吓得战战兢兢，一个个都操起了桨。普罗达布走过去，掌着舵。谁都没有再说什么。游船迅速前进了。驳船上响起了两次枪声，但是并没有瞄准任何人，因为在微弱的星光下谁都看不清目标，所以枪声很快就停止了。

当时从驳船上下来的几个人，拿着枪登上了一艘小船，向游船追来。普罗达布起初什么都没有说，当他们靠近的时候，普罗达布举起两支枪来，向他们射击。两个人受了伤，其余的人吓得掉转小船逃走了。

躲藏在芦苇丛中的拉摩丘龙，看到普罗达布脱离了危险，又看见驳船上的士兵们走过来要搜查芦苇荡，他就悄悄地离去了。

第六章　惊雷

赛博利妮就睡在那艘在恒河中航行的游船里，那天夜里，她从沉睡中醒来了。

游船上有两间舱室——一间舱室里住着福斯特，而在另一间舱室里住着赛博利妮和她的女仆。赛博利妮现在并没有穿英国女人的服装，她身上穿一件镶黑边的纱丽。手腕上戴着手镯，脚腕上戴着脚镯——和她在一起的是来自布龙多尔普尔村的女仆芭尔波蒂。赛博利妮睡着了——她做了一个梦。她梦见那个毗玛池塘的四周一片昏黑——那是低垂到水面的树枝所形成的阴影——赛博利妮自己仿佛变成了池塘里的一枝荷花，浮在水面上漂荡。在池塘边沿仿佛有

月　华

一只美丽的天鹅在游动,而在岸上有一头白色的野公猪在漫步。赛博利妮很想捉住那只天鹅,可是天鹅却掉头游走了。那头野公猪想抓住荷花——赛博利妮,于是便向她走过来;她已经看不见天鹅的脸,但是却看见了那头野公猪的脸。她仿佛觉得,那头野猪的脸很像福斯特的脸。赛博利妮想走过去捉住天鹅,可是她的腿却变成了荷花的茎,植根于水底——她已经没有力气移动了。这时候那头野公猪说:"你到我身边来吧,我给你捉天鹅。"第一声枪响惊醒了赛博利妮的酣梦。随后她又听到了士兵落水的声音。她还没有完全清醒过来——因为她处于半睡半醒的蒙眬状态,她还没有马上明白过来。她仍然在想着那只天鹅和那头野公猪。当第二声枪响和乱哄哄的声音传来的时候,她才从酣梦中彻底醒过来。她走到外边的一间舱室,从开着的门向外面望了一下——她无法明白究竟发生了什么事情,于是又走回舱室里来。她点亮了舱室里的灯。芭尔波蒂也起来了。

赛博利妮向芭尔波蒂问道:"出了什么事,你知道吗?"

芭尔波蒂说:"不知道。好像上面的人在说话,游船被抢劫了——洋大人被打死了。哎,这都是我们的罪孽造成的结果。"

赛博利妮说:"洋大人被打死——这怎么是我们的罪孽所造成的结果呢?是洋大人自己的罪孽所造成的结果。"

芭尔波蒂说:"游船遭打劫我们也有危险啊。"

赛博利妮说:"什么危险?我们曾经和一个强盗打交道,现在又要和另一个强盗打交道。如果我们摆脱了白人强盗之手,又落入黑人强盗之手,这又有什么不好呢?"

说完这番话,赛博利妮甩动一下肩后她那头长长的秀发,微微一笑,就在小床上坐了下来。

芭尔波蒂说:"在这种时候,我实在无法忍受你的这种微笑。"

赛博利妮说:"你无法忍受,还有恒河水嘛,你可以跳进河里去死呀。我欢笑的时刻到来了。我就是要笑。你去叫一个强盗来吧,我要问他一些问题。"

芭尔波蒂生气地说:"不用去叫,他们自己会来的。"

然而一个钟头过去了，一个强盗也没有来。当时赛博利妮很扫兴地说："我们多么不幸啊！就连强盗都不来理睬我们。"芭尔波蒂却吓得颤抖起来。

又过了很长时间，游船开到一个浅滩边缘停下来。船在那里停了一会儿。随后有几个手持棍棒的人抬着轿子走过来。走在前面的就是拉摩丘龙。轿夫们把轿子放在沙滩上。拉摩丘龙登上游船，来到普罗达布身边。随后他根据普罗达布的指示，走进了那间舱室。首先，他看见了芭尔波蒂的脸，最后看到了赛博利妮。他对赛博利妮说："您下船吧。"

赛博利妮问道："你是谁？要我去哪里？"

拉摩丘龙说："我是您的仆人。您不必担心。跟我走吧。洋大人已经死了。"

赛博利妮默默地站起身来，跟着拉摩丘龙走了出去。她和拉摩丘龙一起下了船。芭尔波蒂也跟着他们向下走，但是拉摩丘龙没有让她下来。芭尔波蒂忐忑不安地留在了船上，拉摩丘龙请赛博利妮坐在轿子里，于是赛博利妮就登上了轿子。拉摩丘龙护送着轿子来到了普罗达布的家里。

当时窦娄妮和库尔绍姆仍然住在这座房子里。为了不惊醒她们，拉摩丘龙没有把赛博利妮带到她们所住的那一层，而是把她带到上面一层休息。拉摩丘龙点上灯，向赛博利妮鞠躬施礼，然后关上门就离去了。

赛博利妮问道："这是谁的房子？"拉摩丘龙已经听不到她的问话了。

拉摩丘龙凭借自己的智慧，决定将赛博利妮带到普罗达布的家里来，普罗达布并没有让他这样做。相反他对拉摩丘龙说："你把轿子护送到久格特赛特的家里去吧。"

拉摩丘龙在路上想："这样的深更半夜里，我是否能叫开久格特赛特家的房门呢？守门人会放我们进去吗？如果盘问起来，我该怎么说呢？要是我说实话，会不会因为我打死了人而被抓起来呢？这样做不行，现在还是回家好。"这样想过之后，他就把轿子带回

月　华

了家。

　　在普罗达布这一方面，他看见轿子走了，也下了船。以前大家看见他手里有枪，都不敢出声，现在再看到他有手持棍棒的帮手，谁都不敢说什么。普罗达布从船上走下来，朝自己家的方向走去。他来到家门口，敲了敲门，拉摩丘龙为他打开了房门。普罗达布回到家里，听到拉摩丘龙解释为什么没有按照他的吩咐去做。他听了后有些生气，于是说："你现在马上把她送到久格特赛特的家里去。你去叫她吧。"

　　拉摩丘龙来到楼上一看，发现她们都睡着了，他感到很惊讶。赛博利妮也在沉睡。在这种情况下她是不可能睡着的。她是否能睡着呢？我不知道——我只是描写所发生的事情。拉摩丘龙决定不了是否应该叫醒赛博利妮，于是又回到普罗达布身边，说："她睡着了——要我把她叫醒吗？"

　　普罗达布听了也感到惊讶，他在心里默默地想："学者贾那吉耶①忘记写了——嗜睡是女人第十六种品格。"他对拉摩丘龙说："不用叫了。你也去睡吧——太累了。我现在也要休息一会儿。"

　　拉摩丘龙去休息了。这时还是黑夜。房子里和房子外面的整个小镇都笼罩在黑暗之中——万籁寂静。普罗达布独自悄悄地来到楼上，走到自己卧室的门口。他打开房门，就看见赛博利妮睡在床上——拉摩丘龙忘了告诉普罗达布，他将赛博利妮安排在他的卧室里休息了。

　　在明亮的灯光下，普罗达布看到了赛博利妮，他仿佛觉得，在这张雪白的床上有人放置了刚刚采集来的一束纯洁的鲜花，仿佛在雨季里有人在恒河平静的银白色的水面上放置了一束盛开的雪白的莲花。这是一种多么迷人的平静的美呀！看见这种景象，普罗达布简直无法将自己的目光移开。他之所以不愿意将自己的目光移开，并不是因为他迷恋美色或者因此而激起了情欲——他什么都没有

---

① 印度古代孔雀王朝月护王时代的大臣和谋士，著名的《奥义书》注释者，他在注释中论述了孔雀王朝时代的政治、经济、社会、军事组织等问题。

想，只是由于被吸引才想看着她。想起很久以前的往事——回忆之海突然涌动起来，回忆的波澜一浪高过一浪地激荡起来。

赛博利妮并没有睡——她闭着眼睛在思考自己的处境。拉摩丘龙看见赛博利妮闭着眼睛，就以为她睡着了。由于赛博利妮陷入了沉思，所以她并没有听见普罗达布走进房间的脚步声。普罗达布是手里拿着枪走上楼来的。现在他要把枪立在墙边。但是由于粗心，枪没有放好，枪倒下去了。这一声响使赛博利妮睁开了眼睛，她看见了普罗达布。赛博利妮揉了一下眼睛，坐起身来。这时赛博利妮大声问道："这是怎么了？你是谁？"

说完赛博利妮立即躺倒在床上，昏迷过去了。

普罗达布取来水，然后就往处于昏迷状态的赛博利妮的脸上掸了一些——她的这张脸简直就像挂着露水珠的莲花一样，看上去十分娇媚。水溅湿了她的秀发，使得她的这头秀发垂落下来，水顺着秀发向下滴落——这头秀发就像缠绕着莲花的水草一样，显得格外美丽。

不久赛博利妮就恢复了知觉。普罗达布站在她的身旁。赛博利妮平静地说："你是谁？是普罗达布吗？不，你是某位天神来骗我的吧？"

普罗达布说："我是普罗达布。"

赛博利妮说："在船上有一次我觉得，好像听到了你的声音。但是当时我意识到，那是我的错觉；是我白日做梦，因此，我认为那是一种幻觉。"

赛博利妮说完这番话，就深深地叹一口气，然后就沉默不语了。看到赛博利妮完全平静下来，普罗达布就没有什么话可说了，于是就准备离去。赛博利妮说道："你不要走。"

普罗达布不情愿地站住了。

赛博利妮问道："你为什么到这里来？"

普罗达布说："这是我的房子。"

其实，赛博利妮内心里很不平静。她心中燃起了火焰——她的全身包括指甲都在颤抖——全身的毛发都竖起来了。她又沉默了一

月　华

会儿，竭力克制自己，又重新问道："是谁把我带到这里来的？"

普罗达布说："是我们。"

赛博利妮问："我们？'我们'都是谁？"

普罗达布说："我和我的仆人。"

赛博利妮问："你们为什么把我带到这里来？你们要干什么？"

普罗达布很生气，他说："真没有见过像你这样的罪孽的女人！我们把你从野蛮人的手里解救出来，你还要问，为什么把你带到这里来？"

看到普罗达布生气了，赛博利妮并没有生气，她竭力控制住自己的泪水，平静地说："既然你们认为，我住在野蛮人的家里是如此的奇耻大辱，那么你们为什么不当场打死我呢？你们手里都拿着枪嘛。"

普罗达布更加气愤地说："我们本来可以那样做的——只是因为我不想杀害女人，所以才没有那样做。不过，你要想死，那是最好不过了。"

赛博利妮哭了。后来她抑制住哭泣，说道："我要死去最好——这话别人要说，就让他说去吧。但是你不要说这种话。我的这种悲惨境况是谁造成的呢？是你。是谁把我的生活变得如此黑暗呢？是你。我是为了谁抛弃追求幸福的渴望，不知好歹地苟且偷生呢？是为了你。我是为了谁才这样痛苦呢？是为了你。我是为了谁才无法集中心思操持家务呢？是为了你。你不应该咒骂我！"

普罗达布说："你是个有罪的女人，所以我才咒骂你。怎么说是我的过错呢！天神知道，我没有任何过错。天神知道，这些天来我一直认为你是毒蛇，由于恐惧我才躲避开你所走的道路。因为惧怕你的毒液我才离开了智慧村。这一切都是你自己心灵的过错——是你的欲望所造成的过错。你是个有罪的女人，所以你才把罪过推到我的身上。我究竟做了什么对不起你的事情呢？"

赛博利妮愤怒了，她大声说道："你都做了什么？你为什么要带着无与伦比的天神般的形象又来见我呢？你为什么要在我那青春勃发的花季在我面前点燃那英俊之火呢？你为什么要重新点燃我曾经一度熄灭的希望之火呢？你为什么让我见到你呢？既然见到了，为什么我又不能得到你呢？既然我得不到你，为什么不让我死呢？我总是在思念你，所以我的家就成为我的净修林了——这些你都知道吗？即便在与你中断联系的情况下，我还是期待着什么时候能够得到你，所以我才离开了家——这你知道吗？否则，他福斯特又算是我的什么人呢？"

听了这番话，普罗达布的头仿佛被雷击过一样——他又像被蝎子蜇了似的痛苦，于是匆匆跑出了房间。

就在这个时候，从大门外边传来了一阵嘈杂声。

第七章　戈尔斯顿和约翰

拉摩丘龙从游船上把赛博利妮带走了，普罗达布也离船而去，这时那个被普罗达布打伤手的傣林甘人士兵从甲板上下来，悄悄地登上了河岸。他踏上了赛博利妮的轿子所走的那条路，在远处注视着轿子，开始跟踪它。这个士兵是个穆斯林。他的名字叫薄高拉·汗，是跟随克莱武[①]进入孟加拉的第一批士兵，他们都来自马德拉斯，因此人们就把英国人的这批印度士兵称为傣林甘人；但是现在英国军队中的大多数士兵是印度北方的印度教教徒和穆斯林。薄高拉的家就在伽吉普尔附近。

薄高拉暗中跟踪轿子，一直跟踪到普罗达布的家。他看见，赛博利妮的轿子被抬进了普罗达布的院子。薄高拉当时就去了阿米亚特先生的住所。薄高拉一来到他的住所就听见住所里一片喧哗。游船上所发生的事，阿米亚特已经知道了。薄高拉听到了阿米亚特先生所说的话：今天夜里谁能够找到袭击者，阿米亚特先生就奖给他

[①] 曾为英国东印度公司的官员。1756 年他指挥登陆部队从马德拉斯出发，攻占了加尔各答；1758～1760 年被任命为第一任孟加拉总督。

月　华

一千卢比。薄高拉当时就与阿米亚特先生见了面，并且详细地向他讲述了所发生的事。他说："我可以指出那些强盗们藏身的房子。"阿米亚特先生的脸上立即焕发出喜悦的光彩，他那紧锁着的眉头舒展开了。他命令四个士兵和一个密探跟随薄高拉一起去。他吩咐道："抓到那些坏蛋后，立即带到我这里来。"

薄高拉说："请您再派两个英国人跟我去吧。普罗达布·拉伊是个魔鬼化身的强盗。这几个印度士兵抓不住他。"

根据阿米亚特的命令，名叫戈尔斯顿和约翰的两个英国人携带着武器跟着薄高拉走了。

走在路上的时候，戈尔斯顿问薄高拉："你以前什么时候去过那所房子吗？"

薄高拉回答说："没有去过。"

戈尔斯顿对约翰说："那就带上蜡烛和火柴吧。为了节省开支，印度人夜里是不点油灯的。"

约翰就带上了蜡烛和火柴，并把它们放进衣袋里。

他们俩当时迈着英国军队行军时那样的整齐步伐，行进在国道上。谁都没有说话。四个士兵、一个密探和薄高拉跟在他们后边走着。城里的巡逻兵在路上看见他们，都吓得躲到了一边。戈尔斯顿和约翰带着士兵们悄悄地来到了普罗达布房子的前面，轻轻地敲了几下门。拉摩丘龙从床上爬起来，走过来准备去开门。

拉摩丘龙是个不可多得的仆人。他是经过专门训练的、善于用油进行按摩的好手。他还是个善于折叠衣服和涂染脚面的能手。像拉摩丘龙这样的美容师是很少见的——像他这样善于采购的人，也是很难遇到的。然而，这一切还都是些微不足道的技能。拉摩丘龙在穆尔什达巴德邦是个善于耍棍棒的著名高手——许多印度教教徒和非印度教教徒都被他的拳头击倒过。在步枪射击方面，拉摩丘龙如何准确无误和敏捷灵活，通过我对劳伦斯血染恒河事件的描述，读者们已经知道了。

但是与这些技能相比，拉摩丘龙还有一个更适合时代要求的重要品格——机灵。拉摩丘龙简直就像狐狸一样机灵，而且是个最忠于主人的可信赖的仆人。

拉摩丘龙来开门的时候在想:"谁在这么晚的时候来敲门呢?是婆罗门先生吗?也可能啊。但是不管怎么样,应该先看一下——在深夜里不看就去开门是不妥当的。"

这样想过之后,拉摩丘龙就悄悄地走到门旁停下来,并且开始听一听门外的动静。他听见两个人在用一种别扭的语言小声说话。拉摩丘龙把这种语言叫作"英印混合"语——就是现在人们所说的——英语。拉摩丘龙在心里默默地说:"等着吧,小子们!我要开门,手里也应该拿着枪啊——谁相信你们这些'英印混种人',谁就是傻瓜。"

拉摩丘龙还想到:"看来,一支枪不行啊,我去叫主人。"这样想过后,拉摩丘龙转身想去叫普罗达布。

就在这个时候,英国人等得不耐烦了。约翰说:"还等什么呢?用脚踹吧。印度的门是经不住英国人踹的。"

戈尔斯顿开始用脚踹门。房门发出了咚咚的响声。拉摩丘龙跑过来。普罗达布听到了踹门声,就从楼上沿着楼梯往下走。这时候门还没有被踹破。

随后戈尔斯顿又用力踹门。门被踹倒了。

"就让英国人的脚这样踹开整个印度的大门吧。"两个英国人这样说着就闯了进来。士兵们也随着闯进来。

在楼梯上,拉摩丘龙遇见了普罗达布。拉摩丘龙小声对普罗达布说:"趁着黑夜你躲一躲吧。英国人来了——好像是从阿穆巴特的工厂里来的。"拉摩丘龙总是把阿米亚特说成是阿穆巴特。

普罗达布问:"怕什么?"

拉摩丘龙说:"来了八个人呢。"

普罗达布说:"我自己躲起来?!——这个房子里还有几个女人,她们的处境会怎么样呢?!你去把我的枪拿来。"

如果拉摩丘龙特别了解英国人的话,他就绝不会劝说普罗达布去躲藏了。就在他们说话的时候,房子里突然亮了起来。约翰把点亮的蜡烛交给一个士兵拿着。借助蜡烛的光亮,英国人看见,楼梯

月　华

上站着两个人。戈尔斯顿问薄高拉："是这两个人吗？"

薄高拉无法辨认清楚——在黑夜里他曾经见过普罗达布和拉摩丘龙，但是看得不是很真切。可是他无法忍受被打破的那只手的疼痛——总是要有人对此负责的。薄高拉说："是的，就是他们。"

这时英国人像老虎一样，扑向楼梯。士兵们也跟在他们的后面走过来。他们发现，拉摩丘龙向上面跑去，企图去拿普罗达布的枪。

约翰看到了，就举起手中的手枪，向拉摩丘龙开了一枪。拉摩丘龙的腿被打伤了，他已经没有力气行动了，于是就坐了下来。

普罗达布没有带武器，他也不想逃跑，而且他已经看见了拉摩丘龙逃跑时所发生的情况。普罗达布镇静地向英国人问道："你们是什么人？来这里干什么？"

戈尔斯顿反问普罗达布道："你是谁？"

普罗达布回答说："我是普罗达布·拉伊。"

薄高拉还记得这个名字。在游船上普罗达布手里拿着枪大声说道："你们听着，我的名字叫普罗达布·拉伊。"薄高拉说："先生，这个人是首领。"

约翰抓住普罗达布的一只手，而戈尔斯顿抓住了他的另一只手。普罗达布发现，反抗已经没有意义，于是他就默默地忍受着这一切。密探手里拿着一副手铐，他就势把普罗达布的双手铐住了。戈尔斯顿看到倒在地上的拉摩丘龙，就问道："他呢？"约翰命令两个士兵："把他拉下来。"两个士兵上去把拉摩丘龙拖了下来。

听到这些吵闹声，窦娄妮和库尔绍姆醒了，她们非常害怕。她们俩透过门缝看到了这一切。她们睡觉的那个房间就在楼梯旁边。

当英国人带着普罗达布和拉摩丘龙下楼的时候，士兵手里的烛光透过微微开着的门缝，突然照在窦娄妮那双犹如蓝宝石般的眼睛上。薄高拉也看见了那双眼睛，于是说道："是福斯特先生的夫人！"

戈尔斯顿问道："真的吗！在哪里呢？"

薄高拉指着前面提到的那扇门说道："在这个房间。"

约翰和戈尔斯顿闯进那个房间,看见了窦娄妮和库尔绍姆,就对她们说:"你们跟我们走吧。"

窦娄妮和库尔绍姆非常恐惧,简直吓呆了,只好跟着他们走了。这栋房子里只剩下赛博利妮一个人了。赛博利妮也看到了这一切。

第八章 奇妙的罪恶历程

赛博利妮也像那两个女异教徒一样,将门打开一条缝,从自己的卧室里观看所发生的一切。因为出自女人那种罕见的好奇心,所以她们三个女人都遭受了痛苦。三个女人都很恐惧,而恐惧的本质就在于,渴望一次又一次看到那种令人恐怖的景象。赛博利妮也是从头到尾看到了这一幕。当所有人都走了之后,赛博利妮才发现,这座房子里只剩下她一个人了,于是她就坐在床上开始思考起来。

她在想:"现在我该怎么办呢?我独自一人,我还怕什么呢?在这世界上,已经没有我惧怕的东西了。没有比死亡更可怕的了。一个每天都渴望死亡的人,还有什么可怕的呢?为什么我还没有死呢?自杀是很容易的——怎么会很容易呢?我在水上生活了那么多天,我并没有沉入水中死去呀。夜里,当大家都已经入睡的时候,你悄悄地走出船舱,一下子跳进水中,谁会阻拦你呢?也可能会有人阻止——因为船上有卫兵。可是我根本就没打算那样做。期盼死亡,可是我却根本没有准备去死。当时我还有期待——有期待,人就不会去死的。可是今天呢?今天的确是我的死期。普罗达布被抓走了——不晓得普罗达布会怎么样,我是不会去死的。普罗达布会怎么样呢?不管他会怎么样,又与我有什么关系呢?普罗达布是我的什么人呢?在他眼里,我只是个有罪的女人——他是我的什么人呢?他是什么人——我不知道,但我知道,他是我赛博利妮这只飞蛾所要投奔的燃烧之火——他是我这昏暗的人生森林中夏天的第一

月　华

道闪电——他是我的死神！我为什么要离开家，跟着洋人出走呢？我为什么不跟荪多丽回去呢？"

　　赛博利妮用手拍打着自己的额头，开始流眼泪了。她回忆起智慧村里的那座房子——在那栋房子围墙的旁边，赛博利妮亲手栽种了一棵夹竹桃——那棵夹竹桃的高枝已经伸到围墙外，上面缀满了红色的花朵，它那高扬着的枝叶向着蓝天不停地摇动。有时蜜蜂或小鸟飞过来，在上面栖息——她在回忆着这一切。祭坛上的杜尔西树[①]，它四周围被打扫得干干净净的那片土地，家里养的那只小猫，笼子里那只会说话的小鸟，房子周围那些挂满香甜芒果的高大树木——这一切都一幕幕印映在她回忆的画布上。还有多少东西出现在她的回忆里啊！赛博利妮常常坐在屋顶上，欣赏着那美丽的、蔚蓝色的、万里无云的天空；为了替月华做敬神的准备，她总是采集一些清香雪白的鲜花，并在上面洒上一些清水，将其插在花瓶里；她也曾坐在毗玛池塘岸边，享受过那温馨、甜蜜、充满花香的和风啊！她看到，池水中多少微波细浪，在闪烁着晶莹的波光；有多少布谷鸟在岸边啼鸣！赛博利妮叹了一口气，开始想："我曾经以为，我走出家门就会遇见普罗达布；我曾经想过，我要重新回到布龙多尔普尔村的工厂去——那里离普罗达布的家很近；我可以通过工厂的窗子抛撒秋波之网，去捕捉普罗达布那只鸟。如果遇到机会，我就会骗过英国人，从那里逃出去——来到普罗达布面前，跪在他的脚下。我是笼子里的鸟，根本不了解人生之路。我也不晓得，人们是在创造，而天神是在破坏；我不知道，英国人的笼子是用铁制造的——我没有能力摧毁它。我毫无意义地玷污了自己，我失去了种姓，毁灭了自己的未来啊！"

　　罪孽是否会遭到报应呢？有罪的女人赛博利妮并没有想到这一点。当然，最好是不会遭到报应。然而，总有一天，她会明白，她

[①] 一种具有芳香气味的矮小灌木，据印度神话传说，它是毗湿奴所喜爱的圣树，因此，笃信毗湿奴的孟加拉人就在自己家的院子里垒起一个高台，在上面种一棵杜尔西树，供家人祭拜。

总有一天会为了赎清自己的罪孽而不得不献出自己的生命。如果没有这样的指望,我们就不会描写这种罪孽了。

随后她又想到:"我还有未来吗?在我看见普罗达布的那天,我的未来就已经结束了。那位善于洞察人们内心世界的天神,那一天在我的额头上已经写上了我应该受到的惩罚。今生我已经受到了惩罚——我的心灵受到了惩罚——否则,我为什么会遭受如此的痛苦呢?否则,我为什么会和那个恶毒的英国人游荡那么长时间呢?难道就只有这些吗?看来,我的一切美好的东西都将化为灰烬。大概就是因为我爱普罗达布,所以才遭到这样的不幸啊!我为什么还不死呢?"

赛博利妮又开始哭起来。过了一会儿,她擦干眼泪,皱一下眉头,咬住嘴唇;她那张宛如荷花的美丽笑脸,顿时变成了狰狞的、狂怒的、圆圆的蟒蛇形象。她又重复地说道:"我为什么不去死呢?"赛博利妮突然从腰间取出一个小包袱。那里面有一把锋利的小刀。赛博利妮拿起小刀,亮出刀刃,用大拇指试了试刀锋。她自言自语地说:"难道我就这样徒劳地携带着这把刀子吗?这些天来,为什么我都没有将这把刀子刺入我这火热的胸膛呢?为什么?——只因为还寄托着希望啊!可是现在呢?"说完,她就把刀尖对准自己的心脏。刀就是这样对着她自己的胸膛。赛博利妮开始想:"曾经有一天,我就这样将刀子对准了熟睡的福斯特的胸膛。那天我没有杀死他,我没有勇气;今天我也没有勇气自杀。就连那个凶残的英国人都被这把刀子镇住了——他明白了,如果他闯进我的舱室,那么,这把刀子不是让他死,就是让我亡。凶残的英国人就是因为害怕这把刀子,才屈服了——我这颗不驯服的心,是不会因为害怕这把刀子而屈服的。我去死吗?不,今天不能死。我要死,那也该是到智慧村之后再死。我要对苏多丽说,我失去了种姓,失去了家庭,虽然我犯有罪过,但我不是有罪的女人。说完这些话之后我再去死。可是他呢?他是我的丈夫——在死之前,我应该对他说什么呢?我想不出来应该对他说的话。每当我想到这一点的时候,就仿佛觉得,有千百只蝎子在蜇咬我——血管里的血液在

月　华

燃烧。因为我不配做他的妻子,所以我才离开了他。难道这会给他造成痛苦吗?他会很悲伤吗?不会的——在他心目中我是微不足道的。书籍才是他的一切。他不会为我感到难过的。现在我有一个强烈的愿望——期待着一个什么人来告诉我,他现在怎么样,他在做什么。我从来都没有爱过他,而且永远也不会爱他。然而,如果我给他造成了内心的伤害,那么,我就会感到罪上加罪了。还有一件事情,我想对他说,可是福斯特已经死了,谁又能为此事作证呢?又有谁肯相信我的话呢?"

赛博利妮躺下了。她躺在床上,陷入这种沉思之中。清晨,她的睡意袭来了——她在沉睡中做了各种噩梦。当她醒来的时候,天已经大亮了。透过敞开的窗子,阳光照进了房间。赛博利妮睁开眼睛一看,感到十分惊奇,简直被惊呆了——她看见了月华。

第三部　善意的接触

第一章　罗曼侬德·斯瓦米

在蒙格尔的一座修道院里，一位苦行者已经住了几天了。他的名字叫罗曼侬德·斯瓦米。读者已经熟悉的那位婆罗门学者与他进行了谦恭的谈话。许多人都知道，罗曼侬德·斯瓦米是个圣人。他的确是个最有知识的人。人们传说，他通晓印度古哲学和各种科学。他说："月华，你听着！你要小心地运用你所掌握的一切知识。永远不要让悲痛占据你的心灵。因为，所谓的痛苦并不是一个孤立的东西。而且幸福和痛苦在智者看来是同一的。如果你一定要划分，那么，就应该说，那些以公正或幸福而著称的人是永远痛苦的。"

说完这番话之后，罗曼侬德·斯瓦米首先列举了贾亚迪、霍里什琼德罗、十车王①等古代的一些君王。他还提到斯里罗摩琼德罗、坚战、那罗王②等一些国君。这位苦行者指出，那些拥有至高无上权力的伟大高尚的君王们，毕生都是痛苦的，有时也是幸福的。然后他还提到瓦释斯塔、维什瓦米特拉③等人，并且指出，他们也都是痛苦的。罗曼侬德·斯瓦米提到了受到恶魔迫害和折磨的因陀罗等诸天神，并且指出，天堂里也充满痛苦。最后，他以自己

---

① 贾亚迪、霍里什琼德罗、十车王都是印度古代著名的国王。
② 斯里罗摩琼德罗、坚战、那罗，印度古代的君王，其中斯里罗摩琼德罗就是史诗《罗摩衍那》的主人公罗摩的全称；坚战是印度古代史诗《摩诃婆罗多》中的人物，是般杜家族五兄弟中的长兄，后来打败了对手，当上了国王。
③ 瓦释斯塔、维什瓦米特拉都是印度古代著名的贤哲。瓦释斯塔（Washisthā）是太阳家族的贤哲导师；维什瓦米特拉（Wishwāmitra）以前曾经是国王，后来成为精通经典的贤哲。

月　华

　　那动人的能言善辩的神奇的功力，述说了造物主那无限的不可知的内心世界。他指出，谁具有全面的知识，谁就会在不生不灭的时间中，从内心里感受到这个痛苦的无限世界的无限痛苦。善良之人难道在感受到痛苦的时候就不痛苦吗？那么，何谓善良呢？善良总是与痛苦连在一起的——要是没有痛苦，哪里还会有善良呢？谁善良，谁就是无限宇宙无限时光中的痛苦者——否则他就不是善良之人。如果你问，天神如果冷漠无情，他也会痛苦吗？我的回答是这样的：谁冷漠无情，谁就对创造毁灭失去兴趣——我们就不承认他是造物主。如果他是造物主，那么，我们就不能说，他是冷漠无情的——他应该是痛苦的。然而，他也可能不是这样的，因为他是永远快乐的。因此，所谓的痛苦是不存在的，这已经被证明。

　　罗曼依德·斯瓦米又说："而如果你承认，痛苦是存在的，那么，是否还有什么办法能够消除这种无处不在的痛苦呢？没有办法；如果大家都能团结一致去消除痛苦，那么痛苦就一定会被消除。你看，造物主自己日夜都在忙于消除他所创造的世界中的痛苦。世界上的这种痛苦如果结束了，天神的痛苦也会消失的。天神们都在致力于消除生灵的痛苦——这其中就蕴含着天神的快乐。否则，冷漠无情的天神就不会再有别的快乐。"然后罗曼依德·斯瓦米赞扬了古代贤哲们的仁慈善良，讲述了毗湿摩[①]等英雄的善良壮举。他指出，只有为别人做善事的人，才会感到幸福，而其他任何人都不会幸福。然后罗曼依德·斯瓦米开始滔滔不绝地歌颂那些专门教导人们做善事的圣典法规。他从《奥义书》《吠陀》《往事书》等著作中引用了许许多多的例子来加以论证。他搅动词汇之海，发掘出无数具有伟大含义的动听的词语，编织着宛如花环的语句——他盗空了文学宝库，从那里引用了大量内涵深刻、充满情味的优美诗句。除此之外，他还以自己对善良正义那种真诚的、动人

[①] 根据印度古代神话传说，他是福身王和恒河女神所生的儿子，后来被立为太子。他是位品德高尚的王子，为了使父王能够与贞信结婚，他答应了贞信的父亲——渔夫的条件，志愿放弃了太子的权位，并且发誓终身不娶（详见董友忱等编译的《印度神话传说》，上海译文出版社，2002）。

的信仰来感染交谈者。从他那优美动听的喉咙里发出的、讲究发音技巧的前所未闻的语句，犹如号角声传到月华的耳朵里。这些语句有时就像雷鸣一样振聋发聩，有时又好像维那琴发出的甜蜜的乐曲。婆罗门学者被深深地打动了，也被吸引住了。他的全身仿佛像被针刺了一样。他站起来，向罗曼侬德·斯瓦米行了触脚大礼①，并且说道："神圣的师尊！从今天起，我已经接受了您的这一教诲。"

罗曼侬德·斯瓦米拥抱了月华。

第二章　新相识

在这期间，婆罗门学者送去的那封信已经交给了总督。总督知道了窦娄妮在哪里，于是就派出轿子前往普罗达布·拉伊的家去接她和库尔绍姆。

当时天已经大亮了。此时在那栋房子里除了赛博利妮，再没有任何人了。王公的侍从们看见赛博利妮，就认为她就是王妃。

赛博利妮被告知，她应该去要塞。她心里突然产生了一个邪恶的念头。诗人们常常赞美渴望。渴望的确是生活中许多快乐的源泉，但是渴望也是痛苦的根源。有多少罪孽就是因为渴望获得财富造成的。人只有在不做善事的时候，才会萌发某种渴望。有些人渴望上天堂，所以才做善事，我们不能够把他们所做的事情称为善事。正是因为怀有渴望，赛博利妮才没有反对，于是她就上了轿子。

赛博利妮直接被抬进要塞里的内宫，被带到总督面前。总督看到这个女人不是窦娄妮。他还发现，这个美女如此娇媚，就连窦娄

---

① 印度人对自己尊敬的人所行的一种大礼：双膝跪在地上，双手抚摸对方的脚，并象征性地从脚上取走一点泥土，放在自己的头上。

妮也无法与她相媲美。他还意识到,在他的内宫里再也没有像她这样迷人的美女了。

总督问:"你是谁?"

赛博利妮说:"我是婆罗门的女儿。"

总督问:"你来这里干什么?"

赛博利妮回答:"是总督的侍从把我带来的。"

总督问:"他们把你当作我的王妃了。为什么王妃没有来?"

赛博利妮说:"她不在那里。"

总督问:"那她在哪里呢?"

当戈尔斯顿和约翰从普罗达布的家里把窦娄妮和库尔绍姆带走的时候,赛博利妮都看见了。她当时还不知道,她们是什么人。她还以为她们是女仆或舞女呢。可是当总督的侍从对她说,总督大公的妃子在普罗达布的家里,总督派他们来把自己当作王妃接走的时候,赛博利妮才明白:英国人把王妃带走了。赛博利妮陷入了沉思。

总督大公看到赛博利妮没有回答,又问道:"你看见她了吗?"

赛博利妮说:"看见了。"

王公问:"在哪儿看见的?"

赛博利妮说:"那天夜里就在我们所住的那个地方。"

王公问:"在哪个地方?是在普罗达布·拉伊的房子里吗?"

赛博利妮回答:"是的。"

总督问:"王妃离开那里后去哪儿了,你知道吗?"

赛博利妮说:"两个英国人把她带走了。"

总督问:"你说什么?"

赛博利妮重复了前面自己的回答。总督沉默了。他咬住自己的下嘴唇,用手捋着自己的胡须,随即命令手下人去叫古尔功·汗。总督又问赛博利妮:"英国人为什么把王妃带走了,你知道吗?"

赛博利妮说:"不知道。"

总督问:"普罗达布当时在哪里?"

赛博利妮说:"他们也把他带走了。"

总督问："在他的那座房子里还有什么人？"

赛博利妮说："还有一个仆人，也被带走了。"

总督再次问道："为什么把他们抓走了，你知道吗？"

赛博利妮迄今为止一直是讲真话的，可是现在她却开始讲假话了。她回答说："不知道。"

总督问："普罗达布是什么人？他的家在哪里？"

赛博利妮对普罗达布的真实情况做了介绍。

总督问："他来这里做什么？"

赛博利妮说："为了在政府里服务。"

总督问："他是你的什么人？"

赛博利妮说："是我的丈夫。"

王公问："你叫什么名字？"

赛博利妮说："鲁波丝。"

赛博利妮轻松地回答。这个罪孽的女人来这里就是为了说这句话。

总督说道："好了，你现在回家吧。"

赛博利妮反问道："我的家在哪里呢？我回哪里去呢？"

总督沉默不语，过了一会儿，又问道："那你准备去哪里呢？"

赛博利妮："去我丈夫那里。请您派人把我送到我丈夫那里去。您是一邦之主，所以我来请求您——我丈夫被英国人抓走了。请您解救我的丈夫，或者请您把我送到他那里去。如果您做不到，那么我就死在您的面前。我就是为此才来这里的。"

这时候有人通报说，古尔功·汗已经到了。总督对赛博利妮说："好吧，你在这里等一下。我马上就来。"

第三章　新欢

总督向古尔功·汗询问了一些其他消息，然后说："最好是与英国人开战。我认为，在开战之前应该逮捕阿米亚特；因为阿米亚特是我们最主要的敌人。你对此还有什么要说的吗？"

古尔功·汗说："我时刻都在准备这场战争，但是大使是不可侵犯的。如果对大使实施暴力，他们就会说我们背信弃义，我们就会受到谴责。还有……"

总督说："昨天夜里，阿米亚特袭击了这座城镇里的一户人家，并且抓走了他们中的一些人。在我管辖的范围内竟敢进行如此的犯罪活动，即便他是大使，我难道就不能惩罚他吗？"

古尔功·汗问："如果他这样做，那他就应该受到惩罚。可是我用什么办法才能抓到他呢？"

总督说："你现在立即带领步兵和炮兵到他的官邸去。派部队去把他和他的手下人一起抓来。"

古尔功·汗说："他们已经不在这座城镇了。今天凌晨他们就走了。"

总督说："什么！为什么没有向我报告？"

古尔功·汗说："他们留下一名叫海的人，他会向您报告的。"

总督说："为什么他不经同意就这样突然逃走呢？他这样做是很不礼貌的，这他是知道的。"

古尔功·汗说："昨天夜里，不知什么人杀死了他们运送武器的船上的英国人。阿米亚特说，是我们的人干的。为此他很生气。他说，如果继续留在这里，他的生命安全就得不到保证。"

总督问："是什么人杀死了英国人，你听说了吗？"

古尔功·汗回答："是一个名叫普罗达布·拉伊的人。"

总督说："干得好！如果能见到他，我一定要奖励他。现在普罗达布·拉伊在哪里呢？"

古尔功·汗说："跟所有人一起被抓走了，可能被押送到阿吉达巴德了，我还没听到确切的消息。"

总督说："你为什么不早一点儿向我报告这些情况呢？"

古尔功·汗说："我也是刚刚才听说。"

这当然是假话。古尔功·汗早就知道了所发生的一切。如果不经他同意，阿米亚特是绝不可能离开蒙格尔要塞的。古尔功·汗这样做有两个目的：第一，窦娄妮如果能待在蒙格尔要塞的外边，那是最好不过了；第二，阿米亚特能够被自己控制一点，那也是好事，将来也许他对自己会有帮助的。

总督让古尔功·汗走了。当古尔功·汗走的时候，王公向他投去了斜视的目光。这目光的含义就是："在战争没有结束的日子里，我什么都不会对你说——在战争期间你是我的主要武器。然后我要让你为窦娄妮王妃付出血的代价。"

总督随后吩咐侍卫把蒙斯·汗叫来，并对他吩咐说："你给穆尔什达巴德的穆罕默德·窦吉·汗发送一道命令：阿米亚特的船一到阿吉达巴德，就立即逮捕他，同时释放跟他在一起的几个被俘的人员，并将他们送到我这里来。命令还要写清楚，不要与英国人公开交火，应该采取计谋。让骑手携带这个命令走陆路——这样他就会提前到达。"

总督回到内宫，又派人把赛博利妮叫来。他对赛博利妮说："现在还不能解救你丈夫。英国人带着他们动身去加尔各答了。我已经派人往穆尔什达巴德送去命令，让他们在那里逮捕英国人。你现在……"

赛博利妮双手合十地说："请原谅我这个多嘴的女人——现在为什么不派人去追呢？"

王公说："少数几个人是制服不了英国人的。要派很多人携带武器去，就需要大船。而在寻找大船期间他们就会到达阿吉达巴德。特别是英国人已经意识到即将和我们交战，如果他们先杀死被抓去的人，那怎么办呢？在阿吉达巴德有足智多谋的官员，他们可以用计谋逮捕英国人。"

赛博利妮明白了，她那美丽的相貌帮了她很大的忙。总督凝望着她那张秀美的脸，相信她所讲述的一切，并且对她表现出了特别的好感。否则，他为什么会向她做这么多的解释呢？赛博利妮顿时增加了勇气，于是她再次双手合十地说："既然您这样可怜我这个无助的女人，那么，请原谅我再提出一个乞求。我丈夫很容易获得

月　　华

解放——他本人是一个非常勇敢的男人。如果他手里有武器，英国人是关不住他的。他现在如果能够得到武器，那么任何人都无法监禁他。如果有人能给他送去武器，那么他不仅可以解救自己，而且还可以救出他的伙伴。"

总督笑了，随后说："你是少女，英国人什么样，你并不了解。谁又能够爬到英国人的船上给他送去武器呢？"

赛博利妮仰起脸，平静地说："如果您下命令给我一只小船，那我就可以送去。"

总督大声笑了起来。赛博利妮听了他的笑声，皱起眉头说："总督大人！我要是做不到，我就死去——这样对谁都不会有损害。可是如果我能够做到，那么，我的目的就达到了，您的目的也会达到的。"

望着她那张微微皱着眉头的脸，总督意识到，这不是一个普通的女人。总督在想："她死就死吧，对我又有什么损害呢？要是她成功了，那当然很好啊；如果不成功的话，就让穆尔什达巴德的穆罕默德·窦吉去完成这项任务吧。"想到这里，总督问赛博利妮道："你一个人去吗？"

赛博利妮："我是个女人，不能一个人去。如果您肯善待我，那就请您命令一个侍女、一个士兵陪我一起去。"

总督想了一下，然后就叫来一个名叫摩斯布丁的太监，此人十分可靠，而且身强力壮，又很勇敢。这个人进来，向总督施礼。总督对他说："你陪这个女人一起去，还要带一个信奉印度教的女仆。要带上武器，至于带什么武器，听她吩咐。从舰船总管那里要一艘快艇。待一切准备好之后，立即出发去穆尔什达巴德。"

摩斯布丁问道："去做什么事情呢？"

总督："她怎么说，你就怎么做。你应该像尊敬王妃那样尊敬她。如果遇见窦娄妮王妃，就把她带回来。"

然后，两个人按照传统习惯，向总督行了触脚礼。赛博利妮看着太监这么做，她也照着他的样子，跟在他的后面，双手触地施了大礼。总督笑了。

总督在他们走的时候对赛博利妮说:"夫人,请记住,如果什么时候你遇到困难,那你就来找我米尔卡瑟姆吧。"

赛博利妮再一次鞠躬施礼。她心里默默地在想:"我当然会来的,可能,为了解决与鲁波丝争夺丈夫的问题,我还会来你这里的。"

摩斯布丁和侍女准备好快艇,并且根据赛博利妮的交代准备了步枪、子弹、炸药、手枪、佩剑和匕首。摩斯布丁没有敢冒昧地发问,为什么他们要带这些东西。他在心里默默地认定:"这个女人是第二个昌德苏丹①。"

那天夜里,他们上了快艇,出发了。

第四章　哭泣

一轮明月冉冉升起,漫长的沙滩展现在恒河两岸:月光下那沙滩呈现出一种更加白皙的美,恒河的流水被月光染上了一层浓重的青色,河水显得更加青蓝,两岸的树木更加青翠,头上的天空一片蔚蓝,仿佛上面点缀着闪光的宝石。在这种时刻,人们的思绪往往会进入广阔的领域。河流仿佛是无尽头的,不管我们看得多么遥远,我们都看不到河的尽头。这视线就像人的命运一样,总是融汇在不可知的未来之中。下面是无尽头的河流,两边是无尽头的沙地;岸边是无尽头的树木;上面是辽阔无边的天空;天上有数不尽的星星编织的花环。在这种时刻,谁会正确地估量自己呢?河岸边停靠着一排排船舶,和与之比邻的沙滩上的沙砾相比,人会感到骄傲吗?

在这一排船舶中间就有一艘大客船,船上面有士兵守卫。两个

---

① 16世纪比贾布尔的女苏丹,是位武艺高强的女英雄,曾经与莫卧儿帝国的军事将领进行过英勇战斗。

士兵肩上挎着步枪,就像雕像一样,纹丝不动地站在甲板上。船舱里,亮着精致的水晶灯,有各种豪华的座椅、床铺、绘画作品、玩具等物品,显得十分华丽。里面坐着几个洋大人。两个人正在下国际象棋。一个人在一边喝酒一边读书。另一个人在弹奏乐器。

突然传来一阵恸哭声,打破了深夜的宁静。所用人都大吃一惊。

阿米亚特先生一边移动着棋子向约翰进攻,一边说:"怎么样?"

约翰说:"现在总是有人要输的。"

哭声更加凄惨了。声音并不刺耳,不过,这种深夜的哭声在这水陆寂静的旷野里,听起来是很凄凉的。

阿米亚特停止下棋,站起身来,走到舱室外边,向四周看了一下,什么人也没有看见。他并没有看到,附近的什么地方有焚烧尸体的火焰。那哭声是从沙滩上传来的。

阿米亚特走下船来,向那个发出哭声的地方走去。没走多远,他就发现,一个人坐在沙滩上。

阿米亚特走到近前,看见一个女人在号啕大哭。

阿米亚特的印地语说得不太好,他向这个女人问道:"你是谁?为什么哭泣?"那个女人一点儿也听不懂他说的印地语,只是大声啼哭。

阿米亚特一再地问她,仍然得不到回答,于是就用手势向她示意跟自己走。那个美女站起身来。阿米亚特在前面走,美女哭哭啼啼地跟在他的后面。这个女人不是别人,正是那个罪孽的赛博利妮。

第五章 欢笑

阿米亚特走进船舱,对戈尔斯顿说:"这个女人一个人坐在沙滩上啼哭。她听不懂我的话,我也听不懂她的话。你问问她吧。"

戈尔斯顿几乎和阿米亚特一样，是个学者，但是在英国人中间他被看作是印地语专家。戈尔斯顿问她："你是谁？"

赛博利妮没有回答，只是在哭。

戈尔斯顿："你为什么哭？"

赛博利妮还是不说话，仍然在哭。

戈尔斯顿："你的家在哪里？"

赛博利妮还是像以前一样，不肯说话。

戈尔斯顿："你来这里干什么？"

赛博利妮仍然沉默不语。

戈尔斯顿只好承认失败。英国人看到，问什么话她也不回答，就想放她走。赛博利妮还是听不懂他们的话，仍然站着不动。

阿米亚特说："她不懂我们的话，我们也不懂她的话。看她的穿戴，她大概是孟加拉人。叫一个孟加拉人来问问她吧。"

洋人的仆人们几乎都是孟加拉人穆斯林。阿米亚特叫来他们中的一个人，让他跟这个女人说话。

仆人问："你为什么哭？"

赛博利妮像疯子一样大笑起来。仆人对洋人们说："是个疯子。"

洋人们说："你问问，她想要什么？"

仆人问了，赛博利妮说："我饿了。"

仆人将她的话转告洋人。阿米亚特："给她点儿吃的东西吧。"

仆人很高兴带着她上了穆斯林的厨房船。仆人之所以高兴，是因为赛博利妮是位非常娇艳的美女。赛博利妮什么也没有吃。仆人问她："你怎么不吃？"

赛博利妮说："我是婆罗门的女儿，我怎么能吃你们做的东西呢？"

仆人把这话转告给了英国人。阿米亚特先生问："哪一艘船上都没有婆罗门吗？"

仆人说："有一个士兵是婆罗门。还有一个被抓来的人是婆

月　华

罗门。"

英国人说："如果他们那里有米饭，叫他们给她一点儿吃。"

仆人首先把赛博利妮带到士兵们那里。士兵们那里什么吃的东西都没有了。于是仆人就把赛博利妮带到关押被抓来的婆罗门的那艘船上。

那个被抓来的婆罗门，就是普罗达布·拉伊。船里昏黑。

仆人说："喂，先生！"

普罗达布问："干什么？"

仆人说："你锅里有米饭吗？"

普罗达布问："干什么？"

仆人说："来了一个饥饿的婆罗门女人。你能给她一点儿吃的吗？"

普罗达布那里也没有米饭了，但是普罗达布没有说实话。

他说："我能给。你要叫他们把我手上的手铐打开才行。"

仆人让哨兵把普罗达布手上的手铐打开。哨兵说："需要得到指示。"

仆人去请示了。在这种河水阻隔的地方谁肯为别人做事呢？特别是这个洋人的仆人比尔波克斯，他从来不肯志愿去帮助别人。而英国人所雇佣的穆斯林仆人，在世界诸多的人种中是最低下的。然而，这时比尔波克斯有他自己的打算。他在想，如果能给这女人搞到吃的，就可以把她带回自己的家。为了给赛博利妮弄到吃的东西，比尔波克斯不得不奔波。赛博利妮站在普罗达布那艘船的外边——仆人比尔波克斯到阿米亚特那里去请示了。赛博利妮蒙着头巾站在那里。美丽的相貌总会赢得胜利的，特别是美丽相貌的拥有者，如果她是个年轻的女人，那么这相貌就是一种无声的武器。阿米亚特看到，这个女人是个非同一般的绝色美女，听说她是个疯子，感到有点儿惋惜。阿米亚特通过一个下级军官传达他的指示，给普罗达布打开手铐，允许赛博利妮进入普罗达布的船里。仆人送过一盏灯来。卫兵给普罗达布打开了手铐。普罗达布没让仆人上船，他接过灯来，假装盛饭。普罗达布决定逃跑。

赛博利妮走进船里。卫兵们站在外边看守着，他们看不到船里的情况。赛博利妮走进船舱，来到普罗达布的面前，揭开头巾坐下来。

当普罗达布的惊奇消失之后，他看见，赛博利妮咬着下嘴唇，但是脸上流露出一点儿喜悦——那张脸充满了坚定的决心。普罗达布承认，她的确是一只老虎——是一只机智的母老虎。

赛博利妮用很低的声音，悄悄地说："你赶快洗手。我不是来吃米饭的。"

普罗达布洗了手，这时候赛博利妮悄悄地说："现在你赶快逃走。河湾处有一艘快艇，在等着你。"

普罗达布用同样的声音说："你先走，否则你会有危险的。"

赛博利妮说："你赶快逃走。给你戴上手铐，你就逃不掉了。现在你赶快跳进水里。不要再耽搁了。你就听我一次吧。我是个疯子，我跳进水里，你为了救我也跳进水里。"

说完，赛博利妮大声笑起来。她一边笑一边说："我不吃饭。"顿时她又大声哭起来。她哭着走出船舱，说道："让我吃了穆斯林做的饭，我已经失去了种姓——恒河母亲啊，请接纳我吧！"说完，就跳进恒河里。

"出什么事了？出什么事了？"普罗达布叫喊着，从船里走出来。一个卫兵站在他面前，企图拦住他。

"混蛋！女人掉在水里快要淹死了，你还站在这里看！"普罗达布说着踢了卫兵一脚。这一脚把卫兵踢下船去，卫兵倒在了河岸上。

"快救女人哪！"普罗达布喊叫着从船的另一侧跳进水里。善于游泳的赛博利妮在前面游着，普罗达布跟在她的后面游去。

"被捕的人逃跑了！"一个士兵在后边喊叫着，并且举起枪来向普罗达布瞄准。当时普罗达布正向远处游去。

普罗达布喊道："不要怕，我不会跑的。我要把这个女人救上来。我怎么能眼看着一个女人被水淹死呢？你小子是印度教教徒吧，难道你想杀害婆罗门？"

月 华

士兵把枪放下了。

这时候赛博利妮正从最后一艘船的旁边游过。赛博利妮朝那里望了一下，立即大吃一惊。她看见了，这是她与劳伦斯·福斯特一起坐过的那艘船。赛博利妮浑身战栗，她瞧了一下那艘船。在月光下，她看见，甲板上的小沙发上半卧着一个洋人。皎洁的月光洒在他的脸上。赛博利妮大叫了一声——她看见了，沙发上躺着的人是劳伦斯·福斯特。

劳伦斯·福斯特看了一下那个游泳的女人，也认出来了——她是赛博利妮。

劳伦斯·福斯特大声叫道："抓住她！抓住她！她是我的夫人！"劳伦斯很消瘦，正在患病，因此很虚弱，他躺在沙发上，没有力气站起来。

听到劳伦斯的喊声，有四五个人跳进水里，去追赶赛博利妮。普罗达布当时已经游到了这些人前面很远的地方。他们开始对普罗达布喊道："抓住她！劳伦斯先生有赏！"普罗达布在心里默默地说："我曾经给过劳伦斯一次奖赏——我还想再给他一次。"可是他却大声说："我来抓住她，你们上岸吧。"

这些人相信了他的话，就向岸边游回去了。劳伦斯并不知道，前面的那个人是普罗达布。劳伦斯头部的伤当时还没有好。

第六章 在深水中游泳

两个游泳者已经游得很远了。多么迷人的景色啊！这是在何等幸福的海洋中游泳啊！在这条无休止地流经整个国土的、具有宽阔胸怀的、波光涟漪的、深蓝色的大河的襟怀中，普罗达布和赛博利妮向前游着，并且不时地仰望这无边无际的蔚蓝色的大海。当时普罗达布在想："为什么人的命运注定不能在这种大海中游泳呢？为什么人们不能搏击这种云雾般的波涛呢？我究竟做了什么善事，如今才成为在这种大海中漂游的生灵啊?这是在游泳吗?难道这是在陆地小河沟中游泳吗?这是我有生以来第一次在这种可怕的死亡之海中游泳啊!我被波浪推拥着——就像一根小草一样随着波涛漂荡——难道这是在游泳吗?"赛博利妮也在想:"这河水是有底的呀——可我却像在无底的水中游泳。"

不管你是否感受到了,大自然的美景并不会消失——它的美丽也不会藏匿。不管你在哪个大海里游泳,海水的蔚蓝之美也不会变化,细小的波浪花环也不会被撕破,它们仍然在熠熠闪烁,岸边的树木仍然在摇动,月光仍然在水中戏耍。大自然实在太美了!她就像温柔的母亲一样,时时刻刻都在关爱着我们。

这一切只有普罗达布才看在了眼里。赛博利妮并没有看见。赛博利妮只看见了船上劳伦斯那张病态的、消瘦的、苍白的脸,她心里只想着那张脸。赛博利妮就像上了弦的木偶一样在水中游着,但她没有感到疲劳。两个人都是游泳能手。普罗达布的心里涌起了喜悦的浪花。

普罗达布叫道:"赛博利妮——赛!"

赛博利妮吃了一惊,她的心开始颤抖了。童年时代普罗达布总是叫她"赛"或者"萨伊"。现在普罗达布又这样亲切地称呼她了。过了多久了!过去的时光能用年来计量吗?过去的时光只能用人生的感悟和冷漠来计量。多少年来,赛博利妮没有再听到这种称呼了,对于赛博利妮来说,实在是太久了。现在听到这种称呼,赛博利妮在这无尽头的流水中闭上了眼睛。她默默地请求月亮星星来做证。赛博利妮闭着眼睛说:"普罗达布!为什么今天在这死寂的恒河上又洒满了月光?"

普罗达布说:"是月光吗?不是。是太阳升起来了。赛!不必再害怕了。谁也追不上了。"

赛博利妮说:"那么,我们上岸吧。"

普罗达布说:"赛!"

赛博利妮问:"什么?"

普罗达布问:"还记得吗?"

月　华

赛博利妮问："记得什么？"

普罗达布说："有一天，我们也曾经这样游泳。"

赛博利妮没有回答。一根大木头漂浮过来；赛博利妮抓住它，并对普罗达布说："抓住它浮着，休息一会儿吧。"普罗达布抓住了木头，并且说道："还记得吗？你没有沉下去，可我沉下去了。"

赛博利妮说："记得。如果你今天不叫我那个名字，那我就会补偿过去的那个过失。你为什么那样叫我呢？"

普罗达布说："我心里一直想着你嘛，如果我想沉下去，那我就沉下去了。"

赛博利妮惊恐地说："为什么要那样做呢？普罗达布！走，我们上岸吧。"

普罗达布说："我不想上岸。今天我想死。"

普罗达布离开了木头。

赛博利妮问："普罗达布，为什么呀？"

普罗达布说："不是开玩笑——我一定会沉下去——这当然取决于你。"

赛博利妮说："你想要什么？普罗达布！你说吧，我一定照你说的去做。"

普罗达布说："你要发誓，不然我就沉下去。"

赛博利妮问："普罗达布，让我发什么誓？"

赛博利妮推开了木头。在她的眼里，所有星星都失去了光泽。月亮也变成了橘黄色。蓝色的水流犹如蓝色的火焰一样燃烧起来。仿佛福斯特手拿着洋刀立在她的面前。赛博利妮憋着一口气说道："普罗达布，要我发什么誓呀？"

两个人松开了木头，肩并肩地向前游着。伴着恒河的潺潺流水声，他们进行着这种可怕的对话。月光仿佛在四周的沙砾上绽开了笑脸。大自然太美了！

赛博利妮问："普罗达布，你要我发什么誓呀？"

普罗达布说："向这恒河的流水发誓。"

赛博利妮说："恒河对我来说又算得了什么呢？"

普罗达布说:"那么你就让信仰来做证——"

赛博利妮问:"我的信仰在哪里呢?"

普罗达布说:"那就向我发誓吧。"

赛博利妮说:"靠近我——把手伸过来。"

普罗达布游到赛博利妮的身边,过了很久才抓住赛博利妮的手。这样两个人游泳就感到很沉重了,于是两个人又抓住了木头。

赛博利妮说:"现在你说吧,我就按照你说的发誓——普罗达布,从那以后又过了多久了?"

普罗达布说:"你对我发誓,否则我就沉下去。人活着为了什么呢?谁愿意忍受这沉重的生活负担呢?在这月光下,如果我们在这平静的恒河里卸下这重负,难道不会感到更幸福吗?"

天上的明月仍然在微笑。

赛博利妮说:"我对你发什么誓?你说吧。"

普罗达布说:"你发誓吧,你要摸着我发誓——我的生死福祸都掌握在你的手里——"

赛博利妮说:"我向你发誓——不管你提出什么要求,今生今世我一定按照你所说的去做。"

普罗达布说出了非常可怕的誓言。这样的誓言对赛博利妮来说是太残酷、太不公平了,也是无法实现的,甚至是要命的。赛博利妮不能发这样的誓愿,她说:"普罗达布,在这个世界上还有谁像我这样不幸吗?"

普罗达布说:"还有我呀。"

赛博利妮说:"普罗达布,你有财富,有力量,有荣誉,有朋友,有信心,有鲁波丝;我有什么呢?"

普罗达布说:"什么都没有。来吧,我们俩沉下去吧。"

赛博利妮沉思了一会儿。她沉思的结果是,在她的生命之河中第一次掀起了反向的波浪。"我死又有什么害处呢?可是普罗达布为什么要为我去死呢?"她这样想过之后,就说道:"我们上岸吧。"

普罗达布放开木头,沉了下去。

这时赛博利妮仍然牵着他的手。赛博利妮拖着他。普罗达布又浮了上来。

赛博利妮说:"我发誓,但是你要再考虑一下。你想夺走我的一切,可我却不能期望得到你。为什么都不让我能思念你呢?"

普罗达布的手松开了。赛博利妮又抓住了他的手。但是赛博利妮又用非常深沉、清晰而激动的语调开始讲话了:"普罗达布,使劲儿握我的手吧。普罗达布,你听着,我触摸着你向你发誓,你的生死福祸都掌握在我的手里。你听着,我向你发誓。从今天起,我要忘掉你。从今天起,我要放弃我的幸福。从今天起,我要压制我的情感。从今天起,我赛博利妮已经死了。"

赛博利妮放开普罗达布的手,推开了木头。

普罗达布用颤抖的声音说:"走吧,我们上岸去。"

两个人登上了河岸。他们步行来到河湾处。快艇就在附近,两个人上了快艇,解开缆绳。他们俩谁都没有发现,罗曼依德·斯瓦米一直在特别细心地注视着他们。

在这期间英国人以为被捕的人逃走了,他们就在后边追赶,可是快艇很快就不见了。

就这样,赛博利妮没有向法院提出对鲁波丝的诉讼,她自己就认输了。

第七章　拉摩丘龙逃脱

普罗达布既然逃走了,那么,拉摩丘龙的逃脱也就容易了。拉摩丘龙在英国人的船上没有被看作是囚犯。谁也不知道,正是他开枪打伤了福斯特,击毙了士兵。阿米亚特以为他是个普通的仆人,所以从蒙格尔出发的时候,就想把他放了。阿米亚特说:"你的先生是个坏蛋,我们要惩罚他,而你呢,我们是不需要的。你想去哪里,就去哪里吧。"

拉摩丘龙听了后，双手合十地说："我是农村的放牛人，我不会说话。请您不要生气。您是不是与我有什么亲戚关系啊？"

有人把这话翻译给阿米亚特听了，阿米亚特问："为什么？"

拉摩丘龙说："要不然，您为什么要跟我开玩笑？"

阿米亚特问："开什么玩笑？"

拉摩丘龙说："你们把我的腿打伤了，还对我说，'你想去哪就去哪里吧'。这意思就是说，我已经在你们家里结了婚。我是牧人的儿子，要是我娶了英国姑娘，我就会失去种姓。"

翻译将这话也说给阿米亚特听了，可是他还是一点儿也不明白。他心里在想，这可能是当地一种恭维的话。他以为，就像印度人想恭维别人时就使用"妈妈""爸爸""兄弟"等称呼一样，拉摩丘龙也是为了恭维他，才这样对他说。阿米亚特并没有表现出很不愉快。因此他问道："你想要什么呢？"

拉摩丘龙说："那你就命令手下的人还我两条腿吧。"

阿米亚特笑了，说道："好吧，那你就和我们在一起待几天吧，我们给你治疗。"

这是拉摩丘龙所希望的。普罗达布被抓走了，拉摩丘龙就想和他在一起。因此，拉摩丘龙就志愿和阿米亚特待在一起。他也没有被监禁。

就在普罗达布逃走的那天夜里，拉摩丘龙没有告诉任何人，就从船上下来，慢悠悠地走了。在离开的时候，他还小声骂了几句"印度杂种人"的爹妈和姐妹。他的两条腿已能走路了。

第八章　在山上

这天的夜里，天上没有月亮。乌云遮盖了月亮、星星和整个蓝天。乌云密布，不见一点儿缝隙，无边无际的雨云呈现出灰蒙蒙的颜色——云层下面漆黑一片，那是浓重的、无边无际的、笼罩一切

月　华

的黑暗；水流、沙滩、河岸、停靠在岸边的一排排船只，都笼罩在昏暗中了。赛博利妮独自一人，伫立在这昏暗的山谷中。

在那天的夜晚，那些追赶快艇的英国人随从们，被远远地落在了后面，快艇停靠在河岸边——大河的岸边是不乏寂静无人之地的——快艇就停靠在这样一个寂静无人的地方。就在这时候，赛博利妮悄悄地下了快艇，逃走了。这一次，赛博利妮并不是怀着沮丧的心情逃走的。赛博利妮是怀着一种恐惧的心情从普罗达布身边逃走的，就像森林中的野兽怀着恐惧的心情从燃烧的森林中逃走一样。赛博利妮正是怀着这样的恐惧，逃离了那充满幸福、温馨、爱意的生活。对于幸福、温馨、爱情，对于普罗达布以及所有这一切，赛博利妮已经不再拥有权利了，她已经不再抱有希望了，也不再期待了——这一切如果就在身边，又有谁能不期待呢？一个处在沙漠中干渴难忍的行路人，看见清澈凉爽的甘泉，又怎么能不想喝呢？维克多·古格曾经描写过一种居住在海底的恶魔般的可怕的粗臂怪物，这种怪物的本性就是贪欲，或者说是渴望。它生活在非常清澈的水晶般的海水中，在它的住所底下，有一种光滑漂亮的石头在微微闪光；在它的住所里有无数非常昂贵的珍珠、珊瑚等；但是，这个怪物是喝人血的——迷恋于它住处财宝的人就来到它的住处，这个拥有一百只手的恶魔就会慢慢地伸出手来，一个一个地把人抓住。它一旦抓住人，就不肯再放掉，而是用它那一百只手紧紧地缠住猎物；这时候那个恶魔就会将它那吸血的一千张尖嘴插入那些不幸的人的身体里，慢慢地吮吸他们的血液。

在这场情感战争中，赛博利妮认为自己是无能的，因此她撤出战斗，逃走了。她心里害怕，如果普罗达布知道她逃走了，就会去寻找她。因此，她不能在附近的任何地方停留，她要尽可能走得远一些。印度中部就有这样一座高山，赛博利妮没有走多远，就看见了这座山。为了不让任何人看见，她没有在白天上山。她躲藏在森林里，一整天都没有吃东西。黄昏降临了，天渐渐黑下来，然后月亮升起来了。赛博利妮在黑暗中开始爬山了。她在黑暗中被乱石碎块磕碰着，她的腿脚被划破了；她在低矮的灌木丛中找不到上山的路；她的全身从头上到脚下，都挂满了荆棘，手脚也被刺破了，并且流着血。赛博利妮开始为自己的过失赎罪了。

赛博利妮对于这一切并不感到痛苦。她是志愿进行这种赎罪的。她是志愿抛弃自己的幸福生活，走进这可怕的、荆棘丛生的、野兽出没的深山老林的。如此长时间地沉陷于深重的罪孽之中——如果经受这样的苦难，她是否就能使自己的罪孽得到某种解脱呢？

因此，即便赛博利妮自己的腿脚被划伤，身上流着血，忍受着饥饿和干渴的煎熬，她还是继续往山上攀登。没有道路——白天在蔓藤、荆棘和乱石堆中都找不到路，而现在天已经黑下来，赛博利妮往山上攀登就更加困难，她往山上只走了很短的一段路。

就在这个时候，浓云密布，电闪雷鸣。毫无缝隙的、漫无边际的黑幕遮住了天空。黑暗一层又一层地跌落下来，山冈、树木和远处的河流，统统都被遮盖住了。宇宙间只有黑暗——赛博利妮仿佛觉得，除了石头、荆棘和黑暗，宇宙间再也不存在什么了。企图再往山上攀登是徒劳无益了。赛博利妮心灰意冷，就在这荆棘丛生的林地上坐了下来。

从天上到地平线，从地平线到天空，不断地划过一道道闪电。赛博利妮非常恐惧。伴随着闪电而来的，是震耳欲聋的雷鸣。赛博利妮意识到，在这个高山地区，可怕的暴风雨很快就会到来。会有什么伤害吗？会有许多树木、树枝、树叶、花朵等被摧毁，从这座山上滚落下来——难道赛博利妮命中注定就不会遭受毁灭吗？难道她会有这样的幸福吗？

她感到一种冰冷的东西滑落在她的身上。是大雨点啊。一滴，一滴，又一滴！随后整个大地都咆哮起来。这是暴雨的咆哮，狂风的咆哮，雷电的咆哮；伴随风雨雷电的咆哮，不断传来树枝折断的声音、恐怖的野兽嗥叫声、巨石从高处滚落下来的轰鸣。从远处传来恒河澎湃的波涛声。赛博利妮低着头，在一块山石上坐下来。冰冷的雨水倾注在她的头上。被风折断的乔木、灌木、蔓藤的枝叶纷纷落下来，随后又飞舞起来，最后又跌落下去。从山峰上急驰飞泻而下的瀑布，一直淹没到赛博利妮的腰间。

月　华

　　啊，你这冷漠的大自然啊！我向你亿万次地施礼致意！你没有慈悲，没有怜悯，没有仁爱，你毫不动摇地毁灭生灵，你是无穷无尽的灾难之母，然而我们又从你那里获得一切——你是一切快乐的源泉，是一切幸福、财富的赋予者，你总是在满足人们的渴望，赐予人们以形体美。我向你鞠躬致意！啊，你是令人恐惧的、具有多种形象的女神！昨天，你还在自己的前额上点缀着月亮的光点，头上还戴着星光的花环，你令迷人的大地绽开笑脸，使大地变得楚楚动人；你用恒河的涟漪编织花环，让月光在浪花中翩翩起舞；你让亿万颗钻石在沙滩上闪闪发光；你在恒河的心田上染上了天蓝的色彩，让无数的青年男女在河水里快乐地漂游！看来，你献出了你所懂得的无数的关爱。可是，今天，你这是怎么了？你竟然变成了不可信任的、毁灭一切的女神！我明白，你为什么要以生灵作儿戏。你没有智慧，没有良知，没有意识，但是你却是个无所不能的、无处不在的、毁灭一切的、威力无比的破坏者。你是伟大的魔幻，你是天神的荣耀，你又是不可战胜的。我亿万次地向你施礼致意！

　　过了很久之后，雨终于停了，但是风暴没有停，只是渐渐地减弱了。黑暗仿佛变得更加浓重了。赛博利妮明白，继续向被雨水淋湿的光滑的山上攀登，或者下山都是不可能的。赛博利妮坐在那里，冷得浑身发抖。这时她想起了智慧村里那个温馨的丈夫的家。她在想："如果能够再看一次那个安乐窝，让我去死都可以，甚至我会幸福地死去。可是太遥远了——看来，我都看不到太阳再升起来了。我一再呼唤的那位死神快降临了。"就在这个时候，在这座无人的山上，在这难以通行的密林里，在这漆黑的昏暗中，一个人的手触摸到了赛博利妮的身体。

　　最初，赛博利妮还以为，那是林中的某种野兽。赛博利妮躲闪到一边。可是那只手又触摸到了她，她清楚地感到那是人手的触摸——在黑暗中什么也看不见。赛博利妮用吓得发抖的声音问道："你是谁？是神还是人？"赛博利妮并不害怕人，而是害怕神，因为神是主宰惩罚的。

　　没有人回答。然而，赛博利妮意识到，不管是人还是神，他的两只手将她抱住了。赛博利妮肩上感受到呼出气流的一种温暖。她觉察到,一只手臂放在她的后背上,而另一手将赛博利妮的两条腿一起抱住了。赛博利妮觉察到,她被抱起来了。赛博利妮小声叫了一下——她意识到,不管是人还是神,反正用手抱着她向什么地方走去。过了一会儿之后,她又感到,他把自己搂在怀里,小心翼翼地向山上攀登。赛博利妮在想,此人不管是谁,反正不是劳伦斯·福斯特。

月　华

··· 第四部　赎罪 ···

第一章　普罗达布做了什么

　　普罗达布是地主，同时也是强盗。在我们所讲述的那个时代，很多地主都是强盗。达尔文说，人类的祖先是猴子。要是听了这话，谁都不生气，那么，任何一个地主，听了他们祖先这种不光彩的事迹，大概，也不会生我们的气。实际上，出生在强盗家族，并不是不光彩的事情，因为我们在别的国家也看到，很多出生在强盗家族的人，都占据着很高的社会地位。一个名叫帖木儿的人，是强盗的后代，由于自己家族的荣耀而赢得了世界性的声誉。在英国，一些自称是来自挪威或斯堪的纳维亚海盗家族的人们，都因为自己的出身而感到特别骄傲。在古代印度，俱卢家族曾经享有过特别的荣耀，这个家族的人曾经是盗牛贼，他们曾经盗走过比拉特国国王乌多罗牛舍里的牛。在孟加拉，也有一两个地主，享有这样家族的荣耀。

　　普罗达布的强盗行为，与别的古代强盗还是有一些区别的。普罗达布只是在为保护自己的财产或者为打击强大敌人的情况下，才肯接受强盗们的帮助。他从不抢劫别人的财产或欺压别人，相反，他甚至还保护弱者和被压迫者，他是为了帮助别人才去抢劫的。普罗达布现在又走上了这条道路。

　　那天夜里，赛博利妮离开快艇逃走了，就在那一夜即将过去的凌晨，普罗达布醒来后，一坐起身来，就看见拉摩丘龙回来了，因此他很高兴。可是赛博利妮不见了，他又担起心来。等了一会儿，还是不见她回来，于是就去找她。他来到恒河岸边，也没有找到她。天已经大亮了。普罗达布很失望，于是心里产生了一个念头：可能赛博利妮沉入河里死了。普罗达布知道，现在她投河而死不是不可能的。

普罗达布首先想到："赛博利妮的死亡都是因为我。"可是他又一想："我有什么过错呢？我一直坚持正法，并没有走上邪路呀。消除她死亡原因的，不应该是我呀。"普罗达布并没有找到怨恨自己的理由。他有点生月华的气——月华为什么要和赛博利妮结婚呢？他也有点儿生鲁波丝的气，为什么他普罗达布没有跟赛博利妮结婚，而是跟鲁波丝结了婚呢？他还有点儿生苏多丽的气——苏多丽如果不来告诉他赛博利妮被劫走的消息，也就不会再有赛博利妮与他普罗达布在恒河里游泳的事情了，赛博利妮也就不会死了。但是他最恨劳伦斯·福斯特——要不是他劫走了赛博利妮，这一切是不会发生的。英国人要是不来孟加拉，赛博利妮也就不会落在劳伦斯·福斯特的手里。因此，普罗达布自然对英国人怀有仇恨。普罗达布决定，抓住福斯特，杀死他，还要放火把他烧掉——否则他也不会活——即使福斯特已经被埋掉，他也会把他挖出来。他做出的第二个决定就是，一定要把英国人赶出孟加拉，因为在英国人中间，像福斯特这样的人太多了。

普罗达布一边这样想着，一边乘坐快艇回到了蒙格尔要塞。

走进蒙格尔要塞，普罗达布就发现，总督即将和英国人开战，他正在紧张地备战。

普罗达布非常高兴。他心里想："难道总督就不能把这些魔鬼赶出孟加拉吗？难道就抓不到福斯特吗？"

随后，他又想："谁有多大的力量，谁就该使出多大力量，去帮助总督打胜这一仗。不是连松鼠都可以填海铺路吗？"

然后普罗达布又想："难道我就不能提供一些什么帮助吗？我能做什么呢？"

他又想："我没有军队，只有一些会耍棍棒的人，有一支强盗队伍。他们能干什么事情呢？"

他想："即使他们做不了什么大事，他们还可以抢劫嘛。我可以带领他们去抢劫那些援助英国人的乡村。只要我看到英国人在哪里得到粮食，我就去那里抢劫粮食；只要我看到英国人往哪里运货物，我就到那里去抢劫货物。如果能做到这些，我就是对总督提供了很大的帮助。在面对面的战斗中取得胜利只是消灭对手的一种手段。袭击敌军的后方和粮食供给，这才是消灭敌人的主要方法。我要尽我所能，努力去做。"

随后他又想："我为什么要这样做呢？我这样做，是有很多理由的。第一，英国人毁灭了月华的家庭；第二，赛博利妮也是因为他们而死的；第三，我被他们抓走过；第四，他们这样伤害过许多人，而且还会继续伤害更多的人；第五，如果我能够这样帮助总督，我还会得到两大块封地。因此，我要去做这件事。"

普罗达布通过贿赂总督身边的大臣才得以与总督会面。在与总督会面时他说了些什么话，我们不得而知。在与总督会见之后，他就动身返回故乡了。

过了这么多天之后，他回到了家乡，鲁波丝对他的担惊受怕也消失了，但是听到赛博利妮的死讯，鲁波丝很悲伤。听说普罗达布回来了，苏多丽也过来看他。听到赛博利妮死亡的消息，苏多丽也十分难过，但是她说："该发生的事情都发生了。不过，现在赛博利妮还是幸福的。对她来说，死要比活着更幸福，这话我不能再对别人说了。"

在见过鲁波丝和苏多丽之后，普罗达布又离家出走了。

不久，到处都流传着这样一个消息：从蒙格尔到伽托亚，所有年轻的强盗和棍棒手们都集合在一起了，普罗达布·拉伊把他们编成了一支队伍。

听到这个消息，古尔功·汗感到很不安。

第二章 赛博利妮做了什么

这是一个非常黑暗的山洞——赛博利妮躺在坚硬的石板上。一个身材高大的男人，把她抱到这里来的。暴风雨已经停止，但是山洞里一片漆黑。只有漆黑。山洞里寂静无声。闭上眼睛,是黑暗;睁开眼睛一看,还是黑暗。万籁俱寂——只有水滴沿着某处岩石的缝隙滴落在山洞里的地上,不时发出滴答滴答的声响。仿佛还有一个生灵,在这个山洞里呼吸着,不知道是人还是野兽。

此刻,赛博利妮被恐怖征服了。是恐怖?好像又不是。人的理智是有限度的——赛博利妮已经超越了这个限度。赛博利妮已经不再恐惧了,因为对她来说,生命已经变成了无法承受和无法忍耐的一种负担——如果能够把它抛弃,那就好了。她所拥有的一切——幸福、信仰、种姓、家庭、尊严都已经失去了——还有什么可以失去的呢?还有什么可恐惧的呢?

然而,从童年时代起,赛博利妮在内心里就一直小心翼翼地秘密地珍藏着一个渴望,那一天,或许在那天之前,这种渴望已经彻底消失了;为了这种渴望,她曾经抛弃过一切,如今她又抛弃了那个渴望;她的思绪乱极了,她十分虚弱,一点儿力气都没有。她几乎两天没有吃东西了,走路和爬山又使她疲惫不堪;暴风骤雨让她吃尽了苦头;她的身体实在支持不住了,太虚弱了;然后又发生了这种可怕的神奇的事件——赛博利妮觉得神奇——人的意志还能够坚持多久呢?身体垮了,精神崩溃了——赛博利妮失去了知觉,处于半睡半醒的昏迷状态。山洞里的石块硌得她后背疼痛难忍。

赛博利妮的意识完全丧失之后,她仿佛看见,一条无尽头的宽阔大河展现在她的面前,但是那河里没有水——只有鲜血在河床上流淌,并且淹没了两岸。那里漂浮着人的骨头、尸体、头颅等。类似鳄鱼形状的——没有皮肉而只有骨头的巨大而可怕的怪物,瞪着闪闪发光的大眼睛,在血水中四处游荡,在捕捉、吞噬着漂浮的尸体。赛博利妮看见,那个从山上把她抱下来的高大男人,又把她抱到了这条河的岸边。在这里,没有太阳,没有月亮,没有星星,没有云彩,也没有光亮——可是也没有黑暗。一切都看得见,但是又不十分清楚。血水之河、漂浮的尸体、漂流的一排排骷髅、瘦骨嶙

月　华

峋的鳄鱼——所有这一切，在可怕的黑暗中都是可以看得见的。河岸上没有细沙——取而代之的是尖端朝上的一排排铁针。身材高大的男人把她放在河岸上，吩咐她过河去。可是没有任何渡河工具，既没有船，也没有桥。

那个身材高大的男人说："你游到对岸去吧。你是会游泳的——你曾经和普罗达布在恒河里多次游过泳啊。"

赛博利妮在这种流淌着血水的河里怎么游泳呢？那个身材高大的男人举起了竹竿就要打她。赛博利妮惊恐地发现，那是一根烧红的铁棍。看到赛博利妮迟疑不决，那个身材高大的男人就开始用铁棍击打赛博利妮的后背。赛博利妮的后背被烧伤了。赛博利妮无法忍受烧烫之痛，于是就跳进了血河中。那些骨头外露的鳄鱼都向她游过来，企图撕咬她，可是却没能咬到她。赛博利妮在血流中向前游着；血水开始灌进她的嘴里；那个身材高大的男人跟着她，浮在血流上面行走——他并没有下沉。散发着臭气的、腐烂的尸体时不时地漂过来，触碰着她的身体。就这样，赛博利妮终于游到了对岸。她爬上河岸一看，就大声叫起来："救命啊！救命啊！"她看到，自己面前是一个混沌世界：无边无际，无形无色，无名无号。这里的光线很微弱，但是却十分灼热，这种光线一照进赛博利妮的眼帘，她就感到自己的眼睛被烧得很痛——就好像自己的眼睛被毒液烧烫一样疼痛难忍。一种令人作呕的臭味一进入鼻腔，赛博利妮就像疯了一样，立即将鼻子捂上。各种生硬的、刺耳的、可怕的声音，同时传入了赛博利妮的耳朵里——撕心裂肺的哀号，魔鬼般的狂笑，令人恐惧的喊杀声，山体崩塌的轰鸣声，隆隆的雷鸣声，岩石的撞击声，河水的喧嚣声，火焰燃烧时发出的噼啪声，垂死人发出的呻吟声——所有这一切声响，一时间刺痛了她的耳膜。从前面不断地吹过来的那种传递着令人恐怖声响的强劲的热风，犹如烈火一样烧烤着赛博利妮的身体。有时赛博利妮又觉得，就像严寒季节上千把刀子在切割着她的身体。赛博利妮开始喊叫起来："我的灵魂要出窍了！快来救救我吧！"这时候散发着难以忍受的恶臭气味的一条奇丑无比的大蛆爬过来，钻进赛博利妮的口中。赛博利妮立即大声喊叫起来:"救救我吧!这是地狱啊!难道就没有办法从这里逃出去吗?"

那个身材高大的男人说:"有啊。"处在昏迷状态的赛博利妮被自己的叫喊声惊醒了,但是她的幻觉还没有完全消失——后背被石块硌得很痛。赛博利妮从梦幻中彻底醒过来了,她大声叫喊道:"我该怎么办呢!难道我就没有办法获救吗?"

"有啊。"山洞里传来了深沉的回答。

这是什么地方?难道赛博利妮真的是在地狱里吗?赛博利妮感到既恐惧又困惑,她惊悸地问道:"什么办法呀?"

山洞里传来回答:"你要发誓——十二年都要遵守你的誓言。"

那是什么誓言呢?赛博利妮悲伤地问道:"什么誓言?谁来教我呢?"

回答:"我来教你。"

赛博利妮问:"你是谁?"

回答:"你发誓吧。"

赛博利妮又问:"我该怎么做呢?"

回答:"脱掉你身上穿的中国丝绸衣服,穿上我给你的服装。把手伸过来。"

赛博利妮把手伸了出来。一件衣服放在了她的手上。赛博利妮脱去原来穿的衣服,换上了这件衣服,问道:"我还应该做什么呢?"

那个回声问道:"你的婆家在哪里?"

赛博利妮说:"在智慧村。我应该到那里去吗?"

回答:"是的,你应该到那里,然后在村边建一座茅屋。"

赛博利妮问:"还要做什么呢?"

回答:"你要在地上睡觉。"

赛博利妮问:"还应该怎么做呢?"

回答:"除了野果、草根和树叶,你不能吃任何食物。每天只能吃一次。"

赛博利妮问:"还要怎么做呢?"

月　华

　　回答:"你不要梳头。"

　　赛博利妮问:"还要怎么做呢?"

　　回答:"只有在天黑的时候,你才能进村里乞讨一次。在乞讨的时候,你应该挨家挨户地吟唱自己的罪孽。"

　　赛博利妮说:"我不能述说我的罪孽呀!难道再没有别的赎罪方法吗?"

　　回答:"有啊。"

　　赛博利妮问:"什么方法?"

　　回答:"去死。"

　　赛博利妮说:"我接受这个誓言。您是谁?"

　　赛博利妮没有得到任何回答。赛博利妮又一次痛苦地说:"不管您是谁,我都不想知道。我把您当作山神,向您跪拜致敬。还有一个问题,请您回答:我的丈夫在哪里?"

　　回答:"为什么要问这个?"

　　赛博利妮问:"难道我就不能再见他一面吗?"

　　回答:"在你的赎罪完成之时你可以见到他。"

　　赛博利妮问:"要在十二年之后吗?"

　　回答:"要在十二年之后。"

　　赛博利妮说:"我在赎罪的过程中能活多少时日呢?如果我这十二年间死去呢?"

　　回答:"那你在临死的时候可以见到他。"

　　赛博利妮说:"难道在这之前就没有办法与他相见吗?您是山神,您一定会知道。"

　　回答:"如果你现在就想见到他,那你就要一个人在这个山洞里住上一个星期。这一个星期你要日夜思念自己的丈夫——不要让任何别的念头占据你的心灵。在这七天里,你只能在每天晚上出去一次采集野果、草根和树叶;为了不使饥饿彻底消除,你不应该吃饱。你不要去接触任何人——即便遇见什么人,也不要讲话。如果你能在这黑暗的山洞里住上一个星期,心里没有任何杂念,一直思念自己的丈夫,那你就能见到他。"

第三章　起风了

赛博利妮照此做了——七天来她都没有走出山洞——只是每天傍晚才出去一次，采集野果和草根。七天来她没有和人说过话。她几乎没有吃过什么东西，在漆黑的山洞里一直思念着自己的丈夫——她什么都看不到，什么也听不见，什么也触摸不到。她的感官和思想都被丈夫占据了。丈夫成了她全部思绪的唯一的精神支柱。她在黑暗中再也看不见什么东西——七天七夜她只看见了丈夫的面容。在特别寂静的环境中，她再也听不到什么声音，只能听到丈夫那充满睿智的、温柔的话语；只闻到了他那宛如花盆的身体所散发出来的芳香——她的触觉感受到了丈夫月华那充满爱意的抚摸。她再也没有别的希冀了——再也没有了，只是渴望见到丈夫。在自己的回忆中，只有丈夫那留有胡须的、额头宽阔的、英俊的脸庞在不停地游荡——她就像一只被刺伤翅膀的蜜蜂一样，只能在散发着芬芳的花树下艰难地爬行，却无法落到芬芳的树上。毫无疑问，教她发誓的那个人一定具有洞察人内心世界的能力。处在寂静无人的黑暗中并且一心只想见到丈夫的她，身体又被饥饿折磨得疲惫不堪，她的心里再也没有别的杂念；在这种时候她的思想只集中在一件事情上——全神贯注地思念自己所敬仰的那位神灵（即他的丈夫）。就是在这种情况下，身心憔悴的赛博利妮，在一心一意想念丈夫的过程中发生了变化。

她是变化了，还是具有了天神般的慧眼？赛博利妮发现她的慧眼能够洞察到人心的内外。赛博利妮看见了——

他是何等英俊啊！他的身材犹如桫椤树般高大，他的手臂很长，他的体形匀称，他那非常年轻健壮的身体简直达到了完美之躯的峰巅！他那宽阔的前额上点画着檀香膏吉祥痣，那上面留下了一

月　华

道道沉思的皱纹——那是萨拉斯瓦蒂①的床铺，因陀罗的战场，爱神玛丹②的幸福凉亭，吉祥天女③的宝座啊！普罗达布怎么能与他相比呢？相差可太远了！简直是恒河与大海的差别呀！他的那双眼睛炯炯有神，总是显露着微笑，总是在转动，总是在顾盼——那是一双闪烁着光泽的、安详的、包含着爱意和怜悯的、喜欢开点儿玩笑的、总是在探寻真理的大眼睛——普罗达布的眼睛又怎么能与这双眼睛相比呢？我为什么把他忘了呢？我为什么会堕落呢？我为什么毁灭了自己呢？他那优美的、年轻的、强健有力的身体就像披着新叶的桫椤树和爬满春藤的松树，又像布满鲜花的高山，既美丽又强壮——他一半是明月，一半是太阳；一半是雪山神女④，一半是湿婆；一半是罗陀，一半是黑天；一半是希望，一半是恐惧；一半是光明，一半是阴影；一半是火焰，一半是烟雾。普罗达布是什么样子呢？为什么我以前没有发现这一切呢？为什么我堕落了？为什么我毁灭了自己呢？！他的话语清晰、明确、纯正而悦耳，蕴含着微笑和嘲讽，充满着爱意和甜蜜——普罗达布又怎么能和他相比呢？我为什么堕落了？我为什么毁了自己？我为什么失去了家庭？他的微笑——宛如花盆里的茉莉花，宛如云层中的闪电，宛如饥馑年月中的杜尔伽大祭节⑤，宛如我的幸福美梦——为什么我视而不见呢？为什么我会堕落呢？为什么我毁灭了自己呢？为什么我不明白这一切呢？他对我的爱犹如大海一样广阔无边、深不见底，这种爱有时显得很强烈，有时又显得十分平静，它既深沉又充满甜蜜——强烈的时刻，它会漫过堤岸，掀起波涛，令人恐惧，简直是不可接触的，不可战胜的——为什么我以前不明白这一点呢？为什么我没有把它珍藏在心里呢？为什么我玷污了自己而又没有为他献

---

① Sarasvatī，印度教崇拜的执掌智慧和艺术的女神。
② 又称爱神卡玛（Kāmadeva）女神。
③ Lakshmī，毗湿奴的妻子，是财富女神，在印度教教徒心目中又是美丽、贤惠的化身。
④ 根据印度古代神话传说，雪山神女（Pārvatī）是喜马拉雅山神的女儿，又称乌玛（Umā），是湿婆的妻子。
⑤ 每年秋天印度人祭拜杜尔伽女神的盛大节日，在这个节日里有钱人家向穷苦人施舍食品。

出自己生命中的一切呢?！我算是什么人呢？我值得他爱吗？我是个少女，愚蠢而无知，是个不识字的坏女人，在他那渊博的知识面前，我是无能为力的，我在他面前算什么呢？是大海中的一个贝壳，花朵上的一条小虫，月亮上的一个黑点，脚面上的一粒尘土——我在他面前算什么呢？只能算人生中的一场噩梦，被忘却的心灵中的回忆，幸福中的障碍，希冀中的疑虑——在他面前我又算什么呢？只能算是池塘中的一把烂泥，花梗上的一根刺，空气中的一粒尘埃，火焰中的一只飞蛾！我堕落了——我为什么不死呢？

教导赛博利妮这样思念丈夫的人，一定是在人的无限心海中航行的舵手，他能预见到一切。他知道，他的咒语可以使长流不息的河流改道；他知道，他的这种咒语可以使雷电劈开高山，可以一下子就把大海掏干；他的这种咒语可以使风停止。在赛博利妮的心目中，那长流不息的大河改道了，高山被劈开了，大海干枯了，风停止了。赛博利妮忘掉了普罗达布，爱上了月华。

如果堵塞人的感觉之路——消除感觉，压制理智，如果堵塞了这一切通路之后，只留下一条道路——如果把其他道路都堵塞，让理智的力量消失，那么，理智又能做什么呢？它只能沿着这条道路行走，在这条道路上停歇，在这条道路上沉醉。到了第五天，赛博利妮没有吃可以食用的野果和草根；到了第六天还是没有吃野果、草根；到了第七天的早晨，她在想："不管是否能见到丈夫，我今天都会死的。"到了第七天的夜里，她忽然觉得，在自己的心里一朵莲花绽放了——在莲花上面盘腿端坐着月华。赛博利妮变成了一只蜜蜂，在他那宛如莲花的脚边嗡嗡地鸣叫着。

第七天夜里，赛博利妮独自坐在那个昏黑寂静的岩洞里，苦苦地思念着丈夫，渐渐地失去了知觉。她在昏迷中开始梦见了各种各样的景象。有时她梦见，自己坠入了可怕的地狱，几十丈长的无数蟒蛇，抬起千万颗头来，紧紧地缠住了她；无数的蟒蛇张开大嘴，要吞噬她，所有蟒蛇的呼吸汇聚成一股犹如飓风的声响。月华端坐在莲台上，将一只脚踏在一条巨蟒的头上，于是所有蟒蛇犹如洪水一样消退了。有时她梦见，在一个无底的洞穴里燃起了山火，火苗

月　华

直冲云天；她就在那烈火中燃烧。就在这时候，月华走过来，向这座燃烧的火山上泼了一瓢水，大火顿时熄灭了。凉风刮起来，水质清澈的小河在峡谷中潺潺流淌，河岸上鲜花盛开，一朵巨大的莲花在河水中开放——月华就立在那朵莲花上，随着水流漂走了。有时她看见，一只大老虎跑过来，用嘴把她叼起来，向山里跑去；月华这时走过来，从祭神的花瓶里抽出一枝花来，打了老虎一下，老虎血管破裂，立即死掉了。赛博利妮发现，这只老虎的脸很像福斯特。

这一夜结束的时候，赛博利妮感到，她已经死了，但是还有理智。她觉得，一个幽灵拉着她的身体在黑暗中飞上了天路。她看见了，那个幽灵抓住她的头发，穿过浩瀚的乌云之海和火光电闪，向上飞腾。那么多居住天上的歌伎、飞天等仙女，从云层里探出头来，在望着赛博利妮微笑。她看见了，那么多在天空中漫游的光彩照人的女神，乘坐着金色的云霞之辇在天宇中漫游，她们身上环绕着金光闪闪的电闪光环，在她们那黑发覆盖的前额上辉映着星星编织的光环，但是赛博利妮那罪孽的身体所带起的恶风一触摸到她们的仙体，她们身上的光辉立即消失了；那么多在天空中游荡的可怕的罗刹女，将她们那漆黑的身体压在厚重的乌云上，掀起了令人恐怖的旋风。她们一看见赛博利妮那散发着臭气的尸体，就从嘴里喷射出口水来，她们张着大口想把她吃掉。她看见了，那么多男女天神将他们那车辇的洁净无瑕的灿烂光影撒在彩云上；罪孽的赛博利妮的身影如果能落在天神那车辇的神圣光影上，赛博利妮的罪孽就会被洗清，因为害怕这种情况发生，天神们都将自己的车辇驶向远离赛博利妮的方向。她看见，星辰美女们从蓝天中探出头来，用闪光的手指指着赛博利妮的尸体，说："姐妹们，你们看，在人类蠕虫中还有这样一个不忠诚的母虫！"一些星星颤抖着闭上了眼睛，一些星星羞得把脸藏到云层里；一些星星一听到不忠诚女人的名字，就吓得失去了光泽。幽灵们带着赛博利妮往上飞去，而且越飞越高，飞过了更高的云层，超越星星，向高处飞去。因为他们要从最高处把赛博利妮的身体抛到地狱的深渊里，所以才飞到了最高处。这里漆黑、寒冷，没有云彩，没有星星，没有阳光，没有空气，没有声音。虽然没有声音，但是突然从下面的不远处传来了十分可怕的轰鸣声，就仿佛是在附近，在下面，成千上万的大海同时咆哮起来。幽灵们说："这是从地狱里传来的吵闹声，我们就从这里把尸体扔下去吧。"说完，幽灵们就猛踢了一下赛博利妮的头，把她的尸体扔了下去。赛博利妮开始旋转着向下滚落。旋转的速度逐渐加快了，最后就像制作陶器坯胎的轮子一样旋转。从她的口里、鼻子里开始流出血来。地狱的嘈杂声渐渐地逼近了，恶臭的气味开始浓烈了——神志一直清楚的赛博利妮，突然从远处看见了地狱。随后她的眼前一片漆黑，耳朵什么也听不见了，当时她的心里开始思念月华，在心里默默地呼唤："你在哪里呀？我的丈夫！我的主人，你在哪里？你是女人的靠山，是我崇敬的天神，是我唯一的幸福！你在哪里啊？月华！我跪拜在你的脚下，一千次，一万次，向你致敬！请你保护我吧。我在你面前犯了罪，所以我现在坠入了地狱。要是你不来搭救我，任何天神都不会来救我的。请来救救我吧！你来保护我吧，你发发慈悲吧！快来这里吧，请把你的双脚放在我的头上吧！这样一来，我就可以从地狱中解脱出来。"

这时，处于死亡状态的赛博利妮，既看不见什么，也听不见什么，可是她突然感到，有人把她抱在怀里——此人的肢体散发着芳香。那种讨厌的地狱里的吼叫突然停止了，恶臭消失了，鲜花的芳香扑面而来。赛博利妮的听觉也突然恢复了，眼睛也能看见东西了。赛博利妮突然觉得自己没有死，她还活着；这不是在做梦，而是真实的现实。赛博利妮恢复了知觉。

她一睁开眼睛就看见了，微弱的光线照进了山洞；从外面传来了清晨的小鸟啁啾声。这是怎么回事呢？自己的头枕在谁的手臂上？在她的头上凝望着她的，是一张宛如天上满月般的、给黎明前的昏暗送来了光明的脸。他是何人呢？赛博利妮认出来了，他是月华——是穿着婆罗门学者服装的月华！

第四章　船沉了

月华呼唤："赛博利妮！"

赛博利妮坐起来，凝望着月华的脸；赛博利妮头晕目眩，又倒下了；她的脸触到月华的脚。月华把她扶起来，让她靠着自己的身体坐着。

赛博利妮哭起来，大声哭了一会儿，忽然又倒在了月华的脚上，她说道："现在我会怎么样呢？"

月华问："你为什么想见我呢？"

赛博利妮擦干眼泪，停止哭泣，镇静地说："看来，我活不了多久了。"赛博利妮想起了梦中所看到的景象，浑身颤抖了。她将手放在前额上，沉默了片刻，又接着说道："我活不了几天了。在死之前，我决心再见你一面。这话谁肯相信呢？为什么会相信呢？一个半堕落的女人，抛弃了丈夫，怎么又决心要见自己的丈夫呢？"

赛博利妮苦笑了一下。

月华说："你的话并不是不可信的——我知道，你是被强行带走的。"

赛博利妮说："这是假话。我是志愿跟劳伦斯走的。在抢劫之前，劳伦斯就派人来过我这里。"

月华低下头，又慢慢地将赛博利妮放倒在地上，慢慢地站起来，准备走出去，并用柔和的语气小声说："赛博利妮，你用十二年的时间去赎罪吧。如果我们两个人都还活着，那就在赎罪结束的时候再见面吧。今天就到此为止吧。"

赛博利妮虔诚地将双手合在一起，说道："再坐一会儿吧！我觉得，我命中注定无法赎清罪过了。"她又回忆起了那场噩梦，"坐下，让我再看你一会儿吧。"

月华坐了下来。

赛博利妮问道:"自杀是罪过吗?"赛博利妮用刚毅的眼神望着月华,她那双美如莲花的大眼睛噙着泪水。

月华说:"是的。你为什么要死呢?"

赛博利妮浑身颤抖着说:"我不想死,死了我会坠入地狱的。"

月华说:"只要赎清了罪孽,你就会从地狱里解脱出来。"

赛博利妮问:"难道有摆脱这种精神地狱的赎罪方法吗?"

月华问:"你指的是什么?"

赛博利妮说:"在这座山上住着一些神仙。他们为我都做了些什么,我说不清楚——可是我日日夜夜都在做着看见地狱的噩梦。"

月华发现,赛博利妮的目光投向了山洞的边缘,仿佛她在远处看见了什么。她那瘦弱的脸庞变得干枯无光,一双眼睛睁得大大的,连眼皮都不眨一下,两个鼻孔一张一合——身体颤抖着,仿佛被刺扎了似的。

月华问:"你看见了什么?"

赛博利妮没有说话,依然望着远方。

月华问:"你为什么这样害怕?"

赛博利妮呆木得犹如石头一样。

月华十分惊讶,默默地久久地望着赛博利妮的脸,他一点儿也不明白,她这是怎么了。

突然赛博利妮大声叫起来:"我的主人,救救我,救救我吧!你是我的丈夫呀!除了你,还有谁能救我呢?"

赛博利妮失去了知觉,又倒在了地上。

月华从附近的水源处取来了一些水,洒在赛博利妮的脸上,并用围巾开始为她扇风。过了一会儿,赛博利妮恢复了知觉。她坐起来,默默地坐了一会儿,又开始哭起来。

月华问道:"你看到了什么?"

赛博利妮说:"地狱。"

月　华

月华意识到，赛博利妮还活着，在遭受地狱般的煎熬。过了一会儿，赛博利妮又说道："我不能死——我非常害怕那座恐怖的地狱。如果我死了，就会下地狱。我应该活着。但是我孤身一人，这十二年我怎么活呢？不管我处在有意识还是无意识的情况下，我总是看见地狱。"

月华说："不必担心——这一切都是由于饥饿和精神痛苦造成的。郎中们把它叫作疯癫症。你回到智慧村，在村边搭建一座茅屋。苏多丽将会去那里照看你，并且会为你治疗的。"

赛博利妮忽然闭上眼睛，仿佛看见苏多丽站在山洞的边缘，像石头一样立在那里，用手指着她。她看到，苏多丽的体形非常高大，并且渐渐地长得像棕榈树那么高大，样子非常可怕！她看见，在这山洞的边缘突然出现了地狱——冒出了那样的臭气，燃起了那样恐怖的噼啪作响的火焰；还出现了那样一会儿炎热，一会儿阴冷，蟒蛇四处爬行的森林，那样丑陋的昆虫云雾所遮盖的昏黑的天空！她看见了手里拿着带刺的绳索和爬满蝎子的棍棒的魔鬼们；她坠落到这个地狱里，他们用绳索把她捆绑起来，一边用爬满蝎子的棍棒击打她，一边拖着她往外走；犹如棕榈树般高大的岩石似的苏多丽举起手来，指着赛博利妮对他们说："打！给我打！我曾经劝阻过她！我曾经去船上劝她逃走，可是她根本不听！打！打！给我使劲儿地打！我是她罪孽的见证人！打！给我打！"赛博利妮双手合十，低着头，两眼含着泪水恳求苏多丽饶恕，可是苏多丽根本不听，只是大声叫道："打！打！打这个堕落的女人！我是个贞洁的女人，而她是个堕落的女人，打！给我打！"赛博利妮犹如石雕像一样，还是那样瞪着一双痴呆的眼睛，脸色干枯无光。月华焦虑不安，他明白，这是不祥之兆。

他说："赛博利妮，跟我走吧！"

起初，赛博利妮并没有听到，而后月华把手放在她的肩上，摇晃着她的身体，一连呼唤她两三次，他说："跟我走吧。"

赛博利妮忽然站起来，用十分惊恐的声调说："走吧，走吧，走吧，赶快走吧，赶快走，赶快离开这里！"说完，她也不等月华,就毫不迟疑地向山洞的门口快步走去。因为走得太快,山洞里又昏暗,脚下的石头绊了一下,赛博利妮就摔倒在地上了。再也听不到声音了。月华发现,赛博利妮又昏过去了。

月华把她抱起来,走出了山洞,把她抱到一个地方,那里有从山上悄悄地流淌下来的一股很细小的水流。月华往赛博利妮的脸上洒了一些水,赛博利妮又是躺在一个空气流通的地方,不久她便恢复了知觉。她睁开眼睛,问道:"我这是来到了什么地方?"

月华回答说:"我把你抱出了山洞。"

赛博利妮全身颤抖着又惊恐起来。她问道:"你是谁?"月华也惊恐起来。他说:"你为什么这样问我?我是你丈夫呀。你怎么不认识了?"

赛博利妮哈哈大笑起来,随后唱道:

　　金苍蝇是我的丈夫,

　　他在花丛中悠闲散步;

　　落到了带刺的仙人掌上,

　　看来,你是迷了路。

"你难道是劳伦斯·福斯特吗?"赛博利妮突然问道。

月华明白了,那位使得这个女人的身体变得如此美丽的女神,已经离开了赛博利妮——如今一个丑陋的疯子占据了她那所金色的躯体庙宇。月华痛哭起来。他用十分温柔的声调,关切地再次呼唤道:"赛博利妮!"

赛博利妮又笑了,问道:"谁是赛博利妮?等一下,想起来了!是有过一个小姑娘,她的名字叫赛博利妮,还有一个小男孩,名字叫普罗达布。一天夜里小男孩变成了一条蛇,爬到森林里去了;小姑娘变成了一只青蛙,也跑进了森林里。蛇把青蛙吃掉了。那是我亲眼看见的!啊,是你呀,先生!你是劳伦斯·福斯特吧?"

月华声音哽咽而又十分难过地呼唤道:"伟大的天神啊!你这是在做什么呀?你这是在做什么呀?"

赛博利妮又唱道:

月　华

你撒下了捕捉心灵的大网，
他在欢乐的爱河中漂浮游荡，
女友啊，你都做了什么？
河水淹没了两岸的田庄。

她又开始说道："谁在捕捉心灵？是月华。他在撒网捕捉谁呢？捕捉月华。是谁在漂游呢？是月华。河的两岸上都有什么呢？我不知道。你认识月华吗？"

月华说："我就是月华。"

赛博利妮犹如母老虎一样，向月华扑过去，搂住了他的脖子——什么话也没有说，就开始哭起来，哭了很久。她的眼泪濡湿了月华的肩膀、脖子、胸脯、手臂和衣服。月华也哭了。赛博利妮哭泣着说："我要跟你走。"

月华说："走吧。"

赛博利妮说："你不要打我！"

月华说："我不打你。"

月华深深地叹了一口，站起身来。赛博利妮也站了起来。月华拖着疲惫的身体，忧伤地走着，后面跟着一个疯癫的女人——她时而大笑，时而哭泣，时而又唱起歌来。

第五部　掩护

第一章　阿米亚特的结局

英国人的所有船只已经抵达穆尔什达巴德。他们的船只一到达，米尔卡瑟姆·汗的代表穆罕默德·窦吉·汗就收到了阿米亚特到达的消息。

穆罕默德·窦吉十分隆重地会见了阿米亚特。阿米亚特受到了热烈的欢迎。穆罕默德·窦吉最后邀请阿米亚特去赴宴。阿米亚特不得不接受，但是心里很不情愿。在这期间穆罕默德·窦吉在比较远的一个隐蔽处布置了卫兵——不让英国人的船只开走。

穆罕默德·窦吉走了之后，英国人开始议论起来，阿米亚特应不应该去赴宴。戈尔斯顿和约翰表达了这样一种观点，英国人不知道什么叫恐惧，也不应该恐惧，因此应该接受邀请前去赴宴。

阿米亚特说："我们正在准备和他们交战，而且这场战争不可能拖得很久，在这种时候还和他们一起吃饭合适吗？"阿米亚特决定，不去赴宴。

这期间，关于邀请英国人赴宴的消息，已经传到了扣押窦娄妮和库尔绍姆的那艘船上。窦娄妮和库尔绍姆开始悄悄地议论这件事。

窦娄妮说："库尔绍姆，你听说了吗？他们大概很快就会放我们走了。"

库尔绍姆问："为什么？"

窦娄妮说："你怎么不明白呢？那些把王妃掠走的人们，被王公的代表邀请去赴宴，这里边一定有个秘密的企图。看来，今天英国人该没命了。"

月　华

　　库尔绍姆问："难道你就为这件事而高兴吗？"

　　窦娄妮说："为什么不呢？当然，如果能不流血最好。可是，毫无理由地把我们抓来的那些人如果都死了，我们就会获得解放，我当然会为此而高兴啊。"

　　库尔绍姆说："可是你为什么这样急于获得解放呢？除了把我们看管起来之外，还看不出英国人有什么不良的企图，他们也没有欺压我们。我们只是失去了自由。我们是女人，无论去哪里，都是没有自由的。"

　　窦娄妮很生气。她说："在自己的家里虽然没有自由，可我是窦娄妮王妃啊，在英国人的船上我是俘虏。我不想和你争论这个问题了。你说说，为什么英国人要把我们抓起来呢？"

　　库尔绍姆说："不要再说那些事情了。现在哈伊先生作为英国人的人质被扣押起来，而我们作为王公的人质被英国人扣押起来。哈伊先生一旦获释，我们也会被释放的；要是哈伊先生发生什么不测，我们也会倒霉的。只要不出现那种情况，我们有什么可怕的呢？"

　　窦娄妮更加生气了。她说："我不认识你的哈伊先生，也不想听你对英国人的盲目崇拜。即使释放你，看来，你也不会走吧？"

　　库尔绍姆不但没有生气，反而笑着说："如果我不走，难道你会离开我而自己走吗？"

　　窦娄妮气得不得了，说："难道你希望这样吗？"

　　库尔绍姆严肃地说："人的命运中注定要发生的事情，我们又怎么能够知道呢？"

　　窦娄妮皱起眉头，用力地举起她握起的拳头，不过这个拳头并没有立即打下来——但是也没有放下来。窦娄妮把自己的拳头举到自己的耳边——把那只犹如花蕾似的拳头举在被一绺黑发遮盖的、犹如落着一只蜜蜂的花朵似的美丽耳朵的旁边，说道："你说实话，这两天阿米亚特为什么总是把你叫到他那里去？"

　　库尔绍姆说："实话我已经说过了，他叫我去就是想了解，你在这里是否有什么不方便之处。这些洋大人们希望，不管我们在英国人的船上待多少天，都能感到幸福舒适。愿天神保佑，最好是英国人不放我们走。"

窦娄妮把拳头举得更高，说道："愿天神保佑，你快点儿死去吧！"

库尔绍姆说："如果英国人释放我们，那么我们就会重新落入王公的手里。如果王公肯原谅的话，那可能会原谅你，但是他是不会原谅我的，我坚信这一点。我有这样一种想法，如果我能在什么地方找到一个藏身之处，那我就不想再回到王宫里去了。"

窦娄妮已经消了气，她声音哽咽地说："我已经无路可走。应该去死，要死我也要死在我的夫君脚下。"

这期间阿米亚特吩咐自己的士兵们做好战斗准备。

约翰说："我们在这里的力量还不够强大——把船开到我们官邸的附近不更好吗？"

阿米亚特说："昔日一个英国人，由于害怕当地人而逃跑了，因此当时在印度建立大英帝国统治的希望就泡了汤。现在如果我们把船从这里开走，那么这里的穆斯林就会认为我们被吓跑了。我们宁可站着死，也不能因为害怕而逃走。不过，福斯特还很虚弱，他不能手持武器与敌人交战，所以，应该允许他回官邸去。船上的王妃和另一个女人也应该下船。派两个士兵去护送她们吧。把她们留在这个是非之地，没有必要。"

士兵们已经做好了战斗准备，此时根据阿米亚特的命令所有人都在船里隐藏起来。在四周设有护栏的船上很容易找到射击口，每一个士兵都手持步枪守在射击口旁边。根据阿米亚特的命令，窦娄妮和库尔绍姆上了福斯特的船。在两个士兵的护送下，福斯特的船起航了。看到英国人的一艘船起航了，穆罕默德·窦吉的士兵们立即向他报告了这一消息。

穆罕默德·窦吉听到了这个消息并且发现约定英国人来赴宴的时间已过，于是就派出一个代表去请英国人。阿米亚特回答说，由于某种原因他们不想离开船。

月　华

　　这个代表下了船,还没有走多远,天空中就划过了一发命令开始射击的信号弹。随着这一声信号枪响,河岸上十多支步枪一起响了起来。阿米亚特发现,子弹都向船上飞来,船的有些地方已经被子弹打穿。

　　英国士兵们也开始还击。双方步枪的对射引起了极大的骚动。但双方都处于隐蔽的位置。穆斯林们隐藏在岸边山洞等隐蔽处。英国人和他们的士兵都隐藏在船上。在这样的战斗中,除了消耗火药,双方是不可能给对方造成什么伤亡的。然而,随后穆斯林们跳出掩体,手持大刀和梭镖,大声地叫着,向阿米亚特的船冲过来。看到这种情况,决心战斗到底的英国人并没有胆怯。

　　阿米亚特、戈尔斯顿和约翰手握步枪,沉着冷静地向快速跑过来的穆斯林们瞄准,进行有效射击。随着一次次射击,一个又一个穆斯林倒在了沙滩上。

　　可是,一排穆斯林倒下去了,另一排穆斯林又涌上来,就像一批波浪倒下去,另一批波浪又压过来一样。阿米亚特说:"我们再也坚持不住了。让我们在杀死这些背信弃义之徒的战斗中献出自己的生命吧。"

　　就在这时候,穆斯林们涌上来,登上了阿米亚特的船。三个英国人同时开枪射击。登上船的第一批穆斯林被击中了,他们横七竖八犹如三叉戟似的,纷纷从船上掉进水里。

　　又有一批穆斯林登上了船。还有几个穆斯林拿着大锤等工具,开始打凿船底。船底被凿破了,河水开始哗哗地涌进船里。

　　阿米亚特对他的同伙们说:"我们为什么要像绵羊似的被水淹死呢?走,到船舱外边去,我们应该像英雄一样,手握武器战死!"

　　三个英国人手持战刀,毫无畏惧地站在数不清的穆斯林武士面前。一个穆斯林武士向阿米亚特鞠躬致意说:"你们为什么要死呢?请跟我们走吧。"

　　阿米亚特说:"我们决心牺牲。如果我们今天在这里牺牲了,印度就会燃起烈火,穆斯林王国的统治就会在烈火中毁灭。如果用我们的鲜血浇灌了这片土地，那么乔治三世国王的旗子就会很容易插上这片土地。"

"那你就去死吧！"说完，一个帕坦人一刀劈下去，把阿米亚特的头削掉了。看见这种情况，戈尔斯顿飞快地向那个帕坦人的脖颈砍了一刀，帕坦人的头立即滚落下来。

十多个穆斯林把戈尔斯顿包围起来，开始击打他，戈尔斯顿和约翰两个人都被打死，倒在了甲板上。

第二章　还是他

在这个事件发生之前，福斯特已经把船开走了。

当劳伦斯·福斯特被拉摩丘龙的子弹击中而坠入恒河水中的时候，普罗达布的快艇已经开走了；装载武器的那艘船上的船员们跳进水里，去寻找和打捞劳伦斯·福斯特。劳伦斯漂浮到一艘船的旁边。他们将劳伦斯救捞上来，放在船上，并且向阿米亚特报告了劳伦斯被救了上来的消息。

阿米亚特来到这艘船上，看到劳伦斯已经失去了知觉，但是他并没有死。由于头部受了伤，他处于昏迷状态。福斯特很可能会死，但是如果进行救治，他还是可能被救活的。阿米亚特懂得医学，开始为他进行相应的治疗。根据博卡武拉提供的消息，福斯特的船被找到了，并且被开回了岸边。当阿米亚特从蒙格尔动身的时候，伤得像死人一样的福斯特被抬上了他的那艘船。

福斯特命不该绝——经过治疗他活了下来。福斯特的寿命还长着呢。在穆尔什达巴德，他没有死于穆斯林之手，竟然活了下来。但是现在他是个病人，浑身乏力，无精打采，他昔日的那种勇气、毅力再也没有了。现在他最担心的是自己的生命。因为头部受了伤，所以他的神志有些恍惚。

福斯特命令船员们快速开船，他担心穆斯林会从后面追上来。

月　华

　　一开始他想在卡什姆巴加尔的官邸躲藏起来，可是他又担心穆斯林们会赶到那里袭击他的官邸，因此他放弃了这种打算。在这一点上福斯特的判断是正确的。穆斯林的队伍很快就赶到了卡什姆巴加尔，袭击并抢劫了他的官邸。

　　福斯特的船已经快速通过了卡什姆巴加尔、佛拉什堂伽、塞达巴德、朗伽马提，然而他心里的恐惧并没有消失。如果一艘船在后边行驶，他就认为，那一定是穆斯林的船在追赶他。他发现，一艘小船总是在后边跟着他的船，不肯离去。

　　福斯特开始思考摆脱它的办法。各种各样的方案开始涌进他那受伤的头脑里。最初，他想弃船上岸逃走。但是他想："我不能逃跑，我没有力气。"他又想："我跳到水里去。""但是如果我跳进水里，我能得救吗？""要是把这两个女人扔到水里，船就会减轻重量——它就会更快地前进。"

　　突然他产生了一个念头：这些穆斯林追赶他，恰恰是为了这两个女人——他坚信这一点。他听说，窦娄妮是王公的妃子，他想，穆斯林袭击英国人的船就是为了这位妃子，因此如果把这位王妃放了，就不会再有任何麻烦了。于是他决定让窦娄妮下船。

　　他对窦娄妮说："那艘小船一直跟在我们的后面，你看见了吧？"

　　窦娄妮回答："我看见了。"

　　福斯特说："那是你们的船；他们追赶我们是为了把你抢回去。"

　　他这样认为有什么道理吗？没有，那只是福斯特病态思维的结果——他把绳子看作蛇了。窦娄妮只要认真想一下，就会对这种话产生怀疑。但是总是有这样一些人，当他们为某种事情而忧虑的时候，他们就会被这种事情所迷惑，就会盲目地怀有希望，因此他们就会丧失理智。窦娄妮就是这样盲目地怀有希望，因而她相信了劳伦斯的话。于是她说："那么，你为什么不把我们交给他们呢？我们会给你很多钱的。"

　　福斯特说："我不能那样做。他们如果截住了我的船，就会杀死我的。"

窦娄妮说："我会制止的。"

福斯特说："他们不会听你的话。在你们国家，人们是不肯接受女人的建议的。"

由于太激动，窦娄妮当时已经丧失了理智，分辨不出好与坏了。她根本就没有想过，如果那不是自己人的船，又会怎么样呢？她压根儿就没有想过这艘船不是自己人的。因为太激动，她把自己置于危险的境地了。她说："那么你把我们送到河岸上，然后就赶快走吧。"

福斯特高兴地同意了。他命令将船靠岸。

库尔绍姆说："我不上岸。如果我落到王公的手里，我的命运会怎么样呢？我说不清楚。我要和先生一起去加尔各答——在那里我有熟人。"

窦娄妮说："你不必担心。只要我活着，我就会让你也活着。"

库尔绍姆问："你相信，你能活下来吗？"

库尔绍姆无论如何都不同意下船，窦娄妮恳求了她很久，可是她还是不听。

福斯特对库尔绍姆说："那艘船如果是因为你一直跟在我们的后面，谁晓得会发生什么事呢？你也下去吧。"

库尔绍姆说："如果你让我下去，那我就上那艘船。我会让那艘船上的人们紧追你们不放。"

福斯特害怕了，就没有再说什么。窦娄妮流着眼泪下了船。劳伦斯的船离开河岸开走了。当时太阳快要落山了。

福斯特的船渐渐地从视线中消失了。窦娄妮认为那艘小船是自己人的，所以才从福斯特的船上下来，那艘船越来越近了。窦娄妮每分每秒都在想，那艘船马上就要掉转方向来接她了。可是那艘船并没有靠岸。船上的人是否看见了她？窦娄妮对此产生了怀疑，于是她就举起纱丽的一角摇晃起来。可是那艘船并没有掉转过来，而是继续向前开去。这时候窦娄妮才像被雷惊醒一样，终于明白过来——自己怎么就认定这艘船是属于总督的呢！也可能是别人的嘛！窦娄妮当时就像疯子一样，向那艘船上的人们大声喊叫起来。

月　华

"你不能上这艘船。"船上的人们说着就把船开走了。

窦娄妮的头简直像被雷击了一样。福斯特的船这时候已经看不见了。可是窦娄妮却沿着河岸跑起来，她企图赶上福斯特的船，所以她才这样跑着，但是跑了很远也没有追上。此前黄昏已经降临了，现在天色已经黑下来。恒河上面什么也看不见了，在黑暗中只能听到新雨过后的滔滔流水声。这时窦娄妮已经心灰意冷，就像一棵断了根的小树一样，瘫倒在地上。

过了一会儿，窦娄妮意识到，这样坐在恒河岸边，不会有什么结果，于是就站起身来，离开了河岸。在黑暗中根本看不见道路。窦娄妮跌倒了两三次。她爬起来后，借助昏暗的星光，向四周望了一下，她发现，哪个方向都没有村庄的影子——只有无边无际的原野，还有那条长流不息的河流。没有人的语声，也没有任何光亮，看不见村庄，看不见树木，看不见道路，除了胡狼和野狗，看不见任何生灵，只看见星星在潺潺流淌的河水中不停地跳舞。窦娄妮明白了，她肯定会死的。

在这里，在这片原野的中间，在离河流不太远的地方，窦娄妮坐了下来。附近的知了不停地鸣叫着，胡狼在附近也开始嚎叫起来。夜渐渐深了，黑暗也渐渐变得浓重了。在午夜时分，窦娄妮十分惊恐地看见，一个身材高大的人在这片原野上独自行走着。这个高个子什么也没有说，他默默地走到她的身边，坐了下来。

又是他！就是这个身材高大的人，他曾经抱着赛博利妮上了山。

第三章　歌舞

在蒙格尔的一座宏伟的宫殿里，住着绍鲁波琼特·焦戈特舍特和马霍达博琼特·焦戈特舍特兄弟。深夜，那座宫殿里亮着上千盏灯。在那里，在用白色大理石建成的凉爽的宫室里，舞女们所佩戴的珠宝首饰反射出无数的灯光。俗话说，水向水聚拢，光向光靠近。灯光在光辉的石柱上，在镶嵌着黄金、珍珠等装饰物的金碧辉煌的宝座上，在镶嵌着钻石的香料盒子上，在焦戈特舍特家族人的脖子上所佩戴的长长的珍珠宝石项链上，在舞女们的手臂、脖子、耳朵和头发上所佩戴的首饰上熠熠地闪烁着。与此同时，甜蜜的歌声唱了起来，并且融进了这灯光里。宫室里充满了光明与甜蜜。深夜，当蓝色的苍穹升起一轮明月的时候，光明与甜蜜就融为一体了。当美女们那水灵灵的蓝色荷花般的眼睛，犹如雷电在熠熠闪烁的时候，光明与甜蜜就融为一体了。当清澈的深蓝色的水池中那一株株昂首挺立的荷花，在刚刚升起的朝阳金辉的照耀下变得绚丽多姿的时候，当斜长的阳光洒落在碧波细浪上，并使得荷叶上的水珠熠熠闪光的时候，当漂游的水鸟亮起歌喉，水中的荷花绽开朱唇的时候，光明与甜蜜就融为一体了。当镶嵌着宝石的脚镯在你妻子那宛如莲花的脚腕上晃动的时候，光明与甜蜜就融为一体了。黄昏时刻，当人们看见太阳已经西坠，苍穹中的蔚蓝紧随其后匆匆追赶的时候，光明与甜蜜就融为一体了。当你的妻子摇晃着耳环跟在你的后面，喋喋不休地责怪你的时候，光明与甜蜜就融为一体了。当那洒满月光的恒河水面上被风吹起的浪花在月光下闪烁着银光的时候，光明与甜蜜就融为一体了。当水晶杯里香槟酒的泡沫闪烁着光亮的时候，光明与甜蜜就融为一体了。当在朝阳的霞光下春天的布谷鸟欢快地鸣叫的时候，光明与甜蜜就融为一体了。在明亮的灯光下，佩戴着珍珠首饰的美女们唱起歌的时候，光明与甜蜜就融为一体了。

宫室里充满了光明与甜蜜，然而，在焦戈特舍特兄弟的内宫里，却感受不到这种气氛。在他们的内宫里只有古尔功·汗。

孟加拉邦此时已经燃起了战争的烈火。在收到来自加尔各答的指示之前，艾利斯先生就袭击了帕特那城堡。首先，他攻占了城堡，但是从蒙格尔开来穆斯林军队，与帕特那的穆斯林驻军会合在一起了，帕特那又重新回到了米尔卡瑟姆的手里。艾利斯先生和驻扎在帕特那的英国人统统落入了穆斯林的手里，作为俘虏被押送到蒙格尔去了。现在双方都认真地进行交战的准备。古尔功·汗与焦

月　华

　　戈特舍特兄弟正在就此事进行交谈，歌舞仅仅是为了掩人耳目——不论是焦戈特舍特兄弟还是古尔功·汗，谁都没有欣赏歌舞。他们都在做着自己的事情。现在谁还顾得上去欣赏歌舞呢？

　　古尔功·汗内心的欲望是，当双方经过交战都削弱了各自力量的时候，他再征服双方，然后自己去做孟加拉邦的主宰者。但是为了实现这个目的，他首先必须得到士兵们的支持。没有金钱，士兵们是不会服从他的。而没有焦戈特舍特财神爷的帮助，他是筹集不到钱的。因此，同焦戈特舍特兄弟商量对古尔功·汗来说就显得十分必要。

　　与此同时，米尔卡瑟姆·汗也非常清楚，这一对财神爷同情哪一方，哪一方就会取得胜利。他明白，焦戈特舍特兄弟内心里是敌视他的，因为他并没有善待他们。由于有这种怀疑，米尔卡瑟姆·汗就把他们兄弟俩软禁在蒙格尔城里——他们一旦有机会，就会与他的敌对方联合起来。焦戈特舍特家族的人也明白这一点。到目前为止，他们对于恐惧不安的米尔卡瑟姆还没有采取任何不利的行动，可是现在他们找不到别的自救的方法，于是就决定与古尔功·汗联合起来。双方的目的都是推翻米尔卡瑟姆。

　　不过，如果古尔功·汗无缘无故地与焦戈特舍特兄弟会见，那么总督就会怀疑他们在进行密谋，所以焦戈特舍特兄弟就编造了这个庆典，邀请古尔功·汗及总督身边的其他官员前来参加。

　　古尔功·汗征得总督的同意来了，其他的官员也都分别入座了。焦戈特舍特兄弟来到所有客人面前，向他们一一问安，同古尔功·汗也进行了同样的寒暄，并没有停留太长时间。不过，他们的谈话别人是听不见的。他们进行了下面的谈话——

　　古尔功·汗：我想和你们一起开办一个工厂，你们愿意投资吗？

　　马霍达博琼特：什么目的？

　　古尔功·汗：为了关闭蒙格尔的大工厂。

　　马霍达博琼特：我们同意。如果不开始创办一个新的，我们就再也没有别的出路了！

古尔功·汗：如果你们同意，那么你们就应该投入资金——我来负责人力方面的工作。

就在这时，舞女摩妮雅·芭伊走到他们跟前，对他们唱道："学习计谋好哇——"马霍达博听了笑着说："她在对谁唱呢？好了，我们同意。只要我们的投资能够带来利润，那就好——我们可不承担任何责任啊。"

就这样，一方面舞女芭伊女士以各种歌舞在愉悦着客人们，另一方面古尔功·汗和焦戈特舍特兄弟通过暗语就支付的卢比、利息、酬金等事宜达成了协议。他们的谈话快结束的时候，古尔功·汗说："有一个新商人也在开办工厂，你们听说过吗？"

马霍达博问："没听说过。他是本国人还是英国人？"

古尔功·汗说："本国人。"

马霍达博问："在哪里？"

古尔功·汗说："从蒙格尔到穆尔什达巴德——到处都有。哪里有高山、丛林、原野，他就在哪里开办工厂。"

马霍达博问："他是个富有的人吗？"

古尔功·汗说："现在他还不是个很富有的人，但是很难说将来会怎么样。"

马霍达博问："他和谁有业务来往？"

古尔功·汗说："和蒙格尔的大工厂。"

马霍达博问："是印度教教徒还是穆斯林？"

古尔功·汗说："是印度教教徒。"

马霍达博问："叫什么名字？"

古尔功·汗说："普罗达布·拉伊。"

马霍达博问："他的家住在哪里？"

古尔功·汗说："住在穆尔什达巴德附近。"

马霍达博说："这个名字我听说过——他是个小人物。"

古尔功·汗说："是个非常可怕的人。"

马霍达博问："他为什么突然干起了这种事情？"

古尔功·汗说："他仇视加尔各答的大工厂。"

马霍达博问:"应该把他控制在我们手里,怎样才能做到这一点呢?"

古尔功·汗说:"如果不了解他为什么要干这种事情,就不好说。如果他是因为贪恋钱财才开始干这种事情,那么,把他收买过来不需要很长时间,我可以让他成为拥有大量土地的大地主。不过,如果他内心里怀有别的什么打算呢?"

马霍达博问:"还能怀有什么打算呢?为什么普罗达布·拉伊会这样沉迷此事呢?"

这时候芭伊女士又唱道:"白脸的美人倒在床上,羞愧地遮盖着脸庞。"

马霍达博问道:"这是什么意思?谁是白脸美人啊?"

第四章　窦娄妮做了什么

一个身材魁梧的男人来到窦娄妮的身边,坐了下来。

窦娄妮本来在哭泣,可是现在她竟然吓得停止了啼哭,全身蜷缩成一团。新来的陌生人沉默无语。

就在这时,还有一个灾难在另一个地方等待着窦娄妮。

穆罕默德·窦吉接到了一个秘密命令:让他从英国人的船上解救窦娄妮王妃并将其送往蒙格尔。穆罕默德·窦吉在考虑,如果英国人被俘或者被击毙,王妃自然就会落在他的手里。因此,他认为,没有必要向自己的部属下达关于解救王妃的特别命令。后来,穆罕默德·窦吉发现,被击毙的英国人的船上并没有窦娄妮王妃,这时候他才意识到,他面临着可怕的危险。由于他的疏忽大意和漫不经心,总督如果生气的话,他会怎么做呢?真是说不清楚。穆罕默德·窦吉对此事有些担心害怕,于是就依靠自己的勇敢在编造欺骗总督的谎言。当时有这样的传闻:战争一旦开始,英国人就会把米尔贾法尔从监狱里放出来,让他重新登上总督的宝座。如果英国人取得战争的胜利,那么米尔卡瑟姆即便最终知道了这个骗局,也不会有什么损失。现在只要能够活下来,就会得到很多好处。将来即使米尔卡瑟姆取得胜利,还可以设法使他永远也不会知道事情的真相。任何困难都不会有的。就是怀着这样邪恶的目的,穆罕默德·窦吉在那一夜给总督送去一份包含着虚假内容的报告。

穆罕默德·窦吉在给王公的报告里写道,在阿米亚特的船上找到了王妃,并且把她接来,根据相应的礼仪十分尊敬地请她住在要塞里。可是在没有得到特别的命令之前,他不敢把王妃带进王宫。他从那些还活着的英国人所雇用的仆人、船夫、士兵的口里听说,王妃是作为阿米亚特的情人住在船上的。他们两个人睡在一张床上。王妃自己也承认这一切事实。现在她已经改信了基督教。她不想再回到蒙格尔。她说:"你们放了我吧。我要去加尔各答,住在阿米亚特的朋友们身边。如果你们不肯放我,那我也会逃跑的。如果你们把我送回蒙格尔,我就自杀。"在这种情况下,把她送回蒙格尔呢,还是留在这里,或者放了她?穆罕默德·窦吉在等待总督的指示。一旦接到指示,他就将根据指示行事。穆罕默德·窦吉就写了这样一封信。

骑马的信使就在那一夜带着这封信动身去蒙格尔了。

有些人说,我们的心灵能够感应到在遥远之地发生的无法知道的不幸事情。这话并不那么正确,但是就在那个骑马的信使带着关于窦娄妮情况的信件从穆尔什达巴德动身的时候,窦娄妮的全身却颤抖起来。就在这个时候她身边的那位身材魁梧的男人开始说话了。不知是因为他的声音,还是因为预见到不幸,或许是因为别的原因,此时的窦娄妮简直像是被针刺着一样难受。

站在她身边的男人说道:"我认识你。你是窦娄妮王妃。"

窦娄妮大吃一惊。

站在她身边的男人又说道:"我知道,你是被坏人抛弃到这个荒无人烟的地方的。"

窦娄妮的眼里流出了泪水。陌生人问道:"现在你要去哪里呢?"

月　华

窦娄妮的恐惧突然消失了。窦娄妮获得了消除恐惧的特别理由。她哭了起来。这位提问者又问了一遍。

窦娄妮说:"我能去哪里呢?已经没有我要去的地方了。有一个可以去的地方,但是太遥远了。谁肯带我到那里去?"

陌生人说:"你应该打消回到总督身边的念头。"

窦娄妮忧心忡忡,她惊疑地问道:"为什么?"

陌生人说:"会发生不幸的。"

窦娄妮颤抖了一下,说道:"除此之外,我再也没有别的地方可去。即使在丈夫身边遭到不幸,也比在其他地方享受幸福要好。"

"那么,你起来吧。我把你送到穆尔什达巴德的穆罕默德·窦吉那里去。穆罕默德·窦吉会派人把你护送回蒙格尔的。不过,你要听我的话。现在战争已经开始了。总督亲自组织市民迁往鲁西达斯要塞去。你不要去那里了。"

"不管发生什么不幸,我都要去。"

"你的命运已经注定,你无缘再光顾蒙格尔了。"

窦娄妮思考起来,然后她说道:"谁又能够预见到未来呢?走吧,我跟您去穆尔什达巴德。只要我还活着,我就不会放弃见到总督的希望。"

陌生人说:"这我知道。走吧。"

在漆黑的夜里,两个人动身前往穆尔什达巴德。窦娄妮这只飞蛾扑向烈火了。

第六部　结局

第一章　以前发生的事情

　　我还没有讲过以前发生的事情,现在我来简单地讲一讲。读者已经知道,以前讲过的,月华是位婆罗门学者。

　　在阿米亚特和福斯特一起离开蒙格尔的那一天,出来寻找窦娄妮王妃的罗曼侬德·斯瓦米得知,福斯特、窦娄妮王妃等人和阿米亚特一起乘船走了。来到恒河岸边,罗曼侬德·斯瓦米见到了月华,并且告诉了他这一消息,他说道:"你继续留在这里有什么必要呢?一点儿必要也没有。你返回家乡去吧。我把赛博利妮送到迦尸去。从今天起你应该去履行自己帮助亲人的誓言。那位忠于自己信仰的穆斯林姑娘,如今陷入了危险的境地。你去追赶她,当你追上他们的时候,请设法营救她。普罗达布既是你的亲戚,又是你的忠实朋友,他现在同样处于这种危险的境地;在这时候你不能丢下他不管。你去追赶他们吧。"

　　月华本来想去向总督报告这个消息,罗曼侬德·斯瓦米阻止他说:"我派人去向他报告这个消息。"月华遵循自己导师的教导,租了一艘小船,开始去追赶阿米亚特了。从那时候起,为了护送赛博利妮去迦尸,罗曼侬德·斯瓦米也着手在自己的学生中物色合适的人选。当时他突然得知,赛博利妮单独坐一艘小船,在追赶英国人的船只。罗曼侬德·斯瓦米陷入了极大的困境。这个罪恶的女人在追赶谁呢?是追赶福斯特呢,还是追赶月华?罗曼侬德·斯瓦米在心里默默地想:"看来,为了月华我不得不重新干预世俗的事务了。"这样想过之后,他也沿这条路向前走去。

　　罗曼侬德·斯瓦米曾经长时间徒步四处漫游,他是一位苦行修道

月　华

者。他沿着河岸快步紧紧地跟在赛博利妮的后面。他不吃不睡也不会感到饥饿和困倦，在这方面他超过了所有人。他渐渐地追上来，赶上了月华。在河岸上，月华遇到了罗曼侬德·斯瓦米，并向他施礼致敬。

罗曼侬德·斯瓦米说："为了和学者们交谈，现在我想到孟加拉邦的新岛去；走吧，我和你一起去。"说完他就登上了月华的船。

看见英国人的船只，他们就把自己的小船停靠在隐蔽处，然后登上了河岸。他们发现，赛博利妮的船也到了，停靠在隐蔽处。他们两个人躲在河岸上的隐蔽处，开始观察所发生的一切。他们看见，普罗达布和赛博利妮是怎样跳进水里游走了。他们看见，他们又是怎样登上小船逃走的。这时罗曼侬德·斯瓦米和月华也登上小船，跟在他们的后面。看见他们把船靠上岸，罗曼侬德·斯瓦米和月华也在离他们稍远一点的地方把船靠了岸。罗曼侬德·斯瓦米是位具有渊博知识的人，他问月华："在游水期间普罗达布和赛博利妮都说了些什么话，你听到了一些没有？"

月华说："没有。"

罗曼侬德·斯瓦米说："那么，今天夜里你就不要睡觉了。你应该注视着他们。"

他们两个人都没有睡。他们看到，夜将尽的时候，赛博利妮从船上下来，登上了河岸，走进岸边的森林里，渐渐地消失了。天亮了，她也没有回来。当时罗曼侬德·斯瓦米对月华说："我一点儿都不明白，她心里是怎么想的。走吧。我们跟着她。"

当时他们两个人小心翼翼地跟在赛博利妮的后面。黄昏之后，罗曼侬德·斯瓦米看见天空布满了乌云，就对月华说道："你的手有劲儿吗？"

月华笑了，他用一只手把一块大石头举起来，远远地抛了出去。

罗曼侬德·斯瓦米说："很好。你到赛博利妮身边去，藏在暗处，如果赛博利妮得不到帮助，她就会死去的。附近有一个山洞。我知道去那里的路。当我向你示意的时候，你就把她抱起来，跟在我的后面走。"

月华说："现在一片漆黑，我能看清路吗？"

罗曼依德·斯瓦米说:"我就在你的身边。我把这根棍子的一端放在你的手里,而另一端握在我手里。"

月华把赛博利妮抱进山洞里,放下来,就走了出去。罗曼依德·斯瓦米在默默地想:"我长期以来学习过各种经典,与各种人谈过话,但是这一切都白费了!我无法理解这个少女的内心世界!难道这个大海就没有底吗?"这样想过之后,罗曼依德·斯瓦米就对月华说:"在附近的山上有一座寺庙,你现在到那里去休息一下吧。你对赛博利妮应该做的都已经做了,现在你还要跟在那位穆斯林女人的后面。你要记住,除了为别人谋幸福,你再也没有别的义务了。你不必为赛博利妮担心,我还留在这里。不过,不经我同意,你不要去会见赛博利妮。你如果能够按着我的意见去做,那对赛博利妮就是最好的帮助。"

在听了这番话之后,月华就向自己的导师告辞了。罗曼依德·斯瓦米随后在黑暗中走进了山洞。

后来发生的事情,读者都知道了。

月华把处于昏迷状态的赛博利妮抱进了寺庙里,放在罗曼依德·斯瓦米的身边,并且哭诉道:"导师啊!你这是做了什么呢?"

罗曼依德·斯瓦米认真地观察了赛博利妮的情况,微笑着说:"好了,你不必担心。你在这里休息一两天,然后你就带她回自己家乡去吧。让她住在她以前住过的房子里,请她的朋友们一直留在她的身边陪伴她,叫普罗达布也经常去看望她。我会跟在你们后面的。"

月华遵照导师的忠告,带着赛博利妮回家去了。

第二章 命令

米尔卡瑟姆总督与英国人的战争开始了。米尔卡瑟姆的垮台也开始了。起初,米尔卡瑟姆在迦托亚的交战中遭遇了失败。后来,

月　华

　　他发现古尔功·汗叛变了。总督彻底失望了。这时候总督开始丧失理智了。他想杀死被俘虏的英国人，并且开始折磨其他所有人。这时候穆罕默德·窦吉派人送来的那封关于窦娄妮的信到了，更是火上浇油！英国人背信弃义，军事统帅看来也背叛了他，邦国的幸福女神也背叛了他——现在窦娄妮怎么也背叛了？他再无法忍受了。米尔卡瑟姆在给穆罕默德·窦吉的回信中写道："不必送窦娄妮到这里来了。你就让她在那里服毒自杀吧。"

　　穆罕默德·窦吉手里拿着装有毒药的碗，来到窦娄妮的面前。看见穆罕默德·窦吉来到自己面前，窦娄妮十分惊奇，并且生气地说："穆罕默德·窦吉先生，这是什么！你为什么要损害我的尊严？"

　　穆罕默德·窦吉用手拍打着自己的前额说道："都是命运啊！总督大公对您很不满意。"

　　窦娄妮笑着问道："这是谁告诉您的？"

　　穆罕默德·窦吉说："您要是不相信，请看信。"

　　窦娄妮说："您自己为什么不读呢？"

　　穆罕默德·窦吉把总督亲手写的那封信递给窦娄妮阅读。窦娄妮读了之后，笑着把信扔到了远处，并且说道："这是假的。你为什么要和我开这种玩笑？你想找死吗？"

　　穆罕默德·窦吉说："您不要害怕。我可以保护您。"

　　窦娄妮说："哦！那你一定有什么目的了！你想拿假信来吓唬我吗？"

　　穆罕默德·窦吉说："那么您听我说。我在给总督的一封信里写道，您作为阿米亚特的情妇和他住在一艘船上，因此总督才寄来了这个命令。"

　　窦娄妮听了之后皱起眉头。她前额上聚起了皱纹，犹如恒河平静的水面上掀起的涟漪；她那弯弯的眉毛，犹如被深思之弦拉弯的弓一样。穆罕默德·窦吉在心里默默地盘算着可能出现的危险。

　　窦娄妮问："你为什么要那样写呢？"穆罕默德·窦吉从头至

尾将以前的事情讲述了一遍。

当时窦娄妮说："我再看看那封信。"

穆罕默德·窦吉又把信递到窦娄妮的手里。窦娄妮特别仔细地看了一下，发现信的确是真的，不是假的。

"毒药在哪里？"窦娄妮问。

穆罕默德·窦吉听了很惊奇，他问道："问毒药干什么？"

窦娄妮问："信里的命令是怎么说的？"

穆罕默德·窦吉说："让您服毒。"

窦娄妮问："那么毒药在哪里呢？"

穆罕默德·窦吉问："难道您真要服毒吗？"

窦娄妮问："我怎么能不执行我君主的命令呢？"

穆罕默德·窦吉内心里羞愧得要死。他说："该发生的一切都已经过去了。您不应该服毒自尽。我会设法救您的。"

窦娄妮的眼睛里闪烁着愤怒的火光。她那瘦小的身躯站了起来，并且说道："企图在像你这样的卑鄙无耻之徒面前求得活命的人，比你还下贱。拿毒药来！"

穆罕默德·窦吉开始凝望着窦娄妮。她青春、靓丽，全身就像刚刚进入雨季时的银色河流一样洋溢着活力，又像春季里的一朵鲜花绽蕾怒放。在她身上春天和雨季融为一体了。他在想："我面前的这个女人简直被痛苦压倒了，但是我看着她感到多么幸福啊！啊，宇宙之神！你为什么要给如此美丽的女人制造痛苦呢？这个不幸的少女犹如一枝被风暴折断的盛开的花朵，又像一艘在波浪中上下颠簸的快乐的小船，面对她我应该怎么办呢？我应该把她安置在什么地方呢？"这时候仿佛一个魔鬼来到他的身边，对他耳语道："藏在心里吧。"

穆罕默德·窦吉说："美人啊，你听着。如果你爱我，那么你就不应该服毒自杀。"

窦娄妮听了之后（继续描写我都感到害羞）使劲儿踢了穆罕默德·窦吉一脚。

穆罕默德·窦吉并没有给她毒药。他用低垂的目光望着窦娄

月　华

妮，慢慢地走了出去。

窦娄妮倒在地上，大哭起来。"啊，国王中的圣主！君王中的圣君！皇帝中的圣皇！你对我这个不幸的奴婢下达了什么命令！让我服毒吗？你既然下达了命令，我怎么能不执行呢？你的爱就是我的玉液；你的愤怒就是我的毒药。当你生气的时候，我就会服毒。服用什么毒药会比这更痛苦呢？！啊，王中之王——宇宙之光——弱者的希望——世界之主——天神的代表——怜悯之海！你在哪里啊？我要按照你的命令微笑着服毒自尽，但是我要是看不见你站在我的面前，我会很痛苦的。"

窦娄妮王妃有一个女仆，名字叫蔻丽蒙。窦娄妮把她叫来，并把自己剩下的首饰交到她的手里，对她说："你悄悄地到医生那里去，买一种能够使我入睡而不会再醒过来的药。你把这些首饰卖掉，用它付药费。剩下的钱你就留着用吧。"

看到窦娄妮那双含泪的眼睛，蔻丽蒙一切都明白了。一开始她不同意，但是窦娄妮一再地央求她，最后这个愚蠢又贪婪的女人终于答应了。

医生把药卖给了蔻丽蒙。穆罕默德·窦吉身边的一个传令兵前来秘密地报告说："蔻丽蒙今天从医生麦罗贾·霍比尔那里买走了毒药。"

穆罕默德·窦吉把蔻丽蒙传来。蔻丽蒙承认了买药的事情，并且说："我已经把毒药交给了窦娄妮王妃。"

穆罕默德·窦吉听了蔻丽蒙的话，立即来到窦娄妮身边。他看到，窦娄妮仰着脸双手合十地坐在坐垫上。泪水从她那双莲花瓣似的美丽的大眼睛里簌簌地滴落在她的衣襟上，她面前放着一个空碗——窦娄妮已经喝了毒药。

穆罕默德·窦吉问道："这碗装的是什么？"

窦娄妮说："是毒药。我不会像你那样忘恩负义——我已经执行了我主人的命令。你也应该把剩下的喝掉，和我一起走。"

穆罕默德·窦吉默默无言地伫立着。窦娄妮慢慢地躺下，合上了眼睛。一切都变得昏暗了。窦娄妮走了。

第三章 君主及其身边的人

在迦托亚战斗失败之后,米尔卡瑟姆的军队就撤退了。失败的命运又在吉里亚的战斗中重演了——在英国人的重兵打击下,穆斯林的军队犹如被大风吹散的灰尘一样,四处溃逃了。剩下的士兵们退到乌达亚那拉,驻扎下来。

穆斯林们在乌达亚那拉城的四周挖了深沟,并以此阻止了英国人的进攻。米尔卡瑟姆本人也来到那里。他来到之后,赛亚德·阿米尔·侯赛因向他报告说,有一个俘虏特别焦急地要求总督召见他。他知道特别重要的事情,他要亲自向总督报告,对别人不肯讲。

米尔卡瑟姆问道:"他是什么人?"

阿米尔·侯赛因说:"她是个女人——是从加尔各答来的。威廉·哈斯丁①写了一封信,派她送来。其实她并不是俘虏。她带来的这封信在战争开始之前就写好了。如果我有过错,就请惩罚我吧。"说完,阿米尔·侯赛因就给总督读起了这封信。

威廉·哈斯丁在信中写道:"这个女人是谁,我并不认识。她非常焦虑不安地来我这里恳求说,她在加尔各答无依无靠,如果我出于同情把她送到总督的身边,那么她就会受到保护。我们和你们正在准备开战,但是我们英国人是不与女人交战的。因此我就派人送她前往贵处去了。我不晓得,这样做好不好。"

听了之后,总督就吩咐阿米尔·侯赛因将那个女人带进来。阿米尔·侯赛因走出去,把那个女人带了进来。总督认出来了——她是库尔绍姆。

---

① 威廉·哈斯丁(1732~1818)是印度第一任英国总督(1772~1784),奉行极其残酷的殖民主义政策,曾经凶残地镇压孟加拉邦的农民起义。

月　华

总督愤怒地对她说:"你这个女奴想干什么?来找死吗?"

库尔绍姆镇静自若地望着总督,说道:"王公!你的妃子在哪里呢?窦娄妮女士在哪里啊!?"

阿米尔·侯赛因看到库尔绍姆用这样的语气发问,十分恐惧,于是就向总督躬身施礼,随后退到了一旁。

米尔卡瑟姆说:"你很快也要去那个罪恶的女人待的地方。"

库尔绍姆说:"我和您也都要去那个地方。所以我先到您这里来。来的路上我听人们议论说,窦娄妮王妃已经自杀了。这是真的吗?"

米尔卡瑟姆说:"自杀了!她是被国家的王法判处死刑的。你是她污浊卑鄙勾当的帮手——你应该被恶狗吃掉!"

库尔绍姆一下子瘫倒在地上,大声痛哭起来,随后她就用涌到嘴边的一切恶言秽语咒骂起总督来。听到她的骂声,总督身边的侍从、士兵、仆人、卫士等人立即围拢过来,有一个人揪住了库尔绍姆的头发,但是总督制止了他——他感到很惊讶,于是就退到了一边。库尔绍姆开始说道:"你们大家都来了,这很好。我要讲一讲以前发生的一件事情,请你们听着。很快我就要被处死了——如果我死了,任何人都无法再听到了。现在请听我说吧。"

"你们听着,在整个孟加拉和比哈尔,有一个名叫米尔卡瑟姆的愚蠢的总督。他有一个妃子,名叫窦娄妮。她是总督的军事统帅古尔功·汗的妹妹。"

人们听着,谁也没有再打断库尔绍姆的讲述。大家相互望着彼此的脸——怀着极大的兴趣听着。总督也没有再说什么。库尔绍姆继续讲道:"古尔功·汗和窦娄妮从伊斯法罕来到孟加拉谋生。当窦娄妮作为侍女进入米尔卡瑟姆王宫的时候,他们两个人就发誓:要永远互相帮助。"

库尔绍姆随后详细地讲述了她和窦娄妮两个人那天夜里怎样去了古尔功·汗的官邸。她还讲了她所听到的窦娄妮亲口向她讲述的与古尔功·汗进行的所有谈话。库尔绍姆还讲了后来所发生的事情以及她们如何被禁止返回王宫,婆罗门学者如何帮助她们,她们如何住在普罗达布家里,英国人如何进行袭击并误认为窦娄妮是赛博利妮而将其虏走,又如何将她关押在船上,阿米亚特等英国人是怎样被击毙的,她们是怎样和劳伦斯·福斯特一起逃走的,最后窦娄妮是怎样被劳伦斯扔到恒河岸上的——库尔绍姆在讲述了这一切之后,说道:"毫无疑问,那时候魔鬼附在了我的身上,不然的话,在那个时候我怎么会丢下窦娄妮王妃不管呢?我看见那个罪恶的英国人痛苦的样子,对他——我心里就想——算了,不说他了。我想,我们自己的船在后面跟着呢——他们会把王妃接到船上的——否则我怎么会扔下她不管呢?可是我真是应该受到惩罚呀——我看到把王妃一个人被扔在河岸上,我就感到很难过,于是恳求劳伦斯:'你让我下去吧!'但是他就是不让我下去。到了加尔各答以后,我恳求所遇到的每一个人把我送回来——可是没有人肯帮助我。我听说,威廉·哈斯丁先生是个很善良的人,我就哭着去见他,抱住他的腿恳求他——在他的同情和帮助下我才回来了。现在你们处死我吧——我也不想再活下去了。"

库尔绍姆说完,又哭了起来。

孟加拉邦总督低着头,坐在镶嵌着许多珍珠宝石的豪华宝座上。那根粗大的君王的权杖从他手里滑落下来——他已经没有能力执掌它了。那个他曾经毫不费劲地统治过的不可战胜的王国哪里去了呢?他抛弃了鲜花,只留下了一些花刺——库尔绍姆说得对,孟加拉邦总督是个蠢蛋。

总督对他身边的人说:"你们听着,我不能再保护这个王国了。这个侍女所说的话都是对的——孟加拉邦总督是个蠢货。如果你们有能力,那么你们就去保卫孟加拉邦吧,我走了。我要去鲁西达斯城堡,藏身于女人们中间,或者去做云游四海的托钵僧。"说着说着,总督那强壮的身体犹如处在激流中的竹枝一样颤抖起来。米尔卡瑟姆止住眼泪,继续说道:"朋友们,请听我说。如果我像西拉吉道拉一样,被英国人或他们的追随者杀死,那么我就还有一个乞求——请把我葬在窦娄妮的墓旁。我不想再说什么话了,现在

月　华

你们走吧。不过，请你们执行我的最后一个命令——我还要再见一次那位窦吉·汗——"阿利·稀布拉西姆·汗在吗？"

稀布拉西姆·汗答应了一声。总督说道："在这个世界我再也没有像你这样的朋友了。我对你有一个乞求，你去把窦吉·汗叫到我这里来。"

稀布拉西姆·汗鞠了一躬，走出营帐，上马走了。

总督又问："还有谁能帮助我吗？"

所有人都双手合十地表示，愿意执行总督的命令。

总督说："谁能把那个福斯特给我带来？"

阿米尔·侯赛因说："我去加尔各答，一定设法找到他。"

总督想了一下，说："还有那个赛博利妮，谁能把她带来呀？"

穆罕默德·伊尔凡双手合十地说："现在她早就应该回到家乡了，我去把她带来。"说完穆罕默德·伊尔凡就准备告辞出发了。

然后总督又说："那位婆罗门学者曾经在蒙格尔为王妃提供了住所，谁能够找到他呢？"

穆罕默德·伊尔凡回答说："如果您下命令，在找到赛博利妮之后，我可以去蒙格尔请那位婆罗门学者来。"

最后，米尔卡瑟姆问道："现在古尔功·汗在哪里？"

"我们听说，他带领军队前往乌达亚那拉了，但是现在还没有到达。"他身边的人回答。

总督轻声地说："军队！军队！谁的军队啊?！"

"他的军队呀。"有人小声说。

总督身边的人都告辞了。这时候王公从镶嵌着珠宝的宝座站起来，把缀有钻石的缠头巾解下来，扔到远处，从脖子上扯下珍珠项链，脱掉镶嵌着宝石的衣服。总督倒在地上，一边叫着"窦娄妮！窦娄妮！"，一边号啕大哭起来。

在这个世界上，原来总督就是这种样子。

第四章 乔恩·斯泰尔卡特

在前一节我们讲到，库尔绍姆与威廉·哈斯丁先生见过面。她详细地讲了自己的情况，特别介绍了劳伦斯·福斯特所做的一切事情。

在历史上威廉·哈斯丁被描绘成一个压迫者。一些有能力的人物由于其所担负的任务在很多时候都成了压迫者。担负着保卫国家责任的人，尽管本质上很善良和富有正义感，但是为了国家的利益，他也不得不欺压别人。如果在什么地方对一两个人实施暴力，但对整个国家有利，那么他们就会认为，应该去实施暴力。实际上，那些像威廉·哈斯丁一样有能力建立国家的人物，不可能是善良的和主持正义的——那是根本不可能的；但是，本质上不善良和没有正义感的人，是不可能完成建立国家的伟大事业的，因为他的人品卑鄙、渺小，而这一切并不是卑鄙小人所能胜任的。

威廉·哈斯丁是个善良和富有正义感的人。当时他还不是英国驻印度的总督。他告别了库尔绍姆之后，就去寻找劳伦斯·福斯特了。他看到，福斯特病了，他首先开始为他治疗。在这位优秀医生的医治下，福斯特很快就康复了。

然后，他就着手调查他的罪行。十分恐惧的福斯特在他面前承认了自己的罪过。威廉·哈斯丁向委员会做了汇报，并且撤销了他所担任的职务。威廉·哈斯丁本来想把福斯特送交法庭审判，可是他没有找到证人，而且福斯特也为他自己的行为吃了不少苦头，所以他就改变了主意。

福斯特并不理解这一切。福斯特是个卑鄙小人。他认为，自己犯了这么一点儿罪过就受到严厉的处罚，他像所有卑鄙的有罪的仆人一样，对自己以前的主人特别气恼，并决心对他们进行报复。

有一个名叫戴斯·萨姆保罗的瑞士人（也许是德国人），在米

月　华

尔卡瑟姆的军队里担任军事职务。这个人就是闻名遐迩的"绍摩鲁"。绍摩鲁带领军队进驻乌达亚那拉的穆斯林军营。劳伦斯·福斯特来到他的身边。出于策略方面的考虑，他首先派自己的使者去见绍摩鲁。绍摩鲁心想："通过他我可以了解到英国人的一切秘密企图。"于是绍摩鲁就接纳了福斯特。劳伦斯·福斯特隐瞒了自己的真实名字，以乔恩·斯泰尔卡特的名字走进了绍摩鲁的军营。阿米尔·侯赛因寻找福斯特的时候，劳伦斯·福斯特正在绍摩鲁的军营里。

阿米尔·侯赛因将库尔绍姆安置在一个合适的地方，就去寻找劳伦斯·福斯特了。阿米尔·侯赛因听自己的手下人说，出了一件奇怪的事情：一个英国人加入了穆斯林军队，他现在就在绍摩鲁的军营里。于是阿米尔·侯赛因就来到了绍摩鲁的军营。

当阿米尔·侯赛因走进绍摩鲁军营的时候，绍摩鲁正在与福斯特闲聊。阿米尔·侯赛因坐下之后，绍摩鲁就向他介绍了福斯特，说他是乔恩·斯泰尔卡特。阿米尔·侯赛因与乔恩·斯泰尔卡特进行了交谈。

在谈了一些别的话题之后，阿米尔·侯赛因问乔恩·斯泰尔卡特道："有一个名叫劳伦斯·福斯特的英国人，您认识吗？"

劳伦斯的脸唰地红了。他将目光移向地面，用已经变了调的声音说："劳伦斯·福斯特？不，不认识。"

阿米尔·侯赛因又重新问道："您什么时候听到过他的名字吧？"

劳伦斯迟疑了一会儿，回答说："劳伦斯·福斯特——这名字——是啊，是在哪儿听到呢？不，没听到过。"

阿米尔·侯赛因没有再说什么，他们又谈了别的话题。不过，他发现，斯泰尔卡特再也不能很好地说话了。有一两次他站起来准备离去。阿米尔·侯赛因一再挽留，请他多坐一会儿。阿米尔·侯赛因觉得，他知道劳伦斯·福斯特的情况，但是他不肯说。

过了一会儿，斯泰尔卡特拿起自己的帽子，戴在头上。阿米尔·侯赛因晓得，他这样做不符合英国人的习惯。还有，他在往头上戴帽子的时候，阿米尔·侯赛因看见了他头上的一处没有头发的伤疤——难道斯泰尔卡特是为了掩盖伤疤才戴帽子的吗？

阿米尔·侯赛因告辞了。他回到自己的军营，把库尔绍姆叫来，对她说："你跟我走。"库尔绍姆跟着他走了出去。

阿米尔·侯赛因带着库尔绍姆又来到了绍摩鲁的军营。库尔绍姆留在了门外边。劳伦斯当时正坐在绍摩鲁的营帐里。阿米尔·侯赛因对绍摩鲁说："如果您允许，我的一个女仆来向您请安。她有特别重要的事情。"

绍摩鲁表示同意。斯泰尔卡特的心怦怦地跳起来——他站起身来。阿米尔·侯赛因笑着拉住他的手，让他坐下，并且把库尔绍姆叫进来。库尔绍姆走进来，一看见劳伦斯，简直惊呆了。

阿米尔·侯赛因向库尔绍姆问道："这位是谁？"

"是劳伦斯·福斯特。"库尔绍姆回答说。

阿米尔·侯赛因抓住了劳伦斯·福斯特的手。劳伦斯说："我做过什么错事啊？"

阿米尔·侯赛因没有回答劳伦斯的问话，他对绍摩鲁说："先生！总督下达了逮捕这个人的命令。您派一些士兵给我，让他们协助我把这个人带走。"

绍摩鲁十分惊讶，他问道："出了什么事？"

阿米尔·侯赛因说："以后我再告诉您。"绍摩鲁派了士兵，阿米尔·侯赛因和士兵把劳伦斯带走了。

第五章　又回到智慧村

经过很多周折，月华带着赛博利妮又回到了自己的家乡。

过了这么久之后，他们又重新走进了自己的家。他们看到，这栋房屋简直比森林还恐怖。盖在屋顶上的稻草几乎都不见了——大都被大风刮走了；掉在附近的一些稻草，也被牛吃光了；用竹子编

月　华

成的栅栏也都被邻居们拔走当柴烧了。院子里长出了密集的灌木丛，蟒蛇在那里无忧无虑地出没。房间里的所有门窗都被小偷卸走了。房间全空了——屋子里什么东西都没有了。有些东西被小偷拿走了，有些东西被苏多丽拿回自己的家里存放起来。雨水灌入了屋子，房间里全是水。有些地方已经腐朽，有些地方已经发霉。老鼠、蟑螂、蝙蝠成帮结伙地窜来窜去。月华深深地叹了一口气，拉着赛博利妮的手走进了这座房屋。

他环顾一下四周，在一个地方站住了，就在这个地方他将自己的书籍烧成了灰烬。月华叫了一声："赛博利妮。"

赛博利妮没有说话；她坐在房门边，瞧着以前在梦中曾经看到过的夹竹桃。月华无论跟她说什么，她都不回答，只是瞪着一双大眼睛向四周张望，有时还嘻嘻地笑几声。有一次，她一边大声地笑着，一边用手指头指着什么。

这时候，消息在村子里传开了：月华带着赛博利妮回来了。很多人都前来看望他们，苏多丽是最先赶到的。

关于赛博利妮丧失理智的情况，苏多丽还没有听说过。她首先向月华鞠躬致意。她发现，月华穿着婆罗门游方僧的服装。她望着月华说："你能把她带回来——你做得对。只要她能为自己赎罪，那就好。"

可是苏多丽看到，月华虽然在场，赛博利妮也没有回避，更没有用头巾遮住脸，相反她还望着苏多丽嘻嘻地笑着，苏多丽感到很惊奇。苏多丽在想："大概，这是英国人的风度吧，可能是赛博利妮从英国人那里学来的！"想到这一点之后，她就走到赛博利妮的身边坐下来，不过，还是离开了一点儿，她们两个人的衣服并没有挨在一起。苏多丽笑着对赛博利妮说道："怎么！你不认识我了？"

赛博利妮说："我认识——你是雪山神女。"

苏多丽说："你真该打呀，这么几天你就把我忘了？"

赛博利妮说："我怎么会忘呢？你就是那个因为触摸了我的大米而被我痛打一顿的女人。雪山神女姐姐，唱一支歌吧？"

啊，我心灵中的话语就是如此！
她为何伫立在我的黑天左翼？
那月亮就隐藏在我的雨云里？
我徒劳地撒下了爱情的网具！

我一无所有了，雪山神女姐姐！我仿佛觉得，什么人也没有——好像这里有过什么人，现在什么人都没有了——我仿佛觉得，什么人会来的——仿佛他又不会来了——我仿佛觉得，来到一个什么地方，又仿佛觉得，我没有来过——我仿佛在寻找什么人，可我仿佛又不认识他。"

苏多丽非常惊奇，她望着月华的脸——月华叫苏多丽过来。当苏多丽来到他身边的时候，他贴近她的耳边说："她疯了。"

苏多丽这时候才明白了这一切，一时间她沉默无语。最初，苏多丽的眼睛里闪烁泪花，而后她的眼帘湿润了，最后泪珠簌簌地滚落下来。女人真是人生的宝库啊！就是这位苏多丽，有一天曾经默默地诅咒赛博利妮和她乘坐的船一起沉入水中，可是今天，像苏多丽那样同情赛博利妮的人再也没有了。

苏多丽慢慢地走过来，一边擦拭着眼泪，一边在赛博利妮的身边坐下来。她又慢慢地和她说起话来，开始慢慢地让赛博利妮回忆过去的事情，可是赛博利妮什么都想不起来了。赛博利妮的记忆并没有丧失——如果丧失了，她怎么还会记得雪山神女的名字呢？但是真实的事情，她却想不起来了——她的记忆扭曲了，回忆起来的事情都颠倒了。她还记得苏多丽，但是她已经认不出她来了。

苏多丽先把月华请到自己的家里，招待他洗澡吃饭；然后打扫那栋破损的房子，为赛博利妮安排住处。邻居们陆陆续续地前来帮忙。一切生活必需品也送过来了。

这期间普罗达布也从蒙格尔回来了。他把自己的队伍安置在一个合适的地方，就回家来了。他回家之后就听说月华回来了，于是他来到智慧村，见了月华。

就在同一天，罗曼侬德·斯瓦米先于普罗达布来到那里看望他们。苏多丽听说，月华根据罗曼侬德·斯瓦米的指示，开始用药物为赛博利妮治疗了，她非常高兴。为使用药物治疗还选择了一吉祥的时刻。

第六章 瑜伽的力量不是 PSYCHIC FORCE[①] 吧？

我们说不清楚，月华为赛博利妮治病使用的是什么药，但是为了使其发挥作用，月华决定进行特殊的自我修炼。月华能够很轻松地抑制自己的感官，能够控制自己的饥饿、干渴等身体的一切需要，可是现在他又采取一项更加严酷的措施——斋戒绝食。连续几天，他将自己的思绪置于对天神的禅思之中——除了禅思，在他心里再也没有任何其他别的念头了。

在确定的时刻，月华开始着手进行药物治疗。他吩咐荪多丽为赛博利妮准备一张床，荪多丽雇请的一个女仆为她铺好了床。

月华当时就让赛博利妮躺在那张床上。荪多丽拉住赛博利妮的手，强行让她躺在床上，因为赛博利妮不肯听话。然后荪多丽立即走回家去，马上洗澡——每天她都这样做。

月华这时候对大家说："你们现在都到外边去。我叫你们的时候，你们再进来。"

当人们都走出去的时候，月华把手里拿着的药碗放在地上，对赛博利妮说："我看，你坐起来吧。"

赛博利妮轻轻地哼着歌曲，不肯起来。月华用镇定的目光凝视着她的眼睛，开始慢慢地一口一口地让她喝药。罗曼侬德·斯瓦米曾经说过："那根本不是什么药，杯子里装的就是一般的水。"

月华问道："那会起什么作用呢？"

罗曼侬德·斯瓦米说："姑娘会从中获得瑜伽的力量。"

[①] 英文词语，意为"超自然的力量"，"特异功能的力量"。

这时，月华在她的前额、眼睛等部位的附近，用手做着各种驱魔的动作。就这样做了一会儿，赛博利妮就闭上了眼睛，很快就打起瞌睡来——渐渐地睡着了。

这时，月华呼唤道："赛博利妮！"

赛博利妮在睡梦中回答："我在这儿呢。"

月华问道："我是谁？"

赛博利妮仍然在沉睡中回答："是我丈夫。"

月华问："你是谁？"

赛博利妮说："我是赛博利妮。"

月华问："这是什么地方？"

赛博利妮说："是智慧村——你的家。"

月华问："什么人在外边呢？"

赛博利妮说："普罗达布和苏多丽以及其他人。"

月华问："你为什么离开这里？"

赛博利妮说："是劳伦斯先生把我带走的。"

月华问："这些事情，现在你怎么不记得了？"

赛博利妮说："我记得，只是不能准确地说出来。"

月华问："为什么？"

赛博利妮说："我疯了。"

月华问："是真的，还是假装的？"

赛博利妮说："是真的，不是假装的。"

月华问："那现在呢？"

赛博利妮说："这是一场梦——您的仁慈善德使我恢复了理智。"

月华问："那么你能讲实话吗？"

赛博利妮说："我能讲。"

月华问："你为什么要跟劳伦斯走呢？"

赛博利妮说："为了普罗达布。"

月华惊愕了。他开始以因陀罗般的慧眼，重新审视不久前发生的所有事件。他又问道："普罗达布是你的情人吗？"

月　华

　　赛博利妮说："胡说！"
　　月华问："那么，他是你什么人呢？"
　　赛博利妮说："我们是一个枝头上的两朵花，在一座森林里开放。你为什么要将我们折断拆散呢？"
　　月华深深地叹了一口气。在他那渊博的智慧面前，什么事情都是无法隐瞒的。他问道："就在普罗达布从英国人的船上逃走的那一天，你们在恒河里游过泳，还记得吗？"
　　赛博利妮说："记得。"
　　月华问："你们都谈了一些什么？"
　　赛博利妮从头至尾简要地讲了一遍。听了之后，月华在心里默默地赞扬普罗达布。他接着问："那你为什么要和劳伦斯住在一起呢？"
　　赛博利妮说："只是和他住在一艘船上而已。当时我是怀有这样的希望：如果我能到达布龙多尔普尔，我就能见到普罗达布。"
　　月华问："只是住在一艘船上而已——那你是贞洁的？"
　　赛博利妮说："我已经在心里把自己默默地献给了普罗达布，所以我不是贞洁的，我是个罪孽深重的女人。"
　　月华问："在其他方面呢？"
　　赛博利妮说："在其他方面我是很纯洁的。"
　　月华问："那么与福斯特的关系呢？"
　　赛博利妮说："我完全是纯洁的。"
　　月华注视着赛博利妮，挥舞着手说道："你要说实话。"
　　这位沉睡中的年轻女人，皱了一下眉头，说道："我说的都是实话。"
　　月华又长出了一口气，说道："你作为婆罗门女儿，为什么要背离自己的种姓？"
　　赛博利妮说："你是精通圣典的人。请你说说，我是否背离了自己的种姓？我并没有吃过英国人的食物，也没有喝过他们碰过的水。每天我都自己做饭吃。还有一个信奉印度教的女佣人在帮助我。我们的确住在同一艘船上，可是我们是在恒河上航行啊。"

月华低着头坐着。他想了很多,然后又开始说道:"我的天哪!我这是在干什么呀?我是在毁灭一个无辜的女人啊!"过了片刻,他问道:"这些情况你为什么不对别人说呢?"

赛博利妮说:"谁会相信我说的话呢?"

月华问:"这些情况还有谁知道?"

赛博利妮说:"福斯特和芭尔波蒂知道。"

月华问:"芭尔波蒂在哪里?"

赛博利妮说:"一个月前在蒙格尔死了。"

月华问:"福斯特在哪里?"

赛博利妮说:"在乌达亚那拉——总督的军营里。"

月华想了一会儿,又问道:"你觉得你的病能治好吗?"

赛博利妮说:"您给了我一种神奇的力量——从这种恩典中我知道,只要获得您的体贴照顾和精心治疗,我一定会康复的。"

月华问:"如果康复了,你想去哪里?"

赛博利妮说:"如果能弄到毒药,我就服毒自尽,但是我害怕下地狱。"

月华问:"你为什么想死呢?"

赛博利妮说:"在这世界上哪儿还有我的立足之地啊?"

月华说:"怎么会没有呢?你可以住在我家里嘛。"

赛博利妮问:"您还会接受我吗?"

月华说:"如果我接受呢?"

赛博利妮说:"那我就全身心地伺候您,但是您会被玷污的。"

就在这时候从远处传来了马蹄的声音。月华说:"这不是我自己的神奇力量——而是我从罗曼侬德·斯瓦米那里获得的神奇力量。你说说,这是什么声音?"

赛博利妮说:"马蹄的声音。"

月华问:"来的人是谁呀?"

赛博利妮说:"穆罕默德·伊尔凡——总督身边的军人。"

月华问:"他为什么来这里?"

赛博利妮说:"来接我——总督想见我。"

月华问:"在福斯特被带到那里之后,总督想见你,而不是那之前吧?"

赛博利妮说:"不是的。总督同时下达了寻找我们两个人的命令。"

月华说:"你什么都不要想了,睡吧。"

说完之后,月华叫所有人都进来。在他们进来之后,月华说:"赛博利妮正在睡觉。当她醒过来后,让她喝掉这碗里的药。总督身边的一个军人很快就会来这里,明天那位军人要把她带走。你们都跟她一起去。"

众人都感到惊愕和恐惧,于是就问月华:"为什么要把她带到总督那里去呢?"

月华说:"你们马上就会知道的,不必担心。"

穆罕默德·伊尔凡来了,普罗达布前去迎接他。月华来到罗曼依德·斯瓦米身边,秘密地跟他讲述了他与赛博利妮的整个谈话。罗曼依德·斯瓦米说:"明天你们两个人都要去总督的议事大厅。"

第七章　在审判会上

在巨大的帐篷里,孟加拉的最后一位总督正在召开一次审判会。说他是最后一位总督,是因为在米尔卡瑟姆之后,那些曾经被称为孟加拉总督的人们,谁都没有行使过总督的权力。

米尔卡瑟姆·汗总督坐在镶嵌有珍珠、珊瑚、金银的高高的宝座上,他的衣服上缀着各种宝石,他头上那缀有钻石、珍珠的缠头巾,犹如太阳一样闪闪发光。仆人们双手合十地列队立在两旁;他身边的一些近臣,都被允许默默地跪坐在地上。总督问道:"俘虏都带到了吗?"

"都带到了。"穆罕默德·伊尔凡回答说。总督盼咐首先把劳伦斯·福斯特带进来。

劳伦斯·福斯特低着头站在总督的面前。

总督问道："你是谁？"

劳伦斯·福斯特明白，这一次他肯定没救了。过了这么久之后，现在他想："长期以来我一直给英国人的脸上抹黑，现在我要像一个真正的英国人那样死去。"

劳伦斯说："我的名字叫劳伦斯·福斯特。"

总督问："你是哪国人？"

劳伦斯说："英国人。"

总督说："英国人是我的敌人。作为我的敌人——你到我的军营里来干什么？"

劳伦斯说："您想怎样处置我，就请便吧——反正我落在了您的手里。您不要问我为什么来这里，即使问了，您也不会得到任何回答。"

总督并没有生气，而是笑着说："我知道，你是个勇敢的人。你能讲真话吗？"

劳伦斯说："英国人从来不讲假话。"

总督说："真的吗？那么我们走着瞧吧。月华已经来这里了吧？如果在的话，把他请进来吧。"

穆罕默德·伊尔凡把月华带了进来。总督指着月华，问劳伦斯："您认识他吗？"

劳伦斯说："我听说过他的名字，不认识。"

总督问："好。侍女库尔绍姆在哪里？"

库尔绍姆也走进来了。

总督问劳伦斯："你认识这个侍女吗？"

劳伦斯说："认识。"

总督问："她是谁？"

劳伦斯说："您的女仆。"

总督说："把穆罕默德·窦吉带进来！"

这时候穆罕默德·伊尔凡将被捆绑着的穆罕默德·窦吉带了进来。

月　华

　　穆罕默德·窦吉这些天来一直犹豫不决，不知应该站在哪一边；因此直到今天，他也没有与敌对的方面联合。但是总督的将领们知道他是叛逆之徒，所以一直在监视他。因此，阿利·稀布拉西姆·汗毫不费劲儿就把他抓来了。

　　总督连看都没看窦吉一眼，就说："库尔绍姆！你说说，你是怎样离开蒙格尔去了加尔各答的？"

　　库尔绍姆把整个事情经过从头至尾讲述了一遍，讲了窦娄妮王妃的全部情况，最后双手合十，眼里含着泪水，高声说道："伟大的殿下！在这个公审大会上，我要控告这个罪犯——杀害妇女的刽子手——穆罕默德·窦吉。请听我的控诉！他污蔑我主人的妻子，败坏了她的名声，用谎言欺骗了我的主人，他就像蚂蚁一样，无情地毁灭了世界上最珍贵的宝石——窦娄妮王妃。伟大的殿下！请处死这个蚂蚁般的卑鄙之徒吧！"

　　穆罕默德·窦吉说："假话——你的证人呢？"

　　库尔绍姆瞪着眼睛，大声说道："我的证人！你往上看一看——我的证人是苍天！你把手放在自己的胸脯上——我的证人不就是你吗？如果还需要别人的证词，你就问一问这个英国人吧。"

　　总督说："怎么样，英国人，这个女仆所说的话都是真的吗？你也曾经跟阿米亚特待在一起。英国人可从不说假话啊。"

　　劳伦斯讲述了他所知道的一切。大家听了后都明白了，窦娄妮是无辜的。穆罕默德·窦吉垂下头来。

　　这时候，月华走上前来，对王公说道："正法的化身啊！女仆所讲的都是真话，我也是一个证人。我就是那个婆罗门托钵僧。"

　　库尔绍姆这时也认出来了，她说道："的确是他。"

　　当时月华说道："总督大人，如果这个英国人是个讲真话的人，那就请让我再问他两个问题吧。"

　　总督明白了他的意思，于是就说："你问吧——让懂得两种语言的人替你翻译。"

　　月华问道："你说，你听说过月华的名字——我就是月华。你——"

还没等月华把话说完，劳伦斯就插话说："您不必再费口舌了。我是不肯受制于人的——我并不怕死。在这里回答还是不回答问题取决于我的意愿。我是不会回答您提出的任何问题的。"

总督吩咐道："那就把赛博利妮叫来吧。"

赛博利妮被带进来了。起初劳伦斯甚至没能认出赛博利妮来。赛博利妮面色苍白，很瘦弱，浑身脏乎乎的，穿一件破旧狭小的衣衫，上面因粘有灰尘而呈现出灰暗的颜色。身上和头上都是灰尘，头发乱蓬蓬的；脸上挂着傻笑，眼睛里闪烁着疑惑的疯癫的目光。劳伦斯发抖了。

总督问道："您认识她吗？"

劳伦斯说："认识。"

总督问："她是谁？"

劳伦斯说："赛博利妮——月华的妻子。"

总督问："你是怎么认识她的？"

劳伦斯说："您想怎么惩罚我，就请下命令吧。我不想回答。"

总督说："我想让恶狗把你咬死吃掉。"

劳伦斯口干舌燥，手脚颤抖起来。过了片刻，他恢复了耐心，说道："如果您想处死我，就请用别的办法处死我吧。"

"不，不，在我们这个邦，有一个古老的传统的处决人的方法：就是把罪犯的腰以下部分埋在土里，然后让经过训练的恶狗去咬他。恶狗将他咬伤之后，在他那受伤的脸上撒上食盐。当那些恶狗吃饱了之后就会走开，被吃掉一些肉的罪犯仍然被埋在那里；当恶狗饥饿的时候它们就会再回来啃食剩下的肉。我决定就用这种方法来处决你和窦吉·汗。"

被捆绑着的窦吉·汗犹如野兽一样，痛苦地嚎叫起来。劳伦斯跪在地上，双手合十，眼睛望着上苍，开始在心里默默地呼唤天神道："我从来都没有呼唤过你，从来也没有想到过你；长期以来我一直在犯罪，从来都没有想到过你的存在！可是今天我是孤立无助的，所以我向你呼吁。啊，你是无助者的希望，是走投无路者的出路！请你救救我吧。"

月　华

　　读者们，你们不必感到奇怪。那些不相信天神的人，在危机时刻都会呼唤天神的——而且是虔诚地呼唤。劳伦斯就是这样呼唤着天神。

　　劳伦斯低垂着眼帘，他的目光落到营帐的外边；他突然看见，一位头发蓬乱、身穿一件红色衣衫、胡须银白、仪表威严的男人，站在那里向他投来了目光。劳伦斯用凝视的目光瞧着他那双眼睛——渐渐地他的心灵被那人的目光慑服了。他的眼睛慢慢地合上了——他的身体麻木了，仿佛进入了沉睡的状态。他觉得，仿佛这个头发蓬乱的男人的嘴唇在翕动，仿佛他在说什么。雷鸣般的语声渐渐地传入他的耳朵里。劳伦斯听到，仿佛有人在说："我可以把你从狗刑中解脱出来。你回答我的问话。你是赛博利妮的情夫吗？"

　　劳伦斯望了一眼那个满身灰尘的疯女人，说道："不是。"

　　所有人都听见了："不，我不是她的情夫。"

　　一种雷鸣般的声音又重新提出问题了。总督问月华做了什么，什么人都干了什么，劳伦斯一概不明白——只听到高声提出的一个问题："那么，赛博利妮为什么在你的船上？"

　　劳伦斯高声说道："我因为迷恋赛博利妮的姿色，所以就把她从她的家里劫走，将她带到我的船上。我本以为，随着时间的推移她会爱我的。可是我发现，我估计错了，她一直敌视我。在船上第一次见面的时候，她就拿出了一把刀子，对我说：'如果你到我的船舱里来，那么我们两个人就会死于这把刀子！你对待我就应该像对待你的母亲一样。'我根本就没到过她身边。我从没碰过她。"所有人都听到了这番话。

　　月华问道："你是怎样迫使赛博利妮食用外国人的食物的呢？"

　　劳伦斯很不情愿地说："她连一天也没有吃过我提供的食物，甚至都没吃过我接触过的食品。大概是她自己做饭吧？"

　　月华问："她做什么吃呢？"

　　劳伦斯说："只有米饭和牛奶，除此之外，没吃过别的东西。"

　　月华问："饮水呢？"

劳伦斯说:"她自己从恒河里取用。"

就在这时,突然响起了"咚当——咚当——砰啪——砰啪"的声音。

总督问道:"怎么回事?"

穆罕默德·伊尔凡忧伤地说:"还能是什么?英国人的大炮呗。他们向军营进攻了。"

人们纷纷冲出了营帐。"咚当——咚当——"大炮又开始吼叫起来。很多门大炮又一起响了起来。可怕的呐喊声一浪高过一浪;战鼓敲响了,四面八方响起了巨大的嘈杂声——马蹄声、武器的撞击声、战士们胜利的呐喊声,犹如大海的波涛一样咆哮起来;滚滚烟尘笼罩着整个天空,一直扩展到地平线。仿佛是在人们酣睡的时候,大海突然波涛涌动起来,涨潮了。

总督的近臣和仆人们都争着向营帐外边冲去——有的人奔向战场,有的人逃走了。库尔绍姆、月华、赛博利妮和劳伦斯也走了出去。留在营帐内的只有总督和俘虏窦吉。

就在这个时候一发炮弹飞过来,落在了营帐里。总督抽出佩剑,向窦吉的胸膛刺去。窦吉死了。总督走出营帐。

第八章 在战场上

月华带着赛博利妮一起来到外面,就看见罗曼依德·斯瓦米站在那里。罗曼依德·斯瓦米说:"月华!今后你打算怎么办?"

月华说:"现在我怎样才能保护赛博利妮的性命呢?炮弹在四周像雨点似的落下来。周围硝烟滚滚——我们去哪里呢?"

罗曼依德·斯瓦米说:"不用担心,你没看见吗?穆斯林军队向哪个方向逃跑呢?战争一开始就向那个方向逃跑,难道在那个方向还有可能胜利吗?我看,这些英国人是很幸运的、强大的和狡猾的。我觉得,他们总有一天会征服整个印度的。走吧,我们就跟在

月　　华

那些逃走的穆斯林的后边走吧。我并不为你我担心，而是为你的妻子担心。"

他们三个人就跟在逃跑的穆斯林军队的后边。突然，他们看见一支装备良好的手持兵器的印度军队——这些斗志昂扬的士兵们从坚固的山洞里走出来，正向英国军队开去。他们的统领骑着马，走在队伍中间。大家一看就认出来了，那是普罗达布。一看见普罗达布，月华就感到很伤心。迟疑了一会儿之后，他伤心地对他说："普罗达布！你为什么要去打这场难以取胜的战争呢？回去吧。"

"我是来寻找你们的。走吧，我把你们带到一个安全可靠的地方去。"

说完之后，普罗达布就让他们三个人走在自己这支不大的军队中间，命令队伍向后退去。他特别熟悉大山里所有的难以通行的山路。很快，他就带领他们远远地离开了战场。一路上，他听到了月华详细讲述的关于宫廷审判会议的一切情况。最后，月华对普罗达布说："普罗达布，你是值得赞扬的，你所知道的一切，我现在也知道了。"

普罗达布惊奇地凝望着月华的脸。

月华含着眼泪，声音颤抖地说道："现在我知道了，她是无辜的。为了使人们满意，如果需要赎罪的话，我一定去做。然后我会把她带回家，但是命运注定我是再也不会幸福的。"

普罗达布问："为什么，难道斯瓦米的药没有一点儿效果吗？"

月华说："到目前为止还没有。"

普罗达布非常伤心，他的眼里涌出了泪水。赛博利妮从蒙着的头巾里看到了这一切。于是就闪到一边，并用手势招呼普罗达布过来。普罗达布从马背上下来，走到她的身边。赛博利妮用别人听不见的声音，对普罗达布说："你就悄悄地听我一句话吧，我是不会说责备你的话的。"

普罗达布很惊奇，他说："难道你的疯癫是假装吗？"

赛博利妮问："现在的确是。今天早晨起床以后，一切事情我都记起来了。难道我真的疯了吗？"

普罗达布的脸上流露出喜悦的神情。赛博利妮明白了他的心思，于是急忙说道："你不要讲。现在你什么都不要说。我自己来讲述一切，不过应该得到你的允许。"

普罗达布问："为什么要得到我的允许？"

赛博利妮说："如果丈夫重新接纳我，我再隐瞒自己内心里的罪孽，那么我还能成为他爱的伴侣吗？"

普罗达布问："你想做什么呢？"

赛博利妮说："我想对你讲一讲以前发生的所有事情，并且请求你原谅。"

普罗达布思索了一下，说道："你讲吧！我祝愿你幸福。"说完后，普罗达布就沉默了，眼睛里簌簌地流出了泪水。

赛博利妮说："我不会幸福的。只要你在，我就不会幸福——"

普罗达布问："赛博利妮，你怎么了？"

赛博利妮说："不论你在这个世界还能活多久，你都不要再与我见面了。女人的心是很脆弱的，我不知道，我的心能被控制多少时日。今生今世你就不要再和我见面了。"

普罗达布没有再回答。他飞速翻身上马，扬鞭打马，向战场急驰而去。他的士兵们跟在他后面跑步前进。

在普罗达布动身的时候，月华高声问道："你去哪里？"

普罗达布说："去参加战斗。"

月华激动地大声说："不要去！你不要去！与英国人交战没有胜利的把握。"

普罗达布说："劳伦斯现在还活着，我要去杀死他。"

月华快步来到普罗达布的面前，拉住他的马缰绳，说道："兄弟，杀死劳伦斯有什么用呢？天神会惩罚恶人的。难道需要你我去惩罚他吗？低贱之人会向敌人复仇，高尚之人会宽恕敌人的。"

普罗达布既感到惊奇，又感到喜悦。他从来没有从别人的嘴里听到过这样高尚的话语，于是翻身下马，向月华行了触脚大礼，并

月　华

且说道:"您是人类中最值得赞誉的人。关于劳伦斯我不会再说什么了。"

说完之后,普罗达布又重新翻身上马,向战场奔驰而去。

月华说道:"普罗达布,你为什么还要去战场呢?"

普罗达布回过头来,露出了非常温柔、非常甜蜜的笑容,说道:"我需要啊。"说完,就扬鞭打马,飞驰而去。

看到他这样微笑,罗曼依德·斯瓦米十分忧虑。他对月华说:"你带着妻子回家去吧。我到恒河去进行圣浴。一两天后我们再见面吧。"

月华说:"我真为普罗达布担心啊!"

罗曼依德·斯瓦米说:"我现在就去打听他的消息。"

说完后,罗曼依德·斯瓦米告别了月华和赛博利妮,就向战场奔去。在那硝烟弥漫和受伤者喊叫的恐怖的战场上,在血雨腥风中,罗曼依德·斯瓦米开始四处寻找普罗达布。他看见,有的地方一堆堆尸体叠摞在一起——有的已经死了,有的半死不活,有的断肢折臂,有的胸部受伤,有的呼喊着:"水!水!"有的呼唤着父母、兄弟、朋友等亲人的名字。罗曼依德·斯瓦米就在这些死尸中间寻找普罗达布,可是他并没有找到。他看到,有那么多身体沾有污血的骑士,扔掉武器,骑在受伤的马上在逃跑;有那么多可怜的受伤战士被马蹄践踏而死,在他们中间罗曼依德·斯瓦米寻找着普罗达布,可是并没有找到。罗曼依德·斯瓦米看到,有那么多步兵战士空着两手,身上流着血,气喘吁吁地在逃跑,他在他们中间寻找着普罗达布,可是还是没有找到。罗曼依德·斯瓦米累了,于是就在一棵树下坐下来。一个士兵从他身边跑过去。罗曼依德·斯瓦米问他道:"你们都在逃跑,那么还有谁在战斗呢?"

那个士兵回答说:"没有人了——只有一个印度教教徒还在进行勇猛的战斗。"

罗曼依德·斯瓦米问:"他在哪里呢?"士兵说:"您往要塞前面看。"说完,那个士兵就逃走了。

罗曼依德·斯瓦米朝着要塞方向走去。他看到，战斗已经结束，有几个英国人和印度人的尸体倒在一起。斯瓦米在他们中间寻找起普罗达布来。在倒下的印度人中间，有人在痛苦地呻吟着。罗曼依德·斯瓦米把他拖出来，发现他是普罗达布。他受伤了，面临死亡，但是现在还活着。

罗曼依德·斯瓦米取来一些水，洒在他的脸上。普罗达布认出了他，并准备举起手来向他行礼，但是没能举起来。

斯瓦米说："我现在就为你祝福，你快点儿康复吧。"

普罗达布困难地说："康复？康复不会再拖延太久了。请让我用头去触摸您脚上的尘土吧。"

罗曼依德·斯瓦米问道："我们都不让你来，可是你为什么要来参加这难以取胜的战斗呢？难道是因为你听了赛博利妮的话才这样做的吗？"

普罗达布说："您为什么会这样想呢？"

罗曼依德·斯瓦米说："在你和赛博利妮谈话的时候，我看到了她的表情后就觉得，她已经不再疯癫了，而且她根本就没有忘掉你。"

普罗达布说："赛博利妮对我讲，在这个世界上她不想再见到我了。我明白了，只要我活着，赛博利妮和月华都不会感到幸福。我想，不应该因为我活着而妨碍我最疼爱的和那些曾帮助过我的人得到幸福。所以，尽管你们都劝阻我到这个战场上来，可是我还是来了，并准备献出自己的生命。只要我活着，赛博利妮的心就会骚动不安。因此，我要走了。"

罗曼依德·斯瓦米的眼睛里流出了泪水；任何人都没见过罗曼依德·斯瓦米流眼泪。他说："在这个世界上，你是真正为别人谋幸福的人。我们只是伪君子。毫无疑问，你在另一个世界一定会享受到无限的天堂的幸福的。"

罗曼依德·斯瓦米沉默了片刻，又继续说道："你听着，孩子！我明白你的内心世界。征服整个宇宙的胜利，都无法与你这种战胜自我的胜利相媲美——你是那样爱恋着赛博利妮呀！"

月　华

沉睡的狮子仿佛醒过来了。将死的普罗达布突然变得坚强而活跃了，他哈哈大笑起来，说道："你怎么会明白呢？你可是苦行僧啊！在这个世界上，居然有人能理解我的爱！十六年来，谁会理解，我对赛博利妮是怎样的爱呀？在罪恶的心里我对她不是挚爱——我爱情的名字就叫作对牺牲自己生命的渴望。这种情感日日夜夜在我头脑的血液中和骨髓里奔流不息。人们永远也不会理解，而且人们也不曾理解过这种感受。在我临死的时候，您为什么要再提起这个话题呢？今生今世因为在我的这种情感中感受不到幸福，所以我要离开这个躯体。我的灵魂已经罪孽深重了，我不知道，赛博利妮的心里又会怎么样？除了死，我再也没有别的出路了——因此我才选择了死亡。您已经听到了这个秘密——您是位有知识的人，您是位精通圣典的专家！您说说，我的罪孽能赎清吗？我在宇宙之神面前是个有罪的人吗？如果有罪，那么通过这样的赎罪方式能洗清罪孽吗？"

罗曼侬德·斯瓦米说："这我可不知道。人的知识在这里是无能为力的；圣典在这里也无言以对。在你就要去的那个世界里——除了那里的神灵谁也回答不了这个问题。不过，我可以说明这样一点：如果说在战胜情感方面存在着高尚的品德，那么在那个无限的天堂里，那种品德就是属于你的；如果说在压制情欲方面存在着能人，那么，在这方面众天神都不能与你相媲美；如果说存在着助人为乐的天堂，那么，你比达提齐①更加有资格享有那个天堂的权利。我恳求天神，在未来的转世中，我也能够成为像你一样的一个战胜情感的人。"

罗曼侬德·斯瓦米沉默不语了。普罗达布的灵魂慢慢地解脱了。他就像一株完美无缺的闪闪发光的金树一样，倒在草床上。

那么，你去吧，普罗达布，请到那无限的世界去吧！去吧！请到那个不需要压制情感、不必迷恋姿色、爱恋的、无罪的地方去

---

① Dadhīchi，印度古代传说中的圣贤，他为了使世界幸福安宁，在消灭魔鬼的过程中牺牲了自己的生命——为制造雷电武器他献出了自己的骨骼。

吧！请到那个美妙无限、爱恋无限、幸福无限、幸福与无限的高尚情操融为一体的地方去吧！请到那个伟大而神奇的世界去吧！在那里，每个人都在关心别人的痛苦，保护别人的尊严，歌颂别人的胜利，谁都不必为别人去牺牲自己的生命；在那里即使有亿万个赛博利妮在你身边，你也不会去想爱她们。

克里什诺康托的遗嘱

董友忱 译

第一部分

第一章

　　姜黄村住着一户大地主,这位地主先生的名字叫克里什诺康托·拉伊。克里什诺康托·拉伊是位非常富有的财主,他家田产每年的收入大概有二百万卢比。这份财产是克里什诺康托·拉伊和他的弟弟拉摩康托·拉伊共同积攒下的。他们兄弟俩共同拥有这份家产,兄弟俩又很相亲相爱,他们彼此的心里从没萌生过这样的怀疑:有一天,兄弟俩中会有一人欺骗另一个人。所有家产都是以兄长克里什诺康托的名义买下的。兄弟两家在一起生活。拉摩康托有一个儿子,名叫戈宾德拉尔。从儿子降生之日起,拉摩康托·拉伊的心里就产生了一个想法:为了儿子的幸福,应该把写在哥哥一个人名下的这份财产的一部分改写在自己的名下。因为,他虽然相信,克里什诺康托绝不会欺骗他,或不公正地对待他,可是在克里什诺康托死后,他的儿子们又会怎么样呢?对此他心里确实没有底。可是,他又不好轻易开口对哥哥提起家产之事——"我今天说吧,不,明天再说吧。"就这样,此事被拖延下来。有一次,他前往自己家的一处田庄去处理一些杂务,不幸,他猝死在那里了。

　　如果克里什诺康托决心欺骗自己的侄子,把所有财产都据为己有,那么,如今也就不会出现什么麻烦了。然而,克里什诺康托可不是那种自私自利的人。他把戈宾德拉尔收养在自己家里,就像对待自己儿子们那样来抚养他,并且立下遗嘱,将所积攒的财产中理应属于拉摩康托·拉伊的那一半留给戈宾德拉尔。

　　克里什诺康托·拉伊有两个儿子,还有一个女儿。大儿子名叫霍罗拉尔,小儿子名叫比诺德拉尔,女儿名叫赛洛波蒂。克里什诺康托立下了这样的遗嘱：在他去世后，戈宾德拉尔将分得财产的八份，霍罗拉尔和比诺德拉尔每人各分得三份，他的妻子分得一份，赛洛波蒂也分得一份①。

霍罗拉尔是一个非常专横跋扈的人，甚至对他的父亲都很粗暴，总是摆出一副很凶的面孔。孟加拉人的遗嘱一般都不保密，所以霍罗拉尔也知道了父亲立遗嘱的事。在听说了遗嘱的具体内容之后，霍罗拉尔气红了双眼，他对父亲说："怎么能这样呢？戈宾德拉尔分得一半，而我才分得三份。"

克里什诺康托回答说："这样分是合理的。我把戈宾德拉尔父亲应该得到的那一半分给了他。"

霍罗拉尔："戈宾德拉尔父亲应该得到的是什么呢？居然想得到我们父亲所积攒下的财产——他算老几呢？而且我们还要供养母亲和妹妹——她们每人为什么才分得一份呀？您分给戈宾德拉尔很小一部分，够他们吃穿也就行了。"

克里什诺康托有点儿生气了，于是说道："霍罗拉尔，你听着！财产是我的，不是你的。我想分给谁就分给谁！"

霍罗拉尔说："您丧失理智了——我不会让您为所欲为的！"

克里什诺康托气得两眼通红，他说："霍罗拉尔，如果你是一个小孩子，我就会叫你的老师用藤条抽你一顿。"

霍罗拉尔说："我小时候曾经烧过老师的胡子，同样我也要烧掉您立下的那份遗嘱。"

克里什诺康托没有再驳斥儿子。他亲手把这份遗嘱撕毁了，然后又写了一份新的遗嘱。在这份新遗嘱里，戈宾德拉尔将分得八份，比诺德拉尔分得五份，女主人分得一份，赛洛波蒂分得一份，霍罗拉尔只分得一份。

霍罗拉尔一气之下离家出走了，他去了加尔各答，他从那里给父亲写了一封信。这封信的主要内容如下：

在加尔各答，学者们认为，寡妇再嫁是经典所允许的。我决定

---

① 从前，印度人曾经采用过十六进位制，即把一个整体划分为十六份，八份就是一半。

克里什诺康托的遗嘱

同一位寡妇结婚。如果您重新改写遗嘱,分给我八份财产,并且尽快地进行公证,那么,我就放弃我的打算,否则我很快就同她结婚。

霍罗拉尔以为,克里什诺康托受到威胁,就会改写遗嘱,把财产的一半分给他。然而,他却收到了使他很失望的回答。克里什诺康托写道:"你是我的不肖之子。你愿意和谁结婚,就可以和谁结婚。我的财产我愿意留给谁就留给谁。如果你与寡妇结婚,我的确会改写遗嘱的,不过,改写后的遗嘱绝不会是你所希望的那样。"

过了不久,霍罗拉尔又捎信儿来说,他已经同一位寡妇结了婚。克里什诺康托又撕毁了遗嘱。他要写一份新遗嘱。

村子里住着一个温和而善良的人,他的名字叫布罗赫蒙侬德·高士。他尊称克里什诺康托为大哥,并且经常受到克里什诺康托的保护和资助。

布罗赫蒙侬德·高士写一手好字。克里什诺康托的一切文件材料都出自他的手笔。有一天,克里什诺康托跟布罗赫蒙侬德打招呼说:"吃过饭之后,请你到我家里来一下。需要写一份新的遗嘱。"

比诺德拉尔当时也在场。他对父亲说:"为什么又要改写遗嘱呢?"

克里什诺康托回答说:"这一次我要取消你大哥的继承权。"

比诺德拉尔说:"这样做不好。哥哥的确不对,可是他还有一个儿子呢——孩子是无辜的呀。您这么做的话,孩子怎么办呢?"

克里什诺康托说:"我会给他留一点儿的。"

比诺德拉尔问:"这'一点儿'是多少呢?"

克里什诺康托说:"我的收入每年有二百万卢比。这一点儿就是三千多卢比。这些钱供一个人吃穿用足够了。我不会再多给他。"

比诺德拉尔劝说父亲好久,但是父亲无论如何都不肯改变主意。

第二章

吃过午饭、洗过澡之后，布罗赫蒙侬德正准备午睡一会儿，这时，他惊奇地看见了霍罗拉尔·拉伊。霍罗拉尔走进来，坐在了他的床边。

布罗赫蒙侬德问："怎么，是大先生呀？什么时候回到家里来的？"

霍罗拉尔说："我还没有回家呢。"

布罗赫蒙侬德问："直接到我这里来了？你是什么时候从加尔各答回来的？"

霍罗拉尔说："从加尔各答回来已经两天了。这两天我一直躲藏在一个地方。怎么，又要重新改写遗嘱吗？"

布罗赫蒙侬德说："我也听人这样说过。"

霍罗拉尔说："这一次要取消我的继承权。"

布罗赫蒙侬德说："你父亲因为生气所以才这样说，但是他不可能那样做。"

霍罗拉尔问："今天晚上写吧？是请你去写吧？"

布罗赫蒙侬德说："我有什么法子呢？既然你父亲盼咐了，我能说出个不字吗？"

霍罗拉尔说："当然，改写遗嘱并不是你的错。现在你是否想赚点儿钱啊？"

布罗赫蒙侬德说："你是想要打我的嘴巴呀？兄弟，你饶了我吧！"

霍罗拉尔说："不是的，你看，这是一千卢比。"

布罗赫蒙侬德问："难道你真的娶了一个寡妇？"

霍罗拉尔说："是的。"

布罗赫蒙侬德说："到年龄了。"

克里什诺康托的遗嘱

霍罗拉尔说:"我还要告诉你一件事情,你现在就要开始做。今后还会有些收入。"他一边说着一边把一张五百卢比的钞票塞到布罗赫蒙侬德的手里。

布罗赫蒙侬德拿起钞票,翻过来掉过去细看了一下,问道:"我拿这些钱做什么?"

霍罗拉尔说:"用它去赚钱。把十个卢比送给那个聪明的卖牛奶的女人。"

布罗赫蒙侬德说:"我与任何卖牛奶的女人都没有关系。不过,你到底让我做什么呢?"

霍罗拉尔说:"你要削好两支羽毛笔。两支要完全一样。"

布罗赫蒙侬德说:"好吧,你怎么说我就怎么做。"

布罗赫蒙侬德先生说完,就拿来两支翎毛,并且将其削成了一模一样的两支笔。他用这两支笔写了一下,结果两支笔写出的文字也完全一样。

霍罗拉尔对布罗赫蒙侬德说:"你把一支放在箱子里。当你要写遗嘱的时候,就拿出这一支笔来写。现在你就用第二支笔写一份遗嘱。你这里有好墨水吗?"

布罗赫蒙侬德拿出来一瓶墨水给霍罗拉尔看了一下。霍罗拉尔说:"好,你就用这瓶墨水写遗嘱吧。"

布罗赫蒙侬德问:"难道你们家里连墨水和笔都没有吗?还要让我带过去?"

霍罗拉尔说:"我有我的打算,否则我为什么要给你这么多钱呢?"

布罗赫蒙侬德说:"我的确也想到了这一点——你说的也有道理!"

霍罗拉尔说:"你带着墨水瓶和翎毛笔去我们家,有人可能会这样问:为什么今天要拿这些东西来呢?这时你就要咒骂政府部门使用的墨水和笔,这样一来,就可以打消他们的怀疑。"

布罗赫蒙侬德说:"我为什么只骂政府部门所使用的墨水和笔呢?我连政府也要一块儿骂。"

霍罗拉尔说："那倒不必要。现在你开始做实质性的工作吧。"

当时霍罗拉尔把两页普通书信用纸递到布罗赫蒙依德的手里。布罗赫蒙依德说："我看，这是官方用纸呀。"

霍罗拉尔说："这不是官方用纸，但是律师们的家里书写文件就是用这种纸。我知道，父亲也是用这种纸书写遗嘱。因此，我才搞来了这种纸。现在我说什么，你就用这种墨水和笔写什么。"

布罗赫蒙依德开始写了起来。霍罗拉尔让他写的遗嘱的主要内容是：克里什诺康托·拉伊立下遗嘱，他名下的所有财产在他去世之后分配如下：比诺德拉尔获得三份，戈宾德拉尔获得一份的四分之一，女主人获得一份的四分之一，赛洛波蒂获得一份的四分之一，霍罗拉尔的儿子获得一份的四分之一，霍罗拉尔作为长子获得其余的十二份。

遗嘱写好了，布罗赫蒙依德说道："现在遗嘱已经写好了，谁来签字呢？"

"我。"霍罗拉尔说完，就在遗嘱上签上了克里什诺康托·拉伊和四个证人的名字。

布罗赫蒙依德说："好啊，这是一份假遗嘱。"

霍罗拉尔说："这是真遗嘱，晚上要写的那份才是假的呢。"

布罗赫蒙依德问："怎么会这样呢？"

霍罗拉尔说："当你到我们家里写遗嘱的时候，请把这份遗嘱藏在你上衣的口袋里。到了我们家之后，你就用这瓶墨水和这支笔按照他们的意愿写遗嘱。纸、笔、墨水、作者都是相同的；而且两份遗嘱看上去都是一样的。然后，在读过遗嘱并在遗嘱上签过字之后，就该你拿过遗嘱来签字了。你要转过身去，背对着所有的人签字。你就利用这机会调换遗嘱。你把这份遗嘱递给我父亲，而把我父亲的那份遗嘱带给我。"

布罗赫蒙依德·高士想了一下，说道："你说什么！你这简直是在做一场聪明绝顶的游戏啊！"

霍罗拉尔问："你以为如何？"

布罗赫蒙依德说："的确很有吸引力，但是也很可怕。请把你

克里什诺康托的遗嘱

的钱拿回去吧。我不想参与这种阴谋勾当。"

"把钱给我吧。"霍罗拉尔说着伸出手来。布罗赫蒙侬德·高士把钞票还给了他。霍罗拉尔接过钞票,站起身来,向外走去。布罗赫蒙侬德当时又把他叫回来,说道:"我说,朋友,你这就走了?"

"不。"霍罗拉尔说着又回来了。

布罗赫蒙侬德问:"你现在给我五百卢比。还准备给我多少呢?"

霍罗拉尔说:"如果你把那份遗嘱拿回来,我再给你五百卢比。"

布罗赫蒙侬德说:"可真是不少钱啊!看来,无法拒绝诱惑。"

霍罗拉尔问:"怎么样,你同意吗?"

布罗赫蒙侬德说:"看来,只好同意了。但是我怎么调换呢?会被人发现的。"

霍罗拉尔说:"怎么会被发现呢?现在我当着你的面调换,你看着,是否能发现。"

不知道霍罗拉尔是否具有其他方面的才能,但是他那一双手的灵活性的确达到了尽善尽美的程度——霍罗拉尔把遗嘱放在口袋里,用手又拿来一张纸,仿佛准备在上面写什么;就在这时,他手里的那张纸进入了他的口袋里,而口袋里的遗嘱却到了他的手里,布罗赫蒙侬德一点儿都没有发现。他对霍罗拉尔灵活的巧手十分赞赏。霍罗拉尔说:"我可以把这种技巧教给你。"霍罗拉尔说完,就开始教布罗赫蒙侬德。

几分钟之后,布罗赫蒙侬德就掌握了这种技巧。霍罗拉尔说:"我现在走了。晚上我把其余的钱带来。"说完,他就与布罗赫蒙侬德分手了。

霍罗拉尔走了之后,布罗赫蒙侬德十分恐惧。他明白,他所干的这种事情是一种极大的犯罪,是要受到法律惩罚的。他怎么会不晓得呢?他的未来岁月大概不得不在监狱里度过。还有,在调换遗嘱的时候如果被人发现怎么办?他为什么要做这种事情呢?如果不干，那么，已经到手的一千卢比就得放弃。此事不能干！不要命了！

啊！美味的水果甜食！你使多少善良的人遭受苦难呀！此时一种感染性的燥热立即涌进了整个脾脏，而美味的水果甜食又占据了上风！在一个贫穷的婆罗门面前突然摆上了盛满面包点心、油炸甜饼、密细达纳、施达婆格①等美味食品的金属托盘或者棕榈树叶子的时候，他该怎么办呢？拒绝呢，还是吃呢？我可以发誓说，一位婆罗门先生即使坐在这种食品托盘旁边争论一千年，也不能解决这个棘手的问题；既然不能解决问题，索性就把这些食品吃掉吧。

布罗赫蒙侬德·高士先生当时的心态正是如此。接受霍罗拉尔的这笔钱，是个沉重的负担——害怕会蹲监狱，但是又无法放弃。食欲是很强烈的，但是又非常担心会消化不良。布罗赫蒙侬德无法解决这个问题。既然不能解决，他像那个穷困的婆罗门那样，索性把自己的思绪集中在进食方面。

第三章

傍晚，布罗赫蒙侬德写完了遗嘱，回到家里。他发现，霍罗拉尔已经来了，正坐在他家里。霍罗拉尔问道："怎么样？"

布罗赫蒙侬德对诗歌有一点儿爱好，他勉强地笑了一下，说道：

    我本想用手去摘下天上的月亮，
    两手一触摸到橡胶树手指就被划伤。

霍罗拉尔说："难道你没能得手？"

布罗赫蒙侬德说："兄弟呀，障碍实在太多了！"

霍罗拉尔问："没能办成？"

---

① 密细达纳和施达婆格都是印度、孟加拉人喜欢的甜食。

克里什诺康托的遗嘱

布罗赫蒙侬德说:"没有啊,兄弟。拿回你的假遗嘱吧。这是你的钱,也拿回去吧。"布罗赫蒙侬德一边说着,一边把假遗嘱交给了霍罗拉尔,并从一个盒子里取出那张五百卢比的钞票,也递给了他。霍罗拉尔两眼气得通红,下嘴唇开始颤抖着,说道:"笨蛋,废物!就连女人能干的事情你都做不来?我走了。不过,你要当心,如果这件事情从你这里透露出去,那你就没命了!"

布罗赫蒙侬德说:"你不必担心,此事是决不会从我这里透露出去的。"霍罗拉尔站起身来,向布罗赫蒙侬德家里的厨房走去。霍罗拉尔就像这家的孩子一样,他可以在这个家里到处走来走去。布罗赫蒙侬德的侄女罗希妮当时正在厨房里做饭。

这位罗希妮,在我这里的故事里是特别需要的。因此,我要讲一讲她的外貌和品德,不过当今这时代描述容貌的市场疲软了,而描述品德,应该说是符合当今的法律的,当然不是描写别人的品德,而是描写的品德。那么,我就来讲一讲,罗希妮正值青春年华——她容颜娇媚,犹如秋月一样丰满妩媚。她在少年时代就成了寡妇,不过,她有许多寡妇不应该有的坏习惯,例如,她不穿黑色的纱丽,而穿围裤,手腕上戴着镯子,经常咀嚼蒟酱叶①。但是她在烹调方面,简直可以被称为黑公主②,她亲手做的肉汤、酸菜、煎炒菜、什锦菜、炖鱼、炒豌豆等等菜肴非常好吃,而且在浆洗、印染、刺绣、缝纫等方面,村子里也没有谁能与她相媲美。她是村子里唯一善于为新娘梳妆打扮的人。她再也没有什么亲人了,所以她就住在了布罗赫蒙侬德的家里。

美丽的罗希妮正在唰唰地炒着锅里的豆子。离她稍远一点儿趴着一只猫。罗希妮想看一看,动物在女人闪电般的目光下是否会有所反应,于是她就时不时地向它投去甜蜜的目光。这只猫看到这种

---

① 根据印度的传统习俗,寡妇只能穿黑色或白色的衣服,不能穿华丽的服装,也不能佩戴首饰。围裤,又音译为"图迪",是印度男人围在臀部的一块长条布,不是女人的服装。咀嚼蒟酱叶也是男人们的习惯,一般女人,特别是寡妇是没有这种习惯的。
② Draupadi,印度史诗《摩诃婆罗多》中的人物,般遮罗国木柱王的女儿,阿周那的妻子。她善于烹调,做出来的菜肴无与伦比。

甜蜜的目光，就以为是招呼它去吃煎鱼，于是它悄悄地向前爬去，就在这时，霍罗拉尔先生穿着一双新鞋，嚓嚓地走了进来。这只猫被吓得撒腿就跑，早已把贪吃煎鱼的欲望抛到了九霄云外。罗希妮中止了炒豆子，洗了一下手，把纱丽的一端蒙在了头上。她一边抠着指甲，一边问道："大叔，您什么时候回来的？"

霍罗拉尔回答说："昨天回来的。我有句话要和你说。"

罗希妮惊得战栗了一下，她问道："今天您在这里吃晚饭吗？我来给您做精米饭吧？"

霍罗拉尔说："做吧，做吧。不过，我不是为吃饭而来。你还记得那天的事吗？"

罗希妮望着地面沉默不语。霍罗拉尔说："那一天，你在恒河洗澡回来的时候，你落在了后面，还记得吗？"

"记得。"罗希妮低着头，左手握着右手的四个指头，困窘地回答。

霍罗拉尔问："那一天你迷了路，还记得吗？"

罗希妮说："记得。"

霍罗拉尔问："那一天夜晚，你独自一人在野外行走，有几个坏人缠着你，记得吗？"

罗希妮说："记得。"

霍罗拉尔问："那一天是谁保护了你？"

罗希妮说："是你。当时你骑着马从那里经过，到什么地方去——"

霍罗拉尔说："到我小姨子家去。"

罗希妮说："你发现并且保护了我——你用轿子把我送回了家。我怎么会不记得呢？你的恩情我永远也报答不完。"

霍罗拉尔问："今天你就可以来报答这个恩情——而且以后我会感激你一辈子的，你能做到吗？"

罗希妮说："你说吧，什么事？我会尽力帮助你的。"

霍罗拉尔说："不管你是否能做，这件事你都不能对任何人讲。"

克里什诺康托的遗嘱

罗希妮说:"只要我活着就不会。"

霍罗拉尔说:"你要发誓。"

罗希妮立即指天发誓。

于是霍罗拉尔就把克里什诺康托的真遗嘱和假遗嘱的事情讲述了一遍。最后,他说:"你把真遗嘱偷出来,并用假遗嘱去替换那份真遗嘱。你经常去我们家,你是个聪明的女人,你很容易办到。你能为我做此事吗?"

罗希妮吓了一跳,说:"去偷!你即使打死我,我也不会干!"

霍罗拉尔说:"女人真无用啊——只会说漂亮话。我明白了,这一辈子你是无法报答我的恩情了!"

罗希妮说:"你吩咐别的事情,我都可以做。你叫我去死,我就去死。但是我不能去做这种背信弃义的缺德事。"

霍罗拉尔无法使罗希妮同意去偷换遗嘱,于是他就掏出一千卢比的钞票,递到罗希妮的手里,并且说道:"这些钱是奖励你的,你先拿着用。你应该去做这件事!"

罗希妮没有接受霍罗拉尔的钞票,她说:"这钱我不能要。即使你把你父亲的所有财产都给我,我也不能去做这种事情。如果你有什么别的事需要做,只要你说一声,我就会去做的。"

霍罗拉尔深深地叹了一口气,说道:"罗希妮,我本以为,你是我的亲人。可是外人何时才能够成为自己的人呢?你看,假如我妻子还活着的话,我也不会来求你了。她会替我做这件事情的。"

这时候罗希妮微微笑了一下。霍罗拉尔问道:"你笑什么?"

罗希妮说:"一提到你妻子,我就想起了寡妇再婚的事情——你真想和寡妇结婚吗?"

霍罗拉尔说:"想是想啊,可是到哪里去找中意的寡妇呢?"

罗希妮说:"是寡妇也好,不是寡妇也好——我是说,不管是寡妇还是黄花大姑娘,你娶一个来,成个家就好。我们这些所有的亲戚朋友都会为你高兴的。"

霍罗拉尔说:"罗希妮,你要知道,法典是允许寡妇再婚的。"

罗希妮说:"现在我听人们都这么说。"

霍罗拉尔说:"你看,你也可以再结婚嘛,你为什么不结婚呢?"

罗希妮把盖在头上的纱丽往下拉了一下,把脸转过去了。霍罗拉尔又开始说起来:"你看,我们和你们只是住在同一个村子,并没有什么亲属关系。"

罗希妮将头上的纱丽拉长一些遮住脸,坐在灶台旁边,又开始掐起豆角来。看到她这种表情,霍罗拉尔郁郁不乐地转身向外走去。

当霍罗拉尔走到门旁的时候,罗希妮说道:"你把那张纸留下吧,让我想想看,能不能做。"

霍罗拉尔满心欢喜,就把假遗嘱和钞票放在了罗希妮的身边。罗希妮说:"不需要钱。只把遗嘱放下就行了。"

霍罗拉尔当时将假遗嘱留下来,拿起钱就走了。

第四章

那一天夜里八点钟,克里什诺康托·拉伊背靠着枕头,坐在自己的卧室里,在吸着一支长长的烟管儿,并且陶醉在他这一生所喜爱的唯一麻醉药品——大烟(又称鸦片)的甜蜜中。在朦朦胧胧的瞌睡中,他做了一个梦,仿佛他的遗嘱在被拍卖,仿佛霍罗拉尔只用三个卢比十三个安纳两个考拉两个克兰迪①的价钱就买走了他的所有财产。他又仿佛听到有人在说,这不是遗嘱,而是债务契约。当时他仿佛看见,大梵天之子——毗湿奴骑着一头牛来了,他以整个世界做抵押写了文书,从湿婆②身边取走了一盒鸦片,而这

---

① 卢比、安纳为印度的货币单位,1卢比等于16个安纳;考拉和克兰迪是从前印度使用过的很小的货币单位。

② 大梵天(Brahma)、毗湿奴(Vishnu)、湿婆(Siva)是印度古代神话传说中的三位主要天神。大梵天为创造之神,毗湿奴为保护之神,湿婆为毁灭之神。

克里什诺康托的遗嘱

位湿婆由于沉醉在毒品中竟然忘了从对方那里讨回抵押物。就在这个时候，罗希妮悄悄地走进了房间，说道："爷爷，您睡了吗？"

克里什诺康托在半睡半醒的状态中说："谁呀，是南迪①吗？现在去告诉你的主人去讨回抵押物吧。"

罗希妮明白了，克里什诺康托还沉醉在鸦片之中。她笑着说："爷爷，南迪是谁呀？"

克里什诺康托没有抬头，又说道："哦，你说得对。在布林达湾②牧童吃了黄油，直到今天连一分钱也没给。"

罗希妮咯咯地笑了起来。这时克里什诺康托醒过来了，他抬起头来，看了一下，问道："是谁呀？是阿湿比妮、帕拉妮、克里迪卡、罗希妮③来了？"

罗希妮回答说："为什么不提穆里格湿拉、阿尔德拉、布纳尔芭苏、布莎呢？"

克里什诺康托说："还有阿湿列莎、玛卡、布尔芭伐尔古妮。"

罗希妮说："爷爷，我今天可不是来向您学习天文知识啊！"

克里什诺康托问："是这样！那么你想做什么？是不是想要鸦片呢？"

罗希妮说："您这种保命的东西是不会给别人的，我怎么会来要呢！是叔叔派我来的。"

克里什诺康托说："哦，哦。不是要鸦片呢？"

罗希妮说："不是，爷爷，不是的。我发誓，不是要鸦片。叔叔说，今天所写的那个遗嘱，好像没有您的签字。"

克里什诺康托说："这怎么会呢！我清楚地记得，我是签过字的呀。"

---

① Nandi，湿婆的侍卫、随从。
② 印度神话传说中的一处美丽的牧场，黑天（Krishina）童年放牛的地方，也是他和牧女们戏耍的地方。
③ 阿湿比妮、帕拉妮、克里迪卡、罗希妮、穆里格湿拉、阿尔德拉、布纳尔芭苏、布莎、阿湿列莎、玛卡、布尔芭伐尔古妮都是星座的名字。根据印度神话传说，她们都是月亮神的妻子。

罗希妮说:"不,叔叔说,他仿佛记得,你没有在遗嘱上面签字。好了,还怀疑什么呢?为什么不拿出来看一下呀?"

克里什诺康托说:"好吧。你把灯拿过来,我看看。"

克里什诺康托说完,就坐起来,从枕头底下拿出一把钥匙来。罗希妮手里拿着灯,站在他的身边。克里什诺康托首先打开了一个小盒子,取出一把不寻常的钥匙,然后打开大柜子的一个抽屉,翻了一会儿,找出了那份遗嘱。随后他从盒子里取出眼镜,开始试图将眼镜戴在鼻梁上。但是眼镜几次滑落下来,看来,鸦片还使他处于一种半瞌睡的蒙眬状态,因此戴眼镜花费了一些时间。最后,克里什诺康托戴好眼镜,把目光移到遗嘱上看了一下,笑着说:"罗希妮,难道我就老得完全丧失记忆力了?你看,这不是我的签字吗?"

罗希妮说:"哎呀,您怎么会老呢?只是当您硬把我们称为孙女的时候,你才算是个老人。好了,我现在走了,去告诉叔叔。"

然后,罗希妮就从克里什诺康托的卧室里走了出去。

深夜,克里什诺康托沉入了梦乡,突然他的酣梦被打破了。他醒过来后,发现他卧室里的灯已经熄灭了——通常卧室里的灯彻夜都是亮着的,但是他发现,今天夜里灯却熄灭了,好像有一种声音传到他的耳朵里,仿佛谁在用钥匙开锁。他又仿佛觉得有人在房间里走动。此人走到他的床边,把手伸到了他的枕头下面。克里什诺康托被鸦片的麻醉作用所控制,仍然处在半睡半醒状态中,神志还不十分清醒。他甚至都不知道,房间里没有灯光,有时处在半睡状态,有时处在半醒状态,始终没有睁开眼睛。他突然睁开了一下眼睛,确实觉得眼前有些昏黑,但是克里什诺康托当时就觉得,自己是由于为霍里·高士的案件提供了假证据而被关进了监狱——监狱里的牢房总是昏黑的。过了一会儿,仿佛是转动钥匙的声音突然传到他的耳朵里——难道是牢房里的钥匙掉了?忽然他有一点儿清醒了。克里什诺康托伸手去摸烟管儿,可是并没有摸到,于是就习惯性地叫了一声:"霍里!"

克里什诺康托通常既不睡在内室,也不睡在外室——在内室和

克里什诺康托的遗嘱

外室之间有一个房间,他就睡在那个房间里。一个名叫霍里的仆人,作为他的保镖也住在那里。此外,再没有别人了。克里什诺康托呼叫:"霍里!"

克里什诺康托只叫了一两声,就又重新沉湎在被鸦片麻醉的瞌睡中。就在这期间那份真遗嘱从他的房间里消失了。假遗嘱取代了真遗嘱。

第五章

第二天早晨,罗希妮起来正准备做饭,霍罗拉尔又来这里窥视。幸好布罗赫蒙侬德不在家,否则,他又会怎么想呢?

霍罗拉尔悄悄地走到罗希妮的身边,罗希妮假装没有看见。霍罗拉尔说:"你抬起头来看一看,不会打破你的瓦罐的。"

罗希妮看着他笑了。霍罗拉尔问道:"怎么样,得手了吗?"

罗希妮拿出了偷来的遗嘱,递给霍罗拉尔看。霍罗拉尔仔细一看,的确是真遗嘱。当时他那下流的脸上现出了奸笑。他用手接过遗嘱,问道:"你是怎样搞到的?"

罗希妮开始讲了一个故事,但是她根本没有讲述真实情况。她讲了自己编造的一个故事——她一边讲着,一边从霍罗拉尔手里拿过遗嘱,并且做给他看,遗嘱是怎样从盒子里掉出来的。关于盗窃遗嘱的故事一讲完,罗希妮就突然拿着遗嘱走了出去。当她走回来的时候,霍罗拉尔发现,她手里已经没有遗嘱了。于是他就问道:"你把遗嘱放到哪里去了?"

罗希妮说:"放起来了。"

霍罗拉尔说:"你放起来干什么?我马上就得走哇。"

罗希妮问:"你马上就走?为什么这样着急?"

霍罗拉尔说:"再留在这里不合适啊。"

罗希妮说:"那你走吧。"

霍罗拉尔问:"遗嘱呢?"

罗希妮说:"放在我这里吧。"

霍罗拉尔问:"那怎么行呢?难道你不想把遗嘱给我?"

罗希妮说:"放在你那里和放在我这里都一样。"

霍罗拉尔问:"既然你不想把遗嘱给我,那你为什么把它偷出来呢?"

罗希妮说:"为了你。把它留下来也是为了你。等你娶了寡妇之后,我就把这个遗嘱交给你的妻子。现在拿去,你会撕毁的。"

霍罗拉尔明白了,于是他说道:"那是不可能的,罗希妮!你要多少钱,我都可以给你。"

罗希妮说:"给我十万卢比都不行。我需要的是你的许诺。"

霍罗拉尔说:"这不行。我骗人,我偷盗,是为了维护自己的正当利益。可你偷窃又是为了谁的利益呢?"

罗希妮的脸色一下子变得阴沉下来,她低下了头。霍罗拉尔又开始说道:"我毕竟是克里什诺康托·拉伊的儿子。我决不会娶一个行窃的人做妻子。"

罗希妮突然站起来,将盖在头上的纱丽一端往上撩了一下,望着霍罗拉尔的脸,说道:"我是小偷!你是高尚的人!是谁叫我去偷换遗嘱的?是谁企图收买我的?是谁欺骗我这个朴实的女人的?再没有比你更阴险更虚伪的人了,即便是下流无耻之徒也不会说出这种话来!而你这位克里什诺康托·拉伊的儿子却说出来了!无耻!无耻!我怎么配嫁给你呢?即便是最不幸的女人——又有谁肯嫁给像你这样的下流无耻之徒呢?假如你是个女人,我今天就要用房间里所能碰到的任何东西把你赶出去!可你是个男人,如果你还懂得自尊,趁早给我滚得远远的!"

霍罗拉尔意识到,自己说得太过分了。他默默地离去了——走的时候他还嘻嘻地笑了笑。罗希妮也意识到,两个人都说得太过分了。她重新扎了一下发辫,坐下来开始做饭。罗希妮在气愤中又把辫子解开了。眼里涌出了泪水。

克里什诺康托的遗嘱

第六章

布谷鸟啊，你这只春天的鸟啊！你在拼命地叫啊，我倒也不反对，不过，我对你有一个特别的请求，你应该知道什么时间鸣叫合适——不论是应该叫的时候，还是不应该叫的时候，你都一直叫个不停，这样就不好。你看，我寻找很久，才找到了笔、墨水瓶等书写工具，又经过很多思考，才有了思路，坐下来正准备写作关于克里什诺康托遗嘱的故事，在这时候你却在天空中鸣叫起来："布谷！布谷！布谷！"我承认，你的声音很优美，但是即便声音很优美，你也没有权利在别人背后叫个不停啊！我的满头白发、正在进行的写作等等——所有这一切都被你的叫声搅乱了。但是，你看，那位年轻的先生急于赚钱，正在绞尽脑汁核对收支账目，这时候你在他那间围墙破损的办公室旁边"布谷""布谷"地叫起来，那位先生的收支账目就全乱了套。由于与自己的爱人离别而痛苦不堪的姑娘，在白天过去之后，在晚上九点钟的时候，坐下来准备吃两口饭，刚刚拿过来一碗牛奶，放在膝盖上，而你却"布谷""布谷"地叫起来，美女的那碗牛奶就这样放在那里——也可能，她心不在焉地往碗里错放了些盐就吃起来。不管怎么说，你那"布谷"的叫声具有一点儿魔力，不然的话，你在巴库尔树[①]上鸣叫的时候，寡妇罗希妮怎么就夹着瓦罐去打水呢？不过，我来先介绍一下她去打水的情况。

事情是这样的：布罗赫蒙侬德·高士是一个穷苦的人，他没有雇用女仆。这样是方便呢，还是不方便？——我无法说清楚。方便也罢，不方便也罢，反正他没有女仆。因此，在布罗赫蒙侬德的家里，欺诈行骗、弄虚作假、打架斗殴、藏污纳垢——这四种现象是

[①] 印度等地生长的一种常绿树，从雨季开始开一种芬芳的小白花。

没有的。天神以女仆的名义创造了这四种东西。特别值得一提的是，谁家有众多的女仆，谁家就会经常发生俱卢之野的战斗[①]、罗波那[②]的杀戮：有的女仆就像怖军[③]一样，总是手握着扫帚和棍棒出现在家庭战场上；有的就像怖军的对手难敌、毗湿摩、德罗纳、迦尔纳[④]一样，经常威胁着般度族众英雄；有的就像鸠盘羯叻拿[⑤]沉睡了六个月，醒来后就开始吞噬一切；有的就像须羯哩婆[⑥]一样，转动着脖颈，准备与鸠盘羯叻拿厮杀；等等。

布罗赫蒙侬德摆脱了所有这些不幸和灾祸，然而担水做饭、打扫卫生等家务事都落在罗希妮的肩上了。傍晚的时候，做完了其他事情，罗希妮通常都去担水。在所叙述的那天发生的事件的第二天傍晚，罗希妮夹着水罐去提水。拉伊家有一个大池塘，名叫巴鲁尼池塘，那里的水非常清甜，罗希妮总是去那里担水。今天她也去那里。罗希妮独自一人去担水，而那么多无忧无虑的姑娘们却成群结队地去担水，一路上她们愉快地嬉笑着，她们水罐里的水也好像发出了欢快的笑声，对此罗希妮很不习惯。罗希妮的水罐很沉重，她的步履也很沉重。罗希妮又是个寡妇。可是她一点儿也不像寡妇。她的嘴唇上涂着口红，手腕上戴着镯子，穿着带镶边的围裤，还有一条垂在肩后的梳得非常好看的、黑蛇似的、不断摆动的、令人销魂的发辫。腰间夹着的铜水罐，在她行走时上下左右轻轻地舞动——就像天鹅随着波浪在翩翩起舞，因为她的身体在轻轻摆动，

[①] 印度古代史诗《摩诃婆罗多》中讲述的两个家族兄弟之间相互厮杀的故事，即般度族五兄弟与俱卢族众兄弟在俱卢之野进行的战斗，结果两败俱伤。

[②] 印度古代史诗《罗摩衍那》中的人物，又称十首魔王，是楞伽国的君王，在与罗摩的战斗中被罗摩杀死。

[③] 《摩诃婆罗多》中的人物，般度族五兄弟中的老二，身材高大，力大无比，十分凶猛。

[④] 难敌、毗湿摩、德罗纳、迦尔纳都是《摩诃婆罗多》中的人物：难敌是俱卢族众兄弟中的老大，毗湿摩是福身王和恒河女神所生的儿子、两大家族众兄弟的祖父；德罗纳是俱卢族众人的武术老师；迦尔纳是贡蒂在少女时代与太阳神私生的儿子，英勇无比，在大战中站在俱卢族一边。

[⑤] 十首魔王罗波那的弟弟，体形高大，力大无穷，被罗摩杀死。

[⑥] 《罗摩衍那》中猴子王国的国王，帮助罗摩战胜了十首魔王罗波那。

克里什诺康托的遗嘱

所以水罐也随之舞动；她的步履轻盈，轻盈得就像离开树木的花瓣，轻轻地飘落一样——她那充满情味的水罐就这样随着节拍在跳舞。宛如一艘撑起风帆的轻轻摇摆的小船，雍容华贵的美女罗希妮使得通向池塘岸边的小路熠熠生辉，每当她来担水的时候，停在巴库尔树枝上的布谷鸟就会鸣叫起来。

"布谷！布谷！布谷！"罗希妮向四周望了一下。我可以发誓地说，假如停留在树枝上的那只布谷鸟看到了罗希妮那向上凝望的动人的目光，那么，它立即就会像被利箭射中了一样，收拢双腿，翻滚着扑腾一声坠落在地。可是，这只鸟命中注定不会发生这种事情——在原因和结果之间并没有直接的联系——或许这只鸟的前世并没有经历过这样轻松的结局。这只愚蠢的鸟又叫了起来："布谷！布谷！"

"滚远点儿吧！讨厌鬼！"罗希妮说完就走了过去。她虽然走了过去，可是她并有忘记布谷鸟。我们坚信这一点：布谷鸟在不合适的时候鸣叫了起来。可怜的年轻寡妇独自一人去担水了，在这个时候这样鸣叫不太好。因为听到布谷鸟的叫声，罗希妮就想起了一些不愉快的往事："我仿佛失去了什么——因为失去了，所以生活仿佛就变得枯燥无味了，而且我再找不回来了。我仿佛一无所有了，为什么会这样呢？已经失去的仿佛再也不会得到了。我仿佛在什么地方丢失了珍珠。仿佛听到谁在哭喊。仿佛今生已经虚度，仿佛幸福已经与自己无缘了——仿佛这个世界无限美好的生活自己一点儿也没有享受到。"

又传来了"布谷，布谷，布谷"的叫声。罗希妮望了一下，看到了一尘不染的辽阔的蔚蓝色天空——它寂静无声，然而她又看见了开满鲜花的芒果园——金黄色的花朵镶嵌在层层叠叠的深绿色枝叶间，周围弥漫着凉爽的幽香，只有蜜蜂或黄蜂的嗡嗡鸣叫，才与这"布谷"的叫声相协调。她看见位于池塘岸边的戈宾德拉尔的花园，那里的鲜花已经绽放，一簇簇，一束束，千姿百态，悬挂在枝叶间，在那座花园里到处都开满了鲜花；有白色，有红色，有黄色，有蓝色；有的小巧，有的硕大；有的上面落着蜜蜂，有的上面落着黄蜂，它们的嗡嗡嘤嘤与"布谷"的叫声构成了和谐的奏鸣曲。和风送来了一阵阵清新的花香。罗希妮陶醉在这和谐动听的乐曲中。而戈宾德拉尔本人就伫立在这片开满鲜花的林苑中的树荫下。他那浓密黝黑而弯曲的头发，就像一束扎拢的羌芭花[①]垂落在他的肩后——缀满鲜花的一枝蔓藤轻轻地在他那英俊的发育良好的身体上来回抚摩着——看上去多么和谐呀！这就是与"布谷"声构成的动听的奏鸣曲。从一棵无忧树[②]上又传来了布谷鸟的叫声——"布谷！"当时罗希妮正沿着台阶走向池塘。罗希妮走下台阶，将水罐灌满水，就哭了起来。

我不知道她为什么哭——我又怎么能说清楚女人内心的奥秘呢？不过，我怀疑，正是这只不知眉高眼低的布谷鸟导致了罗希妮的哭泣。

第七章

对于巴鲁尼池塘我感到十分茫然——我不能对它进行很好的描述。这个池塘很大——它就像一面蓝色的镜子一样，镶嵌在绿油油的芳草间。在那片绿色芳草构成的镜框的外围还有一副镜框——那是一个花园框架——池塘四周是老爷先生们的花园，花园里的树木和围墙毗邻连绵。这一副由花园构成的镜框五光十色，十分壮观，仿佛是涂了一层红绿紫黄白黑等各种颜色的珐琅釉，又仿佛镶嵌有各种花色的宝石，中间点缀着一些白色的凉亭、房舍，宛如一颗颗巨大的钻石，在晚霞金辉的映照下熠熠闪光。而头顶上的天空——也像是镶有镜框的花园，那也是一面蓝色的镜子。而那一片蓝天也镶嵌在一个镜框里，这镜框就是鲜花、果实、树木、房舍，所有这

---

① 热带地区生长的一种树，开黄色的花朵，花味芳香。
② Ashok，一种开深红色花的热带树。

克里什诺康托的遗嘱

一切都映照在这面蓝色的水镜之中。那只布谷鸟也不时地鸣叫几声。这一切都可以用一种方式加以说明,但是罗希妮的心情与这天空以及这布谷鸟的叫声又有什么联系呢?我无法解释清楚。所以,我才说,我对巴鲁尼池塘感到十分茫然。

不仅我感到茫然,戈宾德拉尔也感到十分茫然。戈宾德拉尔从开满鲜花的蔓藤后面也看见了,罗希妮来到池塘边,一个人坐在那里哭泣。戈宾德拉尔先生在心里默默地猜测,住在村子里的这个姑娘大概因为与小伙子发生了争吵才来这里哭泣。我们当然不赞成戈宾德拉尔的这种猜测。罗希妮仍然在哭泣。

我说不清楚罗希妮在想什么。但是,大概,她在想:"是什么罪孽,使我命中注定从少年就成了寡妇?难道是我犯下了比别人更深重的罪过,才使我在这个世界上不能享受幸福?是什么罪过,才使得我的美妙青春年华只能像干枯的树枝一样,在今生今世凄凉地度过?世界上有这样一些享受着今生一切幸福的女人,比如说,这位戈宾德拉尔先生的妻子吧,她在哪一方面比我强呢?究竟因为她做过什么善事,才使得她命中注定享受这样的幸福,而我却命中注定遭受苦难呢?我并不嫉妒别人的幸福,但是为什么要堵塞我的一切幸福之路呢?我又该如何度过这不幸的一生呢?"

我们当然可以说,罗希妮这个人不怎么好。你看,她还是有一点儿嫉妒啊!罗希妮有很多过错。看到她哭泣难道别人也想流泪吗?当然不会。但是不应该这样来看问题!如果看见别人哭泣,有人也哭泣,那也不坏。看到只长荆棘的干旱土地,天神的雨云也不会吝啬雨水的。

你们应该对罗希妮表示出一点同情啊。你们看,现在罗希妮仍然坐在池塘边,用手捂着前额在哭泣。那只空水罐浮在水面上随风起舞。

后来,太阳落山,池塘的蔚蓝水面上渐渐投下了暗影。最后,天色黑了下来。鸟儿都飞到了树上。牛都回到了牛栏。月亮已经升起,洒下一层柔弱的光。当时罗希妮仍然坐这岸边哭泣——她那只水罐仍然在水中浮动。这时戈宾德拉尔离开花园，向家里走去——他走的时候看见，罗希妮还坐在池塘边的台阶上。

看见这个柔弱的女人独自坐在那里哭泣，戈宾德拉尔的心里也有些苦涩。当时他就想："这个女人好也罢，坏也罢，都是宇宙之父派到这世界来的生灵，而我也是他派到这世界来的生灵，因此，她就是我的姊妹。如果我能够解除她的痛苦，那么，为什么我不去做呢？"

戈宾德拉尔慢慢地走下台阶，来到罗希妮身边，他就像一株洒满月华的羌芭花一样伫立在她身边。罗希妮看见他不禁吃了一惊。

戈宾德拉尔问道："罗希妮！你为什么一个人坐在这里哭泣？"

罗希妮站起身来，但是没有说话。

戈宾德拉尔又重新问她："你为什么这样伤心？能不能告诉我？只要可能，我会设法帮助你的。"

罗希妮在霍罗拉尔面前就像一个话多的女人一样，可以滔滔不绝地讲许多话，而在戈宾德拉尔面前她却一句话也没有说。她什么也没说——就像一个人造的玩偶一样，为这个大理石台阶增添了亮丽的风景。戈宾德拉尔在那清澈的水中看到了她那优美得犹如雕像的光辉形象，看到了一轮圆月的轮廓和沐浴着金辉的那些花树的倒影。周围的一切都显得那么美丽动人，只有残酷无情的人生才显得丑陋！大自然是富有同情心的，而只有人才毫无怜悯之心！戈宾德拉尔将清澈的目光一边投向大自然，一边又对罗希妮说："如果你遇到了什么困难，今天或者明天，你都可以告诉我。如果你自己不愿意对我讲，你可以通过我们家的女人告诉我。"

罗希妮终于说话了，她说："总有一天我会说的。今天不行。将来有一天，你必须听我讲述。"

戈宾德拉尔表示同意，随后就向自己家走去。罗希妮下到水里，将水罐按在水里灌水，水罐"噗吐——噗吐——啵噜——啵噜"地叫着，奋力地反抗起来。我知道，当往空罐子里灌水的时候，那个罐子不论是陶罐，还是铜罐，都会这样大呼小叫地反抗。当空罐子灌满水的时候，罗希妮走上台阶，用湿漉漉的纱

克里什诺康托的遗嘱

丽很得体地将她那优美的身体围好,慢慢地向家里走去。当时可以听到这样的响声:"哗啦啦——丁零零!——哗啦啦——丁零零!哗啦啦——丁零零!——哗啦啦!"这是水罐与水罐里的水以及罗希妮的手镯在进行对话。而罗希妮的心也参加了这次对话。

罗希妮的心说:"偷换遗嘱是应该做的!"

水罐里的水赞同说:"乔拉特——对呀!"

罗希妮的心说:"做这种事不太好。"

手镯说:"丁——零零——对呀!不该那样做。"

罗希妮的心灵又问:"现在有什么补救的办法吗?"

水罐说:"咚咚吧——咚咚吧——咚吧!我有办法,绳子可以合作呀。"

第八章

罗希妮比往日提前做好了晚饭,伺候布罗赫蒙侬德吃过饭,自己却一口也没有吃,就走进了卧室,插上门,躺下了。她不是想睡觉,而是为了想心事。

读者,请你暂时放下哲学家和科学家们的理论观点,到我身边来,听一听我的叙述。有一个名叫苏摩蒂的仙女和一个名叫库摩蒂的罗刹女①,她们俩总是在人们的心田里游荡,并且总是相互争斗。她们就像为了争夺一只死牛而厮杀的两只母老虎一样,又像为了争夺一具死人的尸体——为了活人也一样而争吵的两只豺狼一样,现在她们就在这样干。今天,为了争夺罗希妮,仙女苏摩蒂和罗刹女库摩蒂就在这间幽静的卧室里展开了一场激烈的辩论。

---

① 罗刹是印度神话传说中的妖魔,罗刹女是罗刹的女儿。

苏摩蒂：怎么能让这样的女人遭受毁灭呀？

库摩蒂：她并没有把遗嘱交给霍罗拉尔呀。怎么能毁灭她呢？

苏摩蒂：让她把克里什诺康托的遗嘱还给克里什诺康托吧。

库摩蒂：哎呀，要是克里什诺康托问她："这个遗嘱你是从哪里拿到的？我盒子里的那份假遗嘱又是从哪里来的？"她怎么说呢？那该多么尴尬呀！你是不是想让她和她的叔叔两个人进班房啊？

苏摩蒂：那么，她为什么不哭着跪在戈宾德拉尔的脚下，把一切都开诚布公地告诉他呢？他是一个富有同情心的人，他一定会保护她的。

库摩蒂：这倒也是个办法。不过，戈宾德拉尔一定会将所有情况告诉克里什诺康托的，否则就不能再把遗嘱换过来。克里什诺康托如果向警察局报告，戈宾德拉尔又有什么办法保护她呢？不过还有一个办法：现在就应该保持沉默，一直到克里什诺康托死为止，他死后再按照你的意见办，让她去见戈宾德拉尔，跪在他的面前请他帮助，并且把遗嘱交给他。

苏摩蒂：那时就晚了。保存在克里什诺康托房间里的那个假遗嘱就会被认定是真的。如果戈宾德拉尔把那个真遗嘱拿出来，他将会因为制造假遗嘱而被判有罪。

库摩蒂：那么，就让她保持沉默吧。一切都听天由命吧。

苏摩蒂沉默了——她失败了。此后这两个女性结成了联盟，一起友好地投入到一项工作中。在这个大池塘的岸边，她们变成了宛如羌芭花沐浴着月光的天神形象，来到罗希妮的眼前。罗希妮开始四处张望——望着望着，她哭了起来。罗希妮这一夜都没有合眼。

第九章

从那以后，罗希妮还是经常夹着水罐到巴鲁尼池塘去担水；布谷鸟依然经常啼鸣；在鲜花盛开的花园里，罗希妮经常看到戈宾德

克里什诺康托的遗嘱

拉尔；苏摩蒂和库摩蒂经常发生争吵，然后又和解。对于苏摩蒂和库摩蒂之间的争吵，人们还可以忍受，但是苏摩蒂和苏摩蒂之间的友谊却是最危险的：那时苏摩蒂已经变成了库摩蒂，库摩蒂做起了苏摩蒂的工作。那时候谁是苏摩蒂，谁是库摩蒂，就无法再分辨清楚了。人们就会误认为库摩蒂是苏摩蒂，并被她征服。

不管怎么说，不管她是库摩蒂，还是苏摩蒂，她都在罗希妮的心田画布上开始以浓重的色彩一天比一天更清晰地画上了戈宾德拉尔的形象。画布昏暗，但是图画清晰！这幅画一天比一天变得更明亮，它周围的画布却开始变得更加昏暗。当时整个世界都占据了她的视野——算了，不说了，我不想再提以前的旧事了。罗希妮的心里对戈宾德拉尔突然萌发了一种十分隐秘的爱情。库摩蒂又一次取得了胜利。

我不明白，并且也无法说明，为什么过了这么长时间之后会出现这种不幸呢？这位罗希妮从孩提时代起就经常看到过这位戈宾德拉尔，但是罗希妮的心却从来都不曾被他吸引过。今天为什么会突然出现这种情况呢？我不知道。我只是讲述所发生的一切。那个讨厌的布谷鸟的鸣叫，池塘岸边的哭声，那样的时间，那样的地点，那样的心情，然后是戈宾德拉尔那不合时宜的同情，还有罗希妮对戈宾德拉尔所表现出的那种毫无罪过感的不合适的举动——所有这一切尽管都时间不长，但是却使戈宾德拉尔在罗希妮的心里占据了位置。我不知道，这种情况是否会引起什么后果，我只是来描述所发生的事情。

罗希妮是一个非常聪明的女人，她完全明白，自己的这种爱情是不会有结果的。戈宾德拉尔对她的这种心态哪怕能了解一点点，那么他也决不会去碰一下她的身影。可能，他还会离开这村庄。罗希妮的这种心思不能对任何人讲。她把自己的这种心思小心翼翼地埋藏在心底。

然而，就像隐藏的火焰总会从里边烧出来一样，罗希妮内心的情感也是会显露出来的。对于罗希妮来说，生活简直已成为无法忍受的重负。罗希妮日日夜夜默默地盼望着死神的降临。

谁能够算得清，究竟有多少人默默地期盼着死亡呢？我觉得，在幸福的和不幸的人们中，有很多人是真心期盼死亡的。这个世界上的所谓幸福并不都是圆满的，幸福本身往往蕴含着痛苦，任何幸福都不是完美的，因此，很多幸福的人也期盼死亡。而痛苦的人，就更不能承受痛苦的负荷，所以他们呼唤死神的降临。

尽管人们呼唤死神，但是死神会来光顾吗？即使你呼唤死神，他也不会来。死神却偏偏光顾那些不想死亡的幸福的人，那些美丽的年轻的人，那些满怀希望的人，那些把世界看成天堂的人。像罗希妮这样的人，死神是不会光顾的。在这方面，人的力量是渺小的——还不能把死神呼唤来。用一根细针刺杀或吞食一滴毒药，就可以毁灭这衰朽的生命，就可以融入那波涛汹涌的黑色的大海之中，然而，即便心甘情愿渴望死亡的人，他们中也几乎没有谁愿意用针刺杀自己，也没有谁愿意吞食毒药。可能有些人会这样做，但是罗希妮却不在其列——她是不想这样做的。

不过，有一件事，罗希妮是决心要做的，那就是使那份假遗嘱不起作用。最简单的办法，就是告诉克里什诺康托，据别人传说，先生的遗嘱被偷走了，这样他就会打开抽屉，他就会发现遗嘱还在，他就会再读一读。也不需要展示罗希妮是怎样偷换遗嘱的——但是是谁偷换的遗嘱呢？克里什诺康托心里立即就会产生怀疑，他就会打开箱子看遗嘱，发现是假遗嘱，他就会再写一份新遗嘱。这样戈宾德拉尔的那份财产就会得到保护，而且谁也不会知道，是谁偷换了遗嘱。但是这样一来，也有一种危险：克里什诺康托读过假遗嘱后，就会知道，这份假遗嘱是出自布罗赫蒙依德之手——布罗赫蒙依德就会陷入极大的困境。所以，抽屉里的那份假遗嘱不应该让任何人看到。

因此，由于霍罗拉尔的贪婪，罗希妮才给戈宾德拉尔造成了这么严重的损害，为此她感到特别痛苦，而且在保护自己叔叔方面，她也无能为力。最后她决定，用偷换的方法再把真遗嘱放回去，而把假遗嘱偷出来。

夜深人静的时候，美女罗希妮带着那份真遗嘱，鼓足勇气独自

克里什诺康托的遗嘱

一人向克里什诺康托·拉伊的家里走去。后门关闭了；在正门那里，几个守门人坐在简易床上，半睁半合着眼睛，用沙哑的喉咙哼着忧伤的送葬曲，罗希妮来到了正门口。守门人问道："你是谁？"

罗希妮回答说："绍姬。"绍姬是这个家族里的一个年轻的女仆。守门人再没有说什么。罗希妮立即走进房子里，就从她以前熟悉的路径走进了克里什诺康托的卧室。因为房子的门口设置了警卫，所以克里什诺康托卧室的门是不关闭的。罗希妮进来的时候听到了克里什诺康托的鼾声。这个偷遗嘱的人悄悄地走进了房间。进来之后，她首先吹灭了灯，然后像前一次那样摸到了钥匙，并且也像前一次那样，在黑暗中找到目标，打开了柜子。

罗希妮小心翼翼，手的动作很轻，可是她在转动钥匙的时候却弄出了一点儿声音。这声音打破了克里什诺康托的酣梦。

克里什诺康托十分清楚那是什么声音。他没有出声，只是侧着耳朵细听。

罗希妮也发现了，克里什诺康托的鼾声已经停止。罗希妮明白，克里什诺康托醒了。罗希妮悄悄地停了下来。

克里什诺康托问道："谁呀？"没有人回答。

她已经不再是那个罗希妮了。罗希妮此刻变得虚弱、痛苦、呆木了，大概还有一点儿恐惧——于是她吸气时弄出了一点儿声音。这种吸气声传到了克里什诺康托的耳朵里。

克里什诺康托叫了几声霍里。罗希妮在想，她趁这机会可以逃走，但是那样一来，就无法挽回戈宾德拉尔的损失了。罗希妮默默地在想："那一天做坏事我很勇敢，那么，今天我要做好事为什么就没有勇气了呢？我被捉住又能怎么样？"罗希妮没有逃走。

克里什诺康托又叫了几声霍里，没有听到回答。霍里到别的地方寻欢作乐去了——又怎么能很快过来呢？当时克里什诺康托从枕头底下摸出火柴，一下子划着了火柴。借助火柴的光亮，他看见，在屋子里的柜子旁边站着一个女人。

克里什诺康托用点燃的火柴把灯点亮了。他向女人问道："你是谁？"

罗希妮走到克里什诺康托的身边，回答道："我是罗希妮。"

克里什诺康托十分惊奇，又问道："在这么晚的黑夜里你来这儿做什么？"

罗希妮说："我来偷东西。"

克里什诺康托说："你在开玩笑吧！你说说，我为什么会在这种情况下见到你？你来偷东西，这话我不相信，可是我看见你确实像小偷似的。"

罗希妮说："那么，请您看着，我就当着您的面做给您看，我是来做什么的。然后应该怎么处置我，就请您处置吧。我既然被抓住了，我就跑不了，我也不会跑的。"

说完，罗希妮又走到抽屉旁边，拉开抽屉，从里边拿出假遗嘱，将真遗嘱放进去，随后把假遗嘱撕成了碎片。

"哎呀呀！你把什么撕碎了？我看看！"克里什诺康托大声叫起来。然而，就在他大叫的时候，罗希妮却把那已经撕成碎片的遗嘱送进火口里烧成了灰烬。

克里什诺康托气得两眼发红，问："你烧毁的是什么？"

罗希妮说："一张伪造的遗嘱。"

克里什诺康托颤抖起来，说道："遗嘱！遗嘱！我的遗嘱在哪儿呢？"

罗希妮说："您的遗嘱在抽屉里呢，您看看吧。"

看到这个年轻女子的沉着和自信，克里什诺康托惊愕了。他在想，大概是哪位天神来骗他吧？

克里什诺康托打开抽屉一看，一份遗嘱在里面。他把遗嘱拿出来，戴上眼镜，将遗嘱浏览了一遍，才知道，那的确是他的真遗嘱。于是他又一次惊疑地问道："你烧的是什么？"

罗希妮说："一张假遗嘱。"

克里什诺康托问："假遗嘱！谁写的假遗嘱？你从哪里得到的？"

罗希妮说："谁写的，我不能讲。是我从这个抽屉里拿出来的。"

克里什诺康托的遗嘱

克里什诺康托问:"你怎么知道,这个抽屉里有伪造的遗嘱呢?"

罗希妮说:"这我不能说。"

克里什诺康托想了一会儿,然后说道:"如果我不能了解像你这样的女人的小小计谋,那么,我又如何能够长期保住这份家产呢?这假遗嘱一定出自霍罗拉尔之手。看来,你收了他的钱,才来用假遗嘱偷换真遗嘱!后来被捉住了,因为害怕才把假遗嘱撕毁了。对不对?"

罗希妮说:"不对。"

克里什诺康托问:"不对?那是怎么回事?"

罗希妮说:"我什么都不会说的。我像小偷一样闯进了您房间,需要怎样处置我,那就请吧!"

克里什诺康托说:"毫无疑问,你是来这里做坏事的,否则,你怎么会像小偷一样闯进来呢?你必须受到应得的惩罚。我不会把你交给警察的,但是明天我要把你的头发剃光,并且抹上酸牛奶,把你赶出村子。今天就把你关起来。"

这天夜里,罗希妮就被捆绑起来了。

第十章

那个夜晚过去之后的第二天清晨,戈宾德拉尔站在自己卧室里已经敞开的窗子前面。确切说,那还不是早晨,因为到天亮还有一些时候。当时在院子里的灌木丛中,布谷鸟还没有发出第一声啼鸣,但是喜鹊已经开始唱歌了。清晨那凉爽的和风徐徐吹拂着——戈宾德拉尔把窗子打开,站在窗前,呼吸着那弥漫着茉莉花和栀子花芳香的凉爽的清晨空气。这时候一个身材苗条的小女孩走过来,站在他的身边。

戈宾德拉尔问道:"你为什么也来这里呀?"

少女反问道："那你为什么在这里呢？"不用说，这个小女孩就是戈宾德拉尔的妻子。

戈宾德拉尔说："我来这里呼吸一下新鲜空气，难道不行吗？"

少女说："为什么不行呢？现在你就那么想呼吸新鲜空气？难道在房间里你就提不起精神来，非得偷偷跑到田野河边去呼吸新鲜空气吗？！"

戈宾德拉尔说："在家里我又能呼吸到什么呢？"

少女说："怎么不能？难道你在我身边只能呼吸到我的唠叨声？"

戈宾德拉尔说："你不知道，婆摩拉，听到妻子们的唠叨后，孟加拉小伙子们的肚子就会膨胀起来，这个国家的人就会因为消化不良而一家子一家子地死亡。唠叨这种东西是很容易损害孟加拉人的胃肠的。婆摩拉，你再摇动一下你的鼻环，让我再欣赏一下。"

戈宾德拉尔妻子的真实名字，是叫克里什诺摩稀妮①，克里什诺迦米妮②，还是奥依格蒙久莉③，可能只有她的父母记得，历史上是没有记载的。她原来的名字由于不用而无人知晓了。她的尊称是"匍摩拉尔"或"婆摩拉"，意为"大黑蜂"。因为这个名字有意思，所以这个名字就流传开来。婆摩拉肤色黧黑。

为了表示特别反对摇动鼻环，婆摩拉竟然摘下自己的鼻环，把它放在一个钩子上，然后用它去触碰戈宾德拉尔的鼻子。随后她望着戈宾德拉尔的脸，微微一笑——好像在说"我取得了一个大胜利！"戈宾德拉尔也望着她的脸，向她投去不满的目光。这时候冉冉升起的太阳将第一束霞光洒向东方天际——它那柔弱的光芒开始辉映着大地。这种霞光清新而温柔。温馨的晨光洒落在她那黧黑的脸上，映照着她那兴奋而活跃的大眼睛，使她的面颊闪现出赏心悦

---

① 孟加拉文的意思是"令黑天着迷的女人"。
② 孟加拉文的意思是"爱恋黑天的女人"。
③ 孟加拉文的意思是"爱神的花瓣"。

克里什诺康托的遗嘱

目的光泽。她那微笑的目光渗透着霞辉和清晨的和风,也渗透着戈宾德拉尔的爱意。

这时候,睡醒的女仆们开始了一天的忙乱,房子里响起了乒乒乓乓、稀里哗啦的扫地、洒水、洗碗的声音,突然这种声音停了下来。"我的妈呀,会出什么事呢!""多么不幸啊!""太狂妄啦!""太卑鄙啦!"在这种议论中还夹杂着笑声、喊叫声等。婆摩拉听到嘈杂声,就走了出去。

女仆们对婆摩拉不太尊敬,这是有一些原因的。首先,婆摩拉还是一个孩子,她自己还不是主妇,她婆婆和大姑姐才是女主人。其次,婆摩拉虽然总是面带微笑,但是她还不善于管理家务。一看见婆摩拉,这群女仆就大声嚷嚷起来。

第一个女仆说:"少夫人,你还没听说吧?"

第二个女仆说:"这种不幸的事情,从来都没有听说过呀。"

第三个女仆说:"太狂妄啦!现在我们就应该拿扫帚去把那个贱货赶走。"

第四个女仆说:"只把她赶走还不够,少夫人,只要你吩咐,我就敢把她的鼻子割下来。"

第五个女仆说:"夫人,谁肚子里打什么主意?我们怎么会知道呀,夫人……"

婆摩拉笑着说:"你们先说说,出了什么事情,然后有什么想法,你们再慢慢讲。"于是和刚才一样,大家又开始七嘴八舌地议论开了。

第一个女仆说:"你没听说!全村都轰动了——"

第二个女仆说:"狼竟然在老虎的家里筑起了窝!"

第三个女仆说:"我要用扫帚把那个贱货的毒水敲出来。"

第四个女仆说:"我说什么好呢,少夫人,那真是矮子想伸手摘月亮啊!"

第五个女仆说:"不必同情那只伪装可怜巴巴而实际上一肚子坏主意的湿尾巴猫,应该把绳子套在她的脖子上,勒死她!"

婆摩拉说:"应该勒死你们。"

女仆们异口同声地说:"我们有什么过错啊!我们做了什么呢!我们只是知道一些情况。什么人在什么地方做了什么坏事,怎么是我们的过错呢!我们是没有办法呀,我们只是靠干体力活吃饭。"说完这番话,有两个仆人撩起衣襟,一边擦着眼睛,一边开始哭起来。其中有一个女仆为她死去的儿子而悲伤。婆摩拉感动了,但是她还是忍不住笑,于是就说道:"之所以要把绞索套在你们的脖子上,就是因为直到现在你们都没能把话说清楚——究竟出了什么事?"

这时周围的女仆们又七嘴八舌议论起来。婆摩拉费了好大的劲儿才从这没完没了的议论中听出了这样的意思:昨天深夜,老爷的卧室里发生了一起盗窃事件。有的说,不是盗窃,是抢劫;有的说,墙上打了洞;有的说,不,有四五个小偷拿走了十万卢比的股票。

婆摩拉问:"后来呢?你们看见是哪一个贱货的鼻子被割掉了?"

第一个女仆说:"是罗希妮小娘子的呗,还能是谁的呢?"

第二个女仆说:"那个不幸的女人是一切灾难的根源。"

第三个女仆说:"大概是她带来了一伙强盗。"

第四个女仆说:"恶有恶报,善有善报。"

第五个女仆说:"如今被打入了死牢。"

婆摩拉问道:"罗希妮来偷东西的事,你们是怎么知道的?"

有人说:"怎么会不知道呢?她已经被抓住了,现在被关在办公室里。"

婆摩拉走回卧室,把听到的一切都告诉了戈宾德拉尔。戈宾德拉尔想了一下,摇了摇头。

婆摩拉说:"你摇什么头呀?"

戈宾德拉尔说:"我不相信罗希妮会来偷东西。你相信吗?"

婆摩拉说:"不相信。"

戈宾德拉尔说:"你为什么不相信?说给我听听。人们可都在议论呀。"

克里什诺康托的遗嘱

婆摩拉说："你为什么不相信？你说给我听听。"

戈宾德拉尔说："我会有机会说的。你先说说你为什么不相信。"

婆摩拉说："你先说吧。"

戈宾德拉尔笑了，然后说道："你先说。"

婆摩拉问："为什么我先说？"

戈宾德拉尔说："我很想听啊。"

婆摩拉问："要我讲实话吗？"

戈宾德拉尔说："讲实话吧。"

婆摩拉刚一开口就说不下去了。她羞愧地低着头沉默不语。

戈宾德拉尔明白了。他事先就知道，会是这样的结果。因为事先他就知道，婆摩拉会感到难为情，所以他才坚持要她先讲。婆摩拉坚信，罗希妮是无辜的。婆摩拉如此坚信罗希妮的诚实，就像她坚信自己的存在一样。但是她这样深信不疑并没有其他任何别的原因，只是戈宾德拉尔说过，"我深信，她是无辜的"，只要戈宾德拉尔相信她是无辜的，婆摩拉就相信。戈宾德拉尔明白这一点，他很了解婆摩拉。因此他才这样深爱着这个黑姑娘。

戈宾德拉尔笑着说："我来说一说，为什么你站在罗希妮一边？"

婆摩拉问："为什么？"

戈宾德拉尔说："她从不说你皮肤黑，而总是说你的肤色是靓丽的棕色。"

婆摩拉向戈宾德拉尔投去假装生气的目光，说："你走吧。"

戈宾德拉尔说："好，我走。"说完戈宾德拉尔就向外面走去。

婆摩拉揪住他的衣服，说道："你去哪里？"

戈宾德拉尔说："你猜猜看，我要去哪里？"

婆摩拉问："现在让我说吗？"

戈宾德拉尔说："是啊，你说说看。"

婆摩拉说："去救罗希妮。"

"对了。"戈宾德拉尔说完，就吻了一下婆摩拉。她以同情别人的善良之心去理解别人的同情心,所以戈宾德拉尔才吻了她。

第十一章

戈宾德拉尔一走进克里什诺康托·拉伊的办公室,就看见了他。

克里什诺康托一大早就来到了办公室。他坐在放有靠垫的宝座上,拿着镶金的烟管,吸着烟,简直就像天神下凡一样。他的一旁堆放着一捆捆账簿、结账单据、租税单据、利息清单、成捆的绳子、剩下的散页纸、现金账簿,而在他的另一边是他的地产托管人、收税人、文书、记账员、视察员、男仆人、佃户。罗希妮用衣襟蒙着头,垂头站在克里什诺康托面前。

戈宾德拉尔是克里什诺康托喜爱的侄子。他一走进来就问:"出什么事了,大伯?"

听到他的声音,罗希妮将头巾轻轻拉开一点儿,望了他一眼。克里什诺康托在回答他的问话时说了什么,戈宾德拉尔并没有特别注意,而是在想,罗希妮的目光是什么意思呢?他最后得出结论:"这可怜目光的含义就是乞求。"

乞求什么呢?戈宾德拉尔在想,这个不幸的人还能乞求什么呢?当然是乞求搭救她呀。这时候他想起了他们在池塘岸边的那次谈话。戈宾德拉尔曾经对罗希妮说过:"如果你遇到什么困难,那么,今天或者明天,你都可以告诉我。"今天,罗希妮的确遇到了困难,看来,罗希妮就是用这种眼神来告诉他。

戈宾德拉尔默默地在想:"为你祈求幸福,这是我的愿望,因为我知道,在这世界上没有任何人会帮助你了。但是你落到这个人的手里——搭救你可不容易呀。"想到这里,他就开诚布公地向伯父问道:"出了什么事,大伯?"

年迈的克里什诺康托将所有情况从头至尾向戈宾德拉尔讲述

克里什诺康托的遗嘱

了一遍,然而戈宾德拉尔一直在解读罗希妮的目光,所以他什么都没有听进去。这位侄子又问道:"出了什么事,大伯?"老人听了之后默默在想:"真是出事了!这小子望着这个下贱女人美如月亮的脸,简直忘乎所以了!"于是克里什诺康托将昨天夜里所发生的事情向戈宾德拉尔又从头至尾讲述了一遍。讲完之后,他说:"这都是霍罗拉尔那个坏东西搞的鬼。这个贱货大概拿了他的钱,所以才来用假遗嘱偷换真遗嘱。后来被发现了,她就把假遗嘱撕毁了。"

戈宾德拉尔问:"罗希妮说了什么没有?"

克里什诺康托说:"她还能说什么呢?她说,不是那么回事。"

戈宾德拉尔转过脸来,向罗希妮问道:"罗希妮,不是那么回事,那又是怎么回事呀?"

罗希妮没有抬头,用颤抖的声音说:"我既然落到了你们的手里,你们想怎么办,悉听尊便。我不想再说什么了。"

克里什诺康托说:"看见这个坏东西了吧?"

戈宾德拉尔默默地想:"在这个世界上并非所有人都是坏人呐。除了坏人还有别的人嘛。"于是问道:"大伯打算怎么处置她?扭送她去警察局派出所吗?"

克里什诺康托说:"我这里还需要什么派出所、官府啊!我就是派出所,我就是长官,我就是法官。把这样一个小小的女人投进监狱,难道能增加我的荣耀吗?"

戈宾德拉尔又问道:"那么,您打算怎么办呢?"

克里什诺康托:"我要把她的头发剃光,再抹上酸牛奶,将她赶出村子。不让她再回到我们这个地方来。"

戈宾德拉尔又转过身来,向罗希妮问道:"罗希妮,你还想说什么吗?"

罗希妮说:"随你们的便吧!"

戈宾德拉尔愕然了。他想了一下,然后对克里什诺康托说:"我有一个请求。"

克里什诺康托说:"什么请求?"

戈宾德拉尔说:"请您放开她,让她离开这里一下。我担保,十点钟的时候我一定把她送回来。"

克里什诺康托在想:"大概,我猜对了。我看,这小子的要求还挺急切。"于是就问道:"放她去哪里?为什么要放她?"

戈宾德拉尔说:"应该弄清楚真实情况。在这么多人面前,她不会讲述真实情况。我要把她带进内室去问一问。"

克里什诺康托在想:"要出风头啊。当代的青年人都变得不知害羞了。等着瞧吧,臭小子!我倒想和你下这一盘棋。"想到这里,克里什诺康托说道:"好吧。"他说完就对一个男仆人喊道:"那个谁,去,让一个女仆带她到二儿媳妇房里去,注意,别让她跑了。"

男仆人带着罗希妮走了。戈宾德拉尔也离去了。克里什诺康托心里在想:"啊,杜尔伽①!杜尔伽!如今这男孩子们都怎么了?"

第十二章

戈宾德拉尔一走进女眷的内室就看见婆摩拉和罗希妮默默地坐在房间里。婆摩拉本来觉得自己有责任说一些安慰罗希妮的话,但是她又担心,一旦说些安慰话,罗希妮就会哭起来,因此她就没敢说。看见戈宾德拉尔走进来,婆摩拉仿佛觉得自己的责任解除了。婆摩拉急忙走开,并暗示戈宾德拉尔也跟过去。戈宾德拉尔来到婆摩拉身边。婆摩拉悄悄地问戈宾德拉尔:"为什么让罗希妮到这里来?"

戈宾德拉尔说:"我要亲自单独地问一问她。以后就只能听天由命了。"

---

① 印度教信奉的女神。印度教教徒遇到什么不顺心的事情或可怕的情况时往往呼唤她的名字。

克里什诺康托的遗嘱

婆摩拉问:"你要问她什么?"

戈宾德拉尔说:"问她心里话。如果我和她在一起你不放心,那么,你可以躲在背后听一听。"

婆摩拉感到很难为情,她羞愧地低着头跑了出去。她直接走进厨房,来到女厨子的背后,拉住她的辫子说:"厨师姐姐,你一边做饭一边给我讲一个故事吧。"

就在这时候,戈宾德拉尔问罗希妮:"你能详细地把这件事情讲给我听吗?"罗希妮鼓足勇气准备讲述了,她毕竟是雅利安人的女儿,她们敢跳进熊熊燃烧的焚尸火焰中。她说:"您不是都听克里什诺康托先生说过了嘛!"

戈宾德拉尔说:"伯父说,你是用假遗嘱来偷换真遗嘱的,是这样吗?"

罗希妮说:"不是的。"

戈宾德拉尔问:"那是怎么回事?"

罗希妮问:"说了又有什么用呢?"

戈宾德拉尔说:"可能对你有好处。"

罗希妮问:"您相信吗?"

戈宾德拉尔说:"你讲真话,我为什么不相信呢?"

罗希妮说:"我要讲的不像是真话。"

戈宾德拉尔说:"什么是真话,什么是假话,我会判断的,你不知道吗?有的时候我就相信看起来并不可信的话。"

罗希妮在心里默默地说:"如果你不是这样的人,我为什么要为你去死呢?不管怎么样,反正我要去死,但是我在临死之前还是要考验你一下。"于是她坦诚地说道:"这是您的伟大之处。不过,向您讲述这个悲伤的故事又有什么用呢?"

戈宾德拉尔说:"也许我能帮助你。"

罗希妮问:"怎么帮助?"

戈宾德拉尔心里想:"她是个举世无双的女人。不管怎么说,这个不幸的女人呀,不应该丢下她不管。"于是他就说道:"我可能去请求伯父,让他放了你。"

罗希妮问："要是您不去请求，他会怎样处置我呢？"

戈宾德拉尔："你不是听到了吗？"

罗希妮："他会把我的头发剃光，抹上酸奶，把我赶出村子。这样做是好呢，还是坏？我不明白，但是给我这样的污辱之后，要是再把我赶出村子，那是对我的帮助。即使不赶我走，我自己也要离开这个村子。留在这村子里，我又怎么见人呢？头上抹酸牛奶并不是很严厉的惩罚，洗一下就掉了。剩下的就是这头发了——"

说到这里，罗希妮望了一下自己那黑色波浪似的头发，又继续说道："请叫人拿一把剪刀来，将我这一头黑发全部剪下来——留给你的妻子作为束发的辫绳吧。"

戈宾德拉尔很痛苦，他深深地叹了一口气，说道："我理解，罗希妮。侮辱是对你的惩罚，如果无法逃避惩罚的话，那么，别的惩罚你不会反对吧。"

罗希妮又哭起来。她在内心里千万次地感谢戈宾德拉尔。她说道："如果您理解我，那么，我就想问一下，您能保护我不遭受侮辱性的惩罚吗？"

戈宾德拉尔思考了片刻，然后说："我还不能肯定。我听了真实情况之后，才能说是否能。"

罗希妮说："您想知道什么，请问吧。"

戈宾德拉尔问："你烧掉的是什么？"

罗希妮说："假遗嘱。"

戈宾德拉尔问："你在什么地方拿到的？"

罗希妮说："克里什诺康托先生的房间，抽屉里。"

戈宾德拉尔问："假遗嘱怎么会在那里？"

罗希妮说："是我放在那里的。就在写真遗嘱的那天夜里，我来了，用假遗嘱偷换了真遗嘱。"

戈宾德拉尔问："为什么？你有什么需要吗？"

罗希妮说："那是霍罗拉尔先生请求的。"

戈宾德拉尔又问道："那么，昨天夜里你又来干什么？"

克里什诺康托的遗嘱

　　罗希妮说:"将真遗嘱放回去,把假遗嘱偷出来。"

　　戈宾德拉尔问:"为什么?假遗嘱里写了什么?"

　　罗希妮说:"大先生继承遗产的十二份,而您只继承一个巴伊①。"

　　戈宾德拉尔说:"你为什么又来换遗嘱?我没有提出过任何请求啊。"

　　罗希妮开始哭了起来。她强忍住哭泣,说道:"没有,您是没有请求,但是您曾经给予我今生今世再也得不到而且永远也不会再得到的东西。"

　　戈宾德拉尔问:"罗希妮,你这是什么意思?"

　　罗希妮说:"那是在巴鲁尼池塘岸边,您还记得吗?"

　　戈宾德拉尔问:"什么呀,罗希妮?"

　　罗希妮说:"什么?今生今世我都不会说的!您什么也不要说了。这种疾病是没法治愈的——我是不会得到解脱的。要是有毒药,我就会吃下去。不过,我不会在您的家里服毒。您没有别的办法能帮助我,只有一种——现在就离开这里,让我痛哭一场。然后如果我还活着,那就把我的头发剪掉,再抹上酸牛奶,将我赶出村子吧。"

　　戈宾德拉尔明白了罗希妮的心思。他就像透过镜子的反射一样,看到了罗希妮的心境。他明白了,蜜蜂迷恋的那个咒语,蛇也迷恋上了。他既没有欣喜,也没有气恼——他的心情就像大海一样,掀起了怜悯同情的波澜。于是,他说:"罗希妮,看起来,你觉得死亡会好受一些,但是你不应该死。我们大家来到这世界上,是为了履行自己的职责。我们还没有履行自己的职责,为什么就要去死呢?"

　　戈宾德拉尔再也说不下去了。罗希妮说:"您怎么不讲了?"

　　戈宾德拉尔说:"你应该离开这个村子。"

---

① 本来这是印度以前使用的一种铜钱,为一个卢比的1/192,因为一个卢比等于16个安纳,一个安纳等于12个巴伊。这里是指很少的一部分。

罗希妮问:"为什么?"

戈宾德拉尔说:"你自己说过,你想离开这个村子。"

罗希妮问:"我说要离开,是因为受到了羞辱,您为什么也这么说?"

戈宾德拉尔说:"你我不要再见面了。"

罗希妮发现,戈宾德拉尔已经明白了一切。她心里感到很难为情——又觉得十分幸福,顿时忘掉了自己的一切痛苦。她又重新萌发了活下去的愿望。她又产生了留在村子里的渴望。人啊,是多么容易被别人所左右呀。

罗希妮说:"我同意现在就走。可是我去哪儿呢?"

戈宾德拉尔:"加尔各答。在那里有我的一个朋友,我给他写信。他会给你买一座房子,你也不会缺钱花。"

罗希妮问:"我叔叔怎么办呢?"

戈宾德拉尔说:"他和你一起去,否则我不会让你去加尔各答的。"

罗希妮问:"在那里我们怎么生活呢?"

戈宾德拉尔说:"我的朋友会给你叔叔安排一个差事的。"

罗希妮问:"我叔叔会同意离开自己的村子吗?"

戈宾德拉尔说:"在发生这个事件之后,你难道还不能说服他吗?"

罗希妮问:"我能,但是谁能说服你伯父呢?他怎么会放我走呢?"

戈宾德拉尔说:"我会去请求的。"

罗希妮问:"那样的话,在我的污点上面又会增加一层污点。您也会受到玷污的。"

戈宾德拉尔说:"的确是,那就让婆摩拉为你去请求伯父吧。现在你就去找找婆摩拉吧。让她去请求伯父,你就待在这个屋子里。需要的时候,会叫你的。"

罗希妮一边用噙着泪水的眼睛望着戈宾德拉尔,一边走出去找婆摩拉了。

克里什诺康托的遗嘱

就这样，罗希妮在承受侮辱和感受眷恋中第一次吐露了自己爱恋的心语。

第十三章

婆摩拉从来也没有因为什么事情去请求过公公，所以她感到很难为情。

戈宾德拉尔别无选择，只好亲自去见伯父。午饭之后，克里什诺康托当时正半卧在长沙发上打瞌睡，手里握着长长的烟管。一方面，他的鼻孔有时发出犹如号声般的各种洪亮的鼾声，有时沉静下来；另一方面，他的心灵在鸦片的作用下仿佛骑着遨游三界①的骏马在各地漫游。老人家的内心里仿佛出现了罗希妮那美如月亮的容颜——要知道，没有什么地方是月亮照耀不到的。否则，沉湎在鸦片甜蜜中的这位老人，为什么会看到这张美丽的脸长在因德拉妮②的肩膀上呢？克里什诺康托看到，罗希妮忽然变成了因陀罗的妻子莎祈，她正打算从大神③的牛棚里盗走他的公牛。南迪手拿三叉戟来给神牛送饲料，当场抓住了她。克里什诺康托看见，南迪抓住罗希妮披散的一绺头发开始拉扯起来，绍拉依④的孔雀误认为她那长长的卷曲的发辫是一条蛇，并且开始吞食起来。就在这时候，绍拉依自己看见了孔雀的这种下流的举动，来到大神面前控告孔雀，并且叫道："伯父大人！"

克里什诺康托感到很惊奇，他想："迦尔迪凯与大神是什么关系呢？他怎么称呼大神为伯父大人呢？"这时候迦尔迪凯又叫道：

---

① 指天堂、人间和地狱。
② 印度古代神话中的女神，天神之主因陀罗的妻子，又称莎祈女神。
③ 又音译为摩哈代瓦，即湿婆。
④ 印度神话中的战神，又称迦尔迪凯。

"伯父大人！"克里什诺康托生气了，于是抬起手来，想去揪迦尔迪凯的耳朵。克里什诺康托手里的那根长烟管从他的手中滑落了，砰的一声掉在了装蒟酱叶的盒子上，而蒟酱叶盒子啪啦一声又掉在了痰盂上，于是烟管、蒟酱叶盒子、痰盂哐当一声一起掉在了地上。这一声响打破了克里什诺康托的酣梦，他睁开眼睛一看，正是迦尔迪凯站在他的面前——犹如英雄迦尔迪凯的戈宾德拉尔正伫立在他的面前——叫道："伯父大人！"克里什诺康托急忙坐起来，问道："是戈宾德拉尔呀，有什么事吗，孩子？"老人家非常喜欢戈宾德拉尔。

戈宾德拉尔也有些困窘，他说："您在睡觉。我也没有什么事。"说完，戈宾德拉尔把痰盂拿起来放好，把蒟酱叶盒子捡起来，放在原来的地方，把长烟管递到克里什诺康托的手里。然而，克里什诺康托是一位记忆力很强的老人——不会轻易地忘事。他在心里默默地说："没有什么事？你小子是为那个脸蛋美如月亮的贱女人来说情的吧。"于是说道："不，我已经睡醒了，不想再睡了。"

戈宾德拉尔陷入了困境。早晨，他觉得向克里什诺康托讲述关于罗希妮的事情并没有什么不好意思，可是现在他感到有些难为情了——想说可是又无法开口。难道就是因为在巴鲁尼池塘岸边与罗希妮有过那次谈话，他现在才感到难为情吗？

老人家觉得很有趣儿。他看到戈宾德拉尔什么都不说，就索性自己讲起了土地经营的事情，然后又谈起家庭事务，最后讲到了有关诉讼的事情，可是关于罗希妮的事情只字不提。戈宾德拉尔也没有提及罗希妮的事情。克里什诺康托心里觉得十分好笑。老人家是个很倔强的人。

一筹莫展的戈宾德拉尔转身准备离去了，这时候克里什诺康托将他的这个最疼爱的侄子叫了回来，问道："早晨的时候你为之担保的那个贱女人，她承认了什么没有？"

戈宾德拉尔借机把罗希妮所讲述的一切简短地说了一遍，但是没有提在巴鲁尼池塘的那次谈话。克里什诺康托听了之后说道：

克里什诺康托的遗嘱

"你看现在对她该怎么办呢?"

戈宾德拉尔尴尬地说:"您怎么决断,我们就怎么办。"

克里什诺康托在心里笑了,但是脸上一点儿也没有显露出笑意,他说道:"我不相信她说的话。要是把她的头发剃光,再抹上酸牛奶,赶出村子去,你看怎么样?"

戈宾德拉尔沉默不语。于是倔强的老人又说道:"要是你们认为她没有过错,那就把她放了吧。"

戈宾德拉尔这才松了一口气。

第十四章

根据戈宾德拉尔的建议,罗希妮回到家里准备收拾东西和叔叔一起去外地。怎么跟叔叔说呢?罗希妮坐在房间里的地板上,大哭起来。

"我不能离开这个姜黄村——看不到他我会死的。我要是去了加尔各答,我还能见到戈宾德拉尔吗?我不去。这个姜黄村是我的天堂,这里有戈宾德拉尔的房子。这个姜黄村也是我的火葬场,在这里我会因思念忧郁而死。送到火葬场还没有死,也许命运如此吧!如果我不离开这个姜黄村,谁又能对我怎么样呢?克里什诺康托·拉伊会把我的头发剃光,再抹上酸牛奶,赶出村子吗?我还会回来的。戈宾德拉尔会生气吗?他要生气,就让他生吧,不过,我还是要去看他。我的眼睛谁也不会夺走。我不走。我不去加尔各答——我哪儿也不去。要去,我就去阎摩的家里。别的地方哪儿也不去。"

做出了这样的决定之后,满面愁容的罗希妮站起身来,把门打开,又像飞蛾扑火一样,去找戈宾德拉尔去了。她在心里默默地念叨起来:"啊,宇宙之神,啊,穷苦人的保护神,啊,不幸人的唯一保护者呀!我是一个非常不幸的女人,我陷入了极度的痛苦之中——请保护我吧——请扑灭我心中无法忍受的爱情之火吧——请不要再让我受熬煎了。我要去见的那个人——不论我见到多少次，每一次我见到他时都既感到无法忍受的痛苦，又感到无比的幸福和快乐。我是一个寡妇——我失去了我的达摩，失去了幸福，失去了生活的目标——我的主啊，我还剩下了什么呢？我的主啊，我还能保存什么呢？啊，天神哪，啊，杜尔伽①，啊，迦梨②呀，啊，加甘纳特③，请赐给我良知吧！请安慰我的生命吧。我再不能忍受这种痛苦了。"

然而，她那颗被窃走的激动不安的充满无限爱恋的心并没有平静下来。有时候她想："我服毒吧。"有时候她想："我跪在戈宾德拉尔的脚下，敞开心扉，把一切心里话都吐出来。"有时候她想："我干脆逃走吧。"有时候她想："我跳进巴鲁尼池塘淹死吧。"有时候她想："我要牺牲正法，拉着戈宾德拉尔一起逃往异邦他乡。"罗希妮哭泣着又来到了戈宾德拉尔的面前。

戈宾德拉尔问道："怎么样？是否决定了去加尔各答？"

罗希妮说："没有。"

戈宾德拉尔问："怎么了？你在我面前不是刚刚同意了吗？"

罗希妮说："我不能去。"

戈宾德拉尔说："我不能说什么。我没有任何权力强迫你去，但是还是去好。"

罗希妮问："有什么好的？"

戈宾德拉尔低头不语了。他有什么资格一定要把话讲得清楚明白呢？

罗希妮当时偷偷地擦干了眼泪回家去了。戈宾德拉尔十分苦恼，他开始沉思起来。这时候婆摩拉蹦蹦跳跳地走过来，问道："你在想什么呢？"

---

① 印度人崇拜的女神。印度人每年秋天举行杜尔伽节祭奠这位女神。
② 印度人崇拜的另一位女神 Kali 的音译，孟加拉语意思为"黑色的"，因为这位女神的肤色黧黑，故名。
③ 印度人信奉的宇宙的最高神，毗湿奴的化身。

克里什诺康托的遗嘱

戈宾德拉尔说:"你猜猜看。"

婆摩拉说:"在想我怎么这么黑呀。"

戈宾德拉尔说:"得了吧——"

婆摩拉很生气地说:"什么?你不想我?不想我,那你一定是在想这个世界上的其他人吧?"

戈宾德拉尔说:"怎么能不想呢?世界上还有多少人哪!我在想另外一个人。"

婆摩拉搂住戈宾德拉尔的脖子吻了他一下,陶醉在关爱之中,微微地笑了一下,轻声细语地问道:"另外一个人——说说看,在想谁呀?"

戈宾德拉尔说:"为什么要告诉你呢?"

婆摩拉说:"你说吧!"

戈宾德拉尔说:"说了你会生气的。"

婆摩拉说:"管我生气不生气,你说吧。"

戈宾德拉尔说:"你去看看,所有人是否都吃过饭了?"

婆摩拉说:"我马上就去看——你说吧,那人是谁?"

戈宾德拉尔说:"真是个黑刺儿头!我在想罗希妮。"

婆摩拉问:"你为什么想罗希妮?"

戈宾德拉尔说:"我怎么知道?"

婆摩拉说:"你知道——只是不说。"

戈宾德拉尔问:"难道人就不能想人吗?"

婆摩拉说:"不能,一个人只能想他所爱的人,比如,我想你,你也想我。"

戈宾德拉尔说:"那么就是我爱罗希妮了。"

婆摩拉说:"胡说!你爱我——你不会再爱任何人的。你怎么能说你爱罗希妮呢?"

戈宾德拉尔问:"寡妇能吃鱼吗?"

婆摩拉说:"不能。"

戈宾德拉尔问:"寡妇既然不能吃鱼,那么,达里妮的母亲为什么吃鱼呢?"

婆摩拉说:"她不要脸,不准做的事情,她偏要做。"

戈宾德拉尔说:"我也不要脸,不准做的事情,我也偏要做。我爱罗希妮。"

婆摩拉在戈宾德拉尔的脖子上轻轻地打了一下,很生气地说:"我是婆摩拉·达湿女士,你怎么可以当着我的面说假话呢?"

戈宾德拉尔只好承认失败。他将一只手放在婆摩拉的肩膀上,把她那张宛如蓝色荷花的甜蜜的脸搂过来,用亲切而又深沉忧郁的声音说:"是假话,婆摩拉。我不爱罗希妮,可是罗希妮爱我。"

婆摩拉急速地从戈宾德拉尔的手中挣脱出来,远远地站在他的一边。她气得呼哧带喘地骂道:"丧门星!不要脸的女人!母猴子!该死,该死,该死,该死,真该死!"

戈宾德拉尔笑着说:"现在你这样骂她干什么?她并没有从你那巨大宝库中偷走一颗宝石呀。"

婆摩拉有点儿难为情地说:"去你的吧,为什么会如此呢——她怎么能这样做?那个贱货为什么竟然当着你的面这样说呢?"

戈宾德拉尔说:"好了,婆摩拉——我想,不应该这样说她。我劝她搬到加尔各答去居住,我甚至答应给予她生活的费用。"

婆摩拉问:"后来呢?"

戈宾德拉尔说:"后来嘛,她不同意。"

婆摩拉问:"好,我可以向她提一个建议吗?"

戈宾德拉尔说:"可以,但是我要听听你的建议。"

婆摩拉说:"听吧。"

说完,婆摩拉就呼叫一个女仆:"齐丽[①]!齐丽!"

这时候走进来一个女仆齐罗达[②]——绰号叫齐罗德摩妮,也叫齐拉提多诺雅,人们只叫她齐丽——一个胖乎乎圆滚滚的女人,脚

[①] Shikiri,孟加拉语的意思是"浓稠的牛奶"。
[②] 意为"浓稠的乳海"。"齐罗德摩妮"意为"乳海中的宝石","齐拉提多诺雅"意为"乳海的女儿"。

上脏兮兮的，腰上缠着饰链，眼中透着一丝笑意。婆摩拉说："齐丽，你现在能不能就到那个不要脸的贱货罗希妮那里去一下？"

齐罗达说："怎么不能呢？去了我该说什么呢？"

婆摩拉说："你去就以我的名义对她说：'我家的女主人说了，她让你去死。'"

"就这么说吗？那我去了。"说完，那个绰号叫齐丽的女仆齐罗达，踏着泥泞的路走了。她走的时候，婆摩拉对她说："那个贱货怎么说，回来告诉我。"

"是。"齐罗达说完就走了。很短时间她就回来说："我对她说了。"

婆摩拉问："她说了什么？"

齐罗达说："她说，请你告诉她死的方法。"

婆摩拉说："那么，你再去，对她说，黄昏的时候把水罐挂在脖子上，跳进巴鲁尼池塘里，明白吗？"

齐罗达说："好吧。"

齐罗达又去了，很快就回来了。婆摩拉问道："关于巴鲁尼池塘的话你说了吗？"

齐罗达说："我说了。"

婆摩拉问："她怎么说呢？"

齐罗达说："她说：'好吧。'"

戈宾德拉尔说："你太不像话了，婆摩拉！"

婆摩拉说："你不必担心。她不会死的。看到你就感到十分幸福的女人，她怎么会死呢？"

第十五章

结束了白天所有的工作，傍晚时分，戈宾德拉尔根据早已形成的习惯，走进位于巴鲁尼池塘岸边的花园里散步。在花园里散步是戈宾德拉尔的一个主要爱好。他总是在这些郁郁葱葱的绿树下来回踱着漫步。但是现在我不想描述所有这些树木。在巴鲁尼池塘岸边的花园中间，有一个石头砌的高台，在高台中间竖立着一个白色大理石的女人雕像——是一个半裸体的女人像，目光低垂——好像正从一只瓦罐里往自己的脚上倒水；在雕像四周的高台上，摆着一些闪闪发光的花盆，花盆里栽种着开满鲜花的一丛丛花木，有吉拉尼尤姆、婆尔比纳、尤富尔比雅、菊花、玫瑰等等，在高台的四周，栽种着开满鲜花的灌木丛，有茉莉、阿拉伯茉莉、栀子等各种国内的著名芬芳花卉，空中弥漫着花的芳香，后面是一排国内外各种名贵的植物，它们的叶片有浅蓝色、红色、黄色、白色等等，在阳光下熠熠闪烁。戈宾德拉尔喜欢坐在这里小憩。在皎洁的月夜，有时他带着婆摩拉来花园里散步，也坐在这里。婆摩拉看到这个半裸体的石雕女人像就骂她是个不知羞耻的不要脸的女人，有时她就用自己的纱丽将她的裸体部分遮住；有时她从家里带来一件漂亮衣服，披在裸体女人像上；有时她还企图把雕像手里拿着的瓦罐夺下来。

今天黄昏的时候，戈宾德拉尔坐在这里，开始欣赏着巴鲁尼池塘水面明镜般的美景。望着望着，他突然看见，罗希妮夹着水罐儿正沿着那宽阔的台阶走下池塘。没有什么都可以，但是没有水不行。甚至在这个痛苦的日子里，罗希妮也来打水了。罗希妮下到水里——她可能想洗澡——戈宾德拉尔觉得自己留在这里看不合适，于是他就离开了。

戈宾德拉尔在花园里转悠了很长时间。最后他觉得，此时罗希妮应该走了。想到这里，戈宾德拉尔又回到那个高台的下面，坐在那个倒水的石雕女人像的脚边。他又开始欣赏起巴鲁尼池塘的美丽风景。戈宾德拉尔发现，罗希妮不在了，周围也不见任何女人或男人，一个人也没有，可是水面上却漂着一个瓦罐儿。

谁的瓦罐呢？突然一种怀疑产生了：会不会是来打水的人沉入水里去了？罗希妮刚才可是来打水了呀——他一下子想起了以前的事情，他想起来了，婆摩拉曾经叫女仆去对罗希妮说，让她将瓦罐

克里什诺康托的遗嘱

挂在脖子上，跳进巴鲁尼池塘里。他记起来了，罗希妮回答说："好吧。"

戈宾德拉尔立即来到了池塘岸边。最后他站在岸边台阶上，开始察看池塘的所有地方。池塘里的水犹如玻璃一样清澈透明，可以一眼望见水下的泥土。戈宾德拉尔发现，昏暗的水底现出了光亮，罗希妮就像一尊冰冷的雕像，静卧在水底。

第十六章

戈宾德拉尔立即跳入水中，把罗希妮捞上来，放在池塘岸边的台阶上。他看了一下，便怀疑罗希妮是否还活着；她已经失去了知觉，呼吸也停止了。他叫来了花园里的一个园丁。在园丁的帮助下，戈宾德拉尔把罗希妮抬到花园里的一座游艺房里来救助。活也好，死也罢，罗希妮终于进入了戈宾德拉尔的屋子。除了婆摩拉，任何别的女人从来都没有走进过花园里的这间屋子。

这具被放置在床上的女人的尸体，就像被暴风雨摧毁的羌芭花一样，在灯光照耀下显得很美丽。她那一头长长的稠密的秀发被水浸湿而垂落下来，水珠从秀发中簌簌地滴落下来，就好像雨水从乌云层中洒落一样。她那一双眼睛闭着，但是她那闭着的眼睑上方的一双眉毛被水淋湿了，就更加显得黝黑发亮。她的前额平静而宽阔，毫无羞愧胆怯之感，显露出一种难以述说的情怀；脸颊现在仍然焕发着光彩；嘴唇仍然显得那么温柔，就像含羞的红花瓣一样。戈宾德拉尔的眼里涌出了泪水。他感叹道："太可惜了！为什么造物主给予你如此之美的相貌？既然给予了，为什么又不让你幸福呢？你为什么就这样走了？"——一想到自己就是这位美女自杀的根源，戈宾德拉尔的心就激荡起来。

如果有可能，就应该把罗希妮救活。戈宾德拉尔知道怎样抢救溺水的人。把腹腔里的水释放出来还是比较容易的。他将罗希妮扶起来，扭曲和转动她的身子，连续做了三四次，就把水释放出来了，但是还是没有恢复呼吸。使罗希妮恢复呼吸是很困难的。

戈宾德拉尔知道，抓住垂危人的双臂向上抬起，使肺部的容积扩张，这时候往病人的口中吹气。然后把举起的手臂慢慢放下来，手臂放下来的时候肺部的容积就会缩小，这时被吹进去的空气就会自动被挤压出来。就这样做人工呼吸。反复不停地这样做，直到肺部呼吸功能恢复为止。做人工呼吸可以使其自己恢复呼吸。对于罗希妮也应该这样做。应该用两手将她的双臂举起来，往她的口中吹气；她的嘴唇犹如洁白的荷花瓣，现在要对着她那充满玉液的殷红的温柔的嘴唇吹气，简直就好比从爱神的杯子里品尝那令人陶醉的含有剧毒的琼浆！太可怕了！谁去吹呢？

戈宾德拉尔身边只有一个帮手——奥里萨园丁。花园里的其他园工早已回家去了。他对园丁说："我来握住她的双手，你往她口中吹气吧！"

往嘴里吹气！可怕！园丁的口贴着这红红的嘴唇吹气——"圣母啊，我可不能做！"

假如主人命令园丁咬碎沙罗村巨石①，园丁为了主人都可以做到，但是让他贴近她那美如明月的脸上的殷红嘴唇并向那口中吹气！园丁开始冒汗了。"我不能，主人。"

园丁说得对。如果园丁对着神仙都难以触摸到的罗希妮的嘴唇吹气，然后罗希妮活过来了，又夹着水罐来打水，并且高傲地望着园丁的脸向家里走去，那么，他就不能再在花园里工作了。他就该把铁锹、锄头、镰刀、剪刀、翻土铲统统扔到巴鲁尼池塘里，毫无疑问，随后跟着冲进池塘去——也可能沉入蔚蓝色的水中死去。我无法说清楚，园丁是否想了这许多，但是园丁坚决不同意对着罗希妮的嘴吹气。

无可奈何的戈宾德拉尔对他说："那么，你握住她的双手，就

---

① 在印度北方的比哈尔邦有一条甘达吉河，河中央有个村庄，叫作沙罗村，在这村子里由蚯蚓的活动形成了一块巨大的圆形石头，人们将其作为毗湿奴神的象征来祭拜。

这样慢慢地向上抬举,我来吹气。然后再慢慢地将手放下。"园丁同意了。他握住她的双手慢慢地向上抬起,戈宾德拉尔当时就将自己的嘴唇对着罗希妮那美如红花的嘴唇,向罗希妮的口中吹起气来。

就在这时候,婆摩拉手里拿着一根木棍,走过来追打一只猫。婆摩拉本想来打猫,可是她的木棍并没有打着猫,而她自己却遭了当头一击。

园丁把罗希妮的双手放下来,然后又举起来。戈宾德拉尔又吹起来。他们就这样一次又一次地重复做着。就这样继续了两三个小时。罗希妮恢复了呼吸。罗希妮被救活了。

第十七章

罗希妮开始呼吸了,戈宾德拉尔给她喝了一点儿药。药发挥了作用,罗希妮渐渐地有了一些体力。罗希妮睁开眼睛,发现自己躺在一间漂亮的屋子里,凉爽的和风从窗子徐徐吹进来;玻璃灯罩里亮着柔和的灯光。戈宾德拉尔亲自给她喝了一种起死回生的药酒,她开始苏醒过来;最初恢复了呼吸,然后是知觉,随后是视觉,后来是记忆,最后恢复了语言。罗希妮说:"我已经死了,是谁把我救活了?"

戈宾德拉尔说:"管他是谁呢,你得救了——这就够了。"

罗希妮说:"您为什么救我呢?您为什么这样仇视我呢?甚至就连死亡您都要反对?"

戈宾德拉尔问:"你为什么要死呢?"

罗希妮说:"难道我连死的权利都没有吗?"

戈宾德拉尔说:"任何人都没有制造罪孽的权利——自杀就是制造罪孽呀。"

罗希妮说:"我不知道什么是罪孽,什么是善举——也没有人教过我。我不承认有什么罪孽和善举——是何罪孽使我遭受这样的惩罚？我没有造过任何罪孽，就遭受这样的痛苦，那么，如果造下了罪孽，是否就会遭受更大的痛苦呢？我反正要去死。这一次没死成，被你发现了，因此你救了我。以后我会设法不让你看到的。"

戈宾德拉尔非常激动，他又问道："你为什么要死呢？"

罗希妮说："一下子就死去，比起一分钟一分钟地，一个小时一个小时地，一昼夜一昼夜地拖得很久的死亡要好。"

戈宾德拉尔问："你为什么如此痛苦呢？"

罗希妮说："我日夜都感到十分干渴，我的心灵在燃烧，面前就是清凉之水，可是我今生今世却不能去碰这水，甚至连想都不敢去想。"

戈宾德拉尔当时说："算了，不要再说这些话了。走吧，我送你回家。"

罗希妮说："不，我一个人走。"

戈宾德拉尔明白她为什么反对。戈宾德拉尔再没有说什么。罗希妮一个人走了。

当时戈宾德拉尔在这个寂静无人的房间里，突然倒在地上，痛哭起来。他把脸贴在地面上，两眼含着泪水，开始呼唤着："啊，神主！神主！在这个危难的时刻你来救救我吧。要是你不给我力量，我又怎么能摆脱这种困境呢？否则我会死的，婆摩拉也会死的。你施展你的智慧吧——我只有依靠你的力量才能战胜自我啊。"

第十八章

当戈宾德拉尔回到家里时候，婆摩拉问："今天夜里你在花园为什么待这么久？"

戈宾德拉尔问："你为什么这样问我？难道以前我就没待过这么久？"

克里什诺康托的遗嘱

婆摩拉说:"待过——但是今天看你的脸色,听你说话的声音,好像今天出了什么事。"

戈宾德拉尔说:"出了什么事呢?"

婆摩拉说:"出了什么事——你不说,我怎么会知道?我又没在那里。"

戈宾德拉尔问:"为什么?看我的脸色,难道你猜不出来吗?"

婆摩拉说:"不要开玩笑了。此事不是好事情,看脸色我能说出来。你告诉我吧,我心里非常难受。"

说着说着,婆摩拉流泪了。戈宾德拉尔替婆摩拉擦拭着眼泪,亲切地说:"总有一天我会告诉你的——今天不行。"

婆摩拉问:"为什么今天不行?"

戈宾德拉尔说:"你现在还是一个小女孩,这种事情讲给小女孩听不合适。"

婆摩拉问:"难道我明天就能长大吗?"

戈宾德拉尔说:"明天我也不能说——两年之后我会告诉你的。现在你不要再问了,婆摩拉。"

婆摩拉深深地叹了口气,然后说:"那好吧——两年以后你再说吧——可是我很想听呀。但是你现在又不说,那我怎么能听到呢?现在我心里非常不是滋味。"

一种非常沉重的不可言喻的痛苦感,在婆摩拉的心里蒙上了一层昏暗的阴影。就像春天的天空一样——明媚的蔚蓝色的晴朗的天空,没有一点儿污痕,突然一块乌云出现了,四周开始变得昏暗了。婆摩拉觉得,在她的心里仿佛也升起了一块乌云,突然她的心田四周变得昏暗了。婆摩拉的眼睛里又涌出了泪水。婆摩拉想:"我无缘无故地哭泣——我很不懂事——我丈夫会生气的。"所以,婆摩拉一边哭着,一边走了出去,坐在一个角落里,伸开脚,开始阅读起《安娜达颂歌》[①] 来。我说不清楚,她的脑子里读进了什

---

① 孟加拉语作家帕罗特琼德罗·拉伊(1722~1760)于1752年创作的一部叙事长诗。安娜达是印度神话传说中一位被认为赐予人们食物的女神。

么，但是，笼罩在她心里的乌云并没有散去。

第十九章

　　戈宾德拉尔先生正在与伯父大人谈论经营财产问题。他在谈话中开始询问，某一处地产的状况怎么样。克里什诺康托看到戈宾德拉尔对经营地产很感兴趣，很满意地说："如果你们肯了解一点儿情况，那就太好了。你看，我还能活多少时日呢？如果你们从现在起不去了解一切情况，一旦我死了，你们就什么都不知道。你看，我已经老了，哪里也不能去了。可是不去巡视考察，整个家业都会每况愈下。"

　　戈宾德拉尔说："要是您派遣，我是可以去的。我也有一个愿望，去看一看我们的所有地产。"

　　克里什诺康托很满意，并且说道："你能这样做，我很高兴。眼下在般多尔卡利出现了一点儿麻烦。管事的人说，而佃农们在造反，他们不肯交租钱；而佃农们说：'我们已经交了地租，管事人不给我们收据。'如果你想去，那么，我就派你到那里去。"

　　戈宾德拉尔表示同意。他正是为此事才到克里什诺康托这里来。他那充满青春活力的意志，犹如汹涌澎湃的大海的波涛一样势不可当，他那种对美的渴望十分强烈。他这种渴望无法从婆摩拉那里得到满足。罗希妮的娇媚就像夏天的彩云一样，映入了这个雨燕的眼帘——戈宾德拉尔看到罗希妮的娇媚，就像激动的孔雀看见第一场云雨一样，他的心欣喜若狂，开始翩翩起舞了。戈宾德拉尔意识到这一点后，就在心里默默发誓："需要去死，我就去死，但是我决不会背叛她或者欺骗她。"他下定决心："全身心地投入家产的管理工作，忘掉罗希妮——如果能去外地，我一定能把她忘记。"他就是怀着这样的心绪，来到伯父身边讨论管理家产的问题的。听了般多尔卡利的情况，他很愿意到那里去。

克里什诺康托的遗嘱

婆摩拉听说二先生要离开村子去外地,她坚持说:"我也要去。"她哭哭啼啼地一次又一次来恳求,但是婆摩拉的婆婆怎么也不让她去。船准备好了,戈宾德拉尔吻别了婆摩拉,在仆人的陪同下,踏上了前往般多尔卡利的路程。这一趟外出预计需要十天。

婆摩拉先是倒在地上哭起来,然后又站起来,撕毁了《安娜达颂歌》,放飞了笼子里的小鸟,将所有的洋娃娃都扔到了水里,拔掉了花盆里所有的花,把饭菜扔到厨师的脸上,抓住女仆的辫子缠来缠去,与小姑子吵架……做出各种非理性的举动,然后躺下了。她把头巾蒙在头上,又开始哭起来。与此同时戈宾德拉尔的小船正在一路乘风破浪地前进。

第二十章

婆摩拉孤独一人,对什么都不感兴趣。婆摩拉掀翻了床——床太软了;拆掉了床上的电扇——风太热了;她禁止女仆们送花来——花里的虫子太多了;她不再玩扑克牌了——同伴们问她的时候,她就说,她一玩牌婆婆就生气。她把绣针、丝线、毛线、花样等等全都送给了邻居的姑娘们,别人问起来的时候,她就推说,眼睛疼得厉害。如果有谁问她,为什么她的衣服脏乎乎的,她就大骂洗衣工,尽管她房间的衣橱里装满了洗过的干净衣服。梳子与头发早已"停止交往",她的头发就像野草一样,被风一吹就散乱摇晃。要是有人问起来,婆摩拉就笑着把头发拉过来扎成辫子——仅此而已。每当吃饭的时候,婆摩拉总是借口说:"我不吃,我在发烧。"婆婆请郎中来看了一下,开了些药丸和药片,并且吩咐女仆齐罗达说:"你叫小媳妇把这些药吃了。"婆摩拉从齐罗达手中抢过药丸和药片,一下子就扔到窗外去了。

如此愈演愈烈的过火行为都被女仆齐罗达看在眼里,她忍无可忍了。齐罗达说道:"好哇,少夫人,你这样做是为了谁呢?你为了那个人不吃饭不睡觉，可是他哪一天想过你呢？你痛哭流涕，伤心得要死，而他可能正嘴里叼着烟管，闭着眼睛在思念罗希妮夫人呢。"

婆摩拉啪的一声打了齐罗达一耳光——婆摩拉特别喜欢动手。她几乎是哭着叫道："你想怎么胡说就怎么胡说吧。滚，从我这里滚出去！"

齐罗达说道："打一个耳光，就能堵住人们的嘴吗？我们怕你生气，所以才什么都没有说。但是不说我们实在忍不住了。你把潘琪叫来问问看，那一天夜里罗希妮从先生的花园里回来是不是很晚？"

一大早就对婆摩拉说这样一些话，齐罗达的运气自然不会好。婆摩拉跳起来，接二连三地打了齐罗达几个嘴巴，又打了她几拳，把她推到一边，使劲儿拉扯她的头发。最后她自己哭了起来。

齐罗达经常被婆摩拉殴打，从来也不生气。但是今天婆摩拉有些太过分了，所以今天她生气了。她说道："夫人，你打我们又有什么用呢？我们可都是为了你才说这些话呀。听到人们拿你们的事情取笑，我们实在不能忍受了。你不相信我们的话，你可以把潘琪叫来问一问嘛。"

婆摩拉悲愤交集，她哭着说道："要问你去问吧——难道我也像你们一样下贱，去向潘琪打听我丈夫的事情？你竟然对我说这样一些话！我要告诉老夫人，我要用扫帚把你赶出去。你给我滚出去！"

那天早晨，绰号为齐丽的女仆齐罗达被打了一顿，气呼呼地走了。婆摩拉抬起头来，两眼噙着泪水，双手合十，在心里默默地对戈宾德拉尔说："啊，古鲁①！老师，通晓正法的人，你是我唯一的真理的化身！那一天难道你真的向我隐瞒了那件事情？"

婆摩拉内心的想法，她心里的隐秘之处，任何人任何时候都是无法探知的——那里没有自我欺骗，如今在那里婆摩拉却看见了，

---

① 印度教教徒对自己宗教导师的尊称。

她对丈夫并非不信任，也不会不信任。婆摩拉的心里只有一次闪过这样的念头："他要是背叛了我，只能这样痛苦吗？我可以去死嘛，我如果死了，一切都会结束了。"印度女人认为，死是很容易的。

第二十一章

　　女仆齐罗达想："这是多么荒唐的时代呀——这个小丫头啊，竟然不相信我说的话。"齐罗达是个心地质朴善良的人，她对婆摩拉并没生气，也没有一点儿嫉恨，她确实真心希望婆摩拉能够得到幸福，不希望她遭遇不幸；可是婆摩拉根本听不进去关于他们夫妻不正常的忠告，这使她无法忍受。齐罗达当时往她那柔软的身体上抹了一些油，把花格子披肩围在肩上，夹起水罐就前往巴鲁尼池塘洗澡去了。
　　拉伊老爷家的洗衣工霍罗摩妮大婶，这时候刚洗完澡，正从巴鲁尼池塘岸边往回走。齐罗达首先遇见了她。一看见霍罗摩妮，齐罗达自己就主动拉起话来："人们都说，我们为了某个人偷窃，这个人却说我们是小偷。不能再为有钱人做事了。什么时候他们的情绪如何，根本摸不着头脑。"
　　霍罗摩妮闻到了一点儿吵架的气味，就把洗过的衣服从右手移到左手，问道："怎么了，齐罗达，又发生了什么事儿？"
　　齐罗达放下思想顾虑，说道："你看着吧，邻居那些不要脸的女人又要到老爷的花园里去散步了。我们都是仆人佣人——我们能不对主人说吗？"
　　霍罗摩妮问："怎么回事？邻居的姑娘去老爷的花园里散步了，是谁呀？"
　　齐罗达说："还能有谁呢？就是那不要脸的罗希妮呗。"
　　霍罗摩妮问："真是苦命啊！罗希妮的这种状况还要继续多少日子啊？齐罗达，去哪个老爷的花园啊？"
　　齐罗达说出了二先生戈宾德拉尔的名字。当时两个女人互相对视了一下，意味深长地笑了，然后各自向自己要去的方向走去。还没走多远，齐罗达又遇见了本村罗摩的母亲。齐罗达用微笑之网捉住了她，使她停住脚步，然后向她讲述了罗希妮的无耻行径。两个女人又笑嘻嘻地挤眉弄眼闲聊了一会儿，就走各自的路了。

就这样，齐罗达一路上遇见罗摩的母亲、沙摩的母亲、哈丽、达丽、芭丽等人，向她们述说了自己心中的苦恼，最后她一身轻松，十分开心地前往巴鲁尼池塘那清如水晶般的水中去洗澡了。与此同时，霍罗摩妮、罗摩的母亲、沙摩的母亲、哈丽、达丽、芭丽等人，各自向所遇到的人讲述了罗希妮那个不幸的女人如何去二先生戈宾德拉尔的花园里散步。一传十，十传百，百传千：就在清晨太阳的曙光还不十分强的时候，从齐罗达首先遇见婆摩拉，向她透露罗希妮的事到她回到家里之前，几乎家家户户都知道了，罗希妮是戈宾德拉尔喜欢的女人。从花园里发生的事情讲到他们不可遏制的爱恋，又从不可遏制的爱恋讲到馈赠大量首饰……她们还散布过多少流言蜚语呀！哎，善于散布流言蜚语的喜欢污蔑别人的嚼舌妇们！我作为一个普通的追求真理的作家，绝不敢详细地向你们讲述这一切！

消息逐渐传到婆摩拉的耳朵里。起初，比诺蒂妮来问她："这是真的吗？"

婆摩拉的脸有点儿冷漠，可是她的心却仿佛被撕裂了一样，她反问道："大姐，你指的是什么呀？"她的这位大姑姐当时皱了一下那双宛如花弓的眼眉，用闪电般的目光瞧了她一眼，把孩子放在膝盖上，说道："我说的罗希妮呀。"

婆摩拉什么也没有说，把孩子抱过来，故意用某种方法让孩子哭起来。比诺蒂妮接过孩子，一边让孩子吸着自己的乳房，一边站起身来走了。

比诺蒂妮走后，苏罗图妮又来了，她说道："我说，老二媳妇，我说呀，你得救救二先生。你千好万好，毕竟皮肤黧黑，可是男人的精神追求只靠话语是得不到满足的，还需要一点儿姿色和品德呀。妹妹呀，谁晓得，罗希妮在施展什么手段啊？"

克里什诺康托的遗嘱

婆摩拉问:"罗希妮还会施展什么手段?"

苏罗图妮用手拍打着自己的额头,说道:"多么可怜啊!这么多人都听说了,难道只有你没有听说过?二先生送给了罗希妮价值七千卢比的首饰啊。"

婆摩拉气得简直骨头都在冒火,她真想把苏罗图妮送到阎摩那里去。她把一个洋娃娃的头使劲儿拧了一下,扯断了,对苏罗图妮说道:"我知道。我见过账本。那上面还写有送给你价值一万四千卢比的首饰呢!"

比诺蒂妮、苏罗图妮走后,拉米、芭米、谢米、卡米妮、罗米妮、莎罗达、普罗摩达、苏克达、波罗达、科莫拉、碧莫拉、席多拉、妮尔莫拉、马图、妮图、达里妮、倪湿达里妮、蒂诺达里妮、婆波达里妮、苏罗芭拉、吉里芭拉、布罗久芭拉、莎伊洛芭拉等等,很多人都来了,她们中有的是一个人来的,有的是两个人一起来的,有的是三个人一起来的。她们都来告诉这个因离别而痛苦忧伤的小姑娘:"你丈夫爱上了罗希妮。"有的是年轻的少女,有的是中年妇女,有的是年老的女人,还有小姑娘,她们都来提醒婆摩拉说:"有什么奇怪的呢?看见你们家二先生的堂堂仪表,谁会忘记呢?看到罗希妮的娇媚,为什么他就会忘记呢?"有人关心,有人挖苦,有人打趣,有人气愤,有人高兴,有人悲伤,有人嬉笑,有人哭泣,大家都在告诉婆摩拉:"婆摩拉呀,你的福分结束了。"

在这个村子里,婆摩拉曾经是个很幸福的女人。看到她的幸福,大家都嫉妒得要死;这个丑陋的黑女人竟然有如此的福气——有数不清的财富,拥有仙女都难以得到的丈夫;在人世间她为什么竟然享有这样圣洁的荣誉,胜似荷花的呵护?她的身上竟然还洒有茉莉花的香水?村子里的人简直无法忍受这一切。所以,女人们成帮结伙地聚在一起,有的抱着孩子,有的带着妹妹,有的梳着发髻,有的正在梳扎发髻,有的披头散发,都来散播消息说:"婆摩拉,你的幸福结束了。"谁都不认为,婆摩拉是在为思念丈夫而忧伤,她是完全无辜的,是个可怜的小女孩。

婆摩拉再也忍受不了啦,她插上门,倒在床上,痛哭起来。她在心里默默地说："啊，消除我的怀疑吧！啊，我最亲爱的人！我既怀疑你，我又相信你！现在我去问谁呢？我怎么能怀疑呢？可是大家都在说呀。如果不是真的，为什么大家都这么说呢？你不在这里，现在谁来消除我的疑虑呢？我的疑虑既然消除不了，那为什么不让我死呢？带着这种怀疑怎么能够活下去呢？我为什么不死呢？回来吧，我生命的主人！否则我会死的，你不要因为我婆摩拉没有事先告诉你就死了而骂我呀。"

第二十二章

现在，罗希妮也和婆摩拉一样，十分痛苦。既然此事在流传，那么，能不传到罗希妮的耳朵里吗？罗希妮听到了，村子里在散布流言说，戈宾德拉尔是她的情人，送给她价值七千卢比的首饰。这种流言是从哪里传出来的呢，罗希妮不知道；是什么人在散布呢？她也没有去打听；不过，她断定，一定是婆摩拉在散布——不是她，还有谁会如此痛苦呢？罗希妮在想："是婆摩拉给我造成了极大的痛苦。前些日子诬蔑我是小偷，今天又这样诬蔑我。在这个村子里我再也待不下去了。不过，在走之前，我一定要去报复婆摩拉一下。"

没有什么事情是罗希妮不能做的，这一点通过以前的介绍我们已经知道了。罗希妮从一位女邻居那里借来了一件迦尸纱丽①和一套镀金首饰。当黄昏降临的时候，她把这些东西捆成一个包裹，带着它走进了拉伊家的内室。当时婆摩拉一个人躺在地铺上，哭了一会儿，就擦干了眼泪，望着窗子陷入了沉思，这时候罗希妮走进来，放下包袱，坐下了。婆摩拉吃了一惊——她一看见罗希妮，愤怒的毒火就立即在她全身燃烧起来。婆摩拉忍无可忍地说："那一

---

① 印度迦尸城生产的纱丽，以质量上乘和色彩艳丽著称，为印度女人所喜爱。纱丽是印度、斯里兰卡等国女人的一种服装。

天的夜里，你到老爷的房里来偷东西；今天夜里，你到我的房里来是不是也怀着同样的目的？"

罗希妮说："现在我再也不需要偷东西了。我再也不是讨钱的乞丐了。由于二先生戈宾德拉尔的善意同情，我不再为吃穿而烦恼了。不过，人们的那种议论可不对啊。"

婆摩拉说："你从这里给我滚出去吧！"

罗希妮仿佛没有听见这句话似的，继续说道："可不像人们所说的那样啊。人们说，我得到了价值七千卢比的首饰。我总共才得到三千卢比的首饰，还有这件纱丽。所以我才拿来给你看看。人们为什么说是七千卢比呢？"

罗希妮一边说着，一边把包袱解开，拿出迦尸纱丽和那些镀金首饰给婆摩拉看。婆摩拉愤怒地把这些首饰到处扔。

罗希妮说："不应该践踏金首饰。"说完，罗希妮就不声不响地一件一件捡起那些镀金首饰，又将包袱系好。捆扎好包袱，罗希妮就一声不响地离开房间，走了出去。

我们非常苦恼不解。婆摩拉殴打过齐罗达，但是她却没有碰罗希妮一个手指头，这使我们内心里感到痛苦。我们的女读者们如果处在婆摩拉的位置上，一定会动手打罗希妮的，对此我们毫不怀疑。我承认，不应该动手打女人。但是我并不认为，对于女妖魔和女魔鬼也不应该打。那么，婆摩拉为什么没有打罗希妮呢？我可以来说明。婆摩拉是爱齐罗达的，因此她会打齐罗达；婆摩拉不爱罗希妮，所以没有对她动手——如果小孩子们吵架，母亲就会打自己的孩子，不会打别人的孩子。

第二十三章

那一夜刚刚过去，天还没有亮，婆摩拉就坐起来给丈夫写信。读书写字是戈宾德拉尔教她的，但是婆摩拉的书写还不那么好。婆摩拉的心思大都在花草、洋娃娃、小鸟和丈夫的身上，而不在读书写字或家务方面。一般她拿出纸来，坐下来写一会儿，就涂抹一下，接着就撕毁，最后干脆扔掉了，两三天都写不完一封信，但是今天她可不是那样了。在以前的书写中，婆摩拉经常出现歪歪斜斜的笔画。字母"M"写得像"S"，字母"S"写得像"M"，字母"D"写得像"F"，字母"F"写得像"T"，字母"T"写得像"K"；在应该写字母"I"的位置上却成了字母"A"，而在应该写"A"的位置却完全空着；在应该书写复合字母的地方却出现了一个一个的单写字母，甚至缺少一些字母——婆摩拉自己却不承认。今天在一个小时之内婆摩拉就给丈夫写完了一封长信。当然，并不是没有涂改重写的地方。我们来看一下这封信的内容。

婆摩拉写道：

你的奴仆侍丽－婆摩拉（后来将"婆摩拉"涂掉，改为"普罗摩拉"）以卑贱之身（先写成"卑浅"，后来划掉了，改写成"卑贱"）向你致以特别的敬礼（"致以"先写成"至以"，后来才改过来）。

这封信就是用这种方法写成的。现在把写错的字母纠正过来，并对她的话语做了一点儿修改之后，抄写如下：

那天夜里，你为什么在花园里停留得那么晚，你没有告诉我。你许诺两年后再告诉我，但是由于命运的捉弄我已经先知道了。我不仅听说了，而且还看到了。你送给罗希妮的首饰，她亲自拿给我看了。

看来，你心里认为，我对你的忠爱是不可动摇的，我对你是无限信赖的。我也一直这样认为。但是现在我明白了，根本不是那么回事儿。在你值得我忠爱的那些日子里，我一直是忠爱你的；在你值得我信赖的那些日子里，我对你一直是信赖的。可是现在我对你不再爱了，也不再信任了。由于你的表现，我再也不会感到幸福了。你什么时候回家来，请你预先写信告诉我。尽管我会伤心痛哭，但我还是要回到父亲家里去。

戈宾德拉尔及时地收到了这封信。简直是五雷轰顶。一看到那手写的字母和拼写中的错误，戈宾德拉尔就相信，这封信是婆摩拉写的。然而戈宾德拉尔的心里多次产生疑虑，他绝不相信，婆摩拉能给他写这样一封信。

这一次邮差还送来了几封信。戈宾德拉尔首先拆看了婆摩拉写来的那封信，读过之后他茫然若失地呆了好一会儿，随后他才开始心不在焉地阅读其他信件。其中有一封是布罗赫蒙侬德·高士写来的信。喜欢诗歌的布罗赫蒙侬德写道：

啊，兄弟！国王们打仗，野草遭殃；夫人可以对你发泄不满，但是我们都是不幸的生灵，为什么要把这种怨恨发泄到我们的头上呢？她散布谣言说，你送给罗希妮价值七千卢比的首饰。她还散布许多侮辱性的话语，向你描述这些污言秽语我都感到难为情。没有办法，我只好向你申诉，你应该消除这些流言蜚语。否则，我就得迁出这村子。就此停笔。

戈宾德拉尔又惊疑了——婆摩拉散布了流言蜚语？戈宾德拉尔无法理解所发生的一切，于是当天就对仆人说："这里的气候我受不了。明天我回家去。你们准备船吧。"

第二天，戈宾德拉尔怀着忐忑不安的心情，乘船起程回家了。

第二十四章

请不要与你所爱的人别离。否则，即使你想使爱情的纽带系得牢固，其实你在使纽带之线变细。你要把你所爱的人保持在你的视线之内。别离之树结出了多少毒果啊！你在告别你所爱的人的时候，你会痛哭流涕，心里在想，离开她大概你就不能生活下去了；几年之后，当与她再见面的时候，你只会问一句："你好吗？"可能，没有什么话可说了——内心里产生了距离。可能，由于生气或傲慢再也不见面了。要是再一次分手，那么，曾经有过的一切，不会再有了。流逝的一切，再也不会来了。破镜不会再重圆。你们在什么地方见过，分成支流后的两条小河能够汇合？

婆摩拉对戈宾德拉尔去外地很不高兴。这段时间如果两个人一直生活在一起，内心里的这种阴影也许就不会出现了。即便发生口角，也会说明实情，婆摩拉也不会犯这样的错误，也不会如此生气；即使生气，也不会发生这样的不幸。

戈宾德拉尔动身返回故乡的时候，管事人给克里什诺康托寄去了一封信函说，"二先生今天早晨已经起程返回家乡"。这封信是通过邮局寄出去的，邮件比船先到了。在戈宾德拉尔到家之前的四五天，管事人的信就到了克里什诺康托的手里。婆摩拉听说丈夫要回来，立即坐下来又写信，写完了四五张纸后，就撕掉了，用了大约三四个小时才写完一封信。在这封信里，她对母亲写道："我现在十分痛苦。如果你们能来接我，那么我就回去平静一下。不要迟缓，我的痛苦要是再加重，我就再得不到安宁了。如果可能，明天就派人来接我吧。你不要讲我这里的痛苦。"这封信写好后，通过女仆齐丽找人做了修改，婆摩拉就派人将信送回了娘家。

假如不是母亲，而是别的什么人读了婆摩拉的信，一定会意识到，信里有些虚假的成分。但是母亲一听说孩子在受苦，就完全失去理智，为此她就破口大骂婆摩拉的婆婆，骂丈夫，并且哭哭啼啼地决定，明天就派男女仆人带着轿子去接婆摩拉。婆摩拉的父亲给克里什诺康托写了一封信。他在信中没有提婆摩拉痛苦的事，只是委婉地写道："婆摩拉的母亲病得很严重，请让婆摩拉回来见一见她母亲。"他叫男女仆人也要这样说。

克里什诺康托感到很为难。一方面，戈宾德拉尔就要回来了，这时候让婆摩拉回娘家很不合适。可是，另一方面，婆摩拉的母亲病了，又不能不让她回去。老人家左思右想，终于在第四天的清晨让婆摩拉回娘家了。

第四天，戈宾德拉尔到家了。他听说婆摩拉已经回娘家了——她娘家今天派了轿子来接她。戈宾德拉尔一切都明白了。他心里很不是滋味。戈宾德拉尔默默地想："如此不信任！不理解，也不问一问，就离我而去了！我再也不想看到她了。没有婆摩拉，难道就不能生活了吗?"

这样想过之后,戈宾德拉尔就阻止了母亲想派人去接婆摩拉的做法。戈宾德拉尔也没有说明为什么阻止母亲派人去接。得到了侄子的认可,克里什诺康托再也没有主动张罗派人去接侄媳妇。

第二十五章

就这样三四天过去了。没有人来接婆摩拉,她也没有回来。戈宾德拉尔想:"婆摩拉太任性了,我要教训她一下!"他又想:"婆摩拉做得太无理了,我要让她痛哭流涕。"可是每当看到空荡荡的房间,他自己却哭了。每一次想到婆摩拉的疑心,他都伤心落泪。一想到与婆摩拉的争吵,他的心情就很沉重。他擦干了眼泪,又生气了。由于生气他想尽力忘掉婆摩拉。可是怎么能忘掉呢?幸福消失了,回忆并不会消失。伤口会痊愈,疤痕却留下了。人走了,名声还在。

最后戈宾德拉尔的心里产生了一个坏念头:忘记婆摩拉的最好方法,就是思念罗希妮。罗希妮那光彩照人的娇媚容颜,一天也没有离开过戈宾德拉尔的心扉。戈宾德拉尔并没有想让它占据特别的地位,但是这个形象始终不肯离去。在一部小说里我读到过这样一个故事:一个鬼魂闯进某个房间里捣乱,日日夜夜到处窥伺,但是鬼魂还是被法师赶走了。罗希妮就像那个鬼魂一样,日日夜夜在戈宾德拉尔的心灵殿堂里窥视,戈宾德拉尔把她赶走了。虽然罗希妮不在身边,但在戈宾德拉尔的心里总是留有罗希妮的影子,这就像在水中曾经留下过月亮和太阳的影子一样,尽管月亮和太阳都不在了。戈宾德拉尔想:"现在如果要想把婆摩拉忘掉,那么我就要去想罗希妮——否则,就不能忘掉这种痛苦。"许多医生为治疗一些小病喜欢使用大剂量的毒品。戈宾德拉尔也想亲自去做这种有害的事情。

最初只是对罗希妮的回忆，而后回忆就变成了痛苦的思念。痛苦的思念变成了渴望。戈宾德拉尔渴望坐在巴鲁尼池塘的岸边——花树环绕的凉亭间。雨季到来了，天空乌云密布，下起雨来了——时而是大雨滂沱，时而又是毛毛细雨，但雨却没有停过。黄昏降临了。昏黑的夜幕刚刚落下，上面又罩上了一层阴雨的昏暗。巴鲁尼池塘的台阶已经看不清楚了。戈宾德拉尔模模糊糊地看见，一个女人正沿台阶走下来。这时候罗希妮走下台阶的形象闪现在他的心田。由于下雨台阶变得很滑——这个女人脚下一滑就会跌倒落水，发生危险——戈宾德拉尔想到这里，有些害怕了。于是站在花亭子里叫道："哎，你是谁呀？今天不要下台阶啊！太滑了，你会摔倒的。"

我说不准这个女人是否听清楚了他的话。雨一直在下个不停，看来，由于风雨声她没有听得很清楚。她提着水罐走下台阶，然后又走了上来。她慢慢地向戈宾德拉尔的花园走去。她打开花园的门，走了进来。她走到戈宾德拉尔所在的亭子下面，站住了。戈宾德拉尔看清了，是罗希妮站在自己的面前。

戈宾德拉尔问道："罗希妮，你浑身湿漉漉的来这里干什么？"

罗希妮问："不是您在叫我吗？"

戈宾德拉尔说："我没有叫你。台阶太滑了，我不让你下去。你都淋湿了，还站着干什么？"

罗希妮鼓足勇气，走进亭子里。戈宾德拉尔说："人们看见了，又会怎么议论呢？"

罗希妮说："想怎么议论，就让他们议论吧。我很想有一天把那件事情告诉您。"

戈宾德拉尔问："关于那件事情，我也有几句话想要问问你。是谁散布了这种流言蜚语？为什么你们把罪过推到婆摩拉身上？"

罗希妮说："我现在把一切都告诉您。可是让我就站在这里说吗？"

戈宾德拉尔说："不。你跟我来。"

说完，戈宾德拉尔就带着罗希妮走进了花园内的客厅。

克里什诺康托的遗嘱

在这里两个人进行了交谈。我不准备介绍这次谈话的内容，不过，我只想说明这样一点：就在那天夜里，罗希妮在回家之前已经意识到了，戈宾德拉尔对她的美丽容貌十分迷恋。

第二十六章

迷恋美丽的容貌？谁迷恋谁呀？我就迷恋这只浅绿色的斑驳的蝴蝶的美丽。你会迷恋那枝缀满鲜花的树枝。这有什么错呢？美丽就是供人们欣赏的嘛。

戈宾德拉尔第一次这样想。通常道德高尚的人在向罪恶的台阶迈出第一步的时候，都是这样想的。然而，在人们内心世界被罪恶所吸引的时候，也如同外部世界的地心引力一样，随着每一步的迈出，其堕落的速度就会加快。戈宾德拉尔的堕落是很迅速的，因为，长期以来对美色的渴望已经使戈宾德拉尔的心灵干枯了。我们只能为他的堕落而哭泣，却不能描述他的堕落。

渐渐地，克里什诺康托听到了人们的议论，人们总是把罗希妮和戈宾德拉尔联系在一起。克里什诺康托很苦恼。在戈宾德拉尔的品行中哪怕只有一点儿瑕疵，他都会很痛苦。他心里在默默地想，应该责问一下戈宾德拉尔，但是不久他就病倒了。克里什诺康托已经卧床不起了。戈宾德拉尔每天都来看望伯父，但是总是有一些仆人围在他的身边，他不好当着大家的面说什么。克里什诺康托的病情加重了。突然，克里什诺康托意识到，看来，阎摩生死簿上的阳寿用完了——结束在生命之海中旅行的时刻到来了。如果再拖延下去，可能连话都不能讲了。有一天，戈宾德拉尔很晚才从花园回来。这一天，克里什诺康托想和他说说心里话。戈宾德拉尔来看望伯父时，克里什诺康托叫身边的仆人都出去。仆人们都走了。当时戈宾德拉尔显得有些不太自然地问道："您今天感觉怎么样？"

克里什诺康托用微弱的声音说道："我今天不太好。你怎么这么晚才来？"

戈宾德拉尔没有回答伯父的问话，拉过他的手臂，开始切起脉来。戈宾德拉尔的脸色突然变得苍白了。克里什诺康托的脉搏跳得很慢很慢。戈宾德拉尔只说了一句："我就来。"戈宾德拉尔从克里什诺康托的卧室走出，亲自来到医生家。医生吃了一惊。戈宾德拉尔说："先生，快拿药箱走吧。看来，伯父的情况很不好。"医生拿起药箱急忙跟他去了。戈宾德拉尔带着医生走进了克里什诺康托的房间。克里什诺康托有点儿害怕了。医生查看了脉象。克里什诺康托问道："怎么，有危险吗？"

医生回答说："人体内什么时候没有危险呢？"

克里什诺康托明白了，又问："我还有多少时间？"

医生说："吃了药以后我再告诉你。"医生把药片研碎送到克里什诺康托面前。克里什诺康托接过药碗，并用它碰了一下自己的头，随后就把药水泼在了地板上。

医生很不高兴。克里什诺康托看到医生的表情，说道："您不必介意。我这个年纪的人吃药没用了。对我来说，呼唤霍里①的名字比吃药还强。你们呼唤霍里的名字吧。我听着。"

除了克里什诺康托，谁也没有呼唤霍里的名字，但是所有人都惊呆了，大家都感到恐惧和惊奇。只有克里什诺康托自己毫不恐惧。他对戈宾德拉尔说："开抽屉的钥匙在我的枕头底下，你把它拿出来。"

戈宾德拉尔从伯父的枕头底下把钥匙拿出来了。

克里什诺康托说："打开抽屉，把遗嘱拿出来。"

戈宾德拉尔打开抽屉，拿出了遗嘱。

克里什诺康托说："把我的账房先生、文书和村子里十位有身份的人叫来。"

不久，他的管事、文书、代理人、土地管理员，以及丘多巴泰、穆寇巴泰、般多巴泰、婆达恰尔杰、高士、薄苏、密特罗、多

---

① 印度教教徒崇拜的大神，又称毗湿奴、黑天。

克里什诺康托的遗嘱

德等人陆续来了，挤满了房间。

克里什诺康托吩咐文书："你来朗读我的遗嘱。"

文书读完了遗嘱。

克里什诺康托说："把这个遗嘱撕掉。重新写吧。"

文书问道："怎么写呢？"

克里什诺康托说："一切都照原来的样子，只是——"

"只是什么？"

"只是要把戈宾德拉尔的名字勾掉，在那个位置上写上我侄媳妇婆摩拉的名字。再请写上，在婆摩拉病故的情况下，戈宾德拉尔可以得到她财产的一半。"

所有人都惊得目瞪口呆，谁也没有说话。文书向戈宾德拉尔望了一眼。戈宾德拉尔示意他写。

文书开始书写起新遗嘱来。遗嘱写好了，克里什诺康托签了字，又请证人们都签了名。戈宾德拉尔自己虽然是遗嘱的相关人，但是也拿过遗嘱，作为见证人签上了自己的名字。根据这个新遗嘱，戈宾德拉尔一分钱也得不到——他只能得到婆摩拉财产的一半。

这天夜里，克里什诺康托躺在杜尔希①圣草铺成的床上，呼唤着霍里的名字，前往另一个世界去了。

第二十七章

听到克里什诺康托死亡的消息，村里人都感到悲伤。有人说，一位杰出人物仙逝了；有人说，一位引路人死了；有人说，一座山峰崩塌了。克里什诺康托是一位有钱人，但他也是一个正直的人。克里什诺康托常常给予穷苦人和婆罗门学者很多资助。因此，很多

---

① 在印度等南亚国家生长一种香草，因为毗湿奴喜爱，所以被尊为圣草。

人对于他的死亡感到悲痛。

　　最悲伤的是婆摩拉。现在需要把婆摩拉赶快接回来。就在克里什诺康托去世的那一天，戈宾德拉尔的母亲就派人把婆摩拉接了回来。她一回来，就痛哭起来。

　　婆摩拉与戈宾德拉尔第一次见面的时候，是否会因为罗希妮的事情而大吵一场呢，我们无法断定，但是大家都为克里什诺康托的逝世而哀伤，所以这一切都暂时压了下来。戈宾德拉尔第一次见到婆摩拉的时候，她正在为伯公的死亡而痛哭流涕。看见戈宾德拉尔，她哭得更加厉害。戈宾德拉尔也禁不住流眼泪了。

　　尽管存在吵架的危险，但是这种危险却在忙乱中消失了。两个人都明白这一点。两个人都在心里默默地决定，第一次见面的时候什么都不说，而且没有必要争吵，也没有时间争吵。也就是说，先料理完伯父的丧事，谁心里有什么话以后再说。这样想过之后，有一天，戈宾德拉尔遇到一个合适的机会，对婆摩拉说："婆摩拉，我有一些话要和你说。但是现在说这些话，我的心就会碎的。父亲去世时我都没有像现在这样悲伤。现在我无法对你讲述过去的那些事情；等丧事结束后，我会向你讲述要讲的一切。在治丧期间，不要提及过去的那些不愉快的事情。"

　　婆摩拉十分艰难地止住泪水，下意识地想着从小就熟悉的天神迦梨、杜尔伽、湿婆、霍里，说道："我也有话要说。你什么时候有空闲时间，就来问我吧。"

　　他们没有再说什么。日子就像往常一样，一天天过去了。看起来，时间就这样度过去了。男女仆人、女主人、其他女眷、亲戚朋友——谁都不知道，天空中已经聚拢起乌云，蛀虫已钻进花里，这幅美丽的爱情圣像已经染上了害虫。然而，他们的爱情真的染上了害虫。曾经有过的一切，已经不复存在。曾经有过的那种欢笑，再也见不到了。婆摩拉不再笑了吗？戈宾德拉尔也不再笑了吗？当然，还笑啊，可是已不再是以前那种笑了。两双眼睛互相凝望着自然流露出来的那种笑容，再也没有了。那种半含着笑容半含着爱意的微笑，再也没有了。以前他们的微笑一半述说着生活的美满，一

克里什诺康托的遗嘱

半述说着对幸福的永远不能满足的渴望——如今那种微笑再也没有了。以前婆摩拉看见戈宾德拉尔的那种目光,就会想:"啊,多么美呀!"戈宾德拉尔看见婆摩拉的目光,也会想:"啊,多么迷人啊!"——如今那种目光再也没有了。看见戈宾德拉尔充满温情爱意的、坚毅而又令人陶醉的眼神,婆摩拉就常常想:"看来,我今生今世是无法渡过这爱情之海了。"看见婆摩拉的眼神,戈宾德拉尔就会想着她而忘掉了整个这个世界——这种眼神再也没有了。诸如"婆摩拉①""婆摩尔""婆摩""普摩里""普米""普摩""嘭嘭"这样一些亲切的爱称,总是充满新的温情、充满欢乐、充满幸福感——这样的爱称如今听不到了。以前的那种爱称"小黑子""黑丫头""黑月亮""黑金子""黑宝石""迦陵迪②""迦利耶③"的爱称,再也听不到了。以前那种"喂""哎""哎哎""喂喂"的亲切的呼语,再也听不到了。那种卿卿我我的甜蜜呼唤,再也听不到了。从前那种甜蜜的悄悄话再也听不到了。从前那种谈话的方式再也没有了。从前有讲不完的话,如今只能没话找话。从前那些一半用语言一半用眼神和表情述说的话语,如今都不翼而飞了。从前那些不需要述说而只听嗓音声调就明白意思的情况,如今都消失了。从前戈宾德拉尔和婆摩拉夫妻俩在一起生活的时候,别人是不容易找到戈宾德拉尔,也根本找不到婆摩拉的。如今不需要呼唤,他们中的一个人不是借口"太热",就是说"好像有人在叫我"而走开。仿佛昔日那轮皎洁的圆月被乌云遮盖了。仿佛迦尔迪克月④的明月变得黯淡无光了。仿佛有人在真金中掺进了锌锑合金。仿佛

---

① 孟加拉语的意思为"蜜蜂"或"大黄蜂";后面列举的"婆摩尔"为"大黑蜂","婆摩"为"小傻瓜""小笨蛋";"普米"为"泥土""土地";"嘭嘭"为连续不断的哨声;等等。
② 印度北方的一条大河,通常称朱牟拿河。根据印度古代神话传说,朱牟拿河也是黑天与其情人罗陀谈情说爱的地方。详见董友忱等编译的《印度神话传说》(上海译文出版社,2002,第30~36页)。
③ 印度神话传说中的一条大蟒蛇,后来被黑天所制服,被迫离开了朱牟拿河。详见董友忱等编译的《印度神话传说》(上海译文出版社,2002,第30~36页)。
④ 印度历法的八月,为公历的10~11月,30天。

有人扯断了优美动听的琴弦。

从前那种洒满金灿灿中午阳光的心田如今已经变得一片黑暗。为了给这种黑暗带来光明，戈宾德拉尔常常想到罗希妮。而婆摩拉为了驱散那种可怕的、非常恐怖的黑暗，常常想到阎摩！"啊，阎摩，你是无家可归人的庇护所，你是迷路人的坦途，你是失恋人向往的圣地！啊，阎摩，你是心灵的慰藉，你是消除痛苦的良药，你是救苦救难者，你是忧伤的驱散者！你是失去希望者的希望，你是失去爱情者的爱情，你是阎摩！请你接纳我婆摩拉吧，啊，阎摩呀！"

第二十八章

克里什诺康托的葬礼办得十分隆重。他的敌人说，的确够排场了，花去了六七万卢比。他的朋友说，花费了十万卢比。克里什诺康托的继承者们偷偷地对朋友们说，大概花费了五万卢比。我们看了一下账目：一共花去了三万两千三百五十六卢比五个安纳十二个拜萨。

不管怎么说，几天来很热闹。霍罗拉尔作为继承人，也来参加了葬礼。苍蝇的嗡嗡声，金属餐具的叮当声，乞丐的乞讨声，精通法典人的高谈阔论，把村里人的耳朵都震聋了。拉伊家的人们散发了甜饼糖果，对乞丐进行了施舍，散发了印有霍里名字的披肩，向所有亲戚、亲戚的亲戚馈赠了礼品。孩子们拿着小小的糖块开始玩起球来；女人们看到椰子油涨价，就使用炸油条的油抹头发了；大烟铺都关了门，所有大烟鬼们都到拉伊家里吃甜食去了；卖酒的小铺也关了门，所有酒鬼都梳好头发，买了印有霍里名字的披肩，前往拉伊家去喝送葬酒了。大米涨价了，因为不仅做饭要用大米，大量的米粉也要消耗大米，而且买来这么多的米粉也不够；消耗了如此之多的油，甚至连病人们都得不到蓖麻油了；如果去牛奶店买脱

克里什诺康托的遗嘱

脂乳,他们就会说,我们就这么一点点脱脂奶也在婆罗门的祝福下变成酸炼乳了。

最后,克里什诺康托葬礼的喧闹声总算平静下来了,于是就开始了宣读遗嘱的痛苦程序。遗嘱宣读后,霍罗拉尔发现,在遗嘱上有很多证人签字——再进行任何争吵都不可能了。葬礼一结束,霍罗拉尔就返回了自己的工作岗位。

遗嘱宣读过之后,戈宾德拉尔来到婆摩拉的身边,对她说:"你听到遗嘱的内容了吗?"

婆摩拉问:"你指什么?"

戈宾德拉尔说:"遗产的一半是你的。"

婆摩拉问:"是我的,还是你的?"

戈宾德拉尔说:"现在你和我还是有一点儿区别。不是我的,而是你的。"

婆摩拉说:"那么,就算是我的吧。"

戈宾德拉尔说:"我是不会享用你的财产的。"

婆摩拉很想痛哭一场,但是一种高傲的心态抑制了她的恸哭,于是她问道:"那么,你打算怎么办呢?"

戈宾德拉尔说:"我可以靠我自己挣的几个铜板生活度日。"

婆摩拉问:"你怎么挣钱?"

戈宾德拉尔说:"我会努力去各地找事做。"

婆摩拉说:"这份遗产不是属于我伯公的,而是属于我已故公公的。这份遗产的合法继承人是你,而不是我。伯父的遗嘱是无效的。这个遗嘱不能执行。我父亲应邀来参加伯父葬礼的时候向我说明了这一点。这份遗产是属于你的,不是属于我的。"

戈宾德拉尔说:"我伯父不是一个虚伪的人。当时他立遗嘱的时候,就是写明遗产留给你,而不是留给我。遗产是属于你的,而不是属于我的。"

婆摩拉说:"如果存在这种疑虑,我可以写明将遗产转给你。"

戈宾德拉尔说:"我难道得靠你的施舍来维持生活吗?"

婆摩拉问:"这有什么不好呢?我不就是你的一个忠实奴

仆吗?"

戈宾德拉尔说:"从今以后再讲这话就不合适了,婆摩拉。"

婆摩拉说:"难道我做过什么错事吗?在这个世界上,除了你,我再也没有什么亲人了。我八岁的时候嫁过来,现在我已经十七岁了。这九年来,除了你,我没有结识过任何人。我是你保护的女人,是你的玩偶。我有什么罪过呢?"

戈宾德拉尔说:"你自己想一想吧。"

婆摩拉说:"在不合适的时候我回娘家了——这是我的过错,我一千次一百次地对不起你!请原谅我吧。我还不怎么懂事,只认识你,所以当时我生气了。"

戈宾德拉尔当时没有再说什么。在他面前仿佛出现了一个披散着头发、伤心流泪、呆木不动、痛苦悲伤而又美丽动人的女人,而在他脚下却是这个十七岁的女人。戈宾德拉尔没有说话,他当时在想:"这个女人真黑呀!而罗希妮多么漂亮啊!她既有好的品德,又有美丽的容貌。长期以来我一直崇敬品德,现在我也该崇尚美貌了。难道我就心甘情愿过这种枯燥乏味的、毫无希望、毫无意义的生活吗?总有一天我要打碎这种枯燥生活的泥碗。"

婆摩拉抱住戈宾德拉尔的腿,哭着说:"原谅我吧!我还是一个小姑娘呀!"

那位创造无数欢乐与痛苦的天神——人们心灵的主宰者——痛苦悲伤者的朋友,他肯定听到了这些话语,但是戈宾德拉尔却没有听到。他沉默不语。戈宾德拉尔在想着罗希妮,在想着那个光彩照人的、具有无限活力的、犹如早晨启明星般艳丽的、宛如小溪般活跃的罗希妮。

婆摩拉没有得到回答,于是问道:"你怎么不说话呀?"

戈宾德拉尔说:"我要离开你。"

婆摩拉松开双手,站起身来,向外走去。她被门槛绊倒,昏过去了。

第二十九章

"你要离开我,我究竟犯了什么过错?"

这句话婆摩拉当面没有对戈宾德拉尔说过,但是在这件事情发生之后,她每时每刻都在这样问自己:"我有什么过错?"

戈宾德拉尔也在默默地寻思,婆摩拉有什么过错。戈宾德拉尔心里认定,婆摩拉肯定犯有特别严重的罪过。但是究竟是什么罪过呢?他也搞不清楚。如果想搞清楚的话,那么他仿佛觉得,婆摩拉对他不信任,由于不信任,她才给他写了一封那么刻薄的信——她甚至都不当面问他一下那些流言蜚语是真还是假,这就是她的过错。"我为她做了很多,可是她竟然如此轻易地怀疑我,这就是她的过错。"前面我们曾经提到过库摩蒂与苏摩蒂的对话。我现在向大家介绍一下坐在戈宾德拉尔心里的库摩蒂与苏摩蒂的谈话。

库摩蒂:首先是婆摩拉的过错,就是她对戈宾德拉尔不信任。

苏摩蒂:她为什么要去相信一个不值得信任的人呢?你与罗希妮在一起寻欢作乐,婆摩拉怀疑你,这有什么过错?

库摩蒂:现在我的确是不值得她相信的,但是在婆摩拉怀疑我的时候,我并没有什么过错啊。

苏摩蒂:早两天还是晚两天,反正都一样——你毕竟犯了错误。认定会犯错误的人有过错,难道算是严重的罪过?

库摩蒂:恰恰是因为婆摩拉认定我有错误,所以我才犯了错误。如果反复称圣人为小偷,那么他就会成为小偷的。

苏摩蒂:怎么,在你看来,称行窃为小偷的人有过错,而行窃的人倒没有错误了!?

库摩蒂:我不想和你争吵。难道你没有看到,婆摩拉是怎样侮辱我的？听说我要从外地回来，她就回娘家去了。

苏摩蒂：既然她相信她所想的是正确的，那么她就会做出相应的举动。要是丈夫喜欢别的女人并且亲昵地抱着那个女人的身体，有哪个女人能不生气呢？

库摩蒂：婆摩拉居然相信她自己的想象，这还不算错误吗？

苏摩蒂：关于那件事情，你是否问过她？

库摩蒂：没有。

苏摩蒂：你也不问一下就生婆摩拉的气，而她毕竟还是一个小姑娘；就因为没有问她为什么生你的气，你就大发脾气？这一切纯粹是借口！要我来说说你生气的真正原因吗？

库摩蒂：说吧，什么原因？

苏摩蒂：真正的原因在于罗希妮。你对罗希妮已经爱得失魂落魄，所以你已经不再喜欢那个皮肤黧黑的婆摩拉了。

库摩蒂：那我为什么以前喜欢婆摩拉呢？

苏摩蒂：以前罗希妮没有出现嘛。什么事情都不会是在一天内突然发生的。一切事物都应时而现。今天是阳光普照的艳阳天，难道明天就不会是阴雨连绵的坏天气吗？难道仅此而已吗——还有呢！

库摩蒂：还有什么？

苏摩蒂：还有克里什诺康托的遗嘱。老人家心里明白，把遗产留给婆摩拉，也就是把遗产留给了你。他还知道，一个月内婆摩拉就会把遗产转写在你的名下。可是，后来他看到你开始走上了歧途，为了挽救你，他就想以此把你绑在婆摩拉裙下。你不理解这一点，反而生婆摩拉的气。

库摩蒂：这都对。可是，我怎么能每月靠妻子施舍的钱生活呢？

苏摩蒂：遗产是属于你的，你为什么不让婆摩拉把它转写在你的名下呢？

库摩蒂：我怎么能靠妻子的施舍过日子呢？

苏摩蒂：哎哟妈呀！多么严重的大男子主义！那么，你和婆摩拉向法院提出起诉，取得法律的认证：这笔遗产的确是你父亲遗留下来的。

库摩蒂：我怎么能和婆摩拉打官司呢？
苏摩蒂：那么，你还想做什么呢？走向毁灭？
库摩蒂：我是在朝这个方向努力。
苏摩蒂：罗希妮呢？她也跟你一起走向毁灭吗？

然后，库摩蒂和苏摩蒂相互挥舞着拳头，揪住对方的头发，开始了一场猛烈的厮打。

第三十章

我相信，如果戈宾德拉尔的母亲是一位明智老练的主妇，那么，头上的这片乌云一下子就会消散的。她能够意识到，她儿子和媳妇的心里存在着隔阂——一个女人很容易洞察到这一点。假如在这个时候，她能够采取好言相劝、体贴安慰以及女人智慧所具有的其他各种好方法，认真地对待这件事情，那么，她就一定会取得很好的效果。然而戈宾德拉尔的母亲不是一位很明智老练的主妇，特别是，由于她儿媳妇成为那份遗产的继承人，她对婆摩拉竟然产生了一点儿嫉恨。她本来可以以自己的温柔体贴成为婆摩拉崇敬爱戴的人，可是她对待婆摩拉却缺乏这种温柔体贴。儿子还活着，儿媳妇却继承了遗产，对此她简直无法忍受。她甚至连一次也没有感觉到，这份遗产对婆摩拉和戈宾德拉尔来说是一回事——正是因为意识到戈宾德拉尔可能会走上错误的道路，为了约束戈宾德拉尔，克里什诺康托·拉伊才让婆摩拉继承了这份遗产。有一次，她心里竟然还这样想：克里什诺康托在弥留之际有些丧失理智了，有些糊涂了，所以才做出了这样不合理的事情。如今她认为，自己在儿媳妇的生活中只是个有权吃饭穿衣的人，而在众人眼里只是一个乞食者。因此，她觉得，最好是离开这个家。这个失去了丈夫而且有些自私的女人，自从丈夫去世后就希望前往迦尸①度过余生，只是出于作为一个女人所具有的那种对儿子难以割舍的慈爱情怀，至今没能成行。现在她前往迦尸的愿望就更加强烈了。

她对戈宾德拉尔说："你的父亲和伯父都一个一个地升天了，如今我的期限也临近了。你应该尽做儿子的义务了，现在把我送到迦尸去吧。"

戈宾德拉尔竟出人意料地同样了母亲的建议，并且说道："好吧，我亲自送你去迦尸并安置好你。"不幸的是，这时候婆摩拉想回娘家住一段时间，谁也没有劝阻她。因此，在婆摩拉毫不知晓的情况下，戈宾德拉尔开始了前往迦尸的一切准备工作。他悄悄地卖掉了自己名下的一些财产，筹集了一些钱。他自己还有一些黄金、钻石等贵重的东西，也统统卖掉了。这样他大概筹集了十万卢比。戈宾德拉尔打算将来靠这笔钱生活。

在确定了与母亲一起动身去迦尸的日子之后，戈宾德拉尔派人去接婆摩拉。听说婆婆要去迦尸，婆摩拉匆匆赶回来了。婆摩拉回来后，抱住婆婆的腿苦苦哀求，她跪在婆婆面前哭诉道："妈，我还是个孩子，你不要扔下我一个人不管。我懂什么家庭职责呢？妈，人生就是大海，你不能让我一个人在大海中漂泊呀！"

婆婆说："你大姑姐还在，她会像我一样照顾你的，而且你已经是家庭主妇了。"

婆婆说了什么，婆摩拉一点也不明白，她只是一个劲儿地哭。

婆摩拉看到了自己所面临的巨大危险。婆婆要走了——丈夫也要去为她进行安置；安置好后，看来，他也不会回来了！

婆摩拉抱住戈宾德拉尔的腿，开始哭起来，她问道："你什么时候回来啊？"

戈宾德拉尔回答道："我说不准。回来的希望不大。"

婆摩拉放开了丈夫的腿，站起身来，想："怕什么？我可以服

---

① 印度一个著名的圣地，该城位于巴鲁那河、阿斯河之间。印度教教徒认为，在该城死去，就会升天，所以很多上了年岁的人都希望晚年去那里居住，然后从那里升天。

克里什诺康托的遗嘱

毒嘛！"

决定出发的日子到了。从姜黄村到火车站还有很远一段距离，需要乘坐轿子。动身的吉日良辰到了——一切都已准备就绪。挑夫们担着沉重的大小箱笼和包袱开始出发了。男女仆人们穿着洗得干干净净的衣服，梳好了头发，站在门前，咀嚼着蒟酱叶——他们将随同主人一起动身。几个守门人缠着头巾，手里拿着棍棒，与挑夫们相互戏骂着。村子里的男女孩子们都出来看热闹。戈宾德拉尔的母亲祭拜了家里供奉的神像，流着眼泪——与所有人话别后，坐上了轿子；家里所有人都哭起来。她坐着轿子走了。

与此同时，戈宾德拉尔也与家里的其他女眷一一告别，然后来到卧室与正在哭泣的婆摩拉告别。看到婆摩拉哭得死去活来，戈宾德拉尔本打算说的一些话也说不出来了，只是说："婆摩拉！我走了，去安顿母亲了。"

婆摩拉一边擦着眼泪，一边说："母亲要在那里定居。你回来不回来？"

在婆摩拉问丈夫这句话的时候，她的眼泪已经干了。听到她声音中所蕴含的刚毅和深沉，看到她嘴唇上所显露出的坚强决心，戈宾德拉尔有些吃惊，突然不能回答了。看见丈夫沉默不语，婆摩拉又一次说道："想想看，你曾经教导我说：真诚是做人的唯一品格，唯有真诚才有欢乐。现在你对我说实话——我是你监护下的一个女孩，你现在不要欺骗我——你什么时候回来？"

戈宾德拉尔说："那么，你就听实话——我不想回来了。"

婆摩拉问："为什么不想回来？你能说说吗？"

戈宾德拉尔说："如果回到这里和你一起生活，我就要被迫成为向你乞食的奴仆。"

婆摩拉说："那又有什么不好呢？我就是你最忠实的奴仆嘛。"

戈宾德拉尔说："最忠实的奴仆婆摩拉，应该坐在窗台上等待我从外地回来。可是那个时候她却回到娘家去了。"

婆摩拉说："为此我曾经多次抱住你的脚，请求你原谅——你难道因为一次过错就不肯原谅我吗？"

戈宾德拉尔说:"现在该是我一百个对不起你了。你如今是财产的继承人了。"

婆摩拉说:"不对。我前一次回到我父亲家里,在父亲的帮助下我做了一件事,你看。"

婆摩拉说着拿出了一张纸,递到戈宾德拉尔的手里,说道:"读一下吧。"

戈宾德拉尔读过后知道,那是一份馈赠文书。婆摩拉将属于自己并经过官方认证的所有财产赠给丈夫,并且对文件进行了公证。

戈宾德拉尔对她说:"你做了自己认为应该做的事情。可是我和你是什么关系?我送给你首饰,你可以佩戴。你馈赠,我来享受——没有这种关系。"说完,戈宾德拉尔就把这份非常珍贵的文件撕得粉碎,扔在了地上。

婆摩拉说道:"我父亲告诉我,撕毁这份文件也是徒劳的,官方还保存一个副本。"

戈宾德拉尔说:"无所谓。我走了。"

婆摩拉问:"你什么时候回来?"

戈宾德拉尔说:"我不回来了。"

婆摩拉问:"为什么?我是你的妻子,你的学生,是你保护和供养的女人,是你最忠实的女仆,是乞求你教诲的乞丐。你为什么不回来?"

戈宾德拉尔说:"不想回来。"

婆摩拉问:"难道你没有责任吗?"

戈宾德拉尔说:"看来,我没有了。"

婆摩拉竭力控制住眼泪,不让泪水流出来。她双手合十,声音颤抖地开始说:"那么,你走吧——以后,也不要回来了。你想抛弃毫无过错的妻子,那就请吧,但是你要记住,天神在上。你要记住——总有一天你要为我哭泣的。你要记住——总有一天你会找到,这个世界上真诚的爱在哪里。天神可以作证!如果我是忠贞的,并且全心全意地忠爱着你,那么,你我还会再见面的。我正是因为怀有这个信念才保留自己的生命。现在你走吧。如果你想说,那你就说:'我再也不回来了。'但是我要说,你还会回来的——还会呼唤你的婆摩拉——你还会为我哭泣的。如果这些话不能实现,那么,我就会认定,天神是虚伪的,正法是虚伪的,婆摩拉是不忠的!你走吧,我没有悲痛!你是属于我的,不是属于罗希妮的!"

婆摩拉说完,就跪在丈夫的脚下,虔诚地施了大礼,然后缓步走进了另一个房间,关了屋门。

第三十一章

在所描述的这个故事发生之前不久,婆摩拉曾经生过一个儿子,但是在产院里就死去了。婆摩拉现在走进另一个房间,插上门,开始想起她那个只活了七天的儿子,哭了起来。她躺在地上,伤心地哭诉自己的儿子:"我娇宠的玩偶,我这个苦命人的黄金,如今你在哪儿呢?要是现在你还活着,谁敢抛弃我呢?我的爱被夺走了,可是谁夺走了你的爱呢?我是一个很难看的丑陋女人,可是谁说你难看呢?有谁比你更英俊呢?孩子,让我再看看你吧!在这个艰难的时刻,你为什么不让我再看你一下呢?难道死了就不能再见面吗?"

婆摩拉双手合十,抬起头来,开始不出声地质问众天神:"谁能告诉我,我有什么过错,刚刚进入十七岁就让我遭受这样难以想象的灾难?我的儿子死了,我的丈夫离开了我。我才刚刚十七岁,在这样的年龄我除了爱我的丈夫,什么都不爱——今生今世我再也没有什么指望了,我也没有学会再去期盼什么。我才十七岁,为什么让我陷入如此绝望的境地呢?"

婆摩拉一边哭诉一边想,天神们都是很冷漠无情的。当天神冷漠无情的时候,人还能做什么呢?只能哭泣。婆摩拉也只能哭泣了。

这期间戈宾德拉尔离开婆摩拉,慢慢地向外室的门厅走来。我们说实话——戈宾德拉尔是擦着眼泪走进来的。少女那种十分真诚的爱——总是自然地表露出来,并且充满她的言谈话语之中,这种日子飞快地流逝了;戈宾德拉尔从婆摩拉那里得到了这种极其宝贵的爱,曾经感到很幸福,这时戈宾德拉尔想起了这一切。他意识到了,他已经放弃的东西,在这世界上再也得不到了。他还想:"我做过的一切,现在已经无法挽回了——现在我只有走了。现在我就动身,现在我就走吧。看来,再也不会回来了。算了,动身吧,现在我走了。"

在这个时候,如果戈宾德拉尔迈开两条腿走回去,敲一下婆摩拉那扇关闭的房门,说一句"婆摩拉,我又回来了",那么,一切就会和解的。戈宾德拉尔多次产生过这种想法。尽管有过这种想法,可是他并没有那样做。虽然有愿望,但是还是感到有点儿难为情。他想:"何必这样匆匆忙忙呢?当我想回来的时候,我就回来嘛。"戈宾德拉尔觉得自己在婆摩拉面前是个罪人。他没有勇气再去见婆摩拉。戈宾德拉尔也缺乏做出这种决定的智慧。既然走上了这条路,他就要沿着这条路走下去。他抛弃了这个念头,来到外室的门厅,骑上备好鞍具的马,扬鞭策马走了。走在路上,他心里浮现出罗希妮那娇媚的形象。

第二部分

第一章

第一年

　　在姜黄村的家里收到了消息：戈宾德拉尔及其母亲等人顺利地到达了迦尸圣城。婆摩拉没有收到任何来信。出于自尊婆摩拉也没有写信。信函都寄到管事人那里。

　　一个月过去了，两个月过去了。不断地有信件寄来。最后，终于有一天传来消息说，戈宾德拉尔已经离开迦尸，动身回家了。

　　听到这个消息后，婆摩拉在想，戈宾德拉尔只是为了诓骗母亲才这样说，他一定去别的地方了。她并不指望戈宾德拉尔会回到家里来。

　　这时，婆摩拉开始探听有关罗希妮的消息。罗希妮还是在正常地做饭、吃饭、洗澡、担水——没有什么别的消息。后来有一天，婆摩拉得到消息，罗希妮病了，倒在家里的床上，不能出门了。布罗赫蒙侬德开始自己做饭吃了。

　　此后又有一天传来了消息，罗希妮好了一点儿，但是病根还没有去除。这种因痛苦而患上的疾病是不能医治的，为了康复，罗希妮要前往眼光娘娘庙许愿。最后的消息说，罗希妮动身前往眼光娘娘庙了。她一个人走了——还有谁能陪她一起去呢？

　　三四个月过去了，戈宾德拉尔并没有回来；五六个月过去了，戈宾德拉尔还是没有回来。婆摩拉一直没有停止哭泣，她只是在想："他在哪里呢？他怎么样啊？要是能得到他的消息，我就放心了。为什么我得不到这方面的消息呀？"

　　最后，婆摩拉请大姑姐给婆婆写信，因为自己母亲肯定知道儿子的消息。婆婆回信说,她收到过关于戈宾德拉尔的消息。戈宾德拉尔去普罗亚格①、秣菟罗②、贾亚普尔等地旅游了,现在暂住在德里。不久他要去别的地方,还没有打算在任何地方长住。

这期间罗希妮也没有回来。婆摩拉开始思考起来:"天神晓得,罗希妮去哪里了。我不能从罪恶之口说出我内心的疑虑。"婆摩拉实在无法再忍受了,于是就哭着对大姑姐说,她想回娘家住一些时候,然后就乘坐一顶轿子前往父亲家了。

回到娘家后,她发现,要得到有关戈宾德拉尔的消息更加困难了,于是她又回来了。回到姜黄村,婆摩拉仍然没有得到丈夫的消息,于是她又给婆婆写了一封信。婆婆这次回信写道:"戈宾德拉尔再没有发来任何消息;我也不知道现在他在哪里。我没有得到任何消息。"就这样,第一年就要过去了。在这一年年末的时候,婆摩拉病倒了。一朵娇艳的花开始枯萎了。

第二章

听说婆摩拉病倒了,婆摩拉的父亲前来看望女儿。关于婆摩拉的父亲,我们还没有做过特别介绍,现在我们来介绍一下。她的父亲马托比纳特·绍罗迦尔,四十一岁。看上去是个很英俊的男人。关于他的品行,在人们中间流传着各种不同的看法。很多人赞扬他,也有很多人说,像他那样的坏人再也没有了。所有人都承认,他是个很有才干的人,而且即使那些赞扬他的人,也惧怕他。

马托比纳特看到女儿的境况,哭得很伤心。他看见,他那个鳖

---

① 恒河、朱牟拿河和萨拉斯瓦蒂河汇合处,现今的阿拉哈巴德。
② 印度北方邦的一个城市,是黑天的诞生地,也是他与罗陀的游玩之地,现今的马图普里。

克里什诺康托的遗嘱

黑的身体强健匀称的美丽女儿现在已经变得面容憔悴、身体消瘦、肩胛骨突出了，她那双眼窝深陷的眼睛宛如凋谢的蓝莲花的花瓣。婆摩拉也哭了很久。最后，当爷俩都不再哭泣的时候，婆摩拉说："爸爸，我觉得我的时日不多了。请您为我做一些善事吧。我虽然还很年轻，可有什么办法呢？我的时日就要结束了。既然时日不多了，我为什么还要拖延呢？我有很多钱，我要立下誓愿。还有谁能替我做一切呢？爸爸，请你来为我安排吧。"

马托比纳特什么也没有说，女儿的话语使他感到难以忍受的痛苦，于是他来到了外室的门厅。他坐在那里哭了很久。马托比纳特不仅仅是在哭泣，而且他感受到一种钻心的痛苦，这种痛苦渐渐变成了一种强烈的仇恨。他开始默默地想："谁给我女儿带来如此的灾难，谁就应该也承受这种灾难——难道世界上就没有能够实行这种报复的人吗？"想着想着，一种强烈的仇恨驱逐了忧伤，占据了马托比纳特的心田。当时马托比纳特瞪着一双红肿的眼睛，暗暗发誓："谁给我的女儿婆摩拉制造了这样的灾难，我也要给他制造同样的灾难。"

当马托比纳特的心情稍微平静了一些，他又重新走进内室。马托比纳特来到女儿身边，说道："孩子，你提出了许愿的事，我也想过这件事。现在你身患重病；如果安排许愿，就要长时间斋戒禁食——现在你承受不了斋戒禁食。就让你的身体恢复一些吧——"

婆摩拉问："我现在这样的身体还能恢复吗？"

马托比纳特说："能恢复，孩子——怎么了？你在这里没有接受过认真的治疗，又怎么会好呢？你的公公不在了，婆婆也不在了，身边什么亲人都没有，谁张罗给你治疗呢？现在你跟我走吧。我要把你带回家，请医生给你治疗。我在这里待两天，然后我带你回拉吉村。"

婆摩拉的娘家住在拉吉村。

马托比纳特告别了女儿，就去见女儿家里的管事人。他问一位管家："怎么，你家主人先生有信来吗？"

管家回答说："没有。"

马托比纳特问:"现在他在哪里?"

管家说:"我们谁都不知道他的任何消息。他也没有给我们发来任何信息。"

马托比纳特问:"我从什么人那里可以获得这方面的消息?"

管家说:"假如我们知道的话,也会派人去打听。我们已经派人到迦尸他母亲大人那里去打听消息了,可是那里也没有什么消息。不晓得先生现在的住址。"

第三章

看到女儿病成这个样子,马托比纳特下决心治好她的病。马托比纳特认为戈宾德拉尔和罗希妮是造成女儿这场不幸的根源,因此,首先应该打听到这两个下流货在何处。否则,坏人得不到惩罚,而婆摩拉也会死去。可能寻找到他们的一切都用尽了,还是一点儿消息也没有。但是马托比纳特说:"如果我不能找到他们,我就不是男人。"

下定了这样的决心之后,马托比纳特就独自一人走出了拉伊家门。在姜黄村有一个邮局,马托比纳特晃动着手里的手杖,嘴里咀嚼着蒟酱叶,犹如一位绅士一样,慢悠悠地走进那个邮局里,四处张望。

在邮局那间昏暗的小房子里,特别引人注目的是每月领取十五个卢比薪水的邮政局长。在一张破旧的芒果木制作的桌子上,放着一些信件、信夹、信封、天平、邮局的印章等等,还有一个小陶盘,里面放着几瓶胶水。那位邮政局长或者称邮局先生,只能在一个临时工先生面前施展主人的威风。邮政局长先生每月拿十五个卢比,而这个临时工只拿七个卢比。可是临时工认为:"七和十五之间的区别表明,我与局长先生的区别不是很大。"但是局长先生心里却在想:"我是局长——那个小伙子只是个邮递员。我是他的最

克里什诺康托的遗嘱

高统治者——我和他有天壤之别。"为了证明这一点,邮政局长先生总是对这个可怜的小伙子吆五喝六,而小伙子也总是以自己认定的身份回答他。邮政局长先生一边在称着信件,一边在以盛气凌人的态度责骂邮递员,就在这个时候安详的马托比纳特先生满面笑容地走了进来。看见绅士进来,邮政局长先生立即停止与邮递员的吵骂,目瞪口呆地望着他。应该对这位绅士表示尊敬——这样的念头闪现在他脑海里,但是用什么方式表示尊敬呢?他没有学习过,而且也没有经历过。

马托比纳特看得出来,这是一只猴子。他面带笑容地问道:"是婆罗门吗?"

邮政局长先生说:"是的。你——您呢?"

马托比纳特强忍住笑,双手合十加额,躬身垂首地说:"早晨好!"

当时邮政局长先生说:"请坐!"

马托比纳特有点儿尴尬,邮政局长先生说"请坐",可是他坐在哪儿呢?局长先生自己坐在一张很破旧的三条腿的椅子上,除此之外,再也没有坐的地方。当时邮政局长先生的那个每月只拿七个卢比的邮递员霍里达斯,从一张坏椅子上拿来一捆破旧的书放在地上,请马托比纳特坐。马托比纳特坐下来,望着他说道:"怎么样,小伙子,你好吗?我怎么没见过你呀?"

邮递员说:"是啊,我是分发信件的。"

马托比纳特说:"我看到了。你给我装一袋烟吧——"

马托比纳特是住在另一个村庄的人,他从来都没有见过霍里达斯这个冷漠的邮递员,这个冷漠的年轻人也没有见过他。这个年轻人想:"这位先生看来有点儿来头!说不定,他要是高兴的话,会给点儿奖赏呢。"这样想过之后,霍里达斯就匆匆去找烟具了。

马托比纳特根本不吸烟,他只是为了让霍里达斯离开才叫他去装烟。

邮递员先生走了之后,马托比纳特对邮政局长先生说:"我到这里来是想向您打听一件事儿。"

邮政局长先生在心里默默地笑了。他是孟加拉人，但是住在比克拉姆普尔。不管在别的方面他多么无知，但是他对自己的工作还是非常精心敏感的。他明白了，这位先生来一定有什么事情，于是问道："什么事情，先生？"

马托比纳特问："您认识布罗赫蒙侬德吗？"

邮政局长说："不认识——确切地说，认识，但不太熟悉。"

马托比纳特明白了，邮政局长开始摆自己的架子了。他又问道："在贵邮局有没有寄给布罗赫蒙侬德·高士名下的信件？"

邮政局长问："您没去问问布罗赫蒙侬德·高士本人吗？"

马托比纳特说："这不重要，我是来向您打听此事的。"

邮政局长先生想到自己的高位和局长的荣耀，就显得很严肃，并且有点儿不满地说："我们邮局有规定，禁止透露别人的消息。"说完，邮政局长又开始默默地称起信件来。

马托比纳特心里笑了，他开诚布公地说："哎呀，年轻人，你不要说这种话，这我知道。我带来一些东西，要送给你。现在我来问一些事情，你要如实地讲——"

局长先生兴奋地问："您想了解什么？"

马托比纳特："我要了解，有没有寄给布罗赫蒙侬德·高士的什么信件？"

邮政局长说："有啊。"

马托比纳特问："间隔多少天寄来一次？"

邮政局长说："我已经回答了第一个问题，可是我并没有拿到钱。首先请您把钱拿出来，然后再提出新的问题。"

马托比纳特本来想给邮政局长一些钱，但是他对邮政局长的行为感到很恶心，于是说道："年轻人，我看，你是外乡人——你认识我吗？"

邮政局长摇了摇头说："不认识。但是不管您是什么人，我们怎么能随便把邮局的消息告诉陌生人呢？你是谁？"

马托比纳特说："我叫马托比纳特·绍罗迦尔，我住在拉吉村。我有多少打手，你知道吗？"

克里什诺康托的遗嘱

邮政局长害怕了——他听说过马托比纳特的威名。邮政局长先生沉默不语了。

马托比纳特说:"我问你什么,你就如实地回答,不要撒谎。如果你撒谎,我什么都不会给你——连一分钱也没有。如果你不讲,或者讲假话,那么,我就会把你的房子点一把火烧掉,砸碎你的邮局。我还要向法院提供证据,说你通过自己的人盗窃政府的钱财。怎么样,现在你讲吗?"

邮政局长先生吓得开始颤抖起来,他说:"您为什么生气呢?我不认识您,并把您看成一般人了,所以才那么说了。您随时来打听什么,我都会讲的。"

马托比纳特问:"寄给布罗赫蒙侬德的信件隔多少天来一次?"

邮政局长说:"几乎每个月都有——确切的日期我记不清了。"

马托比纳特问:"寄来的都是挂号信吗?"

邮政局长说:"是的,多数都是挂号信。"

马托比纳特问:"挂号信是从哪个邮局寄来的?"

邮政局长说:"记不清了。"

马托比纳特说:"你们邮局有登记本吧?"

局长先生找来了登记本,看了一封信的地址说道:"普罗萨德堡尔。"

马托比纳特说:"普罗萨德堡尔在哪个地区?查一查你们的黄页。"

邮政局长哆哆嗦嗦地翻看了一下黄页,说:"杰索尔。"

马托比纳特说:"你再看看,寄给他的挂号信都是从哪里发来的。查看一下所有的登记。"

邮政局长先生发现,所有寄给布罗赫蒙侬德的来信,都是从普罗萨德堡尔发出的。马托比纳特将一张十卢比的钞票递到邮政局长颤抖的手中,就与他告别了。找烟管的霍里达斯还没有回来。马托比纳特还给霍里达斯留下了一个卢比。不用说,邮政局长先生把这一个卢比也据为己有了。

第四章

　　马托比纳特笑盈盈地回来了。从村里人的议论中，马托比纳特知道了戈宾德拉尔和罗希妮堕落的故事。他心里断定，罗希妮和戈宾德拉尔秘密地住在一个地方。关于布罗赫蒙侬德的境况，他也特别清楚，他知道，除了罗希妮，布罗赫蒙侬德再没有任何亲人了。因此，在邮局，当他得知，每个月都有挂号信寄给布罗赫蒙侬德的时候，他就明白了，不是罗希妮，就是戈宾德拉尔，每月都给他寄生活费来。信是从普罗萨德堡尔发来的，因此可以猜到，他们两个人一定住在普罗萨德堡尔，或者附近的某个地方。但是为了证实自己猜测的正确性，他回到女儿家后就派了一个人去警察局派出所。他给所长写了一封信说："请派一个警察来，看来，我们可能抓到盗窃货物的罪犯了。"

　　所长很了解马托比纳特，并且也惧怕他。他一接到信，就立即派了一个名叫尼德拉辛赫的警察来。

　　马托比纳特把两个卢比递到尼德拉辛赫的手里，说道："啊，小伙子，你不用说很多话，我怎么说，你就怎么做。你到那棵树下，藏起来。但是你要站在那棵树下这样一个位置，以便从这里可以看见你。除此之外，再不需要做什么。"尼德拉辛赫接受指示后走了。然后马托比纳特派人去叫布罗赫蒙侬德。布罗赫蒙侬德来到马托比纳特的身边，坐下来。当时那里再没有任何别人。

　　互致问候之后，马托比纳特说："先生是我已故的亲家先生的好朋友。如今他们都不在了——我的女婿也在外地。您遇到了什么危险，我们应该来照顾您，所以我把警察叫来了。"

　　布罗赫蒙侬德的脸色变得苍白。他问道："先生，什么危险？"

　　马托比纳特严肃地说："您的确遇到了一些危险。"

　　布罗赫蒙侬德问："什么危险，先生？"

克里什诺康托的遗嘱

马托比纳特说:"很大的危险。警察不知怎么了解到,您这里有一张偷来的支票。"

布罗赫蒙依德简直就像从天上掉下来一样:"什么!我这里有偷来的支票?!"

马托比纳特说:"大家都了解,你不可能是盗贼。可能是别人送给你一张偷来的支票,你不知道就收下了。"

布罗赫蒙依德说:"这怎么可能呢,先生!谁会送给我支票呢?"

马托比纳特当时压低了声音说:"我已经知道了这一切,警察局也知道了!我在警察那里已经听说此事。偷来的支票是从普罗萨德堡尔寄来的。你看那边那个警察,就是为了你的事情而来的。我给了他一些钱,让他不要急于处理此事。"

马托比纳特当时指给他看站在树下的那个手持警棍、留着乌云般胡须的警察。

布罗赫蒙依德吓得浑身瑟瑟发抖。他抱住马托比纳特的腿哭诉道:"请您来救救我吧!"

马托比纳特说:"不必害怕。你说说看,最近你收到的从普罗萨德堡尔寄来的支票是什么号码。警察局的人给我留下了支票的号码。如果不是那个号码,那么还怕什么呢?偷换号码需要多少时间啊?现在你把从普罗萨德堡尔寄来的信拿给我看一下——我要看看支票的号码。"

布罗赫蒙依德怎么回去拿呢?他害怕——因为警察还站在树下呢。

马托比纳特说:"不要害怕,我让一个人跟你去。"根据马托比纳特的吩咐,一个守门人跟着布罗赫蒙依德去了。布罗赫蒙依德取来了罗希妮寄来的信。在这封信里,马托比纳特找到了他所需要的一切。

读过信后,马托比纳特把信还给了布罗赫蒙依德,说:"不是这个号码的支票。不必害怕了——你回家去吧。我现在就让警察回去。"

布罗赫蒙依德的魂魄又回到了僵死的肉体里。他松了一口气，立即从那里逃走了。

马托比纳特把女儿带回自己家进行治疗。他请了一位医生给女儿治病，自己就要去加尔各答。婆摩拉坚决反对，可是马托比纳特根本不听。"我很快就回来。"他这样安慰女儿之后就走了。

在加尔各答，马托比纳特有一个很要好的朋友，名叫尼沙克尔·达斯。尼沙克尔比马托比纳特小八九岁。尼沙克尔什么事情都不做——他父亲给他留下了一笔遗产——他只是在研究一些自己所喜欢的音乐。因为没有工作，所以他经常到外地漫游。马托比纳特来到他家拜访。在谈论了一些别的事情之后，马托比纳特问尼沙克尔："怎么样，想去旅游吗？"

尼沙克尔问："去哪儿？"

马托比纳特说："杰索尔。"

尼沙克尔问："为什么去那里？"

马托比纳特说："我想购买蓝靛厂。"

尼沙克尔说："走吧。"

两个朋友当时做好了出发的准备，当天就动身前往杰索尔了。他们要从那里去普罗萨德堡尔。

第五章

你看，河床狭窄的齐特拉河在缓缓地流淌——河岸上生长着无花果树、芒果树、咖丹菠树①、枣椰树等众多树木——在这稠密的小树林里，布谷鸟、朵耶洛鸟②、芭琶雅鸟③在不停地鸣叫。附近

---

① 在印度等南亚一些国家生长的一种很著名的树木。
② 孟加拉地区一种会鸣叫的小鸟，两个翅膀上有白点，类似喜鹊，但比喜鹊小。
③ 又译鹰杜鹃。

克里什诺康托的遗嘱

没有村庄；有一个字叫作普罗萨德堡尔的小集市，到那里大约还有一克罗什①的路程。看到这里荒无人烟，他们意识到这是一个从事冒险不法活动的地方——从前一个从事蓝靛生产的英国佬就在这里建造过一个蓝靛厂，如今那个蓝靛厂老板及其财富都已经进入了毁灭之城，他的特别代表、管理人员和代理人也全都在相关的位置上品尝到了自己行为的后果。一个孟加拉人买下了这座无人居住的宽敞楼房，并且进行了装修。他添置了花卉、石雕像、椅子、镜子、油画，房屋就显得富丽堂皇了。他们走进了这座建筑物二层的一个大房间。房间内挂着几幅美丽的画儿，但是这几幅画无法表现出主人高尚的审美情趣。一个留着大胡子的穆斯林坐在洁净绵软的坐垫上，弹拨着一把冬不拉琴。坐在旁边的一个年轻女人在叮叮咚咚地敲着一面小铜鼓——她手腕上的金镯子也跟着发出丁零丁零的响声——挂在旁边墙上的两面大镜子里，也显现出这两个人的形象。坐在隔壁房间里的一个年轻男人一边阅读一部小说，一边透过开着的门不时地看一眼那个女人的动静。

　　大胡子用手指弹着冬不拉的琴弦。每当琴弦发出的袅袅之音和铜鼓的咚咚声汇聚成和谐的乐曲的时候，几颗雪白的牙齿就会从他那稠密的黑胡须中间显露出来，这时候他就会开始亮出难得的优美的歌喉。在他发出声音的时候，那几颗雪白的牙齿就开始抽动起来，他那黑如大黑蜂般的胡须也跟着舞动起来。这时那个年轻女人自己的温柔嗓音同那优美难得的男低音融合在一起了，于是就形成了一种歌声——他们就是用这种优美高亢的声音唱出了金银铃般动听的歌曲。

　　说到在这里，我们想降下帷幕。我们不想展示那些肮脏的不堪入目的东西——只想讲一讲那些不讲不行的事情。然而，在那些长满无忧树②、巴库尔树、库特吉树③、库鲁波克树④的灌木丛中，蜜

---

① 印度的长度单位，大约4公里。
② Ashoka，一种热带灌木，开深红色的花。
③ Kutaja，一种热带树木，可入药，也叫库拉吉（Kurachi）。
④ Kurubak，也译红苋树，英文为 Ceimson Amaranth。

蜂的嗡嗡鸣叫，布谷鸟的唱歌，随着那条小河波浪一起漂游的天鹅发出的叫声，本地的茉莉花、阿拉伯茉莉花、芬芳的马拉蒂花等鲜花的娇艳，透过蓝色玻璃窗照射在房间里的阳光呈现出的不同寻常的亮丽，插在银质花瓶和水晶花瓶里的鲜花艳丽，那些装饰房间的各种器物的各种鲜艳的色彩，还有那歌者所创造的纯正优美的歌曲，所有这一切我们只是简单地提了一下。因为那个年轻人正在全神贯注地望着那个年轻女人，那美女的心里感受到，这周围的一切都充满了那个年轻人目光的甜蜜。

这个年轻人就是戈宾德拉尔，那个年轻女人就是罗希妮。戈宾德拉尔买下了这栋楼房，他们就住在这里。

罗希妮的铜鼓突然发出了不和谐的声音。琴师先生的冬不拉琴弦也断了，他的喉咙僵硬了，歌声中断了。戈宾德拉尔手中的小说滑落在地上，因为就在这时候一个陌生的年轻人走进了那栋充满欢乐的楼房的大门。我们认识他——他就是尼沙克尔·达斯。

第六章

这栋二层楼房的最上层是罗希妮的卧室——它是与其他房间隔开的。仆人们住在下面。在这个荒无人烟之地几乎没有什么人来会见戈宾德拉尔，因此，在这里也不需要外室客厅。如果什么时候有哪一位商店老板或者其他什么人来，那么，仆人就会到楼上通报主人；主人就下来和他见面。因此，下面也有一个房间，作为主人的客厅。

尼沙克尔·达斯来到下面一层的门旁，问道："这里有人吗？"

戈宾德拉尔有两个仆人，一个叫邵纳，另一个叫鲁波。听到人的说话声，两个人来到门旁，一看见尼沙克尔，他们都感到很惊奇，就觉得他是位特别有身份的人——尼沙克尔的穿着打扮有点儿华贵。这样的人还从来没有走进过这个门槛——两个仆人见了，开

克里什诺康托的遗嘱

始互相示意——他们对望了一下。邵纳问道:"您找谁?"

尼沙克尔说:"找你们呀。请通报你们的主人,一位先生来拜访。"

邵纳说:"我怎么称呼您呢?"

尼沙克尔说:"不需要什么称呼。你就说,一位先生来求见。"

现在,仆人们都知道,主人不想见任何先生——他没有这种心情。因此,仆人们都很不愿意去通报。邵纳犹豫着。

鲁波说:"您白来了——我们主人不见任何人。"

尼沙克尔:"那么,你们留在这里,不用通报我就上去了。"

两个仆人陷入了困境。其中一个仆人说:"不行,先生。那样的话,我们会被赶走的。"

尼沙克尔掏出了一个卢比,说道:"谁去通报,这个卢比就归谁。"

邵纳还在犹豫。鲁波就像老鹰捕获猎物一样,飞快地夺走尼沙克尔手中的卢比,上楼通报去了。

楼房四周是美丽的花园。尼沙克尔对邵纳说:"我在这个花园里走走。你不反对吧。等你家主人叫我上去的时候,你就在这里喊我一下。"说完,尼沙克尔又把一个卢比塞到邵纳的手里。

鲁波来到主人身边的时候,主人正在忙着做事,仆人就没敢立即向他报告关于尼沙克尔到来的消息。这期间尼沙克尔正在花园里漫步,他抬头一望,就看见一位十分娇艳的美女站在窗前望着他。

罗希妮望着尼沙克尔在想:"这是谁呢?看样子,他不像本地人。看他的穿着打扮,就知道,他肯定是位有钱人。看上去,他是个英俊的男人——比戈宾德拉尔还英俊吗?不,不对。戈宾德拉尔的肤色很亮丽,但是他的脸庞和眼睛很好看。特别是眼睛——美极了!那是一双什么样的眼睛啊!他是从哪里来的呀?他不是当地的黄皮肤人——这里所有的人我都认识。我能不能和他交谈几句呢?这又有什么不好呢?在戈宾德拉尔面前,反正我永远不会成为一个背信弃义的女人。"

罗希妮这样想着,就在这时,尼沙克尔抬起头来向上望了一眼，于是两人的目光交会在一起了。我们不知道，两双眼睛是否进行了交谈——即使知道，我们也不想说，但是我们的确听到了，它们在进行交谈。

就在这个时候，鲁波看主人有空儿，就向他报告说，有一位先生来求见。

主人问道："他从哪里来？"

鲁波说："我不知道。"

主人问："你怎么不问清楚就来报告？"

鲁波发现自己做了蠢事，但他又立即要了一个小聪明，说道："我问过了。他说，他要当面告诉主人。"

主人说："那么你去说，不见。"

这时候尼沙克尔意识到，这么久没有叫他，可能是不想见他："看来，戈宾德拉尔可能拒绝会见。那么，我为什么要与这种罪孽之徒讲什么礼仪呢？我为什么不自己上去呢？"

这样想过之后，尼沙克尔不等仆人回来，又重新走进楼房。他发现，邵纳和鲁波两个人都不在下面。就这样，他毫无阻碍地登上楼梯，来到戈宾德拉尔、罗希妮和歌手达内士·汗所在的那个房间。鲁波看见尼沙克尔，就介绍说："就是这位先生想见您。"

戈宾德拉尔很生气，但是看见他是位有身份的人，于是就问道："您是谁？"

尼沙克尔说："我的名字叫拉斯比哈里·代。"

戈宾德拉尔问："家住何处？"

尼沙克尔说："波拉赫纳格尔。"

尼沙克尔平静地坐下来，因为他意识到，戈宾德拉尔不会请他坐的。

戈宾德拉尔问："您找谁？"

尼沙克尔说："找您。"

戈宾德拉尔说："您要是不强行闯入我的房间，而是等一会儿，那么，您就会从我的仆人口中听到，我没有时间会见您。"

尼沙克尔说："我感到等待的时间太长了。假如我是个害怕别

克里什诺康托的遗嘱

人谴责的人,那么我就不会来到您面前了。我既然来了,如果您肯听我讲几句话,那么一切烦恼都会结束的。"

戈宾德拉尔说:"我本来不想听,可是您如果讲两句话就能结束,那就请您讲完后就走吧。"

尼沙克尔说:"我就讲两句。您的夫人婆摩拉·达湿女士要出租她的地产。"

歌手达内士·汗正在冬不拉琴上安装新的琴弦。他开始用一只手安装琴弦,而竖起另一只手的一个手指头,说道:"一根。"

尼沙克尔说:"我准备租下来。"

达内士·汗继续数手指说:"两根。"

尼沙克尔说:"为此事我曾经去过你们在姜黄村的家。"

达内士·汗说:"现在已经是第三根了。"

尼沙克尔说:"教师先生,你这是在数猪呢?"

教师先生气得两眼通红,他对戈宾德拉尔说:"主人先生,赶走这个混蛋吧。"

然而,主人先生当时却沉湎于自己的思考,没有说话。

尼沙克尔又开始说道:"您的夫人已经同意把她的地产租给我,但是需要得到您的同意。她不知道您的地址,她又不愿意写信。所以,征求您意见的重任就落在了我的肩上。我寻找了很久,才知道了您的地址,于是我就冒昧地来征求您的意见了。"

戈宾德拉尔什么也没有回答,他仍然在沉思。过了这么多时日之后,又听到了婆摩拉的名字——他的婆摩拉!!差不多两年过去了!

尼沙克尔明白了戈宾德拉尔的心思,于是又说道:"如果你同意,那就请您写一张纸条,说明您不反对。我拿到就走。"

戈宾德拉尔仍然什么也没有回答。尼沙克尔意识到,应该再加以说明,于是又将说过的话重说了一遍。戈宾德拉尔停止思考,这一次听到了尼沙克尔所讲的话。读者们都明白,尼沙克尔的这些话都是编造的假话,但是戈宾德拉尔根本没有想到。他抛弃了以前那种激愤的情绪,说道:"没有必要征求我的意见。遗产是我妻子的,不是我的,这一点,大概,您是知道的。她愿意租给谁就租给谁,我无权干涉。我什么都不会写的。看来,现在您应该放过我了。"

尼沙克尔不得不起身告别了。他从楼上走下来。当尼沙克尔离开的时候,戈宾德拉尔对歌手达内士·汗说:"你唱首歌吧。"

听到主人的吩咐,达内士·汗又调着冬不拉琴弦,问道:"我们唱什么呢?"

"唱你喜欢的吧。"说完,戈宾德拉尔拿起铜鼓。戈宾德拉尔以前就会弹奏,现在他已经弹奏得很好了。可是今天他与达内士·汗配合不好,节拍全乱了。达内士·汗很不满意,他放下冬不拉琴,中止歌唱,说:"今天我累了。"戈宾德拉尔又拿起吉他想弹奏,可是所有曲调都忘了。他放下吉他,又开始读小说,但是所读过的内容根本没有往心里去。于是他放下书,走进卧室。他没有看见罗希妮,但是仆人邵纳在旁边。戈宾德拉尔从门里边对邵纳说:"我现在睡一会儿,除非我自己醒来,任何人都不要叫我。"

说完,戈宾德拉尔就把卧室的门关上了。这时候已经临近黄昏。

戈宾德拉尔关上门,但是他并没有睡着。他坐在床上,用双手捂着脸,开始哭起来。

我不知道他为什么哭泣。他是为婆摩拉哭泣呢,还是为自己哭泣?我说不清楚。看起来,二者兼而有之。

除了哭泣,我们看不到戈宾德拉尔还有其他什么出路。为婆摩拉哭泣是真的,但是他再也没有可能回到婆摩拉身边了。在姜黄村再抛头露面——他甚至连想都不敢想了。在通往姜黄村的道路上已经荆棘丛生。除了哭泣,还能做什么呢!

第七章

当尼沙克尔来到大厅的时候,罗希妮不得不躲进隔壁的房间。但是只有眼睛可以被挡住,耳朵是挡不住的。大厅里所进行的一切

克里什诺康托的遗嘱

谈话，她都听到了，她甚至将门帘拉开一点儿缝隙，开始瞧尼沙克尔。尼沙克尔也发现了，门帘后边有一双美丽的眼睛在看着他。

罗希妮听说，尼沙克尔，也就是拉斯比哈里，是从姜黄村来。鲁波也和罗希妮一样，站在那里听到了所有谈话。尼沙克尔刚一起身走出去，罗希妮就从门帘后面露出脸来，用手指示意叫鲁波。鲁波来到她身边，她对鲁波说："我说的话，你能做到吗？所有这些话都应该瞒着你的主人。如果能不让你的主人知道你要做的事，那么，我就给你五个卢比的小费。"

鲁波心里想："我今天一早起来不知道遇见什么贵人了——看来，今天是个发财的日子。"对穷人来说，两分也是好的。于是他说："您所说的我一定能做到。什么事，请吩咐吧。"

罗希妮说："你去追赶那位先生。他是从我的家乡来的。我一直没有得到过有关家里的任何消息，为此我不知道哭过多少回！如果有人从家乡来，我就想打听一下关于自己亲人的一些情况。可是你的主人就会生气而把他赶走。你去把他留住，把他安顿在这样一个地方，即使主人下来，也不会看见。也不能让任何人看见。我趁没人的时候去见他。要是他不想停留，你就劝劝他。"

鲁波已经嗅到了小费的味道，于是说了一声"遵命"，就匆匆走出了。

究竟出于什么目的尼沙克尔要来欺骗戈宾德拉尔，我无法说清楚。但是他下楼时所表现出的那种行为，如果一个聪明人看见了，肯定会对他产生极大的怀疑。他出来的时候仔细地看了房门的木板、挂钩、门闩等物件。就在这个时候，仆人鲁波来到他的面前。

鲁波说："您想吸烟吗？"

尼沙克尔说："主人没有请我吸烟，难道我就得向仆人讨烟吸吗？"

鲁波："不是的，找个没人的地方，我有话跟您说。到一个僻静的地方坐一下吧。"

鲁波把尼沙克尔带到自己的房间。尼沙克尔也没有理由反对。鲁波请尼沙克尔坐下后，就把罗希妮对自己讲的话全都对他说了。

尼沙克尔高兴得简直要伸手摘下天上的月亮,他看到,轻而易举地实现自己愿望的机会来了。于是他就说道:"小伙子,你的主人把我赶了出来,我又怎么能躲藏在他的家里呢?"

鲁波说:"他根本不可能知道。他从不到这个房间里来。"

尼沙克尔说:"是啊,可是当你的女主人下来的时候,你的主人如果想'我去瞧瞧,她要去哪儿呢?'如果他这样想,并且跟着下来,如果他看到你的女主人和我在一起,你说说看,我的处境会怎么样呢?"

鲁波沉默了。尼沙克尔继续说:"在这片空旷的原野,在这个房间,如果他把我杀死并且剁成碎块,然后埋在这花园里,恐怕我喊爹叫妈都没有用了。到那时你也会打我两棍子。因此,我不能这样做。告诉你家女主人,我不能那么做。你还要告诉她一件事。她的叔叔一再让我向她转告一个非常重要的消息。我就是为了向你家女主人转告这件事才匆匆来这里的,可是你的主人却把我赶出来了。我没有来得及说,就走了出来。"

鲁波感到快到手的五个卢比要飞走了,于是说道:"好吧,不在这里坐也罢,那您就到外面远一点儿的地方坐下来,行吗?"

尼沙克尔说:"我也想到了这一点。我来的时候曾经看见,在离你们楼房不远处的河岸上,有一个石头砌成的台阶,那旁边有两棵巴库尔树。你知道那个地方吗?"

鲁波说:"知道。"

尼沙克尔说:"我去那里坐着等。现在已经是黄昏了——当黑夜降临的时候,要是坐在那里,谁也不会看见。你家女主人如果能去那里,那么她就会听到一切消息。即使被人发现了,我也可以逃走。在你们家里等着被剁成碎块扔给狗吃,我绝对不干。"

别无良策的仆人鲁波只好来到罗希妮的身边,把尼沙克尔所讲的话统统告诉了她。当时罗希妮是什么样的心情,我们说不清楚——当一个人自己都不了解自己的心情的时候,我们又怎么能说清楚呢?罗希妮非常爱自己的叔叔布罗赫蒙依德,为了得到有关叔叔的消息,她是否会丧失理智呢?我们不掌握这方面的信息。看来，还有别的缘故。对此我们有一些猜测。罗希妮看到，尼沙克尔皮肤白皙，并且有一双杏仁般的大眼睛。罗希妮还发现，尼沙克尔是一个很有人性的人。罗希妮心里暗暗发誓："我永远不会背叛戈宾德拉尔。"但是背叛是一回事，见面是另一回事。这个有罪的女人心里大概在想："遇到一只粗心大意的小鹿，有哪一个从事狩猎的人不射杀它呢？"她又想，女人如果看见一个可心的男人，哪个女人不希望征服他呢？老虎咬死牛并不是要把牛全吃掉。女人征服男人也仅仅是为了展示的自己胜利。很多人钓鱼仅仅是为了钓鱼取乐，他们并不想吃鱼，而是把鱼分给别人。很多人打鸟，也仅仅是为了打鸟取乐而已——打死后就扔掉了。打猎也只是为了取乐，并不是为了吃猎物。我不晓得，这其中有什么乐趣。罗希妮大概在想："既然这只大眼睛的鹿闯进了普罗萨德堡尔林苑，那么，我为什么不射猎他呢？"我们不晓得，这个有罪的女人的心里究竟产生了什么样的念头，但是罗希妮决定趁天黑下来的时候一个人秘密地去风景如画的河边台阶，去向尼沙克尔打听关于叔叔的消息。

鲁波来到尼沙克尔的身边，向他转达了罗希妮的话。尼沙克尔听了后满心欢喜地站起身来，慢慢地向约定的地点走去。

第八章

鲁波离去之后，尼沙克尔把邵纳叫来，问道："你们俩在主人身边工作多久了？"

邵纳说："从他一来到这里，我们就在他身边工作了。"

尼沙克尔问："那就没有多久吧？你们拿多少钱？"

邵纳说："每月三个卢比，还管吃管穿。"

尼沙克尔问："用这么少的工资就能雇请到像你们这样的管理人员？"

听了这话，管家人邵纳感动了，于是说道："有什么办法呢，在这个地方哪里还能找到事情做呀？"

尼沙克尔说："这有什么可担心的呢？要是到我们那个地方去，就会有人雇用你们的。每个月你们很容易赚到五六个卢比，甚至十个卢比。"

邵纳说："那就请您带我走吧。"

尼沙克尔问："我当然可以带你走，可是你舍得离开这样的主人吗？"

邵纳说："主人是不坏，但是主人的夫人却很叫人讨厌。"

尼沙克尔说："我也有这样的印象。你是否会决定跟我走哇？"

邵纳说："怎么会不决定呢？"

尼沙克尔问："那么，在走之前，你还应该再帮助一下你的主人。不过，此事要很谨慎。你能做吗？"

鲁波说："既然是好事，我为什么不能做呢？"

尼沙克尔说："对于你家主人来说是好事，可是对于你家女主人来说，那却是件很坏的事情。"

邵纳说："那您就快说吧，不必迟疑。我会同意的。"

尼沙克尔说："夫人派人来对我说，让我坐在齐特拉河边台阶上，夜里她要来与我秘密约会。你明白吗？我也答应了。我希望，让你家主人睁开眼睛。你能悄悄地将此事告诉你家主人吗？"

邵纳说："现在吗？我只要活着，就要制止这种罪孽勾当。"

尼沙克尔说："不是现在，现在我去河边台阶并且坐在那里。你一定要注意。当你看到夫人向河边台阶走去的时候，你就立即去告诉你家主人。此事绝对不能让鲁波知道。然后你就跟我走。"

"遵命。"说完，邵纳就向尼沙克尔行了触脚大礼。

尼沙克尔优哉游哉地缓步走到优美的齐特拉河岸边，并且在台阶上坐了下来。齐特拉河在黑夜中静静地流淌，河水中闪烁着星星的倒影。从四周不时地传来胡狼的嚎叫和野狗等的狂吠声。坐在远处的一艘小船上的一个渔夫，在高声唱着赞美迦梨女神的歌。除此之外，在这个荒无人烟的偏远之地再也听不到任何别的声音了。尼沙克尔一边听着那首歌，一边望着从戈宾德拉尔住宅二层的那个房

克里什诺康托的遗嘱

间的窗子里射出来的明亮灯光,并且默默地思索:"我是多么残忍啊!为了毁灭一个女人我施展了多少阴谋呀!那么什么是残忍呢?罪恶必须受到惩罚。为了搭救朋友女儿的生命,既然我已经答应朋友来做这件事,那么,我就必须做到底。可是我的心里并不为此感到喜悦。罗希妮是个有罪的女人,我要对她的罪过进行惩罚;我要阻止她继续犯罪;我为什么对自己的行为不满意呢?我也说不清楚,看来,假如我走的是直路,我就不会这么想了;因为我走的是一条曲折的路,所以才这样犹豫不决。在决定功过奖惩的问题上,我又算什么人呢?对我的功过实施奖惩的人,也正是审定罗希妮功过的那个人。我说不清楚,也许就是他让我来做这件事情的。我又知道什么呢?

　　湿婆和良心在上,
　　我一定尽职去做。"

就在尼沙克尔这样思索的时候,黑夜降临了。这时候尼沙克尔发现,罗希妮悄悄地快步来到自己的身边。为了证实自己的判断,尼沙克尔问道:"你是谁?"

罗希妮也想证实自己的判断,反问道:"你是谁?"

尼沙克尔回答说:"我是拉斯比哈里。"

罗希妮说:"我是罗希妮。"

尼沙克尔问:"为什么这么晚才来?"

罗希妮说:"不见周围没有人,我是不能来的。我怎么晓得,是否会有什么人在某一个地方看见我呢?那样就会给你惹出很大的麻烦。"

尼沙克尔说:"麻烦不麻烦倒没关系,我心里担心,大概你忘了吧。"

罗希妮说:"如果我是个健忘的人,那么,我的境况又怎么会是这样呢?正因为我不能忘掉一个人,所以我才来到了这个地方;而今天因为我不能忘掉你,所以我才到这里来了。"

就在罗希妮刚说完这番话的时候,有人从后面掐住了她的脖子。罗希妮大吃一惊,问道:"谁?"

此人用低沉的声音回答道:"你的死神阎摩。"

罗希妮听出来了,是戈宾德拉尔的声音。罗希妮意识到所面临的危险,看到四周一片漆黑,吓得声音颤抖了,她说道:"放开!放开!我来这里没有什么坏的企图。我为什么来这里,你可以问一问这位先生嘛。"

罗希妮一边说着,一边用手指着尼沙克尔所坐的那个地方。可是她发现,那里没有任何人。尼沙克尔一看见戈宾德拉尔,眨眼之间就逃到什么地方躲起来了。罗希妮惊奇地说:"哪儿去了?人怎么不见了?"

戈宾德拉尔说:"这里没有任何人。跟我回家吧。"

罗希妮怀着沮丧的心情,跟着戈宾德拉尔慢慢地回家去了。

第九章

回到家里后,戈宾德拉尔对仆人们说:"你们谁都不要上来。"音乐教师先生回家去了。

戈宾德拉尔把罗希妮带进宽大的卧室,锁上门。罗希妮就像被河水冲得颤抖的一根芦苇一样,站在戈宾德拉尔面前瑟瑟发抖。戈宾德拉尔轻声叫道:"罗希妮!"

"什么?"罗希妮问道。

戈宾德拉尔说:"我有几句话要跟你说。"

罗希妮问:"你想说什么?"

戈宾德拉尔问:"你算是我的什么人呢?"

罗希妮:"什么人都不是,不论你把我留在你的脚下多久,我永远是你的奴仆。除此之外,什么人都不是。"

戈宾德拉尔说:"我不是把你留在脚下,而是把你举在了头顶上。为了你,王公般的荣耀、比王公还要多的财富、纯洁的情操、不可亵渎的正法——所有这一切,都被我统统放弃了。罗希妮,你

克里什诺康托的遗嘱

是什么样的人呢？为了你，我抛弃了这一切，成了这片丛林的居民！罗希妮，你是什么样的人呢？为了你，我抛弃了婆摩拉——那个举世无双的女人，她在我忧愁时曾经给予我快乐，在我幸福时使我永不知满足，在我痛苦的时候让我能品尝到玉液琼浆。"

说完这番话，戈宾德拉尔再也控制不住自己的痛苦和愤怒，使劲儿踢了罗希妮一脚。

罗希妮坐下来，什么也没有说，开始哭起来。可是戈宾德拉尔并没有看见她流眼泪。

戈宾德拉尔说："罗希妮，你站起来！"

罗希妮又站了起来。

戈宾德拉尔问："你曾经去死过一次。现在还有勇气去死吗？"

罗希妮当时真想死，于是就用非常忧伤的语调说道："现在我怎么会不想死呢？一切都是命中注定的。"

戈宾德拉尔说："那么，你站好。不要动！"

罗希妮站着一动不动。

戈宾德拉尔打开手枪套，取出手枪。手枪里已经装有子弹。子弹已经上了膛。

戈宾德拉尔拿着手枪，对准罗希妮的胸膛说："怎么样，你想死吗？"

罗希妮开始思考起来。从前有一天，罗希妮曾经毫不犹豫地轻易地沉入水中去寻死，如今她竟然把那一天忘了。现在已经没有那种痛苦了，而且也没有那种勇气了。她想："我为什么要死呢？如果他想抛弃我，那就抛弃好了。我永远也不会忘记他，可是我为什么要死呢？我心里会想念他，即便陷入痛苦之中，我也会想念他。我会想念普罗萨德堡尔这些幸福的日子，这种想念既是一种幸福，也是一种希望。我为什么要死呢？"

罗希妮说："我不想死。你不要开枪！你不想留我，就让我走吧。"

戈宾德拉尔说："我让你走！"

说完，戈宾德拉尔就举起手枪，瞄准了罗希妮的前额。

罗希妮哭了起来，说道："别开枪！别开枪！我还年轻，幸福生活刚开始。我再也不会让你见到我了，绝不会再来挡你的路！现在我就走。不要打死我！"

戈宾德拉尔的手枪扳机扣动了，接着发出了巨大的响声，然后一切都沉入了黑暗之中。罗希妮倒在地上死了。

戈宾德拉尔把手枪扔在地上，急匆匆地离开楼房走了。

听到枪声，鲁波等仆人跑过来查看。他们发现，脚镯已经破碎，美如莲花的罗希妮的尸体倒在地上。戈宾德拉尔不见了。

第十章

就在那一天的夜里，有人向最近的警察局派出所报告了这个消息：在普罗萨德堡尔庄园发生了杀人案。幸运的是，派出所距离那个地方有六克罗什的路程。警官来到案发地时已经是第二天中午了。他来到后立即对凶杀案展开了调查。按照惯例，他们进行了就地调查并检验了尸体，呈递了报告。然后将罗希妮的尸体缠裹起来，装在牛车上，由警察护送到医院存放。此后他们才洗澡、用餐。当时当然也对罪犯展开了侦查。罪犯在哪里呢？戈宾德拉尔打死罗希妮之后就离开这栋楼房消失了，再也没有回来过。一天一夜，他能逃到哪儿去呢？又能走多远呢？谁又能说得清楚呢？也没有人再看见他。谁也不知道，他逃向哪个方向。迄今为止，谁也不知道他的真实名字。自从来到普罗萨德堡尔之后，戈宾德拉尔从来没有透露过自己的真实姓名和家庭住址，在这里他使用的名字是曲尼拉尔·窦多。他来自什么地方，仆人们也不知道。警官连日来拘留了几个证人，就离去了，没有获得有关戈宾德拉尔的任何证据。最后，他提供了一份关于被告逃逸的最终报告。

当时从杰索尔来了一位名叫费切尔·汗的有经验的侦探。关于

克里什诺康托的遗嘱

费切尔·汗的侦探方法，我们没有必要详细述说。他在搜查房间时获得了几封信。通过这几封信，他弄清了戈宾德拉尔的真实名字和住址。不用说人们也能明白，他历经艰辛，以假名来到了姜黄村。但是戈宾德拉尔并没有去姜黄村，因此，费切尔·汗在那里没有抓到戈宾德拉尔，就回去了。

这期间，在那个如同死神一样可怕的黑夜里，尼沙克尔·达斯离开了陷入困境的罗希妮，回到了位于普罗萨德堡尔市场附近的自己的家里。马托比纳特正在那里等着他呢。因为马托比纳特跟戈宾德拉尔很熟，所以他自己不能去找戈宾德拉尔；现在尼沙克尔回来了，把一切都告诉了他。马托比纳特听了后说："不太好哇。怎么没有发生厮打呀？"为了探听后来发生了什么事情，他们俩十分谨慎地秘密来到普罗萨德堡尔市场附近住下来。第二天早晨，他们就听说，曲尼拉尔·窦多杀死了自己的妻子逃走了。他们俩非常恐惧和难过，也为戈宾德拉尔担心；但是最后他们发现，警官一无所获——根本没有找到戈宾德拉尔。当时他们俩就放心了，然而，他们俩还是很忧伤地返回故乡了。

第十一章

婆摩拉没有死。我不知道她为什么没有死。在这个世界上特别痛苦的事情就在于，谁都不能在预计该死的时候死去，死亡总是突然来临。婆摩拉没有死，大概就是这个缘故。不管怎么说，婆摩拉总算从重病中摆脱出来，身体恢复了一些。婆摩拉仍然住在父亲家里。马托比纳特带回了戈宾德拉尔的消息，他妻子悄悄地告诉了大女儿——婆摩拉的姐姐。他们的大女儿又很神秘地告诉了婆摩拉。当时婆摩拉的大姐佳米妮对她说："现在他为什么不回到姜黄村去住呢？回去住，看来，也不会有什么危险。"

婆摩拉问："怎么会没有危险呢？"

佳米妮说:"他是使用假名字住在普罗萨德堡尔的。谁也不知道,他就是戈宾德拉尔先生。"

婆摩拉问:"警察局里的人曾经来过姜黄村寻找他,难道你没听说吗?警察怎么会不知道呢?"

佳米妮说:"也可能知道,但是他回到这里,就可以支配属于他自己的财产。父亲说,警察是可以收买的。"

婆摩拉哭起来,她哭诉道:"谁能向他转达这个主意呢?我要是能在什么地方见到他,那我就把这个主意告诉他。爸爸曾经找过他一次,知道他的住址——他还能不能再去找他一次呢?"

佳米妮说:"警察局的人寻找了多少次了!他们日夜在寻找,都没有找到他的住址,爸爸又怎么能找到他呢?但是我觉得,戈宾德拉尔先生自己一定会回到姜黄村来的。普罗萨德堡尔的那起案件发生之后,如果他就在姜黄村出现,那么,人们就会怀疑,他就是在普罗萨德堡尔杀人的那个先生。所以,看来,那时候他并没有回来。我相信,现在他该回来了。"

婆摩拉说:"我一点儿都不相信。"

佳米妮问:"要是他回来了呢?"

婆摩拉说:"如果他能回来,那是他的福分,我就会全身心地向天神乞求,让他回来吧!如果他不想回来,那也是他的福分,我也要全身心地为他祈求,今生今世就不要让他再回姜黄村啦。只求天神保佑他一生平安。"

佳米妮说:"妹妹,依我看,你应该回到姜黄村去住。谁晓得,哪一天由于缺钱他会回来呢?要是他不相信管家人而不见他们,那可怎么办呢?见不到你,他又会出走的。"

婆摩拉说:"我还病着。有时病得要死,有时又活过来一些——我住在那里依靠谁呢?"

佳米妮说:"只要你说话,我们谁都可以去陪你。反正你应该住在那里。"

婆摩拉想了一下,说道:"好吧,那我就回姜黄村去。你告诉妈妈,明天派人送我回去。眼下你们谁都不要去。但是当我遇到危险的时候,你们一定要去看我。"

佳米妮问:"会有什么危险呢,婆摩拉?"

婆摩拉哭着说:"如果他回来呢?"

佳米妮问:"那又会有什么危险呢,婆摩拉?你失去的财富又回到你身边了,还有比这更令人高兴的事情吗?"

婆摩拉说:"高兴?姐姐!我哪里还有什么高兴的事情啊?!"

婆摩拉不再讲话了。佳米妮一点儿也不理解婆摩拉心里是怎么想的,一点儿也不理解婆摩拉内心的痛苦。在婆摩拉的心窗里仿佛出现了一幅朦朦胧胧的图画,她仿佛看见,这起案件的最后结果会是什么,佳米妮却根本看不见。佳米妮也不明白,戈宾德拉尔尽管是个杀人犯,婆摩拉也是不会忘记他的。

第十二章

第五年

婆摩拉又回婆家来住了。她一直在等待丈夫回来,但是她的丈夫并没有回来。一天过去了,一个月过去了,丈夫还没有回来,也没有任何消息。就这样一晃儿第三年过去了,戈宾德拉尔没有回来。然后第四年也过去了,戈宾德拉尔还是没有回来。这期间婆摩拉的病情加重了。哮喘、咳嗽不断地损害着她的身体,死神阎摩快来了,看来,今生今世她与丈夫再也不能见面了。

此后又到了第五年。在这一年传来了一个轰动一时的消息。这个消息也传到了姜黄村,戈宾德拉尔被逮捕了。传来的消息说,戈宾德拉尔装扮成苦行僧,住在圣城布林达林苑①,警察在那里逮捕

---

① 印度朱牟拿河岸的一个城市,印度教毗湿奴教派的著名圣地。根据印度的神话传说,那里是凯达罗王国公主布林达与黑天一起游乐的林苑,故名布林达林苑。

了他，并且把他押送到杰索尔①。在那里将对他进行审判。

婆摩拉从人们的议论中听到了这消息。人们的传说的来源是这样的：戈宾德拉尔给婆摩拉的经纪人写了这样一封信，说："我已经进了监狱。如果你们愿意花钱救我，同意从我父亲的遗产中拿出一些钱来，那么，现在该是时候了。我不配提出这样的要求。我也并不想活下去。不过，在走向绞架之前，我还是有这样的乞求。你对家里人讲，是从人们的议论中得知这一切的，不要提我写信的事。"这位经纪人并没有提信的事，而是假托听人们这样议论，所以才向内室的婆摩拉报告了这个消息。

婆摩拉一听到这个消息，立即派人去请父亲。马托比纳特听到这个消息后就来到了女儿的身边。婆摩拉拿出五万卢比交给父亲，两眼含着泪水说："爸爸，请你竭尽全力去办此事。我会等待——不会自杀的。"

马托比纳特也老泪纵横地说："好女儿！你放心，我今天就动身去杰索尔。你不必担心。没有任何证据能证明戈宾德拉尔杀了人。我保证把为你省下的四万八千卢比带回来，还要把我的女婿也带回来。"

马托比纳特当时就动身去了杰索尔。他在那里打听到，证据方面的情况很不妙。检察官费切尔·汗负责调查此案和提供证人。他没有能够找到了解真实情况的邵纳、鲁波等证人。邵纳跟尼沙克尔走了；鲁波去了什么地方，谁也不知道。看到缺乏证据的这种不妙状况，费切尔·汗用现金雇用了三个证人。三个证人向地方长官大人说："我们亲眼看见，戈宾德拉尔（假名叫曲尼拉尔）亲手用手枪打死了罗希妮。我们当时是去那里听唱歌的。"地方长官大人这个地道的洋人——由于善于统治总是受到政府的嘉奖——依据这一证据将戈宾德拉尔移送司法机关审理。马托比纳特到达杰索尔的时候，戈宾德拉尔在监狱里已经憔悴不堪。马托比纳特到了那里，听

---

① 东孟加拉地区的一个城市，曾是普罗达巴迪多国王的都城，即现在的伊湿巴堡尔（Yishbapur），意译为"神城"。

克里什诺康托的遗嘱

到这种出乎意料的情况后感到很难过。

他打听到证人们的姓名和住址后就去了他们的家里。马托比纳特对他们说:"小伙子啊!你们对地方长官大人说了那些话,说就说了罢。现在你们对法官大人应该有不同的说法。你们应该说:'我们什么也不知道。'每人五百卢比,你们收下。被告人释放出来之后,我再给你们每人五百卢比。"

证人们说:"我们已经发过誓,提供伪证要被处死的。"

马托比纳特说:"不必害怕。我可以花钱让证人来证明,费切尔·汗对你们进行了拷打,逼迫你们向地方长官提供假证据。"

这些证人在人世间从没见过一千卢比,所以他们立即同意了。

法院开庭审判的日期确定了。戈宾德拉尔坐在被告席上。第一个证人出庭宣誓作证。律师绍罗迦尔向他问道:"你认识这个戈宾德拉尔(当时用的名字曲尼拉尔)吗?"

证人说:"不,不认识。"

律师问:"什么时候见过吗?"

证人说:"没见过。"

律师问:"认识罗希妮吗?"

证人问:"哪个罗希妮呀?"

律师说:"就是那个曾经在普罗萨德堡尔庄园住过的女人。"

证人说:"我从来都没去过普罗萨德堡尔庄园。"

律师问:"罗希妮是怎么死的?"

证人说:"我听说,她是自杀死的。"

律师问:"关于这起杀人案件你了解一些吗?"

证人说:"不了解。"

律师当时朗读了证人向地方长官大人所提供的证词,让证人听,然后问道:"那么,你向地方长官大人说过这些话吗?"

证人说:"是的,我说过。"

律师问:"如果你什么都不知道,那么,你怎么会说出这些话呢?"

证人说:"当时使劲儿地打我呀。费切尔·汗打得我们身上都没有一块好地方了。"

　　说完，证人还流了几滴眼泪。三四天前，为了争分土地他和他的亲兄弟相互扭打起来，结果身上留下了伤疤。这个证人激动地给法官大人看了这些伤疤，并说那是费切尔·汗毒打后留下的伤疤。

　　律师绍罗迦尔无法确认证据的可靠性，于是又传来第二个证人。第二个证人也是这样说的。他在自己的后背上打出了累累伤痕——为了一千卢比他什么都可以做——他向法官大人展示了这些伤痕。

　　第三个证人也是这样作证的。当时法官大人看到缺乏证据，就把被告释放了。他对费切尔·汗非常不满，于是建议地方长官大人对他的行为进行调查。

　　在审判的时候，看到证人们提供这样的证据，戈宾德拉尔感到很惊奇。后来，当他在出庭的人群中看见了马托比纳特，就一切都明白了。尽管获得了释放，但是戈宾德拉尔还要回到监狱去——在那里拿到释放证，他才能够离开监狱。当前往监狱的时候，马托比纳特来到他的身边悄悄地对他说："从监狱里出来后，立即来找我。"马托比纳特又将自己所住的地方告诉了他。

　　然而，戈宾德拉尔从监狱里出来后，并没有去找马托比纳特。他去哪里了？谁也不知道。马托比纳特找了四五天，也没有找到他。最后只好一个人回到姜黄村。

第十三章

第六年

　　马托比纳特回来后，把情况告诉了婆摩拉：戈宾德拉尔被释放了，可是他没有回家，究竟去哪里了，他不知道，他也没有找

克里什诺康托的遗嘱

到他。

戈宾德拉尔获释后，就去了普罗萨德堡尔。他到了那里后发现，普罗萨德堡尔的家里什么都没有了，也没有人了。他听人说，楼房里他所有的物品都被一些人抢走了——剩下的东西也因为主人不在而被卖掉了。只留下了这栋楼房——它的门窗，甚至门框窗框都被拆走了。戈宾德拉尔在普罗萨德堡尔集市住了两三天，把家里所剩下的砖瓦木料以很便宜的价格卖给一个人，然后带着所卖得的一些钱去了加尔各答。

戈宾德拉尔住在加尔各答一个很隐蔽的地方，开始生活了。他从普罗萨德堡尔带回的那点钱一年内就花光了。当时第六年已经过去了，戈宾德拉尔想："我要给婆摩拉写一封信。"

戈宾德拉尔拿出墨水、笔和信纸，自言自语地说："我要给婆摩拉写信。我要说真话。"戈宾德拉尔开始一边写信，一边哭泣。哭着哭着，他忽然想到："婆摩拉现在还活着吗？她的地址在哪里呢？我给谁写信呢？"然后他又想："写一封信试试看。也许，我写的信会被退回来。如果那样的话，我就会晓得，婆摩拉不在了。"

写什么呢？戈宾德拉尔想了一会儿，也不知道说什么好。最后他想："给一位被我离弃的、一生都毫无过错的人写信——不论写什么，又会有什么害处呢？"戈宾德拉尔写道：

婆摩拉：

六年之后我这个罪人又给你写信了。你愿意读就读，不愿意读就不读，还可以撕毁。

在我身上所发生的一切，大概，你已经都听说了。如果我说，这是对我的报应，你可能会认为，我是在恭维你。因为，今天我在你面前就是一个乞丐。

我现在一无所有。三年来我一直以乞讨为生。我曾经去过朝觐的圣地，在那里得到过施舍。在这里却得不到施舍，我因为缺少食物正在走向死亡。

我本来还有一个可以去的地方——迦尸，投入母亲的怀抱。可是母亲已经在迦尸安息了，大概你已经知道了。我再也没有去的地方了，也没有吃的东西了。

因此，我想，我还是要觍着这无耻的黑脸回到姜黄村去——否则，我就没有饭吃。一个离开了毫无罪过的妻子而委身别的女人，甚至杀死自己妻子的人，他还有什么羞耻可言呢？一个没有饭吃的人，他还讲什么羞耻呢？我可以觍着这张不知羞耻的脸回来，但是你是家产的继承人——家是属于你的，我是你所憎恨的人，你是否肯给我一个安身之处呢？

腹中之饥使我渴望你能够收留我——你肯赏脸吗？

信写好了之后，戈宾德拉尔又反复思考了四五次，最后才把信送到了邮局。信很快被送到了婆摩拉的手里。

一收到信，婆摩拉就认出了戈宾德拉尔的笔迹。婆摩拉颤抖着打开信封，走进卧室，关上了屋门。婆摩拉坐在无人的房间，一边擦着不断流淌的眼泪，一边读那封信。读了一遍，读了两遍，读了一百遍，读了一千遍！那一日婆摩拉再也没有打开卧室的门。不论谁来叫她吃饭，她都对她们说："我发烧——我不想吃。"婆摩拉经常发烧，所以大家也就信以为真了。

次日，当彻夜无眠的婆摩拉从床上爬起来的时候，她真的发烧了。然而，当时她的头脑非常清晰，一点儿也不糊涂。在回信中写什么，她以前已经决定了。婆摩拉曾经千百次思考要写的东西，现在不必再想了，甚至连自我称呼怎么写都想好了。

"你的女仆"这样的自我称呼不能写了，但是所有人都对丈夫使用尊敬的词语，所以她就写道："我向您致以千百次的敬意和特别的问候！"然后她写道：

您的信我收到了。财产是属于您的。即便曾经是属于我的，我已经把它赠给您了。还记得，您走的时候撕毁了那份馈赠文书，可是它的副本还保存在公证机关。我的馈赠文件是得到公证的。它现在仍然有效。

因此，您可以毫无障碍地回到姜黄村来占有您的财产。房子也

克里什诺康托的遗嘱

是您的。

这五年来我还积攒了很多钱,这些钱也给您。请您回来接收吧。

从这笔钱中,我只恳求一小部分。我从中只取走八千卢比。我准备用三千卢比在恒河岸边建一所房子;五千卢比作为我的生活费用。

为了您的到来,我要把一切都安排好,然后我就去我的父亲家。在我的新房子建好之前,我就住在我父亲的家里。今生今世我与您再也不能见面了。这样做,我满意,您也满意,对此我毫不怀疑。

我等待着您的第二封来信。

这封信及时寄到了戈宾德拉尔的手里。这是多么可怕的一封信呀!信中不见一点儿温情。戈宾德拉尔也写过充满温情的信,六年后他还是在写这样的信,但是在婆摩拉的信里没有一句这样的话语。这就是婆摩拉!

读过来信后,戈宾德拉尔写了回信:"我不再回姜黄村了。我就在这里消磨时日吧,请你把每月的施舍给我寄到这里来。"

婆摩拉在回信里写道:"我准备每月寄给您五百卢比。我也可以多寄一些,但是寄很多钱,就可能浪费掉。我还有一个请求——每年都新增加一些收入——您如果能回到这里来享用最好。您不要因为我而背井离乡——我今生的时日即将结束了。"

戈宾德拉尔在加尔各答住了下来。两个人都明白,这样很好。

第十四章

第七年

的确,婆摩拉的时日就要完结了。长期以来婆摩拉的严重病痛经过治疗有所好转,但是她的病再也治不好了。如今,婆摩拉开始一天天消瘦下来。在阿格拉哈扬月①，婆摩拉开始卧床了，从此就再也没有起来过。马托比纳特来到女儿的身边，开始请医生进行毫无效果的医治。佳米妮也来到姜黄村妹妹的家里，开始对婆摩拉进行最后的护理。

婆摩拉的病是医治不好了。帕乌沙月就这样过去了。从玛克月起，婆摩拉拒绝服药。药物治疗现在已经没有效果了。她对佳米妮说："不应该再吃药了，姐姐。帕尔衮月就要到了——我希望在帕尔衮的月圆之夜死去。姐姐，你要注意看着，不要让帕尔衮月跑掉。如果你发现，我会熬过月圆之夜，那么你不要忘记给我打一针。不论是由于疾病，还是由于打针——反正我一定要在帕尔衮的月圆之夜死去。姐姐，你要记住。"

佳米妮哭了，但是婆摩拉还是不吃药。不吃药，病情就不会稳定，可是婆摩拉却一天比一天变得更开心了。

经过这么多时日之后，婆摩拉又开始笑逐颜开地说笑了——这是她六年来第一次说笑。这盏灯在熄灭之前又绽放出了微笑的亮光。

岁月在流逝——最后的时光开始一天天逼近了——但是婆摩拉却一直那么镇定、那么开心，脸上始终挂着微笑。最后，那个可怕的日子终于到来了。看到家里人那么慌乱和佳米妮的哭泣，婆摩拉就明白了——"看来，今天我的最后时日该结束了。"婆摩拉感到身体内仍然那样疼痛。婆摩拉对佳米妮说："今天是我的最后一天。"

佳米妮哭了起来，一句话也说不出来。

婆摩拉说道："我有一个请求，姐姐，今天你不要哭，等我死了以后你再哭——那时候我就不会阻止你了。但是今天我要和你们说几句话，说完后我会安静地死去，请满足我的愿望吧。"

佳米妮擦干了眼泪，在妹妹的身边坐下来，但是悲痛的泪水使

---

① 印度历法中的第九月，30 天，在公历的 11～12 月间；帕乌沙月为印历的第十月，30 天，在公历的 12～1 月间；玛克月为印度历法的第十一月，30 天，在公历的 1～2 月间；帕尔衮月为印度历法中的第十二月，30 天，在公历的 2～3 月间，是印度孟加拉邦的最好季节。

克里什诺康托的遗嘱

她无法讲话。

婆摩拉又开始说道:"还有一个请求:除了你,不要让任何人来这里。我会找时间和所有人见面的,但是现在不要再让任何人来。否则,我就没有机会再和你说话了。"

佳米妮还在不停地哭泣。

黑夜渐渐地降临了。婆摩拉问道:"姐姐,今夜有月光吗?"

佳米妮打开窗子,看了一下,说:"天上的月光很明亮。"

婆摩拉:"那你把所有的窗子都打开吧,我要看着月光死去。你看一看,窗子下面那个花园里的花是否都开了?"

从前每天早晨,婆摩拉都站在那扇窗子下面,同戈宾德拉尔聊天儿。至今已经七年了,婆摩拉再没靠近过那扇窗子——也没有打开过那扇窗子。

佳米妮很费力地打开了那扇窗子,说:"在哪儿啊,这里根本就没有花园,这里只有一片草,还有两棵要枯死的树,树上既没有花,也没有叶子,光秃秃的。"

婆摩拉说:"七年过去了,原来那里有花园。一直没有进行过整修。我已经七年没去照看它了。"

婆摩拉沉默了很久,然后又说道:"姐姐,你设法从什么地方给我采一些鲜花来吧。你看,今天不是应该点缀一下我的花床①吗?"

遵照佳米妮的吩咐,男女仆人们采来了很多鲜花。婆摩拉说:"把鲜花撒在我的床上吧——今天我要睡花床。"

佳米妮照做了。当时婆摩拉的双眼溢出了泪水。

佳米妮问道:"妹妹,你为什么哭了?"

婆摩拉:"姐姐,我还留下了一个很大的遗憾。在他离开我前往迦尸的那一天,我曾经双手合十对天神乞求过,有一天让我与他见面。我发誓说,如果我是忠诚的,那么,我一定还会与他见面的。他在哪儿呢?再也见不到了。今天是我的死期,姐姐,我要是

---

① 根据孟加拉人的习俗,在新婚夫妇第一夜睡觉的床上要撒满鲜花,故称花床。

能够见上他一面,在这一天,姐姐,那我就会忘掉七年来的一切痛苦!"

佳米妮问道:"想见吗?"

婆摩拉闪电般坐起来,说道:"你在说谁?"

佳米妮镇静地说:"在说戈宾德拉尔。他已经在这里——爸爸将你生病的消息告诉了他。听说后,他就来了,想见你一面。今天他已经到了。看到你的情况,我有点儿害怕,所以就一直没敢告诉你。他也不敢贸然来见你。"

婆摩拉哭着说:"见一面吧,姐姐!今生我们还能见一面呀!就在这种时候还能见一面啊!"

佳米妮站起身来,走了出去。过了很短时间,戈宾德拉尔迈着轻轻的脚步走了进来——七年后他又走进了自己的卧室。

两个人都哭了起来,谁也没有说话。

婆摩拉示意丈夫过来坐在床上。戈宾德拉尔流着眼泪在床上坐了。婆摩拉让他再靠近一点儿,戈宾德拉尔靠近她坐了。婆摩拉把丈夫的脚拉到自己的手掌边,然后用手抚摩一下丈夫的双足,拈起足上的一点儿灰土放在自己的头上,说道:"今天原谅我的一切过错吧,请祝福我来世成为一个幸福的女人。"

戈宾德拉尔什么话也没有说,他把婆摩拉的手拉过来,放在自己的手上。就这样,两只手握在了一起。握了很久很久。婆摩拉平静地离开了人世。

第十五章

婆摩拉死了。人们按照习俗火葬了她。火葬后,戈宾德拉尔回到屋子里。他没有和任何人讲话。

又一个夜晚过去了。在婆摩拉死后的第二天,太阳像往常一样又升起来了。树叶上变换着光亮和暗影;湖中的黑水闪烁着微波。

克里什诺康托的遗嘱

天空中乌云变白了——婆摩拉仿佛没有死。戈宾德拉尔走了出去。

戈宾德拉尔曾经爱过两个女人——婆摩拉和罗希妮。罗希妮死了，婆摩拉也死了。他被罗希妮的姿色所吸引——那种青春对美色不可遏止的渴望，使他无法平静下来。他抛弃了婆摩拉，接纳了罗希妮。戈宾德拉尔接纳了罗希妮之后，就意识到了，罗希妮可不是婆摩拉——那是美色，而不是爱情；那是享乐，而不是幸福；那是蛇王瓦苏吉提供的具有诱惑力的甜蜜的毒液，而不是摆放在医药之神托盘上的玉液琼浆。他明白了，那是心灵之海自己搅出来的毒液，必然要由自己去喝——戈宾德拉尔就像青颈[①]一样喝了那种毒液。这种毒液就像滞留在青颈脖颈中的毒液一样，滞留在他的脖颈中了。这种毒液是无法消化的，也是吐不出来的。但是他从前品尝过的那种纯洁的婆摩拉的爱情玉液——宛如天堂里芳香的、滋润着心灵的、能够医治百病的良药，在戈宾德拉尔回忆的心海中日日夜夜激起微波细浪。当戈宾德拉尔来到普罗萨德堡尔，在罗希妮的歌声中游荡的时候，婆摩拉在他的心目中仍然是具有强大威力的女皇——婆摩拉藏在他的心里，而罗希妮则游离在外面；即便在那时婆摩拉也是一个难得的女人，而罗希妮只是一个他舍不得放弃的女人——然而，婆摩拉藏在他的心里，而罗希妮却游离在外面。因此，罗希妮很快就死了。如果有谁不明白这道理，那么，这个故事就算我白写了。

如果当时戈宾德拉尔把罗希妮做了妥善安置之后，来到可爱的婆摩拉面前，双手合十地说："请你原谅我吧——请让我在你的心园里占据一席之地吧。"如果他说："我根本不具备你可以原谅的那种品德，但是你却具备可以原谅我的很多高尚品德。"如果他这样做了，大概婆摩拉就会原谅他。因为，女人是宽容的，是善良的，是怀有爱意的；女人是天神荣耀的最好体现，是天神的影子；男人只是天神的一种创造。女人是光；男人是影——光怎么能舍弃

[①] 印度教的三大主神之一湿婆。他在与天魔搅动乳海时搅出了毒液，为了拯救其他生灵他喝了毒液，因而他的脖颈被毒液烧成了青色，故又称"青颈"。

影呢？

　　然而戈宾德拉尔没有那么做。其中有些是因为他有很强的自尊心——男人都是有自尊心的；有些是因为羞愧——羞愧是有过错之人的伴侣；有些是因为害怕——有罪之人是不敢轻易面对被其伤害的无辜人的。他在婆摩拉面前再露面的道路已经被堵死了。戈宾德拉尔再也回不来了。况且后来他又成了杀人犯。戈宾德拉尔回家的希望彻底破灭了。黑暗是无法面对光明的。

　　即便如此，再次见到婆摩拉的那种强烈的热望，年年岁岁，日日时时，分分秒秒都在炙烤着戈宾德拉尔的身心。谁会有这种感受呢？谁又丧失了这种感受呢？婆摩拉有这种痛苦的感受，戈宾德拉尔也有这种痛苦的感受。不过，与戈宾德拉尔相比，婆摩拉算是幸运的。戈宾德拉尔的痛苦是他的身心无法忍受的。婆摩拉倒有一个帮手——那就是阎摩。戈宾德拉尔却没有那种帮手。

　　又是一个夜晚过去了，大地又在晨光下绽开了笑脸。戈宾德拉尔走出了家门。罗希妮是戈宾德拉尔亲手杀死的，婆摩拉也几乎是他亲手害死的。他一边这样思索着，一边走了出去。

　　我们不知道那一夜戈宾德拉尔是怎样度过的。他感到，那一夜是非常可怕的。他一打开门就碰见了马托比纳特。马托比纳特看着他，注视着他的脸——他的脸上笼罩着无精打采的病态阴影。

　　马托比纳特没有跟他说话，因为马托比纳特曾经默默地发过誓，今生今世再也不和戈宾德拉尔讲话了。马托比纳特默默地走了。

　　戈宾德拉尔从房子里出来，走进婆摩拉卧室下面的那座花园。佳米妮说得对，这里已经不再是花园了。到处长满了野草和灌木丛，在灌木丛中一两棵还没有死的花树也已经是半死不活的样子，不过还没有开花。戈宾德拉尔在这片草丛中转悠了很久。过了很久了——阳光已经很强烈了——戈宾德拉尔转来转去，感到有些疲倦了，最后走了出去。

　　从那里出来后，戈宾德拉尔没有和任何人讲话，也不看任何人的脸，一直向巴鲁尼池塘岸边走去。时间已经过了十一点。在强烈

克里什诺康托的遗嘱

阳光的照射下,巴鲁尼池塘暗黑色的池水闪烁着波光。有很多女人和男人在池塘里洗澡——孩子们在黑暗的水中一边撩打起晶莹的水珠,一边在游泳。戈宾德拉尔很不喜欢这种人声嘈杂的场面,于是他就离开巴鲁尼池塘,向离池塘岸边稍远一点儿的地方走去,那里以前曾经有他的一座开满各种花朵的犹如天堂般美丽的花园。首先,他看到了,围栏已经毁坏——竹栅栏代替了用生铁制作的花格围栏。婆摩拉曾经为戈宾德拉尔精心保存了所有财产,可是她对这座花园却毫不关心。有一天,佳米妮提到了那座花园,婆摩拉说:"我就要去阎摩的地府了——就让我那座天堂般的花园毁灭吧。姐姐,在这世界上我即使拥有一个天堂,我又能把它送给谁呢?"

戈宾德拉尔发现,围栏的门已经没有了——围栏倒塌了。他走进去一看,花树也不见了,只有乌芦①草丛,还有蔻丘树②、肯土花树③、黑咖顺达树④等杂草灌木长满了花园。所有由蔓藤覆盖的凉亭都已经被毁坏了,整个石雕像已经碎成两三块,摊在地上——上面爬满了蔓藤。还有一两个已经破损的雕像仍然伫立着。娱乐宫的屋顶已经毁坏;窗帘、窗框也被人卸走了,所有大理石地板也被人撬起来拿走了。在这座花园里,既看不到鲜花盛开,也不见果实累累。看起来,就连凉爽的和风也不再吹拂了。

戈宾德拉尔在一个破损的石雕像脚下坐下来。渐渐地到了中午时分,戈宾德拉尔一直坐在那里。在强烈阳光的照射下,戈宾德拉尔的头已经变得滚烫,但是戈宾德拉尔一点儿也没有觉察。仿佛他的灵魂出走了。直到天黑他都一直在想着婆摩拉和罗希妮。一会儿想婆摩拉,然后又想罗希妮,接着想婆摩拉,然后又想到罗希妮。想着想着,他的看见婆摩拉和罗希妮两个女人站在他面前。世界仿佛都被婆摩拉和罗希妮占据了。坐在这座花园里,他仿佛看到,每一棵树都变成了婆摩拉——每一个树影里都坐着一个罗希妮。这个

---

① 在印度等南亚国家生长的一种最常见的野草。
② 一种矮小的灌木。
③ 一种开花的野生灌木。
④ 一种矮小的灌木,树皮呈黑色。

婆摩拉站在那里，忽然又不见了，那个罗希妮来了，一会儿又不知去哪儿了。在每一声音响中仿佛都有婆摩拉和罗希妮的语声。在池塘台阶上洗澡的人们在说话，有时他仿佛觉得，是婆摩拉在说话；有时他又觉得，是罗希妮在说话；有时又觉得，是她们两个人在交谈。干枯的树叶在摇曳——他就觉得是婆摩拉走过来了；树林中的软体昆虫在蠕动——他就仿佛觉得，是罗希妮在逃走。树枝在习习微风吹拂下摇晃——就好像是婆摩拉在叹气；朵耶洛鸟在鸣叫——就好像是罗希妮在唱歌。整个世界仿佛只有婆摩拉和罗希妮了。

从中午十二点到十三点半，戈宾德拉尔一直坐在那里——坐在那个破损的雕像的脚下，坐在那个只有婆摩拉和罗希妮的世界里。时间已经过了十五点，已经到了十六点半——既没有洗澡也没有进食的戈宾德拉尔，仍然坐在那里——坐在那个只有婆摩拉和罗希妮的世界里，坐在那个显现出婆摩拉、罗希妮形象的火光洞穴里。黄昏降临了，可是戈宾德拉尔还是没有动——他已经没有知觉了。他家里的人一整天都没有看见他，就以为他去加尔各答了，因此也没有去找他。天色已经暗下来。树林里已经黑了。天空中出现了星星。大地安静下来。戈宾德拉尔还坐在那里。

在这种不知不觉降临的黑暗中，在这种万籁俱寂的无人之地，戈宾德拉尔那疯狂的心灵被极大地扭曲了。他清楚地听到了罗希妮的声音。罗希妮仿佛高声说：

就在这里！

戈宾德拉尔这时已经不记得罗希妮已经死了。于是他问道："在这里——什么？"

他仿佛又听到罗希妮说：

就在这个时候！

戈宾德拉尔说："在这里，就在这个时候，你说什么呀，罗希妮？"

被精神痛苦所折磨的戈宾德拉尔，仿佛听到了罗希妮的回答：

在这里，就在这个时候，就在这片水里，

——我沉没了！

克里什诺康托的遗嘱

戈宾德拉尔用自己的心灵听到这句话后，就问道："我也要沉没吗？"

精神恍惚的戈宾德拉尔又听到了回答："是啊，你来吧。婆摩拉坐在天堂说，她已经派人来了，用她的法力可以搭救我们。牺牲吧！来死吧！"

戈宾德拉尔合上了眼睛。他的身体已经疲惫不堪，开始颤抖起来。他失去了知觉，倒在了大理石的台阶上。

恍恍惚惚的戈宾德拉尔，透过心灵的眼睛看见，罗希妮的形象忽然消失在黑暗中；地平线上渐渐地闪现出亮光，突然，光芒四射的婆摩拉站在他的面前。

婆摩拉说："你为什么要死呢？别死呀！就是因为失去了我，你就要去死吗？有人比我更可爱哪——只要你活着，就能得到她。"

那一夜，戈宾德拉尔一直倒在那里，处于昏迷状态。早晨他的家人找到了他，把他抬进屋子里。看到他这种不幸的样子，马托比纳特也动了恻隐之心，竭尽全力请医生为他治疗。两三个月之后，戈宾德拉尔又恢复了健康。大家都指望，他现在能住在这个家里，可是戈宾德拉尔没有那样做。一天夜里，他没有告诉任何人就出走了。从此，人们没有再得到有关他的任何消息。

七年后，人们为他举行了葬礼。

尾声

戈宾德拉尔的财产都转交给了他的侄子绍奇康托。绍奇康托已经长大成人。

绍奇康托每天都去那座败落的花园里散步——以前那里是戈宾德拉尔所喜欢的一处园林，现在那里已经是杂草丛生的灌木丛。

绍奇康托听人详细讲述过那个悲惨的故事。他每天都到那里去散步，并且坐在那里，思考着那些往事。这样想过之后，他就开始在那里又建起了花园。又建起了花格铁围栏，在池塘边沿砌起了迷人的黑色大理石台阶；又建起了花圃，栽种了一排排的树木。但是没有再栽种色彩鲜艳的花木。国内的树木中有巴库尔树、迦米尼树①，国外的树种中有柏树和柳树。在娱乐宫的位置上修建了一座庙宇。在这座庙宇里面没有供奉任何男女神像。绍奇康托花费了很多资金，塑造了一尊婆摩拉的金像，竖立在这座庙里。在金像的底座上镌刻着：

我要把这尊金像献给
那位与婆摩拉一样经历过痛苦与幸福，
有过错误和高尚品德的人。

在婆摩拉死后的第十二年，一位苦行者来到这座庙的门前。绍奇康托当时也在那里。苦行者对绍奇康托说："我想进去看看这座庙里有什么。"

绍奇康托打开了庙门，让他看了那尊婆摩拉金像。

苦行者说："这位婆摩拉曾经是我的妻子。我是戈宾德拉尔·拉伊。"

绍奇康托一下子惊呆了。他一时说不出话来。但是随后他镇静下来，向戈宾德拉尔行了触脚大礼。然后绍奇康托请他到家里去。戈宾德拉尔婉言谢绝了，他说："今天我十二年的隐居生活结束了。在结束隐居生活后，为了向你祝福我来到这里。刚才我已经为你祝福过了。现在我该走了。"

绍奇康托双手合十地说："家产是属于您的，请您回来享用吧。"

戈宾德拉尔说："我曾经拥有过比财富更宝贵的东西，甚至就连财神俱比罗都不曾得到过的东西。我得到了比这位婆摩拉更甜蜜的东西，得到了比婆摩拉更神圣的东西。我得到了安宁。我不需要财产，你享用它吧。"

绍奇康托谦恭地问道："难道在云游四海的苦行中就能得到安宁吗？"

戈宾德拉尔回答说："永远不会。我披上这种苦行者的外衣只

---

① 在印度、孟加拉等南亚国家生长的一种开白花的灌木，花味芳香。

克里什诺康托的遗嘱

是为了隐居。我要将我的全部思绪置于天神的莲花宝座之下,除此之外,再也没有办法获得安宁了。现在她就是我的财富——她就是我的婆摩拉——是比昔日的婆摩拉更高尚的婆摩拉。"

戈宾德拉尔说完这番话就离去了。在姜黄村再也没有人看到过他。

拉达兰妮

董友忱 校
黄志坤 译

第一章

　　拉达兰妮是个不到十一岁的姑娘。她正向湿婆神庙走去。

　　从前,她家境富裕,过着安闲舒适的生活。然而,自从她父亲去世之后,情况就急转直下、一落千丈了。同族的一个亲戚为了鲸吞她家的财产,跟她母亲打了一场官司。最高法院判寡妇败诉。判决刚一生效,那个亲戚就把她们母女俩赶出宽敞豪华的住宅,近百万卢比的财产也被他霸占了。付清官司的费用,拉达兰妮母亲手头的钱也就全花光了。但她仍不甘心,卖了首饰物品之后,又向英国枢密院递了一封上诉书[①]。这样一来,连买米的钱也没有了。寡妇带着女儿搬到邻村的一间茅屋里,干些力气活儿,勉强糊口。至于拉达兰妮的婚事,更是无力顾及了[②]。

　　真是祸不单行!庙会前夕,拉达兰妮的母亲得了一场重病。原先赖以为生的体力活儿也干不了了。家里已经断炊,母女俩只好挨饿。庙会这一天,拉达兰妮的母亲病得更厉害了。她是多么需要吃点东西啊!但食品在哪里?拿什么给妈妈吃呢?

　　拉达兰妮一边哭泣,一边采摘野花,然后编成一个花环。她想:"我把这花环拿到庙会上去卖一两个钱,就可以给妈妈买点吃的东西了。"

　　真不凑巧!庙会还没进行到一半,就下起大雨来了。雨落人散,花环没有卖出去。拉达兰妮心想,身上虽然淋湿了,但还应等一会儿,只要雨停下来,人们可能又会聚拢来的。可是,雨没完没了地下着,人们再也没有聚拢来。天暗下来了,夜幕渐渐降临,四周一片漆黑。拉达兰妮只好含着眼泪,蹒跚地往家里走去。

---

　　① 当时印度是英国的殖民地,如果对印度最高法院的判决不服,可向英国枢密院上诉。
　　② 印度盛行童婚,女儿几岁时,父母就得为其筹备嫁妆并为选择夫婿而操心。

伸手不见五指，道路泥泞不堪。前后没有一个人影，瓢泼大雨仍下个不停。一想到妈妈还在挨饿，拉达兰妮的眼泪也如雨注。她哭着哭着跌倒了，含着眼泪爬起来；抽泣着又滑倒了，擦擦眼泪再爬起来……雨水沿着她那乌黑的鬈发和辫子往下直淌。尽管如此，拉达兰妮也没有把那仅值一两个钱的花环扔掉，而是把它好好地藏在怀里。

黑暗中，拉达兰妮忽然觉得有谁拍了一下她的肩膀。一瞬间她停止了哭泣，随后又哇的一声大哭起来。

那个拍她肩膀的人问道："喂，你是谁？为什么哭呢？"

拉达兰妮听到一个男人的声音，止住了哭泣。显然，这是一个陌生人。但拉达兰妮那幼小的心灵察觉到，这是一个心地善良的人。

拉达兰妮停止哭泣，回答说："我是穷人家的孩子，除了妈妈，什么亲人也没有。"

"你到哪里去？"

"我是去赶庙会的，现在回家去。天这么黑，又下着雨，我迷路了。"

"你家住在哪里？"

"住在斯里兰普尔。"

"跟我一起走吧！我也到斯里兰普尔去。我送你回家。路太滑了，你抓住我的手！不然要滑倒的。"

那个人领着拉达兰妮继续赶路。在黑夜里，他虽看不出拉达兰妮的年龄，但听声音，以为她是一个蛮大的女孩子。现在拉着拉达兰妮的手，他更确信是这样的，于是问道："你多大了？"

"快满十一岁了。"

"叫什么名字？"

"拉达兰妮。"

"啊，拉达兰妮！你还是个小孩，怎么就一个人去赶庙会呢？"

他们一边走一边说，谈得很融洽。拉达兰妮讲到自己的花环。陌生人知道她不是去看热闹，而是去卖花环的，但没有卖掉，现在

拉达兰妮

还揣在怀里。于是陌生人说:"我正要买一个花环。家里有一尊神像,要献一个花环。庙会被雨冲散了,什么也没有买着。如果你这花环还想卖的话,就卖给我吧!"

拉达兰妮很高兴。可是她想:这个人拉着我的手,在茫茫黑夜里领我回家,怎么能收他的钱呢?但是,假如不要钱白送给他,那我又怎么能买点东西给妈妈吃呢?看来,钱还是要收一点的。

拉达兰妮把花环交给了同路人。那人说:"这值四个派萨①,你接住钱。"

那人边说边交给拉达兰妮两枚硬币。

拉达兰妮接到钱,觉得沉甸甸的,颇感奇怪。便问道:"这是派萨吗?怎么这么重?"

"这是两个派萨一枚的。你看,我只给了你两枚。"

"这钱在黑暗处还发亮呢!您是不是把卢比错当派萨了?"

"不会的。新的钱,就有些发亮。"

"好吧!到了家我点灯看看。要是卢比,我再还给您。可您一定要等我一下。"

不一会儿,他们来到拉达兰妮住的小茅屋。她对同路人说:"请进屋里坐坐。我点灯看一下,到底是派萨还是卢比。"

"我还是待在外边吧!你先换下湿衣服,然后再点灯。"同路人说道。

"我没有衣服换,另一件还没有洗出来。我经常穿湿衣服,不会生病的。只要拧一拧水就好了。请您等一下,我就去点灯。"

"好吧!"

灯盏里已经没有油了。拉达兰妮只好揪了把干柴扎个火把,因而略微耽搁了一下。当她点燃火把一看,那个人给的果然是卢比而不是派萨。

拉达兰妮手持火把跑出来,寻找那个给钱的人。可是人已经走了。

---

① 派萨是货币辅助单位。原来是 64 个派萨为一卢比,而现在是 100 派萨为一卢比。

拉达兰妮很懊丧。她把发生的一切告诉了母亲。最后茫然不知所措地问道："妈妈，现在该怎么办？"

"孩子，还能怎么办！"母亲回答说，"他难道是错把卢比当派萨吗？！他是一个乐善好施的恩主！他知道了我们的不幸，就解囊相助，我们现在确实太穷了，那就收下来用吧！"

正当母女谈话之际，有人来敲她们茅舍的门。拉达兰妮去开门，心里琢磨：这大概是那个同路人发现给错钱又回来了。可是，不对！来人是面貌畸形的布商。他来干什么？

拉达兰妮家的茅屋，离商场不远。波多洛琼·沙哈的布店就在她们家的附近。波多洛琼——面貌畸形的年轻人——手里拿着山蒂普尔产的、边缘绣着花的足够做一两件纱丽的新布料来到她们家。门一打开，他就把布料交给了拉达兰妮，并说："拉达兰妮，这是你的布料。"

"啊，什么？！我的布料？！"拉达兰妮惊讶地叫了起来。

波多洛琼——他的面貌是否真的畸形，我们也不了解——听到拉达兰妮惊讶的口气，也被弄得莫名其妙。他解释说："怎么啦？！这是刚才一位先生买下的。他交了钱以后就对我说，现在就把这布料送给拉达兰妮。"

"嗯，这是他，一定是他！"拉达兰妮转向布商继续说，"他买的布料，要你送来，对吗，波多洛琼？"

拉达兰妮父亲在世时，波多洛琼就与她们家很熟悉。从前她们家里日子过得挺红火，他多次来卖布——往往以双倍的价钱脱手，赚过不少的钱。

"波多洛琼！"拉达兰妮问道，"你认识那位先生吗？"

"你们难道不认识他？！"波多洛琼惊奇地反问道。

"不认识。"拉达兰妮回答说。

"我还以为是你们的亲戚朋友呢！我也不认识他。"

波多洛琼想："管他呢！我又赚了双倍的钱。"他再也没有什么话要说，就心满意足地回商店去了。

拉达兰妮为了把所得的卢比换成零钱，并给母亲买点吃的东西，来到商场。她顺便也打了点灯油。点上灯，拉达兰妮就给母亲做饭。随后动手扫地，打算把家里收拾干净，让母亲吃饭。扫着扫着，拉达兰妮看见了一张纸。她拾起来问道："妈，这是什么？"

"一张支票。"母亲看后说。

"这一定是他留下来的！"

"对！是给你的。你看，还写着你的名字呢！"

拉达兰妮原是富家女子，认识一些字。她看到支票上确实写着自己的名字，便对母亲说："妈，真有意思！他到底是谁？"

"支票上也有他的名字。"母亲说，"为了以后谁也不会说这钱是偷来的，他专门写了自己的名字。他叫鲁克米尼库马尔·拉伊。"

第二天，母女俩到处打听鲁克米尼库马尔·拉伊。但是，无论是在斯里兰普尔，还是其周围地区，都没有一个叫鲁克米尼库马尔·拉伊的人。支票没有兑换，而是被珍藏起来——她们虽然很穷，但并不贪婪。

第二章

拉达兰妮的母亲虽然可以勉强吃点儿东西，但她的病很难痊愈。她们原有万贯家财，而现在变得一贫如洗。精神和肉体上的双重痛苦，她难以承受，因而病情日益恶化，命在旦夕。

就在这时，英国传来了好消息——她向枢密院提出的上诉书，得到了有利于她的裁决。她所有的财产和债权可以全部收回，三次打官司的花费也能得到补偿。卡马凯纳特先生是她在最高法院的辩护律师，他亲自带着这一喜讯来到拉达兰妮母亲住的茅屋。听到这一好消息，病人泪如泉涌。

拉达兰妮的母亲勉强抑制住自己的泪水，对卡马凯先生说："对于一盏已经熄灭了的灯来说，给它加上油又有什么用呢！您带来的喜讯挽救不了我的生命，我快要咽气了。然而，我也很高兴，拉达兰妮再也不会挨饿受穷了。不然，谁知道她今后会怎么样呢？！她是一个女孩子，她的这些财产谁来保护？只有拜托您了。我在这弥留之际，对您只有这样一个请求。要不我还能指望谁呢？"

卡马凯先生是位忠诚厚道的长者，也是拉达兰妮父亲的朋友。拉达兰妮母亲处境困难时，他曾对她说过："上诉还没有判决时，你们就到我家里去住，我会把你们当亲人一样看待。"

但拉达兰妮母亲拒绝了他的邀请。后来卡马凯先生想每月给她们一些资助，但拉达兰妮母亲总是说："我们手头上还有一点钱。需要的话，我们再去找您！"

拉达兰妮母亲未道出实情，谢绝了卡马凯先生的好意。接受鲁克米尼库马尔·拉伊的馈赠，对她们来说，是第一次，也是最后一次！

在这之前，卡马凯先生对于她们如此困难的状况一无所知。今天，当他亲眼看到这种情况时，更是肝胆欲裂，悲痛难忍。他于是对她说："您讲吧，我该干什么。只要您需要，我一定去办。"

"我已是行将入土的人了，但是拉达兰妮还要孤苦伶仃地留在人世。"拉达兰妮的母亲说，"现在法院已经解决了我婆家财产合法继承人的问题。拉达兰妮将拥有这所有的财产。请您关照她，把她当自己亲生女儿看待！这就是我的请求。如果您同意这些，我也就含笑九泉了。"

"我在您面前发誓，我会像对自己女儿那样关心照料拉达兰妮。这是我的肺腑之言。请您相信我吧！"卡马凯先生回答说。

即将了此残生的母亲，看到卡马凯先生满面泪痕，更深信他的许诺。在她那干瘪的嘴唇上，露出了微笑。卡马凯先生根据笑容判断，她活不多久了。

卡马凯先生再次强烈请求她："现在就到我家里去住吧！以后房子收回来再搬回去。"

拉达兰妮的母亲有一种贫贱不能移的高傲。正因如此，当生活窘迫之时，她是不愿意搬到卡马凯先生家里去住的。现在不会再贫

拉达兰妮

困潦倒，所以也就没有那种高傲了。她同意搬家。卡马凯先生殷勤地把拉达兰妮和她母亲接到了自己家里。

卡马凯先生请了许多名医来给病人治病，但还是未能挽救她的性命。不久，拉达兰妮的母亲离开了人世。

卡马凯先生替拉达兰妮及时地把财产接收过来。但由于拉达兰妮年纪还小，没有让她一个人搬到自己家里去住，仍旧把她留在自己身边。

行政当局本想把拉达兰妮的财产委托给法院照管。但卡马凯先生认为，政府官员怎么也不会比自己为拉达兰妮考虑得更加周到。由于卡马凯先生的坚持，行政当局只好让步。卡马凯先生亲自负责管理拉达兰妮的财产。

剩下的事情该是拉达兰妮的婚配了。卡马凯先生是位具有新思想的人。对于童婚，他很仇视。他认为拉达兰妮的婚事，只要不违背种姓制度的规定，就不必匆忙。等到拉达兰妮自己愿意考虑婚事时再让她结婚也不迟。现在要让她多学点东西。

由于卡马凯先生有过这样的考虑，他就没有主动地提过拉达兰妮的婚事。只是创造条件，让她好好学习。

五年过去了，拉达兰妮已经出落成一个美丽非凡、亭亭玉立的十六岁少女。由于她深居闺阁，她那俊俏的姿容外间人谁也没有见到过。现在该是给拉达兰妮找婆家的时候了。卡马凯先生考虑，应先了解拉达兰妮自己的想法，然后再给她找位称心如意的夫婿。为了摸清拉达兰妮的主意，他把自己女儿博松托库马丽叫了来。

博松托和拉达兰妮两人既是同年，又是莫逆之交，整天形影不离。卡马凯先生对女儿讲了自己的打算。

博松托腼腆而又略带笑容地问爸爸："你认识鲁克米尼库马尔·拉伊吗？"

"不认识。"卡马凯先生惊讶地答道，"一点也没有听说过。问这干什么？"

"除了鲁克米尼库马尔·拉伊，拉达兰妮谁也不会嫁的。"

"这到底是怎么一回事？拉达兰妮怎么会认识这样一个人呢？"

博松托颔首微笑。她把从拉达兰妮那里听到的关于赶庙会那天晚上的经过，详细地对父亲讲述了一遍。

卡马凯先生听完之后，对鲁克米尼库马尔颂扬了一番，并说："你对拉达兰妮解释一下，她这种想法是很不对头的。婚姻不是由于感激而尽义务。拉达兰妮当然应该感激鲁克米尼库马尔。一有机会，也一定要报答他的恩情，但是并不一定非嫁给他不可，而且他的种姓、年龄等情况，谁也不知道。说不定他早已有了妻室儿女。他已结婚的事，难道不可能吗？"

"没有任何可能！"博松托回答说，"拉达兰妮对这一点理解得非常出奇。而且从那天晚上起，当她把鲁克米尼库马尔当作自己心目中的精神偶像之后，更是确信这一点。拉达兰妮就像人们敬神一样，来敬重这个偶像，每天都在默默祷告。她来我们家已经五年了。在这些岁月中，拉达兰妮几乎没有一天不对我谈起鲁克米尼库马尔。除了他，谁娶了拉达兰妮，都不会得到幸福。"

"真是神经错乱！"卡马凯先生心中暗想，"这必须慢慢治疗。当然，首先还得寻找鲁克米尼库马尔。"

卡马凯先生开始寻找鲁克米尼库马尔。他给各地的亲友写信询问，还在各种报纸上刊登了如下的广告：

鲁克米尼库马尔·拉伊先生！请与笔者会晤一次，这是非常必要的。对于您来说，除了会有令人满意的结果之外，绝不会有任何扫兴的缘由。

×××先生

可是，寻找鲁克米尼库马尔的工作毫无进展。一天天，一月月，一年年过去了，鲁克米尼库马尔杳无音信，他在哪里呢？

这之后，又一个非常可怕的不幸向拉达兰妮袭来——卡马凯先生也与世长辞了。这使拉达兰妮悲痛欲绝。她心想这真是第二次丧父！卡马凯先生被安葬之后，拉达兰妮搬回了自己原来的家，开始亲自料理自己的财产。由于卡马凯先生生前一个时期的精心照料，拉达兰妮的财产大为扩充。

拉达兰妮一着手管事，就给政府当局寄去了二十万卢比，请求

拉达兰妮

用这些钱在她自己的村子里修建一所救济院，取名为"鲁克米尼库马尔宫"。

政府官员听了救济院的建议名称，颇感诧异。但谁能对此说三道四呢？救济院建起来了。

拉达兰妮的母亲由于穷困离开了自己的村庄，在斯里兰普尔找了一所茅棚安身，这是很自然的——一个村镇里的富豪，如果突然变成了穷光蛋，再要让他在原来的村镇住下去，那将是非常难受的。她们自己的村庄离斯里兰普尔不远。我们就称这村子为拉吉普尔吧！现在，拉达兰妮就住在拉吉普尔村，救济院也在这里，在拉达兰妮宅邸的对面。贫穷的、无依无靠的人们，从四面八方来到这所救济院。

第三章

一两年之后，救济院里来了一个很有身份的人。他大约三十五六岁。从外表来看，人们觉得他是个稳重端庄的富豪。他在鲁克米尼库马尔宫门口站定后，问守门人："这是谁的房子？"

"谁的也不是。"守门人回答说，"这是所救济院，住着一些穷苦的无依无靠的人。这叫鲁克米尼库马尔宫。"

来人又问道："能不能进去看看？"

守门人说："贫苦的人都可以自由进出，怎么能禁止您进去呢？"

这位参观者在救济院里转了一圈，返回门口时又问道："看了这里的情况，我非常满意。谁是这里的施主？他的名字是不是叫鲁克米尼库马尔？"

"是一位妇女提供的经费。"守门人回答说。

"为什么称它为鲁克米尼库马尔宫[①]？"

"那就不清楚了。"守门人说。

[①] 鲁克米尼库马尔是一男名，所以得知施主是一妇女时，他很惊异。

"鲁克米尼库马尔是谁的名字?"

"不知道。"

"这位施主住在哪里?"陌生人问道。

守门人用手指了指对面那座宏伟的公馆。

来人又问道:"那公馆女主人平常出不出来会见男人们?请别误会!我之所以问这个,是因为现在许多富裕家庭的女士,同英国的太太、小姐一样,是经常自由出门的。"

"她不是那种品行的人。"守门人说,"她是不会出来会见什么男人的。"

问话人慢慢朝拉达兰妮的宅邸走去,然后进了屋。

第四章

陌生人的穿着,与孟加拉一般有教养的人相仿——特别干净,或者说,干净得特别,简直毫无不足之处。他的手指上戴着一枚宝石戒指。拉达兰妮的仆人们见到这一戒指都惊讶得目瞪口呆。他们从来没见过戒指上有这么大的宝石。来者只身一人,没有陪伴,所以仆人们也不好问他是谁。他们想,这位先生大概会自我介绍的。可是他却没有做任何介绍,而是径直走到拉达兰妮的管家面前,交给他一封信,并说:"请把这信交给你们的主人,我等待答复。"

管家说:"我们主人是女的,而且很年轻。因此她规定:任何生人写来的信,不经我们过目就不能交给她。"

"那就请您先看吧!"

管家念信:

亲爱的姐妹:

如果这位先生来拜访,请单独会见他,不必害怕。并请将所发生的一切来信告我!

好友　博松托库马丽

拉达兰妮

看了卡马凯先生女儿的亲笔信后，谁还有什么好说的呢！信被送进了闺阁。

从屋里出来一个女仆，迎接递信的先生，并说未经许可，其他人一律不准进入内室。

女仆把先生领进了一个装饰华丽的房间，请他坐下来稍等。

拉达兰妮的闺房，第一次进来了男人。女仆去叫拉达兰妮。房间暗处站着一个人，正在仔细打量来者。陌生人肤色白皙，像盛开的茉莉；身材魁梧；前额略高，覆盖着浓黑清洁、梳得很漂亮的一头秀发；眼睛明亮，炯炯有神；眉毛细长，浓密黢黑；鼻如悬胆，端正隆起；嘴唇微红，牙齿洁白；颈脖匀称，肌肉发达。身体其他部分为衣服遮盖，只是修饰整齐的白嫩手指露在外面，而且戴了只嵌有大钻石的戒指。

拉达兰妮来到客厅，把女仆打发走了。女主人一到，陌生人仿佛觉得，房间里升起了一轮旭日——美丽的容光光辉夺目，使他眼花缭乱。

陌生人本应首先开口说话的，因为他是男人又是长者，但他已被拉达兰妮的美貌所震惊而不知所措。拉达兰妮面带愠色地说："您为什么要单独与我相见？我是女人，这样做很不合适。只因博松托的请求，我才同意了。"

"我并非想这样单独会见您。"来者申辩说。

"当然，您可能没有提出这样的要求。"拉达兰妮腼腆地说，"但博松托为什么要求这样做，信中却只字未提。想必您是知道的。"

来者拿出一张很旧的报纸，递给了拉达兰妮。当拉达兰妮看到报纸上有那张卡马凯先生亲自拟写的寻找鲁克米尼库马尔的广告时，她站了起来。站着站着，开始像椰树叶一样颤抖起来。看到来人英俊的外表，她心里暗想：他就是我的鲁克米尼库马尔吗？拉达兰妮再也按捺不住内心的激动，轻声问道："您就是鲁克米尼库马尔先生吗？"

来者回答说："不是……"

听了"不是"二字，拉达兰妮再也站立不住了，便慢慢坐了下来。她的心胸仿佛就要炸裂开来似的。

"不是，"来者接着说，"如果我是鲁克米尼库马尔，卡马凯先生就不会刊登这条广告了，我与他早就认识。然而我看到这广告后，就把它保存下来了。"

"要是这条广告与您毫无关系，那您为什么要保存它呢？"拉达兰妮问道。

"因为有些好奇。"陌生人回答说，"七八年前，我曾到处漫游。由于怕人耻笑，隐去了自己的真名实姓，用了一个随意想出来的名字——鲁克米尼库马尔……您为什么这么悲伤和激动呢？"

等拉达兰妮稍许平静一点，陌生人继续说："我不清楚，是否有人真的叫鲁克米尼库马尔。这是很有可能的，所以我并不认为一定是在找我。但这毕竟是个谜。经过反复考虑，我还是把广告保存起来。但是，我没有勇气去找卡马凯先生。"

"后来呢？"拉达兰妮问道。

"后来，收到参加卡马凯先生葬礼的请帖。由于当时我很忙，未能成行。不久前，为了弥补自己的过失，才来看望卡马凯先生的子女。出于好奇，我随身带了这张广告。在谈论这张广告时，我顺便问了一下卡马凯先生的长子：'为什么登这样的广告呢？'他对我说：'拉达兰妮要求的。'我也曾认识一个叫拉达兰妮的小女孩。自从那天看到她以后，我就再也不能忘怀了。她为了给自己母亲弄点吃的，忍饥挨饿去采集野花编成花环……"陌生人的话哽住了，双眼噙满了泪珠。

拉达兰妮也热泪滚滚。她擦去眼泪后，说道："别人有什么好讲的呢？还是谈谈您自己吧！"

"拉达兰妮并不是别人。"陌生人争辩说，"如果说，世界上有女神的话，那拉达兰妮就是女神！如果说，我见到过圣洁、纯朴的人，那就是拉达兰妮！要是说有谁的言辞使我永生难忘的话，那也是拉达兰妮。那确实是终生难忘的！声声话语，犹如琴音；欲言又止，宛如曲溪。真是句句言辞，沁人心脾；清澈见底，朴质无瑕。

拉达兰妮

那样清脆的嗓音，以前我还从来没有听见过！那样感人的话语，我也从来没有听见过。"

鲁克米尼库马尔——现在我们就暂时称他为鲁克米尼库马尔吧——心中暗自对自己说："今天，我好像又听到了那美妙的声音。与那小姑娘谈话之后，流逝了几多岁月！然而，那一切就好像是昨日发生似的，至今还历历在目，回响耳边。但是今天听到面前这位美人的嗓音，为什么使我想起了那个拉达兰妮呢？这是她吗？想入非非，真是笨蛋！那个贫穷的、住茅舍的女乞丐，怎么会一跃变成这位身居宫殿的因陀罗妮①呢？我在黑暗中，未能看到那个拉达兰妮长得是美还是丑。但只要有面前这位天仙的百分之一的容颜，也可称得上人间少有的倾城之貌呀！"

拉达兰妮听到鲁克米尼库马尔这些甜蜜的话语之后，也默默想："你倒是应该讲讲，当时你对那个不幸的拉达兰妮讲了些什么话呀！八年过后，你又从哪个仙界下凡来作弄我拉达兰妮？这些年来，我在心中不断祷告，这使你感到高兴吗？你是我的心灵之主?！不然的话，你又如何知道我在心中默默崇拜你呢？"

两人在明亮的白天，第一次见面。相互注视了一下，都在沉思：有这样的巧合吗？在这灿烂斑驳、生机繁茂的世界上，会有这样精力充沛、这样美妙、这样幸福、这样活泼而坚定、这样开朗而稳重、这样多情而腼腆的生灵吗？像是早已相识，然而，却是新交；刚刚幸福会面，心灵却已相通；永志不忘而又前所未有——这到底是怎么一回事呢？这真是见所未见、闻所未闻的事情呀！

拉达兰妮潸然泪下，但又含笑激动地问道："您谈了这么久，只是讲了那个不幸的女孩子。可是，为什么要来见我，您怎么却又缄口不言呢？"

啊，怎么能这样说！为了他，你甚至愿把嗓子哭得嘶哑，也在所不惜呀！他是你的心灵之主！他是穷女人的一切财产和永世心爱的人啊！想要呼唤他，但又跟他开这样的玩笑："喂！那个不幸的

---

① 天神因陀罗之妻，以美貌著称。

拉达兰妮是你什么人？你这位先生要会见她？"能这样说吗？！你们——聪明的、可爱的、能言善辩的、老于世故的人们，你们来评评理！孩子气十足的拉达兰妮，难道可以这样地提问吗？

拉达兰妮有些忐忑不安，因为这话语之中带有责备的口气。

鲁克米尼库马尔略微一怔，然后说道："我谈了我曾认识的那个拉达兰妮，我记忆中的拉达兰妮。想起拉达兰妮，犹如黑夜中出现了小小萤火虫，我心中闪烁着希望。这个要找人的拉达兰妮，就是我心中那个拉达兰妮的希望！"

"你心中的拉达兰妮？！"拉达兰妮低声地、话中挑剌地说了一句，然后低下头来，莞尔一笑。啊，怎能不笑呢！读者啊，你们可不要指责我拉达兰妮！

鲁克米尼库马尔也在暗自思忖：你为什么这样说呢？你到底是谁？之后，出声说道："就是我心中的拉达兰妮！虽然我只在一个黑暗的夜晚见过她——现在就说是'见'吧！然而，在这八年中，我可从来没有忘记过她。她确实是我心中的拉达兰妮！"

"那就算她是您心中的拉达兰妮吧！"拉达兰妮插了一句。

"当我遇到卡马凯先生的长子时，我就怀着一线希望，问他：'拉达兰妮是谁呢？'卡马凯先生的儿子显然不愿详细介绍，只是说：'是我们一个亲戚的女儿。'我见他不想详谈，也就没有追问，使他为难。只是问了一下，拉达兰妮为什么要寻找鲁克米尼库马尔，是否听到了什么消息。如果没有找到而又打算再找，我想我也许能够给予协助。听了我的这些话，他说：'拉达兰妮为什么要寻找鲁克米尼库马尔，这事我不太了解。先父知道。我想，我妹妹也可能知道。不过那广告上已经谈到了，我妹妹不会说得更详细。您既然讲可以帮助寻找鲁克米尼库马尔，那就只有去问一下我妹妹，然后再去寻找。'讲完之后，便起身走了。回来时，他给了我一封信，就是刚才给你的那封信。他交给我时还说：'带着这封信，您亲自到拉吉普尔去！那里谁是施主，您就会见谁。'就这样，我带着信，来到了您这里——难道我有什么事情做得唐突吗？"

拉达兰妮

"不知道。"拉达兰妮回答说,"显而易见,您是完全搞错了才到这里来的。您的拉达兰妮是谁,我不知道,也没有什么好说的。关于那个拉达兰妮的事,如果我听到过,或许能谈一点儿。但是,未必能从我这里找到她的什么线索。"

鲁克米尼库马尔详细地谈了赶庙会那天晚上的情况,只是没有谈买布料的事。拉达兰妮说:"请原谅!显然,拉达兰妮没有勇气对您讲什么。大概她觉得您不是一个心地善良的人吧!如果您宽厚仁慈的话,那么,您一定会给刚才所说的那个穷孩子一点帮助——您帮助她的事儿,怎么一点也不讲呢?"

"我未能给予什么特别的帮助。"鲁克米尼库马尔接着说,"那天,我是乘船顺路来看庙会的。为了不让别人知道,我采用了假名'鲁克米尼库马尔·拉伊'。午后,大雨倾盆,使我不敢待在船上,便一个人上了岸。我随身带的钱不多,虽然给了拉达兰妮一点钱,但毕竟是微不足道的。当时想,第二天早晨,我再来专门了解她家的情况。可是那天夜里,传来了我父亲生病的消息。我不得不马上赶回迦尸。父亲病了很久很久。耽搁了一年多,我才从迦尸赶来。当我再找那茅屋时,早已是人去楼空了。"

"我想问一句——既然那夜大雨滂沱,您就应当在那茅舍里避避雨呀!您在那里待了多久?"

"没有多久。拉达兰妮为了要看我给她的钱,她点灯去了。我利用这个空隙,去给她买了点布料。"

"还给了些什么?"

"还能给什么呢?!只是把随身带的一张支票留在茅舍里了。"

"这样给她们一张支票,未必考虑周全。她们可能会认为是您丢失在那里的!"

"不会的。我用铅笔写了'给拉达兰妮',支票上还有签名——'鲁克米尼库马尔·拉伊'。说不定,广告上正是那个'拉达兰妮'要寻找那个'鲁克米尼库马尔'呢!由于存在过这种想法,所以我才把这广告收藏至今。"

"正如我所说的,显然不能认为您是一个心地善良的人。您的目的是要那个拉达兰妮来感激您。"拉达兰妮小声地说。

啊！拉达兰妮，羞！羞！羞！

正如饱含雨露的花瓣，只要略一低头，晶莹的水珠就簌簌落地一样，拉达兰妮朝鲁克米尼库马尔看了一眼之后，眼泪吧嗒吧嗒地直掉。她赶紧用衣襟遮住，匆匆走出房间。鲁克米尼库马尔是否看到了这激动的泪花，那就很难说了。

第五章

拉达兰妮走出客厅，揩干眼泪，开始沉思：他就是那个鲁克米尼库马尔，我也是那个拉达兰妮。两个人心心相印，彼此怀念。现在该怎么办？我虽然能使他相信，我就是那个拉达兰妮，但尔后怎么办？谁知道他是属于哪个种姓？当然，现在就可以去问问清楚。可是，如果他与我不属于同一种姓呢？那就宗教不同不能永世结合，不能命运相依哟！这样的话，还有什么必要与他交谈呢？不能呀！只好默念着鲁克米尼库马尔的名字，了此一生。既然已经这样度过了这么多年，剩下的年华不是也可以如此消磨吗？！

这样一想，拉达兰妮又鼻子一酸，嘴唇颤动，眼泪再次滚落下来。她重新擦干眼泪，镇定了一下，又思索起来：好吧！就算他与我同属同一种姓，这可信吗？！再则，看上去他已年岁不小了，还是独身一人吗？他早已结婚了吧？！不！不！这样做不行。我宁愿默念他的名字而死，这可能会更好一些！绝不能与另一女人争风吃醋。现在怎么办？问完种姓之后又做什么？随后就自我介绍——我是拉达兰妮。再问一下他的真实姓名，因为他曾说过鲁克米尼库马尔是他的化名。记住他的真名，并默念其名而死！尔后，我们分别，我去号啕大哭一场。啊！不中用的博松托！这一切，你不了解，不知道，怎么就让他到我这里来呢？！难道你不知道，生活的

拉达兰妮

海洋是如此混杂——一些人的命运是通向天堂，而另一些人的命运则是跌进地狱啊！

好吧！还是自我介绍一下——拉达兰妮这样一想，就取出了那张比自己生命还要宝贵的支票，就是那天晚上在茅舍里拾起的、拉达兰妮一直收藏着的那张支票。那由谁来做最后的决定呢？想到这里，拉达兰妮情不自禁地笑了起来——啊！羞，羞，羞！不能这样做。如果把博松托找来就好了。难道不可以暂时挽留他一两天，然后去找博松托吗？！这两天，可以让他在我的图书室里看看书。他大概会喜欢的，因为我这图书室是专为他而设置的啊！但是，如果他不同意待一两天呢？如果他另有急事要办呢？那时怎么办？我怎么对他讲啊？这样做有什么害处？英国姑娘会这样做吗？在我国像她们那样行动，是会遭到谴责的。由于害怕这种责难，我就无所作为、听之任之吗？如果像英国姑娘一样自由自在，我这样的年龄，就不可能还在闺阁。

随后，拉达兰妮忧郁地想："如果这样直接行动，定会引起一阵喧嚣！在姑娘中间，婚姻之事，通常都是由男方提起话头的。假使他不发话呢？他不提起，那就……就……哎！天神啊！请告诉我，该怎么办！你创造了羞愧，但是，正在我心中燃烧着的烈焰，不也是你播下的火种吗？！这种火焰能否把羞愧化为乌有？你可怜我这无依无靠的孤儿吧！请用圣洁的帷幕将我掩盖，除去那羞愧的帷幕！请你用怜悯来开导我一会儿吧！"

第六章

天神可能听到了拉达兰妮的心里话——神明大概是能听到那些虔诚纯洁的心灵所发出来的声音的。拉达兰妮面带微笑，步履轻盈，又来到了鲁克米尼库马尔的跟前。

鲁克米尼库马尔见拉达兰妮回到了客厅，于是对她说："您虽不辞而去，但是因为我想了解的事情未见分晓，所以我现在是不会走的。"

"我想，您大概是为了拉达兰妮而来的，"拉达兰妮说，"这里也确实有一个叫拉达兰妮的。至于她能不能与您相见，我得去询问一下。"

"很好。"

拉达兰妮面带笑容。一会儿看看自己的脚，一会儿又拨弄自己手上的镯子。她向那间摆着一尊用石头雕刻的尼奥比①塑像的房间看了一眼，对鲁克米尼库马尔连瞧都不瞧地说道："您说过，鲁克米尼库马尔不是您的真名。直到现在，拉达兰妮对所敬仰的人连名字还不知道呢！"

"所敬仰的人！谁说的？"鲁克米尼库马尔追问道。

拉达兰妮稍不留意就说漏了嘴。现在为了搪塞，只好说："这只不过是询问您尊姓大名的一种说法而已。"

多么不会说话的姑娘啊！

"我叫戴本德罗纳拉扬·拉伊。"鲁克米尼库马尔说道。

拉达兰妮悄悄合掌胸前，心中默念："天神啊，胜利永远属于你！你功德无量！"随后，她出声说道："我听说过戴本德罗纳拉扬王公的名字。"

"经常，大家都爱称呼自己为王公。但是，谁要是称呼我为王子的话，那对我来说，也就足够尊敬了。"戴本德罗纳拉扬风趣地说道。

"现在我的勇气倍增。我觉得，您与我们是属同一种姓。今天，让我请您作为我们的客人吧！"拉达兰妮兴奋地说。

"做客的事以后再谈吧！请您告诉我，拉达兰妮在哪里？"

"饭后再来谈她吧！"

"心中苦闷，吃美味珍馐也不会香甜。"

---

① 希腊神话中的一位女神。她原有十四个儿子，常以此自夸，后来全被杀死，她悲痛不已，化为石头。

拉达兰妮

"为拉达兰妮就这么苦闷,为什么?"

"不知为什么。只是感到苦闷,郁积八年的苦闷!"

"要是猝然向您介绍拉达兰妮,我是有些胆怯的。您见到了她,到底想做什么呢?"

"还能做什么?!只不过再见一面罢了。"

"只是为了再见一面,八年来就这样苦闷?"

"人各不同呀!"

"那好吧!吃完饭,我把您的拉达兰妮指给您看。不过,您是不能直接看到她的!您只能在那面大镜子里看。"

"为什么不能直接见面呢?八年来我经历了多少痛苦啊!"

房中两人心中是否都相互明白,我不清楚。但他们继续进行了这样的谈话:

"您的话,我不敢苟同。您八年前见到拉达兰妮时她是多大年纪?"拉达兰妮问道。

"十一岁。"

"一个十一岁的姑娘,能引起您这么强烈的感情?"

"怎么不能呢?"

"这样的事真是闻所未闻。"

"那就请您权当好奇吧!"

"好奇?!这又做何解释?"

"只是一种见她的愿望。"

"那我就指给您看。不过,只能在这面镜子中相见,您得站到外面去。"

"为什么不能当面相见?"

"因为她是贵族家庭的妇女。"

"您不也是出身高贵吗?"

"我是另一回事。我是自己管自己。因此,我可以出来会见任何人,谁也管不了我。但她就身不由己了,得听从丈夫的。没有丈夫的允许……"

"丈夫?!"

"对,丈夫!这有什么值得大惊小怪的!"

"她结婚啦?!"

"印度教教徒的闺女,十九岁还不结婚!"

戴本德罗听到丈夫、结婚等字眼,长时间地用手抱着脑袋,昏昏然不知所措。

"怎么?您想娶她为妻吗?"拉达兰妮问道。

"难道男人就不能有这种想法吗?"戴本德罗反问。

"这种想法,告诉过您的夫人吗?"

"什么夫人!妻室早已亡故。与拉达兰妮相遇之前,我妻子就早已去世了。"

拉达兰妮再次合手作揖,心中默喊:"世界之主啊!胜利永远属于你!请让我的这种勇气再保持一会儿吧!"尔后,她出声对戴本德罗说道:"我已经对您讲过,拉达兰妮已出嫁了。您现在还想见她吗?"

"除了见她之外,我还能做什么呢!"

"您讲这样的话合适吗?"

"至今我也不明白,拉达兰妮为什么要寻找我?"

"因为拉达兰妮想还给您所给予她的东西,您接受报答吗?"

"如果能够得到给出的东西,那当然是可以的。"戴本德罗笑着回答说。

"您曾给过些什么?"

"一张支票。"

"那就请收下吧!"

说着,拉达兰妮从纱丽中取出了那张珍藏已久的支票,交给了戴本德罗。

戴本德罗看到自己亲手写着拉达兰妮名字的支票后,问道:"拉达兰妮的丈夫从来没有见过这张支票吗?"

"拉达兰妮还是一个闺女。所谓'丈夫',只不过是对您说的假话。"

"那并没有报答完呀!"

"还有什么?"

"还有两个卢比和衣料。"

"如果所有这些债务现在一下子都付清的话,您大概不吃饭就会走的。债主得到应得的一切之后,他还会坐下来吗?! 剩下的部分,饭后拉达兰妮将会偿还给您的。"

"该还给我的,还多着呢!"

"还有什么?"

"我把自己的心都掏给了拉达兰妮,至今却什么也没有得到呀!"

"很久以前,您就得到了。拉达兰妮的灵魂,很久之前就被您带走了。从那天起,她就报答了您。"

"什么利息也没有?"

"当然有。"

"什么?"

"待到吉日良辰,这个卑微女人的心身,会全部交付于您的。这样,拉达兰妮就会完全从债务之中解脱出来。"

讲完这些话,拉达兰妮就离开了客厅。

第七章

管家遵照拉达兰妮的指示,把戴本德罗王公领到外室,盛情隆重地接待了他。到了预定的时间,请他吃饭,拉达兰妮亲自作陪。吃完饭,拉达兰妮对戴本德罗说:"我现在就去拿你的两个卢比和衣料。不过,原来的衣料早已穿得破烂不堪,钱也花光了,要归还原来的东西已经是不可能的了。为此,请接受我给你保存的礼物吧!"

讲完这些话,拉达兰妮取出一个非常珍贵的嵌满宝石的项链,打算套到戴本德罗的脖子上去。但是,戴本德罗推让道:

"如果你打算用这种方式来还债的话,我愿意取走你脖子上的那条项链。"

拉达兰妮笑着取下自己的项链,套到戴本德罗的脖子上了。

戴本德罗又开腔了:"你的债务是还清了,但是,现在我倒成了一个负债者。"

"这又怎么讲?"

"你把买花环的钱还给了我。那么,现在就该我来归还你的花环了。"

拉达兰妮嫣然一笑。

戴本德罗将自己原来戴的珍珠项链,套在拉达兰妮的脖子上,说:"现在我也还清了债务。"

就在这时候,不知是谁突然吹起了螺号。

"谁呀?"拉达兰妮问道。

"是我——奇特拉。"拉达兰妮的一个女佣人回答说。

"为什么要吹螺号?"拉达兰妮又问道。

"想讨点奖赏。"奇特拉说。

不用问,奇特拉肯定得到了奖赏。不过她也扯了谎——不是她自己想起吹螺号的,而是拉达兰妮预先把她安排在门口,并亲自叫她吹的。

尔后,两个人坐在幽静的地方倾心交谈。为了消除戴本德罗的惶惑,拉达兰妮对他谈到了赶庙会那天夜晚之后所发生的一切,谈到祖父的遗产,以及为此而进行的诉讼;谈到了拉达兰妮母亲所受的折磨和她的病故;谈到了卡马凯先生的关照,他的去世,以及英国枢密院的裁决;也谈到了博松托和自己的广告……讲到伤心之处,泪水滚滚;谈到惬意之时,笑声朗朗。拉达兰妮,就像那印度杜鹃——查托卡①沐浴在风雨之中一样,梦寐以求的爱情倾诉,使她无限欣慰,感到满足。戴本德罗,正像那晒得发烫的山岭,雨后变得格外清凉一样,烦躁顿消,

---

① 查托卡是印度杜鹃之名,据说只饮雨水,因而常仰首望天,渴求风雨的来临。

拉达兰妮

精神惬爽。

戴本德罗问拉达兰妮："你家里不是没有什么亲人吗？为什么现在家里有这么多人？"

"在艰难困苦的时候，我是没有亲人的。"拉达兰妮回答说，"不过，现在不同了，许多亲戚都找上门来。我年纪尚轻，一个人住不方便，因此，就让他们住进来了，并照看他们。"

"这些亲戚中间，有没有人能够主持我们的婚礼的？"

"有的。"

"那么，他怎么还不选择吉日良辰，准备婚事呢？"

"我想，现在已经在准备。要不然，我拉达兰妮就不会这样与你见面畅谈——现在全家都知道了。我们是不是该了解一下准备的进展情况呢？"

"事情不会耽搁吧！"

"奇特拉！"拉达兰妮叫了一声女佣人。

奇特拉进来了。

"日期定好了吗？"拉达兰妮问道。

"定好了。"奇特拉回答说，"管家先生已经请问过祭司先生。祭司说，明天就是结婚的最好日期。管家先生已经把一切都安排好了。"

第二天，博松托、卡马凯先生的几个儿子以及许多亲戚都来了。当地的一些朋友也像春天的杜鹃一样飞来了。

戴本德罗的朋友和随从也都出席了他们的婚礼。

博松托一到，拉达兰妮就对她说："我的好姐姐博松托！你耍什么小聪明啊？"

"拉达兰妮，你说什么呀？"博松托反问道。

"为什么你写的那封信让他自己带来呢？"

"怎么？！他做了些什么？请你说说看！"

拉达兰妮当即讲述了所发生的一切。博松托说："对，是该生气的。利息不能理解为放出去多少就收回多少呀！对于把这样的高利贷者引到你家里来的人，是该生她的气的。"

"好！那我今天就把绳子套在你的脖子上。"

说着，拉达兰妮就拿出那条曾经打算送给鲁克米尼库马尔的宝石项链，并将其戴到了博松托的脖子上。

之后，就在这美妙幸福的时刻，举行了豪华隆重的婚礼。

亚—非—译—丛

般吉姆小说选集（下册）

〔印度〕般吉姆琼德罗·丘多巴泰 著
Bankimchandra Chattopaadhyaaya

董友忱 等 译

社会科学文献出版社
SOCIAL SCIENCES ACADEMIC PRESS (CHINA)

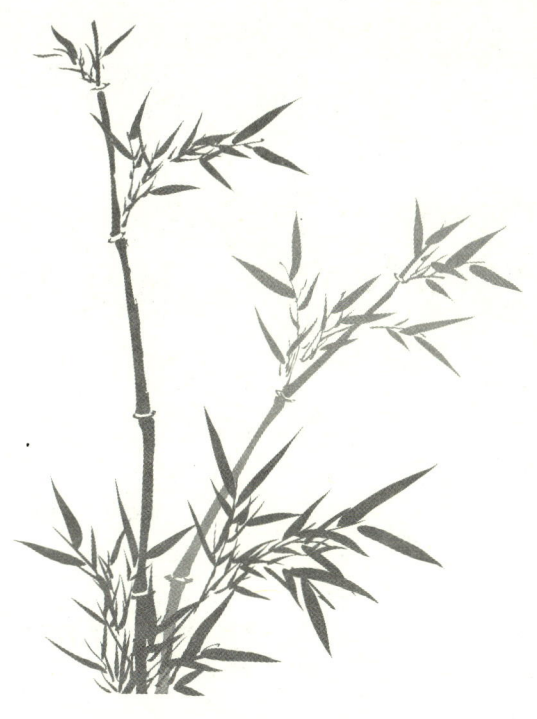

印蒂拉

董友忱 译

第一章　我要到婆家去

　　过了很久之后，我终于要到婆家去了。我已经十九岁，可是至今还没有到过婆家。因为我父亲是个财主，而我婆家却很穷。结婚不久，我公公就派人来接我，但是我父亲却没让我去。他对来接我的人说："请转告我的亲家，应当首先让我的女婿学会赚钱，然后再来接他的妻子。现在把我女儿接过去，给她什么吃呢？"我的丈夫听了这些话，心里很气愤。他当时才二十岁。他发誓一定要自己赚钱养家。他打定主意到西部地区去。当时还没有铁路，到西部地区去是很艰难的。他身无分文，身边又没有帮手，但是他却徒步到旁遮普去了。他既然能做到这一点，也就一定能够赚到大钱。我丈夫开始赚钱了，并且开始往家里寄钱。然而，七八年过去了，他一次也没有回过家，也从来没有打听过我。因此，我气得浑身发抖。难道我需要钱吗？我对父母很不满。为什么他们要提赚钱呢？难道金钱比我个人的幸福还重要吗？我父亲有很多钱，我甚至可以任意挥霍。我心里常想，有一天我要躺在钱上睡觉，看看是否幸福。

　　有一次，我对母亲说："妈妈，我要倒在钱上睡觉。"

　　"你疯了！"妈妈说，看来我母亲是明白了我的心事。不知道她采取了什么策略，在我讲述这段历史之前，我丈夫回来了。传说他在粮食经理部做事（不知道是否真在粮食经理部），因而成了富翁。

　　我公公给我父亲写了一封信。他在信中写道："由于您的祝福，吴潘德罗（我丈夫名叫吴潘德罗——请老人们原谅我称呼他的名字。照现在的习惯，我可以称他为'我的吴潘德罗'）能够养活他的妻子了。我现在派轿夫带着轿子前往贵府。请您打发我儿媳妇回家来吧。否则，我就要为我儿子另娶妻子了。"

　　我父亲看到，他的女婿真的成了新的财主了。轿子里衬着锦缎,上边缀着银牌;抬杆上镶着银质鲨鱼头;前来迎接我的女仆们,都身穿绫罗绸缎,戴着沉甸甸的金项链。随同轿子一起来的,还有四个黑胡子保镖。

我父亲叫霍尔莫洪·多托,是个相当有钱的人。他笑着对我说:"印蒂拉,我再不能挽留你了。你现在去吧,不久我就去接你。要注意,看见那个暴发户的时候不要笑。"

我在心里默默地回答父亲说:"你要理解女儿的心情,就不会开这种玩笑了。"

我的小妹妹卡米妮看来理解我的心思。她问我:"姐姐,你什么时候再回来呀?"我轻轻地抚摸着她的脸蛋儿,没有回答她。

卡米妮接着说:"姐姐,你婆家怎么样,你知道不?"

"我知道,"我说,"那是一个欢乐的庄园。在那里,爱神发射不凋谢的花箭,为人类降生祝福。女人一到那里,就会变成仙女,而男人一走进那座庄园,就会成为羔羊。在那里,布谷鸟在歌唱,冬季南风习习,夜晚明月高照。"

卡米妮笑着说:"你真该死!"

第二章　我动身到婆家去

我接受了妹妹的祝福,就动身到婆家去。我婆家住在莫诺霍罗普尔。我娘家住在莫赫什普尔。这两个村子相距八十多里。我知道,拂晓我们吃过早饭出发,大概夜里就可以到达。在夜里到达,我无法看清他的长相,他也看不清我的容颜。为此我几乎伤心得要掉下泪来。我妈妈很细心地为我编织发辫,梳理头发。要走八十多里路,发辫可能会散开,头发也可能会蓬乱。我担心坐在轿子里会热得汗流满面,因此,我会变得丑陋不堪;由于干渴我的嘴唇会干裂;由于劳累我的身段也会显得很难看。你们觉得可笑吧?我请求你们不要笑。这是我在青春年华第一次到我婆家去。

印蒂拉

在我经过的路上,有一个大湖泊,名叫黑湖。湖水的面积大约有方圆二里。湖岸上高山矗立,群山间有一条小路。黑湖四周长着榕树,树荫下凉爽宜人。湖水蓝如碧空,风景十分秀丽。很少有人到这里来。湖边只有一家小店,附近还有一个村庄,名叫黑湖村。人们都不敢单独到这里来。因为害怕强盗,人们只有成群结队才敢来这里。因此,人们都称这个大湖为"强盗黑湖"。据说,这个小店的掌柜就是强盗的帮手。我是不害怕的,因为我身边有不少人——十六个轿夫、四个保镖和一些仆人。

我们到黑湖时已经晌午了。轿夫们说:"我们喝点儿水,吃点儿东西吧!不然就走不动了。"可是保镖却说:"这个地方不安全。"

"我们这么多人,怕什么?"轿夫争辩道。

我们到现在谁都没吃过一点儿东西。最后,大家都同意了轿夫的意见。

我的轿子停在湖边的一棵大榕树下。我十分焦虑不安。我一直在祈求神仙:让我快一点到达吧。但是,轿夫们却把轿子放下了。他们跷着腿,用又黑又脏的毛巾扇着风乘凉。呸!多不要脸!一个女人应当有自知之明!我坐在轿子里,让人家用肩膀抬着自己走路。我不过是个急着去见丈夫的年轻女人,而他们是为了得到一点儿粮食,才饿着肚子赶路。我怎么能因为他们挥动黑毛巾乘凉而生气呢?青春呀,你真可恶!

我这样一想,就明白了:人是不同的。我鼓起勇气,把轿门打开一点儿,开始观赏这个大湖。我看见轿夫们都坐在小店前面的一棵大榕树下喝水。我面前的这个场地大概有五十来亩。宛如白云的湖水宽阔平静,黑湖四周层峦叠嶂,柔软葱绿的芳草布满了群山。在山水之间,一条绵长的土地上长着一排榕树。山坡上有很多小牛在走动;湖面上,有一群水鸟在戏游。微风吹拂,涟漪荡漾;水中花草的倒影,在细浪冲撞下频频摇晃。我的四个保镖都下到湖里洗澡去了。他们荡起的水珠,犹如洁白的珍珠,散落在水面上。我仰望天空,蔚蓝清澈,真是美极了!婀娜的白云,千姿百态,变幻莫测。高空中飞翔的小鸟,宛如点缀在蓝天中的黛青色宝石一样瑰丽。我在想，为什么没有一种能使人变成鸟类的科学呢？如果人能变成鸟，那我就能立即飞到我丈夫的身边。

我又往湖边望了一眼，心里感到有点恐惧。轿夫以及跟我一起来的人，都下到湖里洗澡去了，甚至从我婆家和娘家来的两个女仆，也都下到了水里。我心里有些害怕，身边一个人都没有，这个地方又很不安全。怎么办呢？我是个举止文雅的大家闺秀，怎么好张口大声呼叫人呢？

就在这个时候，我听到轿子一侧有响动，好像一件很沉重的东西从树上掉了下来。我把轿门打开一看，发现一个可怕的满脸漆黑的人，吓得我急忙又把轿门关上了。当时我已经意识到，要是把轿门打开，可能会好一些。就在我准备重新打开轿门的时候，又有一个人从树上跳下来，接着又有两个人跳了下来。这四个人几乎同时从树上跳下来。他们抬起轿子，气喘吁吁地跑了起来。

我的保镖们看到所发生的这一切，就拼命地喊叫着，从水里跑出来。

这时我意识到，我落入了强盗之手。我顾不得害羞，把轿子的两扇门打开，准备跳下去逃走。但是，这时我看到，陪我来的所有人一边大叫着，一边在轿子后面追赶。因此，我觉得还有希望。但是，这希望很快就破灭了。这时，从附近的树上又跳下来很多强盗。我已经说过，湖岸上长着很多树木。强盗们就在这些树下抬着轿子跑着，而且还有很多强盗从这些树上继续往下跳。他们手中有的拿着竹棒，有的拿着木棍。陪我来的人看到这么多强盗，就渐渐地放慢了追赶的速度。这时我完全失去了信心。因此，我又想往下跳。但是强盗们跑得太快，我担心从轿子上跳下来，可能会摔伤。有一个强盗挥舞着棒子对我说："你要往下跳，我就打碎你的脑袋！"因此，我只好打消往下跳的念头。

我看见一个保镖已经追上来了。当他刚要拉住轿杆的时候，一个强盗打了他一棒子。他立刻倒在地上，昏了过去。我再也没看到他爬起来。看来，他再也爬不起来了。

其余的保镖看到这种情景，都不敢再追赶了。就这样，强盗们顺利地把我抬走了。他们抬着我一直走到深夜，最后才把轿子放下来。我发现，停放轿子的地方是一座密林，周围一片漆黑。强盗们点起火把，并对我说："把你所有的东西都拿出来！不然的话，我们就打死你。"我把所有首饰、衣物都给了他们，身上佩戴的首饰也摘给了他们。只有手上戴的一副镯子没有摘，但是就连最后这一副手镯也被他们抢走了。他们扔给我一件又脏又破的纱丽，让我把身上穿的那件很值钱的衣服也脱给他们。这伙强盗拿走了我的一切财物之后，捣毁了轿子，取下了轿子上的银饰，最后点起一把火，烧毁了被砸碎的轿子，消灭了抢劫的痕迹。

他们要走的时候，我哭了起来。因为我发现，他们决定把我一个人扔在这座密林里，让野兽趁这黑夜把我吃掉。我对他们说："我跪在你们的脚下，求求你们，把我也带走吧。"我竟然希望同这伙强盗待在一起了。

一个上了年纪的强盗温和地说："孩子，像你这样漂亮的姑娘，我们能把你带到什么地方去呢？这起抢劫很快就会败露。带着像你这样的美女，我们立刻就会被抓获。"

一个年轻的强盗说："让我带着她吧。坐牢也好，反正我不能丢开她。"他还说了我无法描写的一些很难听的话，甚至现在回忆起来，我都觉得难为情。那个年纪较大的强盗是这伙强盗的头儿。他提着棒子对那个青年说："我一棒子打碎你的脑袋！我们造的这些孽，难道还不够我们受用？你还想造孽？"说完，他们就走了。

第三章　到婆家去的"幸福"

我怎么也不相信，竟然会发生这样的事情。谁能遇到过这样可怕、这样不幸的事情呢？我佩戴好了珠宝首饰，仔细地梳妆打扮起来，在纯洁的嘴唇上涂了口红，在青春妙龄的身段上洒下了香水。我这个十九岁少女，是第一次见我的丈夫。我一直在想着，把我那珍珠般的宝贵青春献给我的丈夫。突然响起了晴天霹雳——所有的首饰都被抢走了。现在，强盗们让我披了一件散发着臭气的又脏又破的纱丽，又要把我送进虎狼之口。饥饿和干渴正在威胁着我的生命。我再也不想活下去了。现在死了倒好。但是如果不死，如果还想活，我到哪里去呢？再也见不到我丈夫了，也看不到我的父母了。一想到这些，我就伤心地大哭起来。我哭了很久很久。

　　后来，我决定不再哭了，但是眼泪还是不停地流淌。我竭力控制自己。这时，远处传来一声令人毛骨悚然的嗥叫。我想，这大概是老虎吧，心里暗自高兴。老虎把我吃掉，一切烦恼就都会消失了。折断我的骨头，吸干我的血液，我都可以忍受。肉体的疼痛算不了什么。我若能死，就是最大的幸福。因此，我停止哭泣，振作起精神来，静静地等待着老虎的到来。树叶沙沙作响，我就以为，那是可以减轻我痛苦、拯救我灵魂的老虎来了。但是我等了很久，老虎也没有来。我有些灰心丧气了。当时我又想：在这样的密林里，一定会有毒蛇出没。我怀着能碰到毒蛇的希望，往密林的深处走了很远。嗨，什么动物看见人，还不都跑掉哇！在森林里，我听到嗖嗖的声音，但是没有碰到毒蛇。我两只脚上扎了很多刺。然而，一切都是徒劳的。连一条毒蛇我都没有碰到，因此只好失望地往回走。我又饥又渴，疲惫极了，再也走不动了，于是就找一块干净的地方，坐下来。这时，我忽然发现，迎面有一只狗熊走过来。我想，这次我该死在这只狗熊嘴里了。我迎上前去寻死，但是那只狗熊根本不理睬我。它爬到了一棵树上。不久，从树上传来了无数蜜蜂的嗡嗡声。原来狗熊知道这棵树上有蜂巢。狗熊急着吃蜂蜜，根本就没有理睬我。

　　深夜，我困倦了，就靠着一棵大树睡着了。

第四章 现在我到哪里去

我醒来的时候，听到乌鸦和布谷鸟在鸣叫。一缕缕光线透过翠竹的枝叶，照进竹林，就好像无数珍珠玛瑙撒满了林地。在阳光下，我第一次发现我两只手腕空空的。强盗们抢走了我所有的首饰包括手镯，我竟然变成了寡妇的模样。左手腕上只剩下了一只铁镯，但是右手腕上什么都没有了。我哭着折断一条藤蔓，缠在我的右手腕上。

我朝四周看了一下，发现附近有许多被砍掉的树枝，有些树是从根部被砍断的，留下了不少树墩。我想，既然砍柴人来过这里，就一定会有通往村子的路。看到白天的阳光，我又不想死了，内心里升起了活下去的希望。在人生中，十九岁可只有一次呀！我寻找了很长时间，最后终于找到了一条模糊的小路痕迹。沿着这些痕迹我走下去。走着走着，小路痕迹就更明显了。我相信，我一定能够找到村庄。

这时，在我心里又出现了另一个危险的念头——我不能进村呀。强盗们扔给我的这件破纱丽，勉强可以裹住下身，但是上身没有一件衣服。我怎么能不知羞耻地到人家屋里去呢？我打定主意：不能进村，我应当就死在这里。

当我看到洒满阳光的大地，听到鸟儿悦耳的啁啾声，望见藤上迎风摇曳的鲜花，一种活下去的愿望又在我心中萌发了。我从树上摘了些树叶，用藤条串起来，然后把它围在腰间和颈上。这样一来，倒遮住了羞丑，但是看上去却像个疯子。我又重新上路了。走着走着，听到了牛的叫声。我知道，离村子不远了。可是我再也走不动了。我从来不习惯步行，而且这一夜我都没有很好地睡觉，又经受了各种难以忍受的精神上和肉体上的折磨。我又饥又渴，疲倦极了。我倒在路旁的一棵树下就睡着了。

　　我做了一个梦，梦见我腾云驾雾来到了天国——我的婆家；仿佛爱神就是我的丈夫。为了一朵仙花我正在与爱神之妻争吵。这时有人碰了我一下，我就醒了。我睁开眼睛一看，发现一个青年男子正在拉着我的手，看样子像是个"贱民①"苦力。幸好那里有一根棍子。我操起棍子，照着这个坏蛋的头就打，也不知我哪儿来的力气。他双手捂着头，拼命逃走了。

　　这根棍子，我再没有扔掉，拄着它我又上路了。我又走了很远的一段路，遇见一位老太太。她正在驱赶着一头牛。

　　我问她："莫赫什普尔在什么地方？莫诺霍罗普尔又在哪里？"这位老人说："孩子，你是什么人？你长得多美呀！到我家里去吧。"我跟着老人到了她家里。她看我饿了，就挤了一些牛奶给我喝。她认识去莫赫什普尔的路。我对她说："你把我送到那里，我给你钱。"她回答说，她不能丢开自己的家。当时她指给我一条路，沿着这条路我又出发了。我一直走到黄昏，感到很累。我问一位行人："从这里到莫赫什普尔还有多远？"他看见我就惊呆了，过了好一会儿才问道："你从哪里来？"我说出指给我路的那位大娘所在的那个村庄。他说："你迷路了。你走错了方向。从这里到莫赫什普尔还有一天的路程。"

　　我茫然不知所措。我问他："你到哪里去？"

　　"我到离这不远的高里村去。"他回答说。我毫无目的地跟着他走了。

　　进了村，他问我："你到谁家去？"

　　我告诉他："这里我谁也不认识。我准备在树下过夜。"

---

① 又称不可接触者，印度社会中最低下的种姓，是最受压迫和欺凌的一个社会阶层。他们不仅在政治上毫无权利，在经济上备受剥削，而且在社会生活中还受到各种歧视。许多地方不准"贱民"住在村里，不准他们使用公共水井、道路和渡口，不准他们进入公共场所，不准进入高种姓人居住的街道，甚至死后也不能与高种姓的人共用一个火葬场。最为荒谬的是，连他们的影子都不能落在高种姓人的身上。

印蒂拉

"你是什么种姓①?"他问我。

"我是录事种姓。"我说。

他说:"我是婆罗门种姓。你跟我来吧。虽然你的衣服又脏又破,但我看得出来,你是大家闺秀,小门小户不会有你这样美貌的姑娘。"可恶的美貌!我一听到"美貌"二字,心里就十分反感。但是,这位婆罗门已经上了年纪,因此,我就跟着他走了。

经过两天奔波之后,这一夜我才在这位婆罗门家里得到了休息。这位善良的老婆罗门是个祭司,主持祭神仪式。他看了我的装束,惊讶地问:"你的衣服怎么会弄成这个样子?难道你的衣服被人抢走了吗?"我告诉他:"是被人抢走了。"他的一些施主经常送给他一些衣服。他从中取出了两件又短又肥的红色纱丽让我穿。他把家里保存的贝壳手镯也找出来,让我戴上。

我费了很大劲儿,才穿戴起来。全身的骨头像断了似的疼痛。婆罗门大妈给我送来了两样饭食,我只吃了一点儿;她又为我铺好席子,我就倒下了。但是,我怎么也睡不着,因为全身酸疼。我这一生竟然遭到如此的不幸,还是死了好——心里总是这样想着,所以我一夜都没有入睡。

清晨,睡意来了。我又做了一个噩梦,梦见青面獠牙的阎摩,站在我面前哈哈大笑。我被惊醒之后,就再也睡不着了。早晨一起来,我感到浑身到处都疼,脚也肿了,连坐起来的力气都没有了。

因为我身体还没有恢复,所以,只好继续待在婆罗门的家里。这位老婆罗门和他的妻子热心地照料我。但是,还是没有办法回到莫赫什普尔去。一般女人都不知道去那里的路,也许有知道的,也说不知道。不少男人倒是知道,但是我一个女人家,怎么能一个人

---

① 印度(不止印度)社会中的一种等级制度。传说古代印度分为四大种姓:一是婆罗门,即祭司;二是刹帝利,即军事贵族;三是吠舍,即农民、手工业者、商人等;四是首陀罗,即奴隶和其他社会地位低下的人。随着社会分工的发展,种姓的数量也增多。据说,在印度有几百个种姓。按照印度的传统习俗,不同种姓的人不能通婚,不能一块进食等。尽管种姓制度大大削弱了,但至今仍然对社会生活有很大影响。书中提到的录事种姓是个比较高级的种姓。它仅低于婆罗门,但又高于医生和榨油者种姓。

跟他们走呢？这位婆罗门也不让我跟他们走。他说："这些人品行不好。不要跟他们走。很难说他们心里打的什么主意。我是一个有教养的人，无论如何不能让你这样一个美丽的姑娘跟陌生的男人走。"因此，我也只好住下来。

有一天，我听说，这个村里有一位名叫克里什诺·鲍舒的绅士，要带着家眷去加尔各答。我认为这是个好机会。从加尔各答到我娘家或婆家虽然还很遥远，但是我有一个叔叔住在加尔各答。我想，到了那里，我一定可以找到我叔叔。他会把我送回家，或者通知我父亲。

我把这个想法告诉了老婆罗门。他说："你的想法很好。克里什诺·鲍舒是我的施主。我请他把你带去。他是一位很善良的老人。"

老婆罗门把我领到克里什诺·鲍舒那里，并对他说："这是一位好人家的女儿，不幸迷了路，流落到我们这里。您如果把她带到加尔各答，那么，这个可怜的孩子自己就可以找到家。"克里什诺·鲍舒同意了，我不顾这一家人对我的蔑视，进了他家的内室。第二天，我们走了三十多里路，到了恒河边。次日我们就上了船。

第五章　脚镯声脆把水担

我从来也没到过恒河。现在看到恒河，我整个身心都充满了喜悦，立刻把一切不幸都忘掉了。多么宽阔的恒河呀！碧水微波，涟漪荡漾，骄阳辉映，波光粼粼；极目远望，银光闪烁。河岸上是一眼望不到边的森林。各种各样的船只在河里航行，简直多极了！水中的桨声，船夫和渔民的语声，水上的喧嚣声，河岸码头上的嘈杂声，都交织在一起了。有多少人到恒河来接受圣浴[①]啊！河两岸是

[①] 多指在恒河里洗澡。印度教教徒认为恒河是一条圣河，在河中洗浴可以免除灾祸，故称圣河。

印蒂拉

白云般的一望无际的沙滩；沙滩上有无数的鸟儿在啼鸣！恒河，真不愧为一条圣河啊！我贪婪地欣赏着它的风光。

我们到达加尔各答前一天的黄昏，正赶上涨潮，船不能走了。我们的船只好停在一个僻静村庄的码头上。在这里，我看见许多美好的景致：坐在香蕉皮似的小船上钓鱼的人，在执杆垂钓；坐在河边台阶上的婆罗门学者，在宣讲圣典；有不少穿戴讲究的女人，到河边来汲水，她们说笑着，一会儿把水罐里的水泼了，一会儿又把水罐灌满。看到这种景象，我不禁想起了一首古老的歌谣：

> 我背着瓦罐来到了河边；
> 灌满了一罐水正准备回返；
> 这时节在水中出现了黑天[①]！
> 霎时间水罐里波涌浪翻，
> 仔细再瞧，却又不见，
> 烟雾波涛，接纳了黑天。

这一天，我在那里看见了两个小女孩，至今记忆犹新。那两个女孩只有七八岁的样子，尽管长得不是很美，但看上去却很可爱。她们打扮得很漂亮：两耳戴着耳环，腕上戴着手镯，颈上挂着项链，小辫上插着花朵，身穿红色的印花纱丽，每只脚腕上都戴着四个脚镯。她们每个人都挎着一个小瓦罐，一边走向河岸的台阶，一边唱起了潮水歌谣。现在回忆起来，还感到十分亲切。所以，我把它抄录在这里。她们一个人唱第一段，另一个人接唱第二段。她们中的一个名叫奥莫拉，另一个叫妮尔莫拉。

奥莫拉首先唱道：

> 竹林下溪水潺潺，
> 田野里波光涟涟。
> 快来呀，姑娘们！
> 我们一起去把水担。

[①] 又音译为克里什那（即"黑色的"）。印度教认为，他是毗湿奴的第八个化身，印度神话传说中的牧人之子。在中世纪的文学作品中，黑天被描绘成一位主持正义和征服妖魔的英雄。

妮尔莫拉唱道：

　　　　　河岸上树儿翠高，
　　　　　码头边花儿繁俏。
　　　　　快来呀，姑娘们！
　　　　　我们一起去把水挑。

奥莫拉接着又唱：

　　　　　身着盛装脸带笑，
　　　　　满心喜悦乐陶陶。
　　　　　手提瓦罐去担水，
　　　　　镯声脆兴致高。
　　　　　快来呀，姑娘们！
　　　　　我们一起把水挑。

妮尔莫拉唱：

　　　　　头戴首饰脚涂红，
　　　　　纱丽镶边色新颖。
　　　　　细步轻轻舞翩翩，
　　　　　脚镯声脆把水担。
　　　　　快来呀，姑娘们！
　　　　　我们一起把水担。

奥莫拉唱：

　　　　　多少男孩玩腻啦，
　　　　　成帮结队回了家。
　　　　　多少老妈要打水，
　　　　　年老体弱没办法。
　　　　　身着盛装脸带笑，
　　　　　脚镯声脆把水挑。

二人合唱：

　　　　　快来呀，姑娘们！
　　　　　我们一起把水挑。

看到这两个女孩那种无忧无虑的欢乐情景，我觉得生活仿佛也

印蒂拉

变得凉爽宜人了。鲍舒先生的夫人看见,我在聚精会神地听她们唱歌,就问我:"你为什么傻呆呆地听这种粗野的歌谣呢?"我反问她:"这有什么不好?"

"这两个丫头真该死!还摇动着脚镯哼唱!"鲍舒夫人愤愤地说。

"十六岁的大姑娘这样唱,固然不好,但是七八岁的小女孩这样唱,倒很动听。"我接着说,"青年小伙子打人,确实不是好事,但是一个三岁小孩打了你一下,倒会使你感到亲切。"

鲍舒夫人没有再说什么,只是坐在那里,悒悒不乐地生闷气。我开始认真地思考起来:为什么会产生这两种截然不同的看法呢?为什么对一件事竟有两种完全相反的态度呢?既然向穷人施舍被认为是善举,那么,向富人馈赠为什么倒被看作是献媚呢?真理本为信仰之本,为什么在另一种场合它竟会被看成是自我吹嘘或对别人的诽谤呢?宽恕本是最高的圣训,为什么宽恕坏人竟会成为很大的罪孽?谁要是把女人带进森林,人们一定会说他是犯了弥天大罪;但是罗摩把悉多带进了森林①,为什么没有人说是犯了天大的罪过呢?

我终于明白了:一切都以情势为转移。这种信念深深地铭刻在我心里。从那以后,每当我要抨击不好的事情时,我总是要想到这个信念。这就是我为什么要抄录这首歌谣的原因。

在乘船去加尔各答的路上,我远远地望见了这座城池。我当时感到十分惊奇和激动。高楼连着高楼,房舍挨着房舍,到处都是数不清的楼房,仿佛一片海洋。浩如林海般的桅杆,更使我神魂颠倒。望着这些无数的船只,我在默默地思索:人怎么建造了这么多的船呀?当我们的船接近这座城市的时候,我看到,在恒河岸边的大街上,车辆、轿子川流不息,行人熙熙攘攘,络

---

① 印度古代叙事诗《罗摩衍那》中的故事。罗摩是一位王子,悉多是他的妻子。罗摩本应继承王位,但因老王妃的嫉妒而被放逐。罗摩带着妻子悉多流亡森林。他们在森林中历尽种种磨难和不幸。

绎不绝。当时我又想，在这么多的人中间，怎么才能找到我叔叔呢？这简直比在浩瀚的河沙中找一颗我熟悉的沙粒都要困难啊。

第六章　苏帕

克里什诺·鲍舒先生来加尔各答，为的是到迦梨卡特①去朝观。他一家就住在博巴尼普尔。他问我："你叔叔住在哪儿？是住在加尔各答呢，还是住在博巴尼普尔？"

我回答说，不知道。

他又问："他住在加尔各答城的哪一部分呢？"

这我也不知道。我原来想象，加尔各答也和莫赫什普尔一样，是一个大村子。在那里一提到一位绅士，人们就都会告诉你他的住处。而现在我发现，加尔各答是个一眼望不到边的楼房海洋。在这里是无法找到我叔叔的。克里什诺·鲍舒先生替我找了很多地方，但是，在加尔各答怎么可能找到一个普通的乡下人呢？

克里什诺·鲍舒计划在朝拜迦梨女神之后，就到迦尸去。现在朝观已经结束了。他们一家就要动身去迦尸。这时我哭了。他的夫人对我说："你听我的话，现在到别人家去当女仆吧。苏帕说，她今天要来。我跟她说说，你就留在她家当佣人吧。"

我听她这么一说，就放声大哭起来。难道我命中注定最终要去当佣人吗？我哭着咬破了嘴唇，鲜血直流。克里什诺·鲍舒先生很同情我，他很无奈地对我说："我有什么办法呢？"这是实话，他又有什么办法呢？这都怪我命苦。

我走进另一个房间，躲在一个角落里，偷偷地啼哭。在天黑

---

① 加尔各答的一个地区，在那里有一座迦梨女神的庙宇，是印度教教徒朝观的圣地。迦梨女神是湿婆大神的妻子，又称难近母，也译杜尔伽女神。

印蒂拉

之前，克里什诺·鲍舒先生的夫人把我叫到她那里，对我说："苏帕已经来了。如果你同意到她家里当仆人，我就跟她说说。"

我宁可饿死也不去当女仆。但是当我见到苏帕的时候，我又改变了主意。开始听说"苏帕"，我想"苏帕"先生一定是个重要人物，可我只不过是个农村姑娘。后来见到了苏帕，才知道她原来是位漂亮的夫人。这样漂亮的女人，我很少见过。她和我的年龄相仿，肤色也不比我白。只是她的穿戴与我不同：她两耳戴着金质耳环，腕上戴着手镯，颈上戴着金项链，身穿一件高级纱丽，看上去十分秀雅。我从来没有见过像她这样美丽的女人。她的笑脸就像一朵盛开的荷花，而她那高高蓬起的盘龙髻，就好像是在衬托着这朵荷花。一双大眼睛，时而沉思，时而含笑；一双微薄而又殷红的嘴唇，就像含苞待放的花瓣；一张洁净的小嘴，宛如即将绽开的花蕾。我无法理解，她怎么长得这样美呀！她的身段宛如芒果树上随风起舞的柔枝，又像河水中不停荡漾的微波。我无法理解，她脸上究竟涂了什么东西，居然这样吸引着我。读者大概记得，我不是男子，而是女人，而且在当时还是个俊美的女人。苏帕带来一个三岁的男孩——也出落得像一朵半开着的花朵。他一刻也不停地动着：站起来，又倒下；刚坐下，又要去玩耍；一会儿摇着头，一会儿又跳跃；一会儿跪下来，一会儿又笑了；嘴里不停地叽咕着；一会儿拍着手，一会儿又向大家行礼。

克里什诺夫人看到，我目不转睛地望着苏帕和她的儿子，就生气地说："你怎么还不回答我，在想什么呢？"

"她是谁？"我问道。

女主人带着责备的口气说道："难道这还需要问吗？她不是苏帕，还能是谁呢？"

苏帕笑着对女主人说："姨妈，关于我的情况，还应当对她讲一讲。她刚来，不了解我。"苏帕望着我的脸，又继续说："我叫苏帕什妮。这位是我的姨母。她们从我小时候起就叫我苏帕。"

这时，克里什诺夫人接过话茬儿，说道："她和拉姆拉姆·多托的儿子结了婚。他们住在加尔各答,而且又是很有钱的人家。苏帕从童年就住在婆家,所以我们从没见过面。这次她听说我到了迦梨卡特,特意赶来看我。她们都是很富有的人。你能在有钱人家做事吗?"

我是霍尔莫洪·多托的女儿,曾经想要倒在铺着钱的床上睡觉。像我这样有身份的人,难道也要为有钱人家做事吗?我眼里含着泪水,但是脸上还是挂着微笑。别人谁都没有察觉,只有苏帕什妮看见了。她对她姨母说:"我单独跟她谈谈。如果她同意,我就带她走。"说完,苏帕什妮拉着我的手,来到另一个房间。那里没有别人,只有苏帕什妮的儿子跟着她妈妈跑了过来。房里放着一张木床。苏帕什妮坐在床上,拉着我的手,让我坐在她的身边。她说:"你没有问,我就把名字告诉你了。你叫什么名字,妹妹?"

"叫我妹妹!如果我当佣人的话,就留在她身边好了。"我心里这样想过之后,就回答说:"我有两个名字:一个是常用的,一个是不常用的。我对别人讲的是不常用的名字,因此,我现在告诉您我不常用的名字。我叫库姆蒂妮。"

她的儿子口齿不清地学着"古姆蒂妮"。

苏帕什妮说:"另一个名字现在不必说了。你真属于录事种姓吗?"

我笑着说:"我是属于录事种姓。"

苏帕什妮说:"你是谁的女儿,又是谁的妻子,家住在哪里,这些我现在就不问了。但是,现在我可以告诉你:我知道你是一位有钱人家的女儿。你的手腕上、颈上还留着戴过首饰的痕迹。我不会让你去当女仆。你会不会做饭?"

"会做。在我娘家,人们都夸我饭做得好。"我说。

苏帕什妮说:"在我们家里,我们都自己做饭。(这时她的儿子口齿不清地插嘴说:"妈妈,我也自己做过饭。")但是按照加尔各答的风俗,我们是要请个厨师。我们雇请的那位老太太要回家去。(她儿子又学着说:"妈,我也要回家去。")我对妈妈说,现在由你去代替她。不会让你像一个厨师那样去做饭。我们都是自己做饭。你一个星期做那么一两次就行了。怎么样，同意吗？"

她儿子重复着说："同意吗？同意吗？"

他妈妈说："你真是个坏小子。"

"小孩子不许这样说话！"苏帕什妮对儿子说完，就望着我的脸，笑着说："说真话，同意吗？"我回答说："给您当仆人，我同意。"

"妹妹，你为什么对我称'您'呢？应当对妈妈称呼'您'。跟我妈妈打交道，可能会遇到麻烦。她性情有点急躁。应当设法说服她。怎么样，同意吗？"

我说："不同意怎么办呢？我没有别的出路。"我眼里又涌出了泪水。

她说："为什么没有别的出路？哎哟，妹妹！我把主要的一件事忘了。你坐一会儿，我就来。"

苏帕什妮一阵风似的回到她姨母那里去了。她对姨母说："她是你们的什么人？……"我只听到了这句话，至于她姨母讲了些什么，我就没听清楚。看来，她把知道的都说了。不用说，她知道的不多，最多只知道我对祭司讲的那些。孩子没有跟她妈妈去。他拉着我的手在跟我玩耍。我正在和他讲话，苏帕什妮回来了。

"妈妈，你看我的手指头。"孩子对他妈妈说。

苏帕什妮笑着说："我看过多次了。"然后对我说："走吧，车子准备好了。你要不去，我就硬拉你走。但是你要记住我对你说的话——应当设法说服妈妈。"

苏帕什妮拉着我上了车。祭司老先生送给我的那两件红纱丽，一件我穿在身上了，而另一件还晒在晾衣绳上，把它收回来已经来不及了。我没有去收那件衣服。我把苏帕什妮的孩子抱在怀里，亲着他的小嘴，就出发了。

第七章 "墨水瓶"

妈妈原来是苏帕什妮的婆婆。我必须"征服"她,但是我到了她家之后,还是向她行了触脚礼。然后,我想看看,她究竟是个什么样的人。当时她正在凉台暗处的一张席子上躺着,头枕在一个长枕头上,一个女仆正为她揉腿。我觉得,她就像个灌满墨水的长瓶子一样斜倒在席子上。她那满头的银发,犹如装饰在瓶塞上的一层白铁皮。这时天色暗了下来。

"这是谁?"苏帕什妮的婆婆看见我,就问她儿媳妇。

她儿媳妇说:"你不是要找一个女厨师么,这就是我带来的厨师。"

"从哪儿带来的?"

"从我姨妈家。"

"是婆罗门还是录事种姓?"婆婆又问。

"是录事种姓。"媳妇说。

婆婆说:"哟,你姨母真可恶!怎么让你带来个录事种姓的女人呢?有一天要请婆罗门吃饭,我怎么招待人家?"

媳妇说:"我们并不是每天都请婆罗门吃饭。这样先对付几天吧。以后我遇到婆罗门女人再雇请。婆罗门女人都高傲得很,我们要是进了她们的厨房,她们就会把炊具都扔掉,而且还要举行清扫祭祀。她们为什么要这样呢?难道我们是'贱民'吗?"

我内心里佩服苏帕什妮。看来,她是善于把握这个装满墨水的长瓶子的。她婆婆说:"你说得是,孩子。穷人如此傲慢是令人无法忍受的。眼下我们就留用这个录事种姓的女人几天吧。工钱要多少?"

"关于工钱,我们还没有谈过。"媳妇说。

印蒂拉

她婆婆说道:"这怎么行呢?你把人带来了,工钱还没有谈过!"她转过来问我:"你要多少钱?"

我回答说:"我是到你们家里来安身的。您给多少是多少。"

"如果是婆罗门,倒应当多给一些,可是你属于录事种姓——我每月给你三个卢比,外加吃穿。"苏帕什妮的婆婆说。

我有了栖身之地就满足了,因此,我就同意了。不言而喻,知道我要拿薪水,我差点哭出声来。我回答说:"您给多少都行。"

我以为一切麻烦都过去了,然而事情并没有完结。长瓶子里的墨水还多着呢。她问我:"你多大了?在昏暗处我无法判断你的年岁,但听声音,你倒像个男孩子。"

我说:"十九岁了。"

"孩子,你到别处去找工作吧。"老夫人说,"我不雇用成年女人。"

苏帕什妮插嘴说:"妈妈,这是为什么?难道成年姑娘不能做事吗?"

她婆婆说:"你疯了,成年姑娘有多少好的?"

"妈,看您说的。难道全国所有成年姑娘都不好吗?"苏帕什妮反问道。

"当然不是都不好。"婆婆说,"可是,那些出来找事做的穷人家的姑娘,有好的吗?"

这时,我再也忍不住眼泪,就哭着走了出去。

"墨水瓶"问她的儿媳妇:"这姑娘是不是走了?"

"大概是走了。"苏帕什妮说。

她婆婆说:"走就走吧。"

"不吃饭就让她从我们家里出走?不好吧。我让她吃点东西,再送她走吧。"苏帕什妮说完,就追着我走了出来。她把我领到她的卧室里。我对她说:"你为什么还要留我呢?我宁愿饿死,也不留下来听这种话。"

苏帕什妮说:"我不强留你,但是我请你今天晚上还是住下来。"

我没有别的地方可去，因此，我只好擦干眼泪，同意这一夜先住下。我们谈了一会儿之后，苏帕什妮问我："如果不在这里住，你准备到哪儿去呢？"

"到恒河里去。"我说

苏帕什妮听我这么一说，也哭了，她说："你可千万不要到恒河里去寻短见。你先住下，让我再想想办法。你不要着急。你要听我的话。"苏帕什妮说完，就去唤一名叫哈拉妮的女佣人。她是苏帕什妮自己的仆人。哈拉妮来了。她是个肥胖而又黝黑的女人，四十多岁，满面堆笑，好像一切都会使她发笑似的，但是看来她有些急躁。

苏帕什妮对她说："现在你打发人把他叫来。"

哈拉妮说："现在这样晚了，他能来吗？我怎么去叫他呢？"

苏帕什妮皱着眉头说："你怎么叫都行。"

哈拉妮笑着走了。我问苏帕什妮："你派她去叫谁，是叫你丈夫吗？"

"当然是叫他。这么晚我能派她去叫杂货铺里的伙计吗？"苏帕什妮说。

我说："我是不是应该走了？所以我才问你。"

"不，你要在这儿住下。"苏帕什妮回答道。

苏帕什妮的丈夫来了。是个很英俊的小伙子。他一进来就问："叫我来有什么事？"他看见我，问苏帕什妮："这位是谁？"

苏帕什妮说："就是为了她，我才叫你来。我们的女厨师要回家，因此我从姨妈家把她带来，准备代替要走的厨师。但是妈妈不想留用她。"

"为什么不想留用她？"她丈夫问道。

"因为她是个成年姑娘。"苏帕说。

苏帕的丈夫笑了，他说："那么我能做些什么呢？"

"应该把她留下。"苏帕说

"为什么？"她丈夫反问道。

苏帕什妮走近他身边，用几乎我听不到的声音说："这是我的命令。"然而我还是听到了。她丈夫也用同样的声音说："遵命。"

苏帕问："你何时办？"

"吃饭的时候。"她丈夫回答说。

他走了之后，我对苏帕说："他可以把我留下，但是，我留下来，又怎么忍受这样不三不四的议论？"

苏帕什妮说："这些以后再说。恒河是永远不会干的。"

晚上九点钟，苏帕什妮的丈夫（他的名字叫罗蒙先生）来吃晚饭了。他母亲坐在他的身边。苏帕拉着我，一边走一边说："走，我们瞧瞧去，看结果怎么样。"

我们从门后看到，桌子上摆了各种吃的，可是罗蒙先生只尝一口就推到一边，一点儿也没吃。他妈妈问道："孩子，你怎么一点也不吃？"她儿子说："这种饭菜鬼都不想吃。一吃这个婆罗门做的饭，我就没胃口。我想从明天起到我婶娘家去吃饭。"

"不能那么做，孩子！"母亲难过地说，"我再设法雇请一个厨师来。"

罗蒙先生洗过手就走了。苏帕什妮看了之后，说道："妹妹，他为了你在饿肚子了。然而，*事情毕竟办成了。*"

我感到很尴尬，不知道说什么才好。这时，哈拉妮走进来，对苏帕什妮说："你婆婆叫你。"说完她望着我，扑哧一声笑了。我觉得，喜欢笑是她的一个毛病。苏帕什妮到她婆婆那里去了，我站在门后静静地偷听她们的谈话。

苏帕什妮的婆婆问："那个录事姑娘走了没有？"

"没有走。"苏帕说，"她现在还没有吃东西，所以我没有让她走。"

"她饭做得怎么样？"老夫人问。

"我不知道。"苏帕说。

老夫人说："不然，今天就别让她走了。明天叫她做两样吃的看看。"

苏帕说："那我就把她留下了。"说完，苏帕什妮就来到我的面前。她问我："妹妹，你会做饭吗？"

我回答说："会，我已经说过了。"

"你能做得好吗？"苏帕又问道。

"明天你尝一尝就知道了。"我说。

苏帕说："如果你不会就说。我可以坐在一旁教你。"

我笑着对她说："这些以后再说。"

第八章　"般度族五兄弟的夫人[①]"

第二天，我就开始做饭了。当苏帕来到厨房的时候，我故意在锅里加了一点儿辣椒面儿。她立即咳嗽起来，骂道："你真该死！"

饭做好了，孩子们先吃。苏帕什妮的儿子吃得不多，但是苏帕什妮有一个五岁的女儿，吃得很香。苏帕什妮问她："这顿饭做得怎么样？好吗？"

她女儿说："做得好！做得好！"这个女孩喜欢背诵输洛迦体诗[②]。这时她又背诵起来：

> 做得好呀，做得好，
>
> 饭菜做得好，
>
> 头发梳得妙，
>
> 编个花环颈上套。
>
> 红色纱丽身上穿，
>
> 手擎瓦罐做饭餐。
>
> 这时节牧笛吹，

[①] 指黑公主。般度族五兄弟是印度古代史诗《摩诃婆罗多》中的人物。般度亲王是国王的兄弟。他有五个儿子。国王有一百个儿子，通称俱卢族众兄弟。般度族五兄弟与俱卢族众兄弟之间的敌对和战争构成了《摩诃婆罗多》的主要情节。

[②] 印度古代诗歌的一种格律，又译颂。

印蒂拉

> 大树之下有人归。
> 孩子哭了停做饭，
> 女厨急往水中看。

她妈妈责备她说："算了，不要背你的诗了。"这时女孩停了下来。然后罗蒙先生来吃饭。我从后门往里瞧看，他把送来的饭菜都吃光了。老夫人乐得合不上嘴。罗蒙先生问："今天是谁做的饭？"

"是一个新来的人。"老夫人说。

"做得真好。"罗蒙先生说着洗了手，然后就走了。这之后是男主人来吃饭。我不能到他那里去——遵照老夫人的吩咐，应当由老婆罗门女人伺候他吃饭。现在我明白了老夫人的痛处——她为什么不想雇用青年女人。我曾经发过誓：不管我在这里待多久，我都不到那边去。后来，从人们的议论中，我才了解到男主人的为人。大家都说，他是一位举止庄重的好人。然而，这个"墨水瓶"里还装有不少怀疑的墨水。

老婆罗门女人回到厨房之后，我问她："家长吃了我做的饭，说了些什么？"

她涨红了脸，大声嚷嚷道："说你做得好，做得好！哼，我们也会做！哎，人一老，就不值钱了。现在做饭需要年轻漂亮的人。"

我明白了：家长吃了我做的饭，也很满意。我想和这位老婆罗门女人开个玩笑，所以我就对她说："不年轻漂亮怎么行呢？我说婆罗门姐姐！一看到老太婆，谁还有胃口吃东西呢？"

她咬着牙，狠狠地说："你能总这样年轻漂亮？脸上就不会出现皱纹？"这位女厨师说完，就怒气冲冲地抓起瓦罐想往头上放，结果瓦罐掉在地上打破了。我对她说："你看，老姐姐！由于你既不年轻又不漂亮，所以把瓦罐打碎了。"这时这位老婆罗门女人一气之下，操起火钳，就追着来打我。由于年迈，她的耳朵有点儿聋，我说的话她大概没有听清楚。她骂了我一些很难听的话。我也生气了，就对她说："老姐姐，不要这样，你把钳子放下好吗?"

正在这时,苏帕什妮走进来。老婆罗门女人正在生气,所以没有看见她进来。她追着我骂道:"贱货!你嘴里有什么,你就吐什么!我不用手拿钳子,难道用脚拿吗?我是疯子?"这时,苏帕什妮双眉紧皱,冲着她说道:"她是我请来的人。你怎么可以随便骂她是贱货呢?你给我滚出去!"

这时,女厨师悄悄地放下火钳,眼泪汪汪地说:"少夫人,这是哪儿的话!我什么时候骂她是贱货了!这种话怎么会从我的嘴里说出来呢?你一定是听错了。"

苏帕什妮听了,哈哈大笑。这位婆罗门老厨师却哭了。她大喊大叫地说:"我如果骂她是贱货,就让我下地狱……"

"多么不幸啊!愿老天爷搭救你!"我惊叹道。

她又诅咒说:"就让我立刻去见阎摩……"

我插嘴说:"哟,老姐姐!时间还早呢!你不再多待两天了?"

"就让我在阴间没有立足之地……"她继续说。

我说:"不要说这种话了,老姐姐。阴间的人要是不吃你做的饭,那还叫什么阴间呢?"

这位老女仆一边哭着,一边向苏帕什妮抱怨说:"她想怎么说我,就怎么说,可你连一句都不说她。我找老夫人去。"

"好哇,那我就说,你骂她是贱货。"苏帕说。

老仆人这时开始打自己的嘴巴:"我什么时候说她是贱货了!(打一下)我什么时候说她是贱货了!!(打第二下)我什么时候说她是贱货了!!!(打第三下)"这时我们开始安慰这位老女仆。我先开口说:"我说少夫人,你什么时候听见她骂我是贱货了?她啥时候说过这种话?我怎么没听见呢?"

老女仆这时接着说:"你听见了吗?少夫人?从我口里怎么能说出这种话呢!"

"可能外面谁这样骂人,传到我的耳朵里。"苏帕对我说,"这位老婆罗门怎么会是那种人呢!你昨天吃过她做的饭吧?在整个加尔各答,谁也做不出这样好的饭菜来。"

婆罗门女厨子看着我说:"听见了吧?"

我说:"大家都这样说。我也从来没有吃过这样好的饭菜。"

老太太笑了,她说:"你们不要说了!你们都是好人家的女儿,你们知道饭菜的好坏。哎!我怎么能谩骂像你这样大户人家的女儿呢。你不用担心,我一定教会你做饭做菜再走。"

就这样,我和这位老女仆和解了。这些天来,我只顾哭了,而今天我终于笑了。这欢笑,如同穷人所获得的财宝一样,令人感到欣慰,因此我才详细地描写这位老女仆的故事。这欢笑,我今生今世都不会忘怀,而任何别的欢笑都不曾使我感到如此快活。

然后,老夫人来吃饭了。她坐下后,我周到地侍奉她吃饭。老夫人吃了很多。最后她说:"饭菜做得不错!你在哪儿学会做饭的?"

"我在娘家。"我回答说。

"你娘家在哪儿住?"老夫人问。

我没有讲实话。老夫人说:"有钱人家才这样做饭。你父亲是个财主吧?"

"是的。"我说。

"那么,你为什么出来做饭?"老夫人又问。

"我遭到了不幸。"我回答说。

老夫人说:"你就留在我这里吧,好好地住下来。你是有钱人家的女儿,住在我家,我们会像对待有钱人家的女儿那样待你。"随后,她招呼苏帕什妮过来,并对她说:"我说媳妇,你要注意,不许别人欺负她。而你就更不用说了,因为你不是那种人。"

苏帕什妮的儿子也在那里。他口齿不清地说:"我要欺布(负)她。"

我说:"你试试看!"

他说:"你是个大傻锅(瓜)、大瓦罐——还是什么啦,妈妈?"

"还是丈母狼(娘)?"她儿子问。

苏帕什妮的女儿指着我说:"这就是你的丈母娘。"

她儿子这时叫了起来："古姆蒂妮丈母狼！古姆蒂妮丈母狼！"

苏帕什妮竟然同我攀起亲来了。她听了儿子女儿的对话之后，就对我说："从今天起，你就成了我的亲家母了。"

后来苏帕什妮坐下来用餐。我也坐在她旁边，同她一块吃饭，这时候，她问我："我说亲家母，你结过几次婚了？"

我明白她这话的意思，就回答说："怎么，这饭黑公主①不喜欢吃吗？"

第九章　白发的悲欢

我不仅有了栖身之地，而且得到了一颗无价的珍珠———位心地善良的女友。我越来越深刻地感到，苏帕什妮真心实意地疼爱我。她待我如同自己的亲姐妹。家里的仆人慑于她的威严也不敢欺负我。在我做饭这方面她安排得也很好。那位婆罗门老太太（人们都叫她寿纳妈）没有回家。她认为，如果她走了，就再也没有她的工作了，因为我是属于录事种姓，可以顶替她。这样一想，她就以种种借口没有回家去。苏帕什妮建议我们两个人都留下来。她向婆婆解释，库姆蒂妮是位绅士的女儿，她一个人做不了这么多人吃的饭，而寿纳妈年纪大了，让她到哪儿去呢？她婆婆说："我们怎么能把这两个人都留下呢？这么多工钱谁出哇？"

媳妇说："要留一个的话，就该把寿纳妈留下。库姆做不来这么多饭。"

苏帕什妮为了减轻我的负担，才想出了这个计谋。老夫人只不过是她手中的一个活傀儡，因为她是罗蒙的妻子——罗蒙妻子的话，谁敢违拗不听呢？苏帕什妮不仅聪明，而且心地善良。在那些不幸的日子里，我能有这样一个女友，精神上多多少少感到一些

---

① 印度史诗《摩诃婆罗多》中的人物，般度五兄弟共同的妻子。

印蒂拉

安慰。

　　我每天除了做些鱼肉或一两样好菜之外，其余的时间就与苏帕什妮聊天，同她的孩子们说说笑笑；有时还和老夫人开几句玩笑。但是后来我却遇到了很大的麻烦。事情是这样的：老夫人认为她的年岁还不算大，只是由于命运不佳才白了头；如果拔掉白发，她就会重新变得年轻。因此，她一遇到人有空儿，就让别人为她拔白发。有一天，她也让我来干这种无报酬的事儿。我就像清除六月地里的野草那样，敏捷而迅速地拔着她的白发。苏帕什妮发现了，就在远处打着手势叫我。我离开了老夫人，就到她那里去了。苏帕什妮对我说："你这是干什么呀？莫非想叫我婆婆变成秃子吗？"

　　"一天之内能结束这种罪孽的工作岂不更好？"我说。

　　苏帕说："如果那样，你还能在这里待下去吗？到那个时候，你到哪儿去呢？"

　　"我的手不能停啊。"我说。

　　"该死！你不能拔几根就走吗？"苏帕说。

　　"你婆婆不放呀。"

　　"你就说，我看不到白头发了。说了就走嘛。"

　　我说："这不是大白天说瞎话吗？人们会怎么说呢？我觉得，扯谎就好像是在黑湖对我的抢劫一样。"

　　"黑湖抢劫是怎么回事？"苏帕问我。

　　同苏帕什妮闲聊的时候，我常常忘掉自己，稍不留神，就失口说出了黑湖抢劫的事。我避开这个话题，说道："这事以后我再告诉你。"

　　苏帕说："我说的办法，你不妨试试看。"

　　我笑着回到老夫人身边，又开始为她拔白头发。拔了几根后，我对老夫人说："我已经看不到有更多的白发了。剩下几根，明天再拔吧。"

　　老夫人笑着说："那些丫头们硬说，我的头发全白了。"从这一天起，老夫人就更喜欢我了。但是，我暗暗下定决心，再也不想天天坐在那里为她拔白发了。于是我就从工钱中取出一个卢比，交给了哈拉妮，并对她说："请叫别人用这钱买一瓶染发膏来。"哈拉妮捧腹大笑起来，只是在稍微平静下来之后，才问道："买染发膏干什么？给谁染发？"

"给婆罗门老太太。"我回答说。这一次哈拉妮笑得直不起腰来。恰巧，这时婆罗门老太太走进来。当时，哈拉妮为了不笑出声来，就用衣襟捂住自己的嘴，但是还是忍不住笑，于是她就跑了出去。老婆罗门问道："她笑什么？"

我说："我看她没事干，就对她说，给婆罗门老太太染染头发好不好？她听了就笑了起来。"

"这有什么好笑的？染发有什么不好？"婆罗门老太太继续说，"孩子们整天'火球''火球'地叫着气我，我还不是照样活着！"苏帕什妮的女儿赫玛听她这么一说，又开始唱起来：

　　走来个老太太像火球，
　　美丽的鲜花插满头；
　　手拄拐杖颈挂锁，
　　一双耳环荡悠悠。

赫玛的弟弟接着说："一个大笨球！"当时苏帕什妮怕他再说"大笨球"之类的粗野话，就把他拽走了。

我意识到，这位老太太很想染发。因此，我就对她讲："好吧，以后我给你染发。"

"好哇！那就请你染吧。我祝你长命百岁，愿你有金首饰，希望你学会做饭。"这位婆罗门老太太兴冲冲地说。

哈拉妮虽说爱笑，倒也是个能办事的人。过了不久，她真的买来了一瓶上等的染发膏。我拿着这瓶染发膏，去给老夫人染发。老夫人问道："你手里拿的是什么东西？"

我回答说："是一瓶药水。把它涂在头发上，所有白发都会消失，而黑发却会保留下来。"

"真的吗？我可从来没听说过呀，有这样奇妙的药水。"老夫人说，"好，你就涂吧。你注意看看，可不要抹染发膏。"

我小心翼翼地在老夫人的头发上涂抹了染发膏。涂完之后，我

印蒂拉

对她说:"再也看不到有白头发了。"说完,我离开了那里。过了一些时候,她的头发全变黑了。但是很不凑巧,这件事被哈拉妮发现了。她当时正在那里打扫房间。她扔下扫帚,用衣角捂着嘴,笑着跑到外屋。在外屋大家七嘴八舌地问她怎么回事,她又回到了里屋。然后用衣襟捂着嘴,跑到屋顶晒台上。寿纳妈正在那里晒头发。她问哈拉妮:"怎么回事?"哈拉妮笑得说不出话来,只是用手指了指头。寿纳妈不明白她的手势,就下了晒台。她看到老夫人的头发全变黑了,就大声叫了起来:"哎呀,我说老夫人,这是怎么回事?你的头发全变黑了!老夫人,这是谁给你上的药呀!"

这时,苏帕什妮正好来找我。她笑着说:"冒失鬼,你干的好事!你是不是把我婆婆的头发给染了?"

"是的。"我说。

"你真该死!你看,非出事不可!"苏帕说。

"你放心吧!"我安慰她说。

这时,老夫人亲自来叫我了。她说:"我说库姆蒂妮!你把我的头发给染了吧?"

我发现老夫人的脸上现出满意的神色,就问她:"这是谁说的,老夫人?"

"是寿纳妈说的。"老夫人回答道。

我说:"寿纳妈知道什么?那不是染发膏,而是我弄来的一种药。"

"孩子,这可真是好药!快拿面镜子来,让我看看。"老夫人说。

我拿来一面镜子给她。老夫人照着镜子说:"哟,没有一根白的了!不幸的是,现在人们该说这头发是染黑的了。"虽然这么说,老夫人的脸上始终挂着微笑。那天晚上,她夸奖我饭菜做得很好,给我增加了工钱,并且说:"孩子,你只戴着玻璃手镯多难看呀!"她说完,就把自己好久不戴的一副手镯赏给了我。这一馈赠竟羞得我无地自容,泪水情不自禁地流出了眼窝,甚至连"我不要"这句话,我都没能说出口。

有一次，婆罗门老太太缠住我说："我说好妹妹，那药还有吗？"

"什么药？是我为制服婆罗门女人的丈夫给她们准备的那种药吗？"我打趣地反问道。

"去你的吧！不懂事儿的孩子才这样胡扯呢。难道你不知道我没有丈夫？"老太婆说。

"怎么能没有丈夫呢？这是怎么说的？难道说一个也没有吗？"

"像你这样的女人倒是该有五个。"这位婆罗门老太太生气地说。

"没有五个丈夫，我能做出这样的饭菜来吗？只有黑公主才能做出这样好的饭菜来！因为你没有五个丈夫，所以人们吃了你做的饭，就会变成傻瓜。"

她深深地叹了一口气，说道："有一个还不够？我说妹妹，为什么一定要有五个呢？也许，这对穆斯林女人来说可以，但对信奉印度教的女人来说，可是大逆不道啊。为什么要这样呢？我这头发真像火球杂毛了！因此，我才来问你：还有没有能使白头发变黑发的那种药啦！"

"原来你问这个？有！"我回答说。

于是，我就把那瓶染发膏给了这个婆罗门老太婆。吃过晚饭之后，大家都睡了，她摸黑开始往自己的头发上抹起染发膏了，有些头发染上了，有些没有染上，还溅到了脸上和眼睛上。第二天清早，当她出现在厨房的时候，她简直就像一只斑驳的花猫，一块白、一块红、一块黑，而她的那张脸，既像花脸猴子，又像花脸猫。大家看见她，立即捧腹大笑起来，而且一笑起来，就没完没了。看见她这副模样没有不发笑的。哈拉妮笑得上气不接下气，最后倒在了苏帕什妮的脚上。她气喘吁吁地说："少夫人，你把我解雇吧！在这个笑料之家，我可待不下去了，总有一天我会笑死的。"

苏帕什妮的女儿也故意气她说："老阿姨，谁给你打扮成这模样？"接着又背起诗来：

印蒂拉

>阎摩高声讲：
>叫声金月亮，
>请进我的房。
>朱砂拌牛粪，
>去点缀河床。

有一次，一只猫趴到锅边偷鱼吃，弄得满脸又黑又脏，被苏帕什妮的儿子看见了。现在他看到老太太这模样，就对他母亲说："妈妈！老阿姨蹿到锅里偷东西吃了。"

因为我已暗示过大家，所以谁也没向这位老婆罗门女人说破这件事儿。而她却带着这副猴猫混杂相，毫无羞色地到处走动。她瞧见大家都在笑，就问道："你们笑什么？"

根据我的暗示，大伙就说："你没听见这孩子说什么？他说，老阿姨偷吃锅里的东西了。昨天夜里，可能有人到你厨房的锅里偷吃东西了，所以大家才议论纷纷。我们都为你鸣不平：寿纳妈这么大年纪，怎么能干这种事呢？"

这时候老太婆骂了起来："这些该死的东西！这些挨刀的东西！这些可恶的东西！"，等等。她一遍又一遍地祈求阎摩把世上的女人和她们的丈夫、孩子都召回阴间去。然而，阎摩对这件事并不热心。老太婆的脸面依然如故。她就这样去给罗蒙先生送去饭菜。罗蒙先生见了她，想竭力忍住笑，结果呛住了，因此就再也没有吃东西。我还听说，当她给拉姆拉姆·多托送饭的时候，老家长远远地就把她赶了回来。

后来，因为苏帕什妮可怜这位婆罗门老太太，才对她说："我房里有面大镜子，你去照照你的脸吧。"老太婆从镜子里看见了自己的脸，当时就大哭起来，并且开始咒骂我。我尽量向她解释说，我是让她抹在头发上，没有叫她往脸上抹呀。但是老太婆还是不谅解，她一再祈求阎摩把我的头扭掉。苏帕什妮的女儿听了她的诅咒，又念起一首短诗：

>谁若是呼唤阎摩，
>首先他自己遭殃。

让他的嘴里积垢，

老人却活得久长。

后来，我那三岁的姑爷手里拿着一块劈柴，爬到老太婆的背上，口齿不清地说道："我丈母狼！我丈母狼！"这时老太婆扑到地上，又号啕大哭起来。她越哭，我的"小姑爷"越是拍着手跳，还不断地喊着："我丈母狼！我丈母狼！"我走过去，把他抱在怀里，亲着他的小嘴，他才停下来。

第十章　希望之光

一天晚上，苏帕什妮拉着我的手，在一个僻静的角落里坐下来。

她对我说："亲家母！你说过，要给我讲讲你在黑湖被劫的事。现在你讲给我听听吧！"

我沉思了一会儿，然后对她说："那对我来说是一件很不幸的事。我已经说过，我父亲是个很有钱的人。你公公也是个有钱的人，但是他还比不上我父亲。我父亲现在还在世。他现在还有万贯家私，而今在他的象栏里还养着大象。我在你这里做饭谋生，就是因为我在黑湖被劫了。"讲到这里，我们两个人都沉默了。然后苏帕什妮说："如果你讲这件事感到很痛苦，那就不要讲了。因为我不知道，所以才想打听一下。"

我说："我把所有的一切都告诉你。你这样疼爱我，帮助我，我讲给你听不感到痛苦。"

我没有提起我父亲的名字，也没有说我娘家的住处。我丈夫和我公公的名字我也没有讲，婆家所在的村庄也没有提。除此之外，我都讲了，一直讲到与苏帕什妮相识。苏帕什妮一边听着，一边流眼泪。不用说，我也是一边讲，一边流泪。

这一天就这样过去了。第二天，苏帕什妮又把我领到没有人的地方，对我说："你应当把你父亲的名字告诉我。"于是我就告诉了她。

"你娘家住在哪里，也应该告诉我。"我也讲了。

苏帕什妮又说："请告诉我邮局的名称。"

"邮局！邮局的名称就是邮局呀。"我不解地说。

"傻子！我想要知道邮局所在的那个村子的名字。"苏帕什妮解释说。

"这我可不知道。我只知道有邮局。"我回答说。

"我是说，邮局在你们家住的那个村子里，还是在别的村子里？"苏帕什妮说。

"我真的不知道。"

苏帕什妮很失望，再没有说什么。次日，还是在那个僻静的地方，她又对我说："你是个有钱人家的女儿，还能当多久的厨子呢？你走了，我会大哭一场的。但是，我不能为了自己的幸福而破坏你的幸福，我不是那种罪孽的人。所以，我们商量过了……"苏帕什妮的话音还没落，我就插话问："我们都是指的谁？"

苏帕什妮回答："我和罗先生呗。"

罗先生就是罗蒙先生。苏帕什妮在我面前就这样称呼她丈夫。这时，她又继续说："我们商量过了，我们准备给你父亲写封信，告诉他你在这里。因此，昨天我才问起你邮局的名称。"

"你把一切都告诉他了？"我问苏帕。

我说："倒没有什么不好。那后来呢？"

"莫赫什普尔现在一定有邮局。我们商量之后，就写了封信寄去了。"苏帕说。

"写信寄去了？"

"是的。"

我高兴得不得了。我开始计算日子，计算着多少天可以收到回信。可是一点儿音信都没有。我的命真苦啊！——原来莫赫什普尔没有邮局。那时并不是每个村庄都有邮局。我像公主一样娇生惯养，很多事儿都不知道——我还以为每个村子都有邮局呢。由于邮局地址不清楚，罗蒙先生的信被退回来了，退到加尔各答总邮局。

我又开始掉眼泪了，但是罗蒙先生毫不气馁。苏帕什妮又来对我说："现在应该告诉我们，你丈夫叫什么名字。"

我当时正在练字，所以就顺手把我丈夫的名字写给了她。然后，她又问道："你公公的名字呢？"

我也写了。

"村子的名字呢？"

我也告诉了她。

"邮局的名字呢？"

我回答说："这我怎么知道呢？"

后来我听说，罗蒙先生往那里写了信。但是没有接到任何回信。我很难过。当时因为我抱有很大的希望，所以就没有制止他们写信。现在我才想到，我曾经被强盗抓走过，我还能保持种姓吗？想到这儿，我认为，我公公和丈夫肯定不会接纳我的。在这种情况下写信不会有什么好结果。我把这个想法告诉了苏帕什妮。她听了也默默不语。

我现在意识到，我再也没有什么可期望的了，所以，我就一头倒在了床上。

第十一章　偷看一眼

一天早晨，我起床后，发现家里人正在忙着准备饭食。罗蒙先生是个律师。他有一个很有钱的委托人。最近两天听说那个委托人已经到了加尔各答。罗蒙先生和他的父亲经常去拜访他。老主人和他正进行一项交易，所以常去他那里。今天我听说，中午要请他吃饭，因此，大家现在正在忙着准备饭菜。

应当准备丰盛的佳肴，因此烹饪的担子就落在了我的肩上。我认真地做着各种菜肴。

印蒂拉

进餐的地点设在内室。拉姆拉姆先生和罗蒙先生一起陪客人吃饭。我是从来不招待外人吃饭的,所以这次招待客人的仍然是那位婆罗门老太太。老太太伺候他们吃饭,我就留在厨房里。忽然,传来了一阵喧哗声。原来是罗蒙先生在斥责婆罗门老太婆。这时一个女仆回厨房来了,她说:"真是故意刁难人。"

"怎么回事?"我问她。

女仆说:"老太太给先生哥(老仆人都这样称呼罗蒙先生)的盘子里上豆角的时候,他明明看到了,还往前伸手,结果把一盘子豆角打翻了。"

我在一旁又听到了罗蒙先生责怪老太婆说:"你不懂得怎样上菜,来干什么?!把托盘交给别人不好吗?"

拉姆拉姆先生说:"没你的事了!去让库姆蒂妮来吧。"

老夫人不在这里,谁来他制止这样做呢?这又是老家长亲自吩咐的,我又怎么能拒绝呢?我若是去了,老夫人一定会生气的。这我是知道的。因此,我三番五次地劝说老太太回去伺候他们吃饭,我对她说:"你注意点放嘛。"可是,她怎么也不肯再去了。无奈,我只好洗了手和脸,换上衣服,蒙了一块头巾,去伺候他们吃饭。谁能料到,这会招致什么后果呢?我知道,我是个很聪明的女人,然而并不晓得,苏帕什妮会不会在一个市场上把我卖掉,而又在另一个市场再买来一个。

我虽然蒙着头巾,但是一块头巾是遮不住一个女人的好奇心的。我从头巾里边还是看了一眼这位被邀请来的客人。他看上去有三十来岁,皮肤白净,是个很英俊的小伙子。女人们看见他,大概都会对他产生好感。我当时就像被雷电惊呆了似的,站在那里出神。我端着盛肉的盘子站在那里,从头巾里边望着他。这时他抬起头来,发现我从头巾里边望着他。我不是有意想偷偷地看他一眼。我心里真没有这种罪恶的念头。我觉得,毒蛇也不总是有意识地探起头来。毒蛇探起头的时候,未必都怀有罪恶的目的——我知道,他也会偷偷地看我。男人们常说,蒙着头巾的女人的目光犹如黑夜里的明灯,具有特殊的魅力。看来,他也持有这样的观点。他温存地笑了一下，就低下头去。只有我看见了他的这种微笑。我把一盘子肉倒在他的碗里，就走了出来。

羞愧和痛苦在折磨着我。我虽然出嫁了，但是却好像是命中注定的寡妇。只是在结婚的时候，我才见过我丈夫一面。然而青春的欲望并没有得到满足，这就如同一石激起了千层浪，使我久久不能平静。我心里感到十分痛苦。我暗暗地怨恨自己为什么要生为女人呢？我内心里苦恼极了。

我回到厨房后，仿佛觉得，以前在什么地方见过他。为了清除疑团，我又返回去。藏在门后看着他。我看得特别仔细，看了之后，我不由自主地在心里说："我认识他。"

就在这个时候，拉姆拉姆先生叫我再上一些菜。我做了好多肉菜，都送上来了。我发现，这一次他注意地看了看我，并且对老家长说："拉姆拉姆先生，请转告厨师，饭菜做得好极了。"

拉姆拉姆先生没有理解他这句话的含义，回答说："是的，她做得很好。"

"我可以把你的脑袋煎得稀乱！"我默默地在心里说。

客人说："但是很奇怪，她做的这几样菜都带有我们家乡的风味。"

我心里想："是他。"的确，有几样菜，我是按着我们家乡的传统做法做的。

拉姆拉姆说："这是可能的，她不是本地人。"

这一次他找到了机会，望着我的脸问道："你的家乡在哪里？"

我面临的第一个问题是：回答还是不回答？我决定还是回答。我面临的第二个问题是：说真话还是讲假话？我决定讲假话。为什么我要做出这样的抉择？那些认为女人的心肠狡猾的人是会了解的。我想：我讲真话的机会总会有的。现在我故意不讲真话，看看会怎么样。想到这里，我就回答说："我的家乡在黑湖旁边。"

客人大吃一惊。过了一会儿，他用柔和的语调问我："哪个黑湖，是强盗黑湖吗？"

"是的。"我回答说。

他再也没有说什么。

我端着盛咸肉的盘子站在那里。我忘记了作为一个女仆,我是不应当这样站着的。我甚至忘记了刚才对自己不体面行为的谴责。我发现,他已经吃得不那么香了。拉姆拉姆先生看见他不怎么吃了,就劝道:"请吃菜呀,吴潘德罗先生!"这正是我需要听到的。吴潘德罗先生!在听到这名字之前,我就认出来了,他就是我的丈夫。

我回到厨房,扔掉托盘,感到从来没有像现在这样高兴。拉姆拉姆·多托听到我扔托盘的声音,竟然问道:"什么东西掉了下来?"

第十二章 哈拉妮不再笑了

从现在起,我将在这一章里数百次地提到我的丈夫。现在,你们四五个聪慧的姑娘坐在一起,给我出出主意,我用什么词语来称呼我丈夫好呢?"丈夫""丈夫"这样重复五百次,多么令人作呕呀!或者还是学着别人的样子,称呼我丈夫的名字"吴潘德罗"?不然的话,就使用诸如"我生命的主宰者""我亲爱的人""我生命的主人""我命运的庇护者""比我生命更珍贵的人"这样的称呼?在我们可怜的语言中,我简直找不到更合适的词语来称呼我那位最亲近的而且时刻都想呼唤的人。我有一个女友,她模仿仆人,管她的丈夫叫"先生";但是只称"先生"她感到并不亲切,因此她很苦恼。后来,她就索性管她的丈夫叫"罗摩①先生"。而现在我想怎么称呼他,就怎么称呼。

---

① 印度古代史诗《罗摩衍那》中的主人公,印度教教徒认为他是天神毗湿奴的转世化身,因此非常崇敬这个名字。

我把盛肉的盘子扔到地上之后，就暗暗地下定决心："既然上帝让我又遇到了我丢失的财宝，那么，我就不应当再把它弄丢。我不能再像小姑娘那样腼腆，因而毁掉自己的一切。"想到这儿，我就站在这样一个地方：凡是从内室往外室走的人，只要往两侧望一眼，就能看见我。我心里想："他一定会想再看到我。如果他不往两侧看一看，那我这个快二十岁的女人，就是一点儿也不了解男人。"请你们原谅我说实话：我当时就用纱丽的一端蒙住头站在那里。现在回忆起来，都感到很难为情。因为当时我没有别的办法。

最先出来的是罗蒙先生，他边走边向四周观望，好像他知道谁在什么地方似的。接着走出来的是拉姆拉姆·多托——他哪边都不看。最后走出来的是我丈夫——他那一双眼睛东张西望，好像在寻找什么人似的。最后他的目光落到了我的身上。我知道，他是在寻找我。他目不转睛地望着我，这正是我所期望的——怎么说好呢？说起来真不好意思——我就像蛇见了它要捕捉的食物一样，探起头来，两眼死死地盯着他。我既然知道他是我的丈夫，为什么不可以向他身上更多地注入一些毒液呢？我感到，"我生命的主宰者"是带着伤痕走出内室来的。

我当时决定，求哈拉妮帮忙。我悄悄地叫了一声，她就笑吟吟地走过来。

"你听说了没有？婆罗门老太太伺候客人吃饭的时候，碰到倒霉的事啦。"她不等我回答，说完就哈哈大笑起来。

我回答说："我知道。但是，我叫你来不是为的那件事。请你帮助我偿还我这一生中的债务。你快告诉我，那位先生什么时候走？"哈拉妮立刻停止了微笑，就像一团火忽然被黑暗遮住了一样。哈拉妮严肃地说："我说妹子！我真没想到，你会有这种恶习。"

我笑了，然后对她说："人是有区别的。现在你先别教训我。你说说，能不能帮我的忙？"

"我怎么也不能帮你干那种事。"哈拉妮说。

我不是空着手来求哈拉妮的，而是带着工钱来的。我拿出五个卢比，塞到她的手里，对她说："我求求你，这件事你一定得帮忙。"

哈拉妮想把这几个卢比摔到地上，但是她没有那样做，而是把钱放在了灶台旁边的一个空篮子里，并且十分严肃地说："我本想把你的钱摔在地上，但是我又怕发出响声，给你丢脸，所以我才轻轻地把它放到这里——你把钱拿回去！不要再提这种事了。"

我哭了。哈拉妮是可以相信的，而其余的人都不可靠。我还能去找谁呢？哈拉妮不了解我流眼泪的真正缘故，但是她很同情我。她问我："你哭什么？这个人你认识吗？"

我本来打算把所有一切都告诉哈拉妮。后来我又想，她不会相信，而且可能会掀起风波。想来想去，觉得没有苏帕什妮的帮助是不行的。她是我的智囊，又是我的保护人。我应当把一切都告诉她，让她给我出出主意。我对哈拉妮说："是的，不但认识，而且很熟悉。对你讲，你也不会相信。所以，这一切就不跟你说了。但是有一点请你放心，我没有任何坏念头。"

"我没有任何坏念头。"我又想了一下我说的这句话。对我来说，是没有什么坏处；但是，对哈拉妮来说，是不是有害处呢？我为什么要往她的脸上抹黑呢？这时我想起了"脚镯声脆把水担"那首歌谣，于是我就用诡辩来安慰自己："遭到不幸的人，为了摆脱不幸，大概都会求助于诡辩的。"我又向哈拉妮解释说："我没有任何坏念头。"

"你要见见他吗？"哈拉妮问我。

"是的。"我说。

"什么时候？"

"夜里，大家都睡了的时候。"我回答道。

"你一个人？"哈拉妮又问。

"我一个人。"

"我可不敢帮你干这种事。"哈拉妮说。

"如果少夫人盼咐呢？"

"你疯了？她是良家妇女，真正的克拉什米①。她怎么能插手这种事呢？"

"如果少夫人不阻止，你同意吗？"

"我同意。我怎么能不听她的吩咐呢？"哈拉妮说。

"如果少夫人不阻止，你同意帮助我吗？"

"我同意帮助你，但是你的钱我不能收。你把它拿回去吧。"

"好吧，过一会儿我再来找你。"

我擦干了眼泪，就去找苏帕什妮。我在一个僻静的地方找到了她。苏帕什妮看见我，她那张美丽的笑脸，宛如晨曦中的荷花和晚霞里的栀子花，放出了欢快的异彩，又好似月光下的溪水泛着兴奋的光泽。她那优美的身段，就像早晨盛开的赛福莉花一样婀娜动人。她把脸贴近我的耳朵，笑着问我："怎么样，你认出来了没有？"

我仿佛从天上掉下来一样，愕然了。

"怎么，你全知道了？"我问她。苏帕什妮晃着头，转动着一双大眼睛，对我说："啊，你以为你的金月亮会自己来投诚吗？我们在天空中设下了巨网，才把你那个天上的月亮给抓了来。"

"你说的我们是指谁？是你和罗先生吗？"我问道。

苏帕说："不是我和罗先生，还能是谁呢？你把你丈夫、公公以及他们村庄的名字都告诉了我们，还记得吗？因此，罗先生才弄清了这一切。你那位吴先生有一个案子是经他手办的。他以此为借口写信给你的吴先生，叫他到加尔各答来。然后邀他来我们家里做客。"

"后来伸手把老太太端去的豆角给打翻了，是不是？"我说。

"是的，这是我们的密谋。"苏帕承认说。

"有关我的情况向他透露过一些没有？"我又问她。

"那就坏事了，怎么能向他透露呢？你曾经被强盗劫走过，谁晓得后来又到哪里去了，又发生过什么事？他知道了你的情况，还

---

① 印度古代神话传说中的吉祥女神，毗湿奴的妻子，幸福和美貌之神。

能要你吗？也许他会说，你是冒名顶替。罗先生说，现在应该是你自己采取行动的时候了。"

我说："那我就去碰碰运气看。他若拒绝，我就投河自尽。但是，不见面是不行的。"

苏帕问："你们什么时候见面？在哪儿相见呢？"

我对苏帕说："你们为我已经做了不少事了，这件事还得请你们帮助我。不能在他的住处会面，因为没有人带我去，而且谁也不会让我到那儿去。还是应当在这儿见面。"

"什么时候？"苏帕问。

"夜里，大家都睡下的时候。"

"是幽会吗？"

"除此之外，没有别的办法。这没有什么不好，因为他是我的丈夫。"我回答说。

苏帕说："倒是没有什么不好。但是，这样一来，就需要将他留下来过夜。让他住在我们这里，不知道行不行？我再和罗先生商量商量看。"

苏帕什妮去找罗蒙先生了。过了一会儿，又回来，把和罗先生谈话的内容都告诉我了。她说："罗先生唯一可以做的事就是找个借口，现在不让他看有关案子的材料。看材料的时间安排在晚上。傍晚你丈夫来了以后，就让他看材料。他看完材料天就该黑了。天一黑就留他吃晚饭。以后你就知道该怎么办了。我们以什么理由请他留下过夜呢？"

我说："你们不要留他。我自己来安排。我相信他会答应我的请求的。我曾经向他暗送过秋波，当时他也回应了我——看来他不是个正派的人。现在怎么把我的请求传给他呢？我写个条子吧。打发一个人送给他就行了。"

"交给一个仆人送去不行吗？"苏帕问我。

我说："那怎么行呢？即使我今生来世都找不到丈夫，也不能把这种事告诉一个男人。"

"说的是。那么，女仆行不行？"苏帕又问。

我说:"哪个女仆可靠呢?要是引起风波,那就一切都完了。"

"我对哈拉妮说过了。她虽然可靠,但是她不同意。"我接着说,"如果你能暗示她一下,她就能去。但是,我怎么能让你去向她暗示干这种事情呢?要死,我就一个人死。"我说着说着,眼里又涌出了泪水。

"哈拉妮是怎么说的?"苏帕问我。

"她说,你要是不阻止,她就去。"我回答说。

苏帕什妮想了一下,然后说:"你叫她晚上到我这儿来,我和她讲。"

第十三章　我应当经受考验

黄昏的时候,我丈夫带着材料到罗蒙先生家里来了。我知道这个消息之后,就一再央求哈拉妮帮助我。哈拉妮回答说:"少夫人如果不阻止,我就帮助你。但是我想知道,这样做不算罪过才行。"

我对她说:"你看着办吧。我实在是等急了。"

哈拉妮理解我的意思,就微笑着到苏帕什妮那里去了。我就耐心地等着她。最后,我看见她气喘吁吁地跑了回来。她一边大笑着,一边整理着她那散乱的头发和衣服。我问她:"怎么了?你在笑什么呀?"

哈拉妮说:"我说妹妹,怎么叫人家到这种地方去?差点儿吓掉了我的魂儿。"

"是怎么回事?"我问道。

哈拉妮说:"我知道,少夫人的房间没扫帚,因此我们每次都带着扫帚去打扫房间。可是今天我们发现,不知谁把一把扫帚放在少夫人的身边了。我一走进屋就问她:'库姆蒂妮的事,我要不要去帮忙?'这时,少妇人拿起扫帚就追着打我。幸亏我跑得快,不然的话，一扫帚打下来，我的命就没了。就是这样我后背还挨了一扫帚。你看看，是不是打青了？"

哈拉妮笑着让我看她的后背。其实都是假话——根本就没有被打的痕迹。然后她说："现在我应当做什么，你说吧！"

"你挨了一扫帚还去吗？"我问道。

哈拉妮回答说："虽然打了我一扫帚，但是她没有说不让我去。我说过，她不阻止，我就去。"

我说："打了一扫帚，这不就是阻止吗？"

"嗨，我的宝贝妹妹！少夫人扬起扫帚要打我的时候，我看见她的嘴角还挂着微笑——你说吧，我应当做些什么？"哈拉妮说道。

当时，我就在一张纸上写道："我把整个身心都献给您。您肯接受吗？如果您肯接受，就请您今天夜里住在这个家里，请不要锁门。一个女厨子。"

写完这封信，羞得我真想跳进池塘里淹死，或者钻进夜幕里藏起来。有什么办法呢？上帝就为我安排了这样的命运。我相信，从来没有哪一个良家女子会陷入如此尴尬的境地。

我把信叠好，交给了哈拉妮，并嘱咐她说："要有一点耐性。"

我对苏帕什妮说："请你去把你家先生的哥哥请来吧。我有几句告别的话要对他说。"苏帕什妮去了。我看见罗蒙先生走过来的时候，就对哈拉妮说："现在你去吧。"哈拉妮走了，但是过了不久，她又把那封信带了回来。在信的一角上写着"同意"两个字。我当时又对哈拉妮说："你既然已经为我办了这件事，那就还有一件事，需要你去办，你应当把我带到他住的那个房间。"

哈拉妮说："这倒是可以的，但是这样做好吗？"

"这没有什么不好的，因为他是我前世的丈夫。"我对她说。

哈拉妮说："是前世的，不是今生的？我真是丈二的和尚——摸不着头脑。"

我笑着说："你就别说了。"

哈拉妮也笑着说："如果是你今生的丈夫，那我就要得到五百卢比的奖赏，不然的话，我就白白地挨了那一扫帚。"

我当时就到苏帕什妮那里，把一切都告诉了她。苏帕什妮对她的婆婆说："今天库姆蒂妮病了。她不能再做饭了。就让寿纳妈做吧。"

寿纳妈做饭去了。苏帕什妮把我带到一个房间，把门倒插上了。

"为什么要关起门来？"我问她。

"我要给你打扮一下。"苏帕什妮说。

苏帕什妮亲自给我洗了脸，在我的头发上抹了馥郁的发油，用心地为我编了发辫。

"我给你梳的这个发辫价值一千卢比。你发财的时候，可要寄给我一千卢比哟。"苏帕什妮开玩笑地说。然后她取出一件很漂亮的女人们喜欢的纱丽，硬要给我穿。我本来不想穿，但是这样扯来扯去，我担心会把这件衣服扯坏，所以只好穿上。尔后她又拿来了一堆首饰要给我佩戴。我对她说："我无论如何不能戴。"为此，我们争执了好久，她看我怎么也不肯佩戴，就说："那么，我拿来另一件东西，你不能再拒绝了。"苏帕什妮说着，从一个花盆上摘了一些含苞待放的茉莉花，编成花环，给我戴在手腕和颈上。然后又取出一副新的金质耳环，并对我说："这是用我自己的钱让罗先生特地为你买来的。无论什么时候，也无论你到什么地方，只要戴上这副耳环，你就会想起我。妹妹！从今以后，不知我们是否还能见面——这将由上帝来安排——现在我把这副耳环给你戴上，你不要再说不戴了。"苏帕什妮说着说着就哭了，我也泪流满面，说不出话来。就这样，苏帕什妮给我戴上了耳环。

梳洗打扮完毕，一位女仆抱着苏帕什妮的儿子来了。我接过来，抱在自己怀里，开始给他讲故事。他听了一会儿，就睡着了。这时，在我心里出现了一个很痛苦的念头。即使在这幸福的时刻，我也不能不对苏帕什妮讲。我说："我感到很幸福，但是在我心里谴责他。我知道，他是我的丈夫，所以我现在所做的一切，在我看来是无可非议的。但是，他对我的看法怎么也不会是这样的。我第一次看见他的时候，他已经成年。因此这次见到他时，一开始我就认出了他。他第一次见到我的时候,我只不过是个十一岁的小姑娘。我看不出有任何迹象他认出我了。他以为我是别人的妻子,并且沉浸在我的情网之中。我一想到这些,就在心里责怪他。但是他是我的丈夫,而我是他的妻子——我是不该怪罪他的。算了,我就不再想这些了。将来有机会,我一定迫使他把这种恶习改掉。"

苏帕什妮听了我这些议论之后,说道:"再也找不到像你这样调皮的女人了——人家没有妻子嘛。"

"难道说我就有丈夫吗?"我反问道。

苏帕什妮说:"有啥法子呢!女人能和男人一样吗?难道你能在粮食经理部做事挣钱吗?"

"他们要是能怀孩子,能生孩子,并且能把孩子抚养成人,我就能在粮食经理部做事。每个人都在做自己力所能及的事情。男人抑制自己的情欲,难道就那么困难?"我说。

"好了,你应当先有房子,然后再在房子里放火。你把这些议论先放在一边吧!你应当考虑,怎样去征服你丈夫的心,怎样通过这次考试。不然的话,你就没有出路。"苏帕什妮对我说。

我沉思了一会儿,说:"这门科学我永远学不会。"

苏帕说:"那么,你就向我学吧。难道你不知道我是这门科学的大师吗?"

"这我已经看出来了。"我回答说。

苏帕说:"那你就学吧。你好比是男人,看我如何征服你的心。"这位调皮的女人说着,把纱丽的一端蒙在头上,拿出了她亲手制作的清香的蒟酱叶,让我咀嚼。这蒟酱叶是留给罗蒙先生的。她谁都没有给过,甚至连自己都没有尝过。罗蒙先生的水烟袋就在那里,烟袋锅里只剩下了一些烟灰。苏帕什妮把水烟袋拿到我的面前,吹去烟灰,仿佛我刚吸过烟似的。然后拿起一把绘着花的芭蕉扇,开始为我扇风。她腕上的手镯发出了清脆悦耳的响声。

我对苏帕说:"我的好姐姐!这些是女仆伺候人的事!难道我要向他显示我很会伺候人,就能把他征服吗?"

"难道我们不是女仆吗?"苏帕什妮反问道。

我回答说:"只有他爱我,我才伺候他,为他扇扇子、揉腿,给他蒟酱叶,为他装烟。而现在这一切都还没有到来。"

苏帕什妮微笑着,在我身边坐下来。她拉着我的手,亲切地和我聊起来。她很快活,一边嚼着蒟酱叶,一边摇荡着我的耳环,模仿着喜剧演员的风度和我交谈。她忘记了自己的身份,就像一位女友一样和我说着话。这时她忽然想起我要走了,一颗晶莹的泪珠在眼里滚动。当时为了使她高兴,我对她说:"你教给我的这一切的确是女人的武器。但是,现在对吴先生不知是否会起作用?"

苏帕什妮又笑了,她说:"要是不起作用,那就说明你没有学会我的科学。"话音刚落,她就用一只手搂着我的脖子,用另一只手托着我的下巴颏儿吻着我。一颗颗泪珠扑簌簌地滴落在我的脸上。

我强忍住泪水,故意开玩笑地对她说:"姐姐,你不要指望我会付给你学费。"

"那你就学不到东西了。"苏帕什妮继续说,"你来试试,看你能不能通过考试。比如,我就是吴先生。"说完,她就精神十足地坐在沙发上。为了不笑出声来,就用纱丽一角捂住嘴。她忍住笑之后,很严肃地看了我一眼,接着又笑了起来。苏帕停止笑,说道:"来,试试看。"当时我就尽我所能向她表演了一番,读者稍后就会知道我学到的这套本领。

"远走高飞吧,罪人!"苏帕什妮把我从沙发上推开,说道:"你简直成了一条真正的眼镜蛇了!"

"姐姐,你为什么这么说?"我问苏帕。

苏帕什妮说:"男人怎么能经得住你这种笑貌和目光?他们不都变成鬼才怪呢!"

"这么说,我算通过考试了?"我又问。

苏帕说:"顺利通过了。大概粮食经理部的一百六十九个男人,从来没有见过像你这样的笑貌和目光。如果你那个小伙子头脑发昏,你就给他一点儿杏仁油。"

"好吧。"我说,"现在从传出来的响声判断,先生们大概吃完饭了。你该到罗蒙先生的房里去了，我就此告别。在你教我的所有课目中，我最喜欢的是接吻。来，让我再学一次吧。"

苏帕什妮搂着我的脖子，我搂着她的脖子。我们互相吻着，互相拥抱着，两个人哭了很久。世界上还会有这种友爱吗？谁能像苏帕什妮那样疼爱我呢？我至死也不会忘记苏帕什妮。

第十四章　我决心离开人世

我告诉苏帕什妮，我到自己的卧室里去了。先生们已经吃过饭。这时传来了一片喧嚣声。一会儿叫人拿扇子，一会儿叫人倒水，一会儿叫人拿药，一会儿又唤人去请大夫。这样忙乱了好一阵子。哈拉妮笑吟吟地走进了我的房间。我问她："为什么这样吵闹？"

"那位先生晕倒了。"哈拉妮说。

"后来怎么样？"我问她。

"现在苏醒过来了。"哈拉妮回答说。

"后来呢？"我又问。

哈拉妮说："现在他还很虚弱，不能回他的住所去。让他睡大客厅旁边的房间里了。"

我明白了，这不过是个计谋。我对哈拉妮说："所有灯火熄灭之后，大家都睡了的时候，你就来吧。"

哈拉妮说："他不是病了吗？"

"你的脑袋不是没有病嘛——你不会想一想，这是怎么回事。五百个女人的脑袋也想不出来这种好主意。"我对哈拉妮说。

哈拉妮听我这么一说，就微笑着走了。后来，当灯火熄灭之后，大家都入睡了，哈拉妮把我领到那个人房间的门口，然后她就回去了。我走进房间，看见我丈夫一个人倒在床上，一点儿也看不出虚弱的样子。屋里点着两盏大灯，可是我感到不是灯光，而是他那俊美的容貌照耀着屋里的一切。我非常激动,仿佛有一股幸福的暖流涌进了我的全身。

这是我成年之后第一次会见我的丈夫。我很难表达当时我那种兴奋的心情。我本来是个很健谈的人,但是当我第一次见到他时,却一句话也说不出来,好像喉咙里塞了什么东西似的。我浑身颤抖,心脏扑腾扑腾地跳着,口干舌燥。我不但没有讲话,反而哭了起来。

我丈夫不理解我为什么哭泣。他说:"你哭什么?我并没叫你来,是你自己主动来的。你为什么要哭呢?"

他这冷酷的话语,深深地刺痛了我的心口。原来他把我看成了妓女,因此我就哭得更厉害了。我想,现在就应该把一切都告诉他——我再也忍受不了这种折磨了。但是,当时我又想,我讲了之后,如果他不相信怎么办呢?他可能认为,因为我的家住在黑湖附近,所以一定听说过关于他妻子的事情;现在,我不过是由于贪图富贵才冒充他的妻子。如果他这样想,他怎么会相信我呢?因此,我还是不能讲。我深深地叹了一口气,擦掉眼泪,开始同他说起话来。谈了一些其他事情之后,他说:"听说你家住在黑湖附近,我感到很惊讶。在黑湖附近竟然生有你这样的美人,我是连做梦也没有想到的。"

我望着他那一双眼睛,发现他的确十分惊奇地看着我。我假装无所谓的样子,回答说:"我算什么美人!您的妻子在我们家乡才是真正的美人。"我故意提到他的妻子,并问道:"您找到她了没有?"

"没有。"他回答说,接着又问我:"你离开家多久了?"

我说:"在黑湖事件之后,我就离开了家。看来,您又结婚了吧?"

"没有。"他回答说。

在长谈中,我尽量不让他插话。他认为我是作为情妇来赴幽会的,因此他对我是不尊重的。他只是惊奇地望着我。只有一次他感叹地说:"我从没见过像你这样美丽的姑娘。"

我听他说没有再娶妻子，心里十分高兴。我对他说："你们都是有钱人，做事都是经过慎重考虑的。否则的话，如果您第二次结了婚，尔后又找到了你原来的妻子，那么你那两个妻子就要经常吵架。"

他微笑着说："这倒不必担心。即使找到了我原来的妻子，也不能指望我收留她。应当想到，她已经失去了自己的种姓。"

我的头犹如被雷击了一下。一切夙愿和理想都破灭了。他不会收留我了，我这一生真是枉为一回女子。

我鼓起勇气问道："要是现在您遇见她，您准备怎么办呢？"

"我就抛弃她。"我丈夫毫不犹豫地说。

这一夜，我坐在我丈夫的床边，望着他那清秀动人的面容，暗暗发誓："他要抛弃我，我就离开人世。"

第十五章　在家外

当时我那种忧郁的心情逐渐消失了，因为我清楚地意识到，他被我吸引住了。我默默地在想：既然犀牛使用它的独角不算罪过，大象使用它的长牙不算罪过，老虎使用它的利爪不算罪过，水牛使用它的犄角也不算罪过，那么我引诱了我的丈夫也不能算罪过。为了我们俩的幸福，我决定使用上帝赋予我们女人的武器，现在是到了"脚镯声脆"的时候了。我坐了下来，但是和他始终保持着一定的距离。我们愉快地交谈着。他开始接近我，我一边编着散开的辫梢，一边笑着对他说："请不要靠近我！看来您误解我了（我要不说，谁能了解我这段历史呢？）。您误会了，我不是那种淫荡的女人。我到您这里来，是想打听一下家乡的情况。没有任何别的意思。"

看来他是不相信我说的话的。他继续向我靠近。我当时笑着对他说："如果你不听我的话，我就走了。我们这次会面就到此结束吧。"说完之后,我用一种严肃的目光看了他一眼。这时,我那柔软而散发着芳香气味的发辫的主梢,"无意"之中触及了他的面颊,宛如春天的藤蔓在晚风的吹拂下轻轻地摆动。

他看见我真的站了起来,显得很难过。他走过来拉住我的手。他的手正好落在我那用茉莉花编成的手镯上。他擎着我的手腕,愕然地望着它。我问他:"你在看什么?"

他回答道:"这是花吧?这花并不美。你这个人比花还美。你是我第一次见到的比茉莉花还美的女人。"我假装生气的样子,把手抽了回来,但是我又笑了。我对他说:"你不像个好人。请不要碰我。你不要认为我是个行为放荡的女人。"说完,我就朝门口走去。我丈夫双手合十,恳求地说:"我求你不要走!我见了你那秀美的容貌,有点失去理智了。我从来没见过像你这样美丽的姑娘。让我再看你一眼吧。你走了,我就再也见不到你了。"直到现在想起当时的情景,我还感到有些难过。这时,我又走了回来,但是我没有坐下。我对他说:"亲爱的,你要知道,我是个卑贱的人,我本想抛弃你这颗珍珠,但是如果我那样做,我内心是很痛苦的。我该怎么办呢?贞节是我们女人的唯一财富,我不能为了一时的快乐而抛弃贞节。虽然我不顾一切地给你写了信,不顾一切地到你这里来了,可是我并没有堕落。直到现在拯救我的道路还没有堵塞。现在想起我的不幸,我还是走了好。"

他说:"你的贞节你自己知道。不过,在这种情况下你抛弃我,不知是否算是信守贞节。我向你发誓:你将永远占据我的心灵。你不要以为这是我一时的冲动。"

我笑着说:"男人的誓言是靠不住的。萍水相逢怎么会产生这么深的感情呢?"说完我已走到了门口。这时,他再也控制不住自己,就用两只手抱住我的腿,使我走不了。他深深地叹了一口气,说道:"我从来没见过像你这样的人。"看到这种情景,我也难过。因此,我对他说:"那么到你的住处去吧。待在这里,你会抛弃我的。"

他立刻同意了。他的住处离这里不远,就在西姆拉大街。他的车子也在。看门人都睡着了。我们悄悄地开了门，上车就走了。到了他的住处，我看到有两个大房间。我首先进了一个房间。进了屋之后，我就从里面把门锁上了。我丈夫被隔到了外边。

他站在外边苦苦哀求。我笑着对他说："我现在已经成了你的女仆了。但是，我想看看你对我的爱情是否能保持到明天早晨。如果到了明天你还这样爱我，那时我再和你谈话。今天就到此为止吧。"

我没有开门，他大概不得不到另一个房间去休息。这好比是在炎热的六月天，把一个极度干渴的病人放到清澈而凉爽的湖岸上，为了不让他喝水而把他的嘴堵住，看看这样会不会增加他对水的感情。

过了很久，我打开门一看，我丈夫还站在门外。我一把拉住他的手，亲切地说道："亲爱的，或者是你把我送回拉姆拉姆·多托的家里去，或者是在八天内你不要和我谈论爱情。这八天将是对你的考验。"

我丈夫同意八天内不再和我谈论爱情。

第十六章　我杀了人就去偿命

八天来，我使用了上帝赋予我们女人的所有武器，征服了我的丈夫。我一个女人家真不好意思开口讲述这一切，假如我不善于点火，那么，在过去的日子里，我就不会在我丈夫的心里点燃起如此的爱情火焰。但是，现在来讲述我如何煽风点火，如何征服了我丈夫的心，真感到难为情。要是有哪个女读者，发誓要折磨男人，并且顺利地履行了自己的誓言，那她就一定会理解我。如果有哪个男读者，在过去的某个时候，曾经品尝过这种折磨之苦，他也一定会理解我。还要说什么呢？女人好比是世界上的一根刺，人世间的许多不幸都是由我们女人造成的，与男人们倒毫不相干。值得庆幸的是，这种折磨人的技能并不是所有女人都能掌握的——假如是那样的话，恐怕现在世界上就没有男人了。

八天来，我始终没有离开过我丈夫。我十分尊敬他，从没说过一句使他难堪的话。微笑、眼神、表情——属于我们女人的武器都用上了。第一天，我开始用尊敬的语气同他讲话；第二天，我向他倾注了爱慕之情；第三天，我开始操持家务。我为他准备吃的，整理床铺，安排洗澡，甚至亲手为他做饭、准备牙粉等等。总之，我尽力做好一切，使他生活得舒适愉快。发现他有一点不舒服，我就彻夜不眠，在旁边服侍他。

现在我双手合十地恳求你们，亲爱的读者！你们千万不要相信这一切都是虚假的。我印蒂拉心里觉得十分坦然的是，我不是那种追求吃穿、贪恋财富的女人。只为贪图吃穿和钱财，我是做不到这一切。单纯地为了找一个丈夫，我也绝不可能表现出如此的爱情；纵然我想成为因陀罗①之妻，我也做不来。我可以用微笑和眼神来吸引我丈夫，但是我不能以虚假的爱情来诱惑他。这样的印蒂拉，上帝还没有创造出来。假如有哪一个不幸的女人，对此不能理解，她会说："你可以设下你那笑貌的陷阱，解开发辫再编上，用你那芳香的发辫的末梢触及那个不幸小伙子的面颊，用这种办法来引诱他。但是你不能为他打扇，或为他装烟点火。"如果有哪个不幸的女人对我这样说，那么，她就不要读我这个不幸人的故事了。

亲爱的女读者，虽然你们都是各种不同的女人，我还是把真实情况告诉你们，男人们是不理解的。吴潘德罗是我的丈夫。服侍丈夫是我的欢乐，所以我对他是倾注了我的全部心血，而绝不是惺惺作态。我默默地想，即使我丈夫不收留我，至少我也可以尽情地享受几天人世间的最大欢乐。对我来说，这种欢乐从来没有过，而且也不可能再有了。因此，我实心实意地伺候我的丈夫。在这些日子里，我是多么幸福啊！你们当中有的人可以理解我，有的人是不会

---

① 又译帝释天，印度教中的天神，相当于中国神话故事中的玉皇大帝。

印蒂拉

理解的。

我只想向男读者们讲讲有关微笑和眼神的学问。有的人在大学考试中可以名列前茅，在律师实习中可以获得奖赏，并被认为具有盖世之才，但是就是具有这样渊博学识的人，也未必懂得伺候丈夫的学问。有些人竭力主张寡妇可以改嫁，女人应当同男人一样有权受教育，应当禁止童婚，等等。然而，就是这样的人是不是都懂得侍奉丈夫的学问呢？我之所以不厌其烦地讲述微笑和眼神的学问，就是因为这是一个很重要的问题。既然驱赶象的人可以用长钩驯服大象，牧马人可以用皮鞭驯服烈马，牧童可以用长鞭制服牛羊，英国人可以瞪起眼睛来制服孟加拉的先生们，那么，我们女人就可以用微笑和眼神来征服你们男人。崇敬丈夫——这是我们女人的美德，假如我们的微笑和眼神沾染了污垢，那么，这就是你们男人的过错。你们男人大概会说：这未免太傲慢了吧！是的。我们女人好比是泥塑的水罐，即便是用花朵一击，也会破碎。我是把这傲慢之果紧紧地握在自己的手里。这不是神仙的羽翼，而是弓箭，不是父母的靠山，而是妻子的花箭。用这武器可以征服崇山峻岭。这就是上帝赋予我们女人的武器。我想设下笑貌之网去捕捉别人，结果我捉住了别人，自己也陷入了罗网；我想用火去烧灼别人，结果是既烧了他人，自己也被烧伤。我在洒红节①往别人身上撩泼红水，而自己也被溅了一身。我要是杀了人，自己也会被绞死。我说过，我丈夫的相貌是很动人的。我知道，他的姿色，他的一切，都是属于我的。

我以爱对他的爱，我以美配他的美。

后来，这种爱情的火焰越烧越旺！我既然微笑了，他对微笑能不回应吗？我向他送去了秋波，他能不回敬我吗？我的一双嘴唇犹如绽开的花瓣，由于渴望吻他，远远地就张开了。而他那双宛如红花瓣似的温柔的嘴唇，能不向我张开吗？假如从他的微笑、目光和渴望吻我的神态中只看到了情欲，那我也就感到自己是个胜利者

---

① 印度的春节，也是纪念黑天和罗陀的节日。在这个节日里，人们互相抛洒红粉和泼洒红水取乐，故名洒红节。

了。然而，事实并非如此。在他那微笑、目光和绽开的嘴唇上，还流露着脉脉柔情和无限爱意。因此，我是个失败者。我意识到自己的失败，才加倍觉得自己是世界上最幸福的人。他简直成了那个一触到自己的身体就变成灰烬的大仙①了。

考验期结束了。我深深地爱上了我的丈夫。我暗暗下了决心：考验期过了之后，即使他打我赶我走，我也不走了。在他认出了我之后，即便不肯收留我做他的妻子，即使像姘妇一样留在他的身边，我也甘心情愿。既然我找到了自己的丈夫，也就不怕人家耻笑了。然而，如果我命中注定不是这样呢？由于有这种忧虑，我常常流眼泪。

但是，我已经意识到，我丈夫的翅膀已经受伤，他再也没有力量飞走了。他把自己所有爱的圣油都浇注在爱情的火焰上了。他现在丢下其他事情不管，整天只是望着我的脸。我在忙着家务事，而他却像小孩似的跟着我转来转去。从他的每一个举动中，我都察觉到他那无法克制的心潮，但是只要我做出一个手势，他就会平静下来。有时，他竟抚摸着我的腿哭泣着说："这八天我一切都听你的，只求你不要离开我。"我感觉得到，如果我离开，他会十分痛苦的。

八天过去了。考验期结束了。简单地说，我们俩是分不开了。他把我当成妓女，这我也忍了。因为我意识到，我已经成了拴在大象腿上的一条锁链。

第十七章 绞刑后的调查

我们在加尔各答幸福而愉快地度过了一些日子。后来有一天，我发现我丈夫手拿着一封信，忧心忡忡地坐在那里。我问他："为什么这样伤心？"

---

① 这里指爱神。

"家里来信了，催我回去。"他回答说。

我忽然失口说道："那我怎么办呢？"我说着就瘫在地上了，两眼不住地滴着泪水。

我丈夫亲切地握着我的手，把我扶了起来。他一边吻着我，一边为我拭去了眼泪。他说："这个问题，我也想过。我不能丢下你就走。"

"你带我回去，怎么向人家解释呢？又让我住在哪里呢？"我又问道。

"我也在这样想。"我丈夫继续说，"你不住在城市，可以住到乡下。然而，不论你到什么地方，不让别人知道是可以的，但是又怎么能瞒过我父母呢？"

"你不走不行吗？"我问他。

"不走不行。"他说。

我又问道："你什么时候可以回来？如果很快能回来，就让我住在这里好了。"

他说："不能指望我很快回来。我们不常来加尔各答。"

"你走吧，我不想成为你的累赘。"说着我就哭起来，"就让我听天由命吧。"

"要是看不到你，我会发疯的。"我丈夫感叹地说。

我对他说："你知道，我不是你的合法妻子（我丈夫听了这话颤抖了一下），我没有权利向你提出要求。现在就让我们告别吧……"

他没有让我继续讲下去，他说："今天就不要再谈这件事了。现在让我来想一想。等我想好以后，明天再告诉你。"

晚上，他给罗蒙先生写了一封信，请他到这里来。他在信中写道："我有一件秘密的事情，请你立即到我这里来一下。你不到这里来没法讲。"

罗蒙先生来了。我站在门后偷偷地听着他们的谈话。我丈夫说："你们那个年轻的女厨师叫什么名字？"

"库姆蒂妮。"罗蒙说。

"她家住在哪里?"吴潘德罗问道。

"现在我不能讲。"

"是有夫之妇还是寡妇?"

"她有丈夫。"

"您认识她的丈夫?"

"认识。"

"他是谁?"

"现在我无权奉告。"

"为什么?难道有什么秘密吗?"

"有。"

"她是从什么地方被雇请来的?"

"是我妻子从她姨母那里带来的。"

"算了,不谈这些了。她的品行怎么样?"

"无可非议。不过她有时挑逗我们那位年老的女厨师。除此之外,没有任何毛病。"罗蒙回答说。

"我是问,她在作风方面有什么问题没有。"吴潘德罗解释说。

"这样举止庄重的女人是很少有的。"罗蒙先生说。

"那么,您为什么不告诉我,她家住在哪里?"

"我没有权利告诉你。"

"她丈夫的家住在哪里?"

"我不能回答。"

"她丈夫还活着?"

"还活着。"

"您认识她的丈夫?"

"认识。"

"这个女人现在在哪里?"

"就在您这里。"

我丈夫大吃一惊。他很惊愕地问:"您是怎么知道的?"

罗先生说:"我无可奉告。您的审讯结束了吧?"

"结束了。不过,您为什么不问问,我为什么向您提出这些问题?"

罗先生说:"由于两个原因,我没有问。第一,我即使问了,您也不会说,是不是?"

"是的。第二个原因呢?"

罗先生回答说:"我已经知道,您为什么要问这些问题。"

"您已经知道了!请说说看。"

"这我也不能说。"

"好吧。看来这一切您都知道。请您说说看,我的愿望能否实现?"

"完全可能实现。不过,您要问问库姆蒂妮。"罗先生回答。

吴潘德罗说:"我还有一个请求:请您把所了解的有关库姆蒂妮的一切情况都写在纸上,并且签上您的名字。"

罗先生回答说:"可以。但是有一个条件。我写了之后封好,交给库姆蒂妮保存。您现在不能看。等您回到家乡之后再看。同意吗?"

我丈夫想了好一会儿,然后说:"我同意。这么说,您答应了我的要求?"

"我答应。"罗先生说。

他们又谈了一些别的事,罗先生就走了。我丈夫回到了我的房间。

我问他:"你为什么要问这些问题?"

"你都听到了?"他反问我。

"是的,我都听到了。"我说,"我知道,我毁了你,自己也被判处了绞刑。判处绞刑之后,再进行调查,这还有什么意义呢?"

他回答说:"按照现行法律这是可以的。"

第十八章　弥天大谎

那整天,我丈夫陷入了沉思。他没有和我更多地交谈。一看见我,他就盯着我的脸出神。我比他想得更多。但是当我看到他那焦虑的神态，心里很同情他。我抑制着自己的悲痛，想尽量使他高兴。我编了各种花环，扎了花束，做了各种蒟酱叶，准备了各种可口的食物。我自己在哭泣，但是我却忍痛为他讲述各种有趣的事。我丈夫是个商人，他最热爱自己的职业，因此我就和他谈论商业方面的事情——我是霍尔莫洪·多托的女儿，对商业并不是一窍不通。然而，这一切并没有使他高兴。这就更增加了我的痛苦。

第二天早晨，洗过澡之后，我们在用早点。我丈夫坐在我身边，对我说："我想问你几个问题，你能不能如实回答我？"

我当时想起了他询问罗蒙先生的情景，就回答说："我要说的可都是实话，不过，我不能回答你提出的全部问题。"

他问道："我听说你丈夫还活着。你能不能把他的名字和住址告诉我？"

"现在不能。过几天吧。"我说。

"现在他在哪里？能讲吗？"我丈夫又问我。

"加尔各答。"

我丈夫十分惊讶，他说："你在加尔各答，你丈夫也在加尔各答！那你为什么不住到他那里去呢？"

"他不认识我。"我解释说。

读者们，你们看，我说的都是实话吧。但是我丈夫听了我的回答却十分惊诧。他说："丈夫不认识妻子？这真是天大的怪事。"

"难道这不可能吗？你不就是这样吗？"我反问他。

他有些难为情地说："那是因为我发生了不幸。"

"不幸的事情，谁都可能遇到。"我说。

"将来他会不会对你提出要求？"他又问。

"这就在我了。"我继续说，"不过，我如果把我的情况都告诉他，还不知道他会怎么说呢。"

他说："我把一切都告诉你。我知道，你是个聪明伶俐的女人。请你给我出个主意。"

"你说说看。"

"我必须回家去。"

印蒂拉

"这我知道。"

"我回去之后,不能很快回来。"

"这我也听你说过。"

"我不能把你丢开回家,那样我会由于想你而死去。"

我高兴得心都要跳出来了,但是我还是假装不相信的样子,笑着对他说:"那太可惜了!难道撒下粮食还愁招不来乌鸦吗?"

他说:"乌鸦是不理解杜鹃的苦衷的。我准备把你带走。"

"你准备让我住在哪里呢?又怎么向人们解释呢?"我又问他。

我丈夫说:"只好撒谎。昨天我一整天都在想这件事,甚至没有同你说一句话。"

"你就说,'这是印蒂拉。我在拉姆拉姆·多托的家里找到了她。'"我对丈夫说。

"真见鬼啦!你究竟是谁?"我丈夫惊呆了。他抬起头,直愣愣地望着我的脸。

"你怎么啦?"我问他。

"你怎么会知道印蒂拉这个名字?隐藏在我内心深处的想法,你怎么会知道?你是人呢?还是妖?"

"是人还是妖,以后我再告诉你。现在我要反问你,你要如实回答。"

他怯生生地说:"你讲吧。"

"有一次,你曾经对我说过,即使找到你的妻子,你也不会再收留她,因为她被强盗抓走过,她已经失去了她的种姓。那么,你把我当作印蒂拉带回去,难道就不担心这一点吗?"

"怎么不担心?当然担心。"他继续说,"但是,种姓的问题并不是生死攸关的问题,而现在的问题已经关系到我的生命——究竟是生命重要,还是种姓重要?失掉种姓并不怎么可怕,而且谁也没有说印蒂拉已经失去了种姓。在黑湖抢劫的那伙强盗都被捕了。他们供认:只是抢走了印蒂拉的首饰,然后就把她放了。可惜,没有人知道她的近况,也不知道现在她在哪里。如果找到了她,可以很容易地编造出关于她清白的故事来。我深信,罗蒙先生写的信对我们是会有帮助的。万一村里人说什么闲话，社会上有什么议论，也会设法使其平息下来。我们有钱——有钱就可以堵住所有人的嘴。"

我又问他："如果这个危难过去了，那你还担心什么？"

"担心你会被识破。一旦人们知道，你不是真印蒂拉，怎么办呢？"

我说："在你们家里，谁也不认识我，谁也不认识真的印蒂拉，因为你们只见过印蒂拉一面，那时她还是个小姑娘。我怎么会被识破呢？"

"从言谈话语中，你可能被识破。一个新来的人冒充另一个大家了解的人，是很容易被识破的。"我丈夫说。

"那就请你教一教我吧，你看我应当怎么做？"我对他说。

"这我想过，但是把一切都教给你是不可能的。你想，如果你谈论我没有嘱咐过你的事情，那你就可能被识破。你再想一想，如果印蒂拉回来了，在辨别你们真假的时候，一旦问起往事，你也会被识破。"

我笑了。在这种场合是无法不笑的。但是，现在把一切真实情况都告诉他，还不到时候。我笑着对他说："谁也识不破我。你问过我是人还是妖。我不是人（他听了这话浑身颤抖了一下），我是什么——以后再告诉你，现在我只想说，没人能识破我。"

我丈夫惊愕了。他是个精明能干的人。不然的话，他不可能在如此短的时间赚了那么多钱。读者大概觉察到了。从外表看，他这个人好像冷若冰霜，但是，他其实很温柔、善良和富有同情心。他没有受过高等教育，在这一点上，他与罗先生以及这里的一些小伙子不同。因此，他对神仙上帝是相当虔诚的。他曾经漫游全国各地，听说过各种妖魔鬼怪的事，所以对这一切多少有一点儿相信。这时，他想起了自己如何被我迷住，又想起我那非凡的智慧，以及他无法理解的一切。因此，我说我不是人，他是有点相信的。他有些惊恐。但是，他不一会儿就以自己的智力打破了迷信，他说："好吧，我看看你是什么样的妖精，请你回答我的问话。"

印蒂拉

"你问吧。"我对他说。

"你知道我妻子叫印蒂拉。那么,她父亲的名字呢?"

"霍尔莫洪·多托。"

"他家住在哪里?"

"莫赫什普尔。"

"你到底是谁?"他又一次追问我。

"我已经说过,这以后再告诉你。反正我不是人。"

"你说过,你娘家住在黑湖附近。住在黑湖附近的人了解这些情况是可能的。你说说看,霍尔莫洪·多托家的正门是朝着哪个方向开的?"

"朝南。在大门的两侧还有两个石雕的狮子。"

"他有几个儿子?"

"一个。"

"叫什么名字?"

"博松托·库马尔。"

"他有几个姐妹?"

"你结婚的时候有两个。"

"她们都叫什么名字?"

"印蒂拉和卡米妮。"

"她家附近有池塘吗?"

"有啊,名叫仙女湖。那里长着很多荷花。"

"说得对,我都亲眼见过了。你一定什么时候到过莫赫什普尔,它什么样子,你当然也知道。还有几个问题,你说说看。印蒂拉结婚的时候,是在什么地方举行的送亲仪式?"

"在祈祷室的西北角。"

"谁主持的送亲仪式?"

"印蒂拉的叔叔克里什诺莫洪·多托。"

"在新婚典礼上,有一个人使劲地揪了我的耳朵。至今我还记得,你说说看,她叫什么名字?"

"宾杜大妈——大大的眼睛,红红的嘴唇,鼻子上戴着鼻饰。"

"说得对,看来,我们结婚那天你也在场。你是她们的亲戚吧?"

"她们家的亲戚、女仆、女厨师不可能知道这些事情,这你就不必问了。"我回答说。

"印蒂拉是什么时候结的婚?"

"是那一年的阴历二月二十七,即望月的第十三天。"

他默默地想了一会儿,然后说:"你不要吓唬我,我再问你两个问题。"

"我不吓唬你。你说吧。"

"结婚那天,大家走了之后,在新房里我悄悄地问了印蒂拉一句话,她也回答了我。你说说看,我们说了些什么?"

我没有立即回答。因为想起了那些话,我的眼睛里就涌出了泪水。我尽量克制自己。他说:"这次看来你现原形了!原来你不是妖精。我得救了。"

我强忍住泪水,说道:"你问印蒂拉:'你说说看,从今天起我们俩是什么关系。'印蒂拉回答说:'从今天起你就成了我的上帝,我就是你的奴仆。'这就是你们俩的谈话。你还想问什么?"

"我不敢再问你了。我觉得我要失去理智了。不过,你再说说看:在新婚之夜,印蒂拉开玩笑时骂了我,而我给了她一点惩罚。我们当时说了些什么?"

"你用一只手拉着印蒂拉的手,另一只手搭在她的肩上,问她:'印蒂拉,你说说看,我是你的什么人?'印蒂拉回答说:'听说,你是我小姑子的未婚夫。'你轻轻地拍了一下她的脸蛋儿,以示惩罚。当你看到她显得有些尴尬的时候,你就吻了她。"我讲着讲着,好像有股甘美的泉水注入了我的全身。这是我有生以来第一次被别人吻。后来,苏帕什妮曾经用玉液般的甘露浇灌过我那干渴欲裂的心田。

我正在回忆着这些往事,忽然发现,我丈夫慢慢地把头放在枕头上,合上了眼睛。

我问他:"你还有什么要问的吗?"

印蒂拉

他回答说:"没有了。你要不是印蒂拉,就是个妖精。"

第十九章 智慧仙女

我觉得,现在我可以很自然地把我的一切情况都告诉我丈夫了。他也猜到我是谁了。但是,我还有一点疑虑,因此,我决定先不告诉他。我对他说:"现在让我来自我介绍一下吧。我是爱神的化身。在难近母①的庙里,我就立在她的一侧。人们认为我们是魔鬼,其实我们不是魔鬼,我们是智慧仙女。因为我触犯了难近母的清规戒律,她就把我贬下凡尘,让我投胎为人。后来,她又念起咒语,把我变成了厨子和妓女。所有这一切都是命中注定的。现在,我从诅咒中获得解脱的时候已经到了。由于我的祝福,难近母已经息怒,她传下圣谕:只要我到她的庙堂里去朝觐,我就会获得解脱。"

"神庙在哪里?"他问我。

"难近母的神庙就在莫赫什普尔——在你岳父家的北面。"我回答说,"那座庙也是他家的祈祷室。从他家的后门到那里,有一条小路相通。走吧,我们到莫赫什普尔去吧。"

他想了一下,说道:"可能,你就是我的印蒂拉。如果库姆蒂妮就是印蒂拉,那该多好啊!如果能那样,我就是世界上最幸福的人了。"

"到了莫赫什普尔,你就会知道,我是谁了。"

他说:"那么,我们就走吧。明天我们就动身离开这里。过了黑湖,我就派人把你送回莫赫什普尔,然后我先回家去。在家里住一两天,我就去莫赫什普尔。我双手合十地向你乞求:你是印蒂拉也罢,库姆蒂妮也罢,智慧仙女也罢,反正你不要离开我。"

---

① 印度古代神话中的女神,也译杜尔伽女神,湿婆的妻子,又称迦梨女神。

"绝对不会的。由于女神的恩典，我一旦从诅咒中获得解脱，一定会和你在一起的。对于我来说，你比我的生命还要珍贵。"

"你这话可不像妖精说的。"说着他就出去了，因为有人来了。来人不是别人，正是罗蒙先生。罗蒙先生在我丈夫陪同下，来到了内室。他把一个缝好的锦囊交给我，并且嘱咐我那句他曾经对我丈夫讲过的话："这锦囊由你保存，到了家里，再打开让你丈夫看。"

最后，罗蒙先生问我："你还有什么话要我转告苏帕什妮吗？"

我说："请您告诉她，明天我就到莫赫什普尔去了。到了那里，我就可以从诅咒中解脱出来。"

我丈夫问他："所有这一切，你们夫妻俩都了解？"

狡黠的罗蒙先生回答道："我不了解，但是我妻子苏帕什妮都了解。"

我们送罗蒙先生到了门外，我丈夫问他："你相信不相信，世界上存在着妖魔鬼怪和智慧仙女之类的东西？"

罗蒙先生意识到，他这是说笑话，就回答说："我相信。苏帕什妮说，库姆蒂妮就是个被诅咒的智慧仙女。"

我丈夫说："她是库姆蒂妮，还是印蒂拉？您回去好好问问您的妻子。"

罗蒙先生没有停步，笑吟吟地走了。

第二十章　智慧仙女消失了

在那次谈话之后的第二天，我们两个人就离开了加尔各答。我丈夫把我送过那个倒霉的黑湖之后，就回自己家去了。

几个随行的人员把我送到了莫赫什普尔。在村外，我让轿夫和保镖停了下来，我一个人步行进了村子。当我看见我家房子的时候，我就坐在一处僻静的地方哭了起来。后来我才走进自己的家。见了我的父亲，我行了大礼。父亲认出我之后，高兴得不知道如何是好。全家那种高兴的劲儿，我简直无法形容。

我只字没提，这些天我是在哪儿度过的，又是怎么回来的。当我的父母问起的时候，我只是说："以后再说。"

不过，后来我也没有把一切情况都告诉我的父母，我只是大概地告诉他们：近来我一直和我的丈夫生活在一起，这次就是从我丈夫那里来的，并且一两天内他将来这里。但是，我把我的一切情况都详详细细地告诉了卡米妮。卡米妮比我小两岁。她很喜欢开玩笑。她对我说："姐姐，我这个姐夫竟然如此这般，跟他开个玩笑好不好？"

我说："好哇，我也有这个想法。"

当时，我们姐俩商量了一下，然后向家里所有人都做了交代，并且把我们的想法也告诉了我们的父母。卡米妮向家里交代说："不要公开宣称现在已经找到印蒂拉了，一切都由我来安排。他来的时候，大家不要说印蒂拉已经回家了。"

次日，我丈夫真的来了。我父母相当热情地接待了他。他在外边没有听说我回来的消息，而且也不好意思问别人。他在内室吃晚饭的时候，十分忧悒不安。

吃晚饭的时候，我并没有露面，只有卡米妮和几个叔伯弟弟、妹妹陪着他。当时天色已晚。卡米妮问了他许多问题，他都心不在焉地回答了。我站在门后，一边看着他，一边听着他们的谈话。最后，他问卡米妮："你姐姐在哪里？"

卡米妮深深地叹了一口气，说："我怎么知道她在哪里？自从在黑湖发生了那不幸的事情之后，直到现在一点音信都没有。"

他的脸上现出了郁郁不乐的神色，再也没有说什么。看来，他是在想，他再也见不到自己的库姆蒂妮了。因此，他的眼里涌出了泪水。

他忍住眼泪，又问道："有一个叫库姆蒂妮的女人来过没有？"

卡米妮回答说："我不认识库姆蒂妮是谁。但是，前天，的确有一个女人坐着轿子来过。她到难近母的神庙里祭拜了女神。当时，发生了一件令人吃惊的事情。那个女人手执方天戟，在熊熊大火中升上了天空，不一会儿就不见了。"

我丈夫不再吃东西了。他洗了手，双手抱着头，坐在那里。过了一会儿，他才说："我可以看看库姆蒂妮消失的地方吗？"

"当然可以啰。不过，天已经黑了，我去拿支蜡烛来。"卡米妮说完就来到了我的面前，悄悄地对我说："你先去吧。随后我拿着蜡烛灯笼，把吴潘德罗领来。"我先到庙里，坐在供台上。卡米妮提着灯笼，从我家的后门出来，沿着一条小路把我丈夫领到庙里。他进了庙门之后，就跪在我的脚下，连声呼喊着："库姆蒂妮呀，库姆蒂妮！你要是来了，千万不要再离开我了！"他这样三番五次地呼喊着，卡米妮装出生气的样子说："走吧，姐姐，你快升天吧！这小子只认识库姆蒂妮，而不认识你。"

"姐姐？你姐姐是谁？"他很激动地问道。

卡米妮没有好气地说："我姐姐是印蒂拉。怎么，你从来没有听说过这个名字？"调皮的卡米妮说完之后，吹灭了蜡烛，拉着我的手就往回跑。我们跑得很快。我丈夫稍稍恢复了一点儿理智之后，也跟着我们跑了起来。但是，当时四周一片漆黑，他对这里的路又不熟，一不小心就绊在门槛上，摔了一跤。幸好我们就在他旁边，把他扶了起来。卡米妮小声对他说："我们是智慧仙女，是专为保护你而来的。"说着，我们就把他带到了我的卧室。当时房间里亮着灯火。在灯光下，他看到我们就问："这是怎么回事儿？这不是卡米妮和库姆蒂妮吗？"卡米蒂妮生气地说："真是个可怜虫！你这么笨，怎么能发财呢？大概是用铁锹挖出财宝的吧？这不是库姆蒂妮，是印蒂拉！印蒂拉！印蒂拉！是你的夫人！你怎么连自己的夫人都不认识呢？"

这时，我丈夫高兴得不得了，他把我拉到他的怀里，又把卡米妮也拉到自己怀里。卡米妮朝他的脸蛋儿上轻轻地打了一下，笑嘻嘻地逃走了。

这一天，我们那种喜悦的心情，是无法用语言来形容的。家里顿时热闹起来。这一天夜里，卡米妮和我丈夫进行过近百次舌战，结果每次都以我丈夫的失败而告终。

印蒂拉

第二十一章　当时的习俗

我把在黑湖发生抢劫事件之后所遭到的种种不幸，都讲给我丈夫听。我还向他讲述了罗蒙先生和苏帕什妮是如何设计把他叫到加尔各答来的。我丈夫听了有点儿生气地说："这样来回折腾我，有什么必要呢？"我又向他说明，这样做为什么是必要的。我丈夫听了我的解释是满意的，但是，卡米妮却很不高兴，她说："我们并没有让你围绕着榨油机转呀，怎么能说来回折腾你呢？都是姐姐不好，把一切都告诉你了。你要是再调皮，我们就不要你了！你这个家伙，既然逃不出我们的手掌心，为什么还要这样傲气十足呢？"

"我当时不理解嘛！难道能一下子就了解你们女人吗？"吴先生辩解说。

卡米妮说："上帝是没有给你这种本领。你没听到伶工们在巡回演出时唱道：

白牛对黑天说，谁认识你哟！
我只认识贾木纳河岸的青草。
我听着竹笛把你的足迹寻找。
牛怎么会知道，雷电、霹雳和赶牛棒这三宝①？

我再也忍不住了，就哈哈大笑起来。我丈夫又尴尬地对卡米妮说："好妹妹，你不要发火。你既然表演过了，我就奖给你一把蒟酱叶。"

"哎哟，姐姐！你看，我姐夫多么小气呀！"

"他怎么小气了？"我问卡米妮。

---

① 这里讲的是关于印度神话中黑天的故事，他出生在牧民之家，一生下来，他的脚后跟就带有类似雷电、霹雳、赶牛棒的图形。童年时代他与牧女经常戏耍，特别是他与牧女罗陀的爱情故事，在孟加拉是家喻户晓的。

"这位先生有一罐蒟酱叶，可他只给我一小把儿。这不是很小气吗？"卡米妮接着对我说，"你还应当做一件好事，就是让他经常为你行触脚大礼。这样一来，他的手就可能会变得大方一点。"

"我怎么好让他给我行触脚礼呢？他是我的丈夫，是我的命运之神呀。"我解释说。

"他什么时候变成神了？如果丈夫是神，那么，这些天来他早就该成为半个神了。"卡米妮反驳道。

"他的智慧仙女消失的时候，他就变成神了。"我回答说。

卡米妮说："啊哈，你虽然想掌握抢劫技术，可是结果你并没有掌握。我的朋友，最好你还是不要掌握那种技术。如果那种技术掌握得多了，你自己反而会被捉住的。"

"卡米妮，你太过分了。到头来，什么抢劫、小气的帽子都扣到他的头上了。"我对妹妹说。

"这怎么是我的错呢？我的这位朋友先生在粮食供给部门工作期间，就曾经盗窃过嘛。他还小气——在分配粮食的时候，他十分小气抠门儿。"

"说吧，孩子！童话胜过甘露。"吴先生引用梵语格言说。

卡米妮也用梵语词尾的语句说道："当然了。你要是得罪了智慧仙女，就会失去理智。我一到这里来，妈妈就会叫我回去。"

也凑巧，就在这时候，母亲把妹妹叫走了。

卡米妮从母亲那里一回来，就说："你们猜猜看，妈妈为什么把我叫了去？你们必须再住两天。如果你们不愿意，那么，就强制你们留下来。"

我和丈夫对望了一眼。

卡米妮问："你们俩互相看什么？"

"我们在考虑。"我丈夫说。

"回到你们自己家里再考虑吧。"卡米妮仍然模仿着梵语词尾说，"这两天，在这里，你们俩就尽情地吃喝、玩乐、戏闹、唱跳吧。"

"卡米妮，你来跳个舞好不好？"我丈夫说。

印蒂拉

"去你的吧!为什么要我跳舞?难道我戴上了新婚的镣铐?应该是你来跳舞。"卡米妮咄咄逼人地说。

吴先生说:"我来这里之前,已经跳过多次了,而且以后还不知要跳多少次。现在你来跳一个吧。"

"这么说,你同意多住几天了?"卡米妮问道。

"我同意。"吴先生回答说。

我丈夫同意多住几天,并不是为了欣赏卡米妮跳舞,而是出于对我父母的尊敬。这一天,我们过得十分快活。邻居的女人们成群结队地来贺喜了。傍晚,她们围着我丈夫坐成一圈儿,举行了新婚晚会,晚会是在一个很大的房子里举行的。

多少女人来参加了那个晚会?我数不清。有多少双含情脉脉的、繁星般的、秀丽的眼睛,犹如明净的湖水中鳞光闪闪的小鱼,在炯炯有神地转动;有多少黝黑的卷发,宛如雨季森林中卷曲而又蓬松的蔓藤,在迎风飘舞,又像是慑于黑天威力的一群黑蛇,在贾木纳河水中惊恐地游动;有多少只耳环和耳坠,好似云中的闪电,在漆黑如云的头发中间左右摆动;有多少双殷红的嘴唇,包含着一排排珍珠般洁白的牙齿;由于嘴里咀嚼清香的蒟酱叶,下唇在不停地掀起蠕动之波。即使爱神陷入女人们的这种服饰的罗网,也只有放出神箭,才能解脱。无数匀称的、戴着各种手镯的腕臂,时而高高扬起,时而平缓放下,使得整个房间,光彩辉映,绚丽多姿,宛如一座微风吹拂、百花盛开、蔓藤丛生的花园。手镯的响声好似蜜蜂在飞鸣。有多少条项链、串珠、锦带和脚镯在闪闪发光!她们穿着各种纱丽,有迦尸、巴卢秋尔的,还有姆里贾普尔、达卡、尚蒂普尔、西姆拉、法拉什当加等地生产的;有丝织的、棉织的,有印花的、绣花的、条格的、方格的;有的女人用纱丽罩住整个颈部,有的只遮住一半,有的只盖上一点点,也有的整个脸部都裸露着。我丈夫曾经战胜过很多白人,因此,才赚回来不少钱;由于他的智力胜过不少将校军官,所以他才能获取他们的一部分盈利。然而,在这支美女的队伍面前,他倒显得畏缩、胆怯。女人们的炯炯目光犹如炮火;漆黑而动人的秀发犹如火炮的浓烟;各种首饰的叮当声，宛如武器的碰撞声；她们的脚掌边缘涂了胭脂红，脚镯声代替了胜利的鼓声。即使是猎鸢的勇士，看到这种场面也会目瞪口呆。我丈夫看见我站在门边，就打手势让我奔赴这可怕的战场，去保卫他。然而，我并没有在这场战斗中援助他，相反，我就像锡克军队的统帅①一样，出卖了他。

我知道，在这种新婚晚会上，人们总会做出很多无聊的举动。因此，我和卡米妮都没有进屋。我们俩都站在外边，只是偶尔从门外朝里边偷看几眼。既然在这样的晚会上会发生无聊的举动，那么，你为什么还要如此详细地描写这次聚会呢？我对此的回答是：我是印度女人。按照我们印度的习俗，所有这些都是无聊的。但是，现在风行的是英国的习俗，按照英国人的习俗，这种晚会并没有任何值得非议的地方。

我已经说过，我和卡米妮两个人暗中在注视着这次聚会。我们看到，邻居贾木娜大婶是这个晚会的主持人，她坐在很显眼的地方。她有四十五岁开外了，皮肤黝黑，相貌可亲；一双小小的眼睛，半睁似合；厚墩墩的一双嘴唇，湿润丰满；穿戴华丽，脚掌边缘涂染了烟脂。她黑里透红，就好像是掉在贾木纳河水中的一朵月季花，她那蓬松的头发也十分动人。我丈夫看到她那种不同寻常的身段和装束，诙谐地称她为"河貌乳牛"。秣菟罗的居民称贾木纳河为黑天的"河貌乳牛"，我丈夫取此意来同她开玩笑。贾木娜大婶从来没有到过秣菟罗，所以，不了解这种比喻，也不知道"乳牛"这个词的含义。她认为，乳牛的意思就是母牛，并且因为我丈夫把她与这种畜生相比而大为恼火。为了报复，她当着我丈夫的面，管我叫母牛。当时，我从门外探进头来，问她："贾木娜大婶，你说什么？"

贾木娜大婶指着我说："我说你是一头母牛。"

"你为什么管我叫母牛？"我问她。

---

① 这里指英国—锡克战争（1845～1846）中锡克军队的统帅特吉·辛格。由于他的背叛，英国人取得了胜利。

印蒂拉

卡米妮站在我身边，插嘴说："贾木娜大婶，你把喉咙都喊哑了，快喝口水吧！"

卡米妮的话逗得大家哄然大笑。在人们的笑声中，这个晚会的主持人也消了气，她对卡米妮大声嚷道："一个小姑娘家，你管这些闲事儿干什么？"

卡米妮说："谁不知道，你总是把核桃、栗子一起数啊。"

卡米妮话音刚落，就跑掉了。我也跑了出去。我们再回来的时候，看见我们的邻居皮雅丽奶奶也来了。她属于医生种姓。年纪有六十五岁左右。她孀居已经有二十五年。今天，她全身佩戴着首饰，穿着裙子，打扮得简直就像罗陀①一样。她一边在女人们中间寻找我丈夫，一边唠唠叨叨地说："黑天在哪儿？黑天在哪儿？"

我问她："老奶奶，你在找什么？"

她说："我在找黑天。"

卡米妮对她说："你到牧民家里去找他吧。这是录事种姓之家。"

"我就是要在录事种姓之家会见黑天。"这位喜欢说笑的老人回答说。

"老奶奶，莫非你和所有种姓的人都结过婚吗？"卡米妮毫不退让。

曾经有一个时期，皮雅丽老太太是属于制油者种姓，因而名声不好。所以，她听到这话就像掉进油锅里的茄子，立刻鼓胀起来，并且开始咒骂卡米妮。为了使她平静下来，我指着贾木娜大婶，对她说："请不要生气。你的黑天跳到这贾木纳河里去了。来吧，让我们俩儿站在这河岸上哭他吧。"

贾木娜大婶这次同样不理解"河岸"这个词的含义，就像不理解"乳牛"的意思一样。她认为，我是用黑天在贾木纳河边游荡的故事来影射她的贞节。她愕然地问道："这河岸是什么意思？"

我还想继续和她开玩笑，因此就说："在那里，贾木纳的河水

---

① 印度古代传说中的美女。她与黑天的爱情故事是中世纪孟加拉文学作品的主要题材。

昼夜流淌，在布林达森林①人们就称这种地方为河岸。"

我说"流淌"又惹了祸——贾木娜大婶什么都不懂，她气呼呼地说："你说的流淌呀，河岸呀，布林达森林呀，我都一概不懂。这些粗野的话，你大概是从强盗那里学来的吧？"

参加这个晚会的，还有一个名叫龙格莫伊的姑娘，她和我同龄。这时，她插嘴说："贾木娜大婶，你为什么这样激动呢？'河岸'的意思就是指河边上的高地。你那河的两边就没有高地吗？"

贾木娜的嫂子——琼秋拉头上盖着纱巾，坐在她的后边。她柔声细语地说："她若是有这样一处河岸，那我们就不愁了，我们心里就亮堂多了，可是现在只有浑黑的贾木纳河在哗哗地流淌呀。"

"你们为什么老想把贾木娜大婶往河边高地上推呢？"卡米妮问道。

"我的天呐！她都六十多岁了，还问为什么呢！"琼秋拉继续说，"我要跪倒在她哥哥的脚下，请求他把我这位小姑子安置在野外的火化场上。"

"这两种地方有什么不同？"龙格莫伊问。

"安置在野外火化场对豺狼和野狗有利。河边高地是黄牛和水牛经常走动的地方。安放在那里，对黄牛和水牛毫无意义。"琼秋拉在提到水牛这个词的时候，撩起纱巾，笑眯眯地望了她小姑子一眼。

贾木娜说："再重复一百次，我也不喜欢这个字眼儿。谁喜欢水牛，就让她唠叨'水牛'一百次好了。"

皮雅丽老奶奶有点聋，没听清楚贾木娜说的话。因此，她问道："又提起水牛干什么？"

"我听说，有一个国家的制油者使用水牛来榨油。"卡米妮说完，就跑出去了。我觉得，当着皮雅丽奶奶的面反复提到制油者不太好。但是，卡米妮看不上那种爱争吵的人，所以总想寻找机

---

① 印度古代传说中的一个圣地。在那里黑天借助神力造出一片森林。他经常在这座密林中与罗陀幽会游乐。

会刺激她。皮雅丽奶奶气呼呼地望着卡米妮消失在黑暗中的背影，没有再说什么。她在我丈夫的身边坐下。这时，我就召唤卡米妮："卡米妮，你来看呀，皮雅丽奶奶这回可找到黑天啦。"

"她早就找到了。"卡米妮站在远处回答说。

这时候传来一阵吵闹声。我仔细一听——原来是我丈夫的声音。他正在用印地语责骂一个人。我们走过去一看，发现一个留着大胡子的莫卧儿王朝时代的人走进屋里，吴先生正在驱赶他，但是这个莫卧儿人就是不肯走。这时候，卡米妮站在门外嚷道："姐夫先生！你一点儿劲儿都没有？"

"怎么没有呢？"我丈夫说。

"那你为什么不给他一个嘴巴呢？"

这个莫卧儿人听卡米妮这么一说，撒腿就跑。当他跑过来的时候，我一把抓住他的胡须——这把假胡须就这样落到了我的手里。

"真糟糕！你怎么和这样一个傻瓜一起生活？"这个莫卧儿人一边说着，就一边跑了。我将这把胡须送给了贾木娜大婶。

"这是怎么回事儿？"我丈夫问。

"还问怎么回事儿！你戴上这把假胡须，用四条腿爬到林中草地上去吧。"卡米妮说。

"这么说，莫卧儿人不是真的了？"我丈夫又问。

"谁敢这么说呀！尊贵的奥依格莫黑妮女士怎么能不是真的呢？她是真正的德里产品。"卡米妮风趣地说。

她的话又引起一阵哄堂大笑。我有点扫兴，于是就走了出去。就在这个时候，我们的邻居——布罗久孙多丽·达什穿着一件破旧的衣服，怀里抱着个孩子，走到我丈夫面前，伤心地哭诉起来："我很穷，都快要饿死了，没有钱养活这孩子。可怜可怜我吧。"我丈夫给了她一些钱。我和卡米妮立在门两旁。当她走过来的时候，卡米妮对她说："乞丐姐姐，你从这位大人那里获得了一些施舍，请分一点给守门人吧！"

"谁是守门人呀?"布罗久孙多丽问。

"就是我们俩呗。"卡米妮回答说。

"你们想分多少?"布罗久孙多丽又问道。

"你得了多少?"卡米妮反问她。

"十个卢比。"布罗久孙多丽说。

"那么,你就给我们每人八个卢比吧。"卡米妮说。

"收入不错嘛。"布罗久孙多丽说。

卡米妮继续说:"只靠这位大人的施舍怎么能行呢?有时也应当从自己的腰包里拿出一点儿来嘛。"

布罗久孙多丽是一个有钱人的妻子。她立即掏出十六个卢比,给了我们。我们把这十六个卢比交给了贾木娜大婶,并且对她说:"你们用这钱买些糖果吃吧。"

我丈夫问:"这是怎么回事?"

布罗久孙多丽把孩子送回去后,换上了一身漂亮的迦尸纱丽,又回来了。她的出现又引起一阵哄堂大笑。

"这是演戏吗?"我丈夫问道。

"当然是喽!你没看见,有的人在演出'黑天征讨迦利耶蛇妖①',有的人在演出'洗刷污点',有的人在演出'秣菟罗幽会',而有的人只演逃跑。"贾木娜大婶回答说。

"谁只演'逃跑'?"吴先生又问。

"卡米妮呗!她只演'逃跑'。"贾木娜又说。

卡米妮那尖辛刻薄的话语曾经惹火了大家,后来她为大伙分发蒟酱叶、鲜花、香水,又赢得了大伙的欢心。这次大家一齐抓住了她,并且问她:"你怎么老是逃跑?"

卡米妮说:"我再不跑了。但是,你们不要以为我是怕你们。"

我丈夫对她说:"卡米妮妹妹!我和你谈的事儿,你还记

---

① 印度神话传说中关于黑天的一个故事:百首蛇王迦利耶生活在贾木纳河中。有一次,黑天跳进河里洗澡,迦利耶缠住了他的身体。黑天一脚踢碎了蛇王中间那颗头,从而战胜了蛇王,治服了群蛇。

得吗？"

"什么事儿，姐夫先生？"

"你答应过要跳舞的。"

"我已经跳过了。"

"你什么时候跳过的？"

"中午。"

"你在哪儿跳的？"

"在我的房间里，关起门来跳的。"

"谁看见了？"

"没人看见。"

"你可不是这样答应的呀。"

"我也没答应穿上舞衣在你面前跳舞呀。我答应要跳舞，我已经跳过。我的诺言兑现了。你们没看见，只能怪你们的运气不好。我怎么会为自己买枷锁呢？"

卡米妮虽然逃避了跳舞，但我丈夫却没能逃脱唱歌。大伙向我丈夫发出命令："你必须唱一支歌。"我丈夫在西部地区学过一点音乐。这次他唱了一首古典歌曲。这些"仙女"们听了之后都笑了。室内想起了一片赞美声："嗓音真好，简直就像达绍·拉伊①一样。"我丈夫并不擅长音乐。因此，这些仙女们最终还是不满意的。

这一夜就这样过去了。我本来不打算写这一章。然而，我以为，我国乡村妇女生活中的这种习俗现在已经消失了。消失了倒是件好事，因为这种习俗夹杂扎着一些淫秽、下流、丑陋的东西。我想把这些消失了的习俗记述下来。因此，还是决定写这一章。可是我并不知道，这种陋俗在很多地方并没有绝迹，还继续存在着。假如是这样的话，那么，那些不制止女人们去看新郎的人，就应该把眼睛睁得大大的，把耳朵掏得净净的。我之所以写了这一章，就是想提醒她们：既要钓到鱼，又不要弄湿鞋。

---

① 即达绍罗特·拉伊（1806~1857），孟加拉十九世纪的歌唱家和音乐家。

第二十二章 尾声

翌日，我和丈夫坐上轿子，动身回我婆家去了。和我丈夫同行，我总感到很幸福。这次我跟他一起回家，就更加感到幸福。多少天来，我一直怀着追求幸福的理想，而今天我的理想终于实现了。难道人们能以同样的态度对待诗歌和财富吗？显然，那些迷恋钱财并且真的发了财的人，对诗歌一定不感兴趣。他们对待诗歌和财富是不会一样的。这样的人会说，盛开着的鲜花是美丽的；折了下来，它就不那么美了。对他们来说，这就如同理想和幸福一样——一旦理想实现了，他们还能感到那么幸福吗？天空本来并不是蓝色的，只不过我们看见它是蓝色的而已。这就如同财富一样。财富并不等于幸福，只不过我们把它看成幸福罢了。诗歌才体现着幸福，因为诗歌反映着人们的理想，而财富只不过是一种享受，而且这种享受并不是每个人都能得到的。很多财主只是财富的保存者。难怪我的一个亲属把富人称作"金库的卫士"。

就这样，我满怀欣喜地出发到我婆家去了。这一次，我顺利地到达了目的地。我丈夫把事情的经过详详细细地对她父母讲了。罗蒙先生写的那封信也拆开了，信上讲的和我说的完全一样。我公婆很满意。村里人听到我的详细情况之后，也没有说三道四。

我一直十分想念苏帕什妮。我给她写了一封信，详细讲述了我后来的一切情况。根据我的要求，我丈夫寄给罗蒙先生五百卢比，请他转交给哈拉妮。很快，我就收到了苏帕什妮的回信。这封信给我带来了不少欢乐。虽然苏帕什妮和罗蒙先生都在信上署了名，但是，一读到这封信我就知道，信上的话语都是属于苏帕什妮的。她在信中讲述了家里所有人的情况。我抄录了下面几段。苏帕什妮写道："哈拉妮起初怎么也不肯收那笔钱。她说：'我要是收了，会增加我的贪欲。我做的这点好事是微不足道的。我怎么好要人家的钱呢？'我提醒她说：'你要是不吃我一扫帚，会干这种事吗？以后你是否还想挨我的扫帚？尽管你没做什么坏事儿，但是，我还得准备打你的嘴巴。既然你做了好事儿，那就收下这笔小费吧。'经过多次劝说，她才把钱收下，但是她当时立下了誓言，不得到关于你的消息，她决不再笑了。可是，现在家里人对她的笑声简直有点忍受不了啦！"

关于那位婆罗门女厨师的情况，苏帕什妮写道："你和你丈夫悄悄地走了之后，这位老太太就大吵大嚷地说：'我早就知道，她不是好人。像她那样的人没有正派的。我说过多次，你们不要收留这样品行不端的人。穷人的话，有谁肯听呢？大家只知道'库姆蒂妮''库姆蒂妮'地叫……后来，她听说，你是有钱人家的女儿，是一个财主的妻子，你不是和别人走了，而是和你丈夫走了；又听说，现在你已经顺利地回到丈夫的家里。现在她又对我说：'少夫人！我多次说过，她一定是个大户人家的女儿。小门小户的人家，哪能有这样品德出众的姑娘呢！她长得这样俊秀，又这样善良，简直就像拉克什米一样。我祝愿她幸福如意！少夫人呐，请你让她也给我寄点钱来吧。'"

苏帕什妮在信中还写了老夫人的情况："我婆婆知道了你的一切情况之后，很高兴。但她也埋怨我和罗先生没早告诉她。她说：'你们怎么不早对我说她是富贵人家的女儿？早说了，我会更好地关照她嘛。'我婆婆还责怪你丈夫，说他夺走了我们的好厨师。"

苏帕什妮亲笔写了关于她公公拉姆拉姆·多托的情况。我费了很大劲儿，才辨认出她那潦草的笔迹。她写道："我公公假装生气的样子，责骂我婆婆说：'是你以种种借口把那个漂亮的女厨师赶走了？'我婆婆回答说：'是我赶走了，又怎么样？你想让那个美女为你端水送饭呀？'我公公也说：'也可以这样说吧。总不能天天看着黑不溜秋的厨师做饭吧。'老太太一气之下病倒了，至今还没有起床。她根本不理解，那是我公公故意和她开玩笑。"

当然，我给那个老婆罗门女厨师和其他仆人也寄了些钱去。

后来，我与苏帕什妮只见过一面——那是她女儿结婚的时候。

我应苏帕什妮的特别邀请，同我丈夫一起去参加她女儿的婚礼。我亲自为她的女儿梳妆打扮。我给老妇人带去了珍贵的礼品，向她家里的每个人都馈赠了礼物，并且与她们叙谈了往事。可是我发现，老妇人对我和我丈夫有些冷淡。她多次向我暗示，她儿子现在吃饭不香。我理解她的意思，因此，我又为罗蒙先生做了几样他喜爱吃的菜。从此之后，我就再也没有到她们那里去过。这倒不是因为我不想做菜，而是怕见到老夫人伤心。

老夫人和拉姆拉姆·多托已经归天很久了。她们去世后，我也没有去过。但是，我没有忘记苏帕什妮，而且我今生今世永远也不会忘记。在这个世界上，像苏帕什妮这样的好心人，我再也没有见到过。

寿树

董友忱 校
石真 译

第一章　诺根德罗乘船外出

　　诺根德罗·德多乘船出行。杰斯特月①正是暴风骤雨的季节。临行时，他的妻子姝尔久穆基叮咛他说："你乘船出行一定要注意！一看到风暴要来就要靠岸停船！暴风雨来临的时候，千万不要坐在船舱里！"诺根德罗保证一定记着妻子的嘱咐，这才上了船，否则，姝尔久穆基是不会放他走的。但是他不去加尔各答不行啊，因为有很多事情需要他去处理。

　　诺根德罗是个非常富有的人，是个地主。他家住在戈宾德普尔县。至于在县里哪个村庄，我这里不便明说，姑且把它叫作霍利普尔吧。诺根德罗巴布②正值壮年，只有三十岁。他乘的是自家的大游艇。起初一两天航行很顺利。诺根德罗观赏着河水不停地滚滚流淌，有时波平浪静，缓缓流逝，有时奔腾汹涌，有时在风中舞蹈，在阳光中欢笑，有时呼啸着转起漩涡——永不疲倦，滔滔不绝，欢快地嬉戏着。两岸田野间，群牛踟躅。牧童们有的在树荫下唱歌，有的在吸烟，有的在争吵打架，有的在吃饭。农民在犁地，扬着鞭儿赶牛，一边打，一边指名道姓，像骂人一样地高声叱骂，有时这种对牛的叱责也波及他身边的同伴。河边石埠头上到处是挟着水罐，抱着破被、烂席，戴着银手钏、银鼻环、铜臂镯，穿着两个月没洗的肮脏衣服，皮肤墨黑，头发蓬乱的农妇们在活动。有的在打孩子，有的举着棒槌在捶打衣服。有个漂亮的女人正往头上涂着泥沙洗头，另一个为了一种难以猜测的、不便出口的原因，正对着她的女邻居指桑骂槐、寻衅吵闹。在某些上等人居住的村庄里，河埠

---

① 孟加拉历二月，相当于公历五月至六月间。
② 巴布（Babu），孟加拉语对第二人称和第三人称的敬语式，可以单用；如果和姓名连用，就加在名字后面，如称德多为诺根德罗巴布。

头上就是另一番景象了：老年妇女在闲谈，中年妇女在礼拜大神湿婆①，少妇们拉下面纱在河里沐浴。女孩子、男孩子们中，有的在嚷，有的在采集献神的花朵，有的往身上涂泥，有的游泳，互相泼水游戏。偶尔，也有孩子会把摆在一位紧闭双目虔诚祈祷的妇女面前的湿婆塑像偷偷抓在手里跑开。婆罗门祭司们俨然一副清心寡欲的正人君子模样，聚精会神地默诵着《恒河赞歌》虔诚地顶礼膜拜恒河女神②，同时也忘不了向某位全身浸在水里只露出面庞的年轻姑娘偷偷看上一眼。天空中白云受不住烈日的烤炙，在四散奔逃，朵朵白云下有几只乌鸦在飞翔。苍鹰雄踞椰子树巅，如同皇家内阁大臣一般警惕地巡视四周，准备随时扑下，抓来冒犯者给以惩罚。白鹤是个伪君子，只在泥沼中闲荡。答胡格鸟③性情幽默，一味时沉时浮，在水里嬉戏。云雀有些放荡不羁，只是潇洒地在天空中翱翔。为了赶赴市场卖货，商船在河上匆匆飞驶。摆渡船却稳步如大象般缓缓地前进，那是应别人的要求。载重的货船停泊不动——只不过是为了等待货主的命令。

　　头两天，诺根德罗在纵览河上风光中消磨时光。后来，有一天，乌云突起，弥漫天空，河水变黑，树梢黄褐，失去苍翠，白鹤钻入云堆，大河静止不动。诺根德罗于是向船夫下命令："靠岸！"船夫罗赫莫特·摩拉正在做祷告，他一声不响。罗赫莫特从来没有撑过船，把过舵，据说他外祖父的姨妈是船夫的女儿，他就凭着这点儿光荣传统四处寻找撑船驶舟的职业，幸运的是，他居然成功地满足了心愿。诺根德罗的命令、呼叫并没有使罗赫莫特胆怯，他做完祈祷，才对诺根德罗巴布回话说："怕什么，老爷？您就请放心吧！"罗赫莫特所以这样勇敢大胆，是因为距离河岸很近，船很快就可以靠岸，船一靠岸，船夫们下得船来，系紧缆绳就是了。

　　似乎，老天爷和罗赫莫特的想法并不完全一致。起风了，风势

---

① 印度教崇拜的三大尊神里的毁灭神。
② 印度教教徒信奉的恒河神。
③ Dāhuka，一种鹬。

毒　树

很猛。风暴提前到来了。狂风和树木经过短时间相扑角力之后，招来它的胞弟暴雨助战。两兄弟兴奋欲狂，暴雨蹬在狂风肩上飞了起来。它们尽情肆虐：按低了树木的脑袋，折断了它的枝杈，撕碎了藤蔓，洗劫了花朵，掀起了河水……狂风卷走了罗赫莫特的缠头巾，暴雨又在他的胡须里掘了几道流泉。船夫们落下了船帆，巴布关紧了所有的船窗，仆人们把船舱里的陈设全都收藏起来。

诺根德罗陷于十分困难的境地。若是他因为惧怕风暴下船登岸，船夫们会认为他是胆小鬼，如果待在船上，在姝尔久穆基面前他又成了不遵守诺言的扯谎者。有人会问："这有什么关系呢？"我们不知道，不过诺根德罗却在前思后想，考虑得失。这时候，罗赫莫特亲自走来说："老爷，缆绳是旧的，谁知道会出什么意外？风势凶猛，最好下船去吧。"于是诺根德罗巴布登上了河岸。

无处躲避风雨，恐怕谁也不会认为，在狂风暴雨中站在河岸上是桩赏心乐事。特别是黄昏临近，风暴未止，因此诺根德罗一边思考着寻找住处的问题，一边向村庄走去。河边距离村庄有一段较远的距离，诺根德罗踏着泥泞的小路迈步前行。雨停了，风力也减弱了，只是乌云依然笼罩天空——夜里可能风暴再起。因此诺根德罗不肯回转，一直向前走着。

天空乌云堆积，只不过是薄暮时分，四下里已是一片漆黑，辨不出哪里是村庄、房屋，哪里是田野、河流和道路。只有树林，那无数流萤飞舞其间的树林，像镶满钻石的梦幻般的树木一般，闪耀着灿烂的光辉，只有隐隐的雷声过后，霹雳穿破乌云，闪出的电光在逐渐减弱，像女人的怒火不易一下子完全熄灭似的，只有青蛙为迎接及时雨的到来在欢快地鼓噪着。如果仔细谛听，身边会传来好像罗波那①永不熄灭的葬火似的，不知疲倦的蟋蟀的鸣叫，树上的积雨落在树叶上的嘀嗒声，树叶落在树下雨水中激起的水花飞溅

---

① 印度古代史诗《罗摩衍那》（Rāmāyana）里的魔王，他把罗摩的妻子悉多掳到楞伽岛（Lankā），罗摩得到大颔猴王哈奴曼（Hanuman）的帮助，射死罗波那，以英雄式的仪礼为他举行火葬。

声,胡狼在泥水中寻找道路的脚步声,栖息在树上的鸟儿抖落打湿了它羽毛的雨水的振翅声……有时一阵微风掠过,树叶的飘落,雨点的滴答,都在风声里化作一片,模糊莫辨了。逐渐地,诺根德罗看到远处有灯光闪亮。他穿过雨水泛滥的田野,不顾树下有胡狼,任凭树上的积水打湿他的衣裳,径直向灯光走去。历尽艰辛,诺根德罗终于走近了灯光。他看到,那是从一所砖瓦建筑的、古老的住宅里闪出的灯光。大门开着。诺根德罗让仆人等在门外,自己走了进去。啊,那古屋里的景象真是可怕!

第二章　油尽灯灭

　　这不是一所普普通通的宅邸。可是,如今它里面已经找不出任何富丽豪华的印记。房屋破旧、阴暗,庭院冷落,只有猫头鹰、老鼠、各种昆虫在活动,看不见人的踪迹。只有一间屋子里灯光在闪烁。诺根德罗走近那间屋子的房门,只见屋子里摆着几件日常生活必需的用具,那些用具正好说明主人的贫困:一两只陶制水罐、一个破炉灶,还有三四个铜盘和铜碗,看来,这些就是这个家庭唯一的光荣与骄傲了。墙上污渍斑斑,墙角堆着柴火灰烬;蟑螂、蜘蛛、壁虎、老鼠在四处爬行奔跑。一张破床上躺着一位老人。看样子他的最后时刻似乎已经到来。他目光暗淡,呼吸急促,双唇颤抖。床边一摞破碎砖头上放着一盏瓦灯,灯里的油快要烧干了;躺在床上的老人的"生命之灯",也像那盏瓦灯一样快要熄灭了。但是,在卧榻的另一边,另有一盏灯亮着——一个冰肌玉肤、容光照人、无比美丽的小姑娘坐在灯旁。

　　可能是因为缺油的灯光不太明亮,也可能是屋子里的两个人为即将到来的别离陷入深重的悲伤,他们谁都没有发现诺根德罗的到来。诺根德罗站在门廊倾听着老人临终之前亲自述说着他的痛苦和悔恨。这两个人——老人和少女,是这芸芸人世间最孤苦伶仃的

毒　树

人。他们曾经有过家资富裕、人丁兴旺的时代，男仆、女使、亲朋、友好、光荣、豪华……样样不缺。然而，这一切全都随着掌管幸运的女神科摩拉[①]恩宠的反复无常一去不返了。在突然来临的穷困的压抑下，看到女儿们的面庞像严霜打过的莲花一般日渐憔悴，这个家庭的主妇最先躺在了河边的沙床上[②]，接着这家里的小星星们也陪着月亮消逝了。唯一传宗接代的儿子——母亲眼里的珍珠，父亲老年的希望——也被父亲眼睁睁看着上了火葬堆。家里再没有别人，只剩下老人和那个可爱的小姑娘，住在这荒凉的、绿树环绕的破屋里，老弱相依为命，共度光阴。小姑娘昆德诺蒂妮早已到了结婚的年龄，然而昆德在老人眼里就像盲人的手杖，是他的依靠，是维系这个家庭的唯一纽带，把她甘心情愿地奉献给别人，老人办不到。每当提起女儿的婚姻问题，老人总是这样想："再等些日子吧——若是把昆德嫁出去，我到哪里去住？依靠谁过活？"他从未想过，当死神到来的那一天，他该把昆德托付给谁才走呢？今天阎摩[③]的使者突然来临，站在他床边，他要走了。可是昆德诺蒂妮明天在何处存身呢？

老人在弥留之际喘息着，说出他心里难以按捺的忧虑和悔恨，泪水不断地从他紧闭着的眼睛里流下来。在他面前，那个十三岁的小姑娘，像一尊石刻的雕像一般，痴呆呆地凝望着父亲那张被死亡乌云笼罩着的脸。她忘记了自己，忘记了明天她去什么地方，只是朝着那张将会永远看不到的脸呆望着，呆望着。渐渐地，老人的话语含糊不清了，呼吸困难了，眼神暗淡无光了。终于，老人解脱了生命的痛苦。在这死寂的屋子里，半明不灭的灯光下，昆德诺蒂妮怀里抱着父亲的尸体独自静坐着。漆黑的夜，外面正在下雨，雨点打在树叶上，发出淅淅沥沥的声音；风不断地怒吼着，吹得破屋的窗板、门扉噼啪作响。屋子里，那盏快要熄灭的瓦灯闪烁着摇曳不

[①] 印度神话里的幸福女神吉祥天女的一个称号。
[②] 隐喻火葬场。
[③] 印度神话里的死神，中国称阎王或阎王爷。

定、微弱的光芒，一会儿照在死者的脸上，一会儿消失在黑暗中。瓦灯里很长时间没有添油了。那盏灯闪烁出两三次亮光，终于熄灭了。

诺根德罗悄悄退出了门廊。

第三章　梦境中的预兆

深夜，破屋里只有昆德诺蒂妮和父亲的尸体。"爸爸！"昆德呼唤着，没有人回答。昆德心想，爸爸睡着了，后来她又觉得，也许是死啦——昆德没有明确地把这句话说出口来。最后，她既不呼唤，也不再猜测。她在黑暗中拿起一把扇子，冲着父亲生前躺着睡觉，如今停放着尸体的地方轻轻地扇了起来。她认定，父亲确实是在睡觉，因为，如果他死了，她不能设想，她会是怎样一种情况。昼夜不眠加上悲痛，小姑娘感到疲倦，瞌睡来了。为了服侍父亲，昆德诺蒂妮已经有不少昼夜不曾合眼了。她困倦地躺在坚硬、冰冷、光秃的地板上，枕着自己莲藕一般细嫩的手臂沉沉地入睡了，手里握着那把棕榈扇。

昆德诺蒂妮做了一个梦：月色溶溶的夜，碧空如洗的天。天上挂着一个很大很大的月亮——那么大的月亮，她以前从来没有见到过。它的光辉特别灿烂，但是很柔和。在那可爱的硕大的月亮里，昆德忽然看到一尊奇异的光彩四射的神像。后来，月亮带着那辉煌的神像离开了高高的天空，慢慢地、慢慢地往下降，它闪烁出的万道光芒落在昆德的身边。这时昆德发现，那亮晶晶的神像，头戴金冠、耳垂双环，身穿华丽的衣裙——原来是一位女神。她那可爱的银盘般的面孔上满含着无比的慈祥，唇边带着和蔼深情的微笑。昆德又惊又喜地认出，那慈祥的女人，原来就是她去世已久的母亲的化身。那全身发光的女神十分亲切地把昆德从地上拉起来，抱在怀里。从小就失去母亲的昆德，在很久以后的今天，嘴里喊出一声

毒　树

"妈妈",心里感到十分幸福。从月亮里走出来的妈妈吻着昆德说:"孩子,你吃苦了。我早就知道,你会遭遇到很大的不幸。你这样年轻,你的身体又像鲜花一样孱弱,这样的身体忍受不了那么巨大的痛苦。因此,你不要再留在这里,不如离开尘世,跟我走吧。"昆德说:"到哪儿去呢?"母亲抬起手指着星光灿烂的天空说:"到那个世界里。"昆德望着那遥远的、无边无际的海洋的另一岸——陌生的星空说:"我走不了那么远,我没有力量。"这时母亲慈祥而又严肃的脸上现出不满意的神色,微微皱了一下眉头,温和地低声说:"孩子,你愿意怎么做就怎么去做吧。不过,你最好跟我走,这是上策。将来你会仰望星空,为没能到那里去而流泪的。那时我会再来看你。当你心里难过、滚落尘埃,想起了我,并为到我那里去而哭哭啼啼的时候,我再来带你走吧。现在,你顺着我手指的方向,眼睛往天边看!我要指出两个人像给你看。这两个人将是你今生今世祸福荣辱的根源。如果你办得到,你要把他们看作毒药一般弃绝,远离他们,你不要踏上他们所走的道路。"

母亲用手指着天边,昆德的眼睛追随着母亲指示的方向,立刻看到蓝蓝的天幕上现出了一幅如同天神一般的英俊男人的画像。高高的、宽宽的、恬静的额头,纯真、仁慈的眼神,天鹅似的长长的、微微侧向一边的脖颈,以及其他一些正人君子具备的特征……谁也不会相信,他会是可怕的。慢慢地那画像如同水泡一般在天空消失了。母亲对昆德说:"不要忘记这个美如天神的俊脸!他虽然高尚、热情、心地善良,却是你祸殃和不幸的根源。因此你必须像拒绝毒药一样离开他!"接着,母亲又指着天边说:"看那里!"昆德看到了蓝蓝的天幕上现出的第二幅肖像。那不是一幅男人的画像。昆德看到的是一个漂亮的,皮肤微黑,有着一双莲花瓣样的眼睛的年轻女人。看到她,昆德并不感到可怕。母亲说:"这个黑皮肤的女人,是披着人皮的恶魔,遇见她,你要赶快逃跑!"

突然,那蓝蓝的明亮的天空变成一片黑暗,那很大很大的月亮消失了,月亮里那光华四射的神像也无影无踪了。这时,昆德从梦中醒来了。

第四章 就是他！

诺根德罗来到村子里。听人说，这村子名叫丘姆丘姆普尔。在诺根德罗的请求和帮助下，村里才有些人出来为死者举行火葬。一位女邻居留在昆德诺蒂妮身边陪伴她。昆德看到父亲被抬去火化，这时她对于死亡才有了真正的认识，她不停地大哭起来。

第二天早晨，女邻居回家干自己的家务事。为了安慰昆德诺蒂妮，她打发自己的女儿嫦芭来陪她。嫦芭和昆德同岁，是好朋友。嫦芭来了之后，谈天说地，用种种话题来安慰她。可是她发现昆德任何话语都听不进去，只是哭哭啼啼，常常带着渴望的神情仰望着天空。嫦芭好奇地问："你望着青天，都有一百次啦，你看什么呀？"

"昨天，妈妈从天上下来了。她对我说，'跟我走吧！'我真傻！我害怕啦！没有跟妈妈一同走。现在，我在想：为什么不去呢？现在如果她再来，我一定去。所以我一遍又一遍地往天上看。"

"啊！死人难道会重回人间？"

昆德把梦里见到的一切全都告诉了嫦芭。嫦芭听了，惊奇地说："你在天幕上看到的那个男人和那个女人，你以前认识他们吗？"

"不认识，从来没有见过他们。像那男人一样的美男子，真是世间少有，我从来没有见过这么漂亮的人。"昆德说。

不谈昆德，且说诺根德罗。清早起床之后，他召集全村的人问道："这亡人的女儿，我们对她怎么办？她在哪里存身呢？她家里还有什么人？"大家回答说："她无处可去。她没有一个亲人。"

"那么你们——无论是谁——来收留她吧。然后打发她出嫁！一切费用我来出。她在你们家里居住期间，她的生活费用，我也会按月寄来。"

毒　树

诺根德罗如果当场付现款,那么会有许多人同意他提出的办法;诺根德罗走后,他们会把昆德赶走,或者把她当女佣人使唤。可是诺根德罗决不干那样的蠢事。但是,看不到现款,大家谁也不相信他。

看到诺根德罗一筹莫展的样子,有个人说:"她有个姨母住在夏玛巴札。比诺德·高士是她姨父。您正要到加尔各答去,如果您肯带她到加尔各答,把她交给她的姨母,那么,这个迦耶斯特①姑娘也就有救了,而且您也为自己的同一种姓办了一件好事。"

诺根德罗除了同意别无办法。为了说明情况,他派人去叫昆德。嫦芭陪她一同前来。

嫦芭和昆德正向前走着,忽然昆德远远地看见了诺根德罗,她大吃一惊,站在那里,再也不能向前迈近一步。她用充满惊骇、迷惘的眼睛凝望着诺根德罗,呆呆地,像个傻子。

"怎么,为什么站住不走啊?"嫦芭问道。

昆德手指着前方说:"那,那就是他!"

"他是谁?"

"他就是妈妈昨夜指给我看的那个人。"

这时嫦芭也又惊又怕地站住不走了。诺根德罗看到正向前走着的两个小姑娘忽然惊慌失措停步不前,他便走到她们跟前,对昆德说明了一切情况。昆德一声不响,只用充满惊骇、迷惘的眼睛,呆呆地望着他。

第五章　形形色色的故事

诺根德罗没有别的办法,只好自己带着昆德来到加尔各答。首先,他尽力寻找她的姨父比诺德·高士。在夏玛巴札里,他找

---

① 印度种姓里的一个分支,相当于中产阶层,包括政府官员、知识分子和作家。

不到一个名叫比诺德·高士的人，倒是找到了一个比诺德·达斯，但是他不承认有昆德这门亲眷，于是昆德硬是成了诺根德罗的负担。

诺根德罗有一个同胞妹妹住在加尔各答，她的名字叫蔻莫洛摩妮。她婆婆家在加尔各答。斯里绍琼德罗·米特罗是她的丈夫。斯里绍琼德罗巴布是种植园主费亚尔利家的经理。这家商行资本雄厚，斯里绍琼德罗也十分富有。他和诺根德罗感情很好。诺根德罗把昆德诺蒂妮带到他们那里。他唤出蔻莫洛，把昆德的情况讲给她听。

蔻莫洛十八岁，容貌酷似诺根德拉——兄妹两人都很漂亮。蔻莫洛不仅容貌美丽，而且才学出众。诺根德罗的父亲曾经专门聘请一位女教师坦波尔女士精心教育蔻莫洛和姝尔久穆基。蔻莫洛的婆母还健在，不过她常年住在斯里绍琼德罗乡下的祖宅里。在加尔各答，蔻莫洛就成为这家的女主人了。

诺根德罗把昆德的情况向妹妹详细介绍之后，说道："现在，你如果不收留她，她就无处存身。以后，等我回家的时候……我就带她到占宾德普尔去！"

蔻莫洛性格爽朗，十分调皮。诺根德罗话音刚落，她抱起昆德便往内宅跑去。突然，她把昆德扔在一个有半盆温水的澡盆里。昆德大吃一惊。蔻莫洛一边嘻嘻哈哈地笑着，一边用芬芳扑鼻的香皂亲自给昆德洗澡。一个女仆人看到蔻莫洛亲自为这样的事情忙碌，赶快跑上前来说："我给她洗！我给她洗！"蔻莫洛撩起热水洒了女仆一身，女仆吓跑了。

经过蔻莫洛一番搓洗，昆德显露出她仿佛晨露洗濯过的荷花一般的娇丽。蔻莫洛给她穿上洁白雅致的衣服，给她抹上芳馨的头油，梳了头，给她戴上一些首饰，说："去！给我哥哥敬礼去！还有，我可不许你向我们家的巴布致敬——我们家的巴布要是看到你呀，非娶你不可！"

诺根德罗给姝尔久穆基写信，告诉她关于昆德的一切情况。他在给他的一位住在远方的要好朋友霍罗代波·高沙尔写信时，也谈

毒 树

到昆德诺蒂妮。他在信里是这样写的：

告诉我，女人在什么年龄最美？你会说，四十岁以后。因为，你的妻子已经四十一二岁了。我向你述说的那个名叫昆德的姑娘——她十三岁，看到她，我觉得十三岁正是最美好的年华。在青春初期即将来到之前所具有的那种娇憨和纯朴，以后便不能一成不变地保持下来。这位昆德的单纯，确实惊人！她什么都不懂，直到现在还跑出去和街上的男孩子玩耍。你禁止她，她又惊恐万状地逃跑了。蔻莫洛教她读书认字。蔻莫洛说，她在学习方面有着超人的智慧。但是其他的，她一概不懂。你向她讲解，她一声不响，只用两只漆黑的大眼睛——像秋天的湖水一般清澈的两只大眼睛呆呆地凝望着你的脸。注视着她那双眼睛，我心神恍惚，真不知置身何处。我这样向你倾诉内心的感受，你听了一定会发笑，特别是你那诙谐、幽默的天性和嘲笑人的本领，随着鬓边几丛霜丝发展到登峰造极的时候。但是，如果我能够让你站在那双眼睛前面，我同样也会听到你向我畅述心曲。那是双什么样的眼睛，我至今还不能准确地描绘出来。它随时变化，没有两次叫你看来是同样的，我觉得，那眼睛仿佛不属于尘世，人间的一切似乎都和它没有共同之处，那眼睛里仿佛有一些东西和天堂有联系。我并不认为昆德是无瑕的绝世佳人，不是的。和许多人比起来，她的容貌很可能并不值得赞美，不过，我仍然认为，这样美丽的姑娘我还从来没有见过。昆德诺蒂妮的身体里好像存在着一些尘世所没有的东西，仿佛不是用血和肉做成的，而是用具有形体的目光或花的芬芳做成的。我想不起用什么东西来比拟。她温柔恬静的风度不能用言语来形容。如果你肯，请仔细观察一下，看一轮秋月映在清澈的湖水中泛着宁静的银光时的那种情景吧，那么，你就可以稍许体会到昆德是一种什么形象了，我不能用别的什么来比拟她。

诺根德罗给姝尔久穆基去信以后，过了没几天就得到了她的回信。信是这样写的：

我不明白，在你莲花似的尊足前，我这个女仆犯何过失？你既然要在加尔各答停留这许多日子，那么，我为什么不该前来服侍你呢？请下命令吧！这是我唯一的请求。命令一到，我将立刻奔向你身边。

你捡到一个小姑娘就忘记我了么？有许多东西在未成熟的时候是令人喜爱的。生的番石榴，嫩黄瓜，新鲜的青椰子……人们都喜欢它。莫非卑贱的女性也是只有年轻才甜美？否则，为什么你得到一个小姑娘就把我忘记了？

不再开玩笑啦。你对那个姑娘真的完全放弃主权了么？否则，我要向你乞讨她了。无论你得到什么东西，我都有与你共有的权利。不过，如今看来，只有你的妹妹享有完全的主权啦。

我要这姑娘干什么？我要让她和达拉秋龙结婚，我一直在为达拉秋龙寻找一位好姑娘，这，你是知道的。如果按照神的意旨，这姑娘找到了，那么，请你不要使我失望。如果蔻莫洛肯放她，你回来的时候，就把昆德诺蒂妮带来吧。我已经写信给蔻莫洛向她提出请求了。打首饰以及结婚必备的东西，我早已做好了准备。不要在加尔各答流连忘返。在加尔各答住上六个月，人呀，就变坏了。另外，如果你有自己和昆德结婚的愿望，那么，告诉我，我等待着以满篮的鲜花和各种礼物为你们举行欢迎仪式。

达拉秋龙是何许人，以后再细说。但是，不管他是何等样人，姝尔久穆基的建议，诺根德罗和蔻莫洛两个人都同意了，而且做出决定：诺根德罗回家的时候，带昆德一同上路。大家全都愉快地同意之后，蔻莫洛也给昆德打了几件首饰。可是，人呀，真是天生的愚昧，盲目！几年以后，有那么一天，蔻莫洛和诺根德罗会痛不欲生地敲着额头这样想：他们得到昆德诺蒂妮的那一天绝非吉日良辰；他们同意姝尔久穆基建议的时刻又是多么不祥！

现在，蔻莫洛、姝尔久穆基和诺根德罗三个人共同播下了毒树种子，以后他们三个人也会共同为此悲叹哭泣。

游艇已准备好，诺根德罗带着昆德回戈宾德普尔去了。

昆德几乎把她的梦忘记了。在和诺根德罗同舟共行的时候，她才又一次回忆起她的梦。但是想到诺根德罗满含怜悯的俊脸和

毒　　树

仁慈的天性，昆德丝毫也不相信这样的人会伤害她——是啊，有些人就是像飞蛾扑火，明明看到前面是烈焰熊熊的火坑，也要往里面跳。

第六章　达拉秋龙

从前，有一个马莉妮①经常向诗人迦梨陀娑②奉献鲜花。迦梨陀娑是一个贫穷的婆罗门，付不起买花钱，于是就以朗诵自己的诗篇给马莉妮听来代替。有一天，马莉妮的池塘里开了一朵异常美丽的莲花，马莉妮采下了它，献给迦梨陀娑。诗人朗读《云使》③给马莉妮听，作为对她的报酬。《云使》是情趣的海洋，但是，人人都知道它开始的几首诗却是枯燥无味的。马莉妮不喜欢听——她生了气，站起来就走。诗人问她：“马莉妮，好朋友，为什么不听完就走？”

"你的诗毫无趣味！"马莉妮说。

"马莉妮！你将永远进不了天堂！"

"为什么？"

"升天堂，得有天梯。要踏过万里长的阶梯才能走进天堂。我的《云使》——诗的天堂，也是有阶梯的，这几首毫无趣味的诗就是通向天堂的梯子。你连这样平常的阶梯都不愿意攀登，你如何肯去踏上那万里之遥的天梯呢？"

马莉妮害怕婆罗门的诅咒，担心升不了天堂，屈服了。她从头至尾听完了《云使》。听完之后，她很满意。第二天，她编了一个名为"摩檀穆希尼"④的最美丽的花环，亲自戴在诗人的头上。

---

① 种花的女人。
② 印度古代诗人、剧作家，撰有《沙恭达罗》等戏剧三种、诗四种。
③ 迦梨陀娑的长篇抒情诗。
④ 爱情的魅力，作者为了创造传奇性的气氛，在这里用的是梵文词组。

我这部平凡的创作，既没有天堂，也没有万里之遥的天梯。趣味很少，阶梯也很短——这里的枯燥的前几章就是那阶梯。如果读者之中也有性格如马莉妮其人者，那么，我奉劝他耐心一些：如果你不肯跨过这几层阶梯，你就不能进入情趣的天堂。

姝尔久穆基的娘家住在孔那戈尔。她的父亲是一位善良的迦耶斯特，在加尔各答一家商行担任会计，姝尔久穆基是他的独生女。姝尔久穆基是由一位住在她们家里、处于女仆地位、名唤斯里摩蒂的迦耶斯特年轻寡妇带大的。斯里摩蒂有个小儿子，名叫达拉秋龙，他和姝尔久穆基同岁。童年时代，姝尔久穆基常常和他一同玩耍，由于是童年的小伙伴，姝尔久穆基对他产生了兄弟般的情谊。

斯里摩蒂是一个非常漂亮的美人儿，不久便遇到了危险。她被村里一个道德败坏的富家子弟看上了，斯里摩蒂离开姝尔久穆基父亲的家私奔了。她逃到哪里去了？没有人知道。只是斯里摩蒂从此不再露面了。

斯里摩蒂丢下达拉秋龙逃跑了。达拉秋龙留在了姝尔久穆基父亲家里。姝尔久穆基的父亲一向慈悲为怀，他把这个无主的弃儿像自己亲生的儿子一样抚养成人，而且让他受教育，使他不致沦落到仆役一般的下等地位。他把达拉秋龙送进一个免费的教会学校学习英语。

后来，姝尔久穆基结了婚，婚后没过几年，她的父亲便去世了。当时，达拉秋龙只是粗通英语，没有任何优越条件可以找到工作。姝尔久穆基的父亲去世以后，达拉秋龙无家可归，于是他来到姝尔久穆基的身边。在姝尔久穆基的劝说之下，诺根德罗在村里办了个小学校，于是达拉秋龙当了那个小学校的教师。现在在"献身精神"① 的影响下，那留着分头、哼着塔帕②小曲儿、

---

① 作者在这里用的是当时社会上风行的英语口号：Grand in it。
② 孟加拉邦流行的一种短小的情歌。

毒 树

天真淳朴、诚恳高尚的 Masterbabu① 在每个村庄到处可见，可是，在诺根德罗办学校的时候，这样的"Masterbabu"却是罕见的。于是达拉秋龙就成了村里人崇拜的偶像之一了。特别是因为他曾阅读过《Citizen of the World》② 和《Spectator》③，而且有传言说，他学过立体几何！由于他这种特殊的本领，他参加了住在代比普尔的地主代本德罗的梵社④，并且成为代本德罗巴布的亲信。他写了许多篇关于寡妇再婚、妇女受教育以及反对偶像崇拜等方面的论文，而且几乎每个星期都在社里宣读，他总是以"啊，慈悲的、至高无上的、唯一的创世主啊"开始，发表他的长篇大论。那些宏文巨著，有的是从《达德瓦菩提尼》⑤ 上抄来的，有的是学校里的老"潘迪特"⑥ 给写的。他每天总是叫嚷："你们不要崇拜砖瓦和石块雕成的偶像！把你们的婶子、大娘嫁出去！让妇女们受教育！把她们关在笼子里干什么呀，让她们走出家庭去！"他赋予妇女如此多的自由，有个特殊的原因——他自己家里没有女人。他到现在还不曾结婚。姝尔久穆基一直在小心谨慎地为他选择配偶，可是他母亲私奔的事早已传遍了戈宾德普尔，有声望的迦耶斯特种姓家庭谁也不肯把姑娘嫁给他；小门小户的迦耶斯特家里的又黑又丑的女孩子倒是有许多，不过姝尔久穆基是把达拉秋龙当作自己亲兄弟看待的，怎能把那些小家小户人家的姑娘唤作弟妹呢？她一直在寻找一个出身迦耶斯特名门，容貌又美丽的姑娘。这时，她从诺根德罗的信里了解到昆德诺蒂妮的品德容貌，她就决定让昆德和达拉秋龙结婚。

---

① 学校里的教师的通称，既是尊敬的称师，有时也含有讽刺的意义。这是一个由英语"教师"（Maste）和孟加拉语"老爷"（Babu，巴布）组成的词。
② 英国世界主义者的机关报《世界公民报》。
③ 英国艾迪生（Joseph Aedison）和斯梯尔（Sir Richardsteele）创办的期刊《旁观者》。
④ 被称为"现代印度之父"的拉姆莫洪·拉伊（Rammohan Ray, 1772~1833）于 1828 年成立的宗教及社会改革团体，反对崇拜偶像，主张废除种姓制度，妇女受教育，寡妇再嫁等。
⑤ 诗人泰戈尔的父亲代本德罗那特·泰戈尔创办的一种杂志。
⑥ Panait，学者，专家。

第七章 眼似莲花瓣的女人啊,你是谁?

昆德跟随诺根德罗·德多来到戈宾德普尔。昆德看到诺根德罗的宅邸简直惊呆了。她从来没有见到过这样巍峨的住宅。它外面有三个庭院,后面有三个庭院。每一个院落就是一座大宫殿。迈进一道大铁门,便是第一层庭院,它的四周有铁栅栏环绕着。从大门起有一条宽宽的、寸草不生、整洁的红色甬道。甬道两旁是两块宽阔的嫩绿可爱的草坪。草坪上,圆形的花坛里种着各种奇花异草,花芳叶嫩,绚丽多彩。迎面是一幢高大的楼房。登上宽大、平坦的楼梯,便是大理石铺地的客所。客所的走廊上矗立着一幢幢粗大的石柱。走廊胸墙的正中间一只泥塑的大狮子,垂着长长的鬣毛,吐着红舌头。这就是诺根德罗家的大客所。草坪左右两边有两排平房,一排是契约、文卷库和账房,另一排是贮藏室和男仆们的住处。守门人住在大门两旁的屋子里。这第一层院落名叫"办公院"。它的旁边是"礼神院"。礼神院里照例有礼拜大厅。大厅的三面,按规矩是两层楼的房屋,中间一个大天井。这个院从不住人,只有在十月难近母大祭节①才热闹非凡。现在天井的砖缝里长满青草,礼拜大厅和走廊里住满了鸽子,各个房间里堆着家具什物,门上加了锁。礼神院旁边是"寺庙院"。那里有各种神祠和一座石砌的华丽的大戏台。戏台两侧和对面是供养厨、祭司们的净修斋和客房。这寺庙院里却是熙熙攘攘,人来人往。脖子上挂着花环,头上点着檀香痣②的婆罗门祭师③和做饭的厨师挤满院子。他们有的带着花篮向神呈献,有的为神沐浴,有的研磨檀香膏,有

---

① 孟加拉邦人民在每年十月的收获季节举行难近母大祭(Durga puja)。难近母(Durga)是毁灭天神湿婆(Shiva)的妻子婆婆蒂女的一个称号。
② 印度人用檀香木屑磨成的膏抹在额上,表示虔诚和祈福。
③ 婆罗门是印度的最高种姓即高级知识分子,由于这个种姓的人精通经典所以有一部分人做了印度教的僧侣,主持祭祀。

毒　　树

的烹饪供品，有的敲钟，还有人在口角。男女仆人们有的来挑水，有的来擦地，有的来洗米，有的和婆罗门大吵大闹。在客房里，有个全身涂灰，长发披散的苦行者仰面朝天地躺在床上睡觉。一个一只手臂永远高举不落的苦行者，正在给德多家的女仆们施舍灵药。一个雪白胡须、身穿赭色法衣、颈挂菩提念珠的婆罗门净修者，在朗诵天城体手抄本①的《薄伽梵歌》②。不知从哪里来的一位贪吃的苦行者，由于酥油和面粉不够他要的分量，和人惊天动地大闹起来。一队出家人戴着杜尔西花环③，抹着檀香痣，敲着摩里登岢④，摆动着头顶上一撮长发，扯着沙哑的嗓子，唱赞美黑天⑤的颂歌："我不能和你说话，我哥哥巴拉衣陪伴着我，若是我说话呀……"一群崇拜毗湿奴⑥大神的女修道者在鼻梁上画着拉斯各里⑦，摇着手鼓，也唱起颂歌来，而且是有老有少有中年人的女声大合唱。在戏台前的广场上，村中无事可干的孩子们在撕打、吵嘴，而且互相针对对方的父母骂出各种"文明"的话来。

　　这是前面的三个庭院。它后面的便是三个内院了。紧靠"办公院"后面的那个庭院，是诺根德罗自己的住房。只有他、他的妻子和专门伺候他的仆人们住在那个院子里，还有就是他们自己用的东西摆在那里了。这是一座新房子，是诺根德罗自己设计的，它的结构、布局非常精巧雅致。在这座新建筑物的旁边，"礼神院"的背后是最里面的深闺内院。旧式建筑，房屋低矮，污秽不洁。这个院落里住满了各式各样的亲戚——姨母、姨表姐妹、姑母、姑表姐妹、寡妇姨母、姨母丈夫的外甥女、姑母弟弟的妻子、姨表兄弟

---

① 印度的经典很多是抄本，抄写的字体叫作"天城体"（Devanagari），意思是天神创制的文字。
② Bhagvad Gitaa，印度史诗《摩诃婆罗多》里的一章，叙述黑天劝服阿周那（Arjuna）参战的对话，富有哲理内涵，因而被印度教教徒视为经典里最重要的著作。
③ 用紫苏花编成的花环。
④ Mrdangah，杖鼓，以陶制成的中间阔、两端窄的枣核状鼓，两端蒙皮，以手或短杖击之。
⑤ 印度神话里的大神，是保守大神昆湿奴（Vishnu）的第八转世形象。
⑥ 印度神话里的三大尊神之一的守护神。
⑦ Raskali，崇拜毗湿奴大神的信徒们在鼻梁上画的一种长锥形火焰标志。

的女儿……像栖息在大榕树上的一群乌鸦，昼夜不停地聒噪着：高喊尖叫，玩笑逗乐，吵嘴巧辩，嘲骂诽谤，说故事，讲笑话，等等。男孩子们的打斗推撞，小姑娘们的哭唤，"拿水来！""拿衣服来！""还不做饭！""孩子饿了！""牛奶在哪里？"……各种声音真像大海怒涛汹涌。在这"深闺内院"的旁边，"寺庙院"的背后是厨房。那里的热闹情况，更是蔚为奇观。一个女厨师一边煮饭，一边安闲地和身旁的女伴大谈她儿子结婚的盛况。另一个女厨师一直在噗噗地吹着灶里的湿劈柴，眼睛被烟熏得泪水直流，于是大骂起管家来，骂他故意搞来湿劈柴，好增加重量，暗地赚钱！那个美人儿正在往翻滚的油锅里扔鱼——她龇着牙，咧着嘴，闭着眼睛，因为滚烫的油点溅到她身上了。有个人在洗澡时，头上抹油过多，那无法梳整齐的头发只好高高地绾在头顶上，用一根树枝别住，那树枝就像牧童手中赶牛的鞭杆儿。巴弥、凯米古巴尔的娘、耐巴尔的妈……正在用脚趾夹着立刀①切瓠子、南瓜、茄子、黄秋葵②。在一片哧哧嚓嚓，嘶嘶沙沙切菜声中，他们骂邻居，骂主人，互相对骂，接着又互通消息，蜚长流短，议论纷纷：古拉碧年纪轻轻就守寡啦；琼蒂的丈夫是个大酒鬼；凯拉茜的女婿职位可不低——当了巡捕头子的文书呢；像古巴尔那样游遍世界的人，人间找不到第二个；全孟加拉邦再也找不出像帕尔巴蒂的儿子那样淘气的孩子；英国人可能和罗波那是一个种族，他们把罗波那的"飞车③"带到恒河上了；帕特查利家闺女的情夫就是夏玛·毕斯瓦斯……天井里，一个皮肤黑黑的胖大女人把一把硕大无比的脚夹刀放在灰堆上宰鱼，天上几只苍鹰看到她那大块头的身躯和利利索索的刮鱼手艺倒也并不害怕，一次次地猛扑下来攫取食物，不肯离去。一会儿，一个花白头发的老妇人送水来了。有个面目狰狞的婆娘正在研磨调

---

① 印度人切蔬菜时习惯将立刀底部夹在右脚的大趾和二趾之间再用两手把蔬菜推向直立的刀锋切开。
② Terosh，一种和豆荚相似的蔬菜，英语为 Akra，又称美人指（Lady's finger）。
③ 印度古代史诗《罗摩衍那》里的魔王罗波那的能在天空飞翔的车辆。这里在妇女们的谈话中指的是轮船。

毒 树

味的香料。厨房的食库里，仆人、厨师和管食库的——这三个女人正在进行着一场唇枪舌剑的恶战。管仓库的争论说："我发给的酥油足够用！"女厨师抗议说："你那定量，我怎么能让它足够用？"女仆反驳说："除非你食库不锁，那么，我们就能想法子让它足够用！"吃饭的地方坐着许多男孩子、女娃娃、乞丐和狗等着赏饭吃。猫么，倒是没有提出请求，它们才不管什么"私入他人住宅乃犯罪行为"，并不征求谁的同意就把食物拖走了。有时候，连那本来无权进入厨房的牛也卧在那里，闭着眼睛，如同喝着甘露似的咀嚼着南瓜皮、茄子蒂、香蕉叶。

在这内宅深院的后面是花园。紧靠花园，那仿佛天上的一片白云、泛着亮光的是一个大池塘，四周围着短墙。花园和内宅之间有一条小路，一头通向内宅的后门，一头通向花园后门。只有通过这条小路才能进入内宅。

马厩、象房、牛棚、畜栏、韵室和动物园等在宅邸外面。

昆德坐在轿子里以惊奇的目光观看着诺根德罗数不清的财富，进入了内院。她被带到姝尔久穆基那里。昆德向姝尔久穆基合掌敬礼，姝尔久穆基也给她祝福。

昆德曾经想，既然她在梦里看到的那男人的形象和诺根德罗一模一样，那么他的妻子可能和梦里看到的那个女人容貌相似吧？但是，见到姝尔久穆基以后她的怀疑消失了。昆德发现，姝尔久穆基和天幕上的那个黑皮肤的女人不同。姝尔久穆基的肌肤如十五夜间的满月一般皎洁，像溶化了的金子似的润泽。姝尔久穆基的眼睛当然很美，但是它并不是昆德梦中见到的那样的眼睛。姝尔久穆基的眼睛长长的，在两道高高的、弯弓一样的长眉①衬托下，在两排可爱的、密密如新生的嫩芽一般弯弯翘起的睫毛中间，一双漆黑的大眼睛如星星一般闪亮。圆圆的眸子稍微向外凸出，亮晶晶的，显得温柔而文雅。梦中所见的黑皮肤姑娘的眼睛没有这样的超凡魅力。姝尔久穆基的身材也和梦里见的体形矮小的女人不同。姝尔久穆基身材较高，恰似

---

① 印度人习惯用弓背形容妇女的眉毛，弓指的是神话里爱神伽摩（Koma）的弓。

微风里的藤蔓一般袅娜、轻盈。梦里看到的那个女人是美丽的，然而姝尔久穆基比她美丽百倍。梦里所见的女人，年纪大约不满二十岁，姝尔久穆基已是二十六岁左右的人了。看到姝尔久穆基和梦里所见的女人毫无共同之处，昆德这才放下心来。

姝尔久穆基对昆德表示热忱欢迎，另眼相待，她召集来自己贴身的女仆们，向她们下达命令，并且对她们的头头——女管家说："我要让昆德和达拉秋龙结婚，因此，你对她要像对我的弟媳妇那样小心伺候。"

女仆领了命令，带昆德到另一间屋子里去了。这时，昆德才顾得上看看那个女仆。这一看，昆德不由全身颤抖，从头到脚冷汗淋漓——这女仆就是在梦里妈妈指给她看的天幕上出现的形象——生着一双莲花瓣形眼睛的黑皮肤姑娘。

昆德惊恐地、困惑地低声问："你是谁？"

女仆说："我的名字叫茜拉！"

第八章　读者愤怒的原因

现在，读者先生们一定很不高兴。写才子佳人传奇有那么一条惯例，最后结局是结婚、大团圆，而我竟一开始就让昆德诺蒂妮结婚了。还有，按老规矩，那爱慕追求女主角的应该是一位漂亮非凡、才德兼备的英雄人物，而且应该因为获得女主角的爱情而失魂落魄、惆怅不安，或者受宠若惊，飘飘欲仙。穷苦的达拉秋龙不具备这些条件——漂亮么，说不上，他的皮肤是浅紫铜色，鼻子是扁平的；论英雄气概，他只能在小学生面前逞逞威风；谈到爱情，他对昆德诺蒂妮究竟如何，很难说，不过，确实有那么一点像对待一只驯顺的猴子那种意味。

不管怎样，总之，昆德诺蒂妮被诺根德罗带回家不久，她就和达拉秋龙结了婚。达拉秋龙带着美丽的妻子回家了。但是这位带回

毒 树

家的美丽的妻子,却使他陷入了困境。读者先生们当然还记得,达拉秋龙关于妇女教育、妇女走出深闺的一些论文,差不多都是在代本德罗先生的客所里宣读的。在讨论这些问题时,这位小学教师总是骄傲地夸口说:"如果时候到来,在这方面,我要亲自树立一个革新的典范。我若是结了婚,一定让我的妻子和大家见面。"现在,他结婚了,昆德诺蒂妮的美丽也早已在朋友间传开了,大家旧话重提,质问他:"你的誓言还算数吗?"代本德罗说:"嗨,怎么?难道你也成了出尔反尔之辈?为什么不让我们和你的妻子见面谈天?"达拉秋龙羞愧难当,他无法逃避代本德罗巴布的请求和责难,他同意代本德罗和昆德诺蒂妮会面,但是又害怕姝尔久穆基听到这消息发脾气。他一直踌躇不安、迟疑不决,直到年底。后来,他知道再犹豫已经不可能,于是借口修缮房屋,把昆德送到诺根德罗家去。房屋修缮完毕,昆德又被接回家里。这时,突然有一天,代本德罗带着一群人闯进达拉秋龙家里,对达拉秋龙的撒谎、食言肆意嘲笑起来。达拉秋龙无可奈何,只好让昆德诺蒂妮打扮起来,带她去和代本德罗见面。昆德诺蒂妮莫非真的和代本德罗谈话了?她蒙着面纱,站了一小会儿,就哭着跑开了。但是代本德罗却被她青春洋溢的无比美丽迷住了。那使人目眩心跳的娇丽,他永远忘不了。

没过几天,代本德罗家里不知为谁举行葬礼。从他家里来了个年轻姑娘邀请昆德前去做客。但是姝尔久穆基不准她去,这次邀请也就作罢了。

后来,代本德罗到达拉秋龙家里来,又和昆德见了一次面。姝尔久穆基从别人的嘴里又听到了这个消息。姝尔久穆基狠狠地把达拉秋龙大骂了一通,从此代本德罗和昆德诺蒂妮再也不能见面了。

结婚以后,就这样过了三年。后来,昆德诺蒂妮成了寡妇——达拉秋龙患斑疹伤寒死了。姝尔久穆基把昆德接回自己家里。她变卖了她送给达拉秋龙的那所房子,把存折给了昆德诺蒂妮。

读者先生们读到这里,肯定十分生气,不过,这只是这部小说的开始,只是为毒树播下种子。

第九章　信奉毗湿奴的女人霍莉达释

昆德诺蒂妮成了寡妇以后，在诺根德罗家里度过了一段寄人篱下的生活。

一天午后，家里的妇女们照例聚集在内院那座古老的天井里，做着一般农村妇女喜欢做的工作，各自忙碌着。天神保佑，寄居在这家庭里的妇女人数可不少呢，从未成年的少女到白发苍苍的老太婆，各种年龄的都有：有的正在梳头，有的发髻已经梳了起来，有的在捉头发里的虱子，有的已经"哦嘶，哦嘶"地叫唤着把虱子掐死，有的在寻找头上的白发，有的已经用幸运的手指拔下一些白发了。漂亮的年轻媳妇们，有的在为自己的孩子缝被子，有的在给孩子哺乳；有的在编结头绳，有的在打孩子，孩子咧开大嘴，以最高音色大声哭叫着；一个美丽的姑娘正在编织坐垫，另一个却伸着手向她要坐垫看；那擅长绘画的姑娘不知回忆起来谁的婚礼，于是在阳台上用白色的米汁画起花样繁多的吉祥图案；一个博学多才的姑娘正在阅读达绍罗特①的般贾利②。一位老太婆在骂她的儿子，许多人都支起耳朵听。一个多情的少妇正在女伴们的耳边，轻声描绘着丈夫对她的恩爱，挑起了她们这些离人思妇们的忧伤。有些人在骂女主人，骂男家主，骂邻居……同时自吹自擂。那个因自己的愚蠢受到姝尔久穆基轻微责备的人，便举出许多例子夸耀自己绝顶聪明伶俐。那个做菜时总不能把盐放得咸淡合适的厨子，正以长篇大论来吹嘘自己的烹调技术。那位自己的丈夫是村子里有名的蠢驴

---

① Daasharathi Ray，1806－1857，19 世纪中叶在孟加拉农村享有盛名的诗歌作家。他的"般贾利"体短歌大部分是取材于歌颂黑天的传说。他采用了不少民歌的调子，但是其内容并不限于单纯的宗教信仰，而是突出地涉及当时的社会问题，如寡妇再嫁、城市生活的穷奢极欲和英国式殖民教育的弊端等。

② Panchali，孟加拉诗歌的一种形式，由四个音部和十四个音节组成。

毒　　树

的女人，却在赞美丈夫是人间少有的博学多才之士，使同伴们大吃一惊。那位生育一群一个个像漆黑的肉蛋似的儿女的母亲，正在吹嘘自己是专生漂亮宝宝的妈妈。姝尔久穆基不在天井里。她有些骄傲，不大参加这样的集会，而且，如果她来了，也会削弱集会的欢乐气氛。大家全都怕她，在她面前不敢畅所欲言。可是，昆德诺蒂妮在这段日子里，却经常参加这样的集会。现在她也在这里。她应一个小男孩母亲的请求，正在教那个孩子学习孟加拉文字母。昆德发现，她的学生正张着大嘴，眼睛盯着另一个孩子手里的糖果看呢，所以，他学习的兴趣是在另一方面的。

正在这时，一位女修道者嘴里高呼着"顶礼罗陀①！"走进了这个女人集会的场所。

诺根德罗的神庙院里经常款待来客，而且每星期日还布施米面食物，除了神庙院，女乞丐以及乞食的女修道者等一概不能进入内院。因此，在内院里听到呼喊"顶礼罗陀"的声音，一位妇女立即说："啊，鬼婆娘，你怎么到内宅来啦？到神庙院去！……"但是当她回过头看到女修道者时，她不能再把赶她走的话接着说下去了。"哎呀，我的妈呀，好像一位神仙似的女修道者呀！"她反而赞美地说。

大家惊奇地发现，女修道者年轻、貌美，漂亮得简直无法用语言形容。在这么多美人汇聚一堂的深宅内院里，除了昆德诺蒂妮，再没有比这位女修道者生得更美丽的了——鲜艳的红嘴唇，端正挺直的鼻子，大大的青莲花似的眼睛，像墨笔画过的两道漆黑的眉毛，饱满的额头，莲藕似的双臂，金色花一般淡黄色的皮肤……真是盖世无双、罕见的女人啊！不过，在这群深居内宅的女人中间，如果有一个具有审美观点的人，她会说："女修道者身上缺乏女人的袅娜风姿，形体动作倒是像个男人！"

女修道者鼻梁上画着拉斯各里，梳着中分的发式，穿着一件带黑边的白棉布短纱丽。手里拿一面手鼓，手臂上戴着铜臂镯，手腕

---

① Radha，印度神话里黑天的情人，印度妇女崇拜她为神圣的标准女性。

上戴着许多细细的手镯。

一位年长的妇女问她:"啊,你是哪个?"

女修道者说:"我是女修道者霍莉达释。众位太太、小姐们听唱歌么?"

这时,老老少少从四下里异口同声地叫喊着:"要听,要听!"女修道者手里拿着手鼓进来和太太小姐们坐在一起。她坐在昆德教小孩子读书的那个地方。昆德特别爱听颂神赞歌,听说女修道者要唱歌,她坐得和女修道者更靠近一些。她的学生趁着这个机会站了起来,从吃着糖果孩子的手里夺了糖果,自己吃起来。

女修道问:"我唱什么呢?"这时,听众们开始发出各种指示:有人要听"牛主古宾特"①,有人要听"牧童逃亡"②,那个阅读达绍罗特的姑娘却要求唱般贾利。两位老太太让唱关于大神黑天的丰功伟绩。中年妇女们表示不同意,要她唱《女使的消息》③和《别离》④。有人要听《牧场嬉戏》⑤。有个不害臊的年轻女人说:"你要会唱尼图巴布⑥的《达巴》小曲,就唱吧——不然,我不听!"一个未成年的小姑娘就冲着女修道者要求说,教她学唱那首"拿来呀,拿来呀,女使……"

女修道者一边听着这些吩咐,一边闪电般地向昆德瞟了一眼,说:"啊,你怎么不命令我唱歌呀?"昆德羞涩地低下头,微微一笑,不回答她,只是在一位老年妇人的耳边低声说:"请你叫她唱《牧童歌》!"

于是老太太说:"昆德说啦,她要听《黑天颂歌》呢!"女修道者立刻唱起颂歌来。女修道者把所有的命令都当作耳边风,唯独

---

① Govinda,即诗人圣天(Jayadeva)的《牧童歌》《Gitagobinda》。
② 孟加拉民间歌颂黑天的俚曲,内容大都来自《牧童歌》,有所发展。
③④⑤ 都是孟加拉邦的民间小曲,内容以歌颂黑天的爱情故事为主。
⑥ Nidhu Babu,全名罗摩尼图·古普特(Ramnidhi Gupta, 1742-1839)。他的歌唱爱情的短歌文辞优雅,曲调新颖,在19世纪上半叶风行于加尔各答上流社会的客厅里,人称尼图先生。

毒　　树

满足了她的要求，这使昆德感到很难为情。

　　女修道者霍莉达释首先漫不经心地用手指轻轻地在手鼓上弹了几下，然后在喉咙里像一只报春的黑蜂在嗡嗡似的低声哼着一支曲调，声音那么轻柔，仿佛一个羞涩的少女第一次开口向她的丈夫倾诉爱情。突然，那小小的手鼓像在著名的乐师娴熟的指法下发出雷鸣般的轰响，同时，那使听众全身战栗的，比天堂里仙女的歌喉还甜美的歌声也发了出来。吃惊的、着了魔的妇女们发现，这位女修道者有一副无比高亢的好嗓音，它弥漫天井，直冲云霄。愚蠢的深闺妇女们怎能了解那完美歌曲的深意？如果她们聪明一些，她们就会知道，那表现出全部心灵的乞求的精美的歌曲，实际不是仅仅出于一副好嗓音！不管女修道者是怎样一个人吧，她倒是像在音乐学院里受过很好的训练，而且年纪轻轻便显示出这方面的天才的歌手。

　　女修道者唱完了一首歌，妇女们又向她提出再唱一首的请求。这时霍莉达释用饥渴、贪婪的眼睛望着昆德诺蒂妮，又唱了起来：

　　　　　　为了你——面如芙蓉的姑娘，
　　　　　　我来到这郭古尔牧场，
　　　　　　请让我在你的身边，
　　　　　　占一个立足的地方。

　　　　　　骄傲的女人，为了你的尊严，
　　　　　　我扮作陌生人，丧失了体面。
　　　　　　罗陀啊，救救我，说一句话，
　　　　　　我跪着求你：跟我回家吧。

　　　　　　只为能亲眼看到你，
　　　　　　我吹着竹笛，沿门求乞，
　　　　　　罗陀啊，当你命令我吹笛的时候，
　　　　　　泪珠不由自主地在我眼里转来转去。

> 若是你不肯转回家园，
> 我将去到贾牟拿河边，
> 摔碎竹笛，把生命捐弃，
> 让心碎来平息你的怒气。
>
> 布罗佳①的欢乐随水流去，
> 爱情被踏烂在脚底，
> 脚铃牢牢系紧脖颈，
> 我要沉入贾牟拿河水里！

唱完了歌，女修道者对昆德诺蒂妮说："唱得口干了，给我一点水喝。"

昆德拿来一瓶水。女修道者说："我不能接触你们的水瓶。把水倒在我手里吧，我不是一个真正崇拜毗湿奴大神的修道者。"

哦，这说明女修道者出身于一个非圣洁种姓家庭，后来才成为修道者。昆德听她这样说，就跟着她走到一个可以洒水的地方。这地方可以说悄悄话，坐在大厅里的妇女谁也听不见。昆德往女修道者手里倒水，女修道者一边洗手、漱口，一边用别人听不见的声音轻轻说："你是昆德吧？"

"你怎么知道？"昆德吃惊地问。

"你见过你的婆婆吗？"

"没有。"昆德曾经听人说，她的婆婆是个堕落的女人，离开家乡逃跑了。

"你的婆婆回来了。现在她住在我家里。她哭哭啼啼地渴望见你一面。唉，不管怎么说，她总是你的婆婆嘛！那可恶的下贱女人不敢再在你们女主人的面前露脸——你为什么不跟我一同前去见她一面呢？"

昆德尽管很单纯，但是她也知道，承认和这样的女人有婆媳关

---

① 黑天与罗陀谈情说爱的牧场，在秣菟罗附近。

毒　　树

系，是很不妥当的。因此她只是摇摇头，不同意前去。

可是女修道者不放弃，拼命地怂恿她。这时，昆德说："不告诉女主人，我不去！"

"千万别告诉女主人！"女修道者警告说，"她决不会让你去。或许还会派人去接你婆婆来，那么，你婆婆就又要离开家乡逃跑啦。"

不管女修道者怎样坚持不懈地努力劝诱，昆德就是坚决不同意跟她一同前去——除非得到姝尔久穆基的允许。霍莉达释无可奈何，只好说："好，好！那么，你先去跟女主人讲清楚，过一两天我再来带你去。不过，要记住：要跟她多说好话，最好哭上一两声，否则，她是不会让你去的。"

连这样的事，昆德也不同意，不过，她对女修道者既不说"行"，也没说"不行"，只一声不响。

女修道者洗完手，漱完口，回到大家面前讨赏钱。这时，姝尔久穆基来到大厅里。立刻，无聊的闲谈突然中断，天井里一片寂静，年轻的妇女一个个全都重新做起活计来。

姝尔久穆基从头到脚仔细打量着霍莉达释，问她："你是哪个？"

诺根德罗的一位舅母说："她是个女修道者，来唱歌的。歌唱得真好听！这样好听的歌，我从来没听过。孩子，你也听听吧？唱吧，霍莉达释，你就唱一支颂赞女神的歌吧！"

霍莉达释唱了一支非常动听的歌颂迦梨女神的赞歌。姝尔久穆基深深地被歌声感动了，满怀喜悦地送给女修道者一些礼物，就离开了。

女修道者向大家合掌致谢，然后又向昆德瞥了一眼，就向大家告辞了。等到姝尔久穆基走出视线之外，她在手鼓上轻轻地弹出一支欢快的小调，一边低声歌唱，一边向外走：

来吧，喂，小月亮！
我要给你吃香甜的花蜜，
我要用黄金给你做衣裳。

我要送给你满瓶芬芳的香水，
我要把绚丽的玫瑰插在你发髻上。
我要亲手调制各种香料，
给你做一盒可口的槟榔。

女修道者走了以后，妇女们谈论了她很长一段时间。起初大家对她齐声赞美，后来渐渐地又在找她的缺点。比拉吉说："无论怎么说，她的鼻子有点扁。"巴玛说："皮肤嘛，亲爱的，我说，太苍白啦。"琼德罗穆基插嘴说："头发嘛，简直像粗麻线！"姜芭说："额角太高。"科摩拉说："嘴唇过厚。"哈拉妮说："身材呀，又粗又壮。"普罗摩达说："那鬼婆娘的胸脯那么宽，简直和流动戏班里扮女角的戏子那样，看着叫人恶心！"如此这般，那美丽的女修道者很快地被贬成天下独一无二的丑女人了。这时，洛丽达说："不管她长得美不美，那女人的嗓子很好。"然而，连这个优点也不能被大家一致通过——琼德罗穆基反驳说："那怎么能称得起好嗓子！她的嗓音很粗！"穆各多凯茜说："说得对！她唱起歌来像母牛叫。"奥央歌说："她不会唱歌，连一首达绍罗特的歌曲都唱不出来。"格娜格说："那女人唱起歌来缺乏节奏感。"讨论的结果是，女修道者霍莉达释不仅奇丑无比，而且她的歌喉之不堪入耳，也是天下第一。

第十章　巴布

霍莉达释离开德多家向代比普尔村走去。代比普尔村里有一座四面围着花样新奇的铁栅栏的大花园。花园里繁花似锦，果木苍翠，中间有个池塘，上面还有一个凉亭。霍莉达释走进那座花园，穿过一间厅堂，进入一个僻静的小房间里换衣裳！立刻，那浓密、漆黑的头发绾成的发髻从头上跌落了——那不过是假发，胸前的一对乳房——竟是布做的，脱下铜臂环和手镯，洗掉鼻梁上画着的拉

毒 树

斯各里，换掉前面第九章里谈到过的修道者的女人服装，立刻，一位翩翩美少年出现在眼前。这位少年二十五岁，但是造化垂青，面颊上还没有一根胡须的影儿，从外表看来，像个十五六岁的孩子。这个年轻人就是代本德罗巴布。前两章已经略微谈到过他了。

代本德罗和诺根德罗本是同一位祖先的子孙。不过德多家族这两个支系之间却存在着世代相传的矛盾和纠纷，甚至戈宾德普尔村的巴布们和代比普尔村的巴布们见面连话都不讲。这两个支系几代之间诉讼不止。最后，在一次决定命运的诉讼中，诺根德罗的祖父战胜了代本德罗的祖父，代比普尔村的巴布们元气大伤，一败涂地。判决执行以后，代比普尔村的巴布们失去了一切——戈宾德普尔村的巴布们购买了他们全部的田地财产。从此，代比普尔村的巴布们日渐贫困，戈宾德普尔村的巴布们却一天天势大财旺起来。他们之间的关系完全断绝，他们互不相认了。代本德罗的父亲为了恢复失去的光荣与财富，想出了一个办法。家住何里普尔县的一位名唤戈耐室的地主有个唯一的女儿海摩柏蒂。代本德罗的父亲让他的儿子和海摩柏蒂结了婚。海摩柏蒂确实"品貌出众"——她丑陋，饶舌，泼悍，自私。和海摩柏蒂成亲以前，代本德罗一直是品行端正，无懈可击的。他读书很用功，性情也很温柔、诚朴。可是，这样的婚姻把他给毁了。随着年龄的增长，代本德罗发现，有这样一个妻子，在家庭里他找不到任何乐趣。随着年龄的增长，他产生了对青春和美丽的渴求，然而，在自己家里这种渴求得不到满足。随着年龄的增长，他产生了两性之间夫妻好合的欲望，然而看到泼妇似的海摩柏蒂，这种情欲立刻飞到九霄云外了。快乐么，且让它远在天外吧——代本德罗这样想，然而他发现，从海摩柏蒂那根舌头上喷洒出来的"喁喁情话"像蛇咬蝎蜇一般，使他连住在家里也感到痛苦不堪。有一天，海摩柏蒂对他骂出了极下流的脏话，代本德罗再也忍受不下去了——他已经忍受太多了——他揪着海摩柏蒂的头发，好一顿脚踢拳打。从那天起，他离开了家，留下给他另盖一所房子的命令，到加尔各答去了。在这以前，代本德罗的父亲已经去世，现在他是自由的。在加尔各答，代本德罗陷入了罪恶的泥潭，那得不到满足的情欲的饥渴得到了充分的满足。至于那由堕落放纵而产生的内心的不快与烦恼，他常常小心地用大量的醇酒来把它冲洗掉。最后，他不再有任何要求——罪恶，他心中忏悔。不久，代本德罗带着一派俨然花花公子的神气回到了家乡。这时，花园里他自己的住宅已经建成，他住在花园里过起了纨绔子弟的豪华生活。

代本德罗从加尔各答学到了各种习气，他回到代比普尔村以后，马上宣称自己是一位社会改革者。首先，他建立了一个宗教改革团体——梵社，纠集了如达拉秋龙之流的一批社员，举行了无数次集会演讲。也曾为设立一所女子学校大肆宣传，不过事实上进展不大。他对鼓吹寡妇再嫁非常热心，甚至他还亲自让两三位最低种姓的年轻寡妇结了婚，不过新郎和新妇是早就互相吸引、自觉自愿的。至于废除妇女戴面纱，打破囚禁妇女的牢笼——深闺制①，他和达拉秋龙的意见是一致的，两个人常常叫嚷："让妇女们走出家庭！"在这方面代本德罗巴布做出了突出的成绩。不过，他宣传妇女走出家庭是有特殊用意的。

代本德罗从戈宾德普尔回到家里，卸下女修道者的伪装，恢复自己的本来面目以后，就到旁边另外两间屋子里休息。一个仆人将早已准备好的消除疲乏的波斯烟具②摆在他面前。代本德罗向那位一切疲劳、烦恼的摧毁者——烟草女神献上祭礼，默默致敬。至于女神享受过的供余，谁若不吃，就不是男子汉了。

啊，人类心灵的安慰者，那使全世界疯狂着魔的女神啊，让我们对你虔诚的崇拜永不动摇！让你的使者阿尔柏拉、胡卡、古尔古里③诸位仙女永远在我们眼前出现。让我们一看到她们就能够升入天堂，灵魂得救；啊，胡卡！啊，阿尔柏拉！你环形的袅袅青烟如

---

① 是从土耳其传来的封建习俗，妇女在家庭里只能住在内院，不允许会见生人，外出须戴面纱，乘坐车、轿也帷幕四垂。
② 用铜制作的火烟具，顶端有装烟丝的托盘，下部盛水，有吸管一支或数支供人吸用。
③ 阿尔柏拉（Albala）、胡卡（Hugha）、古尔古里（Gulguli）都是烟具的名称。

毒　树

海波起伏。你长长的烟管如蛇般在蜿蜒。你头戴银冠的烟碗那么华丽。你银冠上垂下的璎珞又是多么辉煌明亮。你如指环一般圆圆的、微弯的烟嘴多么精致又美丽。你烟袋里清凉的薰香的腹水是多么芬芳！啊，你，世界的情人啊，你是人类疲惫烦恼的毁灭者。你是闲人、懒汉的保护者。你是由于怨恨妻子而心情忧郁、精神失常的人们的消灭者。你是惧怕神明、胆怯者的勇气给予者！愚蠢的人们怎能理解你的伟大？请你给伤心人以安慰，给怯懦者以勇气，给困惑者以理智，给愤怒的人以和解！啊，你是一切欢乐的赐予者！请你永远住在我家里！让你的芳香一天更比一天馥郁！让你腹里水波翻腾，沉雷般轰鸣永远长在！让你的烟嘴和我的嘴唇一分钟也不分离！

　　嗜烟成癖的代本德罗于是分享了烟草女神的供品，但是他并不满足。后来他又准备崇拜另一位力量更大的女神。这时，仆人的手里捧着一个用稻草包着的瓶子出现了。于是在那洁白无比，宽宽的睡床上，赛银的盘子里，为那泛出黄昏时天空血色云霞光彩的特殊流质——威力无穷的女神，设置了由外国制造的名字叫作 Decanter①的宝座。玻璃杯摆上了，洗手的小铜碗摆上了，从厨房里来的高个子、头上留着一撮长发的"祭司"②，将一个放满烤羊肉、炸肉排等等的大篮子（这就是献神用的花瓶和鲜花吧？）也摆在了代本德罗的面前。于是代本德罗按照古圣梵典的规定，虔诚地向伟大的女神礼拜如仪。

　　接着，歌手、弹奏者带着羯鼓、手鼓、七弦琴来了，他们为祭祀女神举行了音乐演奏会。

　　最后，一位和代本德罗年龄相同、温柔恬静的青年来了。他是代本德罗舅舅的儿子苏伦德罗。他的举止、言行和代本德罗完全相反。由于他性情温和，品行端正，代本德罗非常喜欢他，除了他

---

① 酒壶。
② 指婆罗门种姓的厨师。婆罗门种姓的男人习惯在头顶发旋转处留着一缕长发，他们不吃其他姓烹饪的食物，所以在贫穷时便以厨师为业。

的,全家无论是谁的劝告,代本德罗都不听从。苏伦德罗每晚都来探望代本德罗,但是他怕醉鬼们的喧嚣,从来不肯多停留。等到大家都走了,苏伦德罗才问:"今天,你身体可好?"

"肉身乃疾病之寓所也!"代本德罗引经据典地背诵起来。

"我问的是你身体如何。今天试过体温吗?'

"没有。"

"肝脏呢?还痛么?"

"和往日一样。"

"那么,把这一切戒掉,不好么?"

"你指的是什么——喝酒?你知道我还能活几天?酒是我终身的伴侣!"

"终身伴侣?它既不和你同生,也不会和你同死!许多人都戒酒了,你为什么不能戒掉它?"

"莫非我能为快乐而戒酒?别人戒酒,为了另有生活的乐趣——在这种信心支持下,他们不再喝酒了。我呢,任何乐趣都没有!"

"那么,为了希望活下去,就戒了它吧。"

"别人活着是快乐的,他们希望活下去,那就让他们戒了酒吧。我活着有什么意义?"

苏伦德罗眼里充满泪水。他情谊深厚地说:"那么,看在我们大家恳求的面上,戒了吧!"

"劝我走上正途的,除了你,再没有其他人。如果有一天我果真戒了酒,那只是由于你的请求。还有……"代本德罗流着眼泪说。

"还有?还有什么?"

"还有,假如有一天我听到我妻子死亡的消息,我会马上戒酒!否则……如今,我活着就和死了一样。"

苏伦德罗眼泪汪汪,心里千万遍地咒骂着海摩柏蒂,回家去了。

毒　树

第十一章　姝尔久穆基的信

亲爱的蔻莫洛，我比自己的生命还要珍视的妹妹，我的宝贝：

祝你长寿！

我这样写下向你祝福的词句，深感惶恐。如今，你也长大成人了，还是一个家庭里的主妇呢。但是，不管怎样，我除了把你看作我最小的妹妹，再也想不起应该怎样向你表达了。你是我带大的。你第一次写孟加拉文字母便是我教的。可是，如今看到你亲笔手书的字迹，我把我这封歪歪扭扭、字不成形的信寄给你，真是害羞呀。可是，害羞有什么用？我们的时代已经过去了，否则，我怎会落到这般地步！

什么地步？这不能对任何人讲——说起来我既痛苦又羞愧。不过，内心的痛苦，如果不对人讲，也很难忍受。讲给谁听？你是我最亲爱的小妹妹——除了你，没有人更爱我，而且你哥哥的事，除了你，我也不能对别人说。

我自作自受，亲手为自己安排了火葬柴堆！昆德诺蒂妮如果无吃无喝饿死了，与我何干？至高无上的创世主既然为许多人安排了出路，莫非就不能救她？我为什么自食其果地领她到家里来呢？

你曾经看到过那不幸的女人，当时她还是个少女。现在她已经十七八岁了。她很美丽，这，我承认。那种青春美貌的年华，对我说来已经消失了。

世界上，如果有我的欢乐，那就是他，我的丈夫；世界上，如果有我最关心的人，那就是他，我的丈夫；世界上，如果我有任何财宝，那就是他，我的丈夫。这个丈夫，被昆德诺蒂妮从我心里抢去了。世界上，如果我还有任何渴望追求的话，那就是丈夫的爱情，现在，我丈夫的爱情被昆德诺蒂妮从我这里骗走了。

我不是在说你哥哥的坏话，也不是在谴责他。他道德高尚，心地善良，就是他的敌人也从来不曾，也不能在这方面找出缺点。我每天在观察他，我发现，他拼命挣扎着在控制自己的心灵。昆德诺蒂妮待着的地方，他的眼睛尽力不向那边看，除非绝对需要；我嘴里决不叫出她的名字，甚至，他对待昆德诺蒂妮的态度也很粗暴——我听到他对她无缘无故地加以申斥。

那么为什么我自卑自贱地写出这样的烦恼？如果向男人们提出这样的问题，他们很难理解，不过，我是女人，立刻就明白了。若是昆德诺蒂妮像别的女人一样，在他眼里显得很平常，那么，他为什么那么慌张地不敢望向她？为了不从嘴里唤出她的名字，他变得那么小心翼翼，这又是为什么呢？为了昆德诺蒂妮，他自己成了自己的罪人，因此，他才常常无缘无故地斥责她。这愤怒不是对她，而是对他自己。他责备的不是她，而是他自己。我了解这一切。我一直是个忠心于丈夫的妻子，从灵魂到肉体我只是专心地注视着他——看到他的影子，我能够猜出他的心思。他怎能瞒哄得了我呢？有时他心不在焉地四处搜寻，莫非我不明白他在找谁？看到了她，他又急忙把视线收回——这是为什么？莫非我不知道？！为了听到她的声音，吃饭的时候，尽管手里拿着喝水的杯子，却支起耳朵倾听。难道我不明白这是为什么？手里抓着饭，可不往嘴里送，只侧耳仔细听——为什么？听到昆德在说话，又拼命大口大口地吞咽，莫非我不了解原因么？比我自己的生命还要宝贵的我的丈夫，过去他总是快活的——满脸含笑，如今这样忧愁恍惚，为什么？我对他讲话，他总是茫茫然回答说："哦，好！"如果我生了气，说："我不如早早死去！"他呀，也说："哦，好！"这样精神恍惚，为什么？如果你问他，他会回答："为打官司烦恼。"我知道，他一向不把诉讼的事放在心上。谈起诉讼纠纷，总是笑嘻嘻的。还有一件事——有一天，村子里几位老太婆谈起昆德，说她年纪轻轻地就成了寡妇，说她无依无靠，大家都为她伤心。你的哥哥也在那里，我在暗地里看到，泪水在他眼睛里滚来转去，他突然急急忙忙离开了那个地方。

现在，家里雇用了一个新的女仆。她的名字叫古穆德。你哥哥

毒　树

也常常叫她的名字古穆德。有时，他却把古穆德唤成了昆德！他变得多么呆笨啊！他为什么这么呆笨呢？

我不能说他对我不关心，或者怠慢轻视。相反，他待我比以前更加体贴，更加尊重。他自己认为，他对我犯了罪。但是，我也明白，我在他心里已经失去地位。体贴是一码事，爱又是一码事，两者之间有什么区别，我们女人是很清楚的。

还有一件滑稽可笑的事。一个名叫伊绍尔·比达沙戈尔的人，据说是加尔各答有名的大学者，写了一部关于寡妇再嫁的巨著出版了。如果主张把寡妇再嫁的条文写在婚姻法里的人就是大学者，那么，谁是蠢材呢？现在咱们的客厅里，婆罗门学者先生们来了，立刻就对这部书展开热烈的讨论。那天，一位初出茅庐能言善辩的年轻婆罗门——哎呀，简直是辩才天女萨拉斯瓦蒂①的宠儿，他为寡妇再嫁竭力辩护，结果从你哥哥那里得到十个卢比去修补他讲学的茅屋！　第二天，萨尔柏普姆老师父来了，他反对寡妇再嫁，他女儿结婚的时候，我打了五婆里②重的金手镯送她——大多数人是不赞成寡妇再嫁的呀。

我拿自己的烦恼来打扰你，占去你不少时间，我不知道你该会多么生气？可是，有什么办法，亲爱的？我心里的痛苦不对你说，又对谁说呢？我有许多话还不曾说出来，不过，现在为了你只好打住了。不要把这些话对任何人讲。我要你发誓，这封信，连你的丈夫，也不要给他看！

你不能来这里看看我们么？在这个时候，你来一趟吧，看到你，我的烦恼就会消失。

希望你赶快来信，谈谈你儿子和你丈夫的消息。

妹尔久穆基

又及：还有一件事，如能把罪恶赶出去，我就放心了，往哪里赶呢？你肯收留她么？还是害怕？

---

① Sarasvati，意译"辩才天女"，印度神话里的智慧女神。
② 印度计算重量单位，一个多拉180喱（Grain），约合中国一市两。

蔻莫洛在回信里写着：

你疯啦！否则你怎会变成一个对丈夫产生疑心的女人？不要对丈夫失去信任。如果你真的对他不信任——那么，投湖自杀吧。我，蔻莫洛，经过慎重考虑，按伦常法规对你宣判：脖子上拴根绳子，怀里抱着大水罐，投水自尽！一个女人对丈夫产生怀疑和不信任，死亡是她的幸福！

第十二章　发芽

这些天来，诺根德罗的性情渐渐地发生了很大的变化。他的脾气就像夏季的黄昏———一会儿晴空万里，突然又乌云翻滚，雷电齐鸣。姝尔久穆基看他这样，只有暗地里用衣襟擦泪。

姝尔久穆基心想："我应该听从蔻莫洛摩妮的劝告。为什么我要怀疑丈夫变心呢？他的心像兀立不变的高山——是我误解了他。他可能生病了。"姝尔久穆基在用细砂筑堤坝，它是不可靠的！

德多家有自己的家庭医生，是个年轻人。姝尔久穆基因为是女主人，经常要和许多人谈话，她在和仆人谈话时从不抛头露面。内室的走廊一边设置了一座屏风，屏风外面总有一个男仆随时听候差遣，屏风里面有一位女仆伺候着。姝尔久穆基在屏风后面通过他们和人谈话。姝尔久穆基派人找来医生，就以这种方式和他谈话。

"巴布病了，为什么你不给他吃药？"姝尔久穆基质问医生。

"什么病？"医生说，"我不知道，我从来没有听说他有什么病呀。"

"巴布没有对你讲过？"

"没有。他害了什么病？"

"什么病？你是医生！你不知道，莫非我会知道？"

医生很狼狈。他一边说着："我这就去问他！"一边就往外走。姝尔久穆基叫回了他，说："不必问巴布的病情——只给开药！"

毒 树

"遵命。药,有的是!"医生心里在想:这倒是个高明的医疗办法!他到药房里用一点苏打、葡萄酒和其他营养药品混合起来,制成水剂,装在瓶子里,贴上标签,写上"日服二次"。姝尔久穆基拿药给诺根德罗吃。诺根德罗抓起药瓶看了一眼,就向一只小猫扔去,小猫逃走了,药瓶被它的尾巴扫倒了,在地上骨碌碌地滚着。

姝尔久穆基说:"你可以不吃药!你害了什么病,总该告诉我吧?"

"谁生病啦!"诺根德罗怒气冲冲地说。

"看一看你都瘦成什么模样了!"姝尔久穆基拿来一面镜子,捧在手里,站在他身旁,诺根德罗从她手里夺过镜子远远掷出去。镜子摔得粉碎。

姝尔久穆基哭了,眼泪一串串地流。诺根德罗眼睛里射出怒火,气冲冲地站起来走了。他走到外院,把一个仆人无缘无故地鞭打了一顿。鞭子仿佛抽在姝尔久穆基的身上。

以前,诺根德罗性情非常温和,如今竟动不动就发脾气。

他还不仅仅是发脾气。有一天,已经过了吃晚饭的时候,诺根德罗还不回到内院来。姝尔久穆基在等他。夜深了,诺根德罗才回来。姝尔久穆基看到他大吃一惊。诺根德罗满脸通红,眼睛也是红的——他喝酒了。诺根德罗从来不喝酒呀。姝尔久穆基看到他这种样子,惊恐了,不知如何是好。

从那天起,诺根德罗每晚都喝成那副样子。有一天,姝尔久穆基一边揉着他的双足为他解乏,一边强忍着眼泪,恳切地劝告他戒酒。最后,她说:"为了我,为了我的请求,戒掉它吧!"

"喝酒犯罪吗?"诺根德罗反问。

那种提问的口气意味着堵住人的嘴巴。不过,姝尔久穆基仍然回答说:"喝酒是否有罪,我不知道。你不知道的,我也不知道。我只是请求你戒酒。"

"姝尔久穆基,我是个醉汉,对于神志不清的人要尊敬,要信任!你要相信我,尊重我。除此以外,我别无所求。"

姝尔久穆基走出房外。自从诺根德罗责罚仆人以后，姝尔久穆基就发誓决不在他面前流泪。

管家前来，让人传话说："告诉太太，家业开始败落了，不如以前了。"

"为什么？"

"巴布不管事。我们县、区总办事处的人们任意胡为。主人无心经营，我的话，他也不听。"

姝尔久穆基说："谁的产业就由谁来经管，家业才能保得住。他既不管，就让它败落下去吧。"

以前，家里的田地、财产，都是诺根德罗亲自照料、督促检查的。

一天，三四千个佃农来到诺根德罗的办事处请愿。他们说："老爷，恳求你，在你的代理人、收租人的百般压迫下，我们再也活不下去了。一切都被他们抢光了。你不救我们，谁来救我们？"

诺根德罗命令说："把他们全都赶走！"

以前，诺根德罗的一个收租人拷打了一个佃农，抢了他一个卢比。诺根德罗从收租人薪水中扣了十个卢比赔偿佃农。

霍罗代波·高沙尔给诺根德罗写信说："你怎么啦？你在干什么？我一点也想象不出来。我收不到你的信。即使有信来，也只有两行，也就是说，只有开头和结尾，此外就再也没有别的话了，难道你生我的气了么？那，为什么不告诉我呢？是打官司打输了么？为什么不对我讲呢？即使完全无话可说，也可以谈谈你身体是否健康嘛。"

诺根德罗回信说："不要生我的气——我正在走向毁灭。"

何尔代瓦是聪明人。收到信，心想："这说明什么？为财产忧虑？和朋友绝交？是因为代本德罗·德多？不，是为爱情？"

蔻莫洛摩妮又收到了姝尔久穆基的一封信。信的结尾是这样："来一趟吧，蔻莫洛摩妮，我的小妹妹！除了你，我再没有任何知心朋友了，请你来一趟吧。"

毒　树

第十三章　一场大战

　　蔻莫洛摩妮的宝座动摇了。她不能再稳坐不动。蔻莫洛摩妮是女人里最好的女人。她采取行动了——去找自己的丈夫。
　　斯里绍琼德罗坐在内上房里，正检查公司的收支账目。在他身边，刚满周岁的儿子绍迪什琼德罗正坐在床上玩一份英文报纸。绍迪什抢到报纸，起初，他想吃它，但是不成功，现在，他把报纸展开，坐在上面。
　　蔻莫洛摩妮来到丈夫身边，恭恭敬敬地扑在地上行了接足礼，然后合掌说："吾皇万岁！"
　　（前两天，他们曾邀请戈宾德班主的流动剧班在家里演剧。）①
　　斯里绍琼德罗笑着说："怎么，又是为黄瓜被盗的事？"
　　"不，丢失的不是黄瓜或青瓜，是更贵重的东西。"蔻莫洛摩妮说。
　　"案件发生在何处？何物被偷？"
　　"戈宾德普尔被盗。哥哥黄金宝盒里的小'各利'② 不知让谁偷去了。"
　　斯里绍琼德罗莫名其妙地说："你哥哥的黄金宝盒就是姝尔久穆基啊——小'各利'指什么呀？"
　　"姝尔久穆基的聪明智慧。"
　　"怪不得人们说：'人一糊涂，一辈子受穷苦。'姝尔久穆基就是用她的小'各利'买到你哥哥的。你是那么聪明，那么，亲爱的……"蔻莫洛摩妮捂上斯里绍琼德罗的嘴。等她放了手，斯里绍琼德罗说："那么，是谁偷去了小'各利'？"

---

① 从"吾皇万岁"开始，下面的对话是模仿他们看的戏剧的台词。
② 小型贝壳，印度古代曾用作货币。

"我不知道。但是读了她的信,我明白,她已经失去信心和理智,否则,这傻女人为什么写出这样的信?"

"我可以读一读那封信吗?"

蔻莫洛摩妮把姝尔久穆基的信放在斯里绍琼德罗手里说:"拿去看吧。姝尔久穆基不准我把这一切告诉你。但是,不告诉你,我一天也活不下去。不把信给你看,我就吃不下饭,睡不着觉——头晕的毛病也会重犯。"

斯里绍琼德罗手里拿着信,考虑了一会儿,说:"她既然不允许你给我看,我就不看吧。说些什么,我也不要听。现在该怎么办,你说吧。"

"应该这样——姝尔久穆基变蠢了,应该给她增添一点智慧。谁能够分给她聪明智慧呢?如果有这样的人存在,那就是咱们的绍迪什巴布啦。因此,他的舅母写信来,让把绍迪什巴布送到戈宾德普尔去。"

绍迪什巴布这时已经把插满鲜花的花瓶底向上翻了个个儿,眼睛正注视着桌上的墨水瓶呢。斯里绍琼德罗看到这一切,说:"真是找到了一个合格的智慧给予者!不管它,现在我才明白:嫂嫂家来了请帖,请外甥巴布。如果让绍迪什去,那么蔻莫洛摩妮也必须跟去。姝尔久穆基那点聪明若不是被人偷去了,怎能写出这样的话来?"

"哪里只是请绍迪什?请我,也请你呀。"

"为什么请我?"

"莫非我能单独去?谁给我们捧水罐、拿毛巾,服侍我们呢?"

"这就是姝尔久穆基的不对了。如果仅仅为了捧水罐、递毛巾,就觉得需要给丈夫的妹妹找个女婿的话,我两天之内就能给她找个妹婿来。"

蔻莫洛摩妮发怒了。她皱起眉头,对斯里绍琼德罗狠狠地扭歪了脸,把他写着字的一张纸撕碎了。斯里绍琼德罗笑着说:"你撕它干什么?"

蔻莫洛摩妮佯装发火地说:"我高兴,就要撕!"

毒 树

斯里绍琼德罗也佯装发火地说:"我高兴,就要那么说!"

这时,蔻莫洛生气地向斯里绍琼德罗举起拳头——她用珍珠般洁白的牙齿咬着下嘴唇,小手握成可爱的小拳头。

看到她举起拳头,斯里绍琼德罗把蔻莫洛摩妮的发髻拉散了。蔻莫洛摩妮更加冒火,把斯里绍琼德罗墨水瓶里的墨水倒在了痰盂里。

斯里绍琼德罗大发雷霆,他快步跑上前来吻着蔻莫洛。蔻莫洛也怒火冲天,闪电般迎上前来吻着斯里绍琼德罗。绍迪什看到他们这样,心里很高兴。他知道,接吻是他钦赐的领地。谁要在领地里活动,他有权向他们收租征税。怀着这种希望,他抱着妈妈的腿站起来了,并且望着他们的脸,大声地掀起一阵笑的波浪。这笑声在蔻莫洛听来是多么甜蜜!蔻莫洛把绍迪什抱在怀里不断地亲着他的小脸。斯里绍琼德罗从蔻莫洛的怀里抱过绍迪什也连连亲他。绍迪什抽税以后,及时滑下地来,跑着去抢爸爸的金黄色的铅笔。铅笔拿到手,他把它放在嘴里舐着,品评它味道是否可口。

在俱卢之野①,帕戈德多和阿周那进行着一场恶战。帕戈德多向阿周那投具有神力的不可抵挡的武器,黑天大神知道阿周那无法抵御,他用自己的胸膛挡住了那件武器,使战争平息。同样,绍迪什在斯里绍和蔻莫洛这场大战中,以他的笑颜挡住了各种武器,使他们化干戈为玉帛了。不过,他们之间这样的战争与和平,却像雨季的骤雨——时降,时停。

斯里绍琼德罗说:"说正经的,你真的要去戈宾德普尔吗?那,我一个人怎么生活呢?"

"你好像认为我愿意你一个人留下似的。我去,你也去。去吧,明天早早下班,要是回来迟了,我和绍迪什两人,一边坐一个,哭着等你。"

---

① 地名,在今印度首都新德里(New Del-hi)附近。印度史诗《摩诃婆罗多》描述了般度族的阿周那和俱卢族的帕戈德多(Bhagdatta)在俱卢之野战斗的场面。

"我怎么能离开呢,特别是在这个亚麻收购季节?你一个人去吧。"

"来,绍迪什!我们两个,一边一个,坐着哭吧。"

听到妈妈宠爱的呼唤,绍迪什扔下铅笔不再舐,快活地大笑起来,于是蔻莫洛也不哭了,反而亲了亲绍迪什。斯里绍也吻了他一下。绍迪什为了显示自己的威力,又是一阵大笑。这场大乱平息后,蔻莫洛才问:"现在你有什么指示下达?"

"你去,我不阻止你,不过,你想,在亚麻季节,我怎么能离开呢?"

蔻莫洛听了,转过脸儿,一声不响。

斯里绍琼德罗的钢笔上还留有一点墨水。斯里绍拿起钢笔,从背后往蔻莫洛的脸颊上画了一道墨痕。

这时,蔻莫洛笑了。"最亲爱的,我多么爱你啊!"她一边说,一边用双臂紧紧搂着斯里绍的脖子吻着,于是那一道墨痕就完整地印在了斯里绍的腮上。

蔻莫洛又打了一次胜仗。蔻莫洛说:"若是你一定不肯去,那么,就为我的出行做准备吧。"

"你几时回来?"

"这还用问吗?你既不去,我还能住几天?"

斯里绍琼德罗派人送蔻莫洛摩妮去戈宾德普尔。不过,我们可以肯定地预告,这一次斯里绍琼德罗巴布在收购亚麻的买卖里没有赚大钱。商行的职员们悄悄地对我们说:"这是斯里绍巴布的过失!他那时心思没用在做生意上,只是坐在家里数着'各利'算卦。"这话有一天传到了斯里绍琼德罗的耳朵里,他说:"嗯,很可能!我那时很不幸。"听他这样说,大家扭过脸说:"呸!这么怕老婆!"这话也被斯里绍听到了。听到以后,他满心欢喜地吩咐仆人说:"喂,准备上等筵席!巴布们今天在家里吃饭!"

毒 树

第十四章 真相大白

　　戈宾德普尔德多家里仿佛有一朵香花在黑暗中盛开着。看到蔻莫洛摩妮的笑脸，姝尔久穆基眼里的泪水也消失了。蔻莫洛摩妮一踏进家门，便忙着给姝尔久穆基梳妆打扮。姝尔久穆基已经好多天不曾把头发绾成发髻了。蔻莫洛摩妮说："给你插上两朵鲜花吧？"姝尔久穆基轻轻地在她颊上拧了一下。蔻莫洛摩妮一边喊着"别，别拧！"一边偷偷地给她戴上两朵花。有人来了，她喊叫着说："你们看呀！这老太婆，老来俏，还戴花呢！"

　　在蔻莫洛这强烈的阳光照射下，诺根德罗脸上的乌云也消散了。蔻莫洛摩妮见到诺根德罗，马上弯腰行接足礼。诺根德罗说："啊，蔻莫洛，你从哪里来？"蔻莫洛低着头，一本正经地说："禀告哥哥，是被娃娃劫持而来的。"诺根德罗说："真的？好个小强盗！"他抱起孩子，吻了一吻作为惩罚。孩子也感激不尽地把口水流在他身上，还抓住他的胡须往下拉。

　　蔻莫洛摩妮和昆德诺蒂妮是这样开始谈话的——"喂，昆蒂！穆蒂！暾蒂！① 你好吗？"

　　"昆蒂"莫明其妙，一声不响。后来才醒悟过来，说："我好。"

　　"应该说'我好，姐姐'。你就叫我姐姐吧。要是你不这么叫，你睡着了，我会放把火把你的头发烧焦，或者在你身上放个蟑螂！"

　　昆德开始称蔻莫洛姐姐。昆德住在加尔各答蔻莫洛家里的时候，对蔻莫洛，她不称呼什么，甚至很少说话，但是蔻莫洛热情、

---

① 昆蒂（Kunti）、穆蒂（Muti）、暾蒂（Dunti）都是昆德（Kunth）的谐音词，是蔻莫洛随口乱说的。

活泼的天性，使她从那时起就爱上了蔻莫洛。后来，多年不见，昆德渐渐把她忘记了。现在由于两个人性情相近，这爱慕之情又重新滋长起来。

感情更加深厚了，蔻莫洛却准备回丈夫家了。姝尔久穆基说："好妹妹，再多住几天吧！你一走，我就活不下去了。能够对你倾吐一切，我才感到心情舒畅。"蔻莫洛说："不把你的事情料理清楚，我不走。"姝尔久穆基说："我有什么事情要你管？"蔻莫洛摩妮嘴里说："料理你的丧事呀！"心里想的却是："给你拔掉肉中刺！"

昆德诺蒂妮听到蔻莫洛要走的消息，躲在房里暗暗哭泣。蔻莫洛悄悄跟在她背后，她看到昆德把脸埋在枕头里哭，就给她梳起头来。给人梳头是蔻莫洛的一种癖好。

梳完头，蔻莫洛把昆德拉起来，让她躺在自己怀里，用衣襟给她揩眼泪。最后，她问："昆蒂，你为什么哭呢？"

"你为什么要走？"

蔻莫洛微微一笑，但是两颗眼泪却不听笑的指挥，不声不响地顺着蔻莫洛的两颊滚落下来——大晴朗的天，落雨了。

"我要走，你哭什么呢？"蔻莫洛摩妮问。

"只有你喜欢我。"

"怎么，别人不喜欢你么？"

昆德默默无言。

"谁不喜欢你？女主人不喜欢你，是么？对我不该隐瞒。"

昆德一声不响。

"是我哥哥不喜欢你？"

昆德不说话。

"如果，我喜欢你，你也喜欢我，那么，为什么不跟我离开这个家？"

昆德仍然沉默着。

"跟我走吧！"

"不去。"昆德摇摇头说。

毒　树

　　蔻莫洛的笑颜笼上乌云。

　　蔻莫洛摩妮温柔地把昆德诺蒂妮拉在胸前，温柔地捧着她的脸，让它贴在自己腮边，问道："昆德，你肯对我说实话吗？"

　　"什么？"

　　"我要问你的是……我是你的姐姐，别瞒我。我不对任何人说。"蔻莫洛嘴里这样说，心里却这样想："我只对我的顾问斯里绍巴布讲，还有，对娃娃讲，悄悄地……"

　　"你问吧！"昆德说。

　　"你很爱我哥哥，是吧？"

　　昆德不回答。只把脸儿埋在蔻莫洛摩妮胸前哭泣。

　　"明白啦——你在自寻死路呀。你寻死，没关系，可是要连累许多人活不下去呀，知道么？"

　　昆德诺蒂妮抬起头，呆呆地凝望着蔻莫洛的脸。蔻莫洛摩妮明白她在问什么。蔻莫洛说："死丫头，难道你是瞎子，看不见鼻子尖儿下发生的事？看不见事实上……"话到嘴边，她又咽了下去。昆德仰起的头又垂落在蔻莫洛胸前。蔻莫洛的心浸在昆德诺蒂妮的泪水里。很久，很久，昆德一直在悄悄地哭着——像小姑娘那样任性地哭着。她在哭，她的头发却被另一个人的眼泪淋湿了。

　　什么叫爱情，可爱的蔻莫洛深有体会。在内心深处她对昆德诺蒂妮的痛苦深表同情。她给昆德诺蒂妮擦着眼泪说："昆德！"

　　昆德抬起头，再一次凝视着她。

　　"跟我走吧。"

　　昆德眼睛里又滚出泪水。蔻莫洛接着说："不去不行啊——幸福的家庭要被毁灭了。"

　　昆德哭了起来。蔻莫洛说："你走吗？好好想一想。"

　　过了好久，昆德擦干眼泪，站起来说："我走！"

　　为什么要考虑那样久？蔻莫洛是理解的。她明白，昆德在别人幸福的庙堂里献上自己的生命作为祭坛上的牺牲。为了诺根德罗的幸福、姝尔久穆基的幸福，她决心忘掉诺根德罗。因此她需要较长的时间。自己的幸福呢？蔻莫洛摩妮知道，昆德诺蒂妮没有考虑自己的幸福。

第十五章　茜拉

这时，毗湿奴教派的女信徒霍莉达释来了，唱着歌：
　　我到荆棘丛里采摘迦楞卡①，
　　亲爱的女友啊，采集黑色的迦楞卡，
　　我头上戴的花冠，耳朵下垂着的花环，
　　亲爱的女友啊，是用迦楞卡编串！

那天，姝尔久穆基也在场。她派人去请蔻莫洛摩妮来听唱，蔻莫洛摩妮和昆德一同来了。女修道者唱着：
　　任凭荆棘刺得我遍体鳞伤，
　　我不顾死活，只渴望尝一尝花蜜的甜香，
　　我到处游荡，只为寻访——
　　何处有新的蓓蕾开放。

蔻莫洛皱起眉头说："修道者姐姐，你好一张臭嘴！不会唱别的歌儿吗？"

"怎么啦？这支歌儿不好吗？"霍莉达释说。

"还问为什么！"蔻莫洛更加冒火地说，"喂，来人呀！拿一根带刺儿的荆条来！我要让这个婆娘尝一尝皮开肉绽有多快活！"

姝尔久穆基微笑着对霍莉达释说："这种歌儿，我们不喜欢。对居家过日子的人，应该唱文雅的好歌！"

"好吧。"霍莉达释说。一边说，一边开始唱了另一支歌儿：
　　我要学习律法，跪拜着恳求学者专家：
　　根据宗教礼法，诱骗妇女受什么惩罚？

蔻莫洛大怒。"嫂嫂，你愿意，你自己听你的修道者唱去！我

---

① 意译为耻辱、丧失体面，作者故意在这里用做花名。

毒　树

走啦。"

蔻莫洛走了。姝尔久穆基也满脸不高兴地离开了。其他的妇女也各随自便，有的走了，有的留下，昆德诺蒂妮没有走开。原因是，昆德诺蒂妮不了解歌词的含意——她连听都没有听进耳朵里去——她心不在焉，因此当时她坐在那里不动。霍莉达释不再唱歌，只东一句、西一句地闲扯。看到她不再唱歌，大家全走了。昆德却不动窝——也许，她已无力走动了？霍莉达释得到和昆德单独谈话的机会，就和昆德诺蒂妮畅谈起来。有的，昆德听见了，有的，她根本没听见。

这一切，都被姝尔久穆基站得远远地看在眼里。当她发现两人的谈话带有非同寻常的专注倾心迹象时，她唤来蔻莫洛指给她看。蔻莫洛说："这有什么？让她们说去好啦。都是女人，又没有男人。"

"是男是女，谁能肯定？"

"你说什么？"蔻莫洛大吃一惊。

"我怀疑他是男扮女装。这立刻便可见分晓——不过，昆德太下贱无耻啦。"

"你等着，我去找一根荆条来！让这下流坯子尝一尝血肉模糊的滋味！"蔻莫洛找荆条去了。半路遇到绍迪什。绍迪什拿到舅母盛朱砂的盒子，正坐在那里往自己两颊上、鼻子上、下巴上、胸前和肚子上大片地抹着朱砂打扮自己。看到绍迪什，什么女修道者、荆条、昆德诺蒂妮……全都被她抛到九霄云外了。

这时，姝尔久穆基唤来了女仆茜拉。

前面提到过茜拉的名字。现在有必要对她做一些更详细的介绍。

诺根德罗和他的父亲两人在选择家里的女佣人时都非常小心谨慎，特别注意她们的品行是否端正。为此，他们宁愿多出工钱，努力寻找门第高的良家妇女当佣人。女仆们在他们家里生活愉快，而且受到尊敬，因此，许多被贫穷所迫的高级种姓人家的姑娘们愿意给他们做女仆。德多家许多女仆出身迦耶斯特种姓，茜拉就是其中的一个。诺根德罗的父亲从外县找来茜拉的外祖母做佣人,当时茜拉还是个小姑娘,外祖母带着她一同来到德多家。起初只是她的外祖母服侍人,后来,茜拉长大了,老太婆辞工不干了,用手里的积蓄在戈宾德普尔盖了一间小屋,独自过活,而茜拉就在德多家当了女仆。

茜拉现在二十岁。在所有的女仆里她是年纪最小的。在聪明、能干方面,她在女仆里数第一。

在戈宾德普尔,人人皆知茜拉是个童年寡妇。但是从来没有人谈到她的丈夫,也没有人谈起茜拉的品行有任何污点。不过,茜拉伶牙俐齿,多嘴饶舌;她不穿寡妇的服装,而且非常喜欢打扮。

茜拉很美丽——闪光的黑皮肤,大大的莲花眼,矮小的身材,脸庞像云间的圆月,一头浓密的黑发,蛇一般地披散着。茜拉在内宅厅堂里唱歌;挑拨女仆们吵嘴,她看笑话;在黑暗里吓唬女厨子;把结婚的胡思乱想教给小孩子们;看到有人酣睡,用石灰涂在人家脸上,把人家画成小丑。

茜拉有许多罪过,大家以后慢慢会知道。现在,先说一件:茜拉见到玫瑰油就偷。

姝尔久穆基唤来茜拉问:"你认识那个女修道者吗?"

"不认识。我从来不出大门,怎会认识那个女乞丐呢?叫来家庙里那些女人们问问吧,也许科鲁娜,或者茜多拉认识她。"

"这个霍莉达释不是我们家庙里的女修道者。你要了解一下这位女修者是什么人?家住哪里?和昆德为什么那么亲热?这一切,如果你能够打听清楚,我给你一件新衣服,让你穿上去看滑稽戏。"

听到有新衣服穿,茜拉大为高兴,勇气百倍地追问:"什么时候去打听?"

"随你便。不过现在不去跟踪,你就不会知道那人的住址了。"

"好,我就去。"

"但是,要小心,不要让女修道者发现,不要让任何人知道。"

这时,蔻莫洛回来了。姝尔久穆基把她和茜拉商量的计划全都告诉了蔻莫洛。蔻莫洛高兴地对茜拉说:"还有,如果办得到,抽那婆娘两荆条再回来。"

"我全都办得到。可是,我不要新衣服。"

姝尔久穆基问:"你要什么?"

蔻莫洛说:"她呀,要一个新郎。你把她嫁出去吧!"

姝尔久穆基说:"好吧,可以——想找个像姑老爷那样的女婿?说吧,让蔻莫洛给你找去!"

"让我想想看。可是,我家里有一个我中意的新郎呢。"

"啊,是哪个?"

"阎摩!"

第十六章 "不!"

那天黄昏的时候,昆德诺蒂妮坐在池塘边。那池塘面积宽广,塘水十分清澈,永远泛着蓝莹莹的光。读者们可能还记得,那池塘紧靠着后花园。花园里有一座用白大理石建筑的凉亭。凉亭前面是一道通向池塘的石阶。白色的石阶又宽又干净。石阶的两旁长着两棵古老、高大的波库尔树。昆德诺蒂妮坐在波库尔树荫下的石阶上,在黄昏的黑暗中独自凝视着映在塘水里星光灿烂的夜空倒影和水面上依稀可辨的几株红花。池塘对岸被芒果、波罗蜜、紫酱果、木苹果、柠檬、荔枝、椰子、酸枣等果树三面环绕着,枝叶茂密的果树,在黑暗中看来仿佛参差不齐的短围墙。偶尔,栖在树枝上的苍鹭发出一声可怕的凄厉哀鸣,打破了池畔的寂静。清凉的微风,掠过池面,轻轻抚摸着池里的青莲花,吹皱了池面天空的画卷,沙沙地穿过昆德诺蒂妮头上的波库尔叶丛,将夏季盛开的波库尔花的芬芳散播到四方。波库尔花悄悄地跌落在昆德诺蒂妮的身上和地上。空气里弥漫着茉莉、素馨和醉花的芳香。四周一片黑暗,只有成群的流萤在清澈的池面上飞舞——时起时落,时明时灭。一只蝙蝠吱地叫了一声飞去了，一只胡狼长嗥着追赶小动物去了。天空飘着一两片白云，像迷了路似的，一颗流星伤心地陨落了。昆德诺蒂妮也哀哀欲绝地想着心事。她想些什么？她想："好么，他们全都先我死去了——妈妈死了，哥哥死了，爸爸也死了，我为什么不死呢？既然死不了，为什么又要到这里来？……真的么，人死了会变作天上的星星？"昆德完全忘记了父亲去世那晚她做的那个梦。她从来没有回忆起那全部梦境，现在也不曾。那梦只给她留下一个模糊的印象——仿佛在梦里见到她的母亲，母亲好像要带她到天上去，让她变成一颗星。现在，昆德想："人死了，会变作星星么？那么，爸爸、妈妈都是星星啦。他们是哪几颗星呢？那一颗？不。更远的那一颗？到底是哪颗？我怎么会知道呢？……啊，如果那一颗星就是他，他会看到我吗？我这样伤心，我在哭……哦，不想这些，不想他！想起来更伤心。哭有什么用？这是我命中注定，不然，妈妈怎会……啊，又想起这事！去它的，——好吧，那就死吧。怎么死？投水？好的。死后变星星——这是真的？那么，我会看到——天天都看到……看到谁？看到哪一个？你不敢说出来么？好，为什么不敢说出他的名儿？现在，这里没有任何人——谁也听不见。现在就说出他的名儿吧？没有人，大胆地说出他的名字吧！好，我说：诺——诺根——诺根德罗！诺根德罗！诺根德罗！诺根德罗！我的诺根德罗！啊，该死！我的诺根德罗？我是谁？姝尔久穆基的诺根德罗！我这样呼唤着他的名字，有什么用？那么，如果他不是和姝尔久穆基结婚，而是和我……去他的……投水而死吧！好，让我想象——我跳进池塘了，明天尸体漂在水面，大家全都听到消息，诺根德罗也知道我死了……诺根德罗，诺根德罗，诺根德罗啊……诺根德罗听了会说些什么呢？不，不能投水——尸体会泡胀，丑得像夜叉！如果被他看见？……服毒而死如何？吃什么毒药？从哪里搞到毒药？谁给我毒药？假如有人给呢——肯去死么？肯，不过，不是今天。让我的心再一次充满希望的是他爱我。蔻莫洛要说而未说出口来的，不就是这句话么？唉，这话是真的么？但是，蔻莫洛怎么知道的？可怜的我啊，又不能去问她。爱？爱我什

毒　树

么呢？爱我的容貌？还是才能？容貌？"不知羞耻的昆德走向池边去看自己水里的倒影，她什么都没有看到，又回到原地坐下——"去他的！想这些根本不存在的事干什么？姝尔久穆基比我美，霍罗摩妮比我美，比舒、穆克多、琼德罗、普罗松诺、芭玛、普罗摩达……都比我美，甚至女仆茜拉也比我漂亮。茜拉也比我漂亮么？是的，她皮肤黑一些，这不算什么，脸长得比我美。那么，容貌是提不上了。才能呢？好，让我想想看——才能在哪里？想不起来！谁知道！可是，我不想死——想到他爱我——不过，这是骗人的，不真实的。不真实也要想，让我以假作真地去怀念他吧。可是，我必须到加尔各答去呀！我不能去，去了，就看不到他了呀。我不能去！不去！不去！不去，又怎么办呢？如果蔻莫洛说的是老实话，那么，对那些百般照顾我的人，我在这里，就要伤害、毁掉他们了。姝尔久穆基心里已经产生怀疑，这，我明白。不管是真是假，我必须离开这个家。可是，我办不到。因此我要投水而死！死！死！爸爸啊！难道你把我留在人世，只是为让我投水而死么？……"

　　昆德捂着眼睛哭起来。突然像黑暗的屋子里点亮了灯，她想起了那个梦，清清楚楚地想起了那个梦。"我完全忘记了它！我为什么把它忘记了呢？母亲已经指示我——她预知我命中注定要落得个如此下场——叫我跟她一同去到天上去。我为什么不听她的话，不跟她去呢？我为什么不死？为什么至今犹豫不决？我为什么不寻死？我立刻就去死！"昆德慢慢地朝斜向水面的石阶走下去。昆德全身无力，非常胆怯，几乎每走一步都感到恐惧，每走一步全身都战栗。但是，她仍然毫不动摇地遵从母亲的命令一步步向下走去。这时有人用手指轻轻触摸了一下她的背，从她的背后唤道："昆德！"昆德发现——即使在黑暗里，她也能立刻发现——那人是诺根德罗。于是，昆德在那天未能自杀。

　　咳，诺根德罗！你一向完美的道德操守抛到哪里去了？这难道是你长期受良好教育的结果？这难道是你对像生命一般爱着你的姝尔久穆基的报答？呸！呸！你是窃贼！比贼还卑鄙！贼，他能给姝尔久穆基什么伤害？只不过偷走她的手饰，盗去她的钱财，而你偷走的却是她的生命！姝尔久穆基没有给过贼任何东西，贼来偷姝尔久穆基的东西，因此他是贼。姝尔久穆基向你奉献了她的一切所有，而你却变成贼来偷她！诺根德罗，你死了比活着强！你如果有勇气，就跳水自杀吧！

喊！喊！昆德诺蒂妮！小偷的手指碰到你，你为什么全身战栗？可耻啊，可耻！昆德诺蒂妮！听了小偷的话，为什么你如坐针毡，冷汗淋漓呢？昆德诺蒂妮！你来看，池水多么清澈，多么清凉，像香草熏过一般芬芳！轻风吹来，水下的星星在舞蹈呢。跳下去吧！沉下去长眠不醒吧！

昆德诺蒂妮不想死。

"昆德，你要到加尔各答去？"小偷说。

昆德沉默着，她擦着眼泪，不说话。

"你是自愿去的么，昆德？"

自愿去的？天神啊，天神啊！昆德擦着眼泪，不说话。

"昆德，你哭了，为什么？"

昆德呜呜地哭起来。

"听我说，昆德！我已经非常痛苦地忍受了好长时间，我再也忍受不下去了。我所受的痛苦，不能用语言来形容。在自我交战中，我已伤痕累累。我堕落了，我喝酒。不能再这样下去了。我不能离开你！昆德，你听我说，如今寡妇再婚很流行——我要和你结婚。只要你说一句话，我们马上举行婚礼。"

昆德这时才开腔，她说："不！"

"为什么，昆德？你认为寡妇再婚不合法？"

"不！"昆德说。

"那，为什么说'不'呢？告诉我，告诉我，告诉我——愿意做我的妻子么？你爱我吗？"

昆德说："不！"

诺根德罗百般劝解，倾诉着无限真挚、感人肺腑的衷肠话。

昆德仍然说："不！"

毒　　树

　　诺根德罗望一望那池塘——多么清凉的、碧蓝的、带着香味的池水啊，水底星星在微风里颤抖着。他想："让我们就躺在池水里吧！嗯？"

　　昆德仿佛从灵魂深处说："不！"

　　古圣梵典里写着：寡妇可以再嫁。昆德不答应诺根德罗并非因为寡妇再嫁违背道德规范，宗教律条……但是，昆德为什么不投水自尽呢？清清的池水，冰凉的池水，水底星星在翩翩起舞！昆德啊，你为什么不投水呢？

第十七章　百里挑一的联系人

　　信奉毗湿奴的霍莉达释走进花园以后，立刻变作代本德罗，坐在客厅里。在他身旁，一边摆着波斯烟具，那个银装金饰、环珮叮当、欢乐地低声吟唱着的波斯美人，伸长丹唇，等待接吻——头上燃烧着爱的火焰。另一边，那装在水晶瓶里的金色皮肤的琼浆姑娘，玉立亭亭，秋波荡漾。前面，盛满菜肴的大餐盘旁边，像猫一般蹲着一只小煎锅，这个谄媚的乞食者，伸长鼻子等待着。波斯美人说："看啊，看啊，我仰着脸儿，翘起双唇等着哪！喊！喊！"琼浆姑娘说："先来爱抚我！看哪，我多么漂亮。喊，喊，先吻我！"馋猫小煎锅说："我不算什么，分点余沥，就成。"

　　代本德罗把它们全都放在心上。他吻一吻波斯美人——她喷出了爱的烟雾。他把琼浆姑娘吞在肚子里——她却慢慢上升，占领了他的头脑。他闻闻小煎锅，觉得味道很好——两三杯下肚之后，那谄媚者便呜呜地叫了。仆人连忙赶来，把它撤下去。

　　正在这时，苏伦德罗来了，坐在代本德罗身旁，先问候他的身体健康，接着又问："你今天又到那里去了？"

　　"啊，你也听说了？"

"这又是你的一个过错。你以为，一切'密不透风'，你干的事没有人知道？可是，已经锣鼓喧天，尽人皆知了。"

"我发誓：我才不想背着人偷着干呢——哪个小舅子要我来隐瞒！"

"不要以为这是值得夸耀的事！但凡你还有一点羞耻之心，我们对你还会抱有一线希望。如果你还知道廉耻，你会穿着女修道者的衣裳满村游荡吗？"

"什么？老兄，你说女修道者？……我鼻子上的'拉斯各里'还没有擦掉么？"

"我没有亲眼看到那个该死的女修道者，看见了，我会两皮鞭抽得他再不能男扮女装到处走动！"

苏伦德罗夺下代本德罗手里的酒杯，说："别喝啦！清醒一下！听我说两句话。然后再喝！"

"说吧，老兄！我看你今天脾气很大，专找碴儿——是被冬季的寒风吹的，还是挨了海摩柏蒂的打？"

苏伦德罗不听他胡说八道。只问："你扮作女修道者，是想毁掉哪一个？"

"怎么，你不知道？你忘了，小学教师达拉娶了一位天仙么？现在那位天仙成了寡妇，在另外一个村子里的德多家里当厨娘。所以我到德多家里去看望她。"

"干了这么多丑事，你还不甘心，非要把那个可怜的女孩子搞得身败名裂不可吗？我说，代本德罗，你真是罪恶多端，任意胡为！你这样欺侮人，看来，我们是不能再和你来往了。"

看到苏伦德罗用这样严厉的态度责备他，代本德罗只好一声不响。过了一会儿，代本德罗难过地说："不要生我的气！我的心，不由我自己控制。我一切全都可以抛弃，只是渴望得到那女人的念头放不下。从第一次在达拉秋龙家看到她那天起，我便被她的美丽迷住了。我从来没有见到过像她那样美丽的女人。像发高烧的病人痛苦地渴望喝水一样，那渴望得到她的欲念在我心里燃烧着，使我痛苦不堪。我无法告诉你，为了看到她，我费了多少心机，可是，

毒 树

一直没有结果。最后我才披上这身女修道者的衣裳！你别担心——那女人非常正派！"

"那你为什么还要去找她？"

"只为看一看她。看到她，和她说几句话，唱歌给她听，这使我感到多么心满意足啊，我不能用语言来形容。"

"我跟你说正经的——不是开玩笑！如果你不肯痛改前非，如果你还要去找她，那么，我和你的交情也到此为止了。我也会成为和你作对的人！"

"你是我唯一的知己。我愿舍弃一半家产，也不愿离开你。可是，如果我必须和你分开，我会这样做的，不过，让我抛弃看望昆德诺蒂妮的欲望，我办不到！"

"随你便吧！这是我们最后一次会面！"

苏伦德罗伤心地走了。代本德罗也因唯一的朋友和他绝交，心里十分难过。他很不愉快地呆坐了半响。最后，他想："人世间哪有永远不散的筵席？谁是亲人？我只有我自己！"他斟满酒杯，又喝起白兰地。在酒的刺激下，他立刻又满心欢畅了。他躺在床上，闭着眼睛，唱起歌来：

> 我是种花的女人茜拉。
> 罗陀的香闺就是我的家，
> 我的小姑是那驼背的古卜佳。
> 罗波那说：月亮般的美人啊，
> 你是我的宝贝，含苞待放的青莲花。
> 空竹听了把黑天打翻在地，
> 救出了黑公主阿周那的妻。①

代本德罗独自一人醉醺醺地任凭自己的想象驰骋，像一只被抛在空漠寂寥河上的木筏在欢快的浪花上沉浮。他心里那原始的罪恶欲念——那条大鲨鱼——还深藏在水底，此刻，只有轻风和明月。

---

① 代本德罗带着醉意胡诌的歌词。他把《摩诃婆罗多》和《罗摩衍那》的人物和故事胡乱混在一起了。

窗外突然"咔嗒"一声响——好像有人推起百叶窗向内窥视，猛然失手百叶窗棂又合上了。代本德罗似乎在暗暗等待着什么人，他问："是谁在偷偷推百叶窗？"没有人回答，他走到窗前向外张望，他看到——一个女人在跑。他打开窗子，跳到窗外，蹒跚地跑着追赶那女人。

女人本来可以轻易逃脱的，谁知道，是她不愿意拼命跑，还是因为黑暗在花园里迷了路？——她被代本德罗捉住了。代本德罗在朦胧夜色里望着女人的脸——不认识！他醉醺醺地低声问："乖乖！你从哪棵树上跳下来的？"随后，他把女人拖到屋子里，手里拿着灯，这边瞧瞧，那边照照，仔细观察着——那女人身穿达卡①出产的薄绸纱丽，手腕上戴着副手镯，脖颈上戴着金项链，耳朵上垂着耳环，腰里系着镶宝石的腰带，脚踝上有五六副脚镯，身上散发着玫瑰香水的芬芳。不认识！他又醉醺醺地问："你是哪来的女鬼？"最后，他终于迟疑地说："没办法，宝贝，你走吧！等到新月初升的那一天，我用炸油饼和烧羊肉给你上供——现在只能让你喝一点白兰地再走！"醉鬼让女人坐在客厅里，把酒杯塞在她手里。

女人不喝，把酒杯放在旁边。

醉鬼拿起灯，在女人脸上照来照去，左看右看，认真地观察、检验着，突然他放下灯，唱起歌——

　　　嗨……你是哪一个？
　　　我们似曾相识，
　　　在哪里，哪里见过？

女人想，她被认出来了，于是说："我是茜拉。"

醉鬼跳起来欢呼着："Hurrah！Three cheers for 茜拉②！"接着又跪在地上向茜拉行了触脚礼，举着酒杯唱起赞歌——

---

① 孟加拉国首都，以纺织薄棉布、丝绸著称，妇女们用其制作衣服，即"纱丽"（Saree），并以此为荣。

② 万岁！为茜拉干三杯！

毒　树

　　那从古榕树上影子一般飘落的女神呀，
　　我向你顶礼膜拜，膜拜顶礼，南无①！南无！
　　那从德多家以茜拉的形象来临的女神哟，
　　我向你顶礼膜拜，膜拜顶礼，南无！南无！
　　那站在池塘边，手里提着小花篮的女神哟，
　　我向你顶礼膜拜，膜拜顶礼，南无！南无！
　　那倚门而立，手执扫帚的女神啊，
　　我向你顶礼膜拜，膜拜顶礼，南无！南无！
　　那扮作女鬼来到我屋里的女神啊，
　　我向你顶礼膜拜，膜拜顶礼，南无！南无！

　　唱完了赞美歌，醉鬼说："玛莉尼姨妈啊，尊意如何——唱得好吗？"

　　茜拉在白天一直跟踪着女修道者，了解到女修道者霍莉达释和代本德罗巴布就是一个人。但是，代本德罗为什么要化装成女修道者到德多家来呢？搞清楚这件事可不那么容易。茜拉在心里暗暗制订了一个十分大胆的计划——晚上，她亲自到代本德罗家里去。她偷偷地溜进花园，站在窗外窃听代本德罗讲话。在黑暗里，她听到苏伦德罗和代本德罗争吵，解开了心上的疑团，正打算胜利归去，却因为不小心弄响了百叶窗，引发了这场纠纷。

　　茜拉为逃走慌乱着。代本德罗却又一次把酒杯递到她手里。茜拉说："您自己喝吧！"代本德罗立刻把它一口吞下去。这一杯酒超出了代本德罗酒量的极限，他站立不稳，跌跌撞撞，倒在了床上。茜拉站起来逃走了。代本德罗睡意蒙眬地哼着歌曲——

　　　　她呀，她年纪十六，
　　　　长得呀，又黑又瘦，
　　　　八月里，她得脾大病死了，
　　　　我呀，我把她埋在了水沟。

　　那天夜里，茜拉没有回德多家，她睡在自己家里。第二天清

---

① Nama，敬礼。

晨,她便到姝尔久穆基那里,向她报告代本德罗的消息。代本德罗是为了昆德诺蒂妮扮女修道者而来的。昆德是无辜的,茜拉却没有说,姝尔久穆基也就不知道了。茜拉为什么隐瞒这件事,读者慢慢便会知道。姝尔久穆基曾经亲眼看到,昆德和女修道者背着大家悄悄讲话,因此,姝尔久穆基认为昆德是有罪的。听了茜拉的报告,姝尔久穆基那好看的莲花眼气得通红,她额头上的血管也扩张得使人看得清清楚楚。茜拉的话,蔻莫洛也全都听到了。姝尔久穆基派人去找昆德。昆德来到之后,她立刻对她说:"昆德,霍莉达释是何许人,我们已经知道了。我们知道他是你的什么人。你是什么货色,我早就知道。我们的家里不能容留像你这样的女人。你现在就从这里滚出去!否则,茜拉就用扫帚把你赶走!"

昆德全身颤抖。蔻莫洛看到,她快要昏倒了。蔻莫洛扶着她,把她带到卧室去。在卧室里,蔻莫洛爱抚地安慰她说:"那婆娘爱说什么,由她说去,她的话,我一句都不相信。"

第十八章 孤独无助的女人

深夜里,在家里的人全都熟睡之后,昆德诺蒂妮打开卧房的门出去了。除了身上穿的衣服,她什么也没带便离开了姝尔久穆基的家。深夜里,两手空空,十七岁,无依无靠的寡妇独自一人,走入了茫茫尘海。

漆黑的夜。雷声隐隐。路,在哪里?

谁能告诉她,路在哪里?昆德诺蒂妮从未走出过德多家的大门,她不知道通衢大路在哪个方向。而且,她又能到哪里去呢?

这所大厦,它巨大的黑魆魆的身躯,仿佛插入天际——在一片黑暗包围中,昆德诺蒂妮在徘徊。心啊,想去看一看诺根德罗卧室窗户里的灯光,只要看到那灯光,眼睛就会凝滞不动!

诺根德罗的卧室在哪里,昆德早已熟知。绕来绕去,她看到了

毒 树

它——窗户里射出灯光。百叶窗大开着,玻璃窗关着,在黑暗中有三个窗户闪烁着亮光。一群小飞虫飞舞着扑上前去。小飞虫是看到亮光飞来的,但是,路不通,进不去,撞过玻璃又飞走了。昆德诺蒂妮心里为这些小飞虫感到悲痛。

昆德诺蒂妮痴痴地凝望着从窗户里透出的亮光——她迷恋的眼睛离不开那亮光。诺根德罗的卧室的前面有几棵松树,昆德诺蒂妮坐在松树下,面对着卧室的窗户。夜是漆黑的,四围是漆黑的,树上有无数流萤闪着微光,时明时暗,时暗时明。天上的乌云,互相追逐着,翻滚飞驰。只有一两颗星星,一会儿沉没在云堆里,一会儿又游了出来。院子里一行行的松树在乌云笼罩着的天空下昂着头,妖魔鬼怪般矗立着。一阵风吹来,它们躺在可怕的黑夜女神的怀抱里,用自己的魔鬼语言,在昆德诺蒂妮的头上谈起话来。连魔鬼也怕那令人恐怖的黑夜吧,有一点响动,它便悄悄地咕哝。有时,风吹动开着的百叶窗,窗扉撞在墙上发出"咔嗒、咔嗒"的响声,猫头鹰在屋顶上鸣叫,一只狗看到眼前有小动物出现,立刻飞奔着追了过去,松叶和松球从松树上落下来,远处黑油油的椰子树稍在黑暗里轻轻摇摆着,从更远的地方传来棕榈树叶沙沙的低语。更引人注意的是那一排窗户里灿烂的灯光——一群群小飞虫正向它扑去。昆德诺蒂妮呆呆地望着那灯光。

慢慢地,一个窗户的玻璃窗打开了。一个男人的形象画在光的屏幕上。啊,霍里①!我的保护神!是他,是诺根德罗的影子!诺根德罗!诺根德罗!但愿你能在松树荫下的黑暗里看到昆德这朵花!但愿你能听到当我从窗外看到你时扑通扑通的心跳声!如果我预先知道,你会从这里消失不见,我怕,我不会为看到你而感到高兴。诺根德罗,不要站在灯光背后,站到灯前来吧!你站在那儿,不要走!——昆德很可怜,她是个不幸的女人。你别走开!那么,那池塘里清凉的池水,那水底的星光……她就不会再记在心上。

---

① Hari,毗湿奴的一个名号,孟加拉人在表现惊愕的时候常常呼喊这个名号,类似"天哪"。

你听，猫头鹰在叫！你别走，昆德会害怕呀！你看那闪电！你别走，昆德诺蒂妮害怕呀！你看，天上的乌云正乘着风奔赴战场，暴风雨即将来临，谁会给昆德一个藏身之处啊？

看！你的窗户开着，一群群的小飞虫飞进你的卧室了。昆德心想："真不知几生修善行才能生为小飞虫啊！"昆德！小飞虫扑火被烧死的呀！"是的，我也被火烧焦了！可是，为什么没有死尸？"

诺根德罗关上玻璃窗走开了。多么残忍！多站一会儿，对你有什么损失！不，你不必长夜不眠！睡觉去吧！你会生病的。昆德诺蒂妮要死，就让她死去吧！她唯一的希望是：你不要因失眠而头疼。

现在，那灯光灿烂的窗户仿佛变得很暗淡。昆德诺蒂妮凝望着，凝望着……她擦干眼泪站了起来。前面有一条路，她沿着那条路向前走。往哪里去？妖魔鬼怪似的松树沙沙地问："你到哪里去？"棕榈树沙沙地问："你到哪里去？"猫头鹰低声问："你到哪里去？"那明亮的窗户说："要走就走吧——我们不会让诺根德罗再露面。"可是昆德诺蒂妮，痴心的、愚蠢的昆德诺蒂妮，仍然一步一回头地向那窗户张望着。

昆德走啊走啊，一直向前走着。天空里乌云更加迅速地在飞奔，一片，一片，凝聚成厚厚的云层，天空更加黑暗了。霹雳在狂笑——一声，又一声。风在吼，雷在吼，风雷一齐吼，天空与黑暗的大地一齐吼！昆德啊，你要到哪里去？

暴风雨来了。先是呜呜号叫，然后飞沙扬尘，然后劈开树叶——狂风来了。最后，嘀嘀嗒嗒！……哗哗，哗哗……大雨倾盆。昆德啊！你往何处去呢？

在闪电的亮光中，昆德看到路边有一所小房子。四周围着矮矮的土墙，土墙里有一座茅屋。昆德诺蒂妮去到那里，坐在门外避雨。她背靠着房门坐着，背靠门时弄出了声音。房主人非常警觉，听到门响的声音，心想："是风刮的？"但是，躺在门里的狗狂叫起来。屋里的人害怕了。战战兢兢地开门往外看——是个无家可归的女人！便问："你是谁？"

毒　树

昆德默不作声。

"这婆娘！你是哪个？"

"我在避雨！"昆德说。

房主人吃惊地问："什么？什么？什么？你再说一遍！"

"我在避雨！"

"啊，声音好熟！是你？来，到房里来！"

房主人把昆德拉进屋门。点上灯，昆德发现——是茜拉。

茜拉说："我明白啦。受到责备，你逃跑啦。不要害怕！我不对任何人讲。你在我这里住一两天吧。"

第十九章　茜拉的愤怒

茜拉的家围着一堵不高的院墙。两间土坯小屋收拾得十分整洁。墙上画着莲花、飞鸟的图案和神像。平平的、一尘不染的天井，一边种着菜蔬，一边种着凤仙花、茉莉花和玫瑰花。德多家的园丁亲自拿来花秧替她种上的——如果茜拉需要，她一张嘴，园丁连德多家的花园也会整个搬到她家里来。园丁的渴望之一，就是茜拉亲手给他准备烟具，茜拉用那戴着手镯的手亲自把胡卡递到自己手里！啊！——园丁回到家里，整夜想的就是这件事。

茜拉家里只有两口人——外祖母和茜拉。外祖母住一间房，另一间是茜拉的卧房。茜拉在自己旁边给昆德铺了一张床让她睡下。但是昆德睡不着。第二天茜拉仍然留昆德住下。茜拉说："今天、明天，再住这两天吧。别生气。以后，你愿意到哪儿，就到哪儿去！"昆德留下了。茜拉遵照昆德的意愿把她藏了起来。门从外面锁上，不让外祖母发现，然后茜拉到巴布家里干活儿。中午，外祖母到河边洗澡，茜拉回来招呼昆德沐浴、吃饭，然后又锁起房门走了。晚上，茜拉开了锁，两人铺床睡觉。

咔嗒——咔嗒——咔嗒，咔嗒——咔嗒，有人小心地在叩门钌锦儿。茜拉十分惊异。只有一个人有时在夜里来叩门。他是巴布家的守门人,晚上不敢叫门,只摇晃门钉锦儿。但是在他的手下,门钉锦儿并不怎么温柔地讲话。在他的手指晃动下,门钉锦儿说:"剁剁剁!我打破你的脑壳!喀嘞,喀啷,喀啷!你不开门,我把它踢破!"现在门钉锦儿不这样粗暴地讲话。它说:"喀迪,喀迪,喀迪,茜拉我来看看你!踢哒,踢哒,踢,踢踢踢!开门吧,茜拉摩妮!"茜拉起身,开门往外看——一个女人!起初她认不出来是哪个,后来认出来了。"啊,我道是谁,原来是'恒河水'①!太荣幸啦!"被茜拉叫作"恒河水"的是牧牛人的妻子玛洛蒂。玛洛蒂家住代比普尔村,在代本德罗巴布家附近,是个很风流的女人。她年纪大约三十一二岁,身穿纱丽,手腕上戴着玻璃手镯,嘴唇被槟榔染得红彤彤的。玛洛蒂的皮肤应该说是白皙的,不过被太阳晒黑了,脸上有许多被炽热的阳光炙烤出的红斑痕。鼻子扁扁的,额上刺着花纹,嘴角带着长期吸烟熏出来黄色痕迹。玛洛蒂不是代本德罗巴布的女仆,也不靠他资助生活,但是对他十分忠诚,服从他的命令。许多别人无法办到的事,玛洛蒂都能够完成使命。狡猾的茜拉看到玛洛蒂便问:"亲爱的'恒河水',真是大旱逢甘霖!死到临头终于见到了你②!可是你这时候来干什么?"

"恒河水"悄悄地说:"代本德罗巴布找你。"

茜拉装呆作傻地笑着说:"找我?你莫非得了他一些什么?"

玛洛蒂用两个手指头轻轻戳了茜拉一下说:"该死的,你心里想什么,你自己知道!走吧!"

茜拉对昆德说:"我要到巴布家里去——他派人来叫了,谁知道为了什么?"她熄了灯,在黑暗里用心打扮了一番,便和玛洛蒂走了。在黑暗里两人一同唱起歌来:

---

① "恒河水"(Gangaajal)是玛洛蒂的外号,妇女之间以外号相称表示亲昵。
② 死到临头终于见到了你——印度教风俗,在人死后习惯向嘴里灌几滴恒河的水,这样就能够涤除死者的罪愆,得以升入天界,茜拉在这里用的是双关语,因为玛洛蒂的外号是"恒河水",她来找茜拉是拉茜拉去犯罪,结果将是死亡。

毒 树

  得到称心的宝贝儿，应当百般珍爱，
  为了心爱的情郎呀，我可以赴汤蹈海！

  她们一边唱着歌一边走着。

  茜拉独自走进代本德罗的客厅。代本德罗曾经为这位"女神"唱过赞歌，不过今天这赞歌缩短了。代本德罗神志清醒，他以另一种方式和茜拉进行交谈——既没有说恭维话，也没有致欢迎词，直截了当地说："茜拉，那天我喝酒过量，你的话，我完全没有听懂。你为什么来我家？今天找你来，就是要问清这件事。"

  "我来，只为拜见您，向您问安。"茜拉说。

  代本德罗笑了："你真聪明伶俐！诺根德罗巴布是有福的，他有你这样一个仆人！我知道，你是为打听女修道者霍莉达释的消息而来的，你是为了解我的心事而来的——为什么我要扮作女修道者？为什么我要到德多家去？这一切你总算通过某种方式了解清楚了。我也不瞒你。你为你的主人办事，得到了主人的赏赐，这毫无疑问。现在，请你给我办一件事，我同样也会给你赏赐！"

  陷入罪恶深渊的卑鄙小人的谈话，把它清清楚楚、完完全全写出来，是件十分困难的事。总之，代本德罗以巨额的金钱为诱饵，蛊惑茜拉卖掉昆德。听了他的话，茜拉大怒。她的莲花眼变红了，耳朵眼里都冒出火星来。茜拉猛地站了起来，说："先生大老爷！只因我是女佣人，你才敢这样同我讲话！你要我办的事，我不能给你回答。我要向主人请示，他会给你合适的正确的回答！"

  茜拉怒冲冲、急匆匆地走了。代本德罗困惑不解，垂头丧气地呆坐着，一言不发。过了一会儿，他喝了满满两大杯白兰地，这才恢复。他心情不再沮丧，轻轻唱着：

  一头小母牛撞进别人的牛栏，
   想吃饲料啊……

第二十章　茜拉的妒恨

茜拉清早起来就干活去了。德多家里这两天一直乱哄哄的——昆德失踪了。家里的人全都知道昆德是生气出走的。邻居们有的知道，有的不知道。诺根德罗只听说，昆德逃跑了，至于为什么逃跑，谁都没有告诉他。诺根德罗心想："我曾经说了一些话，昆德听了，一定认为她不应该再在我家待下去，为此而出走。如果真是这样，那么，为什么她不跟蔻莫洛一同走呢？"诺根德罗脸上笼罩着一层乌云。谁也不敢走近他身旁。姝尔久穆基有什么过错，他一点不知道，但是他不理睬姝尔久穆基了。他派出许多妇女到各个村庄，各个居民区去打听昆德的消息。

姝尔久穆基尽管对昆德很生气——或者是所谓嫉妒，但是听到她逃跑的消息，也很难过。特别是蔻莫洛摩妮对她解释说："代本德罗所说的一切，完全不可相信。因为，如果她和代本德罗秘密相爱，绝不会瞒过众人的耳目，而且像昆德这样的性格品行，也完全不可能做出这样的事。代本德罗是酒鬼，是他喝醉了胡吹乱讲。"姝尔久穆基听了，这才明白过来，为此，她更加后悔和难过。加上丈夫对她的冷淡，她内心痛苦不堪。她咒骂昆德一百次，却对自己咒骂上千次。她也派出人去寻找昆德。

蔻莫洛推迟了回加尔各答的行期。蔻莫洛没有责备任何人，她对姝尔久穆基也不曾表现出丝毫不满。蔻莫洛从脖颈上取下项链，拿在手里对全家的人说："谁找到昆德，我就把项链给谁！"

阴险的茜拉看到这一切，一声不响。蔻莫洛的项链也曾一度引起她的贪心，但是她把贪心压下去了。第二天，她干完了活，中午，估计外祖母该到河边洗澡的时候，她回去让昆德吃饭。晚上回来，她和昆德铺床睡觉。昆德和茜拉谁都睡不着——昆德想自己的伤心事，不能入睡；茜拉也为自己的欢乐和不幸而睁着眼睛，像昆

毒 树

德一样躺在床上想心事。她想些什么，不能说出口——太机密了。

唉，茜拉呀！咳！咳！茜拉呀！你长得不难看，又年轻，为什么心地那么虚伪奸诈？为什么？哼！天上的神为什么欺骗她？神既欺骗她，她也要欺骗大家。如果把茜拉摆在姝尔久穆基的位置上，茜拉会是虚伪奸诈的么？茜拉说："不会的。"正是因为把茜拉摆在茜拉的位置上，她才成为茜拉！人们说："一切都是坏心眼的过错。"坏心眼说："我本来是好人，只是因为人们犯罪，我才变坏的。"人们说："'五'为什么不是'七'呢？""五"说："我本来可以成为'七'，但是'二'加'五'，才成为'七'，天神，或者是天神造出来的人如果能给我再加上个'二'，那么，我就会变成'七'了。"茜拉就是这样想的。

茜拉心想："现在该怎么办？如果这是至高无上的天神赐给我的好机会，那么，我就不应该由于自己的失策而白费心机。若是我把昆德送回德多家去，那么，蔻莫洛会给我项链，女主人也会有所赏赐——巴布呢，我能放过他吗？如果我把昆德交给代本德罗，那么，我会得到巨额现款，不过，只要我还有一口气，我决不这样做。哼！代本德罗为什么把昆德看得那么漂亮，那么美？我们靠辛苦劳动吃饭；我们如果吃得好，穿得好，像画上的皇后似的，挂在屋子里，养尊处优，我们也会像她那样美丽。再说，那个娇滴滴、连大声说话都不会，动不动就像娃娃似的呜呜哭个不休的小东西，她能了解代本德罗巴布心里所想的一切吗？没有污泥，莲花不盛开，没有昆德，代本德罗巴布就不会着魔！一切都是命中注定，我为什么要愤愤不平呢？为什么要生气呢？唉！命运哪！你对我的心暗送秋波有什么用呢？以前，听到有人谈论爱情，我只是哈哈大笑。我常说，那是闲扯，不过是人们议论的话料罢了。现在，我不再哈哈大笑了。我心想，谁要爱，就让他去爱吧。我呢，反正谁都不爱，无论什么时候。神对我说：'住口，我要和你开个玩笑！'结果我自投罗网，白尽义务。我为别人去捉贼，反而自己的性命被人偷去了。啊，那是一张什么样的脸！什么样的身材，什么样的歌喉啊！有别的男人像他这样可爱么？可是那流氓却对我说：'把昆德给我送来!'你再找不到另外一个人对我说这样的话吗？真想一拳打在那家伙的鼻子上。哈哈，让他鼻子上吃我一拳，该多快活！罢啦，别想这些啦！路上布满荆棘，宗教道德又不允许。我这一生，有许多时候，无论幸福或悲哀，全都交给命运去安排了。因此，我不能把昆德交到代本德罗手里！想到这件事，全身都会冒火，昆德无论何时都不能落在他手里，我反而要这样做?！怎么办才能达到目的？昆德若是回到她原来住的地方，他只好放弃她。不管他扮作女修道者也好，扮作男修道者也好，他是再也不能在德多家露面了。那么，应该送昆德回德多家才是。但是，昆德不肯回去呀——她连朝那家大门望一眼都不愿意。不过，假使大家都来'乖乖，宝贝'地劝说一场，也可能她会回去。我还有一句心里话：伟大的创世主对她怎样安排呢？姝尔久穆基可要丢脸出丑啦，如果神意如此，她也没办法！啊，为什么我要那么憎恨姝尔久穆基呢？她从来不曾错待我，她爱我，对我很好嘛！那么，为什么恨她呢？莫非茜拉不知道它的原因么？为什么，让我说出来么？姝尔久穆基是幸福的，我是不幸的，因此我恨她。她尊贵，我卑贱——她是主人，我是奴隶，因此我恨她，十分恨她。如果说，她尊贵，是天神的意旨，那么，她有什么罪过？嫉妒她干吗？我也会说，是天神让我产生嫉妒的，我又有什么罪过？还有，我不是无缘无故地要去伤害她。如果伤害她，对我有好处，为什么不干呢？谁不为个人的利益打算？喏，让我仔细算一算，怎样才对我有利。现在，我迫切需要一笔钱，我不想当女佣人了。从哪里能够搞到钱？除了德多家，谁还有钱？从德多家拿到钱的办法是这样的——大家全都知道，诺根德罗巴布看上了昆德，巴布现在把昆德当作女神一般地崇拜。老爷大人想要什么，都能办得到，只是因为姝尔久穆基，他没敢畅所欲为罢了。如果在他们两人之间挑起争端，那么，姝尔久穆基就不会那么被信任、被尊重了。现在应该让他们互相误解，互相怨恨。好，我来干！"

"这样一来，巴布就会对昆德百般宠爱。现在，昆德是个傻女人，我是个聪明的姑娘，我很快就把昆德掌握在手心里。这期间还

毒　树

有许多准备工作要做。我要玩弄昆德于掌上，想叫她怎样就怎样。巴布开始把昆德当女神一般宠爱了，那么，他就会对昆德唯命是从，而我呢，要让昆德对我百依百顺。那么，巴布的宠爱，我也能分享余沥。如果我不再做女仆，也像她一样，那么，我就成功了。看一看难近母的意愿吧，把昆德诺蒂妮送还给诺根德罗！但是，不马上送给他，先藏她几天再说。爱情的成熟在于别离，别离会使巴布的爱情更加炽热。到那时再让昆德露面。姝尔久穆基如果不倒霉，算她命好！这些天，我且安逸地训练昆德听我指挥，耍一耍牵线傀儡，我应该先送外祖母到迦马尔卡达去，否则，昆德就隐藏不下去了。"

罪恶多端的茜拉按照她所想象的计划去实行了。她用计把外祖母送到迦马尔卡达村亲戚家里，非常秘密地把昆德藏在自己家里。昆德看到她是那样慷慨大方，对她又是百般照料，心想："像茜拉这样的好人，真是人间少有。蔻莫洛也没有像她这样疼爱我！"

第二十一章　茜拉的吵闹——毒树之花

计划顺利进行。昆德将被制服！但姝尔久穆基如果不成为诺根德罗的眼中钉，那么，一切都将成为画饼。这是基础性的工作。茜拉现在正努力离间他们之间那种彼此相通的心。

一天早晨，邪恶的茜拉来到主人家里做家务事。另一位女仆名唤高绍拉，由于茜拉是女管家，并且是女主人宠爱的人，经常得到赏赐，高绍拉很嫉妒她。茜拉对她说："库释①姐姐，今天，我身体不怎么舒服，我的那摊活，你替我干吧！可以么？"高绍拉素日惧怕茜拉，只好无可奈何地答应说："那还用说，当然可以。亲爱的，大家的身体都有个好好歹歹的时候，而且又是一个主人的女

---

① 高绍拉的爱称。

仆，我能不替你干么？"茜拉期望的并不是这样的回答，她故意挑衅，准备大闹一场。她歪着脑袋，大声叫嚷说："你说什么，库释？我看你越来越觉得自己了不起啦！你骂我！"

"哎呀，啊！我什么时候骂你啦？"高绍拉惊奇地说。

"哎哟哟！还说'我什么时候骂你啦'呢，你胡扯什么，'人总有好歹'呀！莫非我要死啦？我要是病重了，会有人来探望我，你就会对大家说，'他老人家来给我祝福啦！'是吧？你身体才会有个好歹呢！"

"没关系！你生什么气呀，好妹妹！人总归有一天要死的，阎摩不会忘记你，也不会忘掉我。"

"死神才忘不了你哪！你忌恨我，就让你妒忌死吧！马上死！化成空气！化成烟！被消灭掉！消灭掉！哼！瞎了眼，不知好歹！"

高绍拉再也忍受不下去了，她开始反击："你才瞎了眼，不知好歹呢！你该下地狱！阎摩忘不了你！短命鬼！女光棍！下贱货！"论吵架骂人，高绍拉可比茜拉本领高强。茜拉吃了败仗。

于是茜拉到女主那里告状去了。临去之时，如果有人观察一下茜拉的面部表情，就会发现，她脸上不仅不带一丝怒容，反而唇角含有微微的笑意。然而，当她在姝尔久穆基面前出现的时候，却是怒容满面，而且首先使出创世主赐给女人的武器——哭泣，眼泪流成了河。

姝尔久穆基听了她的讲述，做出了公平的判决。她知道，错误在茜拉一方，由于茜拉的请求，她仍然对高绍拉判处了轻微的惩罚。茜拉还是不满意。她说："辞退那婆娘，否则，我回家不干啦。"

姝尔久穆基对茜拉发了脾气："你太恃宠撒娇，要求过分了！茜拉，是你先骂人的，错误完全在你。我能听你的话辞退她吗？我不能这样不公平——你愿意走就走吧，我不留你。"

这正是茜拉希望的。她说了声"好吧，我走啦！"，然后泪流满面地来到外院诺根德罗巴布跟前。

毒 树

巴布独自坐在客厅里——现在，他一直住在外院。看到茜拉哭哭啼啼的模样，就问她："茜拉，为什么哭啊？"

"请您命令他们查一查我的工资账目。"

"怎么？发生了什么事？"诺根德罗惊异地问。

"我被辞退了。太太不让我来干活了。"

"因为什么？"

"库释骂我，我告了她一状。太太相信她的话，就把我辞退了。"

诺根德罗摇摇头，笑着说："这都是无关紧要的话。茜拉，告诉我，真正原因是什么？"

茜拉老老实实说："说真的么？我不想待下去啦。"

"为什么？"

"太太的嘴，现在想说什么，就说什么——真不知道什么时候她要骂什么人。"

诺根德罗皱紧眉头，厉声地问："什么？"

"那天，她还当面申斥了昆德诺蒂妮一顿，昆德听了，就离家出走了。我们都害怕唯恐不定哪一天她也这样说我们——我们就没法活下去啦。所以我预先躲开。"茜拉把她打算说的话全都说了出来。

"她说些什么？"

"在您面前我说不出口，真叫人害羞！"

诺根德罗脸色铁青："今天你先回家，明天叫你！"

茜拉如愿以偿了。她就是为了这个目的才和高绍拉挑起一场大战的。

诺根德罗去找姝尔久穆基。茜拉悄悄地跟在诺根德罗后面。

诺根德罗带着姝尔久穆基到了个没有人的地方，问她："你辞退了茜拉？"

"是的。"姝尔久穆基说。她详细地叙述了茜拉和高绍拉吵架的真实情况。

诺根德罗听了，说："让她死去！你跟昆德诺蒂妮说了些什么?"

诺根德罗发现,姝尔久穆基的脸色立刻变得苍白了。她含含糊糊地说:"我说什么啦?"

诺根德罗问:"为什么讲她的坏话?"

姝尔久穆基沉默不语。过了一会儿,她说了她应该说的话:"你是我的一切。你是我的,无论今天或来世。为什么我要对你隐瞒呢?无论什么时候,无论什么事情,我从来没有瞒过你。现在,我岂能为别人的、与自己不相干的事对你瞒着不讲?我是对昆德说了不好听的话。我怕你听了生气,所以不敢对你讲。请你原谅我。我这就把一切对你说个明白。"

姝尔久穆基从代本德罗假扮女修道者到家里来说起,直到她赶走昆德诺蒂妮为止,全都毫无隐瞒地讲了出来,最后说:"赶走昆德以后,我自己责备自己,痛不欲生。我已经派人四处打听她的消息。如果找到她,我会让她回来的。请不要怪罪我。"

"你没有错。听人家说昆德有那样放荡的行为,无论哪个上等人家的妇女都不会对她甜言蜜语,容留她在自己家里。不过,应该好好考虑一下:事情是真是假?"

"当时我未加思索,现在才在认真考虑。"

"为什么不考虑?"

"我心里产生了怀疑。"说着,姝尔久穆基,这贤惠、善良的女人,忠贞的妻子,坐在诺根德罗脚边的地上,双手抚摸着他的脚,泪水打湿了他的脚面。她抬起头,接着说:"你是我生命的主宰,我心里无论有什么罪恶的念头都不瞒你。你不怪我吧?"

"不知道应该怎样对你讲。我知道,你怀疑我爱上了昆德诺蒂妮。"

姝尔久穆基把脸儿埋在诺根德罗脚面上,啜泣起来。她又一次仰起那张带露荷花一般的憔悴的脸庞,痛苦不堪地望着丈夫,说:"对你说什么好呢?我所受的痛苦,莫非我能够用语言对你诉说?我想死,可是又怕增加你的痛苦,因此我没有死。否则,当我知道有另外一个人分占了你的心,我会马上去死的。我不是口头讲讲,

毒 树

像一般人那样空喊寻死觅活！我从灵魂深处真的想死啊。你能原谅我么？"

诺根德罗长久地沉默着，最后深深地叹了一口气，说："姝尔久穆基，一切罪过全是我的。你是清白无辜的。正是我对你不忠实，正是我因为昆德诺蒂妮而忘记了你。我还有什么话可说？我的痛苦，我所受的折磨，我能对你说么？你以为，我不曾控制自己的感情？别这样想吧。我那样狠狠地责备自己，连你也从来做不到。我的灵魂是有罪的——我制服了自己的心。"

姝尔久穆基再也忍受不住了。她难过地合掌哀求说："让这一切都深藏在你的心里，不，不要对我说。你的每一句话都像利箭刺痛着我的心啊。我命中注定的事，它发生了——我不想再听下去，我不要听这不愉快的一切。"

"不，姝尔久穆基，你还要听下去。既然谈到了这个问题，那么，就开诚布公地谈谈吧——很多天来，我早想对你说了。我要离开这个家。不是去死，而是到天涯海角。家庭里没有欢乐，你也不能使我高兴。我是你不称职的丈夫。我不想再待在你身边，给你增添忧烦。我将到处云游去寻找昆德诺蒂妮。你待在家里当你的主妇，在心里把自己当作寡妇吧——有这样一个不忠实的、犯了罪的丈夫，你不是寡妇，又是什么呢？但是，尽管我有罪，可我决不欺骗你。我变了心，我已另有所恋——这，我应该对你讲清楚。我要离开家乡了。如果我能够忘掉昆德诺蒂妮，我会再回来；不然，这就是我们最后一次会面了。"

听到这万箭穿心的话，姝尔久穆基还有什么话可说呢？她像一尊石像似的，呆呆地望着地板，然后扑倒在地上。她的脸埋在地板上——她哭了么？看到她像一只受了重伤的老虎在为生命痛苦地挣扎，诺根德罗毫不动摇，只冷静地站在那里观望，心里说："她要死了——也许就在今天？这是创世主的意旨，我能做些什么呢？莫非只要我愿意，就能医活她？我可以去死，但是，这样做，姝尔久穆基会活下去吗？"

"不，诺根德罗，即使你死了，姝尔久穆基也活不成。但是你还是死了为好。"

过了一会儿,姝尔久穆基坐了起来,双手抱着丈夫的腿说:"我有一个请求。"

"什么?"

"再在家里住一个月。在这一个月里,如果找不到昆德诺蒂妮,你就离家出走,我不拦你。"

诺根德罗一声不响地走出门外,他默认可以再在家里住一个月。姝尔久穆基也明白他的心意,望着他往外走着的身影,她不由得在心里说:"啊,我最宝贵的!我愿献出生命为你拔掉脚下那根刺!你要为有罪的姝尔久穆基出走么?是你重要,还是我重要?"

第二十二章 小偷遇到强盗

茜拉辞掉了女佣人的工作,可是她和德多家并未断绝关系。茜拉经常为打听那家的消息而忙碌着。见到那家的人,她总是拉住不放,闲聊一阵。在谈天说地中,她了解到诺根德罗对姝尔久穆基的态度。如果有一天,谁都没碰到,她会找借口到德多巴布家里走一遭。在女佣人的房间里,从五花八门的闲谈中,她达到了收集消息的目的。

就这样过了一些日子。有一天,发生了一件意料不到的事。

自从茜拉和代本德罗相识以后,牧牛人的妻子玛洛蒂常常到茜拉家里来。玛洛蒂发现,对于她的勤于拜访,茜拉似乎不很高兴。而且她还发现,有间屋子经常关着门。那屋子,由于茜拉的警惕性很高,总是从外面扣着门钉锦儿,还用锁锁着。一天,玛洛蒂来了,她忽然看到屋门没有上锁。她打开门钉锦儿,推门往里看,发现门从里面关得紧紧的。她明白了——屋里有人。

玛洛蒂什么都没有对茜拉说,只在心里揣摩:那个人是谁呢?

起初她想，是个男人。谁和谁有什么关系，她完全清楚。玛洛蒂并没有把这件事放在心上。后来她心里产生了怀疑——该不是昆德住在这里吧？昆德失踪的事，玛洛蒂和大家一样早就听说过。她想出了一个解开疑团的好办法。茜拉曾经从德多家里领回一只小鹿。因为小鹿乱跑，茜拉总是把它拴起来。一天，玛洛蒂喂小鹿吃草，她一边喂小鹿，一边趁茜拉不注意把拴鹿的绳子解开了。小鹿获得了自由，立刻冲出院墙逃跑了。茜拉跟在小鹿后面追。

当茜拉奔跑着追赶小鹿的时候，玛洛蒂惊慌地喊叫着："茜拉！喂！茜拉！"等茜拉跑远了，玛洛蒂扑倒在地哭喊起来："哎哟，妈呀！我的'恒河水'怎么成了这副样子啊？"她哭哭啼啼地敲着昆德的房门，难过地说："昆德！昆德！快出来！你看茜拉这是怎么啦？"昆德急忙开了房门。玛洛蒂看到她，吃吃地笑着跑开了。

昆德关上房门。她怕茜拉责备她，什么都没有对茜拉说。

玛洛蒂找到代本德罗，报告了这个消息。代本德罗拿定主意，他要亲自去茜拉家里和她谈判，做出最后决定。但是，那天他有个茶会，抽不出时间，只好改到第二天再去。

第二十三章 笼子里的小鸟

昆德如今是笼中的鸟儿——"永远扑腾"。两条朝不同方面奔流的河水，如果汇合在一起，互相冲击，水势会更猛，流速会更急。昆德的心情便是如此。一方面是羞耻、凌辱、谴责、无面目见人——姝尔久穆基将她赶出大门，但是，这条耻辱之河却遇到爱的洪流迎面扑来，互相撞击的结果是，爱河水势猛涨，耻辱的小河被爱的大河吞没。姝尔久穆基对她的羞辱逐渐消失。姝尔久穆基在她心上已经不占重要地位——诺根德罗才是她的一切。慢慢地，昆德后悔起来："我为什么要离开那个家来到这里呢？一两句难听的责骂算得了什么呀。在那里，我可以经常见到诺根德罗，现在，一次也见不到了。那么，我重新回去？是的，如果不被驱逐，我就回去。不过，万一再赶我呢？"日日夜夜昆德诺蒂妮，心里忧虑的就是这件事。离开德多家这一行动是对是错，她已不再多做考虑——两三天内她已做出决定：回去是正确的，否则性命不保。现在她考虑的是，如果回去了，是不是会被姝尔久穆基再赶出来？最后，昆德竟落到如此可怜的地步——她决定，不管姝尔久穆基驱逐她与否，她都坚决回去。

但是，昆德拿什么理由重新回去，再在德多家天井里露面呢？一个人回去吗？太不好意思啦！如果让茜拉陪着回去呢，那就好进门了。可是，对茜拉提出这样的要求，真是羞愧难当，不好开口啊！

最心爱的人不在眼前，昆德再也忍受不了这种痛苦了。一天，在深夜两点钟，昆德就起床了。茜拉正在酣睡。她悄悄开了房门走到屋子外面。一钩朦胧的下弦月像落在海水里的少女似的，在天上浮动着。树荫下隐藏着一片黑暗。风是那样凉爽，那样轻盈，路边被荷叶和浮萍覆盖着的池塘里水波不兴。远处一片模糊的树林梢头，天空显得特别蓝，特别亮。路边，狗在沉睡。大自然在静静的深夜里显得更加庄严、美丽。昆德迈着迟疑而缓慢的脚步向德多家走去。昆德回去没有任何其他目的——只希望有机会看到诺根德罗。现在重返德多家，看来是不可能的了——等有可能时再说吧——那么，这期间，偷偷去探望他一次又有何妨呢？那么，几时去看他？以何种方式去看他？昆德经过长时间的考虑，决定趁着月色在德多家宅邸四周徘徊，希望有机会在窗外、院子里或者路上看到他——诺根德罗清早起来，昆德是有可能看到他的。只看他一眼，昆德就回茜拉那里去。

深夜里，昆德在心里默默想象着向德多家走去。到达德多宅邸附近的时候，天已经快亮了。昆德看看路边，不见诺根德罗，望望阳台，诺根德罗不在那里，凝视窗内，也没有诺根德罗的身影儿。昆德心想："现在，大概他还没有起床吧？是啊，还没有到他起床

毒 树

的时候呢。"唉！且不管黎明即将来临，坚决到松树下等他吧。昆德坐在松树下面。松荫很黑。她听到不时有小松枝和松球吧嗒吧嗒跌落在水里。栖居树上的鸟儿在扇着翅膀。远处传来护院的门卫们打开大门的声音和内院的一些响动。最后吹来了报告黎明到来的轻风。

这时，芭比亚鸟①的歌声震动着空气，从头上飞走了，接着杜鹃又唱了起来，最后百鸟齐鸣，形成一片啁啾。这时，昆德的勇气消失了，她不敢再坐在松树下——天亮了，万一被人看到呢！昆德站了起来，想换个地方。她心里产生一个强烈的愿望——内院后面有一个花园。诺根德罗清晨起来，有时到花园里呼吸新鲜空气，也许诺根德罗这时正在花园里散步呢。不到那里走一遭，昆德不能回去。可是花园有短墙围着，后院小门如果不开，就无法走进花园，但是在外面又看不到他。昆德向后门走去，想看一看后门是关着还是开着。

后门开着。昆德立刻走进花园里。慢慢走近一棵波库尔树下，站在那里不动了。

花园里绿树成荫，古藤青苔缠满树干。树荫下是石砌的美丽的人行小路，树梢开满白色的、红色的、蓝色的、黄色的繁花。一群群贪吃清晨花蕊的蜜蜂在花丛里嗡嗡地飞舞着，一会儿停在花心里，一会儿又高高飞起。蜜蜂似乎也学会了人类的癖性，一群群专向特别美丽的、蜜汁充盈的花朵扑去。五颜六色的极小极小的小鸟在盛开的花枝上吸饮花蜜，看来就像果树上结的果实，一只小鸟叫了一声，所有的鸟儿便齐声合唱起来。在晨风轻轻地推送下，繁花压顶的树枝微微摇曳着；无花的树枝却纹丝不动，因为它没被压弯，还不那么柔顺。杜鹃躲在波库尔树丛里，藏起它黑色的身体，放声歌唱，打破了人们的好梦。

花园中间有一座白色大理石建造的凉亭。上面爬满了开着各色花朵的藤蔓。它周围的泥地上种着一行行矮小的开花的灌木。

---

① Papiya，印度的一种布谷鸟。

昆德站在波库尔树下,向花园里四下张望着,可是看不到诺根德罗高大的身影。她望一望凉亭里,仿佛看到有个人躺在平滑洁白的大理石地板上。昆德猜想,他就是诺根德罗!为了仔细地看看他,昆德慢慢地在树荫的遮蔽下向前走去。不幸,这时那躺在凉亭里的人站了起来,走到凉亭外面去了。可怜的昆德发现,他不是诺根德罗,是姝尔久穆基!

昆德惊恐地停在一丛盛开的素馨花后面。恐惧使她既不敢向前,又不敢退后。她看到,姝尔久穆基走到花园中间去采掇鲜花。姝尔久穆基慢慢地向昆德藏身的地方走来。昆德明白,她被捉住了。姝尔久穆基终于发现有人躲在那里了。远远地她认不清是谁。她问:"是哪个?"

昆德吓得不敢出声——腿也抬不动。姝尔久穆基走近一看,是昆德!她吃惊地又问:"昆德!是你?"

昆德仍然不能出声回答。姝尔久穆基拉着昆德的手说:"昆德,好妹妹,跟我来。我再也不责骂你啦!"

姝尔久穆基拉着昆德的手,带她回到内院。

第二十四章 堕落

那天夜里,代本德罗化了装,红光满面地来到茜拉家里寻找昆德诺蒂妮。他找遍了两个房间——昆德不在!茜拉用纱丽捂着嘴吃吃地笑着。代本德罗怒冲冲地问:"笑什么?"

"笑你的不幸!笼中的鸟儿飞走了。对我家进行搜查,你找不到她!"

在代本德罗的追问下,茜拉把她所知道的从头到尾说了出来。最后她说:"清早起来,发现她不在,我找了她好长时间,一直找到德多巴布家,她在那里——这一次,很得宠呢!"

代本德罗大失所望,打算回家了,但是他仍有疑心。他想,稍

毒 树

坐片刻,观察研究一下茜拉的思想态度再做决定。天空飘浮着几片湿云。他望望天空,说:"可能下雨呢。"他踌躇起来。茜拉希望代本德罗坐一会儿,但是,她是女人,独自一人,又是在夜里,她不能留住他。如果留住他,她知道,她会站在堕落的悬崖边,一失足便成千古恨了。这是她命中注定的。

"你屋里有伞吗?"代本德罗问。

茜拉屋里没有雨伞。

"如果我在这里坐一会儿,等雨过天晴再走,会有人说闲话么?"

"为什么不会?不过,罪过么,您深夜到我家,这已经是犯罪了。"

"那么,我可以不走啦。"

茜拉不回答。代本德罗留下了。

茜拉在她的床上为代本德罗安放了洁白的坐垫,请他坐下。又从木箱里拿出一个镶银的胡卡,亲手注满凉水,装上不辣不苦的烟丝,插上芦苇烟管递给他。

代本德罗从衣袋里拿出一瓶白兰地,不加水便喝了起来。他气呼呼地望着茜拉,发现茜拉的眼睛很美。茜拉的眼睛确实很美。长长的大眼睛,又黑又亮,而且水汪汪地乜斜着——秋波流媚。

代本德罗对茜拉说:"你的眼睛美得出奇!"茜拉微微一笑。代本德罗发现屋角放着一只破旧的四弦琴。代本德罗一边低声吟唱,一边拿起琴弹拨琴弦。四弦琴叮咚地响了起来。

"这琴,你从哪里搞到的?"代本德罗问。

"从一个乞丐手里买来的。"

代本德罗习惯地弹着琴,唱起歌来。他的嗓音是那么甜润,他的表情是那么动人——甜蜜的嗓音配合着甜蜜的表情,唱出了甜蜜的歌曲里甜蜜的情意。茜拉的眼睛更亮了。她完全沉醉了,忘掉了自己。她忘了她是茜拉,他是代本德罗,只觉得他是丈夫,自己是他的妻子。创世主只是为了他和她才创造出他们两个人的。经过长久的别离,他们相会了;经过长久的别离,他们才得到爱情的欢乐。茜拉在迷惘里说出了自己心里的相思。代本德罗听到茜拉梦呓一般的低语，他知道茜拉已经默默地向自己献上一颗心。

话一出口，茜拉立刻清醒了。她像发疯似的急忙对代本德罗说："您赶快走，离开我的家！"

代本德罗吃惊地问："怎么啦，茜拉？"

"您快走！要不，我走！"

"为什么？你赶我走呀？"

"您走吧！不然的话，我要喊人啦！您为什么来毁灭我啊？"茜拉如同疯子一般不可控制。

"哼！女人的天性！"

"女人的天性！"茜拉生气了，"女人的天性并不坏！像你们这样的男人的天性才叫坏！你们没有天良，不顾别人的安危，只想自己寻欢作乐！东游西荡，只为想方设法把某个女人毁掉！如果不是这样，你为什么到我家里来？难道你没有想毁掉我的念头吗？你把我看成一个行为放荡的女人，否则，你会有胆量到我这里来？但是，我不是荡妇！我们是不幸的穷苦人，靠劳动吃饭，我们没有时间去寻欢作乐！我若是阔太太，也许可以成个荡妇，这，我不敢肯定地说。"

代本德罗蹙紧眉头。茜拉看了很高兴。她昂着头，目不转睛地凝视着代本德罗的脸，十分温柔而又庄重地说："我的主，我为您的容貌和才能而疯狂。不过，不要把我当作放荡的女人。看到您，我感到快乐，幸福。因此我不能拒绝您提出的留在这里的要求。可是，我是软弱的女人，因为我不能阻止您，您就以为自己有权待在这里吗？您是邪恶有罪的，您到我家来，只是想趁机毁灭我！您马上出去！"

代本德罗又喝了一口酒说："好，好！茜拉！你讲得真好！哪天到我们梵社做一次演讲吧？"

代本德罗的玩笑刺伤了茜拉的心。她既愤怒又悲哀地说："我不是您开玩笑的对象。我爱您，即使您是这样卑鄙。您不应该拿我的爱情开玩笑！我不是宗教信徒，也不懂得什么叫宗教，我心里没有这一套！但是，我仍然可以骄傲地宣称，我不是一个坏女人！理由是，我暗暗发誓，决不以我的无廉耻来购买您的爱情。如果您爱我，哪怕是极小的一点眷恋，我也不会发出这样的誓言。我没有道德观念，也不崇拜什么道德操守——为了您的爱，我可以把羞耻犯罪、道德败坏看得不如一根小草！但是，您不爱我——莫非我会用无耻堕落去换取欢乐？我牺牲自己的名誉，有什么好处？您见了年轻的女人，从来不放手，因此，您可能接受我的爱和崇拜，但是，明天您就会把我忘记。如果我还留在您的记忆里，您也会以我的爱情作为您在朋友、随从之间闲谈的笑料。在这种情况下，为什么我要献出一切，成为您的奴隶呢？但是，等到您爱我的那一天，我会成为您的女奴，匍匐在您脚前。"

代本德罗从茜拉的嘴里听到她三种不同的谈话。他了解了她的心情，心想："我算是认识你啦！我可以使你成为我手里的傀儡。有一天，我会想起你，我要利用你达到我的目的。"

代本德罗走了。他对茜拉并不完全理解。

第二十五章　喜讯

午后两点钟。斯里绍琼德罗巴布上班去了。家里的人吃过午饭后全都在睡午觉。客厅门锁着。一只杂交小狼狗躺在客厅外面的擦脚垫上，把头埋在爪子上睡着了。一个可爱的女仆趁空坐到一个活泼多情的男佣人身边，一面偷偷地在吸烟，一面咕咕哝哝和他闲谈。蔻莫洛摩妮坐在卧房里伸着长脚，手里拿着毛线针编织靠垫。她头发有些散乱，衣服也穿得很随便——没有别人，身边只有绍迪什口水流在胸前，咿咿呀呀在学说话。绍迪什巴布原是用心用意地想偷妈妈身边的毛线球的，不过护卫者看守得太严，后来只好去吮一只陶瓷老虎的头了。远处，一只猫伸直两只前腿蹲在那里，注意地观察着这母子两人。它态度庄严，一脸深思熟虑的智者神气，而且冷静深沉，心如止水。猫似乎在想："人类的情况太可怕啦。他们的心思总是用在织毛线呀、玩玩具呀，诸如此类的琐碎小事上，不务正业，连每天按时喂猫的事都不放在心上！他们将来可怎么好啊？"另一处地方，一只壁虎趴在墙上，抬着头盯着一只小飞虫，目不转睛。毫无疑问，它也在为昆虫类的劣根性而忐忑不安呢。一只蝴蝶不停地飞舞着。在原先绍迪什巴布坐着吃松代斯①的地方，聚集着一群苍蝇，接着蚂蚁也来分肥了。

过了一会儿，壁虎抓不着小飞虫便爬到别处去了。猫看不出人类的天性在短期间有任何改变的迹象，也打了个哈欠，缓缓退场了。蝴蝶飞到房子外面。蔻莫洛摩妮也不耐烦地扔下毛线和绍杜②巴布闲谈起来。

蔻莫洛说："啊，绍杜巴布，人为什么要去上班呢？你能告诉我吗？"

绍杜巴布说："咿……咿……啊……嘻嘻！"

蔻莫洛说："绍杜巴布，你任何时候都不要上班！"

绍杜巴布说："哈姆！"

蔻莫洛摩妮说："你说的'哈姆'是什么意思呢？是说不该去上班！对，不该去上班！若是上班去呀，媳妇午饭后会坐在家里哭哪！"

提到"媳妇"，绍杜巴布听懂了，因为，蔻莫洛摩妮经常吓唬他说："媳妇来了！她会打你！"绍杜巴布回答说："媳妇……打！"

蔻莫洛说："记在心里吧！要是去上班，媳妇就打！"

很难说，这样的谈话能够继续多长时间。正在这时，女仆揉着眼睛来了，把一封信交在蔻莫洛手里。蔻莫洛一看，是姝尔久穆基的信。打开信，看了一遍，又看了一遍。看过第三遍，她心情沉重，默默无言。信是这样写的：

最亲爱的：自从你回到加尔各答以后，你把我们全忘了，如若

---

① Sandesh，孟加拉邦的一种乳制甜点心。
② Sadu，绍迪什的爱称。

毒 树

不然，为什么除了一封短信，你就音信全无了呢？我一直在焦急不安地等待着你的消息。你知道么？

你曾问到过昆德诺蒂妮的事，我们已经找到她了。听到这消息，你一定很高兴——快给婆斯蒂女神①上供吧！另外，还有个喜讯呢——我的丈夫将要和昆德结婚了。他们的结合，媒人就是我呀。既然我们的圣典律书上记载着寡妇可以再嫁，还有什么罪过可说？一两天内他们就要结婚了，你来，怕赶不及了，否则我会下请帖请你的。若是能来，那就在他们洞房花烛之夜来吧！因为，我渴望见到你。

蔻莫洛完全不理解信里真正的含义。她考虑再三，决定和绍杜巴布商量一下，问一问他的意见。绍迪什这时正坐在她对面抓着一本孟加拉文书在啃书角呢。蔻莫洛念信给他听，问他说："信里是什么意思呢？说说看，绍杜巴布？"绍杜巴布明白妈妈这种情绪了，他拉着妈妈的手站起来，去咬蔻莫洛的鼻子。于是蔻莫洛忘记了姝尔久穆基。绍杜巴布亲过鼻子以后，蔻莫洛重新又读姝尔久穆基的信，她想："这不是绍杜巴布的任务！除了我那位内阁大臣，这工作谁也不能胜任。内阁大臣公事还没办完么？好，绍杜巴布，他下班回来，我们就发脾气！"

内阁大臣斯里绍琼德罗按时下班回家，洗脸，换衣服。蔻莫洛摩妮服侍他喝水，吃点心，然后抱起绍迪什，怒容满面地倒在床上睡下了。斯里绍琼德罗看到她发脾气，笑嘻嘻地拿着胡卡到远远地摆着的卧榻上坐下。他让胡卡当证人："喂，胡卡，你肚子里装满恒河水，头上燃烧着圣火，你来当证人——那个跟我闹别扭的人，马上就会跟我说话！跟我说话！跟我说话！要是不说话，我用你头上的火点上烟，坐在这里，一连吸上十烟锅！"

蔻莫洛摩妮听了，从床上坐了起来，甜蜜蜜地发着脾气，睁圆

---

① 印度神话里的毁灭之神湿婆的妻子难近母的一个形象，是十六位圣母之一，主管保佑儿童平安、守护家宅。

莲花眼说："还想吸十袋烟呢！一袋烟就气得我说不出一句话来了，还要吸十袋烟！想把我熏跑吗？"说着跳下床来，从胡卡里把烟丝倒出来，打发燃烧着的烟神从水里回老家了。

这样一来，蔻莫洛摩妮的愠怒冰消云散了。她讲出了发怒的原因，把姝尔久穆基的信给他看，说："把它的意思讲解清楚，否则，扣你的俸禄！"

"先发工资，我才讲！"

蔻莫洛摩妮把脸儿送在斯里绍琼德罗的嘴边，斯里绍琼德罗领了"工资"，看过信，说："开玩笑！"

"哪个是玩笑？你的话，还是信？"

"信！"

"内阁大臣先生，今天你要被我 Discharge① 啦！难道你一点儿头脑也没有？女人能开这样的玩笑吗？"

"那，既不了解玩笑的 Core②，凭什么说它不是玩笑？"

"凭我心里的痛苦来辨别。我觉得，这是真的，不是开玩笑。"

"什么！什么！真的？当真？"

"要是撒谎，我就吃掉蔻莫洛摩妮的脑袋③。"

斯里绍琼德罗在蔻莫洛香腮上轻轻拧了一下。蔻莫洛说："好吧，我要是说瞎话，就让我吃掉蔻莫洛好姐妹④的脑袋吧。"

"那你只好挨饿啦。"

"好啦，好啦。谁的脑袋都不吃啦。现在，大概是姝尔久穆基的脑袋被创世主吃掉了。唉，莫非是哥哥硬要和昆德结婚？"

斯里绍琼德罗难受地说："我真的什么都不知道。我给诺根德罗写封信吧，你的意见呢？"

---

① "撤职"，"开除"。
② "关键"，"核心"。
③ "吃掉脑袋"是成语，有"恳求"和"发誓赌咒"两种意思。恳求，如"看在我面上，不要这样做！"发誓，如"我撒谎，就不得好死！"这里是他们夫妇俩在玩语言游戏。
④ "好姐妹"是指丈夫的小老婆。她丈夫没有小老婆，所以下面斯里绍琼德罗才说"你只好挨饿啦"。

毒 树

蔻莫洛摩妮同意了。斯里绍琼德罗写了一封信，嘲笑诺根德罗。诺根德罗在回信里是这样写的：

亲爱的老弟，不要憎恨我！然而，这样的请求又能起什么作用？可憎的人是要被憎恨的。我要结婚了。即使全世界的人都抛弃我，我也非结婚不可！否则，我就会发狂——和疯子差不多。我既然说出这样的话，似乎没有必要再多说什么。看来，你们因此也不会再来劝阻我。如果你们还有意见，请讲！我准备答辩。

假使有人说，寡妇再嫁违背印度教教义，我就请他读一读维特雅萨卡尔先生的论文。这位精通古圣梵典、荣获"摩诃摩喉婆陀耶"①称号的学者在他的论文里声称："寡妇再嫁合乎经典规定。"那么谁还能说寡妇再嫁违背圣训？也许你会说，即使合乎经典律条，社会也不允许。我若娶了寡妇，就会被社会所遗弃。我的答复是：在戈宾德普尔有谁胆敢孤立我？在那里，我就是社会，还谈什么被社会摒弃？但是，为了平息你们的怒火，取得你们的谅解，我将秘密结婚——暂时不使任何人知道。

请不要提出反对意见。你可能会这样说，娶两个妻子是违背法律的事。亲爱的老弟！你怎么知道这是违法的？你的话是从英国人那里学来的。印度没有这种说法。但是，英国人就没有错误么？英国人根据《摩西律法》②才产生了这种偏见，而你、我都并不认为《摩西律法》是必须遵奉的上帝的旨意。那么，你拿什么理由谴责男人娶两个妻子是违法的呢？你可能提出，如果一个男人可以娶两个妻子，为什么一个女人不可以同时有两个丈夫？我的回答是——假如一个女人有两个丈夫，有可能产生种种弊端和祸患；一个男人有两个妻子却没有这种可能性。一个女人有两个丈夫，谁是孩子的父亲问题不易确定。父亲是孩子的教养和教育者、保护人，保护人的问题确定不下来，孩子没人抚养，社会秩序就会混乱。而一个男

---

① 是印度颁发给学者的最高学衔，意译"大大上人"。
② 以色列先知摩西受上帝启示而制定的律法，见《旧约圣经》的《出埃及记》。

人有两个妻子的话,绝不会产生孩子的母亲是谁的问题。此其一。另外还有许多理由,不再赘述。

大多数的人都有罪,都做了法律所不允许的事。你如果认为男人娶两个妻子违背法律,那么,把大多数所犯的罪恶全部检举出来吧!何必单单责备我?

你或许要提出,为了避免家庭纠纷,我应慎重考虑的问题。我有更好的理由辩解。我无子女,我死以后,德多家族的名字便烟消云散,不复存在了。我如再娶妻,很可能不至于断子绝孙呢!我这次结婚难道是毫无理由的吗?

最后,有人反对的问题——妹尔久穆基会反对——为什么我要娶另一个女人,来做那么可爱的妻子的眼中钉、肉中刺呢?我的回答是:妹尔久穆基不会因我这次结婚感到痛苦。是她亲自提出这个结婚问题的——强迫我结婚的就是她啊!她比我还兴奋呢!那么,还有谁反对?那么,还有什么理由来谴责我这次结婚呢?

第二十六章 谁反对?

蔻莫洛摩妮读了哥哥的信后,说:"以什么理由去谴责他?哼!天神知道!可是,这是个极大的错误!对于男人们,我似乎一点也不了解!不管它,总理大臣,您去准备一切吧。我们必须到戈宾德普尔去。"

"难道你能够阻止他们结婚?"

"如果不能,我就死在哥哥面前!"

"那你办不到。不过,你可以把新嫂嫂的鼻子割下带回来——好吧,让我们去达到这个目的吧。"

两个人为戈宾德普尔之行热心地忙碌起来。第二天清早,他们便乘船出发了。他们准时到达戈宾德普尔。

毒　树

在走进家门以前，他们见到了许多女仆和女邻居，她们是到船上迎接蔻莫洛摩妮的。蔻莫洛摩妮和她的丈夫急切地想打听婚礼是否已经举行？但是两个人对任何人都没有提出这个问题——这样不体面的事，怎能对外人说出口呢！

蔻莫洛急急忙忙走进内院。现在，绍迪什落在后面了，她已经把他忘记了。一走进内院，她立刻大声而又胆怯地向女仆们问："姝尔久穆基在哪里？"她胆战心惊，唯恐有人回答说："婚礼已经举行！"唯恐有人回答说："姝尔久穆基死了！"

女仆们告诉她："姝尔久穆基在卧房里。"蔻莫洛摩妮径自向卧房跑去。

跑进卧房，起初，她没有看到任何人。她心神不定地四下观望。最后，她才发现，在屋角里，一个紧闭着的窗户前面，有一个女人低着头坐在那里。蔻莫洛摩妮看不到她的脸，但是她知道她是姝尔久穆基。后来，姝尔久穆基听到她的脚步声，才站了起来，走到她跟前。蔻莫洛摩妮看到姝尔久穆基，她不能再问婚礼是否举行的事了。姝尔久穆基瘦得露出了尖削的肩胛骨，那像小松树一样笔直的身体弓一样弯着，美丽的青莲花瓣似的大眼睛深陷在眼窝里，丰满如盛开的荷花一般的面庞变长了。蔻莫洛摩妮明白，婚礼已经举行了。她问："什么时候？"姝尔久穆基会意地低声说："昨天。"

两个人坐在卧房里低声哭泣。谁也不说一句话。姝尔久穆基把头埋在蔻莫洛怀里，伤心地哭着，蔻莫洛的眼泪落在姝尔久穆基的身上和头发上。

那时，诺根德罗坐在客厅里想些什么呢？他在想："昆德诺蒂妮！我的昆德！我的妻！昆德！昆德！昆德！她是属于我的。"斯里绍琼德罗坐在他旁边，没好气，不和他说话。诺根德罗心想："是姝尔久穆基热情地、竭力促成这个婚姻的——那么，我这样快乐，还有谁反对呢？"

第二十七章　姝尔久穆基和蔻莫洛摩妮

薄暮时分，姝尔久穆基和蔻莫洛摩妮两人推心置腹地絮絮倾谈着。姝尔久穆基把诺根德罗和昆德诺蒂妮结婚的始末告诉了蔻莫洛。蔻莫洛吃惊地说："他们的结合竟然是你用心安排的！你为什么要自寻死路呢？"

"我算什么呢！"姝尔久穆基淡淡地微笑着回答——那微笑仿佛雨后天际乌云堆里一抹微弱的闪亮的电光——"我算什么呢？去看看你哥哥吧，——看看他满脸兴高采烈的样子，你就知道，他如今是多么快乐了。我亲眼看到他是那么快乐的时候，我觉得这一生就算没有白活，我还有什么愿望不曾满足他呢？让他不高兴，我还有什么快乐可言？哪怕看到他有一分钟的悲愁，我都想死呀！如今，我发现他日日夜夜内心痛苦不安。他准备舍弃一切舒适、安乐，浪迹天涯了。我看到这一切，心里能愉快么？我说了：'我的主人，你的快乐就是我的快乐！你和昆德诺蒂妮结婚吧，我会高兴的。'于是他们就结婚了。"

"你快活么？"蔻莫洛问。

"你又提起我干什么呢？我是谁？我算得了什么？假若我看到我的丈夫脚底被荆棘刺戳破，我立刻想到的就是，为什么我不躺在荆棘丛里，好让他在我胸膛上踏过呢？"

姝尔久穆基沉默着，不再说下去——她的泪水打湿了她的衣裳。过了一会儿，她突然抬起头问："蔻莫洛，是在哪一个国家，如果生了女儿，就把她掐死？"

蔻莫洛明白她问话的意思。"既生为女人，又有什么办法？命该如此，听天由命吧。"

"还有谁比我更幸运？有谁像我这样有福气？有谁像我似的得到这样好的丈夫？容貌、财富——哦，这都是微不足道的——怎么

毒　　树

能与道德、品质等样样出众的丈夫相比？我的命，太好了！——可是，为什么我会落到这步田地？"

"这也是命中注定。"

"那，那为什么我又心如火焚呢？"

"你说：'看到丈夫欢天喜地，你也高兴。'可是又说：'难过得心如火焚。'到底哪句话是真的？"

"两种说法都是真实的。他快活，我才能快活。可是他把我一脚踢开了。因为一脚踢开我，他才快活！……"

姝尔久穆基再也说不下去了——她的喉咙堵塞了，眼泪哗哗流下来。蔻莫洛完全理解姝尔久穆基没有说出口来的话的含义。蔻莫洛说："因为你被摒弃，你心里愤恨。那么，为什么你要说'我不算什么'呢？你至今心里还有一半'自我'占据，否则，为什么做了自我牺牲又后悔呢？"

"不，我并不后悔。我做得对，这是毫无疑问的。但是，死是痛苦的。我认为死了好，我要亲手杀死自己。但是，难道因为这个理由，在我临死的时候就不应该在你面前流泪么？"

姝尔久穆基哭了。蔻莫洛捧起她的头，把她抱在怀里。她们不说话，可是她们心心相印。蔻莫洛心里明白，姝尔久穆基万分痛苦。姝尔久穆基心里知道，蔻莫洛了解她的悲哀。

哭过一阵，两人擦干了眼泪。这时姝尔久穆基不谈自己的问题了。她抱起绍迪什爱抚着，亲亲他，和他说话。她和蔻莫洛一直在谈绍迪什和斯里绍琼德罗。她谈到绍迪什读书，受教育、结婚等等使人愉快的问题。她们一直谈到深夜。临别时，姝尔久穆基拥抱了蔻莫洛，并且把绍迪什抱在怀里吻着。她的眼泪再也忍不住了。她流着泪，呜咽着向绍迪什祝福："宝贝！愿你成为和你舅舅一般品德高尚、多才多艺的完美的人。除此之外，我不知道还有什么更好的祝福了。"

姝尔久穆基虽像平时一样低声地、温和地说着，但是那哽咽的声调却使蔻莫洛感到惊异。她问："嫂嫂，你怎么啦？你心里想些什么？说呀！"

"没什么。"

"别瞒我。"

"在你面前,我没有任何事情可隐瞒的。"

蔻莫洛摩妮无牵无挂地去睡觉了。但是,姝尔久穆基有一件事没有对她说。这,蔻莫洛第二天早晨才知道。

清早,蔻莫洛到姝尔久穆基卧房里去找她,姝尔久穆基不在那里,只见空床上放着一封信。看到信封,蔻莫洛头发晕,脑发胀,一切都天旋地转起来——她不能看信,不过,不读信,她也明白信里写些什么。她明白,姝尔久穆基离家出走了。她不想打开信来读,她把信紧握在手里揉作一团,坐在床上敲着额头说:"我疯了,我傻了,不然,为什么昨晚回卧房时,既明白又糊涂,我有预感却又撒手不管呢?"

绍迪什站在旁边,看见妈妈用手捶额头,他哭了。

第二十八章　祝福的信

悲痛的第一次高潮平息了。蔻莫洛拆开信封读了起来。信上写的是她的名字:

那天,我丈夫亲口对我说,他从我这里找不到任何欢乐,他为昆德诺蒂妮神魂颠倒得要发疯了;他想死。我听了,从那天起,便暗暗决定:什么时候我找到昆德诺蒂妮,我就把她奉献给我的丈夫,使他快乐;一旦我把昆德诺蒂妮奉献给他,我便离家出走;因为,我不能眼看着我的丈夫成了昆德诺蒂妮的丈夫,我办不到。现在我重新找到了昆德诺蒂妮,我让她和我的丈夫结了婚,我自己该走了。

昨天,他们结婚以后,我本来打算离开这个家的。可是,为了丈夫的愉快和幸福,我自动献出了自己的生命,我第一个愿望就是想亲眼看看他们的幸福生活,过一两天再走。另外,我也希望和你

毒　树

　　再见一面。我曾写信约你来，我知道你一定会来的。现在两个愿望都圆满实现了。我已经看到我最亲爱的人，我的丈夫，他很快乐。我也和你告别过了，我该走了。

　　当你读到这封信的时候，我已经走得很远了。我没有预先告诉你，原因是，我怕你不让我走。现在，我有一个要求：请你们不要寻找我。

　　和你们他日重逢，再相会面——我不抱这样的希望。有昆德诺蒂妮在，我决不还乡，你也找不到我。我现在是路边的乞丐——我穿着女乞丐的衣服到处流浪，以沿门乞讨为生。谁能认出我来呢？我本来可以随身携带金银钱财，但是，我不这样做。我是抛弃了自己的丈夫出走的，我能带他的金银钱财么？

　　请你替我办一件事：告诉我的丈夫，我向他的足前致以千万个敬礼。我曾多次努力想给他写信，但是我完成不了这个工作。眼泪使字迹模糊不清，信纸也湿透了，不能再用。我撕了信纸又写，写了又撕，撕了又写……我要说的话，不是在信上能够写出来的。要说的话既然不能在信上表达，我就不给他写信了。请你按照你认为是最好的方式，把我出走的消息通知他吧。你对他讲清楚，我不是生他的气才出走的。我没有生他的气，我从来没有怨恨过他，我从来对他怨恨不起来。每一想到他，我心里便充满快乐。我怎能怨恨他呢？我对他那种永远不变的忠诚，一直和我同在，直到有一天我埋在土里，化作灰尘，因为我不能忘记他的千种优点，万般才能。这样才德兼备的人没有第二个呀！正因如此，我才甘心做他的奴隶。如果因为一点错误就忘了他的百般好处，我就不配做他的奴仆了。现在，我要和他永别了，离开和自己生命一般宝贵的我的丈夫。蔻莫洛，你不知道，我便是舍弃了一切啊！我多么可怜！

　　永别了，蔻莫洛！祝福你的丈夫和儿子长寿！祝福你永远快乐！还有，祝福你们夫妇白头偕老——衷心希望你丈夫对你变心之际，也就是你生命终结之时。唉，没有任何人曾给我这样的祝福！

第二十九章 毒树为何物？

前面我们描绘了这棵毒树从播种到开花结果，以及人们吞下毒果的痛苦，然而这样的毒树就种在家家的庭院里。放纵情欲是毒树的种子，在各种情况下，不同的土壤里，毒树的种子都会生根发芽。世界上没有这样的人——他的心从不被喜怒哀乐所触动。即使最明智的人，在某种情况下，也有被情欲骚扰而激动不安的时候。但是人和人不同，区别在于：有人能够克制情欲的泛滥，而且真正做到了遏制情感的泛滥。这样的人是高尚的人，伟大的人。有些人却不能控制自己的情欲，因此，便埋下了毒树的种子，由于缺乏自我克制的能力，毒树发芽，生枝，长大了。这棵毒树具有强大的生命力，一旦长大成材，便永远不会死亡。它的外形光彩悦目，远远看起来，枝叶扶疏，繁花灿烂，非常可爱，但是它的果实有剧毒，吃了就丧命。

由于环境不同，对象不同，毒树会结出各种不同的苦果。至于控制欲念，首先要有约束心中杂念的愿望，其次还需要有一种自我克制的力量。自制能力来自天性，愿望来自所受的教育，而天性的改变也依靠教育的力量，因此，克制欲念，教育是根本。但是，在劝人自我克制的时候，我决非只强调一般的教育——在心灵深处经受痛苦的磨炼，才是最重要的一课。

诺根德罗从来不曾经受过这方面的磨炼。创世主赐给他一切幸福，然后打发他到尘世上来。英俊的容貌，无比的财富，健康的体魄，渊博的学识，温和的性格，还有一个多情、贞洁的妻子，命运几乎不可能给一个人带来这样多的福气，但是诺根德罗样样占全了。最重要的一点是，诺根德罗自己的善良品德，使他永远乐天知命，安闲自得。他既诚实又诙谐，既行侠仗义，又奉公守法。他乐善好施，自奉又很菲薄；多情善感又能坚持原则。父母在世的时候，他对他们既恭敬又孝顺，与妻子一向伉俪情深，对朋友慷慨大方，对仆人宽厚仁慈，对投靠他的人尽量保护和资助，甚至对敌人也从不寻仇挑衅。他处事公正，待人谦和。他给人的忠告是明智的，说话又娓娓动听，深入人心。这样的性格和品行，理应得到永恒的快乐做报酬。诺根德罗从幼年起便获得了这一切——他不仅在家乡受人尊敬，而且在外地也博得了好名声。仆人们服从他的命令，佃户们对他很忠诚；妻子姝尔久穆基献给他的是坚定的、不可估量的、无比纯洁的爱情。如果他不是命中注定享有这样多的幸福，他也不会像现在这样痛苦！

没有贫困，便不会受诱惑；匮乏使人产生贪心。诺根德罗在没有以热情迷惘的眼光看着昆德诺蒂妮以前，他从未产生过贪心，因为，他从来不知道，世界上还有他所没有的东西，所以他没有制止贪欲所必备的心灵上的痛苦磨难的经验。他虽有自我克制的愿望，却不能控制情欲的泛滥，暂时的欢乐是痛苦的根源，除非经受痛苦的洗礼，没有永恒的愉快可言。

我不是说，诺根德罗没有过错——他的罪过是比较严重的。现在，他开始以艰难的苦行来赎罪了。

第三十章　调查

总之，自从姝尔久穆基出走的消息在家里传开以后，全家便为派人寻找她而忙乱起来。诺根德罗派人到处寻访。斯里绍琼德罗、蔻莫洛派人四处打听。年长的老女仆扔下水罐，跑去寻找了。讲印地语的守门人拿起竹棍子，披上粗棉布的短上衣，皮鞋嚓嚓嚓踏响着走出去了。仆人们肩上搭着毛巾，腰里系着腰带，也寻找女主人去了。亲戚们驾着马车到大路上去了。村庄里的人，有的在田间、地头、池塘边、渡口搜索；有的在树荫下吸着烟，开会讨论。村公社的屋檐下，在湿婆神庙的门廊前，嗡嗡嘤嘤诵读梵文的婆罗门教师的私塾里……议论纷纷；老太婆、姑娘、媳妇们把洗澡池塘的石阶当作初审的小法庭，窃窃私语，说长道短；孩子们欢天喜地，像过喜庆节日，小学生们幻想着，学校可能放假。

先是斯里绍琼德罗安慰诺根德罗和蔻莫洛摩妮说："她从来不曾步行走出大门——她能走出多远呢？顶多能走出一里半，马上会找到她的。"但是两三个钟头过去了，仍然没有得到姝尔久穆基的任何消息，这时，诺根德罗亲自出外寻找去了。在烈日的曝晒下，他走了一阵，心想："我在外面寻找她，可是，说不定现在姝尔久穆基已经被找回家来啦。"他回来了。到家里一看，姝尔久穆基音信杳然，于是他又走到外面。出去又回来，回来又出去，就这样，一天过去了。

事实证明，斯里绍琼德罗的话完全正确。姝尔久穆基从来没有徒步走出过家里的大门，她能够走多远呢？从家里出来，只走出三里路，她便在一个池塘旁边的芒果园里躺倒了。一个男仆——他常常在内院走动——寻找到芒果园里，看到了姝尔久穆基，认出了她。他敬慕地说："太太！请回家吧！"

姝尔久穆基不理他。他又请求说："太太，您回家吧！家里的人，大家全都很着急呢。"。

"你是谁？胆敢让我回家！"姝尔久穆基怒冲冲地说。

仆人胆怯了，但是仍然站在那里不动。姝尔久穆基说："你如果站在这里不走，我立刻跳到池塘里淹死！"

仆人毫无办法，只好赶快回去，禀报诺根德罗。诺根德罗带着轿子赶到芒果园，但是在那里找不到姝尔久穆基。他们在附近搜索了一阵，毫无结果。

姝尔久穆基离开芒果园，到另一个树林里休息。她遇到一位老太婆。老太婆本是到树林里捡柴的，但是她听说找到姝尔久穆基有赏，于是她也寻找起来。看到姝尔久穆基，她立刻问；'啊，哎呀！您就是我们的女主人太太吧？"

"不是呀！"

"嗯，您是我们的太太！"

毒　树

"你们的女主人是谁啊？"
"喏，就是德多老爷家的媳妇嘛。"
"你看我身上有金银珠宝首饰吗？我是老爷家的太太？"
"倒也是。"
老太婆到另一个树林里捡柴去了。

整整七天就这样过去了，夜晚也得不到任何消息。第二天、第三天仍然没有使人满意的消息，然而搜索并未停止。男的查访者几乎都不认识姝尔久穆基——他们把许多衣衫褴褛的穷家妇女和女乞丐拖到诺根德罗面前。最后闹到连上等人家的妇女独自走路或者到池塘沐浴都很困难了。诺根德罗的那些下流的守门人，看到孤身走路的女人，就追在背后呼唤"太太！"而且有的洗完澡，突然会有轿夫抬着轿子来。许多人一辈子没有坐过轿子，倒是有幸不花钱过过坐轿子的瘾了。

斯里绍琼德罗不能久留，他回加尔各答查访去了。蔻莫洛摩妮住在戈宾德普尔，继续寻找。

第三十一章　一切幸福都是有限度的

昆德诺蒂妮从来没有梦想过，她会这样幸福，然而这幸福实现了——她是诺根德罗的妻子了。结婚以后，她想，她太幸福了，这幸福无边无涯，不可计量。后来，姝尔久穆基出走了，她心里很难过，心想："姝尔久穆基在苦难中救了我——否则，我早已不知流落何方了。但是，如今她却因为我出走了。我还有什么快乐？真不如死了的好！"她发现，欢乐和幸福是有限度的。

黄昏，诺根德罗躺在床上休息。昆德诺蒂妮坐在床头给他扇扇子。两人都默默无言。这不是吉兆。旁边没有别人，可是两个人一声不响——满心欢喜的不会是这种样子。

不过，自从姝尔久穆基出走以后，他们还有什么完美的幸福可言？昆德诺蒂妮总是想："怎样才能恢复过去，像从前一样欢乐呢？"今天，此时此刻，昆德诺蒂妮开口自问："怎样才能像过去那样幸福啊？"

诺根德罗带着愤怒的腔调说："回到过去，像从前一样？我和你结婚，你后悔了吗？"

昆德诺蒂妮伤心了。"你和我结婚，你给予我的快乐，是我从来不敢希求的。我说的不是这些，我指的是，怎样才能使姝尔久穆基重新回到家里来。"

"这样的话，最好不要从你嘴里说出来！听到你提姝尔久穆基的名字，我心里就冒火——就是因为你，姝尔久穆基才离开我的！"

昆德诺蒂妮早就知道，姝尔久穆基是因为她而出走的，但是这话从诺根德罗嘴里说出来却刺痛了她的心。她想："为什么责备我呢？我的命不好——我是无辜的，我没有罪。是姝尔久穆基自己让我和他结婚的呀。"昆德诺蒂妮不再说话，只是不停地扇扇子。诺根德罗默默凝视着昆德，半晌才说："为什么不说话？你生气啦？"

"没有。"

"仅仅说出短短的'没有'两个字，就不再说啦？你不再爱我了么？"

"永远爱你！"

诺根德罗应该知道，她不是姝尔久穆基。不是说昆德诺蒂妮的爱不像姝尔久穆基那样一往情深，不是的，而是昆德不知道怎样表达她的爱。她很年轻，生性腼腆羞怯，不会说话。叫她再多说什么呢？诺根德罗不了解这些，说："姝尔久穆基才是永远爱我的……猴子的脖颈上怎配戴珍珠项链？——铁锁链倒是正合适。"

现在，昆德诺蒂妮再也忍不住不哭了。她慢慢站起来，到外面去了。她找不到那样一个人——她可以在她面前大哭一场。蔻莫洛摩妮来到以后，昆德一直不敢挨近她——昆德诺蒂妮一直感到在这场婚姻里自己是第一号罪犯，羞愧难当，不敢在她那里露面。现在，在她悲痛欲绝的时候，她渴望见一见好心肠的、温柔多情的蔻莫洛摩妮。从前,在她为爱情绝望得想死的时候,蔻莫洛摩妮不是也曾为她难过得流下伤心泪,并且把她抱在怀里,给她擦眼泪么?她回忆起过去,哭着去找蔻莫洛摩妮。蔻莫洛摩妮看到昆德很不高兴——昆德敢来找她,使她吃惊,但是她保持沉默,一句话也不说。昆德坐在她身边,哭着。蔻莫洛摩妮不理她,连一声"怎么啦?为什么?"都不问。昆德诺蒂妮只好自己悄悄地停止了哭声。这时,蔻莫洛摩妮说了声"我还有事",就立刻站起来走了。

昆德诺蒂妮发现,快乐和幸福是有一定的限度的。

第三十二章　毒树的果实

（诺根德罗写给霍罗代波·高沙尔的信）

你在信里说:"在我在世界上的一切所作所为中,和昆德诺蒂妮结婚是干了一件绝顶错误的蠢事。"我承认。正因为犯了这个错误,我失去了姝尔久穆基。得到像姝尔久穆基这样的妻子,应该说是洪福齐天,百年不遇的事。挖掘了无数宝矿,"古希努尔"[①] 才得以在一个人的头上放光。姝尔久穆基就是那"古希努尔"。昆德诺蒂妮有何德何能可以填补她的位置?

然而,我居然让昆德诺蒂妮占据了她的位置。为什么?错误啊,大错特错!现在,我觉悟了。昆婆科尔纳[②]从酣睡里被人唤醒,是为叫他去送死。我大彻大悟也是为了死亡。现在,在哪里才能找到姝尔久穆基呢?

我为什么要和昆德诺蒂妮结婚呢?我过去曾爱过她么?当然爱她——为了她,我曾经发疯,也曾把性命置之度外,不过现在我才

[①] Kohinoor,英皇王冠上最大的一颗钻石。
[②] 印度史诗《罗摩衍那》里楞伽岛魔王罗波那的弟弟,是个好睡的巨型罗刹,经常一睡便是十个月。他在罗摩进攻楞伽岛的时候,被人唤醒,匆匆投入战斗,被罗摩射死。

明白，那只是眼睛的爱——被美色所迷惑罢了。否则，在结婚仅仅十五天，现在我会提出"我曾经爱过她吗"的问题么？为什么要问"曾经爱过她吗"？现在我还一直爱她！但是，我的妹尔久穆基到哪里去了？想要写的话很多，只是现在写不下去了。心里太难过。……

霍罗代波·高沙尔的复信：

我了解你的心情。你不爱昆德诺蒂妮么？不，不是的——直到现在，你还爱她，不过，你说得对，那只是一时的迷惑罢了。你对妹尔久穆基有着深厚的感情，但是被昆德诺蒂妮的影子暂时掩盖起来了。现在你失去了妹尔久穆基，你才知道你对她情深似海。当太阳高悬天空，你被炽热的阳光烤炙着的时候，你爱乌云，可是日落西山时，你就会明白：太阳是世界的眼睛。没有太阳，世界是一片黑暗。

你不了解自己的情感，以致犯了如此严重的错误。在这方面，我不想再来责备你，因为，你陷入错误的泥潭的这种苦痛已经是很难自己承担了。

人们心里有许多欲望，一般人把这些欲望统称为"爱"，但是有这样一种感情——为了别人的幸福，我们甘心情愿自我牺牲，这才叫作真正的"爱"。所谓"甘心情愿"，就是说，它是自觉自动的，既不是为宗教、道德所迫使，也不是为做好事而做好事。对于美色的贪恋，那不叫作爱，正如我们不能把饥肠辘辘的人对于食物的那种感情称之为爱一样。情欲的激荡也不能叫作爱。雅利安诗人们描绘这种情欲的激荡好比中了摩多那①的箭。借着春天的帮助，摩多那的箭射中了大自在天湿婆，惊扰了他的静修，使他情不自禁地爱上山神的女儿乌玛——这是诗人想象的缘由。于是在诗人的笔下，牡鹿总是趴在牝鹿身上替它搔痒，公象追逐着母象为扭它的长鼻子而踏毁了荷塘……这就是所谓与生俱来的对色的迷恋。它被解释为造世主的恩赐，有了它，才形成了世界和家庭，而且是一切众

---

① 印度神话里的爱神。

毒　树

生的本能。描写这方面的诗人有迦梨陀娑①、拜伦、久耶代博②等，他们鄙薄理性。但是，情欲的激荡不是爱。爱的基础是理性。通过理性充分肯定所爱对象的诸种美德，心被诸种美德所吸引而激动不安，于是渴望与具有诸种美德的人结成伴侣的愿望和忠贞不贰之情油然而生，最后，心如纯金一般明净、高贵，达到忘我、牺牲一切的境界，这才是真正的爱。莎士比亚③、瓦耳米基④、斯塔尔夫人⑤等是描写这种爱的作家。美色不能产生这种爱。通过理性发现并肯定对方的高尚品德，引起渴慕之思，因渴慕而两相结合，因结合而生爱，为爱而自我牺牲，我把这叫作爱。特别是妇女们对丈夫的爱是这样的。我觉得，其他方面的爱也基本是这种情况，不过，感情的产生不止一个原因，但是理性是基础。除非通过理智，毫无疑问，其他根源产生的爱不会长存。专重红颜美色的人的感情是反复无常的，迷恋的程度也会日渐消减，因为，他常常产生一种不满足之感，不注重理智的人是永远不会满足的，因为，美貌永远只有一种表现形式，品德却永远通过种种新奇的行动，以种种新的形式来表现自己。爱可以在美色中产生，也可以在品德中产生，因为两者都能引起对方的思慕。一旦思慕着的双方结合起来，爱便立刻产生。这种爱的结合是根深蒂固的，对方是否貌美都无所谓，真正的爱对于漂亮与丑陋，总是平等相待的。

　　理智的爱无疑是永恒的，但是理解对方的品德却需要时间。因此这种爱不是来势凶猛的，而是逐渐增强的。然而情欲的激荡从一开始便如潮水汹涌，势不可当，它可以摧毁一切。这种迷恋是什么呢？是长远存在的吗？我无力判断——我是以它和永恒的爱相比而不敢做出结论。你得出了结论——你对妹尔久穆基的爱是永久不变

---

① 印度古代最伟大的诗人。
② 印度 12 世纪西孟加拉邦的诗人，意译"胜天"，他的名作是歌颂黑天（Krishna）的《牧童歌》。
③ 英国戏剧家（1564～1616），作品有《罗密欧与朱丽叶》等三十七种。
④ Valmiki，印度史诗《罗摩衍那》的作者，意译"蚁垤"。
⑤ 法国小说家（1766～1817），作品有《黛尔菲娜》和《高丽娜》。

的爱，由于被美色所惑，这种爱在你眼前消失了。你犯了错误，犯这种错误是人类的天性，因此，我不责怪你。我反而要规劝你：尽量高兴起来。

请你不要失望。姝尔久穆基终究会回到你身边的——看不到你，她能支持多少时间？只要她不回来，你就爱昆德诺蒂妮吧。你的来信使我感到，她似乎也不是个毫无品德的女人。暂时的迷恋消失之后，时间会使真正的爱情加深增长，你和她一起生活会快乐起来的。如果你再也见不到你的原配夫人，你也可能会把她忘记，特别是你的小妾，她爱你。千万不要轻视她的爱，因为只有爱才是人类唯一纯洁、永不消失的快乐。爱是人类进步的最后办法——人人相爱，世界上便不存在可以伤害人类的事物了。

诺根德罗的回信：

收到你的信，因为心情恶劣，一直没有回复。你说的，我全明白，而且我也知道你的劝告是金玉良言。但是，我已经无法安心再住在家里。我的姝尔久穆基离开我已经一个月了，还没有得到她的任何消息。我决定也走她走过的路——我也出走，我要到各处寻访她，找到她，带她一同回家，找不到，我不回来。我不能和昆德诺蒂妮再在家里共同生活。她已经成了我的眼中钉。她是无辜的——罪过全在我身上——但是我不能忍受再看到她的脸。以前，我从不说什么，现在却常常责骂她。她只是哭，我有什么办法呢？我要走了，不久我们即将会面。见过你，我再到别处去……

诺根德罗这样写，也这样做了。把管理财产的责任压在总管的肩上，他立刻到外面旅行去了。蔻莫洛摩妮在哥哥出走以前，早已回到加尔各答。因此，在这部传奇里所写到的人物中只有昆德诺蒂妮独自一人留在德多家的深宅内院里。女仆茜拉重新被雇来服侍她。

德多家宽阔的宅邸呈现一派凄凉景象。这所豪华的宅邸，由于姝尔久穆基和诺根德罗的出走，变得就像那灯火辉煌、人头攒动、歌声弥漫的剧院在歌停舞罢人散之后那样黑暗、冷清、鸦雀无声。

毒　　树

　　小男孩玩着五色彩绘的泥娃娃，突然发起脾气，摔碎了泥娃娃。泥娃娃躺在地上，无人理睬，身上落满灰尘，并且生出了一丛小草。昆德诺蒂妮正如那被摔碎了的泥娃娃似的，被诺根德罗抛弃之后，孤独地生活在那所大宅邸里，无人疼爱，受尽冷落。

　　诺根德罗在各地漂泊，就如同在一场焚毁森林、树上鸟巢、巢中雏鸟的大火之后，母鸟打食归来，找不到树林，找不到自己的窝巢和雏鸟，只是悲啼着在被毁的森林上空盘旋着寻找旧巢的母鸟似的，四处寻访姝尔久穆基的踪迹。

　　而姝尔久穆基就像落在海底深处的一粒珍珠似的难以寻找。

第三十三章　爱的伤痕

　　代本德罗俊美的形象，如同棉花包着的一块炭火，一阵阵烤炙着茜拉的心。有好多次，茜拉对宗教惩罚的惧怕和被人羞辱的顾忌，几乎被爱情的浪涛涤荡殆尽；但是想到代本德罗无情的、贪酒好色的性格，她又抑制住了爱情的泛滥。茜拉是个很有自我克制能力的女人，正是由于她的自我克制，尽管她不怕宗教惩罚，她也很容易地保持了女人的贞节。尽管她对代本德罗十分爱慕，但是在自我克制的影响下，她把代本德罗放在不值得她爱的地位上，轻易地约束着自己的感情。她找到控制欲望的好办法——决定重新做女仆来维持生活。在别人家里，每天为家务事忙碌着，会忘掉那如同蝎子蜇着一般的、无望的情爱的痛苦和折磨。诺根德罗把昆德诺蒂妮丢在戈宾德普尔出外旅行的时候，茜拉以过去忠心耿耿的旧仆人的身份，要求重新雇用她。诺根德罗知道昆德喜欢她，就留下茜拉服侍昆德诺蒂妮。

　　茜拉自愿重新当女仆有一个原因。茜拉过去是为贪图钱财，她想使昆德将来成为诺根德罗未来的最宠爱的心上人，因此自甘屈居人下，小心翼翼地照料昆德。她幻想着，诺根德罗的财产将来一定会落在昆德手里。落在昆德手里，那就是说，和落在她自己的手里一样。现在，昆德诺蒂妮成为诺根德罗的妻子了，昆德却丝毫没有产生掌握财产的愿望。不过现在连茜拉也没把钱财的事放在心上了。如果她还贪财的话，对昆德来说，她将和毒药一样可怕了。

茜拉，她可以忍受自己无望的情爱的痛苦，但是她不能容忍代本德罗对昆德诺蒂妮的爱慕。茜拉听说，诺根德罗要到外面旅行，昆德诺蒂妮将作为女主人留在家里，她想到霍莉达释女修道者，心里无比恐惧。茜拉是为堵塞霍莉达释女修道者来往德多家的道路，才担任了昆德的守卫者的。

茜拉不是抱着希望昆德诺蒂妮幸福这样的目的而来的。茜拉由于嫉妒，对昆德诺蒂妮怀有刻骨的仇恨。她才谈不上对昆德有什么良好的祝愿呢！能够亲眼看到昆德被打翻在地，才是她最大的快乐。唯恐代本德罗和昆德相见，茜拉出于嫉妒和恐惧，情愿担负起保卫诺根德罗妻子的任务。

女仆茜拉如今成为昆德痛苦的一种根源。昆德发现，茜拉已经不是从前那个殷勤、可爱，甜言蜜语的茜拉了。她发现，茜拉对她总是带着一种不尊敬的态度，而且恶言恶语地斥责她，羞辱她。昆德过分温柔软弱，即使茜拉十分傲慢不逊，她也从不说什么。昆德天性柔和，茜拉脾气暴躁蛮横。因此，做女主人的昆德在仆人的面前倒像一个女仆，茜拉尽管是女仆却成了女主人的主人。家里的女人们看到昆德的痛苦，常常责备茜拉，但是茜拉是如此伶牙俐齿，巧言善辩，谁也说不过她。总管先生听到大家的控告，对茜拉说："你滚吧，你被解雇啦！"茜拉瞪圆了怒火四射的眼睛，对总管说："你是谁？胆敢辞退我！我是主人雇来的，没有主人的命令，我不走！你有辞退我的能力，我也有辞退你的本领！"总管不再说话，怕她蛮横无理。茜拉自己强硬地赖着不走。除了姝尔久穆基，没有人能够制服茜拉。

诺根德罗走后，有一天，茜拉独自去到紧挨内宅的花园里的凉亭上休息。自从诺根德罗和姝尔久穆基出走以后，整个凉亭便归茜

毒　树

拉所有了。那天，黄昏时候，天空悬挂着一轮明月，花园里的花树绿叶映着明月闪闪发光，透过藤蔓枝叶的空隙，月光散乱地洒在凉亭洁白的大理石地面上，附近的池塘上，晚风在清澈的水面轻轻地舞蹈，苍穹沉醉在园林繁花的芬芳里。这时，茜拉突然发现在凉亭里有个男人的身影。仔细一看，是代本德罗。今天，代本德罗没有化装，以他本来的面目出现了。

"您太大胆啦。要是被人看见，非挨打不可！"茜拉吃惊地说。

"有茜拉在，我怕什么？"代本德罗坐在茜拉的身边。茜拉心满意足了。过了一会儿，她问："您为什么到这里来？您希望见到的人，您可见不到了！"

"我见到了，我是为你，为你而来的！"

茜拉不受谄媚者虚伪谎言的欺骗，笑着说："我真不知道我有这么大的福气。不管它，如果我确实时来运转，那么让我们到一个清静的地方，让我能够安逸地望着您，我心里才高兴呢。这里太不方便，有危险。"

"到哪里去？"

"到没有危险的地方去。到您花园的凉亭里。"

"你不必为我担心！"

"即使不为您担心，也应该替我自己担心呀。万一有人看到我和您在一起，我会陷入什么状况？"

代本德罗犹疑不决地说："那么，我们就去吧。让我和你们新的女主人谈谈再走，行吗？"

茜拉听了，用妒火中烧的怒目横了代本德罗一眼。代本德罗在暗中没有看清她的眼色。茜拉说："您用什么办法和她见面？"

"只要你大发慈悲，一切都能办到。"代本德罗低声下气地恳求说。

"好，您在这里小心等着，我去领她来。"

茜拉走出凉亭，坐在不多远的一棵树影下，强忍着的呜咽化作泪水一滴滴流下来。后来，她站起来走进内院去，但是她没有去找昆德诺蒂妮；她到外院对守门人说："你们快去，花园里有贼！"

杜白、纠白、般来和代欧雅里等手执棍棒，穿过内宅，匆匆向花园跑去。代本德罗远远地听到他们皮鞋的响声，远远地看到他们黑黑的大胡子，立刻跳出凉亭逃跑了。守门的人们在后面追赶了一阵。他们本来可以捉住他，但是没有捉他。不过，代本德罗不受一点"奖赏"也跑不脱。他尝到挨大棍子打的滋味没有，我们不敢肯定，守门的人们用"老丈人""小舅子"① 等等表示亲密关系的种种悦耳的尊称来称呼他，我们倒是听到了的。他的仆人那天喝了他剩下的白兰地，第二天到自己姘妇家里闲聊天时说："今天我给巴布用油擦身的时候，看见他背上有一条乌青瘀血的伤痕！"

代本德罗回到家里，下定决心做两件大事：第一，有茜拉在，他决不再到德多家去；第二，要对茜拉进行报复。最后，他终于给了茜拉最严重的惩罚。茜拉因犯轻罪而受重刑，那刑罚之惨重，代本德罗看到之后，纵使他是铁石心肠，也伤心落泪了。这件事，用不着多费笔墨，以后再简单叙说。

第三十四章　路边

雨季。天气不好。整日阴雨连绵，太阳一次也不曾露面，天空笼罩着乌云。通向迦尸②大道的青石板上有些滑泞。路上几乎没有行人——湿淋淋的，谁还出门呢？只有一个旅客在路上走着。那旅客出家人打扮——身穿赭色的法衣，颈挂菩提小念珠，额上点着檀香痣，头上没戴帽子，稀疏的头发掺杂着许多银丝。他一只手打着一把棕榈叶伞，另一只手托着铜钵盂。出家人湿淋淋地在雨中走着。尽管是白天，也像夜晚一般黑暗，何况走着走着夜晚已

---

① 老丈人、小舅子都是印度下层社会惯用的骂人词语。
② 现在的贝那勒斯城，有很多古老的寺院，又傍着神圣的恒河，是印度教教徒参拜的圣地。

毒 树

来临——整个世界墨一般黑,哪里是路,哪里不是路,孤独的行路人一点儿也分不清,然而,他依旧不停地走着——他是出家人,弃世者。对于出家人说来,光明、黑暗、好路、坏路,都一样。

夜深了。宇宙墨黑,天空蒙上了黑色的面纱。树林越发显得黑魆魆的。只能从树丛的空隙里隐约地感到道路的影子。雨淅淅沥沥地下个不停。一道霹雳闪过——比起那闪光,黑暗更好一些——黑暗中那一刹那的闪光显得那么可怕,完全的黑暗倒不令人恐惧。

出家人在黑暗中走着,忽然听到道路中间传来一声深深的叹息。不平常的、非人间的声音,不过还是能使人感到,那肯定是从人类喉咙里发出的声音。声音是那么微弱,那么充满痛苦!出家人停在路上不走了——他在等待着再一次响起霹雳。霹雳一闪,他看见路边仿佛有个什么东西似的。那是个人么?他暗自揣摩着。于是他等待着又一次霹雳出现。在霹雳的亮光下,他肯定了,确实是个人。他喊着:"你是谁,躺在大路上?"

没有任何回答。他又问,这一次传来了一声模糊不清的痛苦的呻吟。出家人把伞和钵盂放在地上,踌躇地伸出双手摸索着向那里走去。突然他摸到一个柔软的身躯。他问:"你是谁?"再向上摸,摸到了头上的发髻。"啊!难近母啊!她是个女人!"

这时出家人不等回答,立刻用双手将垂死的、失去知觉的女人抱在怀里。伞和钵盂也扔在路上不要了。出家人离开大路,摸着黑,穿过田野向村庄走去。出家人对这一地方的乡村、池塘、道路非常熟悉。出家人体力很弱,仍然像抱小娃娃似的抱着那气息奄奄的女人在泥泞难行的小路上走着——凡是具有慈悲心肠,宽容平等和普爱众生的想法人,从来不知道什么叫作体力不足。村边有座小茅屋。出家人抱着那个无依无靠的女人来到茅屋门前,喊着:"霍尔①,孩子,你在家吗?"

"哎呀,是师父的声音!您什么时候回来的?"茅屋里一个女

---

① 霍尔摩妮的爱称。

人回答着。

"刚到。快开门！我遇到了极大的困难。"

霍尔摩妮打开茅屋的大门。出家人一边命霍尔摩妮点灯，一边轻轻地把女人放在屋子里的泥地上。霍尔摩妮点上灯，端到垂危的女人面前，两个人仔细端详着她。

那女人年纪不太大，但是在目前这种情况下，很难猜出她年龄有多大。她身体非常瘦弱——带着重病的迹象。她以前一定很美丽——病得这样重，还是能看得出来。不过她现在可一点儿也不美。湿淋淋的衣服那样肮脏，而且千疮百孔；散乱的湿发干枯无光，眼睛深陷在眼眶里。她现在闭着眼睛，还在呼吸，可是失去了知觉。看来恐怕不久于人世了。

"师父从哪里捡到她的？"霍尔摩妮问。

出家人叙述了一切经过："我看她快要死了。不过让她暖和一下，也许还能有救。按照我的吩咐试试吧。"

霍尔摩妮遵从师父的指示，把女人的湿衣服脱下来，给她换上一件自己的干衣服；用干衣服把她身上和头发上的雨水擦干净；然后生上火给她烘暖。师父说："可能，她有好长时间没有吃东西了。如果家里有牛奶，喂她一点儿牛奶试试看。"

霍尔摩妮有牛，屋子里也有牛奶。牛奶煮熟后，霍尔摩妮一点一点地喂她喝。女人喝下牛奶，肚里有了热气，慢慢地睁开了眼睛。霍尔摩妮问："母亲，你这是从哪里来呀？"

神志清醒了的女人说："我这是在哪里啊？"

出家人回答说："我在路边看到你奄奄一息，才把你带到这里来的。你要到哪里去？"

"很远的地方。"

"看你手腕上戴着铁镯子，你是有夫之妇吗？"霍尔摩妮问。

病人皱起眉头。霍尔摩妮感到很惊奇。

出家人又问："孩子，我怎么称呼你呢？你叫什么名字？"可怜的女人迟疑了一会儿才说："我叫姝尔久穆基。"

毒 树

第三十五章 在希望的路上

姝尔久穆基已经不存在活下去的希望。师父不明了她的病情，第二天清早就请来了村里的医生。

罗摩黑天·拉伊学识渊博，精通医道，是村里有名的大夫。他检查了病状后说："她患感冒，发高烧，病情确实严重，不过还有救。"

这些话都是背着姝尔久穆基说的。医生在忙着配药——看到这个无依无靠女人的病情，罗摩黑天·拉伊没有提诊费和药费的事情。拉伊大夫不是视钱如命的悭吝人。医生走后，师父打发霍尔摩妮出去办事，他坐在姝尔久穆基身边和她单独谈话。姝尔久穆基说："师父，您为什么这样细心照料我呢？您没有必要为我受累。"

"说什么我受累？这是我分内的事。我什么亲人都没有。我是个出家人。帮助别人是我的宗教职责。今天，如果我不能为你服务，我也会为像你这样的其他人尽心的。"

"那么，放下我不管，您去拯救别人吧。您能够救活别人——我，您救不了。"

"为什么？"

"我无法活下去，死亡对我说来就是幸福。昨晚，当我躺在路边的时候，我唯一盼望着的，就是死。您为什么要救我啊？"

"你很痛苦，为了什么，我不知道。不过，无论多么痛苦，要知道，自杀是一种大罪。千万不能自杀啊！自杀比杀死别人的罪恶还大。"

"我并不想自杀。死亡自己来到我身边，因此我才那样盼望着。但是，即使死了，我也不会快活。"姝尔久穆基哽咽着，眼里涌出泪水。

"你越是提到死，你的眼里越是泪如泉涌。嗯！我看出来了。

然而，你却口口声声说，你想死。母亲①，我就像你的儿子一样，你就把我当作自己的儿子似的，把心里的愿望说出来吧。如若我有办法解除你的痛苦，我一定那样去做。我应该告诉你，我遣开霍尔摩妮，就是为了和你单独谈一谈。从你的谈话里，我了解到，你肯定是一位不寻常的良家妇女。我也知道，你心里有着难言之痛。为什么不对我说呢？像对儿子谈心一样对我说出来吧。"

姝尔久穆基眼泪汪汪地说："死到临头——这时候还害羞干什么啊？我心里没有其他任何痛苦，只是在临死之前见不到我的丈夫，心里难过。死，我是高兴的；但是，如果我见不到他一面就死，那么，死，对我说来是痛苦的。在这时候，如果能够见他一面，虽死也是快乐的。"

师父也落泪了。"你丈夫在哪里？现在，我无法带你到他那里去。不过，如果通知他，他能前来的话，那么我立刻写信通知他。"

姝尔久穆基憔悴的脸上展开了一抹笑颜，但是，立刻又变得暗淡了。她忧郁地说："他想来就能来，不过，他肯不肯来，我就不知道了。我在他面前犯了大罪，我是个罪人。然而，他对我是慈悲的，宽洪大量的，他可能原谅我。不过，他在遥远的地方——我等得到他来么？"

"他离你有多远？"

"他住在霍普尔。"

"你会等得到他的。"

师父拿来纸和笔，按照姝尔久穆基的心意，写了如下的一封信：

先生：

对您说来，我是个陌生人。我是婆罗门，在净修园里过着退隐的生活。对于您，我一无所知，只知道姝尔久穆基是您的妻子。她现在身染重病，住在摩图普尔村附近女修道者霍尔摩妮家里。她正

---

① 出家人对妇女的不限长幼的礼貌性亲切称呼。

毒 树

在接受治疗，然而，治好的希望不大。因此，我写这封信把这个消息通知你。她希望，在她垂危之际，见你一面再离开尘世。如果你肯饶恕她的过错，就到这里来吧。我把她叫作母亲，我以儿子的身份，遵照她的吩咐，来写这封信——她已经无力执笔了。如果你能来，请沿拉尼甘吉大道来。到了拉尼甘吉，请找一位马陀波琼德罗·高斯瓦弥先生。你向他提起我的名字，他会派人陪你去摩图普尔寻访霍尔摩妮的。

能来的话，请赶快来。来迟了，就不能满足她的心愿了。

湿婆普罗萨德·沙尔马

写完了信，师父问："信封上写谁的名字？"

姝尔久穆基说："等霍尔摩妮来了，我对她说。"

霍尔摩妮回来以后，师父在信封上写下诺根德罗纳特·德多的名字，到附近邮局里发信去了。

姝尔久穆基看到师父拿着信到邮局去，含着泪，双手合十，昂首向天，对久格迪绍尔大神①虔诚地祈祷着："至高无上的创世主啊！如果你真有灵验，如果我对丈夫是忠诚的，那么，请让这封信产生良好的效果吧。我一生除了服侍丈夫，别无他念，如果对丈夫忠贞不贰也算一种美德，我不要求借此德行升入天堂，只祈求，见丈夫一面再死。"

但是，信并没有送到诺根德罗手里。信送到戈宾德普尔的时候，诺根德罗早已到外面旅行去了。送信的人把信交给了家里的总管。

诺根德罗曾经交代总管说："我每到一个地方都会写信来。你接到我的命令就把我的信给我寄去。"在这以前，诺根德罗从巴特那来信说："我将乘船赴迦尸。到达该地后，即来函通知，得信后，速将信件寄往该地。"总管正在等待着诺根德罗到达迦尸的消息，所以把师父的信锁在了箱子里。

诺根德罗按时到达迦尸。他立即将息消通知了总管。总管把师

---

① 印度神话里的众神之神。根据教派不同，或指梵天（Siva）。

父的信以及其他的信件转给他。诺根德罗收到信后，心乱如麻，魂飞天外，用手指头敲着前额悲伤地祈求说："创世主啊，求你暂时不叫我失去知觉！"久格迪绍尔大神听到了他的呼吁；诺根德罗暂时是清醒的，他唤来秘书命令说："今晚我要到拉尼甘吉去——你去准备吧，其他的事全都丢开！"

秘书做准备去了。诺根德罗倒在地上，失去了知觉。

诺根德罗当天夜晚离开了迦尸。世界上最美丽的迦尸哟，有哪个快乐的人舍得在这赏心悦目的凉秋之夜离开你啊！不眠的夜，天空闪烁着无数繁星——站在恒河里的船头上纵目四望，望不尽的满天星斗——那永恒的光从远古洪荒时代起一直闪亮着，不停地闪亮着，从不休息。大地是第二个天空！那像蓝色丝绸似的深蓝色的河心里，堤岸上，河埠头以及山峦似的高楼大厦上闪烁着万千灯光。房屋接着房屋，宫殿挨着宫殿，无尽的房屋在灯火辉煌中显得异常壮丽。天空、城市、房屋倒映在清澈的河水里——水天一色。天上的星，陆上的灯，亮晶晶，闪闪发光。看到这一切，诺根德罗不由眼中落泪，人间是这样美好，使他忍受不了。诺根德罗知道，湿婆普罗萨德的信是很久以前写的——现在，姝尔久穆基会在哪里呢？

第三十六章　茜拉的毒树开花了

那一天，代本德罗被守卫们的大竹棍打跑了，茜拉在心里着实痛快地大笑起来。但是，过后她很懊悔。她暗自思量："我不该这样侮辱他，他心里说不定多么恨我呢。这样做，使我不能在他心里占有一个位置了。现在，我的一切希望都破灭了。"

代本德罗也蓄意要对茜拉施行惩罚，而且渴望以残忍、诡诈的方法达到目的。他派玛洛蒂去叫茜拉。茜拉犹豫了两三天，终于到他那里去了。代本德罗不动声色——那天的事连提也没提。其他的一切也避而不谈，只亲切地和茜拉低声细语。蜘蛛为捕捉飞虫结

毒 树

网，代本德罗像蜘蛛一样，为捕捉茜拉张开了网罗。为情欲所驱使的茜拉，这只小飞虫，轻轻易易地便落网了。她沉醉在代本德罗的甜言蜜语里，被他的虚情假意欺骗了。她心想，这就是爱情，代本德罗是她的情人。茜拉本是聪明狡猾的，但是这一次，她的智慧也于事无补了。她的智慧被一种力量，一种为古代诗人经常歌颂的，能使不为七情六欲所动、战胜死亡的湿婆大神舍弃虔修苦行的最强大的力量全部摧毁了。

代本德罗拿起手鼓轻轻弹奏着，带着微醺的醉意唱起歌来。那从训练有素、婉转出众的喉咙里涌出的像甘露一般醇美的歌声，使茜拉着迷，她立刻如醉如痴了。她情绪激动，一颗心融化在代本德罗的爱情里。在她的眼睛里，代本德罗似乎是全世界最美、最有才华的男人，是所有女人恋爱追求的对象。茜拉在爱的蛊惑中，眼泪止不住唰唰流下来。

代本德罗放下手鼓，温柔地用自己的衣襟替茜拉揩干了泪水。茜拉快乐得全身颤抖。代本德罗醉醺醺地，一会儿用幽默、机智的言辞和茜拉开玩笑，一会儿又像情人似的，情意绵绵地在她耳边悄声低语——娓娓动听，迷人心窍。无知的、缺乏玩弄华丽辞藻和谈吐高雅这方面的训练的茜拉认为，这里就是天堂，有着天堂里的快乐。茜拉从来没有听到过这样的谈话。如果茜拉是清醒的，心地纯洁的，她的聪明才智来自真正的高尚文雅的修养，那么，她会认为，这是污秽的地狱。后来，谈到了爱情——什么叫作爱情，代本德罗从来不去花费心思，但是在谈情说爱方面，他具有重复古代诗人才慧的惊人才能。茜拉觉得他所说的就是爱情。茜拉听到他口头上对爱情无比崇高的赞美，立刻觉得代本德罗是个多情种子，有一颗非凡的心。她浸沉在爱情里，自愿灭顶。这时，代本德罗又低声地哼着一支曲子，像报春的使者——第一只蜜蜂在花丛里嗡嗡嘤嘤。茜拉怀着难以抑制的爱的欢乐，以自己女性特有的甜蜜的嗓音也跟着那曲子哼了起来。代本德罗一再请求茜拉唱歌。茜拉满怀柔情，如醉如痴的莲花眼闪动着，如画的双眉欢快地高高挑起，满面春风地轻声唱了起来。心里的欢愉使她的歌声越唱越高。茜拉唱的是一首情歌——充满爱的乞求。

在这罪恶的花园里，两颗罪恶的心被罪恶的情欲驱使着，在罪恶的爱恋中终于互相允诺，互相结合了。茜拉本来知道如何控制自己的情感，她不愿意这样做，因此轻易地，如同飞蛾一般落在火焰里了。当她认为代本德罗无情无义、不值得她爱的时候，她愿意自我克制，虽然决心不大，但是总算成功地克制了越来越热烈的情欲；如今，她控制了代本德罗，而且她也欢欢喜喜地承认他对自己的爱情了，可是又很容易地感到失望和厌弃。她重新又以在别人家里专心劳动来抑制那像花心里的蛀虫似的钻入心窍的欲念了。但是，她一旦认为代本德罗非常可爱，她就任凭情欲泛滥。正是由于她控制情感的决心不大，毒树才结出了报应之果。

有人说，罪恶在今生今世不会得到惩罚。不管这种说法是否正确，反正你绝不会看到那缺乏自我克制、任凭肉欲横流而不自食其恶果这样的事。

第三十七章　姝尔久穆基的消息

雨季过去，秋天到来。现在秋天又将归去。大田里的积水早已干涸，稻子黄熟，池塘里的荷花凋谢了。清晨，树叶上滴下露珠。黄昏，田野在冉冉升起的暮霭里一片模糊。在这样的季节里，迦尔迪克月①的一天早晨，摩图普尔的大路上来了一乘轿子。村里的孩子们停止了游戏，成排地站在轿子旁边，汲水的妇女们站在稍远的地方，任凭水罐挎在腰间，惊奇地朝轿子观望。新媳妇在面纱里向外偷偷窥视。年老的妇女瞪大眼睛呆望着。正在收割的农民们扔下稻子，手里拿着镰刀，头上戴着缠头巾，张大嘴巴，也望着轿子呆立着。村长和绅士领袖们立刻聚在一起讨论对策。从轿子里伸出一

---

① 孟加拉历七月，相当于公历 10~11 月间。

毒　树

只穿皮靴的脚，于是大家得出结论：来了一位洋大人。孩子们倒认为，在轿子里坐着的是个新媳妇。

诺根德罗下了轿子，马上有六七个人向他敬礼——因为，他身穿长衫，头上戴着帽子。有人猜，他是警察官；有人认为，是步兵团的军官老爷来了。

诺根德罗向观众中一位老年人打听湿婆普罗萨德师父的消息。被问询的人坚信，这必然是为着某一桩谋杀案件在做调查，还是不说实话为妙。他说："老爷！我很愚蠢，像孩子一样无知，什么都不知道。"诺根德罗发现，除非找到一位有知识的绅士，否则一切都会落空。村子里也有一些大户人家的住宅。诺根德罗走进一户人家，户主是国医罗摩黑天·拉伊。罗摩黑天看见来的是一位上等人，殷勤地请他坐在椅子上。诺根德罗向他打听师父的消息。罗摩黑天回答说："师父现在不在这里。"诺根德罗很失望，就问："他到哪里去了？"

"说不清。他到哪里去了，我不知道。特别是他并不经常住在一个地方，总是在各处云游。"

"他什么时候回来，您知道么？"

"我自己也有一些有关他的重要的事，正在找他。但是他几时回来，谁也说不准。"

诺根德罗大失所望："他离开这里有多少天了？"

"他是斯拉万月[①]来的，帕德拉月[②]走的。"

"嗯。那么，这村子里有位霍尔摩妮女修道者，她的家在哪里？有谁能告诉我么？"

"她的家就在大路边，但是现在那所茅屋已经不存在了，房子被大火烧毁了。"

诺根德罗用拳头敲着额头，低声地，几乎使人听不见地问着："霍尔摩妮，她，她在哪里？"

---

① 孟加拉历四月，相当于公历 7~8 月间。
② 孟加拉历五月，相当于公历 8~9 月间。

"这谁也不知道。自从房子起火那天夜里起,她便不知逃到哪里去了。有些人也这样传说:'霍尔摩妮是自己放火烧掉自己的房子才逃走的。'"

"她家里还住着别的妇女吗?"诺根德罗嗓音嘶哑地又问。

"没有。不过,在斯拉万月有一个外乡女人因为生病曾经在她家住过。那女人,是师父不知从哪里领来留在她家里的。听说,她的名字叫姝尔久穆基。那女人曾患重感冒,我替她治过病。病快被我治好了,正在那时候……"

诺根德罗心跳得几乎喘不过气来:"那时候,那时候怎么样?"

"那时候,霍尔摩妮家里起了火,那女人被火烧死了!"

诺根德罗从椅子上跌倒在地上,头部受了重伤,严重的伤势使他失去知觉,罗摩黑天连忙为他医治创伤。

谁愿意活下去?人间到处有毒药,毒树长在各家院子里。谁喜欢它呢?

第三十八章 这些天来一切都完结了!

"这些日子的努力全都白费了!"黄昏时,诺根德罗坐在轿子里这样想着:"我失去了一切!"

失去了什么?快乐么?那是在姝尔久穆基出走的那天就已经丢失了。那么,现在失去的是什么呢?希望!只要人们还抱有希望,就不会失去什么。失掉希望便失掉了一切。

现在,诺根德罗绝望了,他失去了一切。他乘着轿子回戈宾德普尔村去。他回戈宾德普尔并非为了重新过家庭生活,而是为了尽最后一次家庭责任。他有许多事情要办。他要处理他的家业财产。田地、祖宅以及其他各种不动产,他决定赠给外甥绍迪什琼德罗——财产赠予证书非在律师面前宣读不可,他要到律师家去。一切动产全部都送给蔻莫洛摩妮——必须把这些东西收拾起来运到加

毒 树

尔各答。一些证券、股票,他要留在自己手里,作为自己今后活在世上的生活费用。他要送昆德诺蒂妮到蔻莫洛摩妮家里去,并且要把财产的收支账目、契约、单据等等向斯里绍琼德罗讲清楚,还要在姝尔久穆基睡过的床上躺着哭一场。他要拿走姝尔久穆基的珠宝首饰,他不准备把首饰送给蔻莫洛摩妮——他要自己保存。无论走到哪里,都随身携带着它。一旦时间到来,他将望着那些首饰死去。办完了这些应办的事情,诺根德罗将永远离开他的故居,重新到外面去流浪。在他有生之年,他将躲在地球上一个角落里默默无闻地消磨时日。

诺根德罗坐在轿子里这样默默盘算着。轿门开着,外面是八月的凉夜,月光如水,晴空上布满繁星,大路两边的电话线在风中嗡嗡响着。那夜,诺根德罗感到没有一颗星是美丽的,而月光似乎又亮得刺眼。他所看到的一切,仿佛都使他厌烦。大自然太残忍了。为什么它要在今天呈现出欢乐日子里那种美丽诱人的景象?为什么在今天,那长长叶子的绿草映着月光竟像昔日一样那么令人心醉,那么亮闪闪?今天,天空依旧那么蓝,云还是那么白,星星仍然那么亮,风照样在嬉戏着。野兽同样在奔跑。人们同样在欢笑。地球同样在无休无止地转动。生活的洪流同样在不停地奔腾向前。世界的残酷无情,真使人不能再忍受!为什么大地不裂开,把我诺根德罗连轿子带人一同吞下去?

诺根德罗心想:一切全是他的过错。他活了仅仅三十三年。这期间,他失掉了一切,虽然久格迪绍尔大神赐给他的一切,并未失去半毫分。那使人幸福的一切,宇宙之主全都慷慨地赐给了他。这样大量的恩赐,天神几乎从未赏给任何人。金钱、财产、荣华富贵,这一切从他呱呱落地那天起,全都大量地落在他手里。有了这一切,如果缺乏智慧,也不可能得到幸福,在这方面创世主对他也毫不吝啬。父母在他受教育方面是无可指责的——像他这样有教养的人,谁能比得上?容貌俊美,健康有力,心地善良,这一切也在天性中和他与生俱来,而且更为难得的财富——家庭里唯一的无价宝,无限温柔多情、忠诚贞洁的妻子——他也靠着神的福佑,幸运地得到了。世界上还有谁曾经比他更快乐更幸福呢？可是，如今世界上有谁比他更不幸，更痛苦？现在，他愿意付出他的一切——财产、荣誉、美貌、青春、聪明、才智……来和他自己的一个轿夫交换位置，如果那轿夫肯和他交换，他会认为那将是和在天堂里一般幸福了。怎么能够和轿夫相比呢？他想："即使是囚在这个国家的监狱里的杀人罪犯，不也是比我更快活么？不也是比我更纯洁神圣么？他们杀的是别人，我杀的却是自己的妻子姝尔久穆基呀！我如果能够克制情欲，姝尔久穆基难道会被烧死在异乡火势熊熊的茅屋里么？我是姝尔久穆基的谋杀犯。我比那些杀父、杀母、杀子的罪犯更加罪恶滔天。难道姝尔久穆基仅仅是我的妻子？姝尔久穆基是我的一切！她在婚姻上是妻子，友爱中是弟兄，护理照料时是姐妹，款待宾客时是受欢迎的女亲眷。她是慈爱的母亲，孝顺的女儿，使人快乐的朋友，给我忠告的老师，服侍我的女仆。我的姝尔久穆基——谁能像她这样呢？她是我家庭里的助手，屋子里的拉克什米①，心中的忠诚，项上的珍宝。她是眼睛里的瞳仁，心脏里的血液，肉体里的生命，生命里的一切！她是我狂喜时的欢乐，忧伤时的宁静，烦躁时的理智，工作时的决心和毅力！她是我视觉中的光，听觉中的音乐，触觉中的整个世界！她是我现在的快乐，过去的记忆，未来的希望，死后在另一世界里的虔诚皈依！我啊，我是一只蠢猪，又怎么能辨识宝物？"

诺根德罗突然想起，他安逸地坐在轿子里被人抬着走，姝尔久穆基却是因为徒步长途跋涉而身患重病。他立刻下了轿，一步步向前走去，轿夫们抬着空椅子跟在后面。清早，到了一个集镇，他弃轿步行，遣散了轿夫，剩下的路他将徒步走完。

这时，他决定："今生，将为涤清杀害姝尔久穆基的罪恶而献身。怎么赎罪呢？姝尔久穆基因出走丧失了一切欢乐和幸福，我也将捐弃一切安乐的享受，不再和财富、朋友以及男仆女婢保持任何联系。姝尔久穆基离家以后受尽千辛万苦，我也要受同样的磨难。

---

① 印度神话里的财富女神。

毒 树

这一次,从离开戈宾德普尔那天起,我要步行流浪,吃最坏的食物,睡在大树下或是破旧的茅屋里。还有什么赎罪办法呢?无论何时何地,只要遇到无依无靠的妇女,我要随时舍命援助。我为维持自己生活留下的财产,只要能够苟延残喘,保住性命,剩下的全都作为救济孤苦伶仃妇女的费用。我放弃所有权送给绍迪什琼德罗的财产,其中的一半,在我活着的时候,绍迪什必须用来救济流离失所的妇女。是的,要把这个条件写在赠予证书上。赎罪!罪恶不赎,痛苦怎能消除?痛苦只能以死来偿还。人一死也就无所谓痛苦了,为什么我不能以死来赎罪呢?"诺根德罗用手捂着眼睛,默默念诵着久格迪绍尔的圣名,祈求着死亡的到来。

第三十九章 一切都已经结束,但是痛苦却没有消失

夜晚,大约九点钟的时候,斯里绍琼德罗一个人坐在客厅里。这时,步行而来的诺根德罗走进了客厅。他把手里提着的帆布箱抛得远远的,然后在一把椅子上坐了下来。

斯里绍琼德罗看到他那疲惫的、憔悴忧伤的面容,不禁大吃一惊,不知道该如何问候他。斯里绍琼德罗事先知道,诺根德罗在迦尸收到师父的信,而且得到信之后,就到摩图普尔去了。现在,看到诺根德罗一言不发,斯里绍琼德罗坐在诺根德罗身边,握着他的手说:"亲爱的诺根德罗,看到你这样沉默,我很着急,你去摩图普尔了么?"

"去过了。"诺根德罗只说了一句话。

"看到师父了?"斯里绍琼德罗小心地问。

"没有。"

"可曾得到姝尔久穆基的消息?她在哪里?"

"在天堂里。"诺根德罗手指着上空说。

斯里绍琼德罗一声不响。诺根德罗也沉默地垂下头来。过了一会儿，诺根德罗抬起头来说："你是不相信有什么天堂的，——我相信！"

斯里绍琼德罗知道，诺根德罗过去并不相信有所谓天堂一说，现在，相信了。他明白，诺根德罗的天堂是爱和希望的创造物——他受不了"到处都找不到姝尔久穆基"这句话，想到"姝尔久穆基在天堂里"，心情会舒畅一些。

两个人默默对坐着。斯里绍琼德罗明白，现在不是用语言来安慰人的时候。这时候，别人的话，诺根德罗会感到像毒药一般烧心，别人陪伴他，也会使他烦躁。于是，斯里绍琼德罗站起来，去给诺根德罗准备安歇的地方，他没有勇气提出诺根德罗是否吃过饭的问题，他想，我把这副重担交给蔻莫洛吧。

蔻莫洛听到"姝尔久穆基死了"，这时，她任何重担也不挑，不顾一切地扔下绍迪什琼德罗，像黑夜似的消失不见了。

蔻莫洛摩妮在地上滚来滚去，披头散发地哭了起来。女仆看见了，忙把绍迪什放在她身边，退了出去。绍迪什看到妈妈满身灰尘，独自哭泣。先是一声不响地坐在她旁边，后来，他用比鲜花还要娇柔的小小手指头触摸着妈妈的面颊，让她抬起头来。蔻莫洛摩妮抬起了头，不说话。绍迪什为了讨妈妈的欢心，亲了亲妈妈。蔻莫洛摩妮用手拍着绍迪什哄他，她既不吻他，也不说话。这时，绍迪什搂着妈妈的脖子，躺在她怀里哭了起来。除了能够深入孩子内心世界的创世主，还有谁能够猜出孩子哭泣的原因呢？

斯里绍琼德罗毫无办法，只好凭着自己的经验和智慧，拿了一点吃的东西亲自摆在诺根德罗面前。诺根德罗说："这个，我不需要——不过，你坐下，我有很多话要对你说——我回到这里，就是为了和你谈谈。"

诺根德罗把从罗摩黑天·拉伊那里听来的消息详细地告诉给斯里绍琼德罗，然后又把他自己关于将来的设想也全都说了出来。

斯里绍琼德罗说："你在路上没有遇到师父，这真奇怪！因为，昨天师父便离开加尔各答到摩图普尔找你去啦。"

毒 树

"什么？你——你怎么找到师父的？"

"师父真是一位了不起的伟大人物。得不到你的回信，为了找你，他亲自去了一趟戈宾德普尔。在戈宾德普尔也没有找到你，不过，他听说，他写给你的信会寄到迦尸，在那里你会收到他的信。因此他不慌不忙，也没有告诉任何人，就到布茹苏顿朝圣去了。朝圣回来之后，重新又到戈宾德普尔去找你，在那里他得不到你的消息。他听说，我这里可能找到你的踪迹，他就到我这里来了，他是前天到的，我把你的信给他看了，他立刻产生了在摩图普尔可以见到你的希望，于是昨天便走了。我原以为，昨夜他有可能在拉尼甘吉遇到你。"

"我昨天不在拉尼甘吉。他对你都说了姝尔久穆基一些什么？"

"那……明天告诉你吧。"

"你以为，我听了会更加难过？不，痛苦已经达到顶点，不会再增加了，你说吧！"

这时，斯里绍琼德罗才把他从师父那里听到的一些关于师父怎样和姝尔久穆基路边相遇，姝尔久穆基患病以及治疗和将近痊愈的情况叙述了一遍。有许多情况他没有告诉诺根德罗，譬如，姝尔久穆基吃了多少苦，他就没有说。

诺根德罗听了，迈出房门往外面走去。斯里绍琼德罗陪着他，但是他生气地阻拦了斯里绍琼德罗。诺根德罗像疯子一般在大街上走来走去，直到深夜。他希望，在人群的洪流中忘掉自己。但是，人流退潮了——又哪里能够忘掉自己？于是他又回到斯里绍琼德罗家里。斯里绍琼德罗又坐在他身边。诺根德罗说："还有许多事，你没有告诉我。她到哪里去了？她做了些什么？师父肯定听她谈到过。师父都对你说了些什么？"

"今天没有必要谈这些，你累了，休息去吧！"

诺根德罗皱起眉头，以大老爷的腔调吩咐说："讲！"斯里绍琼德罗望着诺根德罗的脸——诺根德罗简直像个疯子，脸色黑沉沉的，如同一片孕育雷霆的乌云。斯里绍琼德罗惊恐万分，连忙说："我讲，我讲！"诺根德罗脸上才露出满意的神色。

"从戈宾德普尔走旱路，姝尔久穆基慢慢步行着向摩图普尔走去。"斯里绍琼德罗简单地回答说。

"每天走几里路？"

"六里，或者九里。"

"她从家里分文没带就走了——怎么生活呢？"

"有时挨饿，有时讨饭……你疯啦！"斯里绍琼德罗向诺根德罗大吼一声，推了他一把——他发现诺根德罗狠命地用手扼着自己的喉咙。"你死了，莫非就能找到姝尔久穆基？"他一边说，一边把诺根德罗的手紧握在自己手里。

诺根德罗说："讲下去！"

"你不能冷静地听，我就不讲。"

但是，斯里绍琼德罗的话已经传不到诺根德罗的耳朵里了。诺根德罗失去了知觉，闭着眼睛默想着已经升入天堂的姝尔久穆基的形象。他看到：她成为女皇坐在宝座上；清凉的馥风吹动着她颊边的散发，花一般的鸟儿在四边飞舞着发出琴瑟似的鸣声。他看到：她的脚下盛开着千万朵红莲花，宝座的华盖上有一百个月亮在灿烂发光，千万颗星星在闪烁。他看到：他自己——诺根德罗躲在阴暗的角落，全身疼痛，阿修罗①正在用藤条鞭笞他，姝尔久穆基用手指着他们，禁止他们再打他。

斯里绍琼德罗小心翼翼地使诺根德罗恢复了知觉。一清醒过来，诺根德罗便大声喊叫起来："姝尔久穆基！最亲爱的！你在哪里？"斯里绍琼德罗听到他的喊叫，又惊又怕，默默无言。

"讲！"诺根德罗逐渐恢复了常态。

"还要说什么呢？"斯里绍琼德罗胆怯地问。

"你讲！否则我立刻自杀。"

斯里绍琼德罗怯生生地接着说："姝尔久穆基并没有受很多天那样的罪。有一位很有钱的婆罗门带着全家到迦尸去，一直到加尔各答。他们是乘船来的。有一天，姝尔久穆基在河岸边树荫下休

---

① 魔鬼。

毒 树

息，婆罗门一家也在那里上岸做饭，姝尔久穆基认识了那家的女主人。婆罗门女主人看到姝尔久穆基可怜的模样，同时又喜欢姝尔久穆基的行为人品，就带她上船去了。姝尔久穆基遇见那位女主人的时候，曾经说过，她也要到迦尸去。"

"那位婆罗门姓什么？家住哪里？"诺根德罗心里似乎在期待着什么，不等回答，就追问着，"后来呢？"

"和婆罗门一家相处得好像自家人一样，姝尔久穆基一直乘船前往迦尸。乘船到加尔各答，从加尔各答到拉尼甘吉坐火车，从拉尼甘吉乘牛车，到此为止，她没有为步行受苦。"

"后来呢，婆罗门把她赶走啦？"

"不是的，是姝尔久穆基自己和他们分手的。她不想到迦尸去了。见不到你，她能支持多少天？为了见到你，她舍舟登陆了。"

斯里绍琼德罗说到这里，眼泪不由流下来。他呆呆地望着诺根德罗的脸，他的眼泪对诺根德罗起了良好的作用。诺根德罗抱着斯里绍琼德罗的脖子，头枕着他的肩膀痛哭起来。自从来到斯里绍琼德罗的家，他还没有掉过眼泪——他的悲哀比泪水更多。现在，那被堵塞着的痛苦之河汹涌奔腾着冲破了堤防，诺根德罗偎在斯里绍琼德罗肩上像个孩子似的哭个不停。他的悲哀减轻了许多，在这样痛苦的情况下，谁要是不哭，他就是阎摩的使者！

等到诺根德罗情绪稳定下来，斯里绍琼德罗说："这些事，今天不必再说了。"

"你还能再说什么呢？以后发生的事，我仿佛都亲眼看到了，下船之后，她独自一人步行到摩图普尔，步行跋涉的劳累，饥渴挨饿，日晒雨淋，无处安身，加上心中悲苦，姝尔久穆基病倒在路边，奄奄一息，等待死亡。"

斯里绍琼德罗默默不语。过了一会儿，他说："亲爱的，想这些事有什么用？你没有罪，你是无辜的，不要再干违背她的意愿的事吧！只要良心上无罪，为此悔恨是不明智的。"

诺根德罗不理解他的话。他只知道一切都是他的过错。为什么他不把毒树的种子在心窝里掐死呢？

第四十章　茜拉的毒树结出了果实

茜拉一文钱卖出了一块无价宝。

历尽艰辛才能保持贞洁，一旦掉以轻心，立即身败名裂。茜拉的情况正是这样。为了贪欢作乐，茜拉卖掉了那块无价宝，换回了一文小铜钱。因为，代本德罗的爱情就像暴发的洪水一样，既浑浊，又短暂。三天之内，洪水消退，茜拉便被抛在泥沼里了。如同一个既悭吝又爱慕虚荣的人，为了贪图一时的快乐，把拼命积攒起来的钱财，在儿子结婚或过其他喜庆节日的时候花个一干二净似的，茜拉把她长期小心保持的节操由于一时贪恋欢乐而毁个净尽，步入了因浪掷金钱而千年悔恨的悭吝人的行列。代本德罗抛弃了茜拉，如同淘气的孩子咬一口半熟的芒果便扔掉一样；这，首先使她的心灵受到严重的创伤。然而，不仅是被抛弃——代本德罗给她的那种侮辱与损害，即使是妇女里最下贱的人也是不堪忍受的。

这是在她和代本德罗最后相会的那一天，茜拉匍匐在代本德罗脚前恳求说："不要抛弃你的女奴吧！"代本德罗却这样回答她："我只是为了热恋昆德诺蒂妮才这么抬举你！如果你能使我和昆德会面，那么，我就和你来往，否则，就到此为止。你那么狂妄自大，我也以同样的骄傲回敬你了。现在，你该头顶着一筐耻辱滚回家去啦！"

茜拉气晕了，只觉得天旋地转，眼前一片漆黑。等她头脑清醒过来，她站在代本德罗面前，眉头紧锁，眼睛通红，仿佛长了一百张嘴，大声地叫骂起来，凡是言语龌龊、心地凶狠的泼妇们所能骂出的下流话语，她都骂了出来。这使代本德罗忍不住怒火，一脚把她踢出了"乐园"。茜拉固然是邪恶的女人，但是代本德罗不仅是个下流胚子，而且是只野兽。这样，两人"永恒的爱"的契约就

毒　树

撕毁了。

茜拉被踢出"乐园"以后并没有回家。戈宾德普尔有一个昌达尔人[①]以行医卖药为生。他只给昌达尔种姓治病。他对医理和药性一概不知，只不过用毒药丸杀人性命罢了。茜拉知道，为了配制药丸，他那里植物的、矿物的、毒蚊的等等立即致人死命的各种毒药样样俱全。茜拉在那天夜里偷偷到那个昌达尔人家里，悄悄地对他说："一只胡狼每天来偷吃我土锅里的剩饭。我要不把那只胡狼杀死，简直不得安宁。我想，把毒药混在米饭里让胡狼吃——它今天再来偷吃米饭，就会被毒死。你这里有许多种毒药，能卖给我一点吃下去就死的那种毒药么？"

昌达尔人不相信关于胡狼的故事。他说："你要的东西我有，但是我不能卖它。如果我卖毒药被人知道了，警察会抓我。"

"你放心。你卖给我毒药，谁也不会知道——我凭我自己的保护神和恒河的名义向你发誓。给我杀死两只胡狼那么多剂量的毒药，我给你五十个卢比。"

昌达尔人当然心里明白，她在图谋毒杀某个人。但是他又遏制不了对五十个卢比的贪心。他同意了。茜拉回家拿来钱交给昌达尔人。昌达尔人用纸包了一包能够杀人的烈性毒药给了茜拉。在茜拉临走的时候，昌达尔人还对她说："请注意！这件事无论对任何人都不能讲，否则，对你对我都没有好处。"

茜拉说："哎呀，我的妈！我根本不认识你！"茜拉毫不畏惧地向自己的家走去。

回到家里，茜拉手里拿着毒药包哭了，哭了好长时间。然而，她擦干眼泪，在心里自言自语："莫非我要服毒寻死？那打我的人，我不去杀他，为什么要杀死我自己呢？这毒药，我不吃！那使我落到这步田地的人，他应该吃。要不，就是他的心上人昆德诺蒂妮吃。我要杀死他们两个人里的一个，然后该当我死的时候，我再自杀！"

[①] 印度的低级种姓之一，属于不可接触的贱民阶层。

第四十一章　茜拉的姥姥

> 茜拉的姥姥是个老女巫，
> 大大牛粪筐儿背上驼，
> 走路东倒西歪嘴啃地，
> 石子儿崩掉大牙真丧气，
> 吃了一个半铜钱的婆罗蜜①。

茜拉的外祖母拄着拐杖，弯着腰，颤颤巍巍地走着，一群男娃娃唱着那首美妙的儿歌，用手打着节拍，蹦蹦跳跳地紧紧跟在她背后。

这首儿歌是否含有贬抑、鄙薄的意思，还在存疑之列，但是茜拉的外祖母却为此大发雷霆，她公开声称要把这些娃娃送到死神阎摩家里去，并且闹得娃娃们的长辈们都吃喝不得安宁。这样的事，几乎每天都在发生。

到了诺根德罗家大门口，茜拉的外祖母才从娃娃们手里逃脱出来。看到守门人黑蜂一般漆黑的大胡子，娃娃们这才自动退出战场，溃不成军，四散奔逃。有个娃娃一边跑一边还在唱：

> 拉姆丘龙、杜白，
> 夜里睡觉醒不来，
> 贼来了，无处逃跑直发呆。

另一个娃娃念着：

> 拉摩·丁·般莱，
> 扛着大棍子走去走来，
> 见贼就跑，跑到池边击打台阶。

还有一个娃娃也高声嚷了起来：

---

① 也叫牛肚果，在印度叫作婆那娑（Panasa）。

毒　树

拉尔昌德·辛哈，

跳起舞来乒乒乓乓，

吃饭赛阎摩，干活就瞎忙。

娃娃们被守门人用连字典上也找不到的各种字眼儿骂了一顿，就跑散了。

茜拉的外祖母拐棍儿敲得笃笃响，走进了诺根德罗家的药房。她认识医生，可又故意问着："喂，孩子！医生巴布在哪里啊？"医生说："我就是大夫。"老太婆说："咳！孩子！眼睛看不清啦……年纪大了，七老八十，快一百岁啦。我的苦啊，说不完……有个孩子送给死神阎摩了……如今，一个外孙女儿，她也……"说着唔唔哇哇大声"号丧"起来。

医生说："你怎么啦？有什么事儿？"

老太婆不理睬医生的问话，讲起自己生平经历来，哭了好一阵子才停下。医生又问："现在，你需要什么？你怎么啦？"

老太婆又唠叨起她一生中的奇遇，但是医生发了脾气。她不再唠叨自己的经历了，又谈起了茜拉、茜拉妈妈、茜拉爸爸和茜拉丈夫的一生经历。医生好不容易才吃力地抓住了她谈话的要点，因为她自我介绍和哭哭啼啼等外加的成分太多了。

老太婆的心意是：替茜拉要一点药。茜拉得了疯癫病。茜拉在娘胎里的时候，她妈妈疯了。疯疯癫癫地过了一些时候就死了。茜拉小时候很聪明——从来看不出她有她妈妈患有的那种病的症状，但是现在老太婆产生了怀疑。茜拉现在，有时哭，有时笑，有时关着房门蹦蹦跳跳，有时大喊大叫，有时昏倒不省人事，因此，老太婆找医生要药。

医生想了一想说："你外孙女得的是 Hyeteria[①]！"

老太婆问："啊，那……依斯特拉斯[②]有药可治吗！"

[①] 歇斯底里症。

[②] 老太婆不懂英语。把 Hyeteria 说成"依斯特拉斯"。依斯特拉斯，孟加拉语是"渴望爱情"的意思。

"当然有药可治！你让她暖暖和和地，不要着凉。拿着这瓶 Castol—oil① 走吧！明天早晨给她喝下去，以后再开别的药。"这位医生的医道不过如此！

老太婆拿着药瓶，笃笃笃敲着手杖走着。路上遇到一位女邻居，招呼她说："喂！茜拉的姥姥，你的手里拿的是什么啊？"

"茜拉得了依斯特拉斯，所以我去找医生。医生给了一点盖斯特拉斯②。我说，盖斯特拉斯能治好依斯特拉斯么？"

女邻居考虑了半天，迟疑地说："可能吧。盖斯特的爱是所有人的愿望和祈求。要是能得到他的恩眷，病会治好的，我说，你的外孙女怎么那么多情？从哪里染上水肿病？"

"姑娘大了，就会得这样的病。"老太婆考虑了很长时间才这样回答。

"给茜拉灌点儿吃奶的小牛犊儿的尿吧。听说，小牛犊儿尿能把脓脓水水的吸干，很灵验。"③

老太婆回到家里，想起医生叫茜拉保暖的嘱咐，立刻端了一盆旺火摆在茜拉跟前。

"哎呀，要死啦！端火来干什么？"茜拉叫嚷起来。

老太婆说："医生叫我让你热热烘烘，暖暖和和的！"

第四十二章　昏暗的住宅——昏暗的人生

戈宾德普尔村德多家宏伟的宅邸——六个院落的大宅邸，从诺

---

① 蓖麻油，泻药。
② 老太婆把 Castor oil 念成"盖斯特拉斯"。孟加拉语里"盖斯特"是印度宗教传说中"永恒的情人"黑天神的另一名称，拉斯是"爱情"的意思。
③ 老太婆和女邻居的对话很难译。一方面两人都不懂英语，胡猜，一方面又语语双关，看来驴唇不对马嘴，含义又很深奥。女邻居叫外婆给茜拉喝牛尿，像是介绍偏方，实际是叫她赎罪的意思——印度古代的民间传统认为牛尿能净化一切罪恶。

毒　树

根德罗和姝尔久穆基走后，显得阴森森的，一片阴暗。前院账房里有办事员和管事的住着，内院只有昆德诺蒂妮和寄食的女眷们。真的是这样么？在没有月亮的夜里，天空便失去它的辉煌？这所住宅里，各个角落遍布着蜘蛛网，每间房子里到处都是尘埃。屋檐下鸽子筑窝。椽头、梁上燕子飞翔。花园里落叶遍地。池塘里漂着浮萍水藻。院子里胡狼奔跑。花坛上长满野草。仓库成了老鼠的天下。各种用具乱七八糟地堆积着，有的发霉、生菌，有的被老鼠咬坏。老鼠、蝎子、大蝙蝠、小蝙蝠昼夜不停地在阴暗处活动着。姝尔久穆基饲养的鸟儿差不多都被猫吃光了，到处残留着吃剩下的鸟翅膀。天鹅让狐狸拖走了。家养的孔雀飞进树林，变成了野鸟。奶牛瘦成骨架子，不再产奶。诺根德罗的狗不玩，也不叫，闷闷不乐地被拴在那里，有的死了，有的疯了，有的逃走了。马病了——患着不能称为病的病，马有时吃到草料，有时吃不到。在马厩里，马夫们几乎不露面，他们在和心爱的女人缠绵。院墙有的倒塌，有的墙皮脱落了。百叶窗、楼栏杆有的破了，悬在半空里。天花板上印着水迹，壁上的图画被尘土封蔽。书架上蛀虫在筑窝。枝形的玻璃吊灯上挂着燕子衔来做巢的细草。家里没有女主人，屋子不像屋子，失去了光彩。

花园里没有园丁照料，长满了青草，园子里偶然也会开出一朵玫瑰或者红莲。在这个宅邸里，昆德诺蒂妮就像荒园里的一朵玫瑰或红莲似的，和寄人篱下的亲戚女眷们过着同样的生活。如果有谁把她当成女主人来请示，昆德总是这样想："她们是在取笑我！"总管有事派人来和她商量，昆德经常吓得一颗心突突地狂跳。事实上，昆德对总管确实怀有畏惧心理。这是有原因的。诺根德罗从来不给她写信；因此昆德总是向总管索要诺根德罗写给他的信来读，而且看了，总也不归还——那些信是她晚祷时诵读的经卷。她害怕，害怕总管向她要回那些信，所以一听到总管的名字，她便吓得面色像纸一般苍白。总管从茜拉那里听到这个消息，他不再向昆德要还那些信，他亲自把信抄写一遍交给昆德去读。

姝尔久穆基的确很痛苦，难道昆德就不痛苦吗？姝尔久穆基爱她的丈夫，莫非昆德就不爱？她那小小的心里有着不可估量的爱！因为她缺乏表达的能力，那不可估量的爱，恰似一股幽闭着的逆风一般永远扑打着、穿戴着她的心。结婚以前，昆德还是个小姑娘的时候，她便爱上了诺根德罗——她没有对任何人讲过，谁也不知道。她从未产生过得到诺根德罗的奢望——想都没有想过，自己忍受着自己的痛苦和绝望。后来，她得到了他，像从天上摘到了月亮；再后来——月亮到哪里去了？诺根德罗抛弃她，究竟为什么？她犯了什么过错？她白昼黑夜地思索，日日夜夜地哭泣。好吧，就让诺根德罗不爱她吧——被他爱，昆德无福消受啊——那么，为什么连让她见上一面都不能呢？他只是不爱她么？他认为，昆德是这次不幸事件的起因，而且大家都认为昆德是祸根！昆德想，我怎么成了一切不幸灾难的祸根了呢？

诺根德罗娶昆德的时候，一定没有选择吉日良辰。发誓修苦行的人饿死在树荫下，同样，谁碰到这不幸婚姻的阴影也将在不幸里死亡。

昆德想："姝尔久穆基落到这步田地，完全是因为我啊。姝尔久穆基曾经收留我，曾经像爱妹妹一般爱过我，我却让她做了路边的乞丐！有谁像我这样没良心？我为什么不死啊？为什么不马上就死哪！"昆德又想："我现在不去死。等她回来，我再见她一面——她不会永远不回来吧？"昆德没有听到姝尔久穆基去世的消息，因此她暗暗决定："现在白白死去有什么用？姝尔久穆基一旦归来，我就死。决不再做她幸福道路上的障碍。"

第四十三章　归来

在加尔各答应办的事全都办完了。财产赠予证书已经写好，其中指定送给师父和那位不知姓名的婆罗门的礼物也写在上面。赠予

毒　　树

证书必须在诃里普尔县登记注册，因此诺根德罗要带着赠予证书回戈宾德普尔。他吩咐斯里绍琼德罗乘适当的交通工具随他前去。斯里绍琼德罗费尽心机阻拦他，劝他不要写赠予证书，不要步行……但是，他的关切和劝阻完全无效。无可奈何，他只好乘船跟随诺根德罗到戈宾德普尔去。蔻莫洛摩妮离开她的内阁大臣便无法生活，因此她问也不问一声，抱着绍迪什就登上了斯里绍琼德罗的航船。

蔻莫洛摩妮比诺根德罗先到达戈宾德普尔。看到她，昆德诺蒂妮觉得仿佛黑暗的天空又闪亮着一颗明星。自从姝尔久穆基出走以后，蔻莫洛摩妮对昆德诺蒂妮无限憎恨，见都不愿见她。但是，这次回来，看见昆德诺蒂妮憔悴的容颜，她的愤怒烟消云散了——她很难受。她对昆德温柔体贴，她想使昆德快活起来。当她告诉昆德诺根德罗将要还家的消息时，她看到昆德脸上露出了笑容。接着她不得不告诉她姝尔久穆基逝世的噩耗。听到这消息，昆德哭了。美丽的女读者们，尊敬的小姐太太们，你们读到这里，一定会在心中暗笑，并且说："嘻嘻，猫儿哭老鼠哩！"但是，昆德很愚蠢，她的傻心眼里还不知道她的同侍一夫的大姐姐死了，她应该高兴地笑。这憨厚的姑娘为她的"大姐姐"落泪了。你们，可敬的太太小姐们却笑着说："猫儿哭老鼠哩！"假如你们的"大姐姐"死了，你们如果肯流下一滴眼泪，那，我将对你们表示十分满意。

蔻莫洛摩妮安慰着昆德诺蒂妮。她自己已经平静下来，不哭了——起先，蔻莫洛摩妮一直哭个不停，后来她想："哭有什么用？我哭，斯里绍琼德罗会难过，我哭，绍迪什也哭，我哭，也不能把姝尔久穆基哭活，那么，我何必让他们跟着我难受呢？我决不会忘掉姝尔久穆基，不过，如果我笑了，绍迪什也跟着笑，我为什么不笑？"这样一想，蔻莫洛摩妮不哭了，恢复了原先乐天、活泼的样子。

蔻莫洛摩妮对斯里绍琼德罗说："失去宅主的房屋已经变成不能住人的废墟啦，难道哥哥回来，叫他住在大榕树下吗？"

斯里绍琼德罗说："来，让我们把它打扫干净。"

于是，斯里绍琼德罗领着泥瓦匠、小工、装饰匠……把该修、该抹、该装饰的地方全都修缮起来。同时，在蔻莫洛摩妮的"暴政"下，老鼠、蝎子、蝙蝠等也都在屋子里吱吱唧唧惨叫起来，鸽子成群地咕咕、咕咕叫着在屋檐下到处飞，燕子焦急地往外逃，以为关着的窗子就是原先大敞的门，头碰在玻璃上撞晕了。女仆们手执扫帚，四处奔跑着去征服世界。不一会儿，这所大宅邸便恢复了昔日的昌盛辉煌。

诺根德罗终于到家了，那是在黄昏的时候。大河在潮水初涨时，波涛汹涌、水流湍急，但是在高潮过后，河水满盈，便波平浪静了。诺根德罗悲哀的洪涛此刻正如退潮时的大河一样，化为宁静的细流了。他沉稳地和家里人谈话，问询着每个人的消息。他见到谁都不提姝尔久穆基，但是看到他那样沉静，大家都为他的不幸心酸了。老仆人拜见他的时候，不由自主地哭了起来。诺根德罗只刺伤了一个人的心——他没有和整日忧伤孤凄的昆德诺蒂妮见面。

第四十四章　在昏暗的灯光下

仆人们遵照诺根德罗的吩咐，在姝尔久穆基的卧房里为他铺好了床铺。蔻莫洛摩妮听了，摇摇头。

深夜，全家人都已进入梦乡，诺根德罗才回卧房安歇。他不是去睡觉，是去悲泣。姝尔久穆基的卧房布置得既富丽堂皇又清雅精致。这里是诺根德罗幸福的天堂，所以在修建时很费过一番心思。房子又高又大，地下铺着黑白相间的雪山石。墙壁上用深绿、碣黄、殊红各种颜色画着藤蔓、瑶草、奇花、异果，其间还点缀着各种小鸟在啄食异果。房间的一边放着一张贵重的木料精制的镶嵌着象牙、雕镂精绝的大床，一边摆着蒙着各色布套的椅子、凳子和大镜子等家具陈设。墙上挂着几幅画。不是西洋画。是姝尔久穆基和诺根德罗互相商量后选定画题请一位印度画家画的。他是一位英国画家的学生，画得很好。诺根德罗把这些画配上贵重的镜框挂在卧

毒　　树

室里。一张画的题材选自长诗《鸠摩罗出世》①。大自在天湿婆坐在雪山顶巅上修炼苦行，南迪②站在凉亭边，左手扶着一根金色古藤，右手的一个手指放在嘴唇上禁止森林发生响声。林寂静——蜜蜂躲在树叶下，小鹿卧在草地上。这时，为了惊扰湿婆修苦行，爱神摩多那③出场了。跟在他后面的是波松多④，以春花为装饰的雪山神女乌玛⑤走在最前面，她要去拜见湿婆。画上画的正是乌玛拜见湿婆的情景：乌玛一条腿已经跪在地面，另一条腿也正在下跪，她的头和肩低垂着，头上的鸡冠花松松地垂在耳边，有的落在地上；胸前的衣衫微微地、松弛地往下垂着；远处，爱神在鲜花盛开的树林里半隐半现，他单腿跪地，正拉圆了弓，搭上以花蕾为簇的箭要射。另一幅画画的是，罗摩带悉多从楞迦回国⑥。两个人坐在七宝飞车里遨游太空，罗摩把一只手放在悉多肩上，另一只手向下指点，让悉达俯瞰大地美景。飞车的四面彩云缭绕，祥雾迷蒙。下面是广阔的蓝色海洋，阳光照在波涛汹涌的海面上，泛出钻石般的亮光。在远远的大洋彼岸，楞迦城宫殿的金顶在阳光里放射着灿烂的光芒。对面是海滩，海滩上是碧绿的椰树林。中间有一群天鹅在飞翔着。还有一幅画的是阿周那抢走妙贤的故事⑦。车子在云中奔驰，后面有无数敌兵追赶，远远的云端露出敌军的旗帜，妙贤亲自驾车，骏马面面相觑，马蹄踏碎白云疾驰。妙贤对自己驾车的技术深感满意，她回过头斜睨着阿周那，珍珠般洁白的牙齿咬着嘴唇，暗暗得意地微笑着。车行疾速，她的头发在风里飞扬，有一两缕被

---

① 迦梨陀娑的长篇叙事诗，叙述的是湿婆和雪天神女乌玛恋爱的经过和他俩的儿子鸠摩罗（Kumāra）的诞生和成长为天神里的天兵元帅的神话。
② Nandi，《鸠摩罗出世》里湿婆的侍者，也译南蒂。
③ 印度神话里的爱神，由于他撮合湿婆和乌玛时被湿婆眼中烈火烧化而得名。
④ 印度神话里的春神。
⑤ 印度神话里雪山之王的女儿，又名难近母、杜尔伽。
⑥ 印度长篇叙事诗《罗摩衍那》里叙述罗摩把妻子悉多从魔王罗波那的楞迦山（Lanka）上救出之后乘着飞车返回的故事。
⑦ 印度史诗《摩诃婆罗多》叙述般度族王子阿周那追赶黑天（Krishna）的妹妹妙贤（Subbadrā）并结成夫妻的故事。

汗水浸湿了，贴在额上。另一幅是罗多娜波莉①在天堂里的巴洛多玛尔树下上吊寻死。树上有一根长满耀眼鲜花的细藤垂下来，罗多娜波莉一只手拉着那根藤枝往脖子上绕，一只手在抹眼泪，藤上花朵在她发髻上闪出奇异光彩。还有一幅画画的是沙恭达罗为了和豆扇陀相会②，假装在拔掉脚底的草刺——那甜嘴姑娘阿那苏雅正在嘲笑她，沙恭达罗又羞又恼，低着头，既不敢抬头看豆扇陀，又不好离开。还有一幅画画的是穿着铠甲的幼狮一般勇猛有力的鸠摩罗③上战场以前去向乌多拉告别。乌多拉不让他上战场，关上门，自己堵在门口。鸠摩罗见她这样害怕，笑了，一边用剑尖在地上画着如何才能轻易取胜的阵势。乌多拉根本没有看见他在干什么，双手捂着眼睛哭。最后一幅画画的是婆特婆玛④称黑天的故事。宽敞的铺着雪山石的院子里，一边是高大的宫殿，金碧辉煌，放射着异彩，中间放着一台不同寻常的银天平。一个秤盘里坐着像一朵闪光的乌云似的黑皮肤的、盛装的年轻的达瓦尔卡之主黑天，这个秤盘紧挨着地面。另一个秤盘里像塔似的堆满金银珠宝，但是高高翘起不落地。天平旁边站着婆特婆玛，她年轻貌美，身材修长，体态丰满，有一双大大的莲眼，但是看到天平的情况后，吓得脸色苍白。她正从身上取下珠宝首饰往称盘里扔，她那只犹如金色花一般细嫩的小手正在摘下镶着珠宝的耳环。她羞愧得额上冒着汗珠，难过得两眼里含着泪水，恼怒得鼻孔儿扩张着，牙齿咬着嘴唇。如同黄金雕像一般美丽的罗格弥妮站在她后面观望着，脸色显得很忧愁。她也取下身上的珠宝交给婆特婆玛，不过她的眼睛却朝向黑天，她斜睨着她的丈夫，唇边带着几乎是不能看出的微笑。黑天从那微笑里发现了他的另一个爱妻的高兴和得意。他沉着脸，严肃得仿佛什么

---

① Ratnaabalee，印度戒日王所撰梵剧《璎珞记》里的女主角。
② 印度史诗《摩诃婆罗多》里叙述的豆扇陀王和沙恭达罗的初次会面而发生爱情的故事，迦梨陀娑根据这个故事写成著名的剧本《沙恭达罗》把这个场面描写得极为出色。
③ 见迦梨陀娑的长篇叙事诗《鸠摩罗出世》（Kumārasambhava）。
④ 印度神话里黑天的妻子，这个故事见《毗湿奴往世书》。

毒 树

都不知道，但是他也大有深意地斜着眼睛觑着罗格弥妮，目光里含着微笑。穿着白衣、皮肤白皙的大仙那罗陀坐在中间，风吹动他的衣服和胡须，他望着大家似乎心里充满愉悦。在他们周围有许多人身穿各色服装举着灯围观，无数的婆罗门前来求乞，一群卫士在制止喧哗。在这幅画的下面有姝尔久穆基亲笔写的评语："自食其果！金银能和丈夫相提并论吗？"

诺根德罗独自回卧室的时候，已经是深夜两点多钟了。夜是这样可怕！黄昏后细雨霏霏，而且刮起风来。现在，雨还在淅淅沥沥地下着，风也刮得更狂了。许多屋子里没有关紧的门不时在雷鸣般乒乒乓乓地响着。百叶窗也发出吱吱嘎嘎的声音。诺根德罗走进卧房，把门关上，狂风的吼声减低了。卧床边有个门开着——风从那个门吹不进来，就让它开着吧。

诺根德罗长叹一声，坐在一张沙发上。诺根德罗坐在那里哭了多久，谁也不知道。有多少次他和姝尔久穆基面对面坐那张沙发上快乐地谈天说地呀！

诺根德罗一次又一次地拥抱着、吻着那张毫无感觉的沙发。他抬起头来，凝视着姝尔久穆基心爱的那些画。在屋子里明亮的灯光摇曳下，那些画上的人物仿佛都像活人似的。在每一幅画里，诺根德罗都看到了姝尔久穆基。他记得，有一天，姝尔久穆基看到画上的乌玛戴满鲜花，她也想用鲜花装饰自己。诺根德罗亲自到花园采来鲜花，亲手给姝尔久穆基插戴满头，将她打扮得和乌玛一样。姝尔久穆基是多么高兴啊——那些满身金玉珠翠的女人，有谁能像她这样充分体会到用鲜花做装饰的快乐呢？还有一天，姝尔久穆基看到妙贤亲自赶车，她也想替诺根德罗当御者。诺根德罗宠爱自己的妻子，立刻把一辆小马车配上两匹缅甸小马赶到内院来满足姝尔久穆基赶车的愿望。两个人坐在马车里，姝尔久穆基拉起缰绳，马便自己跑了起来。姝尔久穆基这时也像妙贤似的回过头去望着诺根德罗，咬着嘴唇吃吃地笑了起来。在这一瞬间，马儿看到大门，立刻拉着车子冲出门外，到大街上去了。姝尔久穆基怕人嘲笑，惊慌失措地拉下面纱，诺根德罗见她如此尴尬，连忙接过缰绳把车赶回内院。两人下了车,好一场哈哈大笑!姝尔久穆基走进卧室,对画上的妙贤摇着拳头说:"你这害人精,制造了多少危险!"诺根德罗回忆起这一切,哭了。他忍受不了这些悲伤,站起来在屋子里不停地徘徊。但是,四下张望,到处都有姝尔久穆基的痕迹——那墙壁上画着的花草藤蔓,有一枝就是姝尔久穆基一时兴起亲自画的。她是这样聪明,多才多艺!有一天,正值洒红节①,姝尔久穆基向诺根德罗飚洒红粉,没有洒到诺根德罗身上,却洒在墙上了,至今墙上还留着红粉印记。

这所房子落成以后,姝尔久穆基亲手在一个地方写下:

一九一〇年

为保护神——我的丈夫

建此

神　殿

女奴姝尔久穆基敬志

诺根德罗读着它,不知读了多少遍——永远不满足,永远不厌倦。泪水一次次模糊了视线,擦干了眼泪又重看。看着看着,他发现光线变暗了,回头一看,灯快要灭了。他叹了一口气,躺到床上去。刚上床不久,突然狂风骤起,吹得房门嘎嘎作响。这时熬干了油的灯几乎要灭了,只剩下萤火虫似的一点亮光。在昏暗的灯影里,他看到了一个奇异的景象。狂风扑打门扇的响声,使他吃惊。他的视线不由得落在床边那扇开着的门上。在那开着的门洞里,在昏暗的灯光下,他看到一个阴影。阴影是女人的形象。再仔细一看,诺根德罗不禁毛骨悚然,四肢抖个不停——那女人的身影正和姝尔久穆基的形象分毫不差。诺根德罗一认出姝尔久穆基的身影,立刻跳下了床,向影子扑去。影子不见了;这时灯也灭了。诺根德罗大叫一声跌倒在地上,失去了知觉。

---

① 又名霍利节(Holi)、迎春节(Vasanta-Utsaba),在孟加拉历二三月间月圆时举行,在那一天,不分种姓、宗教、男女和长幼,容许互相洒红粉或泼红水,表示友好和亲爱。

毒　树

第四十五章　影子

　　诺根德罗晕倒的时候，卧室里还是深夜的一片黑暗。慢慢地他恢复了知觉，想起了晕倒的事，他在惊异中又产生了惊异。他是晕倒在地上的，那么，现在他头下的枕头又是从哪儿来的呢？更使他怀疑的是：这是枕头么？摸摸枕头看——这不是枕头，好像是人的腿。它那么柔软，使人感到这是女人的腿。是谁在他昏迷的状态中把他的头放在腿上的呢？是昆德诺蒂妮么？他想打破这个疑团，就问了："你是谁？"那让他的头枕着她的腿的女人一句话也没有说，只是有两三滴热泪落在诺根德罗的额上，诺根德罗明白，不管她是哪一个吧，她在流泪呢。得不到回答，诺根德罗伸手抚摩女人的身体，立刻，他魂飞天外，不由全身一阵战栗。他像瘫痪了似的，一动不动地躺着。过了一会儿，他才慢慢地屏住呼吸，从女人腿上抬起头，坐了起来。

　　这时，风停雨息，乌云尽散，东方天际已经露出曙光，外面天亮了，屋子里也从窗隙里获得了少许光辉。诺根德罗坐在地上——女人已经站起来，向门外慢慢走去。诺根德罗觉得她好像不是昆德诺蒂妮。这时屋子里还不那么亮，看不清人的面目，只能从身影体态上估摸出几分来。等到诺根德罗完全认清那人的身态之后，他立刻扑倒在那站在门前的女人的影子脚前，含着眼泪，哽咽地说："不管你是女神也好，人也好，我跪着求你，跟我说句话吧，否则，我会死去。"

　　那女人说了句什么，不幸，造化弄人，诺根德罗没有听明白；但是那说话的声音一传进诺根德罗的耳底，他立刻箭一般地站了起来，把那矗立着的女人一把抱在胸前。但是，一阵恍惚迷离笼罩了他的身心——像树上的落叶，他又昏倒在那女人的脚前，说不出话来。

女人坐在地上，重新又让诺根德罗枕着自己的腿。诺根德罗从迷茫或者是睡梦中醒来时，天已经大亮了。附近花园里树梢头一片鸟儿啁啾声。初升的阳光从头前的窗户里射进屋子。这时，诺根德罗才发现，他的头枕在一个人的腿上。他看都不看一眼，闭着眼睛说："昆德，你什么时候进来的？我整夜在做梦，梦见姝尔久穆基，梦见我躺在姝尔久穆基怀里。你如果是姝尔久穆基的话，我该多么快乐啊！"女人说："如果你见了那该诅咒的女人是那么高兴的话，我就是那可恶的女人。"

诺根德罗望着她，吃惊地坐了起来。揉揉眼睛，又望望她，头昏脑涨，懵懵懂懂地发起呆来。他又揉揉眼睛，向那女人望了一眼。他低下头，自言自语地说："莫非我疯了？不！是姝尔久穆基还活着？这是命中注定的么？最后我变成个疯子了！"诺根德罗扑倒地上，眼睛埋在手臂里哭了起来。

女人抱着他的双腿，头埋在他的脚面上，泪水打湿了他双脚。女人说："起来，起来！亲爱的，我生命中的一切！从地上坐起来！今天我所受的一切痛苦全都消失了！起来，起来！我没有死，我又回到你的脚前来侍奉你了。"

这还会有错么？诺根德罗紧紧拥抱着姝尔久穆基，把头偎在她的胸前，不说一句话，一个劲儿地哭着。两人互相拥抱着，头偎在对方的肩膀上哭个不停。谁都不说一句话，只是哭，呜呜地哭。哭个痛快！

第四十六章　往事重提

姝尔久穆基平息了诺根德罗急切的好奇心。她说："我没有死——医生说我死了，那是一句谎话。医生不了解情况。我在他的治疗下恢复了健康。为了和你会面，我痛苦不安，急着要回戈宾德普尔。我缠着师父，给他添了许多麻烦，最后，他终于同意带我到

毒 树

戈宾德普尔去。一天黄昏，吃过晚饭后，我们动身了。到了戈宾德普尔，听说你不在家里。师父领我到十八里以外的一位婆罗门家，介绍说我是他的女儿，把我安顿好，他就找你去了。他首先到加尔各答去见斯里绍琼德罗，从那里听说你正往摩图普尔去，于是他又赶回摩图普尔。到了那里他才知道，就在我们从霍尔摩妮家出发的那一天，她的房子失火了，她被烧死在屋子里。第二天早晨，人们看到那烧焦了的尸体，已经认不出是谁了。他们认为，房子里住着两个妇女，其中一个死了，一个不见了。那么，可能是，一个逃跑了，一个烧死了。逃跑的肯定是健康的那一个，生病的一定跑不脱。于是他们得出结论：霍尔摩妮逃跑了，我死了。起初，人们不过是这样猜想，后来谣言就像事实果真如此似的传开了。罗摩黑天听人这样说就这样告诉你了。师父搞清了一切情况，而且听说，你到摩图普尔听到我去世的消息以后，就回来了。他急忙又回转来找你。昨天下午，师父回到普罗达波普尔那位婆罗门家里，我也听说你在一两天内要回家。因为急于见到你，我前天就来了。现在走十八里路，对我说来毫不困难——我已学会步行了。前天，你没有回来，我又转回普罗达波普尔去。昨天和师父见面以后，我又回到戈宾德普尔。我到达这里的时候已经是深夜了。后门还开着，我走进家，谁也没有看到我。我藏在楼梯下面。后来大家都睡着了，我才上楼来。我想，你肯定睡在这间卧室里。我发现，房门也开着，我往门里瞥了一眼——你手托着腮坐着不动。我多么希望匍匐在你的脚前啊，可是又害怕——我做了对不起你的事，如果你不肯原谅我呢？我只要看到你，就很满意了。我躲在门背后望着你，心想，我这就去见你！我走上前去正要和你见面，发现你在房门前看见我就昏倒了。从那时起，我一直把你抱在怀里。我一直不知道，我命中注定会有这样的福气。不过，哼！你不爱我！你触摸着我的身体竟认不出我来。我呀，闻到你身上的气味，就能够认出是你来！"

第四十七章　单纯与阴险

当诺根德罗和姝尔久穆基漂荡在欢乐的海洋里,情意绵绵,悄悄私语时,就在他们卧室后面的一间屋子里,也在进行着一场生死攸关的谈话。不过这事发生在前,应该从昨天夜里谈起。

诺根德罗到家以后,没有和昆德见面。昆德在自己的卧房里,脸儿埋在枕头里,整夜哭个不停。这不是小姑娘撒娇的哭喊,而是一个心碎了的女人的悲啼。如果一个人在童年时就期待自愿地、真诚地做一个人的奴隶,并且献上她一颗无价之宝的心,而换来的只是轻慢和冷淡,他就能够理解这哭泣里所包含的沁入骨髓的悲哀。昆德很后悔?"为什么我只为贪求再见丈夫一面而保存性命呢?"她又想,"现在,我活着还有什么快乐的希望呢?"

她彻夜不眠,只是哭泣。天亮时,昆德困了,刚一入睡,便第二次进入那个可怕的梦境。

在梦中,她看到,四年前,在父亲的家里,她睡在父亲灵床前梦见的那个光明耀眼以她母亲形象出现的神像,现在又亮闪闪地落在她的头前。不过,这一次,她是素净的,穿着雪白的衣衫,也不是从巨大的月轮似的光环里走出来的——她是乘着孕育着雨水的乌云自天而降的,她的四周是黑色的浓雾,波浪似的翻滚着。在那黑色浓雾里,仿佛有个人影在微笑。这时,一道电光闪过,昆德惊惧万分地发现,那张吃吃笑着的脸和茜拉生得一模一样。她还看到,母亲那慈祥和蔼的脸上如今带着深重的不安和忧愁。母亲说:"昆德,那时候,你不听我的话,不肯跟我走——现在你吃苦了吧?"

昆德哭了。

母亲接着说:"我曾经对你说过,我会再来,因此,我来了。现在,如果你认为你已经尝够了尘世间家庭的快乐,那么,就跟我走吧。"

毒　树

昆德哭着说："妈妈，你带我走吧！我再也不想待在这里了。"

"好吧，跟我来！"母亲高兴地说。说完那光辉的形象就不见了。梦也醒了。昆德回忆起梦里的情景，便向天神乞求说："让我这次的梦变为真实吧！"

清晨，茜拉到屋里来服侍昆德。她看到昆德在哭。

自从蔻莫洛摩妮到来以后，茜拉在昆德面前态度又变得毕恭毕敬了。诺根德罗要回家了——这消息是茜拉改变态度的原因。仿佛要赎以前的罪孽似的，茜拉对昆德比以前更加甜言蜜语，更加事事恭顺。如果是别人，一眼就能看穿她的虚伪，但是昆德太单纯，太容易被人哄骗，因此，茜拉这种新的亲切温顺的表现，她只是心里高兴，并没有产生任何怀疑。现在昆德像从前似的，认为茜拉是自己可信赖的同伴，除了觉得她脾气暴躁之外，从来没有感觉到她是不可信赖的。

茜拉问："太太，您为什么哭啊？"

昆德不说话，只望着茜拉的脸。茜拉发现，昆德的眼睛哭肿了，枕头也湿了。茜拉说："这是怎么啦？您整夜都在哭吗？为什么？巴布说您什么了？"

"没有。"

昆德越发哭得厉害了。茜拉想，准是发生了什么意料不到的事情。看到昆德伤心难过，她高兴得心花怒放，却面带愁容地问："巴布回家以后都对您说了些什么？我们是仆人，他都和我们谈话了呢。"

"什么都没有说。"

茜拉惊奇地说："什么？太太，您说什么？久别重逢，什么话都不说？"

"他没有和我见面。"昆德忍不住又哭了起来。

茜拉心里别提多高兴了，笑着说："喊，喊，太太，这值得哭吗？有多少人遇到比您更多更大的伤心事呀！您为了相见晚了——这么一丁半点儿事儿就哭起来？"

"更多更大的伤心事"是什么情况，昆德一点也不知道。茜拉说:"如果让您受过我那样的罪,您呀,您早就自杀了!"

"自杀"这不祥的声音,令人恐惧地在昆德耳边震荡着,不由全身一阵战栗。夜里,她曾经多次想到自杀这件事。现在从茜拉嘴里听到这句话,她感到就像阎摩的命令一样。

茜拉说:"我来讲讲我自己的伤心事给您听。我也曾经爱过一个人,比爱自己的生命更甚地爱过一个人。他不是我的丈夫——不过,既然我已经犯了罪,如何能瞒过主人呢,还是明明白白、直截了当地承认为好。"

这无耻的话,并未传到昆德耳朵里去。她的耳朵里只有"自杀"两个字在轰鸣,仿佛勾命鬼在她耳边说:"你能够杀死你自己。想想看,是忍受痛苦呢,还是死了好?"

茜拉接着说:"他不是我的丈夫,但是我比爱十万个丈夫还爱他。他不爱我,我也早就知道他不爱我。他爱的是一个比我无能一百倍的罪孽深重的女人。"说到这里,茜拉垂着眼睑的眼睛恶狠狠地向昆德瞥了一下,接着说:"我知道这个情况以后,一直没有接近他。但是,有一天,我们两个人干了蠢事。"然后,茜拉简单地对昆德说出了她最悲哀的伤心事。她没有说任何人的名字,她没有说代本德罗的名字,昆德的名字更是一句不提。尽管如此,从她的话里,人们可以感觉到,谁是茜拉的情人,谁是茜拉情人恋慕着的女人。茜拉扼要地叙述了一切经过,最后谈到她被踢出花园时的情境。她问昆德:"告诉我,猜猜看,在这种情况下,我都干了些什么?"

"你怎么办啦?"

茜拉摆着头,摆一摆手:"我当时就到昌达尔族人医生家里去了。他那里有人吃下去立刻就死的毒药。"

昆德尽量不急不忙地低声地问:"后来呢?"

"我为寻死买来了毒药,可是,最后,我想,我为什么为别人去死呢?我把放毒药的小盒子藏在箱子里了。"

茜拉到另一间屋子里拿来她的箱子。那箱子放在主人家,是为了保存主人的赏赐和偷来的东西。

毒　　树

　　茜拉那只箱子里放着她自己买来的毒药。茜拉打开箱子，从小盒子里拿出毒药包给昆德看。像一只贪吃鱼的猫儿似的，昆德的眼睛盯着那包毒药。茜拉这时好像心不在焉似的，"忘记"了锁箱子，尽在安慰昆德。突然，在这黎明时分，在诺根德罗屋子里响起了吉祥的法螺和妇女欢乐的口哨声。茜拉惊异地跑了出去。怀着愚蠢念头的昆德诺蒂妮趁着这个机会从小盒里偷走了毒药。

第四十八章　昆德当机立断

　　茜拉跑出屋子，打听吹响法螺的原因，起初，她什么也不了解。只见在一间大屋子里，宅子里的妇女儿童们围绕着一个人闹闹嚷嚷。被这些人围绕着的是一个女人，茜拉只看得到她的头发。那位苟斯拉蒂和其他的女仆们正在用芬芳的膏油和乌发水给她染头发。那些环绕着她的人，有的在笑，有的在哭，有的在埋怨她，有的在给她祝福。男孩儿、女娃娃们拍着手，唱歌又跳舞。蔻莫洛摩妮在人群里走来走去，一会儿吹法螺，一会儿吹口哨，又哭又笑，四下张罗着忙个不停，还有一次竟跳起舞来。

　　茜拉莫明其妙地呆愣着。她伸长脖子往人群里一看，不禁大吃一惊。只见姝尔久穆基坐在地板上，温柔地笑着，笑得像甘露一般甜蜜。苟斯拉蒂正在给她蓬乱的头发上抹馨香的膏油，有人在给她用朱砂涂染发缝，有人用柔软的湿毛巾给她擦身，有人在给她戴以前她留下的首饰。姝尔久穆基和大家亲切地交谈着——脸上带着羞赧和淡淡的负罪表情，甜甜地微笑着，两腮边挂着激动的泪水。

　　姝尔久穆基已经死了呀，现在，她又在家里出现了——甜蜜地微笑着。茜拉简直不相信她看到的这一切是真实的。茜拉低声地问一个女人："喂，我说，她是谁？"

　　这话被苟斯拉蒂听到了。苟斯拉蒂说："不认识她是吧？她是我们大家的吉祥天女！你的阎摩。"苟斯拉蒂惧怕茜拉，这些天，她一直像小偷似的缩作一团，现在她像个人似的瞪着眼，扬眉吐气了。

梳妆完毕，和大家应酬一番之后，姝尔久穆基在蔻莫洛耳边悄悄地说："你和我，我们两个，去看看昆德吧。她对我毫无过错——我一点也不生她的气。她现在是我最小的妹妹。"

蔻莫洛和姝尔久穆基一起去探望昆德。

过了很长一段时间。最后，蔻莫洛满面惊恐地从昆德房间里走了出来，急急忙忙派人去找诺根德罗。诺根德罗一到，妇女们因为事先听到吩咐，就让他直接到昆德房里去。诺根德罗在昆德房门口遇到姝尔久穆基。姝尔久穆基呜呜地哭。诺根德罗问："怎么啦？发生了什么事？"

姝尔久穆基说："一切全都毁灭了！我早就知道，我命中注定不会有一天快乐的日子！否则，为什么在我刚刚重新获得幸福的日子里，会发生这样的灾难呢？"

"怎么啦？"诺根德罗惶恐地问。

姝尔久穆基又哭了起来。"昆德是我把她从个小姑娘带大成人的，现在她又嫁给了你，我是抱着要把她当作像亲妹妹一般疼爱的愿望回来的。现在，我的希望落空了——昆德服毒了！"

"什么？"

"你待在她身边，我去找医生。"

姝尔久穆基走了。诺根德罗独自到昆德诺蒂妮那里去。

诺根德罗走进屋子里。他看到，昆德的脸上笼罩着死亡的阴影，眼睛暗淡无光，四肢乏力，已是奄奄一息。

第四十九章　昆德终于讲话了

昆德坐在地上，头倚着床栏杆。看到诺根德罗进来，泪如泉涌。诺根德罗在她身边站定的时候，昆德像一片落叶，立刻扑倒在他脚前。诺根德罗哽咽着说："你有什么罪过，为什么要舍弃生命呢？"

毒 树

"你为什么抛弃我？我犯了什么过错？"昆德从来没有和丈夫自由交谈过，今天，在她临死的时候，她敞开心怀和丈夫谈话了。

诺根德罗无言对答，低着头坐在昆德身边。昆德说："昨天，如果你像今天这样来看望昆德一次，昨天，如果你像今天这样在她身边坐一会儿——我就不会死啊！我得到你，只有短短的几天。直到现在，我还没有把你看个够，我不满足，我不想死呀！"

听到这像利箭一般刺伤心灵的话，诺根德罗把头埋在膝盖上，默默无言。

昆德又说话了——昆德今天特别爱说话，她知道她和丈夫谈话的时候已经不多了——她说："哎，你不要这样默默地静坐着。如果我不能望着你的笑颜慢慢离开人间，就是死了，我也不快活！"

姝尔久穆基也曾说过这样的话。女人的心全都一样。

"为什么你要干出这样的蠢事？你不会唤我来么？"诺根德罗满腔悲痛，伤心地说。

昆德微微一笑，仿佛黑压压的乌云堆里闪过一道电光。她笑着说："我没有想到去叫你。我刚才说的，只是一时心血来潮。其实，在你回家以前，我心里早已决定，见你一面就死；我早已暗下决心，等姐姐回来，把你交托给她，我就去死——不做她幸福道路上的荆棘。我是下定决心要死的，可是，一见到你，我就不愿意寻死了。"

诺根德罗说不出一句话。今天，他在年轻的、妙语惊人的昆德诺蒂妮面前，哑口无言了。

昆德沉默了。她已经无力再多说话，死神正在占有她。

诺根德罗凝视着她那被死亡的阴影笼罩着的失去了光彩而又满含爱情的欢乐的小脸儿，那愁惨的脸上如同乌云里电光一闪的一抹微笑，直到诺根德罗晚年，一直刻在他的心坎上。

昆德又休息了一会儿，仿佛未能满足心愿似的，呼吸困难地喘息着，又说起话来："我想说话的愿望扑不灭，我有许多话要说。……我一向把你当作我的天神，我的生命——只是没有勇气说出口来。我没有满足心愿……我的体力已经消失……面容憔悴……语言含混……我不能久留了。"昆德不再倚床而坐，她倒在诺根德罗怀里，闭着眼睛，静静地在地上躺着。医生来了。检查以后，药也没有给——摇摇头，表示毫无希望，面色惨淡地走了。

昆德知道她的时间到了，她想见一见姝尔久穆基和蔻莫洛摩妮。她们俩来了，昆德向她们行了接足礼。她们俩放声痛哭起来。

昆德把脸埋在丈夫的脚上，一声不响。看到她悄无声息，姝尔久穆基和蔻莫洛摩妮又大哭起来。但是，昆德永远不会再说话了。她渐渐失去知觉，娇弱的、青春年少的昆德诺蒂妮把头埋在丈夫的脚上。生命结束了。一朵尚待盛开的素馨花凋谢了。

姝尔久穆基首先止住悲痛，望着死去的昆德说："你是有福的！祝告冥冥之神赐给我如同赐给你一样的恩典，让我也能像她这样地把头埋在丈夫的脚上死去。"

姝尔久穆基拉着哀哀悲泣着的诺根德罗的手，把他带走了。后来，诺根德罗强忍着悲痛，把昆德带到河边，按照经典的规定，为她举行了葬礼。这个如同黄金神像似的无比美丽的女人随着河水流逝，永远离开了人间。

第五十章　结局

昆德诺蒂妮死后，大家都在追问：昆德诺蒂妮的毒药是从哪里得来的？大家全都疑心，这件事是茜拉干的。

看不到茜拉，诺根德罗就派人去找她，可是找不到——昆德诺蒂妮一死，茜拉就不见了。

从那以后，谁也没有在村子里见到过茜拉。茜拉在戈宾德普尔消失了。只有一次，那是在一年以后，她来看望代本德罗。

那时，代本德罗已经吃下了他自己种下的毒树的恶果，他得了极丑恶的毒症①。再加上他不戒酒，那病越发难以治疗，他卧床不

---

① 性病。

毒　树

起了。昆德诺蒂妮去世后，在一年之内，代本德罗的死期也来到了。在临死前的两三天，他正软弱无力地躺在病床上，听到门外一阵喧哗。代本德罗问："怎么回事？"仆人说，"一个疯女人要来看您，拦也拦不住！"代本德罗吩咐说："叫她进来！"

疯女人走进屋子里。是一个十分贫穷的妇女。代本德罗看不出她有什么疯狂的迹象，觉得她不过是个穷讨饭的罢了。她很年轻，还保存着昔日的美貌的余韵，不过她现在的情况是很可怜的。她的纱丽肮脏，鹑衣百结，褴褛不堪，而且短得遮不住膝盖，掩不住背脊，更不要说蒙脸盖头了。她的头发乱蓬蓬地披散着，没有编成发辫。头发很少，蒙满尘垢，乱成一团一块的。她那没有擦过油的四肢，干裂得起了一层白色的皮屑，也沾满了污垢。

女乞丐来到代本德罗跟前，用刀子一般锋利的目光，冷森森地盯着他。这时，代本德罗感到仆人没有说谎——她是个疯子。

疯女人盯着他，看了很久，然后问他："不认识我吗？我是茜拉！"

代本德罗认出来了，她确实是茜拉！他吃惊地问："是谁把你弄得落到这步田地的？"

茜拉眼里闪烁着怒火，鄙视地横了代本德罗一眼，咬着嘴唇，握紧拳头，想上前去打他——后来，她冷静下来了，说："你还要问是谁把我弄得落到这步田地的么？使我变成这副模样的，就是你！现在你认不出是我啦——可是，有那么一天，你曾经花言巧语、百般奉承过我！现在，你不记得了，可是，有一天，就在这间屋子里，你曾经抱着我的脚（茜拉把脚伸到代本德罗的床上）歌唱着：

记忆像毒药烧灼着我的心——
你啊，芙蓉如面，双脚绿叶般娇嫩，
永远牵绕着我的梦魂。

疯女人回忆起往事，滔滔不断地说："从你抛弃我，一脚把我踢出去的那天起，我就疯了。我曾经想服毒自杀——可又忽然想到一件使人高兴的事：那毒药，我自己不吃，我要让你或者你的昆德吃下去。怀着这种希望，我总算把自己的疾病隐瞒了一些日子——我的病时好时坏。我发病的时候，就躲在家里；病好了，就出去工作。最后，我让你的昆德服下毒药，这才解除了我的心头之恨。自从看到昆德服毒身死，我的病越来越沉重，不能再躲藏了——我离开了家乡。我无法生活，没有饭吃——谁肯养活疯子呢？从此我就做了乞丐——病好了，讨饭；发病了，躺在大树下。如今，听说你快要死了，我很高兴，就来看看你。我向你祝福——让地狱都不收留你！"

疯女人说到这里，突然哈哈大笑起来。代本德罗吓得滚到床的另一边。茜拉蹦蹦跳跳地跑出门外，唱起歌来：

　　尊足赐给我的印记，

　　如同湿婆颈上的青痕，

　　是我头上荣耀的装饰品。

从那天起，代本德罗便辗转床榻，奄奄一息了。他在临死前，高烧昏迷，神志不清，只是不断地说"尊足赐给我的印记！""尊足赐给我的印记！"

代本德罗死后，有好多天，守门人胆战心惊地听到，深夜，花园里，有个女人在唱：

　　尊足赐给我的印记，

　　如同湿婆颈上的青痕，

　　是我头上荣耀的装饰品。

我们的《毒树》结束了。我希望读者们能够从这个故事里吸取教训。

祝愿你们每个人，生活幸福甜美如甘露。

拉吉辛赫

董友忱 译

第一部分　践踏画像

第一章　卖画像的女人

在拉贾斯坦的高山地区，有一个名叫鲁波诺戈尔的小王国。一个王国不论大小，必定有一个国王。鲁波诺戈尔也有一个国王。这个王国虽然很小，但是也绝不会妨碍国王起用一个伟大的名字。鲁波诺戈尔国王的名字，就叫作比克罗姆·辛赫①。稍后还要专门介绍一下比克罗姆·辛赫。

现在让我们进入他的内宫看一看。这是个不大的小王国，它有一个小首都——一个小城市。城里有一座富丽堂皇的大宫殿。宫殿里的地板都是用地毯似的白色和黑色的大理石铺砌而成的；白色的大理石墙壁上，镶嵌着五颜六色的宝石。当时的宫廷建筑都喜欢模仿泰姬陵②和孔雀宝座的装饰，因此，在这座王宫的宫墙上，装饰着用白色大理石雕刻的各种神奇的鸟类——它们以各种美妙的姿态停落在各种神奇的蔓藤上，有的尾巴搭在美丽的花朵上，有的在啄食各种奇妙的果实。地板上铺着厚厚的地毯，地毯上坐着十四五个年轻的女人，她们身上所穿的各种颜色的服装，看上去十分华贵艳丽，她们所佩戴的各种珠宝首饰熠熠生辉。各种明快而柔和的肤色使得她们的身段更加可爱，有的就像茉莉花一样洁白，有的就像荷花一样鲜红，有的就像羌芭花一样金黄，有的就像新生的杜尔芭草一样深蓝——她们仿佛在嘲笑各种宝石，因为宝石在她们面前也会

---

① 在孟加拉语中，"比克罗姆"的意思是"英勇的""勇武的"，"辛赫"的意思是"狮子"，所以"比克罗姆·辛赫"可以意译为"雄师"。
② 莫卧儿王朝的皇帝沙赫·贾汗为自己的爱妃穆姆塔兹在阿格拉城（德里西南部）建造的一座气势恢宏的陵墓，是17世纪的建筑杰作。

黯然失色。她们中有的人在咀嚼蒟酱叶；有的在用长长的烟管吸烟；有的摇动着鼻子上硕大的鼻环，讲着毗马辛赫国王的王后波杜米妮①的笑话；有的摇动着钻石耳环，飞短流长地议论别人。大多数美女都很年轻，说笑声刚一落音，逗趣声就又接着响起来。

这些年轻美女的嬉笑是有缘由的，因为一个来卖画像的老太婆，落在了她们手里。她所卖的那些小小的画像都是画在象牙薄板上的。老太婆从自己的衣服里拿出了一幅画像，想卖给她们，美女们就开始询问起画上的人来了。

当老太婆拿出第一幅画像的时候，一位美女问道："你带来的这是谁的画像啊？"

老太婆说："这是莫卧儿王朝皇帝之子巴迪沙赫的画像。"

那个年轻的女子说："你净瞎说，这胡须呀，我晓得，就像是我爷爷的胡须。"

又一个女人说："什么呀？你为什么往你爷爷身上瞎扯呢？那倒像是你的新郎官的胡须呀。"随后那个幽默的女人又对大家说道："有一天，一只蝎子藏在她新郎官的胡须里，她就用我的那把扫帚把那只蝎子打死了。"

这立即引起了一阵哄堂大笑。卖画像的女人这时又拿出一幅画像来，说："这一幅是贾汗吉②皇帝的画像。"

那位说话诙谐的年轻女人看了之后问道："这幅画值多少钱？"

老女人说出了一个很高的价格。

那位说话幽默的女人又问道："他这一幅画像的价钱这么贵呀。他把奴尔贾汗③皇妃本人买来花了多少钱啊？"

当时老太婆也开了一个玩笑，说道："没有花一分钱。"

那个幽默的女人说："如果他真是这种样子，那我给你一毛钱，你就把这幅画像卖给我们吧。"

---

① 14世纪拉吉普特国王毗马辛赫的王后，她曾经用计从阿拉乌丁·希尔吉的手中救出自己的丈夫。
② 莫卧儿王朝的皇帝（1605~1627年在位）。
③ 贾汗吉皇帝宠爱的妃子，她曾经对贾汉吉皇帝产生极大的影响。

拉吉辛赫

宫室里又响起了一阵笑声。老太婆生气了,于是就把这些画像收了起来,说道:"你们只是在开玩笑,根本不想买画像。等公主来了,我就把画像拿给她看。所有这些画像,我都是带给她的。"

当时七八个姑娘从四面八方一起说道:"啊,我就是公主!你拿来吧,老太太,我是公主。"老太婆陷入了困境,她开始环顾四周,这时又响起了一阵笑声。

突然嬉笑声停止了,喧哗也中止了。美女们只是相互对望着,互相猜测着,她们的嘴唇上还挂着微笑。卖画的老女人不知道发生了什么事情,就转过身来,于是她看到,一尊女神雕像竖立在她的身后。

老太太甚至连眼睛都不眨一下,凝望着这个极其美丽的白玉石雕像——多么俊美啊!老太婆由于年迈眼神儿有点儿不好,她无法看得那么真切,否则的话,她就会清楚地看到,那绝不是玉石的颜色,也不是那种毫无生气的美丽的色彩,她不仅不是石头,而且也不是花朵上的那种诱人的颜色。瞧着瞧着,老太婆看见,那尊雕像微微地笑了。雕像怎么会笑呢?当时老太婆在心里默默地想,看来,这不是雕像——一双不停转动的、水灵灵的黑色大眼睛在望着她笑呢。

老太太惊呆了——她看看这位,看看那位,又看看她——弄不明白是怎么回事。望着那群停止嬉笑的美女,老太婆激动不安地说道:"哎呀,你们怎么都不说话呀?"

一个美女实在忍不住笑了——情趣之泉喷涌了,欢笑的喷泉之口自己打开了——这个年轻美女笑得前仰后合。看见她这样大笑,惊恐的老太婆开始哭了起来。

这时候那尊雕像说话了。她用十分甜蜜的语调问道:"姥姥,你为什么哭呀?"

这时老太太明白了,这不是人造的雕像,而是活人——是王后或者是公主。老太太当时跪倒在地行了大礼。她不是向王族行礼,而是向美艳行礼——老太太看见这样的美艳,当然会表示敬意。

第二章　践踏画像

　　卖画像的老太太看见这位世界上最动人的美女，就向她行了跪拜大礼，这位美女就是鲁波诺戈尔王国国王的女儿——琼秋洛公主。这些与老太婆寻开心的姑娘们，就是公主的女友和女仆。琼秋洛公主走进这间宫室，看见她们在开玩笑，就不出声地笑着。现在她用甜蜜的语调问道："你是谁呀？"

　　她的女友们急忙向她介绍说："她是来卖画像的。"

　　琼秋洛公主又问："你们为什么这样大笑啊？"

　　有几位姑娘感到有些尴尬。那位以扫帚击打蝎子的故事来与自己的女友们开玩笑的姑娘说："这可不是我们的错儿啊。这位姥姥拿来了从前的皇帝的画像给我们看，所以我们就笑了起来——在我们王国的王宫里，难道就没有沙赫贾汗皇帝①和贾汗吉皇帝的画像吗？"

　　老太太说："怎么会没有呢？但是即使有一幅，难道就不能再拿一幅看看吗？如果你们不买，我们穷苦人可怎么生活呀？"

　　公主表示想看一看老太婆带来的所有画像。于是老太婆就把自己带来的画像一幅一幅地拿给公主看——阿克巴②、贾汗吉、沙赫贾汗、奴尔贾汗、奴尔玛哈尔③等人的画像都拿给公主看了。公主笑着将所有画像都还给了老太婆，说道："这些人都是我们的亲戚④，我们家里有很多他们的画像。有信奉印度教的皇帝的画

---

① 贾汗吉皇帝之子，莫卧儿王朝的皇帝（1628～1657年在位）。
② 莫卧儿王朝的皇帝（1556～1605年在位），贾汗吉的父亲。
③ 也称穆姆塔兹·玛哈尔，沙赫贾汗的爱妃，泰姬陵就是为她而修建的。
④ 从阿克巴开始，莫卧儿王朝的皇帝们都娶拉吉普特王国的公主为妻，例如，贾汗吉就是安别拉郡主的儿子，沙赫贾汗为美瓦拉郡主的儿子，所以琼秋洛公主讽刺地说，他们是她的亲戚。

拉吉辛赫

像吗？"

"怎么会没有呢？"老人家说着就把曼辛赫、比尔巴拉、贾亚辛赫①等王公的画像拿给公主看。公主看后就把画像还给老人家说："这些我不买。这些人都不是印度教教徒，他们都是穆斯林的仆人。"

老人家当时笑着说："小母亲，我不知道，谁是什么人的仆人。我把带来的都拿给你看，要是喜欢，你就买吧。"

老太太把画像拿出来给公主看。公主把她喜欢的普罗达布②国王、阿马尔辛赫③国王、迦尔纳④国王、贾绍般多·辛赫⑤等人的几幅画像买了下来。有一幅画像老太婆盖着，没有给公主看。

公主问她："那一幅你怎么盖着呢？"老太太没有吭声。公主又问了一遍。

老太婆十分紧张，她双手合十地说："请不要怪罪我。由于我的疏忽大意，才把另一幅画像也带来了。"

公主说："你为什么这样害怕呢？那是什么人的画像啊？拿出来看看，怕什么呢？"

老太太说："不必看了。那是您的敌人的画像。"

公主问："是谁的画像？"

老太太胆怯地说："是拉吉辛赫国王的画像。"

公主笑着说："一个英雄绝不可能成为女人的敌人。我要买这幅画像。"

老太太于是把拉吉辛赫的画像递到公主的手里。公主拿着画像，瞧了好长时间，看着看着，她的脸上流露出喜悦的神色，眼睛睁得大大的。公主的一个女友看到她的表情，也想瞧一瞧那幅画

---

① 曼辛赫、比尔巴拉是莫卧儿王朝阿克巴皇帝时代的军事将领，贾亚辛赫是沙赫贾汗时代的军事将领，而后又成为奥朗则布时代的军事将领。
② 乌达伊普尔的统治者，是拉吉普特诸王中唯一的一位毕生为王国的独立而斗争的国王。
③ 乌达伊普尔的国王，普罗达布之子。
④ 阿马尔辛赫之子，曾经为王国的独立进行斗争。
⑤ 拉吉普特的美瓦拉王国的统治者。

像，公主就把画像递到她的手里，说道："你看吧——确实值得看一看啊。"

公主的女友们传看着那幅画像。拉吉辛赫已经不是一个年轻的男子，可是姑娘们看了他的画像，就开始赞扬起来。

老太婆趁机在这幅画像上赚了两倍的钱。然后，她又说道："小姐！如果你想要英雄的画像，那么，我就再卖给你一幅——像他那样的英雄，在世界上再也找不到了。"

说完之后，老太太又拿出一幅画像，递到公主的手里。

公主问道："这是谁的画像？"

老太太说："阿拉姆吉尔①皇帝的。"

公主说："我要买。"

说完之后，公主就吩咐一个女仆去给老太婆取购买画像的钱。女仆去取钱了，公主借此机会对女友们说："过来，让我们娱乐一下吧。"

喜欢娱乐的女人们一起说道："你说说，怎么娱乐呀！请说吧！"

公主说："我把阿拉姆吉尔皇帝的这幅画像放在地上。你们大家都来一个一个地用右脚踢他的脸面。我要看看，谁能把他的鼻子踢破！"

女伴们都吓得面色苍白。其中一个说："公主啊，你可千万不要说这种话呀！这话即使让乌鸦听到了，我们的鲁波诺戈尔城堡也会被夷为平地的。"

公主把那幅画像放在地板上，微笑着说道："谁先来踢？"

没有人敢走上前来。一个名叫妮尔莫拉的女伴走过来，捂住了公主的嘴，笑着说道："你不要再说这种话了。"

琼秋洛公主慢慢地抬起戴着脚镯的左脚，使劲儿踏在奥朗则布的画像上——画像立即失去了优雅的光泽。琼秋洛公主用力地踩着，画像发出嘎吱嘎吱的撕裂声——奥朗则布皇帝的画像在拉吉普

---

① 莫卧儿王朝皇帝奥朗则布的另一个名字，意思是"世界的庇护者"。

特公主的脚下破碎了。

"哎呀呀,糟糕!你这是干什么呀?"公主的女友们惊叫着。

拉吉普特公主笑着说:"男孩子们玩娃娃,是想满足建立家庭的欲望。我同样也要满足自己用脚踢莫卧儿皇帝脸的欲望。"然后她望着妮尔莫拉的脸说道:"我的女友,妮尔莫拉!孩子们的欲望得到了满足,到了一定的时间他们都会有自己的家庭生活。难道我的欲望就不能够得到满足吗?我就永远不能这样在活着的奥朗则布的脸上……"

公主的话还没有说完,妮尔莫拉就急忙把她的嘴捂住了——但是大家都明白了她的意思。老太婆的心脏吓得怦怦地跳起来——她恨不得立即逃离这个进行如此可怕谈话的地方!就在这时候,女仆取来了钱。一拿到钱,老太婆就一口气地跑了出去。

老太婆刚走出宫室,妮尔莫拉就跟在她的后面跑了出来。她把一枚金币交到老太婆的手里,说道:"老人家,你要注意,你在这里听到的话,可不要对任何人说啊。公主的嘴是堵不住的,现在她还是孩子。"

老太婆接过金币,说道:"小母亲,这还用你说吗!我是你们的仆人——我怎么会把这一切说出去呢?"

于是妮尔莫拉放心地回去了。

第三章　评论画像

第二天,琼秋洛公主独自坐在宫室里,聚精会神地看昨天买来的画像。妮尔莫拉来到她的身边。琼秋洛公主看见她就说:"妮尔莫拉!在这些画像中间有没有你想嫁的人啊?"

妮尔莫拉回答说:"我想嫁的那个人,他的画像已经被踩破了。"

琼秋洛问:"你想嫁给奥朗则布?"

妮尔莫拉问:"怎么,你感到惊讶吗?"

琼秋洛说:"他可是个坏蛋呀!像他那样的畜生,在这个世界上大概再也没有第二个了!"

妮尔莫拉说:"制服坏蛋——我高兴啊。难道你忘记了,我可曾经驯养过老虎啊!所以我希望,有一天我能嫁给奥朗则布。"

琼秋洛说:"他可是穆斯林啊!"

妮尔莫拉说:"奥朗则布一旦落入我的手里,他会变成印度教教徒的。"

琼秋洛说:"你要死啊!"

妮尔莫拉说:"我一点儿也不反对——不过,你要告诉我,你这么反复认真瞧看的那一幅画像是谁的呀?我要带着这个消息去死。"

琼秋洛公主急忙把手里的那幅画像与五六幅画像掺合在一起了,说:"我反复瞧看哪幅画像了?你就想往别人的脸上抹黑,是不是?我反复瞧看哪幅画像了?"

妮尔莫拉笑着说:"你明明在瞧一幅画像,怎么说是往你脸上抹黑呢?公主,你这么一生气,就在我面前露馅了。只要让我看一看这些画像,我就能找出来你喜欢的那幅画像了。"

琼秋洛公主说:"我喜欢阿克巴皇帝的。"

妮尔莫拉说:"拉吉普特的姑娘可以用扫帚击打被认为是阿克巴的任何人。这是不对的。"

说完之后,妮尔莫拉姑娘拿过所有画像,开始查找起来。她说:"在你瞧看过的那张画像的背面有一个黑点——我看到了。"妮尔莫拉姑娘把有黑点的那幅画像找了出来,递到琼秋洛公主的手里,说道:"就是这幅。"

琼秋洛公主生气了,就把那幅画像放在一边,说道:"你没事干了,所以才来折磨人的吧。你走吧。"

妮尔莫拉说:"我不走。公主,难道你在这个老头子的画像上找到了值得欣赏之处?"

琼秋洛说:"老头子!你的眼睛跑到哪里去了?"

拉吉辛赫

妮尔莫拉把琼秋洛公主惹恼了，看见琼秋洛生气了，她就抿嘴笑起来。妮尔莫拉长得非常美丽，她那甜蜜的充满情趣的微笑更加衬托出她的娇媚。妮尔莫拉笑着说："就算从这幅画像上看他不显老——可是人们议论说，伟大国王拉吉辛赫的年龄已经很大了。我看，他的两个儿子倒挺合适。"

琼秋洛问："难道那是拉吉辛赫的画像吗？朋友，谁又晓得呢？"

妮尔莫拉说："昨天你刚买的，朋友，怎么今天你就不记得了？那个人的岁数已经过了，他又不是一个非常优秀的人。你怎么看？"

琼秋洛唱道：

高莉①理解满身灰烬的湿婆，
罗陀理解昏黑的颜色②；
绍齐③理解拥有千只眼的人，
英雄理解骁勇的巾帼。
恒河咆哮着流经湿婆的发辫④，
大地置身于瓦苏姬⑤的头冠；
风总是与火为伍，
靓女心里崇拜英雄少年。

妮尔莫拉说："现在，我看，你给自己套上绞索了。你这样崇拜拉吉辛赫，难道你什么时候能得到他吗？"

琼秋洛问："难道崇拜是为了获取吗？你崇拜奥朗则布皇帝是为了得到什么呢？"

妮尔莫拉说："我崇拜奥朗则布，就像猫崇拜老鼠。如果我得不到奥朗则布，那么，今生今世我就不再玩猫捉老鼠的游戏了。那

---

① 孟加拉语意为"白色的"，这里指湿婆的妻子雪山神女，即杜尔伽女神，"高莉"是她的另一个名字。
② 这里指黑天。罗陀和黑天是一对热恋的情人。
③ 天神之主因陀罗的妻子。
④ 根据印度古代神话传说，恒河是顺着湿婆的头发从天上流向大地的。
⑤ 印度古代神话传说中的蛇神。

你呢?"

琼秋洛说:"我也是一样,今生今世我的人生游戏就永远结束了。"

妮尔莫拉说:"公主,你说什么呀?看了画像,你怎么会这样呢?"

琼秋洛问:"我这是怎么了?我自己也不知道。我真的不知道,我们俩这是怎么了?"

我们也这样问。琼秋洛公主怎么了,我们说不清楚。我们不知道,她看了画像之后怎么了。人与人之间会产生爱情,难道人与画像之间也会产生爱情吗?如果除了画像还能得到人,那是有可能的。如果在你的心中早就形成了印象,那是有可能的,然后你就把这幅画像看作自己心中所构想的图像或梦想。琼秋洛公主的情形难道就是这样吗?我们又怎么能够明白,或者说得清楚,这位十八岁姑娘的心境呢?

不管琼秋洛公主的心情如何,现在往她的心火上浇油,她都会感到痛苦,因为她正面临很大的危险,然而,现在我们来讲述这些危险,还为时过早。

第四章 老太婆非常谨慎

卖画像的那个老太婆回到了自己的家里。她的家住在阿格拉。她经常到自己家乡和外地去卖画像。老人家从鲁波诺戈尔回到了阿格拉。她到家之后发现,她的儿子回来了。她的儿子在德里经营商店。

老太婆在不吉利的时刻前往鲁波诺戈尔去卖画像了。她看到了琼秋洛公主那狂妄的举动,可是她又不能对任何人讲,所以她心里闷得慌。要是妮尔莫拉姑娘不给她钱,她也不许诺不把此事讲出去,那么,也许,老太婆的心里就不会感到如此烦闷。然而,她特

拉吉辛赫

别许诺了不把此事说出去，心里自然感到很不自在。老太婆怎么办呢？她只好发誓守口如瓶，况且她还接受了金币而怀有感恩之情。她明白，此事一旦张扬出去，琼秋洛公主就可能会落入残暴皇帝之手而受到特别的伤害。因此，这件事她决不能对任何人讲。可是老太婆实在憋得慌，她简直昼不能食，夜不能寐了。她暗暗发誓说："此事我决不对任何人讲。"后来，她儿子坐下来吃饭，老太婆把一块香喷喷的煎肉放在儿子的碟子里，说道："吃吧，孩子，吃吧。我既然从鲁波诺戈尔回来了，就要让你美美地吃一顿——这种煎肉你还从来没吃过呢。"

她儿子一边吃一边说："妈妈，你曾经答应过，给我讲一讲关于鲁波诺戈尔的新闻。"

母亲说："别说了！你吃饭吧。我什么时候答应过你呀？你听错了吧！"

老太婆忘了，此前她见到儿子的时候，她实在忍受不住了，她觉得琼秋洛公主的事情就像蜂子蜇她一样，于是就向他暗示了一点儿。现在听了母亲的回答，儿子说："要是我不沉默呢？"

母亲说："儿子，我没有什么可说的。"

儿子说："你不想讲，那就别讲啦。"

母亲说："那我就说一说鲁波诺戈尔城的公主吧。"

儿子问："据说，公主是个很好的人，是真的吗？"

母亲说："不对，那个丫头太高傲了。我的天哪！算了，简直没法说啊！"

儿子说："鲁波诺戈尔与我有何相干？公主高傲又关我什么事？"

母亲说："她的高傲实在太过分了，孩子。那个无耻的丫头甚至都不把奥朗则布皇帝放在眼里。"

儿子问："难道她骂了皇帝不成？"

母亲说："骂了？不，孩子！比骂还要坏呢！"

儿子问："比骂还要坏？"

母亲说："你不要再问了，她对我有恩啊。"

儿子问:"怎么回事啊?"

母亲说:"我接受了她的金币。"

儿子问:"她为什么给你金币?"

母亲说:"公主犯有罪过,她之所以给我金币,无非是让我守口如瓶呗。"

儿子说:"那好吧。你就不要再对我说什么了,不过你要把金币给我。"

母亲问:"你说什么,儿子?"

儿子说:"你要是不想给我,那你就讲一讲,是怎么回事。"

母亲说:"那我就讲吧。皇帝的画像……啊,天哪!很明显……"

儿子问:"她把皇帝的画像怎么样了?"

母亲说:"她用脚践踏了皇帝的画像。啊,天哪!我违背了自己的誓言。"

儿子说:"这怎么是违背誓言呢!你是我的母亲,我是你的儿子。我们在面对面地进行谈话——这有什么不好呢?"

母亲说:"不过,儿子,你要注意,对谁都不能讲啊。"

儿子说:"我要像鱼一样沉默。"

于是老太婆就津津有味地向儿子讲述了公主践踏画像的全部经过。

第五章　窦里娅夫人

老太婆的儿子名叫齐吉尔·舍克。他是画肖像的画师。在德里有他的商店。他在母亲家里住了两天,就回德里去了。他在德里有一个夫人,住在那个商店里。夫人的名字叫福特玛。齐吉尔把在母亲那里听到的关于鲁波诺戈尔城的事情全部告诉了福特玛。讲完了全部事件之后,齐吉尔对福特玛说:"你现在就去窦里娅夫人那里去，让她去把这个消息卖给长公主夫人，这样她就可以获得一些报酬。"

窦里娅夫人就住在隔壁的一栋房子里。福特玛从自己家的后门就可以去她家。所以，福特玛夫人即使没有什么事，也常常去窦里娅夫人家串门。

向读者特别详细地介绍齐吉尔和福特玛没有什么必要，但是我想向读者详细地介绍一下窦里娅夫人。窦里娅夫人的真实名字，大概叫窦里尔·温妮萨，或者类似的什么名字，可是谁也不叫她这个名字——大家都叫她窦里娅夫人。她父母都已经过世，只有一个姐姐和一个年老的姑母，好像还有一个什么亲人，大概是姨母吧。家里没有任何男人。窦里娅夫人的年龄还没超过十七岁——再加上她身材比较矮小，看上去也不过十五岁。窦里娅夫人长得非常美丽，就像刚刚开放的花朵一样，脸上总是挂着微笑。

窦里娅夫人的姐姐会制作非常好的染发水和香水。她们就靠卖染发水和香水过日子。她们自己乘坐两轮车或轿子经常去大户人家卖染发水和香水——不幸的女人，有时夜里也步行。皇帝的内宫任何人都是无权进入的——外边的女人就更不能进入了，但是窦里娅夫人却有办法进入内宫。关于这方面的情况我们以后再讲。

福特玛来到窦里娅夫人的家里，向她述说了关于琼秋洛公主的事情，并且建议说，出卖这个情报可以得到一笔钱。

窦里娅夫人说："这需要进入皇宫啊——可哪里有通行证啊？"

福特玛说："你就有嘛。"窦里娅夫人当时打开手提箱，拿出一张纸来。她翻过来调过去仔细看了看，说道："这的确是呀！"

窦里娅夫人当时带上一些染发水和通行证就走了。

第二部分　天堂中的地狱

第一章　命运的预言

　　蔚蓝色的朱牟拿河在白色的沙滩中间静静地流淌，伫立在这条河岸边的、人口众多的大都市德里，犹如散落的宝石一样，在皎洁的月光下，熠熠地闪烁着光芒——成千上万座用大理石建造的塔楼、尖顶、宣礼塔，高高地矗立着，反射着银白色的月光。在不远处，库多博圆塔①高大的尖顶，看上去就像烟囱一样高高地耸立着；在近处，君玛·莫萨吉特清真寺②的四座高塔耸入蔚蓝色的云天。在大街的两旁是一排排的店铺，店铺里亮着数百盏灯笼，花店里飘出了阵阵花香，市民们的服装也散发着花的芬芳和香水的馨香；从许多房屋里传出了悦耳的歌声和各种乐曲声，市民们有的高声大笑，有的甜蜜地微笑，还有各种首饰撞击着发出悦耳的声响——所有这一切汇合在一起，就形成了一种奇妙的迷人的景象，就好似地狱中的乐园一样。到处都是鲜花，到处都弥漫着浓郁的芬芳，舞女们的脚镯叮咚作响，歌手们的歌声高低有致，乐器在演奏着乐曲，美女们拍着手在为舞蹈击节；人们在畅饮着美酒，恋恋不舍地对视着；到处都有人在叫卖豆焖米饭和手抓饭；到处都可以看到各种各样的笑脸——恐怖的，阴险的，虚伪的，温柔的；大街上不断地传来马蹄的叩击声，轿夫们粗暴的吆喝声，大象脖子上所佩戴的铃铛的叮咚声，两轮马车的辘辘声，以及四轮马车吱吱呀呀的响声。

---

①　德里附近的一座建于18世纪的圆形石塔。
②　德里的一座清真寺教堂。

拉吉辛赫

在城中心有一座巨大的富丽堂皇的四方形内城。在那里，拉吉普特卫士和突厥族卫士骑着马四处巡逻。店铺里摆放着世界各地的贵重物品。有的地方，舞女们吸引了街上的众多围观的人，她们在萨楞格琴①的伴奏下翩翩起舞，引吭高歌；有的地方，魔术师在表演魔术，他们周围聚拢了数以百计的观众观看他们的表演。更多的人聚集在善于观测天象的预言家们跟前。在莫卧儿皇帝统治时期，善于观测天象的预言家们受到如此的尊重，大概，任何时候都不会再有这种现象了。印度教教徒和穆斯林对他们同样敬重。莫卧儿王朝的皇帝们都笃信占星术，在很多时候，得不到预言家观测天象的预言，他们就不会采取重大的行动。在这本书中所描写的事件发生后不久，奥朗则布的小儿子阿克巴就发动了宫廷政变。有五万拉吉普特士兵支持他，奥朗则布手里只有很少的军队，可是阿克巴根据星相家的预言延迟了军事进攻，于是奥朗则布趁机运用计谋挫败了他的企图。

在德里的内城里，占星预言家们在大街上铺上坐垫，手里拿着经书，头上缠着围头巾，坐在座垫上。为了测算自己的命运，数百个男人女人来到他们的身边坐下来，甚至那些深居简出的穆斯林贵夫人们也围着面纱走出来了。在一个占星预言家的四周集聚了很多人。有一个蒙着面纱的年轻女人在这些人群的外面转来转去，她想走到占星预言家的跟前，可是她又没有勇气从人群外边挤进去——她正在犹豫不决地观望。就在这时候，一个骑马的人从那里经过。

那位骑士是个年轻人。看上去，像是个洋人或莫卧儿人。他非常英俊，像他这样英俊的小伙子，就是在莫卧儿人中间也是很少见的。他的穿着非常整洁，一看就知道是个特别受尊敬的人。他所骑的马也一定是属于体面人家的。骑士策马缓慢走近人们的身边。那位年轻女子犹豫了一会儿，看了他一眼，然后，她就走到年轻人的面前，拉住他的马缰绳，叫道："先生，摩巴拉克先生——摩巴拉克！"

摩巴拉克是这个骑士的名字。他问道："你是谁？"

---

① 印度的一种民族弓弦乐器。

这位年轻女子说道:"哎呀,我的主啊!难道你不认识我了?"

摩巴拉克说:"窦里娅?"

窦里娅说:"是啊。"

摩巴拉克问:"你怎么在这里?"

窦里娅问:"我到处游逛。你不会禁止吧。难道你想阻止我吗?"

摩巴拉克说:"我干吗要阻止呢?你是我的什么人哪?"

然后他用柔和的语调问道:"你想要些什么?要钱吗?"

窦里娅把手指头放在耳朵上说:"呸!你的钱是对我的侮辱!我们会制作染发膏和香水。"

摩巴拉克问:"那你干吗要拦住我呢?"

窦里娅说:"你先下马,我再告诉你。"

摩巴拉克从马上下来,说:"现在你说吧。"

窦里娅说:"在这群人中间坐着一位占星的预言家。他是新来的。像他这样的占星预言家从来都没有来过这里。你应该到他身边去为自己算算命。"

摩巴拉克说:"你为什么要了解我的命运呢?你还是去测算你自己的吧。"

窦里娅说:"我不需要知道我的命运。不用测算我也知道。我想知道你的命运。"

窦里娅说完,就拉住摩巴拉克的手,准备挤进去。摩巴拉克说:"谁来照看我的马呢?"

有几个孩子站在大路边吃糖果。摩巴拉克对他们说:"你们谁来帮我照看一会儿马呀?我回来再给你们一些糖果。"

摩巴拉克的话音刚落,就有两三个孩子走过来牵马。一个几乎光着身子的男孩子,竟然骑在了马身上。摩巴拉克走过去想打他,但是已经不需要了——那马的后腿尥了一下蹶子,就把他甩了下来。看见他摔在地上,其余的男孩子们就从他的手里夺过糖果吃了起来。这时候摩巴拉克就放心地去算命了。

别的人看见摩巴拉克,就都给他让开了路。窦里娅夫人紧跟在他的后边走了进去。摩巴拉克来到占星预言家的面前,伸出手掌来。占星预言家观看了好一会儿,然后说:"您去结婚吧。"藏在人群中的窦里娅夫人从背后说:"他已经结过婚了。"

占星预言家问道:"谁在说话?"

摩巴拉克说:"她是个疯子。您能否说说,我应该和谁结婚?"

占星预言家回答说:"您会和一位公主结婚。"

摩巴拉克问道:"那又会怎么样呢?"

占星预言家回答说:"您的职位会得到晋升。"

站在人群中的窦里娅夫人说:"还会死亡。"

占星预言家又问:"她是谁呀?"

摩巴拉克说:"她是疯子。"

占星预言家说:"不是疯子。她好像不是人。我再也不给您看手相了。"

摩巴拉克一点儿都不明白占星预言家所说的话。他给占星预言家一些钱,就在人群中寻找窦里娅夫人,可是他再也没有看见她。当时他有些沮丧,于是就跨上马,向要塞急驰而去。不用说,孩子们得到了一些糖果。

第二章 杰波-温妮萨

窦里娅的新闻是否卖了呢?卖新闻又是怎么一回事呢?她要卖给什么人呢?为了弄明白这些问题,就应该对莫卧儿王朝皇帝的内宫做一些介绍。

印度的女人们是以善于治理国家而著称的。在西方,像杰诺比娅[1]、伊萨贝拉[2]、伊丽莎白[3]或叶卡捷琳娜[4]那样的女人是很难得

---

[1] 古代奴隶制国家巴尔米拉(古叙利亚)的女统治者。她几乎争得了巴尔米拉的完全独立,并把埃及和以前罗马人侵占的一些东方地区也划入了她统治的版图。

[2] 伊萨贝拉二世(1830~1904),西班牙女王。

[3] 伊丽莎白(1533~1603),英国女王。

[4] 叶卡捷琳娜二世,是18世纪俄国的女沙皇(1762~1796年在位)。

的。但是在印度，很多皇家妇女都是很善于治理国家的，在这一方面莫卧儿皇帝的女儿们是特别著名的。然而，她们虽然都是很强的政治家，可是又都在压制自己的情感和限制自己的享乐。奥朗则布有两个妹妹——姜汗娜拉和劳松芭拉。姜汗娜拉是沙赫贾汗皇帝的主要帮手，没有她的建议，沙赫贾汗是不会做出有关国事方面的任何重大决策的。在她的建议下，沙赫贾汗的事业取得了成功，也赢得了声誉。她是父亲特别宠爱的女儿。虽然姜汗娜拉具有各方面的才能，可是她更追求感官方面的享乐。她为了获得感官方面的享受，玩弄了很多人。在这些人中间欧洲旅行者提到这样一个人的名字，如果在这里描写此人，那么，就会玷污我的作品。

　　劳松芭拉仇视父亲，是奥朗则布的坚定支持者。她也跟姜汗娜拉一样，是个政治家，而且很有才干。在感官享受方面她也和姜汗娜拉一样，是不加选择的、自由的和永不知足的。在奥朗则布准备推翻并拘捕父亲和准备登基做皇帝的时候，劳松芭拉是他的主要助手。奥朗则布对劳松芭拉也是非常感恩的——在奥朗则布当上皇帝之后，劳松芭拉被称为第二个巴德沙赫①。

　　然而，劳松芭拉很不幸，她遇到了非常强大的竞争对手，那就是奥朗则布的女儿。奥朗则布让自己的两个小女儿嫁给了两个被关在监狱里的侄子。他的大女儿杰波－温妮萨②没有结婚。她也和自己的姑姑们一样，就像春天的蜜蜂，在各种花枝上吮吸着花蜜。

　　姑姑和侄女两个人在很多方面都是竞争对手，在爱情的殿堂里更是如此。但是侄女决心消灭姑姑。她在父亲在场的情况下开始滔滔不绝地讲述姑姑的荣耀。这样做的结果是，劳松芭拉从世界上消失了，杰波－温妮萨取代了她，获得了她在皇宫的地位和荣耀，并得到了原先效忠她的一些仆人。

---

① 穆斯林皇帝的称呼。
② 在穆斯林的历史上，她是以杰波－温妮萨或久耶普－温妮萨而著称的。基督教传士科特罗说，她名叫佛科尔－温妮萨。

拉吉辛赫

我们之所以谈到皇宫里的地位荣誉，还有它的一点儿意义。除了太监，任何男人都不能进入皇帝的内宫——在任何情况下都不能进入。为了保卫内宫，设有一支女子警卫队。信奉印度教的国王们通常都雇用异教徒来担任警卫工作，莫卧儿的皇帝们也是这样做的。在莫卧儿的皇帝内宫里负责警卫的是鞑靼族的美女们。在这支女子警卫队中有一个队长，她就像是军队的统帅。因为她的职位被认为是很高的，所以她也获得相应的报酬和荣誉。劳松芭拉曾经担任这个职务。在她突然神秘地消失在黑暗中之后，杰波-温妮萨就获得了她的职位——担任这个职位的人就是皇帝内宫一切事务的总管，因此，杰波-温妮萨就成了皇宫内廷一切事务的总管。所有的人都归她领导，女卫士、太监、宫女、守门人、轿夫、厨师等所有人都归她管辖。所以，她想叫谁来，就可以让他进到内宫里来。有两类人，杰波-温妮萨允许他们进到内宫里来：一类是她喜欢的情人，另一类是向她出卖情报的人。

我们说过，杰波-温妮萨是一个重要的政治家，像莫卧儿帝国这样一艘航船之舵紧紧掌握在她的手里。她还被称为莫卧儿帝国的"指路之星"。众所周知，政治家都强烈地需要情报。他们很想秘密地知道，在什么地方现在都发生着什么事情。可以证明这一点的是，从杜尔穆克的主人拉摩琼德罗到比斯马尔克，所有的政治家都这样。杰波-温妮萨很快就明白了这一点。她经常从周围搜集情报。为了搜集情报，她还雇用了一些人，其中就有肖像画师齐吉尔——他的母亲经常到各个邦去卖画像，他经常从母亲那里获得情报。窦里娅夫人的姐姐为了卖染发膏和香水经常去德里城，也收集有很多情报。窦里娅经常来向杰波-温妮萨报告这些情报。杰波-温妮萨每一次都给她一些奖赏。这就是出卖情报。为了让出卖情报的窦里娅能够自由地进入皇宫，杰波-温妮萨就给她发了一张通行证。通行证上写着这样的语句："窦里娅夫人可以进入皇帝的内宫卖染发膏。"

然而，窦里娅夫人刚要进入内宫的时候，遇到了障碍——她看见摩巴拉克·汗走进了内宫。窦里娅就待了一会儿才进去。

窦里娅一走进内宫,就看见摩巴拉克向杰波－温妮萨的寝宫走去。于是窦里娅就躲在一个凉亭的树荫里开始等待。

第三章　财富的地狱

伟大德里城的核心是德里城堡,城堡的核心是王宫。在这个王宫内,在这很小的一片土地上,聚集了如此多的财富、珠宝、美女和罪孽,整个印度都未必有啊。王宫的核心是内宫或称色宫,那是财神和爱神的王国——月光和阳光都照不到那里;死神阎摩都不能偷偷地去那里走动,甚至空气进入的通道都被堵死了。那里所有的房间都富丽堂皇,房间里的陈设都豪华奢侈,住在内宫里的美女个个花枝招展。像这种用白色大理石建成的、镶嵌宝石的宫室任何地方都不曾见过;像这种鲜花盛开的花园哪里都不曾见过;像这样能使乌尔瓦施、美娜迦、罗姆芭等天上的美女也黯然失色的成群美女,任何地方都不曾见过;世界的任何地方地点都没有如此奢侈的享乐。像这样的巨大罪孽世界上任何地方都不会再有了。

我们现在去看看杰波－温妮萨的寝宫吧。

这是一套非常迷人的寝宫。地板是用黑白大理石铺成的,寝宫的墙壁是用白色大理石砌成,大理石上镶嵌着用宝石雕成的蔓藤、绿叶、花朵、果实、小鸟、蜜蜂。四周挂着镜子,镜子的四周镶着金框。天花板上垂挂着用银丝线织成的华盖,边角上缀着珍珠流苏和用鲜花编织的大花环。地板上铺着比春天新长出来的芳草还要柔软的地毯。地毯上放着一张用象牙制作的镶嵌着宝石的卧榻。上面罩着用金银线绣成的床被,被子上放着天鹅绒的金丝绣花枕头。在床边的各种花瓶里插着一束束香花,在一些瓶子里装着香水和香油;还有精心制作的芬芳的蒟酱叶。在另一个金罐里装着美酒。在所有这些器物中间,令鲜花和珠宝黯然失色的是中年美女杰波－温妮萨,她手拿着酒杯坐在窗边,观赏着夜空中的星光,习习和风吹来，使戴鲜花的头感到凉爽。就在这时候摩巴拉克·汗走了进来。

摩巴拉克走到杰波－温妮萨身边，坐下来，并且被邀请高兴地咀嚼起蒟酱叶来。

杰波－温妮萨说："不用去寻找爱你的人，他自然会来的。"

摩巴拉克说："不打招呼我就来了，不太礼貌。不过乞丐是不请自来的。"

杰波－温妮萨问："你想乞求什么，亲爱的？"

摩巴拉克："我的乞求就是，请毛拉宣布，我有这样称呼你的权利。"

杰波－温妮萨笑着说："这都是老话题了！皇帝的女儿们什么时候会出嫁呢？"

摩巴拉克说："你的妹妹们可都出嫁了。"

杰波－温妮萨说："她们都嫁给了王子。皇帝的女儿除了王子是不会嫁的——皇帝的女儿怎么能嫁给只管二百人的军官呢？"

摩巴拉克说："你是国家真正的主人。你对皇帝怎么说，他就会怎么做，这一点所有人都知道。"

杰波－温妮萨说："我不会向皇帝请求不应该请求的事情。"

摩巴拉克问："难道这还不应该请求吗，公主？"

杰波－温妮萨问："你指的是什么？"

摩巴拉克说："滔天罪行。"

杰波－温妮萨问："谁在犯下滔天罪行？"

摩巴拉克低下头来，最后说道："难道你真不明白？"

杰波－温妮萨说："如果你觉得那是犯罪，那你就不要再来了。"

摩巴拉克郁郁不乐地说："假如我有这种能力的话，那么，我就不会回再来了。可是我为了你的美色已经把自己出卖了。"

杰波－温妮萨说："既然你已经将自己出卖了，既然你已经被我买下了，那么，我怎么说，你怎么做吧——你闭嘴吧！"

摩巴拉克说："如果我一个人能对这一罪过承担责任，那么，我就会保持沉默了。可是我爱你胜过我自己的生命啊！"

杰波－温妮萨大声笑起来，然后说道："这是皇帝女儿的罪过了！"

摩巴拉克说："罪过美德，都是真主安排的。"

杰波－温妮萨说："真主是为小人物——为不信教的人制定了这一切法规。难道我是信奉印度教的婆罗门的女儿，或者是拉吉普特人的女儿？永远像奴仆一样，守着一个丈夫，最后跳进焚尸的火焰里被烧死吗？如果真主为我安排了这样的命运，那么，他就不应该让我降生在皇帝之家。"

摩巴拉克简直像从天上掉下来一样——他从没听说过这种邪恶的话语，甚至在罪行横流的德里城他都从没听过这种话。如果是别的什么人在他面前说这种话，他就会说："你会被雷劈死的！"可是摩巴拉克已经沉浸在杰波－温妮萨美艳的海洋中——他已经丧失了分辨善与恶的能力了。他只是感到惊奇。

杰波－温妮萨又开始说话："不说它了。说说别的事情吧。我再也不想听到那种话题了。我如果再听到——"

摩巴拉克说："还需要对我进行威胁吗？我知道，一个人只要在你面前失宠，那么，他的脑袋立刻就会搬家。但是有一点，大概，你是知道的，我摩巴拉克是不怕死的。"

杰波－温妮萨问："难道就再没有比死亡更可怕的吗？"

摩巴拉克说："有啊，那就是与你离别。"

杰波－温妮萨说："如果你喋喋不休地尽说些不合适的话，那是可能的。"

摩巴拉克明白，祸不单行，一个不幸发生了，第二个不幸就可能接踵而至。如果他认为杰波－温妮萨有罪而离开她，那么，他就必然遭到毁灭——杰波－温妮萨在莫卧儿王国拥有无限的权力，奥朗则布本人都要听她的。但是摩巴拉克并不为此而苦恼。他感到痛苦的是，他迷恋于皇帝这位女儿的姿色，又根本没有办法离开她，他没有力量从这个罪恶的深渊中摆脱出来。

因此，摩巴拉克低声下气地说："你如此情愿地善待我，我的生活才会圣洁。我还怀有那一个奢望，你就把它看作是穷苦人的梦想吧——天下哪一个穷苦人不渴望得到皇帝的女儿呢？"

公主很满意，于是就奖励了摩巴拉克一杯酒。经过这番充满柔情蜜意的谈话之后，公主用玉液和蒟酱叶招待了他，然后就与他告别了。

摩巴拉克正准备从色宫走出来，窦里娅夫人走进来，就把他留住了。她用别人听不到的声音问道："怎么样，与公主的婚事定下来了吗？"

摩巴拉克惊奇地问道："你是什么人呢？"

窦里娅说："就是那个窦里娅呗。"

摩巴拉克说："仇敌！魔鬼！你来这儿干什么？"

窦里娅问："你不知道，我是卖情报的？"

摩巴拉克颤抖了一下。窦里娅夫人说："你会和公主结婚吗？"

摩巴拉克问："哪个公主啊？"

窦里娅说："皇帝的女儿杰波-温妮萨公主呗。皇帝的女儿难道不是公主吗？"

摩巴拉克说："我应该在这里把你杀死。"

窦里娅说："那我就反抗喊叫。"

摩巴拉克问："好了，我不杀你。你说说，你来向谁卖情报？"

窦里娅说："我站在这里就是想告诉你呢——向杰波-温妮萨公主殿下。"

摩巴拉克问："你要卖什么情报？"

窦里娅说："今天在占星预言家那里，你已经知道了自己的命运了。那预言家说，你会与皇帝的女儿结婚的。那样的话，你就会官运亨通。"

摩巴拉克说："窦里娅夫人！我究竟做了什么对不起你的事，你居然想害我呀？"

窦里娅说："你都干了些什么？你是否干了对不起我的事情？是否还会有什么事情——它会比你所干的所有事情给女人造成更大的伤害呢？"

摩巴拉克说："得了吧，亲爱的！像我这样的人有多少啊！"

窦里娅说:"像你这样罪孽深重的人恐怕再也没有了。"

摩巴拉克说:"我没有罪。不过,站在这里这样谈话很不方便。我们另找一个地方吧。我把一切都告诉你。"

说完这番话,摩巴拉克又回到杰波-温妮萨的寝宫。他对杰波-温妮萨说:"我又回来了。请您原谅我又一次来打扰。我来是想告诉您,窦里娅夫人来了,她现在要见您。她是个疯子。她如果在您面前说我的坏话,在听不到我答辩的情况下,请您不要生我的气。"

杰波-温妮萨说:"我不会生你的气了。如果什么时候我生你的气,那么,我就会感到很痛苦。谴责你的话我是不会听的。"

"那就请您永远这样宠爱这个奴仆吧。"说完,摩巴拉克再次与公主告别了。

第四章　　卖情报

一个手里拿着短剑和盾牌的鞑靼族姑娘,守护在杰波-温妮萨公主的寝宫门外。她看见窦里娅走过来,就问道:"这么晚你来干什么?"

窦里娅夫人说:"我还要向女卫士报告吗?你去通报吧。"

鞑靼组姑娘说:"你走开。我不去通报。"

窦里娅说:"你为什么生气呢,朋友?你那羞涩的目光可以把喀布尔人和旁遮普人烧成灰烬,而且你的手里还握有利剑和盾牌。如果你生气的话,那怎么行呢?你看,这是我的通行证。你还是去报告吧。"

女卫士那殷红的嘴唇上绽开笑容,她微笑着说道:"我认识你,也知道你有通行证。都这么晚了,公主殿下难道还会买染发水吗?你明天早晨再来吧。现在你有丈夫,你就到丈夫身边去吧。如果没有的话——"

拉吉辛赫

窦里娅说:"你见鬼去吧!就让你的短剑和盾牌见鬼去吧!就让你的披肩和灯笼裤见鬼去吧!难道你以为,我深更半夜没事干才跑这儿来了?"

鞑靼姑娘悄声说:"公主殿下现在休息了。"

窦里娅说:"哎,你这个奴仆,难道我会不知道吗?你想嘲弄我?那就张开嘴吧。"

窦里娅从披肩里取出一小瓶酒来。女卫士张开嘴,窦里娅就把那小瓶酒倒在她的嘴里——鞑靼姑娘就像干枯的河床一样,一口气就把它吸干了。她感叹道:"太棒了!真是好酒啊!好吧,你等一下,我就去报告。"

女卫士一走进寝宫,就看见杰波-温妮萨在满面笑容地用花编织一个狗,狗头就像摩巴拉克的头,而它的尾巴做得就像莫卧儿皇帝缠头巾上的尖顶。杰波-温妮萨看见女卫士,就对她说:"把舞女们叫来。"

为了内宫女眷们的享乐,宫里有各种舞蹈团。她们经常在各个宫室里唱歌跳舞。杰波-温妮萨为了自己享乐也有一个舞蹈团。

女卫士又重新致意道:"是!窦里娅夫人来了。我赶她走,她不肯听。"

杰波-温妮萨说:"她还给了一点儿小费吧?"

这位美丽女卫士羞愧得用披肩遮住了脸。杰波-温妮萨吩咐道:"算了,不要让舞女们来了,把窦里娅叫进来吧。"

窦里娅走进来,向公主施礼致意,然后就开始瞧那只用花编的小狗。看了一会儿,公主问道:"窦里娅,怎么样?"

窦里娅又鞠躬施礼道:"很像军官摩巴拉克·汗先生。"

杰波-温妮萨说:"很像吗?你想要吗?"

窦里娅说:"您想给我什么呢?是狗呢,还是人?"

杰波-温妮萨皱了一下眉头,然后抑制住愤怒,笑着说:"你喜欢什么呢?"

窦里娅说:"那就把狗留给公主殿下吧,让我把人带走吧。"

杰波-温妮萨说:"狗现在就在手边,人现在不在身边。现在你就把狗拿走吧。"

说完，杰波-温妮萨怀着酒后的兴奋心情，就把那只她用花编织的狗扔给了窦里娅。窦里娅接过来，把它放在披肩里——否则会显得不礼貌的。随后她说道："由于殿下的善意，我得到了狗和人两件礼物。"

杰波-温妮萨问："什么？"

窦里娅说："那个人也归我了。"

杰波-温妮萨问："什么？"

窦里娅说："他和我签订了婚约。"

杰波-温妮萨说："你滚开。"

杰波-温妮萨把一束花扔过去，打在了窦里娅身上。

窦里娅双手合十地说："毛拉和证人都还活着。殿下不信，可以派人去问他们。"

杰波-温妮萨皱起眉头说："按照我的命令他们会被钉在木桩上。"

窦里娅吓得浑身发抖——她知道，莫卧儿王朝的公主们个个都像母老虎似的，她们什么事情都干得出来。于是她说道："公主殿下，我是个不幸的女人，我是来卖情报的。我刚才说的都是废话。"

杰波-温妮萨说："你说说，什么情报？"

窦里娅说："有两个情报。一个是关于摩巴拉克·汗的。不得到您的允许我不敢说。"

杰波-温妮萨说："你说吧。"

窦里娅说："今天晚上他在占星预言家伽乃石那里测算了自己的未来命运。"

杰波-温妮萨问："预言家怎么说的？"

窦里娅说："预言家说：'你去和公主结婚吧，那样一来，你就会官运亨通。'"

杰波-温妮萨问："扯谎。摩巴拉克军官什么时候去预言家那里了？"

窦里娅说:"来这里之前。"

杰波-温妮萨问:"谁来这里了?"

窦里娅有点儿害怕了,但是她又鼓起勇气,低头鞠躬回答道:"摩巴拉克·汗先生。"

杰波-温妮萨问:"你怎么知道?"

窦里娅说:"我来的时候看见了。"

杰波-温妮萨说:"谁敢讲这种事情,我就把他钉在木桩子上。"

窦里娅颤抖着说:"除了公主殿下,我是决不会对任何人讲的。"

杰波-温妮萨说:"要是说出去,我就叫刽子手把你的舌头割掉。你的第二条情报是什么?说说吧。"

窦里娅说:"第二条情报是关于鲁波诺戈尔的。"

然后,窦里娅就把琼秋洛公主践踏画像的事情从头至尾讲述了一遍。杰波-温妮萨听了之后说道:"这个情报好。你可以得到一些小费。"

当时从内宫的银库支付小费需要主人的条子。窦里娅拿到小费条子就逃了出来。

鞑靼女卫士把她拦住了。她把短剑放在窦里娅的脖子上说道:"朋友,你往哪儿跑?"

窦里娅说:"事情办完了,我要回家。"

女卫士问:"你得到了钱,不想分给我一点儿吗?"

窦里娅说:"我很需要钱,我给你唱一支歌吧。拿萨楞格琴来。"

这个女卫士有一把萨楞格琴,有时她也拉一拉——在内宫里音乐歌舞是很受重视的。所有王妃公主都有自己的歌舞班;没有结婚的公主没有自己的歌舞班,她们自己唱歌跳舞。内宫里的夜晚总是回荡着歌声。窦里娅操起鞑靼姑娘的萨楞格琴就唱起歌来。她的嗓音非常好,琴也拉得熟练,她的歌儿唱得特别甜蜜。杰波-温妮萨从寝宫里问道:"谁在唱歌?"

女卫士回答说："窦里娅夫人。"

公主吩咐道："叫她进来。"

窦里娅又来到杰波－温妮萨公主的面前，向她鞠躬致意。

杰波－温妮萨说："唱吧，这里有维那琴。"

窦里娅拿起维那琴，就唱起来。她唱得非常甜。公主听过很多善于拉弹乐器的歌手们的演唱，她们的歌声足以使天上的歌女感到羞愧，但是她从来没有听过这样优美的歌儿。窦里娅的演唱结束了，杰波－温妮萨问她道："你什么时候给摩巴拉克唱过歌吗？"

窦里娅说："他就是听了我的这首歌，才要和我结婚的。"

杰波－温妮萨把一束花用力向窦里娅的脸上抛去，花枝挂在她的耳环上，她的耳朵被划破了，鲜血流了出来。杰波－温妮萨又给了她一些钱，就打发她走了，并且对她说："你再也不要来了。"

窦里娅躬身施礼，然后告辞了。她在心里默默地说："我还会来的，我还会搅得你痛苦不堪的，我还会被你打的，我还会拿到你的钱的。我要毁灭你。"

第五章　乌迪普丽夫人

奥朗则布是具有世界声誉的皇帝。他是世界闻名的大帝国的统治者。他聪明、勤奋，具有才干和作为君主所应具备的其他优秀品质。这位世界闻名的伟大君主，尽管具有这些非凡的杰出品质，可是他的这个举世闻名的大帝国却一度处在毁灭的边缘。

唯一的原因就是，奥朗则布是个罪大恶极的人。像他那样奸诈、虚伪、自私、无恶不作的人，像他那样欺压别人、欺压臣民百姓的人，在历史上只能找到一两个。这个虚伪的皇帝把自己装扮成一个能够节制情欲的苦行者，但是他的内宫里却美女成群，日夜洋溢着欢声笑语，就像一群群的蜜蜂一样。

他的内宫里后妃无数，不受《古兰经》限制饮酒的妓女也不

拉吉辛赫

计其数。我们这部书对于这些罪恶的女人们的叙述是很少的，但是书里讲述的这个故事是与奥朗则布的一些后妃有密切关系的。

莫卧儿皇帝们最先娶的女人，就是第一皇后。而仇视印度教教徒的奥朗则布倒霉的是，一个印度教教徒的姑娘成了他的第一皇后。从阿克巴皇帝开始，就形成了皇帝迎娶拉吉普特国王女儿为后妃的传统。根据这一传统，所有莫卧儿皇帝的皇后都是信奉印度教的姑娘。奥朗则布的第一皇后是久陀普丽。

久陀普丽虽然是第一皇后，但是她不是皇帝宠爱的皇后。最受皇帝宠爱的是一个女基督教徒，她以乌迪普丽之名永垂青史。她的名字叫乌迪普丽，并不是因为她与乌多亚普尔有某种关系。她来自遥远的大陆西边的格鲁吉亚，那儿是她的出生地。她在年少的时候就被一个商人带到印度来贩卖，奥朗则布的哥哥达拉把她买了下来。这位姑娘长到成年的时候，出落为一个举世无双的娇媚少女。达拉迷恋她的姿色，就特别宠着她。我们已经说过，乌迪普丽不是穆斯林，而是基督教徒。据说，达拉最后也成了基督教徒。

奥朗则布在战争中打败了达拉，登上了皇帝的宝座。奥朗则布打败达拉之后，首先逮捕了他，然后把他处死了。杀死达拉后，下流无耻的奥朗则布做了一件惊人的事情。奥里萨人有一个很不好的习俗：如果哥哥死了，弟弟就会娶寡妇嫂子为妻，以此来消除她的悲伤。有一天，我问过一个这样的奥里萨人："你们为什么做这种不道德的事情呢？"他急忙回答说："难道我们该把自己家里的嫂子送给别人吗？"印度的统治者奥朗则布也正是这样想的。他引用《古兰经》中的话，企图证明，根据伊斯兰教的教义，他有义务娶自己的嫂子为妻。所以他建议达拉的两个主要妃子成为自己宫室的内眷：一个是拉吉普特姑娘，而另一个就是这位乌迪普丽女士。拉吉普特姑娘接到圣旨后就服毒自杀了，这也是一个信奉印度教的姑娘在这种情况下唯一能做的事，但是任何其他别的民族的姑娘都不会做出这样的事情来。那个信奉基督教的女人，满怀喜悦地投进了奥朗则布的怀抱。历史大肆歌颂了这个女人，详细地描述了她的一生，而对于那位为保持自己的贞节而服毒自杀的女人，却认为不值得一提。历史的价值就是如此。

乌迪普丽的姿色是无与伦比的,她对酒的嗜好同样也是无与伦比的。德里的皇帝们虽然都是穆斯林,但是他们都嗜酒如命。他们的臣民百姓在这方面也以他们为榜样。在内宫里这种风气也十分盛行。在这座地狱里,乌迪普丽被捧上了天。

杰波-温妮萨不能突然闯入乌迪普丽的寝宫,因为印度统治者的这位爱妃常常饮酒醉到不省人事的程度;她的服装首饰都会有些凌乱,宫女们要为她重新整理着装,需要把她叫醒,并且还要提醒她有客人来访。杰波-温妮萨一走进她的寝宫就看见,乌迪普丽犹如被风暴吹落在地的一堆被雨水淋湿的花一样,倒在卧榻上,她的左手里拿着水烟袋,一双眼睛半睁半合,苍蝇在她那殷红的嘴唇上方飞来飞去。

杰波-温妮萨来到她的面前,鞠躬施礼问安:"母亲!您的心情好吗?"

乌迪普丽用半清醒的语调,笨拙地翻动着舌头问道:"你这么晚来干什么?"

杰波-温妮萨说:"有一个很重要的情报。"

乌迪普丽问:"什么情报?莫非是马哈拉斯特拉邦的强盗①死了吗?"

杰波-温妮萨说:"比那更有意思的情报。"

接着,杰波-温妮萨就添油加醋地详细讲述了琼秋洛公主践踏画像的事情。

乌迪普丽问:"这算是有意思的情报?"

杰波-温妮萨说:"这些宫女给你装烟,简直笨得像牛一样,我实在看不下去了。你去请求皇帝,就让鲁波诺戈尔王国那位美丽的公主来给你装烟吧。"

乌迪普丽没有明白,醉醺醺地说:"太好了。"

---

① 这里指的是马拉提人的领袖释瓦吉(1627~1680)。他发动了反对莫卧儿皇帝奥朗则布的大起义,并于1674年建立了独立的马拉提国。

没过多久，因为国事而感到疲惫的奥朗则布，来到乌迪普丽的寝宫里休息。乌迪普丽带着醉意，向奥朗则布讲述了她从杰波－温妮萨那里听到的关于琼秋洛公主的事情。"就让她来给我装烟吧。"她最后提出了这样的要求。乌迪普丽刚一讲完，奥朗则布就发誓说，一定满足她的要求，因为他听了乌迪普丽的讲述就愤怒了。

第六章　久陀普丽皇后

第二天，奥朗则布颁布了皇帝的圣旨。那是对鲁波诺戈尔的一个小国王下达的一个命令。由于对非常奸诈行为的恐惧，久耶辛赫、久绍般特·辛赫等军事将领以及阿吉姆沙赫等皇子，总是提心吊胆——由于陷入了无法摆脱的阴谋之网，连最聪明的释瓦吉都被关进了监狱。这道圣旨就源于这一阴谋。在这道圣旨中写道："皇帝陛下听说，鲁波诺戈尔王国的公主出落得无与伦比的美貌娇媚，陛下为之动情。皇帝陛下对鲁波诺戈尔君主的美好品德和忠诚十分满意。故而，皇帝陛下想选公主入宫为妃，以此来奖赏鲁波诺戈尔君主对皇帝的忠诚。请君主做好送公主来德里的准备；皇帝陛下将很快派军队前去迎娶公主来德里。"

这个消息一传到鲁波诺戈尔，立即引起极大的狂喜热潮。整个鲁波诺戈尔城沉浸在无限的喜悦之中。久陀普尔、安巴尔等一些较大的拉吉普特族国王都认为，把女儿嫁给莫卧儿皇帝是非常荣耀的事情。在这种情况下，小小的鲁波诺戈尔君主命运中这个幸福的结局就被看作是非常令人高兴的事情。人世间没有任何人能与莫卧儿皇帝相比了，而这个皇帝就要成为佳婿了——琼秋洛公主即将成为世界的女统治者了。难道还有比这更荣幸的事情吗？国王、王后、大臣和鲁波诺戈尔的臣民百姓都陶醉在喜悦之中了。王后派人到神庙里去致谢祭奠；国王借此机会准备夺取某些大地主的农村地产，还为此编写了花名册。

只有琼秋洛公主的女友们闷闷不乐。她们知道，琼秋洛公主是仇视莫卧儿人的，所以公主是不会幸福的。

　　这个消息也在德里传开了，自然也传到了皇后的寝宫。久陀普丽皇后听到之后非常不悦。她是信奉印度教的女人，嫁到穆斯林宫廷，尽管成了印度的皇后，但是她并不幸福。她虽然住在奥朗则布的内宫里，但是仍然保持着印度教教徒的习惯——由信奉印度教的宫女伺候她，她也不吃非印度教教徒做的食物，她甚至在奥朗则布的内宫里还供奉和祭拜印度教的神像。以仇视天神而著称的奥朗则布，容忍了这一切，由此可以看出，奥朗则布对她还是有一点儿偏爱的。

　　久陀普丽皇后听说了这个消息。她在会见皇帝的时候，毕恭毕敬地对他说："贾汗巴那①陛下！您的圣旨每天都可以使王公们失去王位。难道陛下对一个普通的小姑娘值得这样动怒吗？"

　　皇帝笑了，但是他什么也没有说。久陀普丽没能说服皇帝。

　　久陀普丽这位前公主在心里默默地说："啊，天神哪！请把我变成寡妇吧！如果这个恶魔再多活一日，那么，印度教教徒的名誉就会遭到毁灭。"

　　久陀普丽皇后有一个名叫戴碧的宫女，她是皇后从久陀普尔带来的，离开故土已经很久，如今她的年龄也大了，所以她不想再住在穆斯林的皇宫里了。长期以来她就想离开皇宫，但是她是一位非常忠厚可信的女仆，所以久陀普丽就没有放她走。今天久陀普丽皇后把她带到没有外人的宫室，对她说："你很久以来就想回家，我今天就放你走。不过，你要帮我办一件事情。这件事情做起来不是很轻松，而且很辛苦，既要很勇敢，又要很忠诚。我来支付你所需要的一切花费，我要奖给你一笔小费，还会永远给予你自由。怎么样，你能办到吗？"

　　戴碧说："请您吩咐吧。"

　　久陀普丽说："鲁波诺戈尔王国公主的事情，你听说了吧？你应该到她那里去。我不让你带信去，你要对她说，以我的名义对她

---

　① 对莫卧儿皇帝的尊称，"贾汗巴那"的孟加拉语意思为"世界的保护者"。

拉吉辛赫

说；还要把我这枚镶嵌宝石的戒指拿给她看，她会相信你的。你要是能骑马，你就骑马走——我给你买马的钱。"

戴碧问："应该对她说什么呢？"

皇后说："你就对公主说，作为一个信奉印度教的姑娘千万不要进入穆斯林家庭。我们进入穆斯林家庭之后，一直盼望着快点儿死去。你告诉她，关于践踏画像的事情，皇帝已经听说了。皇帝接她来是为了惩罚她。他发誓，一定要让鲁波诺戈尔王国公主去给乌迪普丽装烟。你对公主说，就是服毒自杀，也不要到德里来。"

皇后接着说："你还要告诉她，不必害怕。德里的宝座已经动摇了。马拉提人在南方正在折断莫卧儿人的脊梁。拉吉普特人正在联合起来。在整个拉吉普坦纳，已经燃起反对征收非穆斯林人头税的熊熊烈火。在拉吉普坦纳已经开始宰杀牛了。对此又有哪个拉吉普特人能够忍受呢？拉吉普特人正在联合起来。乌多亚普尔王国的国王，是真正的英雄。在莫卧儿－鞑靼人中间没有任何人能与他相比。如果他能拿起武器，成为拉吉普特人民的领袖——如果在一个地方有施瓦吉，而在另一个地方，拉吉辛赫也拿起武器，那么，德里的宝座还能坚持多少时日呢？"

戴碧说："母亲，你千万别说这种话啊！德里的皇帝宝座，正等着你的儿子呢。难道你要亲自毁掉自己儿子的宝座吗？"

皇后说："我并不指望，我儿子会登上这个宝座。只要魔鬼杰波－温妮萨和女妖精乌迪普丽还活着，我就不抱有这样的希望。在我一度抱有这种希望的时候，我曾经受到了劳松芭拉的很大的打击①。至今在我的脸上还留有被挠伤的痕迹。"

提到这些，久陀普尔王国的公主流泪了。然后她又说道："说这些话都没用了。你还不理解我所有的想法——即使理解，又能怎么样呢？你就照我说的去做吧。你劝公主到拉吉辛赫那里去避难吧。拉吉辛赫不会拒绝公主的。你对她说，我在祝福她成为王后。如果她当上王后，那就让她发誓，一定要让乌迪普丽来为她装烟，

---

① 这是一个历史事件，劳松芭拉曾经挠伤了久陀普丽的脸和鼻子。

让劳松芭拉来为她扇扇子。"

戴碧问:"这可能吗,母亲?"

皇后说:"你不必评论这件事。我说的这些,你能办到吗?"

戴碧说:"我能办到。"

于是皇后就给了戴碧所需要的钱款、奖赏和戒指,戴碧就告辞上路了。

第七章 天神为什么要创造公主?

夜里,摩巴拉克又来到了杰波-温妮萨的寝宫里。现在摩巴拉克双膝跪在地毯上,双手合十地望着公主。杰波-温妮萨半卧在那张镶有宝石和铺着缀有珍珠、珊瑚等流苏床罩的长榻上,靠在用金丝线绣着艺术图案的枕头上,拿着一根镶有宝石的烟管在吸着水烟——由于西方一些大人物的怜悯,烟草当时已经传入了印度。

杰波-温妮萨问道:"你能讲实话吗?"

摩巴拉克双手合十地说:"如果你吩咐,我能讲。"

杰波-温妮萨问:"你和窦里娅结婚了吗?"

摩巴拉克说:"是的,我在家乡的时候曾经和她结过婚。"

杰波-温妮萨说:"你是想用献殷勤来欺骗我吧?"

摩巴拉克说:"我很久以前就和她离婚了。"

杰波-温妮萨问:"你为什么离婚呢?"

摩巴拉克说:"她是个疯子。您一定会理解这一点的。"

杰波-温妮萨说:"我从来都没有感觉到她是个疯子。"

摩巴拉克说:"她为了达到自己的目的才到殿下这里来的。在办事情的时候,我也从未见过她的疯样儿,可是在其他时间里她的确是个疯子。您哪一天把她叫来看一看就会相信的。"

杰波-温妮萨说:"你能把她带来吗?你就说,我需要一些质量好的染发水。"

摩巴拉克说:"我明天早晨就要离开这里一些日子,去一个很远的地方出差。"

杰波－温妮萨问:"你要去一个很远的地方?去哪儿啊?这件事你怎么没有告诉我呀?!"

摩巴拉克说:"今天我来正是想向您报告这件事情。"

杰波－温妮萨问:"你要去哪里呀?"

摩巴拉克说:"拉吉普特纳有一个鲁波诺戈尔城堡。皇帝陛下迷恋那个城堡君主的女儿,想娶她为妃子。明天要派军队到鲁波诺戈尔去接她。我必须和军队一起去。"

杰波－温妮萨说:"关于这件事我还有些话要说。不过,首先你还要回答我一个问题——你是否到伽乃石算命先生那里去算命了?"

摩巴拉克说:"我去了。"

杰波－温妮萨问:"为什么去呀?"

摩巴拉克说:"大家都去,所以我也去了。这样说也是一个合适的回答。不过,除此之外,还有一个原因:是窦里娅硬把我拉去的。"

杰波－温妮萨说:"是这样啊!"

说完,杰波－温妮萨摆弄了一会儿花朵,然后又问道:"你干吗要听她的呢?"

摩巴拉克详细地讲述了事情的经过。杰波－温妮萨听了之后,又问道:"算命先生是不是说过,你去和皇帝的女儿结婚吧,那样你就会飞黄腾达?"

摩巴拉克说:"印度教教徒不称呼皇帝的女儿。所以算命先生称呼她为公主。"

杰波－温妮萨问:"难道皇帝的女儿不是公主吗?"

摩巴拉克说:"怎么会不是公主呢?"

杰波－温妮萨问:"就是因为这个那天你才向我求婚?"

摩巴拉克说:"只是想到了信仰,我才说了那件事。您可能还会记得,我是在去算命之前说了那件事的。"

杰波－温妮萨说:"哪里的话,我不记得了。算了吧——不必再说这些了。我问了这么多问题,请不要生气。要是你生气,我会很难过的。你是我最爱的人,只要我看见你,我就会感到幸福。你坐到床上来吧——我要给你擦一些香水。"

杰波－温妮萨让摩巴拉克坐在她的长榻上,开始亲手给他擦起香水来。然后她说:"现在我来说一说鲁波诺戈尔的事情。我不知道,鲁波诺戈尔城堡里那个姑娘的父亲是否会放她走——如果不肯放的话,那就要强行把她接来。"

摩巴拉克说:"我们从皇帝那里还没有接到这样的命令。"

杰波－温妮萨问:"在这里难道你就不能把我看作是皇帝吗?如果皇帝没有这种打算,那为什么要派军队上去呢?"

摩巴拉克说:"为了保障路上的安全吧。"

杰波－温妮萨:"阿娄姆吉尔皇帝的军队不论去执行何种任务,难道会失败而归吗?你们一定要想尽一切办法,把鲁波诺戈尔王国的公主带回来。皇帝如果因此而怪罪下来,还有我呢。"

摩巴拉克说:"对我来说,这个命令就足够了。不过,要是我能知道您为什么有这样的意图,那么,就会大大增加我的力量。"

杰波－温妮萨说:"我想给你讲一讲这件事。传召鲁波诺戈尔王国的公主进宫,正是我的主意。"

摩巴拉克问:"目的是什么?"

杰波－温妮萨说:"目的就在于,乌迪普丽如此大肆地炫耀自己的姿色,我再也不能忍受了。我听说,鲁波诺戈尔王国的公主长得更加美丽。如果真是这样,那么,她就可以取代乌迪普丽来控制皇帝。鲁波诺戈尔王国的公主要是知道了,是我把她接来的,她就会成为我的驯服工具。这样一来,就会扫除我实行专制道路上的最后一点障碍。你去,那就太好了。如果你看到,她比乌迪普丽长得漂亮——"

摩巴拉克说:"我从没见过皇后殿下呀。"

杰波－温妮萨说:"要是你想看,我就指给你看——但是你必须藏在这个幔帐的后面。"

拉吉辛赫

摩巴拉克说:"那怎么行呢?"

杰波-温妮萨笑了起来,然后说道:"在德里有几个像你这样的猴子呢?算了。我所说的一切,你要记住。你是看不到乌迪普丽的,我给你看她的画像吧。但是你必须去看鲁波诺戈尔王国的公主。如果你看见她比乌迪普丽美丽,那么,你就要告诉她,我会让她成为皇帝的妃子。如果你发现,她看上去不那么漂亮——"

杰波-温妮萨陷入了沉思。摩巴拉克问道:"要是我发现,她看上去不漂亮,那我该怎么办呢?"

杰波-温妮萨说:"你不是很想结婚吗?那你就和她结婚吧。我会设法让皇帝同意的。"

摩巴拉克问:"难道殿下对您的卑贱奴仆就不存在一点儿爱了吗?"

杰波-温妮萨说:"皇帝的女儿们哪里还会有什么爱呀!"

摩巴拉克问:"那么真主为什么还要让皇帝的女儿们降生到这个世界上来呢?"

杰波-温妮萨说:"为了幸福!爱情只会带来痛苦。"

摩巴拉克不想再听下去了,于是就放下这个话题,说道:"我怎样才能见到那位未来的皇帝妃子?"

杰波-温妮萨说:"应该采取某种计谋。"

摩巴拉克问:"如果皇帝知道了,他又会怎么说呢?"

杰波-温妮萨说:"这是该由我来承担的责任了。"

摩巴拉克说:"您怎么吩咐,我就怎么做。不过,您还是应该给我这个可怜的人一点儿爱呀。"

杰波-温妮萨说:"我不是已经说过了吗,你是我最爱的人哪!"

摩巴拉克问:"您说过爱我吗?"

杰波-温妮萨说:"我说过,对于那些可怜的不幸的人来说,爱情就是痛苦。可是皇帝的女儿们却不承认这种痛苦。"

摩巴拉克伤心地离开杰波-温妮萨的寝宫,走了。

第三部分 婚姻中的阴差阳错

第一章 巴伽①和大雁

妮尔莫拉慢慢地走到公主的身边坐下来。她看见,公主一个人坐在那里哭泣。公主手里拿着那天买的几幅画像中的一幅在看。琼秋洛公主看见妮尔莫拉,就把那幅画像翻了过去。妮尔莫拉不用看就知道那是谁的画像。妮尔莫拉坐在她身边问道:"现在该怎么办呢?"

琼秋洛说:"不管怎么样,我决不做莫卧儿人的奴隶。"

妮尔莫拉说:"我知道,你是不会同意的,但是国王能不服从阿娄姆吉尔皇帝的命令吗?没有办法呀,朋友!你必须承认这一点啊,而且承认也可能是好事——就拿久陀普尔和安巴尔王国来说吧,就拿国王、皇帝、达官显贵、总督等这些人来说吧,难道世界上还有比他们更显赫的人物吗?他们的女儿哪个不想登上德里皇妃的宝座呢?你为什么就这么不想成为皇后呢?"

琼秋洛生气地说:"你给我滚出去!"

妮尔莫拉发现,这条路是走不通的。于是她就开始寻找对公主有所帮助的另一条路。她说:"我可以离去,但是我还是应该关心把我养大的人的幸福。如果你不去德里,那么,您父亲的处境会怎么样呢?你应该想一想啊。"

琼秋洛说:"我想过了。如果我不去,我父亲就会掉脑袋,鲁

---

① 印度古代神话传说中的恶魔——魔头刚沙的一员大将,他受刚沙派遣,变成一只类似鹭鸶的大鸟,企图吃掉黑天,结果被黑天杀死(详见董友忱等翻译《印度神话传说》,上海译文出版社,2002,第25~26页)。

拉吉辛赫

波诺戈尔城堡就不会剩下一砖一瓦——这一点我想到了,我决不会去做弑杀我父亲的事情。我已经决定,等皇帝的军队到来的时候,我就跟他们一起去德里。"

妮尔莫拉满意地说:"我也正是要给你提这样的建议啊。"

公主又皱起了眉头,她说:"难道你认为,我到德里后会和穆斯林猴子睡在一张床上吗?大雁怎么能去伺候巴伽呢?"

妮尔莫拉根本没有明白她的意思,于是又问道:"那你怎么办呢?"

琼秋洛公主伸出手来,一边让妮尔莫拉看她手上戴的一只戒指,一边说:"我在去德里的路上服毒自尽。"妮尔莫拉知道,在这只戒指里藏有毒药。

妮尔莫拉说:"难道再也没有别的办法了?"

琼秋洛说:"还会有什么办法呢,朋友?世界上哪里会有为了救我而敢于向德里皇帝挑战的英雄呢?拉吉普坦纳所有的王公都站污了自己的家族,成了莫卧儿人的奴隶。哪里还会有宋格拉姆①呢?哪里还会有普罗达普呢?"

妮尔莫拉:"你说什么呢,公主!如果宋格拉姆或者普罗达普还活着,难道他们肯为了你而牺牲自己的生命去与皇帝抗争吗?谁肯为了别人而轻易地牺牲自己的生命呢?普罗达普不在了,宋格拉姆也不在了,拉吉辛赫还在,可是为了你,拉吉辛赫肯牺牲自己的生命吗?特别是你又是属于马罗巴尔家族的人。"

琼秋洛问:"那又怎么样呢?要是手里有力量,哪个拉吉普特人不肯保护那些请求保护的人呢?所以我想过了,妮尔莫拉!既然陷入这种危险境地,我就请求那位宋格拉姆、普罗达普的杰出后代来保护我——难道他能不保护我吗?"

琼秋洛公主说着就把那幅画像翻了过来——妮尔莫拉看见了,那是拉吉辛赫的画像。琼秋洛公主望着画像,又开始说:"女友,

---

① 齐陀尔的统治者,拉吉普特人的领袖,曾经领导人民进行反对莫卧儿帝国创立者巴布尔的斗争。

你瞧，看到这种具有君王风度的面孔，难道你会不相信，他不就是走投无路人的出路，孤儿的保护者吗？如果我请求他的庇护，难道他能不保护我吗？"

妮尔莫拉是个非常聪明果敢的姑娘——就像是琼秋洛亲姐姐一样。妮尔莫拉思考了很久，最后她用坚定的目光望着琼秋洛问道："公主！你准备送给那位将要保护你并使你摆脱危险的英雄什么礼物呢？"

公主明白她问话的含义。她用忧伤而又镇定的语调说："我能送什么呢，女友！我还有什么可送的呢？我只是个弱女子呀！"

妮尔莫拉说："你还有你自己呀。"

琼秋洛难为情地说："滚蛋！"

妮尔莫拉说："在帝王之家常常有这种情况。如果你能成为艳光，那么雅度族君主就必然会来救你的[①]。"

琼秋洛公主垂下头来。在她的脸上一会儿闪现喜悦，一会儿又闪现羞涩，每时每刻都在不断地变化着新的娇媚颜色，就像在夕阳西下的时刻，映照在彩云上的霞光，每时每刻都变换出新的美丽色彩一样。公主说："我能得到他吗？我会有这样的好命吗？即使我想出卖自己，他肯买吗？"

妮尔莫拉说："决定此事的是他，不是我们。我听说，拉吉辛赫的手里有一支强大的军队。我们为什么不派一个特使秘密地到他那里去呢？不让任何人知道，这样一个特使难道就不能到达他那里吗？"

琼秋洛思考了一下，然后说道："你去派人把我的师尊叫来。还有谁能像他那样爱我呢？你把一切情况都告诉他，然后把他带到

[①] 这句话出自印度的神话传说：艳光（Rukminī）是毗陀婆国（Bidarbha）具威王（Bhīsmak）的女儿，她爱上了黑天（Krishina），但是她的哥哥阻挠她的婚姻，他说服父亲把妹妹嫁给摩揭陀国的国王童护（Shishupāl）。在举行婚礼的那天，黑天劫走了艳光，并把她带回多门城，于是艳光就成了黑天的妻子。这里的雅度族君主，指的就是黑天（详见董友忱等编译《印度神话传说》，上海译文出版社，2002，第 80~85 页）。

我这里来。我亲自讲述这一切会感到难为情的。"

就在这个时候,公主的一个女友进来通报说,有一个卖珍珠的女人来卖珍珠。

公主说:"现在我没空儿买珍珠。让她回去吧。"

那个女友说:"我们企图劝她回去,可是她怎么都不肯回去。看来,她好像有什么重要的事情。"公主不得不叫她进来。

卖珍珠的女人走进来,拿出一些人造的珍珠给公主看。公主生气地说:"你为什么一定坚持要给我看这种假珍珠呢?"

卖珍珠的女人说:"不。我还有一样东西要给你看呢。不过,我只能给您一个人看。"

琼秋洛公主说:"我不能一个人单独和你谈话,我的一个女友留下来。妮尔莫拉,你留下,其余的人都出去吧。"

其他所有人都出去了。这个卖珍珠的女人不是别人,正是戴碧。她把久陀普丽皇后的戒指拿出来给公主看。琼秋洛公主看了看戒指和那上面的题词,然后问道:"这枚戒指你从哪里得到的?"

戴碧说:"是久陀普丽皇后给我的。"

琼秋洛问:"你是她的什么人?"

戴碧说:"我是她的女仆。"

琼秋洛问:"你带着这枚戒指来这里干什么?"

戴碧就把久陀普丽皇后所讲的话都告诉了公主。妮尔莫拉和琼秋洛听了之后,对望了一下。

琼秋洛给了戴碧一些赏钱,打发她走了。

戴碧走的时候并没有把戒指带走,她故意把戒指留下来了。她当时在想:"我把它扔到哪里去——谁会捡到呢!"这样想过之后,她就把戒指留在琼秋洛公主身边了。戴碧走后,琼秋洛公主说:"妮尔莫拉!快把她叫回来——她把戒指落在这里了。"

妮尔莫拉说:"不像是落下的,看来,好像是她故意留下的。"

琼秋洛问:"我拿它有什么用呢?"

妮尔莫拉说:"你现在保存吧,说不定什么时候你还有机会能还给久陀普丽呢。"

琼秋洛说:"不管怎么样,皇后的话极大地增加了我的勇气。当我们两个女孩子正在商量,怎么做好,怎么做不好,是否会发生什么事情的时候,我们真不知道该怎么办。现在我们有勇气了。现在我知道,寻求拉吉辛赫的庇护最好。"

妮尔莫拉说:"这我早就知道。"

说完,妮尔莫拉笑了。琼秋洛低着头也笑了起来。

妮尔莫拉站起身来走了,但是她心里一点儿底也没有。她的心在哭泣。

第二章　奥侬多·米什罗

奥侬多·米什罗是琼秋洛公主父辈家族的司祭。他疼爱琼秋洛公主,就像疼爱自己的亲生女儿一样。他是位知识渊博的伟大学者。大家都十分尊敬他,称他古鲁师尊。一听说琼秋洛公主打发人来叫他,他就立即走进了内宫——宫廷里的大门对国王家族的这位司祭始终是洞开的。妮尔莫拉在路上拦住了他,并且向他讲述了一切情况之后才放他进宫。

脸上挂着笑容的这位婆罗门来到了琼秋洛公主面前。他高高的身材,宽阔的额头上用檀香膏点画着吉祥痣,胸前挂着串珠。妮尔莫拉发现琼秋洛公主在哭泣——琼秋洛在别人面前可不是个好哭的姑娘。古鲁师尊平静地说:"啊,母亲拉克什米[①],你为什么又想起了我啊?"

琼秋洛说:"为了请您来救我,因为除了您再也没有谁能救我了。"

[①] 印度神话传说中的幸福女神,是毗湿奴的妻子。她是美丽、贤惠的化身。"母亲"是孟加拉人对女性的尊称。

拉吉辛赫

奥侬多·米什罗笑着说:"我明白了,艳光要出嫁了,所以老司祭应该前往多门城啊。小母亲,你要看一看,拉克什米的宝库里是否还储藏有什么东西啊——只要准备好了路上的盘缠,我就可以动身前往乌多亚普尔了。"

琼秋洛拿出了一个金丝袋子,交给了老婆罗门。袋子里装满了金币。老婆罗门只拿了五枚金币,把剩余的又还给了公主,说:"路上我要吃饭,不吃金币。我有一个建议要说,你能做到吗?"

琼秋洛说:"只要能摆脱这场灾难,即使让我跳进火坑,我都能跳。什么建议,请说吧。"

米什罗问:"你能给拉吉辛赫国王写一封信吗?"

琼秋洛想了一下,然后说道:"我是个姑娘——是个深居闺阁的女孩,他又不认识我,怎么好给他写信呢?可是我又要向他乞讨,难道就羞愧吗?我写。"

米什罗问:"我替你写呢,还是你自己写?"

琼秋洛说:"您说吧。"

妮尔莫拉走过来,站在旁边,说:"不必了。这不是婆罗门智慧应该做的事情,而是我们女人智慧应该做的事情——我们来写信,您去准备上路吧。"

米什罗先生走了,但是他并没有回家。他去拜会比克罗姆·辛赫国王了。他对国王说:"我要到外地去云游,特来向伟大的国王辞行和祝福。"国王想知道,他为什么要去云游,他要去哪里,可是婆罗门没有说,他只是说,他要到乌多亚普尔去,并请求国王给他写一封介绍信函。国王给他写了信函。

从国王那里拿到信函之后,奥侬多·米什罗又回到琼秋洛公主的身边。这时候琼秋洛和妮尔莫拉集中了两个人的智慧,也写好了一封信。写完信后,公主从一个小匣子里拿出一只非常精美的珍珠手镯,交到婆罗门的手里,说道:"在国王读了信之后,请您代表我把这件礼物送给他。作为拉吉普特家族的首领,他是不会拒绝接受拉吉普特家族姑娘赠送的礼物的。"

米什罗先生接受了她的嘱托。公主向他施礼告别。

第三章 米什罗先生向毗湿奴祈求

奥依多·米什罗带上一件合身的衣服、一把雨伞、一根手杖、一些檀香木等日常生活必需品和唯一的仆人,告别了妻子,就要前往乌多亚普尔去了。

他的妻子缠着他说:"你为什么要走哇?"

奥依多·米什罗回答说:"我要到国王那里去领一笔赏钱。"女主人听了立即平静下来,离别的痛苦再也不会炙烤她的心了,因离别而萌发的强烈的痛苦之火,被寒冷的贪欲水流几下子就熄灭了。奥依多·米什罗带着仆人出发了。他本来打算多带一些人去,但是带的人要是太多,就会人多口杂,有太多的议论,因此,他就没有带太多的人。

道路非常难走,特别是山区的路,都崎岖不平,而且常常找不到住处。老婆罗门每天只吃一顿饭,哪一天能找到住处,他就会像客人一样受到接待。整个白天他都在赶路。担心路上有强盗出没——因为婆罗门身上带着贵重的手镯,所以他从来不敢单独走路。他总是与人结伴而行。如果没有伴儿,他就找个歇脚的地方住下来。一天夜里,他们在一座神庙里住下来,第二天早晨要动身的时候,他还没有找到同路的伙伴。有四个商人也住在那座庙宇的客房里,早晨起来后,他们也踏上了上山的路。他们看见婆罗门,就问道:"你要到哪里去?"

婆罗门说:"我要去乌多亚普尔。"

商人们说:"我们也要去乌多亚普尔。太好了,我们一起走吧。"

婆罗门很高兴,因为他又有了同路的伙伴。他问道:"乌多亚普尔还有多远?"

商人们说:"没多远。今天傍晚我们就能到达乌多亚普尔。这

拉吉辛赫

里已经属于国王管辖的地方了。"

他们就这样一边说着话,一边走着。山区的路,有的地方是很陡峭的上坡,有的地方又是急剧陡峭的下坡,根本看不到有人居住的痕迹。不过,这条难行的山路几乎快走到头了——现在就要下到平坦的地面了。他们进入了一个非常优美的谷地。两边是不太高的山脉,山上长满了翠绿的高耸入云的树木,两山之间有一条潺潺流淌的小溪,宛如蓝色玻璃一样的溪水,冲刷着溪中的石块,泛着泡沫,流向大片的森林。沿着溪水的岸边有一条人行小路。如果在那里下山,从任何方向都看不见行人——只有从山上才能看见。

走到这个荒无人烟的地方,一个商人向婆罗门问道:"你身上是否带着钱呢?"

听他怎么一问,婆罗门既感到吃惊,又感到害怕。他在想:"大概,因为特别害怕这里有强盗,所以商人们为了提醒我才这样问啊。谎言是弱者的靠山。"于是婆罗门说道:"我是个以乞讨为生的婆罗门,哪里会有什么钱呢?"

一个商人说:"你有什么,都交给我们保存吧。否则的话,在这里可不保险呢。"

婆罗门开始犹豫起来。他本想,把那只珍贵的手镯交给商人们,可是他又一想:"他们都是陌生人,他们能可靠吗?"这样一想,婆罗门又犹豫起来,于是他仍然说道:"我是乞讨之人,我能有什么呢?"

在危机时刻,谁犹豫不决,谁就会倒霉——看见婆罗门犹豫不决,伪装成商人的四个强盗明白了,老婆罗门肯定带有什么特别贵重的东西。一个强盗立即掐住婆罗门的脖子,把他摔倒在地,用膝盖顶住他的胸膛,用手捂住他的嘴。这时候奥侬多·米什罗的仆人不知道逃到哪里去了,谁都没有看见。因为无法说话,奥侬多·米什罗就开始默默地向毗湿奴祈求帮助。另一个强盗夺下他的包袱,揭开检查,从包袱里得到了琼秋洛公主的那只手镯、两封信和几枚金币。这个强盗把这些东西递给自己的伙伴,说:"没有必要再杀害这个婆罗门了。我们获得了他所有的东西。现在把他放了吧。"

另一个强盗说:"不应该放啊。那样做的话,婆罗门马上就会大喊大叫的。如今拉吉辛赫实行非常严厉的镇压政策——在他的统治下,我们英雄的男子汉再也不能靠拦路抢劫吃饭了。我们把他捆在树上吧。"

说完,强盗们就用奥侬多·米什罗自己的衣服把他的手脚捆上,把他的嘴堵上,将他绑在山脚下一棵不太大的树干上,然后他们带着琼秋洛公主的那只手镯和信等物品,顺着小河岸边的一条路走去,不久就消失在大山里了。这时候,山上有一个骑在马上的人看见了他们,但是强盗们却没有看见他。

强盗们进入位于一条小河岸边的森林,沿着一条非常难走并且几乎无人行走的小路走着。就这样,他们没有走多远,就钻进了一个隐蔽的山洞。

山洞里备有食物、铺盖和做饭所需要的一切东西,甚至瓦罐里都装满了水。看来,强盗们时常秘密地住在这个山洞里。强盗们在那里开始吸烟,而另一个人开始准备做饭。一个强盗说:"马尼克拉尔,等一会再做吧。首先,让我们来想想怎样处理这些东西吧。"

马尼克拉尔说:"好吧,那先处理东西。"

他们当时就把金币分了,每个人都得到了一份。宝石手镯不卖没法分,所以就没有分。现在开始解决怎么处理这两封信的问题。强盗头目说:"几张纸又有什么用呢?烧掉算了。"说完,他就把两封信交给了马尼克拉尔,让他去献给火神。

马尼克拉尔多多少少认识一些字,能够阅读和书写。他从头到尾读了那两封信,就高兴地说道:"这信不能毁掉。用它可以赚钱呢。"

"什么?什么?"他说完后其余三个人大声叫起来。马尼克拉尔于是向他们详细地讲述了信的内容。强盗们听了都非常高兴。

马尼克拉尔说:"你们看,把这封信交给国王,我们就会得到一些奖赏。"

强盗头目说:"蠢货!国王要是问,这信你们是从哪里搞到的，你怎么回答呢？那时候你难道能说，我们是拦路抢劫时得到的吗？在国王那里你得到的奖赏只能是被判处死刑。那样做不行。我们应该把这信送给德里的皇帝——我知道，如果让皇帝了解这些情况，我们就会得到很多的奖赏。还有——"

强盗头目还没有来得及把话说完，嘴里还有话要说，可是他的头已经离开肩膀，滚落在地了。

第四章 马尼克拉尔

那个骑马的人从山上看见，四个人把一个人捆绑在树上以后就走了。他没有看见以前发生了什么事情，当时他还没有来到。骑马人开始悄悄地观察他们往哪条路上走。当他们走向河湾处，消失在森林中的时候，骑马人就下了马，然后用手抚摸着马背说："胜利啊！你在这里待一会儿，我很快就会回来——你不要出声。"那匹马停在了原地，而骑士飞快地从山上走下来——以前我们说过，山不是很高。

那个骑士来到奥依多·米什罗跟前，替他解开了绳索。然后问道："出了什么事？请您简要地讲一讲。"

米什罗说："我和四个人一起赶路，我不认识他们——在路上我们说着话。他们说：'我们是商人。'走到这里之后，他们袭击了我，抢走了我的一些东西。"

问话的人又问道："抢走了一些什么？"

婆罗门说："一只珍珠宝石手镯、几枚金币和两封信。"

问话的人说："您在这里等着我。我去看看，他们朝哪个方向走了。"

婆罗门说："您怎么能去呢？他们是四个人，您就一个人哪。"

来人说："您没有看见？我是拉吉普特族军人。"

奥依多·米什罗看到，这个人的确是一身军人装束。他的腰间挂着战刀和手枪,手里拿着长矛。由于害怕他就没有再说话。

　　拉吉普特人沿着他所看到的强盗们所走的那条道路,开始十分警惕地跟踪他们,但是一走进森林里,就再也看不到路了,也看不见他们的踪影了。

　　拉吉普特人于是又重新登上了山顶。他向四周观察了一会儿,发现四个人就在不远处的森林里行走。他在那里停了一会儿,开始看着他们往哪里走。他看到,他们过了一会儿就向山下走去,尔后就再也看不见他们了。拉吉普特人断定,他们可能坐在那里休息,由于树木遮挡看不见;也可能那个山脚下有山洞,他们钻进了山洞。

　　拉吉普特人认为,根据树木的痕迹能更好地找到他们去那里的道路。然后他下了山,走进那片森林,沿着留下痕迹的那条路走去。就这样,他很巧妙地来到那个他早已看见的那个地方后就发现,山下面有一个山洞。他听到山洞里有人在说话。

　　来到那里之后,拉吉普特人开始忧虑起来——他们有四个人,而他就一个人。是否应该马上进入山洞呢?如果把洞口堵住,他们四个人与他搏斗,那他就不可能活命。然而,这一念头在拉吉普特人的头脑里并没有存留太久——是怕死呢,还是恐惧?拉吉普特人从来不会因为怕死而不做事情,但是随后第二念头就产生了:他要是进入山洞,一两个人肯定会死在他的手里;如果他们不是强盗呢?那无辜的人就会死亡。

　　这样想过之后,拉吉普特人为了消除疑虑,就悄悄地向山洞靠近,然后停下来,开始侧耳细听山洞里面的人们的谈话。强盗们正在谈论着分配抢来的东西。听了之后,拉吉普特人确信他们的确是强盗。拉吉普特人当时就决定进入山洞。

　　拉吉普特人小心翼翼地把长矛藏在树林里。然后他抽出佩剑,紧紧握在右手里,左手拿着手枪。强盗们都陶醉在会因为得到琼秋洛公主的信件而发财的欲望里,丧失了警惕,就在这个时候,拉吉普特人十分小心地蹑手蹑脚地走进了山洞。强盗的头目当时背对着洞口坐着。一走进山洞,拉吉普特人就抡起手里的佩剑,向强盗头

拉吉辛赫

目的头砍去。他的手如此有劲儿,一剑下去,那颗头就被砍了下来,滚落在地上。

就在这时,拉吉普特人立即转向坐在强盗头目身边的第二个人,同样向他猛挥一剑,那个人立即倒在地上失去了知觉。拉吉普特人向其他两个人望了一眼,就发现一个人位于山洞的边缘,举起一块大石头,正准备向他砸过来。拉吉普特人举起手枪向他开了一枪,他被击伤倒在了地上,他的灵魂也立刻离去了。剩下还活着的马尼克拉尔,意识到自己已陷于困境,就气喘吁吁地向洞口拼命跑去。拉吉普特人紧跟在他后面,飞快地追出了山洞。就在这个时候,马尼克拉尔一只脚踢在了拉吉普特人在灌木丛中所埋藏的那支长矛上。马尼克拉尔立即拾起长矛,把它握在右手里,然后转向拉吉普特人,站住。他用长矛指着拉吉普特人说:"大王!我认识您。请您住手吧,不然的话,我就要用这杆长矛刺杀您。"

拉吉普特人笑着说:"如果你用长矛来刺我,那我就能用手抓住它。你是刺不到我的——你瞧着吧。"话还没有说完,拉吉普特人就用手里那支子弹上了膛的手枪,向强盗的右手开了一枪。马尼克拉尔的右手被击伤,长矛从他的手里滑落了。拉吉普特人拾起长矛,揪住马尼克拉尔的头发,举起了佩剑,准备砍他的头。

马尼克拉尔当时用凄惨的语调说道:"伟大的君王!请您赐给我一条命吧!请您保护我吧!我是个难民呀。"

拉吉普特人松开手里的头发,放下佩剑,说道:"你怎么这样怕死啊?"

马尼克拉尔说:"我并不怕死,但是我有一个七岁的女儿,她没有母亲,只有我,此外她就再也没有什么亲人了。早晨,我给她做了饭,让她吃了之后,就出来了;晚上我还要给她准备食物,她才能吃上饭。我还要抚养她,我现在不能死。我要是死了,她也会死的。要是我必须死的话,那就请您先杀死她吧。"

强盗哭了起来,然后他擦干眼泪,说道:"伟大的君主!我现在触摸着您的脚发誓:我再也不当强盗了,我要永远做您的奴仆——只要保留我的性命,说不定哪一天我这个渺小的奴仆会有用的。"

拉吉普特人问道:"你认识我吗?"

强盗说:"谁不认识大王拉吉辛赫啊!"

拉吉辛赫说:"我饶你一命。但是你已经伤害了婆罗门,如果我不惩罚你,那我就违背了国王的义务。"

马尼克拉尔谦恭地说:"伟大的君王!我不久前才走上了犯罪的道路。我请求陛下不要给我太严厉的惩罚。我要在陛下面前亲自来惩罚自己。"

马尼克拉尔说完,就从腰间拔出一把短刀来,开始平静地剁自己的食指。刀子没有切断骨头。于是他就把那根手指放在石头上,将刀子架在手指上,拿起另一块石头向刀背砸去,手指被切断了,被切断的手指掉在了旁边。

马尼克拉尔说:"大王陛下!请您确认这一惩罚。"

拉吉辛赫十分惊讶,这个强盗甚至都没眨一下眼睛。

"好了,"他说,"你叫什么名字?"

"陛下的这个不称职的奴仆名叫马尼克拉尔·辛赫。我玷污了拉吉普特家族。"

拉吉辛赫说:"马尼克拉尔,从今天起你就做我骑兵中的一员吧。带着女儿去乌多亚普尔吧。我赐给你一份土地。"

马尼克拉尔向拉吉辛赫国王行了触脚大礼,然后请他稍等一会儿,他返回山洞,取来了被抢来的手镯、信件和金币。

"我把我们从婆罗门身上抢来的所有东西都放在您的脚下。您的奴仆请求您原谅,因为他已经读过写给您的那两封信。"

拉吉辛赫拿过信来一看,信封上写着自己的名字,就对马尼克拉尔说:"马尼克拉尔,这里不是读信的合适地方。你认识路,你带我离开这里吧。"

马尼克拉尔给国王带路,两人一起走了。国王发现,这个强盗对自己那只被砍断的手毫不在意,而且对此也只字不提,甚至面部表情都毫无变化。很快,他们就来到小溪岸边一处幽静而美丽的地方。

拉吉辛赫

第五章　琼秋洛公主的信

　　在那里，舒缓而甜蜜的习习和风，溪水撞击着石块而发出的潺潺流淌声，与树林中传来的小鸟的啁啾啼鸣交会在一起了。在那里，一簇簇各种各样的野花在绽蕾开放，山坡上的一层层树木在熠熠闪光。在那里，美丽的色彩在颤抖，各种声音在掀起阵阵波浪，到处弥漫着醉人的芳香，大自然的美景令人神怡心旷。拉吉辛赫坐在一块大石头上，开始阅读那两封信。

　　首先，拉吉辛赫国王读了比克罗姆·辛赫的那封信，读过之后就把它撕毁了。他心里想："只要给婆罗门一些奖赏，这封信的目的也就达到了。"然后，他开始读琼秋洛公主的那封信。信是这样写的：

　　君王——您是拉吉普特家族的顶峰——印度教教徒头上的桂冠。我是您不认识的一个微不足道的姑娘。如果不是遭遇极大的危难，我是绝不敢贸然给您写信的。只要您明白了这种极大的危难，您定会饶恕我的这种冒昧举动的。

　　携带这封信去见您的人，是我的圣师。只要您问他，您就会知道，我是拉吉普特家族的一个姑娘。鲁波诺戈尔是一个很小的王国——不过，比克罗姆·辛赫·索琅基是拉吉普特人——我在中央国王面前不敢自称公主——我只是认为自己是个乞求垂怜的拉吉普特姑娘。因为，您是拉吉普特君王，是拉吉普特家族的荣耀。

　　请您倾听我的危难吧。由于我的厄运降临，德里皇帝妄想娶我为皇妃。他的军队很快就要来把我接到德里去。我是拉吉普特姑娘，出生在刹帝利种姓之家，怎么能成为莫卧儿人的奴隶呢？鸿雁怎么能成为鹭鸶的妻子呢？喜马拉雅山的女儿——恒河怎么能流进混浊的池塘里呢？作为一个公主，我怎么能去执行突厥野蛮人的命令呢？我决定，在婚礼之前我要服毒自尽。

般吉姆小说选集（下册）

伟大的君王！请您不要认为我太高傲了。我知道，我只是一个小王公的女儿——久陀普尔、安巴拉等王国那些强大的君主们，都不认为把女儿嫁给德里皇帝是不体面的事情——他们不但不认为那是耻辱的，相反还认为那是一种荣耀。与所有这些王族家庭相比，我又显得多么渺小啊！您可能会问，那么，我为什么会这样高傲啊？可是，伟大的国王啊！当太阳神落山之后，难道萤火虫就不发光吗？当荷花被露水压得卷起了花瓣的时候，难道小小的茉莉花就再不开放了吗？当久陀普尔、安巴拉的王族被毁灭之后，难道鲁波诺戈尔就不能保持自己的家族吗？伟大的国王啊！我听说书人讲过，伟大的国王曼辛赫来与居住在森林里的国王普罗达普一起聚餐，而伟大的普罗达普国王拒绝与他共餐。他说："我不想与那个把女儿嫁给突厥人的人一起进餐。"对于这种婚姻，拉吉普特家族的姑娘不论今生还是来世都是深恶痛绝的，难道还需要我向这个伟大英雄的后代解释这一点吗？伟大的国王啊！直到今天为什么你们家族里没有一个姑娘嫁给突厥人呢？您的家族的确是一个英雄的强大的王族，但是这还不是唯一的原因。强大的土耳其苏丹或者强大的波斯皇帝，都认为把女儿嫁给德里的皇帝是一种荣耀。那么，为什么唯独乌多亚普尔的君主不肯把女儿嫁给德里的皇帝呢？因为他是拉吉普特人。我也是拉吉普特人。伟大的国王啊！我已经发过誓：我要保护家族的荣誉，我准备放弃我的生命。

我曾经发过誓，在必要的时候我会献出自己的生命，但是我毕竟才十八岁，我还是希望能够保存我这年轻的生命。可是在这危难的时候谁能够保护我的生命呢？就不要说我父亲了，难道他有力量跟奥朗则布抗衡吗？还有那么多拉吉普特的王公，不管他们强大还是弱小，他们统统都是德里的皇帝的仆从，他们在皇帝面前都吓得发抖。只有您才是拉吉普特族的一盏明灯，只有您才是独立自主的，只有您这位乌多亚普尔的君王与德里的皇帝相比，才旗鼓相当。在印度教教徒的家族中，再也没有谁能保护我这个遭遇危难的姑娘了，所以我请求您的庇护。难道您就不能保护我吗？

拉吉辛赫

我并不是不知道,我在请求您去做何等艰巨的事业。我也并不是只以少女的智慧写这封信。我知道,与德里的统治者进行斗争不是容易的事情。在这个世界上还没有哪一个人在跟他斗争之后还能够活下来。不过,伟大的国王啊!请您想想看,伟大的国王松格拉姆·辛赫几乎让巴布尔皇帝失去了宝座。伟大的国王普罗达普·辛赫,也将阿克巴皇帝赶出了中部地区。您是松格拉姆、普罗达普的后代,现在坐在宝座上——难道您比他们软弱吗?我还听说,在马哈拉斯特拉邦,有一个山上的强盗曾经打败过奥朗则布。那个奥朗则布在拉贡斯坦的圣王面前又算得了什么呢?

您可能会说:"我有力量,可是我为什么要为你去做这种冒险的事情呢?我为什么要为一个素不相识的任性姑娘去杀害生灵呢?去进行一场恐怖的战争呢?"伟大的国王啊!履行自己的承诺,去保护需要庇护的人,难道不是国王的义务吗?履行自己的承诺,去保护与自己同属一个种姓的姑娘,难道不是拉吉普特人的义务吗?

这封信写到这里,都是出自公主的手笔。剩下的部分就不是出自她的手笔了,而是妮尔莫拉姑娘写的了。她写的这部分内容公主是否知道,我们就说不清楚了。这一部分的内容是这样的:

伟大的国王!还有一件事情,实在羞于启齿,但是又不能不说。我陷于危险境地之后就曾经发过誓:不论哪一位英雄,只要他能够把我从莫卧儿人的手中救出来,只要他是拉吉普特人,而且他又肯按照正法接受我为妻子,那么我就会做他的奴婢。啊,最杰出的英雄!在战争中得到妻子,本来就是英雄的品格。般度族五兄弟在与刹帝利的交战中得到了黑公主①。在迦尸王国,毗湿摩在众国

---

① 这是史诗《摩诃婆罗多》中的故事:般度族五兄弟参加般遮罗国木柱王为女儿黑公主选婿举行的大比武,般度族五兄弟中的老三阿周那赢得了胜利。其他众国王、王子不服,于是展开了一场厮杀,结果般度族五兄弟打败了对手,带走了黑公主,最后他们五兄弟合娶黑公主为妻。

王面前显示了自己的英雄气概,带走了公主们①。啊,君王!您还记得艳光的婚姻吧?在这个世界上直到今天您都是独一无二的英雄——难道您准备回避英雄应尽的义务吗?

不过,我希望成为您的妃子——这的确是难以实现的渴望。即使我不配成为您的妻室,那么,难道我就不能指望与您建立另一种友善的关系吗?我不想让我的这种乞求成为泡影,我就是怀着这种渴望把戒指交给我的圣师,请他带给您的。然后,您的国王义务就握在您的手里;我的生命握在我的手里。如果我不得不去德里,那我就在去德里的路上服毒自尽。

读了这封信之后,拉吉辛赫陷入了沉思。随后他抬起头来,向马尼克拉尔问道:"马尼克拉尔,除了你还有谁知道这封信的内容?"

马尼克拉尔说:"知道的人都被伟大的国王杀死在山洞里了。"

拉吉辛赫说:"好。你回家去吧。然后到乌多亚普尔来见我。这封信的内容你不要对任何人说。"

说完之后,拉吉辛赫把身上带的几枚金币递给了马尼克拉尔。马尼克拉尔向他鞠躬施礼后就走了。

第六章 母亲的胜利

国王对奥侬多·米什罗说过,叫他等他回来,奥侬多·米什罗

---

① 这里也是讲的《摩诃婆罗多》中的故事:迦尸王国国王为自己的三个公主安巴、安必迦、安波利迦举行选婿大比武,毗湿摩前来参加,并且打败许多对手,抢走了三个公主,最后放走大公主安巴,因为她已经有心上人了。二公主和三公主做了毗湿摩的弟弟奇武的妻子。不久奇武就死了,没有留下后嗣,奇武的母亲贞信太后盼咐两个遗孀借种生育后代。贞信叫来她婚前的私生子广博,让安必迦与之交合,生了持国;又让安波利迦与广博交合,生了般度。持国生下来就是瞎子,所以贞信太后又盼咐安必迦再次与广博交合,安必迦很害怕,于是她就叫自己的一个宫女代替她与广博交合,结果宫女生了儿子,就是法神化身的维杜罗。持国有一百个儿子,被称为俱卢族众兄弟,般度生有五个儿子,被称为般度族五兄弟。这两大家族的斗争就构成《摩诃婆罗多》的故事主线。

拉吉辛赫

也在等着他,但是他心里还是不太踏实。骑士的武士装束和犀利目光使他有些忐忑不安。第一次陷入可怕的危险境地,幸运的是保住了性命,但是他丧失了一切——他把琼秋洛公主的期盼和指望统统丢失了——见到她该怎么说呢?婆罗门正在这样思来想去的时候,看见山上站着两三个人在商讨什么。婆罗门害怕了,他想,新的一伙强盗再来,可怎么办呢?第一次他身上还带有一些东西,强盗得到东西,就没有要他的命;这一次如果他们抓住他,还能留下他的性命吗?就在他这样思考的时候,他就看见,站在山上的人们伸出手来指着他,并且在议论着什么。一看见这种情况,婆罗门原有的一些勇气立即消失了——他站起身来准备逃走。就在这时候,山上那些人中的一个开始下山了,婆罗门看见了,就拼命地跑起来。

当时有三四个人在他的后面,一边跑着一边叫着"抓住他!抓住他!"。婆罗门也在奔跑着。被吓得头昏脑涨的婆罗门一边飞快地跑着,一边默默地向天神祈祷。他的衣服都散开了。那些在后面追赶他的人们,最后再也没有看见他,只好停止追赶。

这些人不是什么别人,正是伟大国王的仆人们。他们和国王怎样会出现在这个地方呢?现在需要做一些说明。拉吉普特人都非常喜欢打猎。今天,伟大国王在一百个骑士和一些仆人的陪伴下出来打猎了。此刻他们已经停止狩猎,正向乌多亚普尔进发。拉吉辛赫总是处在卫士们的簇拥之中,但是他很不喜欢那样。他有时候就不用自己的身边人陪伴,而是独自一人骑着马,微服视察臣民百姓的生活情况。他亲自去各地视察,亲自动手消除老百姓的疾苦,因此,在他的王国里臣民百姓都生活得很幸福。

今天,在结束狩猎返回的时候,拉吉辛赫让他的随员们在后边慢慢地走,而他骑着一匹名叫"胜利"的快马,一个人向前疾驰而去。就是在这种情况下,他遇见了奥侬德·米什罗,后来发生的事情,我都已经讲述过了。听了强盗们的暴行后,国王就亲自去追缴被强盗夺走的婆罗门的东西。他对于完成艰难而危险的任务总是感到很开心。

发现国王已经走了很久了,几个宫廷仆人就急匆匆去寻找他。

下山的时候他们看见了，国王的马站在那里，因此，他们很吃惊，也很忧虑。他们担心国王遇到了什么危险。看见下面一块石头上坐着奥依德先生，他们就认为，此人一定知道一些情况。因此他们曾经伸出手来指着那个方向；而为了打听消息，他们就往山下走，这时候那位先生向天神祈祷后就离开了那地方。当时他们在想，也许此人就是罪犯，于是他们就在后面追赶他。婆罗门躲进了一个山洞里，才保住了性命。

这期间伟大国王读完了琼秋洛公主的信，打发马尼克拉尔走了之后，就去找奥依德·米什罗了。他发现，婆罗门已经不在那里，而代替他的是自己的仆人和陪伴自己的骑士们——他们分布在山谷里，看见国王，他们就一起欢呼起来。国王的坐骑"胜利"看见自己的主人，一撒欢儿就跑下山冈来，停立在国王的面前。国王立即跨上马背。看见国王的衣服上染有血迹，大家就明白了，一定是出了一件不太大的什么事情。但是拉吉普特人把奇遇看成是很平常的事情，所以谁都没有问国王。

国王说："一位婆罗门曾经坐在这里；他到哪里去了？谁看见了没有？"

那些曾经追赶他的人们回答说："陛下，那个人跑掉了。"

国王说："你们赶快去找他吧。"仆人们当时解释说："我们已经找了很久了，可是都没有找到。"

在骑士中，还有国王的两个儿子、他的一些亲信和大臣等。国王把自己的两个儿子和大臣带到一个无人的地方，向他们讲述了所发生的事情。然后回来对所有人说："亲爱的朋友们！今天已经很晚了，毫无疑问，大家都已经又饥又渴了。但是今天我们命里注定不能回乌多亚普尔去消除饥渴了——我们不得不重新返回这条山路上去。有一场不太大的战斗在等待着我们。谁想参加战斗，就请跟我走吧。我要再次登上这座山。谁不想参加战斗，就请回乌多亚普尔去吧。"

国王说完这番话，就策马向山上急驰而去。"胜利，伟大国王必胜！胜利，伟大国王必胜！"一百个骑士就这样高声喊着，跟在国王的后面向山上奔驰而去。天空中回荡着"霍罗!霍罗!"的口号声,他们踏上了前往鲁波诺戈尔的大路。山谷中久久地回荡着马蹄叩击山路的深沉响声。

第七章　绝望

　　这期间,在奥侬多·米什罗离开鲁波诺戈尔,动身前往乌多亚普尔之后,整个鲁波诺戈尔笼罩在乌烟瘴气之中。莫卧儿皇帝的两千骑兵开到了鲁波诺戈尔城堡——他们来迎接琼秋洛公主了。

　　妮尔莫拉变得郁郁不乐。她急匆匆来到琼秋洛公主身边,说道:"女友啊,怎么办呢?"

　　琼秋洛公主微笑着问道:"什么事啊?"

　　妮尔莫拉说:"他们来接你了。老先生动身去乌多亚普尔了,他到达那里需要比较长的时间。在没有得到拉吉辛赫的答复之前他们就要把你接走。我们该怎么办呢,女友?"

　　琼秋洛说:"再也没有别的办法了——我只有那个最后的办法了。在去德里的路上我服毒自杀。我已经下定了决心,然而我并不忧伤。我只有再一次请求父亲,去说服莫卧儿军队的军事长官给我七天的期限。"

　　琼秋洛公主立即去见父王,她跪在父亲的面前,恳求说:"我就要永远离开鲁波诺戈尔了。我再也看不到你们了,再也没有机会和我的童年伙伴们一起玩耍了。我乞求再给我七天的时间——就让莫卧儿的军队在这里再驻扎七天吧。在这七天里我要一一拜见你们,然后我就永远地离开你们。"

　　国王哭了,然后说道:"我试试看,我去请求莫卧儿的军事长官,但是我说不准他是否肯等待。"

　　国王就像他许诺的那样,去请求莫卧儿军队的军事长官。军事长官思索起来。他想,皇帝并没有规定期限,也没有说在多少天内回来。但是他不敢延长七天,可他也不能完全拒绝未来皇妃的要求。于是他就同意再住五天。琼秋洛公主就没有太大的指望了。

这期间,没有从乌多亚普尔得到任何消息,米什罗先生也没有回来。琼秋洛公主抬起头来,双手合十说:"啊,无助者的救星——天神之主啊!请不要毁灭软弱的女人!"

夜里妮尔莫拉走进公主的卧室,躺在她的身边。两个人抱在一起,整整哭了一夜。

妮尔莫拉说:"我跟你去。"几天来她一直这样说。

琼秋洛公主说:"你跟我去哪里呀?我是去死呀!"

妮尔莫拉说:"我也去死。要是你扔下我走了,我还能活吗?"

琼秋洛说:"胡闹!你不要再说这种话了——你不要再增加我的痛苦了!"

妮尔莫拉说:"你带我走也好,不带我走也罢,反正我一定要跟你去。谁也挡不住。"

两个人在哭泣中度过了一夜。

第八章　梅赫尔姜

莫卧儿的军士们在鲁波诺戈尔城安营扎寨了,几天来他们都是在极其欢快的享乐中度过的。莫卧儿军队就是行军打仗也总是带着一群舞女的。在没有战事的时候,军营里总是一派歌舞升平的景象。军队来鲁波诺戈尔只是享乐来了。每个夜晚,军营里总是歌声悠扬,舞步翩翩。

这群舞女中的一个突然赢得了极大的声誉——在德里谁都没有听说过梅赫尔姜的名字,就是那些来到鲁波诺戈尔的著名舞女,也无法与她相媲美。梅赫尔姜虽然是舞女,但是她举止优雅,因此,她就更加出名了。

莫卧儿军队的军事长官赛伊德·哈桑·阿里也想听她唱歌。可是一开始,梅赫尔姜没有答应,她说:"我不能在很多人面前唱歌跳舞。"赛伊德·哈桑·阿里答应说,不让朋友们来,只有他一个人听。这个舞女就来了,给他表演了歌舞。他非常满意,于是就想奖给这个舞女一些钱,可是她没有接受。她说:"我不要钱。要是您满意的话,那就请您给我一种我想得到的奖励,否则我什么奖励都不要。"

赛伊德·哈桑·阿里问道:"你想要什么奖励?"

梅赫尔姜说:"我想参加你们的骑兵部队。"

哈桑·阿里惊得目瞪口呆,久久地望着梅赫尔姜那娇媚的微笑着的脸,说不出话来。梅赫尔姜见他不回答就说:"我来支付战马、战刀和制服的费用。"

哈桑·阿里说:"女人当骑兵?"

梅赫尔姜说:"有什么不妥吗?又不会有战争。即使爆发战争,我也不会逃跑的。"

哈桑·阿里说:"人们会怎么议论呢?"

梅赫尔姜说:"就您和我知道,再也没有别人知道。"

哈桑·阿里问:"你为什么会有这种愿望呢?"

梅赫尔姜说:"不管为什么,反正对皇帝没有损害。"

哈桑·阿里起初无论如何都不同意,可是梅赫尔姜也坚持不放弃,最后哈桑·阿里只好同意了。梅赫尔姜的要求得到了满足。

梅赫尔姜就是那个窦里娅夫人。

第九章　忠于主人

现在应该讲一讲马尼克拉尔了。马尼克拉尔告别了国王之后,首先又回到了山洞里。他不是想再去抢劫,而是要去看看,山洞里的朋友们是死了还是活着。如果有人还没有死,那么他就要通过精心照料把他救活。马尼克拉尔一边这样想着,一边走进了山洞。

他发现，两个人已经死了。那个只被打昏迷过去的人，在恢复了知觉之后，不知道去了哪里。马尼克拉尔当时怀着悲伤的心情从森林里折了一大捆干树枝，垛成两个焚烧尸体的柴堆，然后将两具尸体放上去。他又从山洞里取来火石和火镰，打着火把焚烧尸体的木柴点燃。就这样，他为自己的两个同伴尽了最后的义务，就离开这个地方走了。后来他想："我们折磨那个婆罗门，他的情况怎么样呢？我要去看看。"他来到捆绑婆罗门的那个地方，发现婆罗门已经不在那里了。他看见，清澈的山中溪水变得有些浑浊了，而且在很多地方，树枝和灌木被折断，蔓藤被扯断，青草被践踏了。马尼克拉尔根据所有这些迹象判断，这里来过很多人。然后他又发现，在大块的山石上留下了一些马蹄的痕迹，特别是，在那些蔓藤和灌木被马蹄踏碎的地方，半圆形的马蹄印十分清楚。马尼克拉尔认真地观察了好一会儿，他明白了，这里来过很多骑马的人。

马尼克拉尔随后又开始查看四周，想弄清楚骑士们是从哪个方向来的，又向哪个方向走了。他发现，一些痕迹是向南方去了，有一些痕迹是向北方去了。所有的痕迹向南方没有走多远，又重新向北方走了。因此，他明白了，骑士们是从北方来到这里，然后又回到北方去了。

马尼克拉尔弄清楚这一切之后就向家里走去。从这个地方到马尼克拉尔的家大约有七八公里。他回到家，做好饭，吃完饭之后，就把女儿抱在怀里。马尼克拉尔用锁把房门锁好，就抱着女儿走了。

马尼克拉尔再也没有什么亲人了——只有一个远房的婶娘。不管是出于礼貌，还是出于亲戚关系，马尼克拉尔就叫她大婶。

马尼克拉尔带着女儿，来到他这个大婶的家里。他招呼道："大婶在家吗？"

大婶说道："噢，是马尼克拉尔啊！有什么事吗？"

马尼克拉尔说："大婶，你能不能帮我照看一下我这个女儿啊？"

大婶问："多长时间啊？"

拉吉辛赫

马尼克拉尔说："大概两个月，也许六个月吧。"

大婶说："孩子，这怎么行呢！我是个穷人——我拿什么给她吃呢？"

马尼克拉尔说："大婶呀，你怎么这么说呢！你怎么会那么穷呢？你难道都供不起你外孙女两个月吃的吗？"

大婶说："这是什么话！抚养一个女孩两个月，至少需要一个金币。"

马尼克拉尔说："好吧，我给你一个金币。你就照顾这个女孩两个月吧。我要去乌多亚普尔——在那里我谋到了一份重要的政府差事。"

说完之后，马尼克拉尔就从国王给他的金币中拿出一枚，放在大婶的面前，并且把女儿放下来，说："去吧，到你奶奶的怀里去吧。"

这个大婶太太有点儿贪婪。她心里很清楚，一枚金币足够一个孩子一年的吃穿等花销，而马尼克拉尔只要求管这个孩子两个月，所以可能还会有一些剩余。此外，马尼克拉尔还说，他在王宫里找到了差事——也许，他会成为一个大人物，那样的话，他难道就不会时常资助婶娘一些财物吗？有这样一个人在身边好啊。

想到这里，大婶拿起金币说道："孩子，这有什么必要呢？我一定把你的女儿抚养成人，这难道是很沉重的工作吗？你放心好了。来吧，亲爱的，到我这来吧！"姨妈一边说着，一边把孩子抱了起来。

马尼克拉尔把女儿安顿好之后，就放心地离开村庄走了。他没有告诉任何人，就踏上了前往乌多亚普尔的山路。

马尼克拉尔思考起来："为什么那么多的骑兵来到了那块高地上？国王一个人也在那里游荡，然而国王一个人离开乌多亚普尔，走这么远的路，是不可能的。所以，他们一定是陪同国王一起来的骑兵。后来我发现，他们是从北方来的，向乌多亚普尔走。看起来，国王本来是想狩猎或者在森林中漫游的。后来我发现，他们没有去乌多亚普尔。为什么他们向北方开去呢？鲁波诺戈尔确实在北方啊。大概,读了琼秋洛公主的信函之后,国王在他的骑兵陪同下去履行公主的邀请了。他如果不那样做,那么,他作为拉吉普特人领袖的名声就是虚假的。我是他的仆人,我要到他身边去。可是他们骑马呀,而我步行却要走很久呢。不过,还有一个指望,那就是马在山路上走不快,而我马尼克拉尔步行,倒会走得很快。"马尼克拉尔日夜兼程。他及时到达了鲁波诺戈尔。他到达之后得知,两千莫卧儿骑兵已经来到鲁波诺戈尔,并且安营扎寨住下来,但是却没有见到拉吉普特军队的影子。他还听说,次日早晨莫卧儿人要把公主带走。

马尼克拉尔就其智慧而言,可以称得上是一位小的军事统帅。他并没有因为没有找到拉吉普特人而感到痛苦。他默默地想:"莫卧儿人不可能找到他们,但是我一定会找到我的主人的。"

马尼克拉尔对一个市民说:"你能指给我前往德里的道路吗?我会给你一些小费的。"那个市民表示同意,他带马尼克拉尔走了不远,就向他指明了去德里的道路。马尼克拉尔给了他一些奖赏就告辞走了。然后他就沿着去德里的道路一边走着,一边仔细地观察四周的情况。马尼克拉尔断定,拉吉普特的骑兵肯定埋伏在通向德里道路上的某个地方。一开始,他走了不太远的一段路,并没有发现拉吉普特军队的任何痕迹。后来,他在一个地方看到,道路变得越来越狭窄。道路的两侧耸立着两座高山,两座山平行绵延大约有一英里长——中间只有一条狭窄的路。右边的山很高,而且很难攀登——其顶峰几乎悬挂在路的上面。左边的山坡很平缓,很容易攀登,而且山也不高。在左侧的一处地方有一个山口,有一条狭窄的小路通向那里。

拿破仑等许多强盗都是杰出的军事统帅——如果他们中谁当了国王,人们就不再叫他强盗了。马尼克拉尔不是国王,所以我们不得不叫他强盗,但是这个小强盗也像那些当上国王的强盗一样,具有军事统帅的眼光。看见山口那条狭窄的小路,他就想:"如果国王来救公主,那么,他一定在这里——当莫卧儿军队进入这条狭窄的小路的时候,拉吉普特人的骑兵就会闪电般地从这座山上向他们冲去。右边的山是无法攀登的，骑兵无法上去，因此，拉吉普特的军队不可能在这里——但是从左边的山上他们很容易登上去。"马尼克拉尔于是就登上了左边的那座山。当时黄昏已经降临了。

爬到山上以后，马尼克拉尔没有看见任何人。他就想"我去找找看吧"，但是他又想到，"除了国王以外，任何拉吉普特人都不认识我；某一个躲在暗处的拉吉普特人可能会把我当成莫卧儿人的密探而突然杀死我。"这样一想，他就没有再往前走，而是站在那个地方，喊道："祝愿伟大的国王胜利！"这一声喊刚一出口，四五个全副武装的拉吉普特人就从隐蔽处站起来，并且手持利剑准备向马尼克拉尔砍过来。

"不要杀他！"一个人说道。马尼克拉尔看见了，他就是拉吉辛赫国王。

国王说："不要杀他！他是我们自己人。"战士们马上又隐蔽起来。

国王叫马尼克拉尔过来，于是他来到国王的面前。在一处无人的地方，国王让他坐在他自己坐过的位置上。

国王问他："你为什么到这里来？"

马尼克拉尔回答说："主人在哪里，仆人就会在哪里。特别是在陛下准备做这种危险的事情的时候，可能需要仆人去做什么事情，我就是怀着这样的想法来的。莫卧儿人有两千，陛下只带来一百人。我怎么能放心得下呢？您给了我生命，我一天都没有忘记。"

国王问道："你怎么会知道我到这里来呢？"

马尼克拉尔把整个事情从头至尾讲了一遍。国王听了很满意，说："你能来——这太好了！我正在物色一个像你这样聪明绝顶的人呢！你能照我说的去做吗？"

马尼克拉尔说："凡是人能够做的事情，我都能做。"

国王说："我们只有一百个战士，莫卧儿人有两千——我们在战斗中会牺牲的，我们是不会胜利的。战斗一旦开始，我们就不能解救公主了。应该先救出公主，然后再进行战斗。再说，如果公主留在战场上,她很可能会受伤。首先应该保护她。"

马尼克拉尔说:"我是个小人物,又怎么能理解这一切呢?我应该怎么做,请陛下吩咐吧。"

国王说:"你换上莫卧儿骑兵的服装,明天就到莫卧儿军队中去。你要紧跟在公主的轿子旁边。你要按照我说的去做。"国王随后详细地向他做了交代。马尼克拉尔听了后说道:"祝愿陛下旗开得胜!我一定完成任务。请陛下赏给我一匹马吧。"

国王说:"我们有一百个战士,只有一百匹马。我把我的马给你——我不能把别人的马给你,你可以把我的马牵走。"

马尼克拉尔说:"只要它活着,我是牵不走它的。请陛下给我一件武器吧。"

国王说:"我到哪里去弄武器呢?我们现有的武器都不够用。我怎么能拿走别人的武器给你呢?你可以拿走我的武器。"

马尼克拉尔说:"我不能拿走您的武器。请陛下吩咐您的部属给我搞一套服装吧。"

国王说:"除了我们到这里来所穿的以外,再也没有什么别的服装了——我什么都不能给你。"

马尼克拉尔说:"那么,就请陛下允许我用任何手段去搞到所需要的这一切。"

国王笑着说:"你还要去盗窃吗?"

马尼克拉尔咬了一下舌头,说道:"我已经发过誓,再也不会去干那种事了。"

国王问:"那你怎么办呢?"

马尼克拉尔说:"我要用欺骗的方法去弄到。"

国王笑着说:"在战争期间所有人都是强盗,所有人都是骗子。我也是来盗窃皇帝的妃子的,并且也像强盗一样埋伏在这里。你可以用一切手段,去夺取你所需要的一切。"

马尼克拉尔怀着喜悦的心情,向拉吉辛赫躬身施礼后就告辞了。

拉吉辛赫

第十章　卖蒟酱叶的幽默女人

　　马尼克拉尔立即返回了鲁波诺戈尔。当时天已经黑下来了。一走进鲁波诺戈尔的市场，马尼克拉尔就看到，市场十分红火。店铺里千百盏灯将整个市场照得十分明亮。五光十色的各种食品，吸引着人们的食欲；一束束鲜花和大量的花环令人赏心悦目，芬芳的花香使人心旷神怡。马尼克拉尔的目的是搞到战马和武器，但是他并不想因此而亏待自己的肚子。马尼克拉尔就买了一些甜食开始吃起来。他吃了五六块甜饼，喝足了水，向店主人付清了应付的钱款，就去寻找蒟酱叶了。

　　马尼克拉尔看到，一家卖蒟酱叶的店铺非常明亮。他看见，在这家店铺里无数的灯盏从各种色彩的灯罩里发出柔和的光。墙上贴满了各种颜色的纸张——挂着各种画儿，不过这些画大多数都是关于娱乐方面的，用现代语言说就是"黄色的"，用古代语言说就是"色情的"。在店铺中央的柔软的地毯上坐着店铺的女老板——卖蒟酱叶的女人，她有三十多岁，长得不丑，皮肤白净，有一双大大的眼睛，目光炯炯有神，她的笑声极为性感——蕴含在无可挑剔的两排牙齿间的这种笑声，仿佛总是在挑逗——伴随着她的这种笑声，她全身佩戴的首饰都在抖动——她的首饰有些是白银的，有些是黄金的，但是它们都做得非常精致和漂亮。看到这个女人，听到她的笑声，马尼克拉尔就向她要蒟酱叶。

　　这个蒟酱叶店铺的女老板自己不卖蒟酱叶——坐在前面的一个女仆在制作和卖蒟酱叶。女老板只负责收钱款，以及坐在那里甜甜地笑。

　　女仆一个人做好蒟酱叶，马尼克拉尔付了双倍的钱——他还要蒟酱叶。在女仆制作蒟酱叶的时候，马尼克拉尔向女老板微笑着，同时插上一两句甜蜜的话语。如果他直接赞美女老板的美丽，女老板可能会认为他是坏人，因此他首先就开始赞美她的店铺的装饰和她的首饰。卖蒟酱叶的女老板有一点儿被感动了。她在卖给他甜蜜的蒟酱叶的同时也开始卖给他甜蜜的话语。马尼克拉尔当时坐在店铺里一边咀嚼着蒟酱叶，一边拿过女老板的烟袋，开始吸起烟来。这期间，马尼克拉尔继续咀嚼着蒟酱叶，可是香料用完了。女仆到别的店铺取香料去了。马尼克拉尔趁机对女老板说："伟大的女王！你是个非常机敏的女人。我正在寻找一个机敏的女人。我有一个敌人，我想教训他一下。我现在告诉你应该做什么。如果你肯帮助我，那么我就奖给你一个金币。"

女老板说："应该做什么呢？"

马尼克拉尔悄悄地向她讲了些什么。卖蒟酱叶的女老板是个爱玩的女人，所以她立即同意了。她说："我不需要金币，你奖给我点乐子吧。"

马尼克拉尔需要墨水、钢笔和纸，女仆从附近的商店里拿来了。马尼克拉尔和女老板商量后写了这样一封信：

啊，亲爱的！

当你在城里逛街的时候，我看见过你，我被你的英俊迷住了。如果我不能再见你一面，我的生命就会结束。我听说，明天你们就要动身走了，所以今天你一定要来看看我。否则我就用刀子自刎。请你就跟随送信的人来吧——他会给你领路并带你来的。

信写完之后，马尼克拉尔又在信封上写了"穆罕默德·汗收"。

卖蒟酱叶的女人问道："那个人是谁？"

马尼克拉尔说："一个莫卧儿骑士。"

实际上，在莫卧儿军队中马尼克拉尔连一个人也不认识，也不知道任何人的名字。不过他想，在两千个莫卧儿人中肯定会有一个穆罕默德，而所有莫卧儿人被称为"汗"，因此，他就大胆地写上了"穆罕默德·汗收"。写完后，马尼克拉尔对卖蒟酱叶的女人说："我能把他带到这里来吗？"

卖蒟酱叶的女人说："不，到这里来不行。应该另租一间房子。"当时两人来到市场上，找到了一间房子。为迎接莫卧儿人的

拉吉辛赫

到来，卖蒟酱叶的女人开始准备起来，马尼克拉尔则带着信来到了穆斯林的军营。军营内十分混乱，没有任何秩序，也没有规矩。军营里甚至还开设了集市。到处都可以听到嬉笑、打趣、骂俏的声音。马尼克拉尔遇见一个莫卧儿人，就问："先生，穆罕默德·汗是谁？有一封写给他的信。"有的人不回答，有的人骂了他；有的人说："我不认识。"有的人说："你去找找看吧。"最后，一个莫卧儿人说："我倒不认识穆罕默德·汗，不过我的名字就叫奴尔·穆罕默德·汗。让我看看信吧，一看我就知道，信是不是写给我的。"

马尼克拉尔很高兴地把信递到他的手里——他心里明白，这个莫卧儿人不论是谁，一定会上钩的。这个莫卧儿人也在想："不管这封信是写给谁的，我为什么不利用这个机会去见一见那个女士呢？"于是他就说："是的，这信的确是写给我的。走吧，我跟你去吧。"说完，他就走进军营，梳理了头发，喷洒了香水，换了衣服，就出来了。他出来后问道："喂，仆人，那个地方很远吗？"

马尼克拉尔双手合十地说："很远哪，先生。最好是骑马去。"

"太好了！"说完，他就牵出马来，骑了上去，这时候马尼克拉尔又双手合十地说："先生，那是一个大户人家——如果您带着武器去，就会显得更加光彩体面。"

这个风流男子想："他说得对呀，我是个年轻的军人，怎么能不带武器去呢？"于是他佩带上武器，又翻身跨上了马背。

到达预定的地点后，马尼克拉尔说："应该在这个地方下马了。我替您牵着马，您进屋里去吧。"

汗萨黑博[①]下了马，马尼克拉尔接过他的马缰绳。这位勇敢的武士正准备进屋，忽然又想到，带着武器去会见美女不太好，于是他又转过身来，把武器放在马尼克拉尔的身边。这对马尼克拉尔来说就更方便了。

一走进房间，汗萨黑博就看见，床上铺着豪华的卧具，上面坐

[①] "萨黑博"（sāheba）一词在孟加拉语中的意思是"先生"，"汗萨黑博"也可以译成"汗先生"。

着一位美女，房间里弥漫着玫瑰花香水的芬芳，四周撒着鲜花，面前摆放着装有香烟的烟管。汗萨黑博脱掉靴子，坐在床上。他向美女述说着甜蜜的话语，然后他脱去制服，拿起花扇，开始扇着风，并且把烟袋嘴叼在口里，开始幸福地吸起烟来。女士也对他说了几句充满爱意的话语。他完全陶醉了。

一袋烟还没有吸完，马尼克拉尔就来敲门了。美女问道："谁呀？"

马尼克拉尔用已经改变的声音回答说："是我。"

当时机智的美女用十分恐惧的声调对汗萨黑博说："糟糕！我丈夫回来了。我本以为他今天不会回来的。你到这张床下藏一下吧。我来打发他走。"

莫卧儿人说："那怎么行呢？作为一个男子汉，我竟然吓得藏起来！不管谁来，我都会杀死他的。"

卖蒟酱叶的女人困惑不安地说："那怎么行呢？太可怕了！你想杀死我丈夫，断了我的衣食之路？这就是我爱你的结果吗？你赶快钻到床下面去。我马上就让他走开。"

这期间马尼克拉尔一次又一次地敲门，汗萨黑博很不情愿地钻到床的下面去了。他那肥胖的身体很不容易才钻进去，他身上的皮肤有一两处被刮破了——有什么办法呢？为了爱情必须忍受啊！卖蒟酱叶的女人把这个肉团子塞进床下之后，就去开了门。

马尼克拉尔走进房间，卖蒟酱叶的女人按照事先约定的话语问道："你怎么回来了？你不是说今天不回来吗？"

马尼克拉尔用变调的声音也按照事先约定的说："我忘带钥匙了。"

卖蒟酱叶的女人假装找钥匙，拿起汗萨黑博脱下的制服，两个人就走出房间，并且用锁链从外边上了锁——汗萨黑博正趴在床下，忍受着老鼠啃咬的痛苦。

马尼克拉尔把他锁在房间里，换上他的制服，然后把战刀挂在腰间，骑上他的马就前往穆斯林军营里，代替了他。

第四部分 在山口的战斗

第一章 琼秋洛的离别

早晨,莫卧儿军队准备上路了。头上缠着头巾、留有大胡子的全副武装的骑士们,从鲁波诺戈尔城堡的狮子大门开始,排起了长长的队列。整个骑兵队伍以每五个骑士为一列,一列接着一列;骑士们那留有黑胡须的脸盘,就像落有成群蜜蜂的荷花一样焕发着光彩。他们那一队队战马,马鬃修剪得非常漂亮。战马被马嚼子勒得有些不耐烦了,在原地缓步戏耍;一匹匹战马的身体在轻轻地摆动,它们仿佛在准备快速奔跑。

琼秋洛公主早晨起来后,洗了澡,开始用珠宝首饰打扮起来。妮尔莫拉给她戴上了首饰。

琼秋洛对她说:"女友啊,你给我戴上花环吧——我要去参加自己的葬礼。"妮尔莫拉急忙擦去在眼睛里滚动的泪水,说道:"我给你戴上珠宝首饰,女友,你要去做乌多亚普尔王国的王后。"

琼秋洛说:"戴吧!戴吧!妮尔莫拉!我为什么要丑陋不堪地去死呢?我是国王的女儿,我应该像国王的女儿那样,打扮得漂漂亮亮地去死呀。什么样的王国是美丽的呢?一个王权缺少美丽难道会焕发出光彩吗?你打扮我吧。"妮尔莫拉给公主戴上了首饰。看着公主那令小草羞愧的鲜花般的容貌,妮尔莫拉哭了,她什么也没说。琼秋洛搂住妮尔莫拉的脖子哭了起来。

琼秋洛随后说:"妮尔莫拉!我再也见不到你了!为什么造物主制造了这样的痛苦呢?你看,一株小树就一直留在它出生的那块土地上,可是我为什么就不能留在鲁波诺戈尔呢?!"

妮尔莫拉说:"我还会见到你的。不管你在哪里,我一定还会与你见面的。你见不到我,你绝不能死。我见不到你,我也绝不会死的。"

琼秋洛说:"我会死在去德里的路上的。"

妮尔莫拉说:"那我一定会在去德里的路上见到你。"

琼秋洛问:"那怎么可能呢,妮尔莫拉?你怎么去呢?"

妮尔莫拉没有再说什么,她搂着琼秋洛的脖子哭起来。

琼秋洛公主穿戴整齐,就走进了大神庙里。她虔诚地完成了祭拜湿婆的仪式。在祭拜结束后,她说道:"啊,伟大的天神哪!我要去死了。不过,我想问问你,你为什么如此渴望一个少女的死亡呢?我的主啊!我活着难道你就不能进行创造吗?如果你这样认为,那么,为什么你把我派到这世界上来做公主呢?"

祭拜过大神之后,琼秋洛公主就前去拜见母亲。琼秋洛向母亲行过大礼,哭了很久。她又跪在父亲脚下行了大礼。向父亲行大礼后,琼秋洛又哭了很久。然后琼秋洛又来到女友们的身边,一一向她们告别。所有人都哭得很动情。琼秋洛把自己的一些首饰、玩具和金钱分别送给了自己的亲人和朋友。她对某人说:"你不要哭——我还会回来的。"她对另一个人说:"你不要哭——你看,我这不是要去做世界女神吗?"她对第三个女友说:"你不要哭——如果哭泣能消除痛苦的话,那么,我就会用眼泪把鲁波诺戈尔的山岭淹没。"

琼秋洛公主与大家告别之后,就坐上轿子。由一千名骑兵组成的队伍在轿子的前面,另有一千名骑兵在轿子的后边。镶嵌着白银和宝石的这顶轿子,盖着绣有各种色彩和图案的苦布;举着权杖的冗长的士兵队伍,使乡村围观的居民赏心悦目。当琼秋洛公主登上轿子的时候,要塞里响起了螺号声;人们纷纷向轿子上撒上鲜花和米饭;军事长官下达了出发的命令。那支骑兵队伍突然犹如潮水一样,沿着宽阔的大路向前运动了。一匹匹战马咬着嚼子快步前进,骑士们的武器发出了铿锵的撞击声。

骑士门沐浴着习习晨风,感到心旷神怡,有人唱起了歌曲。一些骑士走在轿子的后边,其中走在最前面的一个人唱道:

拉吉辛赫

　　　　吹横笛的牧童，
　　　　牧女见不到啊，
　　　　就枉自流泪伤情。
　　　　隐藏起来的黑天，
　　　　焦急地将她苦等，
　　　　并且以微笑相迎。

　　这歌声传到了琼秋洛公主的耳朵里。她想："唉！如果歌里唱的都是真的，那该多好哇！"琼秋洛公主于是又想起了拉吉辛赫。她并不知道，在她后边唱这支歌的正是断指的马尼克拉尔——马尼克拉尔一直处心积虑地跟在轿子的后边。

第二章　妮尔莫拉姑娘跳入深渊

　　这期间，妮尔莫拉姑娘的心里乱极了。琼秋洛坐上镶有宝石的轿子走了——她的前后有两千名年轻英俊的骑士在向前挺进，他们那赞美真主伟大的喊声在鲁波诺戈尔的山岭中久久回荡。妮尔莫拉的哭泣并没有停止。孤独，孤独，孤独，琼秋洛不在身边，妮尔莫拉即使在数百人中间也觉得十分孤独。妮尔莫拉登上屋顶，开始眺望。她看到，那支骑兵队伍犹如四百多米长的巨蟒，在山路上蜿蜒起伏行进——在早晨阳光的照耀下，他们头顶上的雪亮的长矛利刃闪烁着光芒。妮尔莫拉观望了很久。直到她的眼睛看得发烧，她才揉了一下，决定从屋顶上下来。妮尔莫拉想了一下，就从屋顶走下来。她下来之后，首先就把首饰等所有贵重物品拿出来，藏到一个安全的地方，不让任何人看见。她从所积攒的钱币中拿出一些来，秘密地带在身上。然后妮尔莫拉独自一人走出了王宫，她迈着坚定的步伐，踏上了骑兵队伍所走过的那条道路，独自一人跟在骑兵队伍的后面。

第三章　军事家摩巴拉克

　　这支骑兵队伍就像一条巨蟒一样，沿着山路蜿蜒曲折地前进。犹如巨蟒似的这支骑兵队伍，进入了马尼克拉尔与拉吉辛赫会面的那个山口。无数的马蹄声在山中回荡。在这寂静无声的、荒无人烟的山区，甚至就连骑士们武器细微的撞击声汇合在一起，也会成为产生令人毛发竖立的回声之源。这中间还夹杂着战马的嘶鸣和士兵们的呼喊声。在这巨大声浪的撞击下，山谷中的所有蔓藤和灌木的枝叶开始颤抖起来。在这个荒无人烟的山区无忧无虑生活的小野兽、小鸟和昆虫，都吓得迅速逃跑了。就这样，这支骑兵队伍全部进入了这个山口。这时，突然传来了轰隆一声巨响。在传出响声的地方，骑兵们不知所措地停下了脚步。他们看见，巨大的石头从山顶上纷纷滚落到士兵队伍之中。一个骑士被石头砸死了，另一个骑士被砸伤了。

　　就在谁都不明白是怎么回事的时候，又一批石块很快滚落在士兵的头上——一块，两块，三快，四块，渐渐增加到十块，十五块，数百块大大小小的石头雨点般滚落下来，大量的战马和骑士死的死，伤的伤，纷纷倒在路上，狭窄的山路完全被堵塞了。骑士们都拉着战马想迅速逃走，可是前后道路都被拥挤的士兵们堵住了。于是，战马践踏着战马，骑士压着骑士士兵们挥舞兵器相互击打着开辟道路，整个队伍完全乱了，在士兵中发生了极大的骚乱。

　　"轿夫们，小心啊！靠左边走！"马尼克拉尔大声叫道。马尼克拉尔紧跟在公主的轿子后面。在轿子的前面出现了骚乱。轿夫们只顾自己逃命，但是大量的战马又把他们挤压回来，倒压在他们的身上。读者们可能还记得，这条山路的左边有一个很狭窄的山口通道，那里只有一个骑士能够勉强通过。位于军队中间的那顶轿子到达那里的时候，"恰巧"那里出现了混乱——这是拉吉辛赫策划好的。经验丰富的马尼克拉尔向吓得要命的轿夫们所指出的正是这条路。一听到马尼克拉尔的话，轿夫们为了保护自己和公主的性命就抬着轿子急忙拐进了这条小路。

马尼克拉尔牵着马也紧跟着拐了进去。附近的士兵们看见了，这是一条逃命的路，当时还有一个紧跟在马尼克拉尔后边的骑士，也进入了那条小路。就在这个时候，一块巨大的石头从上面轰轰隆隆地滚落下来，震得山体颤抖起来，巨石正好滚落在山路的入口处，堵住了小路。第二个骑士连同战马都被砸死了。山口完全被堵死了。谁都没法儿再进入那条小路了。马尼克拉尔一个人与那顶轿子继续赶路。

这支军队的统领哈桑·阿里·汗是宫廷的命官，当时他位于部队的最后边。他站在路口，亲自来观看军队进入狭窄的山路。当整个部队全部进去之后，他自己也跟在他们的后面慢慢地走过来。他发现，突然在士兵队伍中间出现了极大的混乱，整个队伍开始向后面退。当他问起原因的时候，谁也说不清楚是怎么回事。他开始责骂士兵们，制止他们后退，并且亲自跑到最前面去察看究竟出了什么事。

然而，当时莫卧儿军队并没有停下来。前面我们已经说过，在这个山口右侧的山很高而且无法攀登——它的山峰几乎悬在路的上面，并且遮盖着小路。拉吉普特人在侦察这座山时发现了这条路，并且有五十人登上山顶，隐蔽地占据了山顶。他们每两个人之间都相距三四十米，整个夜晚他们都在搜集石块，每个人都在自己的面前垒起了一大堆石块。现在那五十人正在向下面的骑士们头上抛着那五十堆石块。每一次抛打都有五十匹马或五十名骑士被击伤或者被击毙。骑士们根本看不见是谁在打他们——即使看见了，他们也不可能向难以攀登的山顶上的敌人进行还击。因此，除了逃跑，莫卧儿人再找不到别的出路。走在轿子前面的那一千名骑兵中，有的被击毙，有的被击伤，剩下活着的都跑进山口逃命去了。

五十名拉吉普特人从右面的高山上向下抛着石块，另外五十人与拉吉辛赫本人一起隐蔽在左面那座不太高的山的山顶上，他们到现在为止并没有采取什么行动。但是现在该是他们行动的时候了。摩巴拉克当时正处在比较危险的地方——在那里石块正从上面纷纷滚落下来。他首先企图让士兵们以良好的队形，从山路中退出来，可是他看到，公主的轿子已经进入狭小的山口，而且只有一个骑士伴随着，一块巨大的石头犹如障碍物一样把那条路完全堵塞了，这时候他心里就产生了怀疑——看来事情并不简单，一定是哪个坏蛋企图劫持公主才做了这样的准备。当时他把附近的几个士兵叫到跟前，对他们说："丢掉性命我们也认了！你们一百个骑士跟在轿子后面。把马放在这里，从这块石头上爬过去——走吧，跟我走。"摩巴拉克首先从马背上跳下来，登上了那块挡住路的大石头，随后又从上面跳到下面。一百名骑士也学着他的样子，跟着他进入了那条山口中的小路。

拉吉辛赫从山顶上注视着这一切。当莫卧儿人一个个进入小路的时候，他并没有说什么。等他们都进入山口了，拉吉辛赫带着五十名拉吉普特骑士闪电般地从山上向他们冲过去，开始砍杀起来。突然遭到来自山上的进攻，莫卧儿人顿时乱作一团。他们中的多数人在这个可怕的战斗中丧失了生命。从山上冲下来的马匹压在了莫卧儿骑士们的身上——站在下面的人们大都被压死了，只有八九个人得以逃脱。摩巴拉克带着他们逃走了。拉吉普特人也没有再去追击他们。

身穿莫卧儿骑兵服装的马尼克拉尔也跟随摩巴拉克走了出来。他趁机骑上一个死亡骑兵的战马，躲藏在混乱的莫卧儿士兵中间，谁也分辨不出来了。

马尼克拉尔策马走上了前面莫卧儿人所进入的那条山路。看见他的人们都以为他在逃跑。马尼克拉尔从那条小路出来之后，策马向鲁波诺戈尔城堡的方向急驰而去。

摩巴拉克重新翻越那块巨石，返回后对士兵们吩咐说："登上这座山不困难，大家牵着马上山吧。强盗的人数不多。我们要把他们彻底消灭。"当时有五百名莫卧儿士兵牵着马，高喊着"冲啊！冲啊！"，开始向左边的那个山顶攀登。摩巴拉克是个指挥官。莫卧儿人还带着两门炮。一门炮开始被往山上拖拉,而另一门炮比较小——由莫卧儿人拉着,由大象驮着,现在被抬到了那块堵住山口小路的大石头上。

第四章　胜利的琼秋洛公主

当时五百个莫卧儿骑兵犹如死神阎摩一样,呼喊着"冲啊!冲啊!"的口号,爬到了山上。前面已经说过,这座山不太高,他们爬到山顶没用很长的时间。然而,他们爬上山顶一看,山上一个人也没有。摩巴拉克进入那个山口,被打回来了,现在他明白了:所有强盗都是拉吉普特人,他们都应该在那个山口的路上。摩巴拉克下定决心,认为只要把那条山路的第二个出口堵住,就一定能消灭他们。哈桑·阿里已经把大炮放在了另一个出口,他这样想过之后,就带领军队沿着那个山口的边缘向前走去。山路渐渐变宽了,摩巴拉克来到山的边沿时看见,有四十多个拉吉普特人跟随轿子,在那条洒有大量血迹的路上走着。摩巴拉克明白了:"他们肯定知道走出山口的道路;如果悄悄地在后边盯着他们,我们一定能够找到山路的出口。如果拉吉普特人沿着那条小路下了山,我们就同样能够找到另外的一条路。"拉吉普特人先是上了山,然后又走下来,他们留下了很多足迹。摩巴拉克盯着拉吉普特人,慢慢跟在他们的后边走着。过了不一会儿,他发现,山势出现了缓坡,前面就是出山口的路。摩巴拉克迅速将所有的战马赶到山下,并且把山口堵上了。拉吉普特人向山口的拐弯处走去——然而,他们还没有走到前面的山口,莫卧儿人就把路堵上了,并且将大炮架在了山口。为了嘲笑几乎就要到达的拉吉普特人,他们一起发出了雷鸣般的喊叫声"冲啊!冲啊!"这种喊叫的回声在山谷中飘荡。听到这喊叫声,位于北面同一条山路上的另一个出口的阿里的那门大炮开火了。令人恐怖的轰隆声在山谷间久久地回荡。拉吉普特人惊慌失措了，因为他们没有大炮。

拉吉辛赫看到，再也没有取胜的希望了。莫卧儿人的军队是他自己军队的二十倍，这条山路的两个出口又都堵住了。再也没有别的出路了，只有通往阎摩庙宇的道路敞开着。拉吉辛赫决定走这一条路。他把士兵召集在一起，对他们说："兄弟们，朋友们，战友们！今天我衷心地请求你们原谅。由于我的过错，才出现了这种危险的局面。从山上下来——这是我的错误。现在这条山路的两个出口都被堵住了——我们已经听到从两个出口开炮的声音！在两个出口，毫无疑问，都有比我们多二十倍的莫卧儿士兵把守着。因此，我们没有希望能活着出去。但是这又有什么可怕的呢？我们拉吉普特人又有谁怕死呢？我们大家都会死的，一个人也不会活下来，但是我们要在战斗中死去！谁在战死之前不能杀死两个莫卧儿人，那他就不是拉吉普特人。拉吉普特人，你们听着，这条路马是不能走的。你们把马都留下。走吧，我们要手握利剑去夺取大炮。大炮一定是属于我们的——然后人们将会看到，我们能杀死多少莫卧儿人。"

拉吉普特人跳下马来，抽出宝剑，站在一起高声喊着"胜利属于伟大的国王！"看到他们那充满坚定决心的一副副面孔，拉吉辛赫明白了，面对着死亡，没有一个拉吉普特人惊慌失措。国王怀着满意的心情发出口令："两个人一排，前进！"士兵们一排跟着一排地向前走去——拉吉普特人迈着坚定的步伐出发了。国王走在最前面。今天，他怀着欣喜的心情面对即将到来的死亡。

就在这个时候，山口突然震动了一下，山谷中回荡着拉吉普特军人的口号声："胜利属于母亲！胜利属于迦梨圣母！"

听到这种十分欢快而深沉的欢呼声，拉吉辛赫回过头来想看一下，出了什么事啦？他看见，拉吉普特的士兵们都闪到两边，一位大眼睛的、面带微笑的女神从他们中间走过来。不是哪一位女神变成了人的模样，就是造物主把女人塑造成了女神的形象——拉吉普特人心想，大概，是保护拉吉普特人家族的女神，在这个危急的时刻，亲自降临到战场来保护拉吉普特人了，所以他们喊起了胜利的

拉吉辛赫

口号。

拉吉辛赫看到,这是一个女人,但是她不是一般的女人。于是他大声对士兵们说:"你们看一看,轿子在哪里?"

后面的一个士兵说:"轿子在这边。"

国王说:"你看看,轿子是不是空着?"

一个士兵回答道:"轿子是空的。公主就在大王陛下的面前。"

琼秋洛公主向拉吉辛赫施礼致意。国王问道:"公主,您怎么在这里?"

琼秋洛说:"大王陛下!我来向陛下表示敬意。我已经向陛下表示了敬意——现在我还有一个乞求。我是个爱说话的女人,我没有顾及女人应有的体面和羞耻,请原谅。陛下不要因为我的乞求而感到失望。"

琼秋洛公主收拢脸上的笑容,用悲伤的语调双手合十地说出了这句话。拉吉辛赫说:"就是为了你,我才从那么远的地方来这里——我没有什么可以赠送给你——鲁波诺戈尔的公主,你有什么要求啊?"

琼秋洛公主又双手合十地说:"因为我是个意志不坚定的姑娘,所以才给您写了信,可是我自己都不理解自己的思想。我现在听说,莫卧儿皇帝十分富有,因而我受到了极大的诱惑。请陛下允许我去德里吧。"

拉吉辛赫既惊奇又感动,他说:"你要去德里,请去吧。我并不反对,但是现在你不能去。如果现在我放你去,莫卧儿人就会认为,因为我怕死才放你走。首先应该让战争结束,然后你再走。我并不认为我不理解你的心情。只要我还活着,你就不能去德里。好了——你先走吧。"

琼秋洛公主甜蜜地一笑,向拉吉辛赫投去了令人心动的甜蜜的目光,用左手的两个手指头转动着右手小指头上的宝石戒指,一边让拉吉辛赫观看,一边说道:"大王陛下!这枚戒指里装有毒药,如果您不让我去德里,那我就服毒。"

拉吉辛赫笑了,他说:"我早就明白了,公主殿下,你是女性中的瑰宝。不过,你所想的是不会实现的。今天拉吉普特人都不会活下来的;今天拉吉普特人都会死的——否则的话,拉吉普特人的名誉就会受到极大的玷污。只要我们活着,你就是我们的俘虏。如果我们死了,你想去哪里就去哪里吧。"

琼秋洛公主笑了,她向拉吉辛赫投去了充满深情爱意和无限崇敬的目光,这种目光只有在瞻望湿婆大神时才会有。她在心里默默地说:"最杰出的英雄啊!从今天起我就要成为你的女仆!如果我不能成为你的女仆,那么,我琼秋洛活着还有什么意义呢?"想到这里,她对拉吉辛赫说:"大王陛下!皇帝企图娶之为妃的女人,是不会成为任何人的俘虏的。我现在就去莫卧儿军队——我倒要看看,谁敢阻挡?"

说完这番话之后,琼秋洛公主犹如下凡的仙女一样,从拉吉辛赫的身边走过,一直向山口走去。谁又敢碰她呢?谁也没有阻止她。这位宛如金光闪烁的仙女塑像般的女人,面带微笑,步履轻盈地向山口走去。

琼秋洛公主独自一人,走到那犹如燃烧的怒火似的愤怒的五百名全副武装的莫卧儿骑兵面前站住了。在那里有堵住路口的那门大炮——它正准备发出雷鸣般的吼声和火焰——这位佩戴着珠宝首饰的美女就站在这门大炮的前面。看见她,莫卧儿的士兵们就认为是居住在圣山上的仙女下凡了。

"这支军队的指挥官是哪一位?"琼秋洛公主用凡人的语言这么一问,才使莫卧儿的士兵们从迷梦中清醒过来。

摩巴拉克站在山口,等待拉吉普特人的到来。他回答说:"他们现在由在下指挥。您是哪一位?"

琼秋洛公主说:"我是个普通的女人。我对您有个乞求——如果您想单独听一听,那我就可以讲一讲。"

摩巴拉克说:"那就请到山口去吧。"琼秋洛公主向山口走去,摩巴拉克跟在她后边。

琼秋洛公主来到一处别人听不到她讲话的地方,对摩巴拉克说:"我是鲁波诺戈尔王国的公主。皇帝想娶我为妃,所以才派了

拉吉辛赫

军队来迎接我——这话您相信吧？"

摩巴拉克说："一看见您，我就相信。"

琼秋洛公主说："我不想嫁给莫卧儿人——我认为，那样做会使我失去种姓。可是我的父亲是个软弱的人——他不得不让我跟你们一起前往德里。因为我根本指望不上他了，所以我就派出使者去向拉吉辛赫求救。出乎我的意料，他只带着五十名士兵来了——您看见他们那种英雄气概了吧？"

摩巴拉克惊奇地说："怎么——五十个士兵就能这样来攻打莫卧儿人？"

琼秋洛说："这没有什么可奇怪的，我听说，在哈拉迪河岸的战斗中曾经发生过类似的情况。不过，不管当时的情况怎么样，拉吉辛赫现在会被您打败。因为看见他的失败，所以我来投降了。请您把我带到德里去吧——没有必要再战斗了。"

摩巴拉克说："我明白了，您想以牺牲自己的幸福，来保护你们拉吉普特人的性命。难道他们也有这样的要求吗？"

琼秋洛说："难道这有可能吗？即使你们把我带走了，他们也不会停止战斗。我有一个请求——如果您同意的话，那就请保留他们的性命。"

摩巴拉克说："我可以做到这一点。不过，强盗们必须受到惩罚——我要俘虏他们。"

琼秋洛说："您可以做到一切——但是这一点您却做不到。您可以杀死他们，但是您却不能俘虏他们。他们所有人已经下定决心去死——他们会死的。"

摩巴拉克说："这我相信。不过，您说要去德里——决定了吗？"

琼秋洛说："我已经决定现在就跟你们走。我怀疑，我是否能到达德里。"

摩巴拉克问："怎么不能呢？"

琼秋洛说："你们只知道在战斗中死去，我们是女人，难道我们就不知道怎么死吗？"

摩巴拉克问:"我们有敌人,所以我们会死的。在这世界上难道你们也有敌人吗?"

琼秋洛说:"有哇,我自己——"

摩巴拉克问:"我们的敌人有很多种武器——您有吗?"

琼秋洛说:"有毒药啊。"

摩巴拉克问:"在哪里呢?"

摩巴拉克说完就望着琼秋洛公主的脸。看来,如果他是别的什么人,大概,他就会认为,除了目光以外,哪里还会有什么毒药呢?但是摩巴拉克不是那种庸俗的人。他也如同拉吉辛赫一样,是一位了不起的英雄人物。他对琼秋洛公主说道:"啊,小母亲,您为什么要自杀呢?要是您不想去,我们怎么敢带您走呢?即便德里的统治者在这里,他也不会对您施加暴力的。我们又是何等的微不足道啊?请您放心好了。但是这些拉吉普特人居然敢向皇帝的军队进攻,我作为莫卧儿军队的指挥官,又怎么可以原谅他们呢?"

琼秋洛说:"没有必要原谅,请战斗吧。"

这时,拉吉辛赫带着拉吉普特士兵来到了公主的身边,琼秋洛公主说道:"请战斗吧!拉吉普特的女人们也懂得战死的意义。"

拉吉辛赫来到琼秋洛公主的身旁,想听一听,这位不知道害羞的琼秋洛与莫卧儿军队指挥官在说些什么。琼秋洛向他伸过手来,笑着说道:"伟大的君王陛下!请您开恩,把您腰间挂着的那把利剑赐给您的女仆吧!"

拉吉辛赫笑着说道:"我明白了,你是真正的杜尔伽女神。"说着就从腰间抽出宝剑,递到琼秋洛公主的手里。

摩巴拉克看着他们,微微一笑,并没有回答琼秋洛公主。他只是望着拉吉辛赫的脸说:"拉吉普特的英雄们,从什么时候开始靠女人的力量来保护自己了呢?"

拉吉辛赫的眼睛里喷射着愤怒的火星。他说:"从莫卧儿皇帝开始侮辱妇女的时候起,拉吉普特女儿们的手里就开始有力量了。"拉吉辛赫就像狮子一样,转过头来,对自己的战士们说道:"拉吉普特的战士们不善于打嘴仗。我也没有时间和这些士兵打嘴

拉吉辛赫

仗。不必浪费时间了——让我们就像碾死蚂蚁一样去消灭这些莫卧儿人吧。"

这一刻双方的士兵犹如暴雨来临之前的乌云一样,惊愕地对峙着——没有主人的命令谁也不敢投入战斗。就在这时,拉吉普特战士们听到了国王的命令,于是就高喊着"胜利属于圣母"的口号,闪电般冲向莫卧儿人的军队。与此同时,莫卧儿人的军队在听到摩巴拉克的命令后,也高呼着"真主啊,阿克巴呀"的口号,准备向对方反击。可是双方的军队突然停住了脚步。琼秋洛公主犹如雕像一样,高举着利剑,纹丝不动地屹立在两支军队之间。

琼秋洛公主大声说道:"只要你们双方中的一方不撤退,我就决不离开这里半步。在杀死我之前,你们谁都不能挥动武器进行厮杀。"

拉吉辛赫生气地说:"这不是你应该做的。你为什么要亲手往拉吉普特家族的脸上抹黑呢?人们会议论说,今天拉吉辛赫是在一个女人的帮助下才保全了性命。"

琼秋洛说:"大王陛下!有谁能阻止您去死呢?我只是想先死。那个成为这场灾难根源的人——她有权先死啊。"

琼秋洛毫不动摇——莫卧儿人举起了步枪,又放下了。看到琼秋洛公主的举动,摩巴拉克惊呆了。摩巴拉克对双方的军队大声说:"莫卧儿皇帝是从来不与女人作战的——所以我说,我们在这位美女面前承认失败,我们要停止战斗。我希望,在另一个战场上我们再与拉吉辛赫国王决一胜负。我只是请求国王,在下一次决战中不要再带女人来。"

琼秋洛公主为摩巴拉克担起心来。摩巴拉克当时在她身边,翻身上了马。琼秋洛公主就对他说:"先生,您为什么不带我走呢?是德里的皇帝派您来接我的呀。如果您不带我走,皇帝会怎么说呢?"

摩巴拉克说:"还有一个比皇帝更大的人物。我向她汇报。"

琼秋洛说:"她在另一个世界——不会是在这个世界上吧?"

摩巴拉克说:"我,摩巴拉克·阿里,在这个世界上不惧怕任何人。愿天神保佑您幸福。我告辞了。"

说完，摩巴拉克就骑上马，命令自己的军队撤退。就在这个时候，从后面传来了无数步枪的响声。数百个莫卧儿战士立即倒下去了。摩巴拉克看到了极大的危险。

第五章　机智的马尼克拉尔

马尼克拉尔从山路里出来之后，策马急驰，来到鲁波诺戈尔城堡。鲁波诺戈尔国王有一支军队，他们不是雇佣军，而是耕种土地的农民。一旦国王召唤，他们就会手持盾牌、朴刀、棍棒聚拢而来，而且他们每个人都有一匹马。莫卧儿军队到来的时候，鲁波诺戈尔国王就把他们召集起来了。召集他们的公开的理由是，让他们对莫卧儿军队表示欢迎和进行招待；秘密的意图是，如果莫卧儿军队突然制造混乱，就制止他们。国王一发出召唤，拉吉普特人就手持盾牌、朴刀、棍棒来到了城堡，国王用武库中的兵器把他们武装起来。他们被安置在各种服务性的岗位上，与莫卧儿军队的士兵们一起嬉笑而愉快地度过了几天。后来，那一天早晨，莫卧儿军队撤掉营帐，带着公主走了之后，鲁波诺戈尔的士兵们也接到了回家的命令。当时他们牵着马来到国王的武器库，想归还所有的武器。国王亲自把他们召集在一起，发表热情感谢的话，为他们送行，就在这个时候，断指的马尼克拉尔骑着一匹汗淋淋的马来到他们面前。

马尼克拉尔当时穿的是莫卧儿士兵的服装。看到一个莫卧儿士兵匆匆回到城堡，大家都很惊讶。

国王问："有什么消息吗？"

马尼克拉尔行了军礼，对国王说："大王陛下，出现了很大的骚乱，来了五千强盗把公主围住了。哈桑·阿里·汗阁下派我来向您报告。他正在拼命作战，但是没有军队增援，他就不能保护公主，所以特请求陛下派军队去增援。"

拉吉辛赫

国王急忙说:"很幸运,我的军队正好是全副武装的。"他对士兵们说:"你们的战马已经准备好了,你们拿起武器,现在上马去参加战斗吧!我亲自带领你们前去!"

马尼克拉尔说:"如果您肯原谅奴仆的过错,那么,我就请求您允许我带领他们先走,大王就再集合一些队伍带来吧。强盗的数量大概有五千人——不再增加一些兵力,是没有可能取胜的。"

头脑简单的国王同意了。马尼克拉尔带领一千名士兵先走了;国王留在城堡里还企图再召集一些士兵。马尼克拉尔带着这支鲁波诺戈尔的军队,奔向战场了。

马尼克拉尔在路上还有了一个小的收获——在路边的一棵树荫下躺着一女人,看来像是生病了。可看见骑兵开过来,她坐了起来——企图站起来——看来想逃跑,可是她没有跑——她已经没有力气了。看见她,马尼克拉尔就下了马,走到她的身边。他发现,这个女人非常美丽,于是就问道:"你是什么人?你怎么躺在这里?"

年轻的女人反问道:"你们是何人的军队?"

马尼克拉尔说:"我是拉吉辛赫国王的仆人。"

年轻的女人说:"我是鲁波诺戈尔王国公主的女仆。"

马尼克拉尔问:"在这种情况下你为什么在这里?"

年轻的女人说:"公主被带往德里了。我想跟着她去,可是她不同意带我去,把我丢下了,所以我就步行跟着她。"

马尼克拉尔说:"因为走累了,所以就躺下了?"

妮尔莫拉姑娘说:"我走了很多路,再也走不动了。"

她走的路并不是那么远,但是妮尔莫拉从来都没有走过远路,对她来说的确是很远了。

马尼克拉尔问:"那么现在打算怎么办呢?"

妮尔莫拉说:"我还能怎么办呢?我就死在这里吧。"

马尼克拉尔说:"嘁!你为什么要死呢?你为什么不去找公主呢?"

妮尔莫拉说:"我怎么去呢?我已经不能走了,你没有看见吗?"

马尼克拉尔问:"为什么不骑马走呢?"

妮尔莫拉笑了,她反问道:"骑马?"

马尼克拉尔说:"骑马——有什么不好呢?"

妮尔莫拉问:"难道我是骑士吗?"

马尼克拉尔说:"你不是。"

妮尔莫拉说:"我不反对。不过,有一个障碍——我不会骑马。"

马尼克拉尔说:"这有什么妨碍呢?你可以骑在我的马上嘛。"

妮尔莫拉问:"你的马是铁做的机器马,还是泥土做的马?"

马尼克拉尔说:"我可以抱着你。"

妮尔莫拉忘记了少女的羞涩,与他说笑着——现在她把脸转过去了,然后皱了一下眉头,生气地说:"您去做您自己的事情吧,我还是躺在我的这棵树下。我没有必要去见公主了。"

马尼克拉尔看到,这姑娘非常美丽。他禁不住诱惑,于是说道:"哎!你结婚了没有?"

喜欢说笑的妮尔莫拉看到马尼克拉尔的表情就笑了,她回答说:"没有。"

马尼克:"你是什么民族?"

妮尔莫拉:"我是拉吉普特族姑娘。"

马尼克拉尔说:"我也是拉吉普特族人。我也没有妻子。我有一个小女儿,我正在给她寻找妈妈。你能做她的妈妈吗?你愿意嫁给我吗?那样的话,你和我骑一匹马就没有什么妨碍了。"

妮尔莫拉说:"你发誓吧。"

马尼克拉尔问:"我发什么誓?"

妮尔莫拉说:"请对宝剑发誓,你要娶我为妻。"

马尼克拉尔触摸宝剑发誓说:"如果在今天的战斗中我还能活着回来,那么,我就和你结婚。"

妮尔莫拉说:"那就走吧,我也上马。"

马尼克拉尔怀着喜悦的心情把妮尔莫拉扶上马背,小心翼翼地抱着她骑马走了。

也许，读者很不喜欢这种求爱方式。我有什么办法呢？没有一句卿卿我我的爱恋的情话，没有长期积淀的这样的甜言蜜语："啊，我的生命啊！""啊，我最亲爱的！"这种话语根本没有——呸！

第六章　享受胜利果实的国王

在靠近战场的一个无人的隐蔽地方，马尼克拉尔让妮尔莫拉下了马，并指示她坐在那里，随后他就向摩巴拉克的背后奔去——当时摩巴拉克正在与拉吉辛赫作战。

马尼克拉尔并没有前往正在进行战斗的那个地方，但是他发现，拉吉辛赫已经进入了山口那条路，就忽然担心起来——莫卧儿士兵正堵在山路的那个出口，拉吉辛赫可能会被消灭。因此他才前往鲁波诺戈尔去求援兵，所以他带领鲁波诺戈尔的军队先奔向这方向。一到了那里，他就看到，拉吉普特的战士们已经处在千钧一发的危险境地——他们离死亡已经不远了。这时，马尼克拉尔用手指着摩巴拉克的军队说："这些都是强盗！袭击他们吧。"

士兵中有人说："他们都是穆斯林呢。"

摩巴拉克说："穆斯林中难道就没有强盗了？难道坏蛋都是印度教教徒吗？射击吧！"

根据马尼克拉尔的命令，一千支步枪一起响起来。

摩巴拉克转过身，就看见，不知从什么地方冒出来一千来个骑兵，从背后向他进攻。莫卧儿人都吓得停止了战斗，纷纷向四面八方逃跑。摩巴拉克已经无法控制了。拉吉普特的士兵们高喊着"圣母必胜"的口号，跟在他们的后面追击。

摩巴拉克的军队被打得七零八落，开始向山上逃跑。鲁波诺戈尔的军队跟在他们的后面开始追击。摩巴拉克赶过去企图让士兵们回来，很快他连同战马一起消失了。

利用这个机会，马尼克拉尔来到惊奇的拉吉辛赫的面前，向他施礼致敬。国王问他："马尼克拉尔，这是怎么回事？我一点儿也不明白。你知道一些情况吧？"

马尼克拉尔回答说："我知道。当我看到大王陛下进入山口小路的时候，我就意识到，灾难就要发生了。为了救我的主人我不得不再次采取欺骗的战术。"

随后马尼克拉尔向国王简要地讲述了发生的一切。国王听了十分惊喜，他拥抱了马尼克拉尔，然后说道："马尼克拉尔！你是个真正忠于主人的人。如果我什么时候还能回到乌多亚普尔，我一定要奖赏你所做的一切。但是你使我丧失了实现一个很大誓愿的机会——今天我本来打算向穆斯林们展示，拉吉普特人是怎样死的。"

马尼克拉尔说："大王陛下！陛下有很多仆人可以给莫卧儿人上这样的一课。战死绝不是国事中最重要的。现在通向乌多亚普尔的道路已经打通。陛下不应该长期离开首都，继续在山里转悠了——现在请陛下带着公主回到自己的祖国去吧。"

拉吉辛赫说："我还有一些朋友现在正在那一边的山上。应该让他们下山跟我一起走。"

马尼克拉尔说："我去把他们带下来。陛下先走吧。我们在路上见。"

国王同意了，他和琼秋洛公主一起向乌多亚普尔进发了。

第七章　亲切可爱的大姊

告别了国王，马尼克拉尔就跟在鲁波诺戈尔军队的后边上了山。被他们追得四处奔逃的莫卧儿士兵都已经逃走了。这时马尼克拉尔对鲁波诺戈尔的战士们说："敌人已经逃走了。你们为什么还要徒劳地白费力气呢?战斗已经结束了,你们返回鲁波诺戈尔去吧。"士兵们发现,的确如此,面前连一个敌人也没有了。他们也明白了马尼克拉尔所采用的这个计谋。但是突然发生的一切都已经过去了,没有办法挽回了,于是他们开始搜罗战场上的东西。他们因为劫掠了相当多的财物而心满意足,高唱着皇帝胜利的赞歌,嬉笑着,怀着胜利的喜悦向山洞走去。不一会儿工夫,山路上已经空无一人了——只有死伤的人和马倒在地上。他们发现,原来隐蔽在高山顶上的那些拉吉普特人都已经下了山。再也看不到任何人了,他们就认为,一定是国王带着剩下的士兵向乌多亚普尔进发了,因此他们也沿着那条路去寻找国王了。半路上他们遇见了拉吉辛赫,于是大家就一起往乌多亚普尔去了。

现在大家都会聚在一起了——只是缺少马尼克拉尔。马尼克拉尔正在忙于照顾妮尔莫拉。他把所有人都打发走了之后,就来到了妮尔莫拉身边。马尼克拉尔让她吃了些东西,就从村子里雇了一顶轿子和轿夫。他让妮尔莫拉坐上轿子,就和轿子一起上路了——他们没有走国王走的那条路,而是走上了另一条路——他不想让大家看到他的"猎物"。

马尼克拉尔带着妮尔莫拉来到了大婶的家里。他对大婶说:"大婶啊,我把你的侄媳妇带来了。"看见这个媳妇,大婶有些不太高兴。她想:"我本希望得到一些好处,看来,这个侄媳妇会阻止的。"怎么办呢?她毕竟拿了人家的金币呀——不能一天都不给人家饭吃,就马上把她赶走啊。于是她说道:"好啊,媳妇。"

马尼克拉尔说:"大婶,现在我还没有和她结婚呢。"

这位婶母想:"原来她是情妇啊。"于是她趁机说道:"那么,在我的家里——"

马尼克拉尔说:"这有什么可担心的呢?你就不能为我们操办婚事吗?就让我们今天结婚吧。"

妮尔莫拉害羞地低着头。

大婶又遇到了一个机会,于是她说道:"这是一件大喜事啊!我不为你操办,又为谁操办呢?不过,操办婚事是需要一些花销的。"

马尼克拉尔说:"这有什么可担心的呢?"

读者可能已经知道,战斗结束的时候,马尼克拉尔曾经让士兵们打扫战场。在离开战场的时候,马尼克拉尔搜了被击毙的莫卧儿骑士们的衣袋,搜到了一些财物。他哗啦一声扔给大婶一些金币。大婶非常高兴地把钱收起来,放在一个小箱子里,就出去筹备婚礼了。在筹备婚礼的过程中她买了鲜花、檀香,请来了祭司,但是大婶不需要再从小箱子里拿金币了。马尼克拉尔当天晚上就成了妮尔莫拉的合法丈夫。不言而喻,马尼克拉尔在国王的军队中得到了一个特别高的职位,并且因为自己的才干而到处受尊敬。

第五部分 准备火焰

第一章 皇帝的女儿不如穷苦女人

我们已经说过,摩巴拉克在战场的一处山地上突然消失了。消失的原因是,他骑马带领军队沿着山路撤退,山路中间有一口井——从前有人想在山上居住,为了用水就在那里挖了一口井。井的四周长满了灌木丛,把井口全遮盖住了。摩巴拉克没有看见,就策马向前走去,结果连人带马一起坠入井中。井里已经没有水了。但是马在掉下去的时候摔死了。摩巴拉克在掉下去的时候头脑还清醒,摔得也不是很重,不过,他没有办法从井里爬上来。他想,如果有人听到井里有声音,就会来救他,于是他就开始喊叫起来。但是在战斗的呐喊声中他没有听到任何回答。只有一次,仿佛听到远处有人说:"别动,我来救你。"当时他还有点儿怀疑是不是听错了。

战斗结束了,战场上一片寂静。好像有人在井上问道:"你还活着吗?"

摩巴拉克回答:"是的。你是谁?"

"我是谁并不重要,你伤得很厉害吗?"那个人说。

摩巴拉克说:"不重。"

那人说:"我把三四件衣服接在一起,拧成类似长绳子的样子,并把它系在一根木棒上。我已经把它系牢了。我把它放入井里。你用双手抓住木棒的两端,我往上拉。"

摩巴拉克惊奇地说:"是女人的声音——你是谁呀?"

女人反问道:"你难道听不出来这声音?"

摩巴拉克说:"我现在听出来了——窦里娅,你怎么在这里?"

窦里娅说:"为了你呀——现在我往上拉,你向上爬。"

窦里娅说着就把拴有衣服绳子的木棒放入了井里。她又用战刀砍掉了井周围的灌木丛。摩巴拉克抓住木棒的两端。窦里娅就开始往上拉。可是她的力量不够,于是她就哭了起来。窦里娅把用衣服结成的绳子的一端捆在一棵向外倾斜的树枝上,然后开始向下压它。结果摩巴拉克被拉上来了。摩巴拉克看见窦里娅,非常惊讶。他说:"这是怎么回事?你为什么穿这种服装?"

窦里娅说:"我是皇家的骑士嘛。"

摩巴拉克问:"为什么?"

窦里娅说:"为了你呀。"

摩巴拉克问:"怎么回事?"

窦里娅说:"否则今天谁来救你呀?"

摩巴拉克问:"你从德里跑到这里来,难道就是为了救我?你一身骑士打扮,难道就是为了救我?我看见你身上有血迹,你受伤了!你为什么这样做?"

窦里娅说:"我为了你才这样做。我不这样做,你能活下来吗?皇帝的女儿是怎么表达爱意的呢?"

摩巴拉克满面悲伤地垂下头来,说道:"皇帝的女儿们不会爱别人。"

窦里娅说:"我们是穷苦的女人,但是我们懂得爱。你现在坐一下。我给你雇了一顶轿子,我把它带来——你受伤了,不能再骑马了。"

莫卧儿军队带来了一些轿子,战斗开始后轿夫们害怕,就带着几顶逃走了。窦里娅看见摩巴拉克掉在井里,首先就去寻找轿子。她找到了几个逃跑的轿夫,雇了他们的两顶轿子。现在她就把轿子叫来了。一顶轿子让受伤的摩巴拉克坐了,另一顶她自己坐了。当时窦里娅带着摩巴拉克踏上了前往德里的路。在上轿子的时候,摩巴拉克望着窦里娅的脸说:"我永远也不会再离开你了。"

窦里娅找到了一个合适的地方,安顿下来,开始照料摩巴拉克。经过窦里娅的治疗,摩巴拉克康复了。

拉吉辛赫

到达德里后，摩巴拉克握着窦里娅的手，走进自己的家里。几天来，两人非常幸福地生活在一起。后来，这种幸福生活导致了可怕的后果——这后果对窦里娅来说是可怕的，对摩巴拉克来说是可怕的，对杰波-温妮萨来说是可怕的，对奥朗则布来说也是可怕的。我在后面再讲述这个空前有趣的故事——现在应该说一说琼秋洛公主的境况了。

第二章　拉吉辛赫的失败

我们已经讲过，拉吉辛赫已经回到了乌多亚普尔。为了救琼秋洛公主他打了一仗，现在把琼秋洛公主带回来，把她安置在王宫的内室里。不过，是把她留在乌多亚普尔呢，还是把她送到鲁波诺戈尔她父亲的家里？对拉吉辛赫来说这是个难题。在没有解决这个问题的这些日子里，他没有再去会见琼秋洛公主。

在这期间，琼秋洛公主看到国王的举止表现，非常不安。她想："国王他会娶我吗？我怎么一点儿都看不到这种迹象？如果他不娶我，那么，我为什么要住在他的内宫里呢？我到哪里去呢？"

拉吉辛赫还是决定不下来，过了几天，他来到琼秋洛公主的身边，想了解公主内心的想法。在来的时候，他把从马尼克拉尔那里得到的那封信带来了——那封信是琼秋洛公主委派奥侬多·米什罗亲自送来的。

拉吉辛赫国王坐了下来，琼秋洛公主向他行过礼后，就毕恭毕敬地羞涩地立在一旁。看见美丽动人的公主，国王陶醉了，但是他控制住自己的感情，说道："公主！我来是想了解一下，你有什么打算——你是想回到你父亲的家里去呢，还是想留在这里？"

听了国王这样的问话，琼秋洛公主的心仿佛都要碎了。她说不出话来——只是沉默不语。

国王拿出那封信来给琼秋洛公主看，问道："这真是你写的信吗?"

琼秋洛公主说："是的。"

国王问："不过，不像是出自一个人的手笔。我看是两个人写的。你亲手写的是哪一部分？"

琼秋洛说："第一部分是我亲手写的。"

国王问："那么，最后一部分是别人写的了？"

读者们可能还记得，这最后一部分是关于公主愿意嫁给拉吉辛赫的建议。琼秋洛公主回答说："不是我亲手写的。"

拉吉辛赫问道："看来是经过你同意写的吧？"

这个问题是很无情的，但是琼秋洛公主作了符合自己高贵天性的回答。她说："大王陛下！出自刹帝利种姓的国王们抢劫少女是为了娶她们为妃。出于其他任何别的理由而抢劫少女，都是极大的罪过——我怎么会请求陛下去做那种犯罪的事呢？"

国王说："我并不是抢劫你，而是为了保护你的家族种姓、把你从穆斯林的手中解救出来。现在让你回到你父亲的身边，才是王国的正法。"

讲过几句话之后，琼秋洛公主消除了自己作为少女所固有的娇羞。她抬起头，望着拉吉辛赫的脸，说道："大王陛下！您的王国正法您知道。我的正法我也晓得。我知道，当我把自己奉献到您的足下的时候，我就已经是您的合法夫人了。不管您接受还是不接受，我都不会再去选择别人了。既然您是我的合法丈夫，那么，您的旨意只有服从。如果您吩咐我回到鲁波诺戈尔去，那么我必须回去。回到那里之后，我的父亲还会迫不得已把我送到德里皇帝那里去。因为他没有能力保护我。既然您真希望这样，那么，当初在战场上，我对您说：'大王陛下！我要去德里。'——当时您为什么不让我去呢？"

拉吉辛赫说："那是为了维护我自己的尊严。"

琼秋洛问："现在，难道您要把在您这里避难的人送到德里去吗？"

国王说："这绝不可能。那么，你就住在这里吧。"

拉吉辛赫

琼秋洛说:"我作为客人住在这里,还是作为奴仆住在这里呢?鲁波诺戈尔王国的公主,只能以王妃的身份而不能以别的身份住在这里。"

国王说:"像你这样美丽动人的女人如果成为国王的妃子,那么大家就会称赞这个国王是最幸福的人。正因为你是世界上最美丽的少女,所以我才不敢娶你为妃子。我听说,圣典上有这样的说法——美丽的妻子是敌人:

欠债的父亲、放荡的母亲是敌人;

美丽的妻子、有学问的儿子也是敌人。"

琼秋洛公主微笑着说:"请原谅我这个少女的放肆——难道乌多亚普尔王国的王妃们都是丑八怪吗?"

拉吉辛赫说:"没有像你这样娇媚的女人。"

琼秋洛公主说:"我有一个小小的请求——您对后妃们千万别说这种话。看来,伟大国王拉吉辛赫也有恐惧的对象啊。"

拉吉辛赫大笑起来。直到这时琼秋洛公主一直站着,可是此时她却坐了下来,她在心里默默地想:"他在我身边已经不再是国王,现在他是我的未婚夫。"

坐下后,琼秋洛公主说:"大王陛下!我在您面前冒昧地坐下来,您应该原谅这一罪过,因为我指望在您这里获得知识——作为学生是有权坐下来聆听教诲的。大王陛下!我直到现在还不能理解,美丽的妻子怎么会成为敌人呢?"

拉吉辛赫说:"这是很容易理解的。妻子如果是个美女,就会因此而发生争吵和纠纷。你看,你现在还没有成为我的妻子,可是为了你我已经与奥朗则布发生了争吵。你大概听说过关于我们家族的伟大王后巴德米妮的故事吧?"

琼秋洛说:"对先哲的话语我并不很敬畏——没有美丽的后妃,国王们难道就能摆脱争吵吗?大王为什么还要为了我这个有罪的女人提起这个话题呢?我美丽也好,丑陋也好,反正因为我而引发的冲突已经发生了。"

拉吉辛赫说:"还有一个理由。美丽的妻子会使男人着迷。如果国王迷恋美丽的妻子,他就会受到严厉的谴责,因为那会妨碍国家事务。"

琼秋洛说:"国王们即使被成百的后妃所包围,他们也并没有不关心国事。难道对我这样一个姑娘的爱恋就会损害拉吉辛赫国王的国事吗?这是很没有道理的理由。"

拉吉辛赫说:"这种论断也并不是没有道理的。圣典上说,年轻的女人是无法忍受老头子的。"

琼秋洛问:"大王陛下难道老了吗?"

国王说:"已经不年轻了。"

琼秋洛说:"谁手里有力量,他在拉吉普特姑娘的眼里就永远年轻。拉吉普特的姑娘们认为,软弱的青年人已经进入了老年人之列。"

国王说:"我不是美男子。"

琼秋洛说:"功勋就是国王们的美颜。"

国王说:"世界上并不缺少英俊的、强大的、年轻的王子。"

琼秋洛说:"我已经把自己献给了您,如果再去做别人的妻子,那我就是一个不忠贞的女人。我简直就像一个不知羞耻的人在跟您讲话。不过,请想想看,当沙恭达罗[①]被豆扇陀抛弃的时候,

---

[①] 印度神话传说中的美女,国王豆扇陀的妃子。根据古代传说,印度中世纪的著名诗人和戏剧家迦梨陀娑创作了剧本《沙恭达罗》。故事的梗概:英俊的国王豆扇陀在森林中打猎时遇见了居住在净修林中的美女沙恭达罗。两个人彼此爱慕,于是坠入情网。后来豆扇陀要返回京城,临行前送给沙恭达罗一枚刻有自己名字的戒指。豆扇陀走后,沙恭达罗终日看着戒指思念豆扇陀,因此怠慢了一位大仙。大仙很生气,于是就诅咒她会被自己的爱人忘记。在她的众女友的恳求下,大仙才减轻咒语的威力,并说,只有见到信物时,她的爱人才会想起她。后来,已怀身孕的沙恭达罗去王宫找豆扇陀,可是豆扇陀却不肯相认。沙恭达罗想取戒指来给他看,不料戒指在途中掉入河里。沙恭达罗详细讲述了他们在林中相爱的细节,国王还是回忆不起来。沙恭达罗悲痛欲绝,这时候天空出现了一道金光,沙恭达罗的生母——天女弥尔那将她接上了天宫。过了一些日子,一个渔民在河里打到一条红鲤鱼,发现鱼肚子里有一枚戒指,就拿到街上去卖,被王宫的巡查发现,送给国王。豆扇陀看见戒指,立即恢复了记忆,他悔恨不已。天神因陀罗很同情他,于是就请他来天宫协助讨伐妖魔。豆扇陀在天宫遇见了沙恭达罗所生的儿子婆罗多,这时候沙恭达罗正好走过来,于是夫妻相认,并同归于好。豆扇陀携带妻儿返回了京城。

她不得不丢掉羞愧。我现在几乎也处在同样的处境。如果您抛弃我，我就跳进王宫内的御湖①里自尽。"

拉吉辛赫在舌战中就这样败下阵来，于是说道："你就做我的合法妻子吧。不过，你只是在危难之时才选我做你的夫君的，现在你是否想摆脱我，在我这样的年纪你是否还会爱我，我心里曾经产生过怀疑。通过今天的谈话，这些怀疑都已经消失了。你就做我的妃子吧。但是还是应该再等待一个消息——你父亲是什么意见呢？如果他不同意，我还是不能娶你。原因就在于，尽管你父亲治理的是个小王国并且军队的数量很少，但是比克罗姆·绍朗基确是一位英雄和著名的军事统帅。我与莫卧儿人的战争是避免不了的。战争一旦爆发，他的援助对我来说是特别重要的。如果他同意你嫁给我，而我却不娶你，那么，他永远也不会援助我的。可是在他不同意的情况下，如果我和你结婚，那么，他就会去帮助莫卧儿人，成为我的敌人。这是我们所不希望的，因此，我希望给你父亲写封信，征得他的同意，我再娶你。他会同意吗？"

琼秋洛说："我看不到有不同意的任何理由。我希望得到我父母的祝福，实现我侍奉陛下的誓愿。我还希望派人去。"

于是拉吉辛赫写了一封谦恭的信，派使者去见比克罗姆·绍朗基。琼秋洛公主也给母亲写了一封希望得到她老人家祝福的信。

第三章　需要点燃火焰

鲁波诺戈尔统治者的回信及时送到了。回信是非常可怕的。它的主要内容是这样的：

您是拉吉普坦纳中最显赫的人物，是拉吉普坦纳的一顶桂冠。现在您准备玷污拉吉普特人的名誉。您凭借自己的武力抢走了我的

---

① 拉吉辛赫在自己的王宫里修建的池塘，也可以音译为"拉吉绍曼德尔湖"。

女儿，以此来侮辱我。您妨碍了我的女儿成为世界的女统治者。我的义务就是向您报仇雪恨。您不要指望，我会同意您和我的女儿结婚。

您可以说，昔日刹帝利种姓的英雄们抢劫了姑娘们，并且娶她们为妻。毗湿摩、阿周那和黑天本人都抢劫过姑娘。可是您的英雄壮举表现在哪里呢？如果您手里掌握兵力，那么，莫卧儿皇帝为什么会占领印度斯坦？胡狼是不应该模仿狮子的。我也是拉吉普特人，我知道，把女儿嫁给穆斯林，不会增加我的荣耀。可是如果不嫁给莫卧儿皇帝，那么，莫卧儿人就会把鲁波诺戈尔夷为平地。如果我自己能够保卫自己，如果我知道，还有什么人能够保护我，那么，我也就不会同意把女儿嫁给莫卧儿的皇帝了。

的确如此，从前出身于刹帝利种姓的国王们抢劫过姑娘们并娶她们为妻，但是谁都没有采取过这种卑鄙的欺骗的手段。您派一个人到我这里，用谎言骗走了我的军队，并且在途中劫走了我的女儿——否则您就无能为力。请想想看，您这样做给我造成了多少损害呀！莫卧儿皇帝会认为，我的军队也参加了战斗，在我的密谋策划下我的女儿才会被劫持。因此，首先他当然要消灭鲁波诺戈尔，然后再去讨伐你。我也会作战，但是谁又能够阻挡住数十万的莫卧儿军队呢？所以几乎所有的拉吉普特人都归顺了莫卧儿皇帝——而我难道比他们强大吗？

我不知道，是否我现在就去向他说明事实真相，以便获得谅解。但是如果你和我的女儿结婚，就把我女儿嫁给他的道路堵死了，那么，就再也没有任何办法使我和我的女儿获得谅解了。

你不能和我的女儿结婚。否则，你们就会遭到我的诅咒。如果你们结婚，那我就要诅咒，让我的女儿成为寡妇，并随同丈夫的尸体一起焚身殉葬，让她生育死胎和永远痛苦。就让你的首都成为胡狼野狗的栖息之地。

在这番可怕的诅咒的下面，比克罗姆·绍朗基还写有一段话："如果什么时候我有理由认为你是个合适的对象，那么，我就会心甘情愿地把女儿嫁给你。"

拉吉辛赫

琼秋洛公主的母亲没有写回信。拉吉辛赫给琼秋洛公主读了她父亲的这封信。琼秋洛公主顿时觉得四周一片漆黑。

琼秋洛公主久久地沉默不语,拉吉辛赫国王问她道:"现在我们怎么办?我们的婚姻不合法了吧?"

琼秋洛公主的眼睛里滚动着一滴泪水,只有一滴泪水。她擦掉眼泪,说道:"听到父亲的这种诅咒,哪一个姑娘还敢贸然地结婚呢?"

拉吉辛赫国王说:"如果你想回到父亲的家里去,那么,我可以派人把你送回去。"

琼秋洛说:"也只好如此,但是去父亲家里,也就等于去德里,还不如服毒自尽。"

拉吉辛赫说:"我有一个建议。你既然是我称职的妻子,我是决不会抛弃你的。但是没有你父亲的祝福,我是不能娶你的。对于你父亲的祝福,我并没有完全丧失信心。与莫卧儿人的战争是不可避免的。湿婆会援助我的。这这场战争中,不是我死亡,就是我打败莫卧儿人。"

琼秋洛说:"我坚信,莫卧儿人一定会被您打败的。"

拉吉辛赫说:"这是非常困难的事情。如果我能取胜,那么我一定会得到你父亲的祝福的。"

琼秋洛问:"而在这之前呢?"

拉吉辛赫国王说:"在这之前你就住在我的内宫里。你就像其他后妃一样,住在单独的宫室里。我会安排男女仆人去伺候你,就像伺候其他后妃一样。我会宣布说,不久你就会成为我的妃子。这样一来,所有人都会像对待后妃一样,尊称你为摩哈拉妮①。只是在我们没有正式结婚之前,我不会再与你见面。你说怎么样?"

琼秋洛公主想了一下,说道:"在这种时候再也没有比这更好的办法了。"实际上她是表示同意了。拉吉辛赫就像自己所许诺的那样,做好了一切。

---

① 对国王后妃的尊称,mahārānī 的意思是"伟大的王后"。

第四章　还需要点燃火焰

妮尔莫拉听马尼克拉尔说，琼秋洛公主已经成为王妃。但是她什么时候举行的婚礼？或者是否已经结婚？马尼克拉尔一点儿也不知道。妮尔莫拉于是就亲自来看望琼秋洛公主。

经过长时间的分离之后，琼秋洛公主又见到了妮尔莫拉，所以她非常开心。那一天她没有让妮尔莫拉跟她一起走，妮尔莫拉向公主详细讲述了在离开鲁波诺戈尔之后所经历的一切。得知妮尔莫拉很幸福，琼秋洛公主很高兴。妮尔莫拉很幸福——因为马尼克拉尔得到了国王的很多奖赏，得到了很多的钱；后来，由于国王的恩典，他又在军队中担任了很高的职务，并且因受到国王的尊重而感到十分光荣；妮尔莫拉有了高大的住房、钱财和男女仆人等一切，而且马尼克拉尔简直就像她雇来的仆人那样待她。但是，妮尔莫拉在听到琼秋洛公主的不幸后感到非常痛心。她对琼秋洛公主的父母、拉吉辛赫以及琼秋洛公主本人都很不满意。她拒绝称呼琼秋洛公主为摩哈拉妮，还发誓说，如果见到伟大的国王，还要说他两句。

琼秋洛公主说："现在你不要说这些话了。我身边一个熟人都没有，也没有任何亲人。在这种情况下我无法待在这里。如果是天神派你来的，那我就不放你走了——你应该留在我身边。"

听了公主这番话，首先妮尔莫拉就觉得，仿佛一座大山压在了自己的胸脯上。她刚结婚不久——她怎么能放弃新婚的情爱、新婚的幸福，留在琼秋洛公主身边呢？妮尔莫拉没有立即表示同意，也没有提出虚伪的借口，可是她又不能说出真实的理由，于是就说："晚上我再答复你。"

琼秋洛公主的眼睛里涌出了泪水；她在心里默默地说："妮尔莫拉也要离开我了。啊，天神哪！请你不要抛弃我。"然后琼秋洛公主笑了一下，说道："妮尔莫拉，你为了我独自一人离开鲁波诺戈尔，步行出来跟在我的后面，甚至不畏惧死亡！可是今天呢？今天你已经有丈夫了！"

妮尔莫拉低下头来，一百次地谴责自己。她说："回头我再来。我应该去征求一下我主人的意见。还有一个女孩现在由我照看，我应该为她做一些安排。"

琼秋洛问："你不能把女孩带到这里来吗？"

妮尔莫拉说："她经常吵闹哭叫，带到这里来不行。我们有一个远房的婶娘，我可以把她叫到家里来照顾孩子。"

这一切商量妥当之后，妮尔莫拉就告辞回家了。到家后她将此事对马尼克拉尔讲了。马尼克拉尔因为要与妮尔莫拉分别，也很难过。但是他非常忠于主人，所以也没有表示反对。大婶来了，承担起了照顾女儿的责任。

第五章 还需要什么？

妮尔莫拉坐上轿子，在男女仆人的簇拥下，动身前往国王的内宫，途中经过一个大广场。在广场旁边的一座房子前面集聚了一群人。妮尔莫拉的轿子上面覆盖着厚厚的幔布，但是她听到人们的嘈杂声，感到很好奇，于是她就掀开了轿子的窗帘，看了一下。妮尔莫拉示意一个女仆过来，问道："那里出了什么事？"女仆告诉她，一位著名的算命先生住在这栋房子里，每天都有成百上千的人来他这里算命，聚集在这里的这一群人都是来算命的。妮尔莫拉还听那个女仆说："这位算命先生能够预见到一切问题，而且他所预言的一切都会应验。"妮尔莫拉对女仆们吩咐说："告诉随行的卫士们，让他们把人们赶走。我要进去算命，但是不要介绍我的身份。"

在卫士们的长矛的驱赶下，人们都散开了。妮尔莫拉的轿子被抬进了算命先生的院子里。正在等待算命的人站起身来，走了出去,这时候妮尔莫拉走进去,在算命先生的身边坐了下来。妮尔莫拉向算命先生请过安,并且预先给了他一些赏钱。

算命先生问道:"小母亲,你想预测什么?"

妮尔莫拉说:"请您预测我要咨询的问题。"

算命先生说:"咨询问题——好,你说吧。"

妮尔莫拉说:"我有一位亲密的女友。"

算命先生在纸上写了些什么,然后说道:"请继续讲。"

妮尔莫拉说:"她还没有结婚。"

算命先生又记下了,并且说:"继续讲下去。"

妮尔莫拉说:"她什么时候能结婚?"

算命先生又记下了。然后他开始用粉笔画出一些线条,查看相关的星相表,观看日晷,还向妮尔莫拉问了许多问题,进行了很多的计算,翻阅了很多的书本,最后,他抬起头来,望着妮尔莫拉,摇了摇头。

妮尔莫拉问:"不能结婚吗?"

算命先生说:"圣典上几乎写着这样的答案。"

妮尔莫拉说:"为什么是几乎呢?"

算命先生说:"如果海洋所围绕的这个大陆的统治者的夫人,什么时候能来伺候你的女友,那时候她就能结婚,否则她是不会结婚的。因为这是不可能的,所以我才说,她不可能结婚。"

"的确是不可能的!"妮尔莫拉说着又给算命先生一些钱,然后就走了。

第六章 点火的建议

在琼秋洛公主被劫持之后,印度燃起了一股熊熊烈火,在这股烈火中不是莫卧儿帝国被毁灭,就是拉吉普坦纳被毁灭。只是由于拉吉辛赫国王的善良和宽容,才没有发生那样的情况。全面地叙述

拉吉辛赫

那些惊人的事件不是这部长篇小说的目的。然而，如果不叙述其中的某些事件，读者就无法理解这部书最后所讲述的内容。

鲁波诺戈尔王国的公主被劫持的消息传到了德里，在德里引起了一场轩然大波。盛怒之下，德里皇帝撤换了自己军队中的某些领导人，把某些人关进了监狱，甚至还处死了一些人。但是该事件的主要的罪犯——琼秋洛公主和拉吉辛赫却未能那么快地受到惩罚。因为，虽然美瓦尔是个小的王国，可是它却是个"硬核桃"。四周是难以逾越的高山，拉吉普特人个个都是英雄，而拉吉辛赫又是英勇的印度教教徒中最杰出的英雄。在这种情况下，拉吉普特人也会像普罗达普·辛赫从前教训阿克巴·沙赫那样，教训莫卧儿人。世界的皇帝挨了一拳之后，在短期内不得不悄悄地收起自己的拳头。

然而，奥朗则布是这样一个人，一旦他对什么人怨恨，那他简直就无法忍受。他降生在这个世界上，就是为了给印度教教徒制造灾难，他对印度教教徒的罪过尤其不能忍受。信奉印度教的马拉提人一再地蔑视他，现在拉吉普特人又对他表示了蔑视。他再也没有什么办法对付马拉提人了，现在也没办法对付拉吉普特人。可是他还是要喷吐毒液。所以他就企图把对拉吉辛赫罪过的怨恨全部洒在所有印度教教徒的身上——蓄意迫害他们。

我们觉得，现在的所得税是无法忍受的，比这更无法忍受的，是穆斯林统治时期的一种税。它之无法忍受，因为穆斯林不需要交纳这种税，只有印度教教徒才需要交纳。这种税名就叫"吉吉亚"。杰出的政治家——阿克巴皇帝，意识到它的害处，曾经取消了它，从那以后就停止征收了。现在，仇视印度教教徒的奥朗则布又重新恢复了这种税收，企图以此来增加印度教教徒的痛苦。

以前皇帝曾经颁布过征收这种税的命令，而现在开始征收的税额大大地增加了。印度教教徒非常恐慌，心里感觉很压抑，感到很难过。于是成千上万的印度教教徒，双手合十地来到皇帝面前，请求皇帝怜悯，但是奥朗则布根本不怜悯他们。星期五，当皇帝前往清真寺祈祷的时候，无数的印度教教徒围在他的身边哭泣起来。这个所谓的世界皇帝就像第二个希拉尼亚迦什布①一样,给手下人下命令说:"把大象赶向人群去践踏。"于是那些身强力壮的男人们有的被大象踩在了脚下,其余的都被驱散了。

在奥朗则布统治下的印度,非穆斯林居民又开始交纳人头税了。从布拉马普特拉河到印度河岸,印度教的神像被毁掉了,历史悠久的高耸入云的神庙都被破坏了,消失了,在其原址上建起了穆斯林的清真寺。迦尸②的湿婆神庙消失了;马图拉的黑天神庙消失了;在孟加拉邦,孟加拉人所建造的所有的名胜古迹全都消失了。

奥朗则布现在又发布命令:拉吉普坦纳的拉吉普特人也要交纳吉吉亚税。拉吉普坦纳的百姓并不是他的臣民,可是因为他们是印度教教徒,所以这惩罚性的税收也降临到他们的头上。拉吉普特人一开始拒绝了,但是除了乌多亚普尔,整个拉吉普坦纳就像失去舵手的船一样不知所措。贾亚普尔的久耶辛赫,其强大的军事实力曾经是莫卧儿帝国的一个主要依靠,而现在他已经死了——背信弃义地谋杀朋友的奥朗则布,采取阴谋手段将他毒死了。他那已经成年的儿子被关在德里的监狱里。因此,贾亚普尔不得不交纳非穆斯林人头税。久陀普尔的国王久绍般特·辛赫也离开了人世。他的王后现在是王国的代表。她虽然是个女人,但是她把皇帝的官员们都赶走了。奥朗则布正准备发动一场反对她的战争。这个女人在战争威胁面前害怕了,这个王后没有交纳吉吉亚人头税,但是代替纳税的是她放弃王国的一部分领土。

拉吉辛赫拒绝交纳非穆斯林人头税,什么税都不交,他承诺保护国家的所有财产。关于非穆斯林人头税,他给奥朗则布写了一封信。拉吉普坦纳的一个历史学家在评论这封信时写道:"在这封信里,国王作为自己民族的首脑,以民族的名义提出了抗议,信中体现出了如此毫不妥协的尊严,如此高尚而又更加平和的坚定性,与

---

① 印度神话传说中的恶魔之王(Hiranyakashipur),直译为"魔王"。
② 印度教的圣地。印度教教徒认为在那里死亡可以升入天堂,所以许多年老的印度教教徒都希望在那里度过余生。

拉吉辛赫

无限忍让和善意精神相融合的谴责,如此高尚的气度和真诚的情操,这封信可以与任何时代、任何地区或任何条件下所创作的书简相媲美。"这封信在给德里皇帝的怒火上又浇了油。

德里皇帝给拉吉辛赫发去了命令:他的国民必须交纳吉吉亚税,除此之外,在该王国内还应该屠宰牛,摧毁所有的印度教神庙。拉吉辛赫已经开始备战。

奥朗则布也开始备战。他还从来都没有进行过如此可怕的大规模的战争准备——即使在中国皇帝和波斯国王反对他的时候,他都没有进行过这样的准备,现在为了对付这样一个小小王国的国王,他竟然进行这样的准备。十七世纪的这个暴君,为了战胜一个小小王国的国君拉吉辛赫,进行着这样大规模的准备,就像曾经统治过大半亚洲的那个暴君一样——他当时为了打败小小的希腊王国曾经进行了这样的准备。只有这两事件可以做比较,再也没有第三个事件可以与之相比了。我们对希腊历史能背得滚瓜烂熟,但是对拉吉辛赫的历史却一点儿也不了解。这就是当代教育的成就。

第六部分　战火在燃烧

第一章　火镰——仙女

拉吉辛赫给奥朗则布写了一封言辞尖锐的信，由此引发了一场战火。派谁去给奥朗则布送这封信呢？这是个很难决定的问题。因为，尽管使者是不应该被伤害的，可是奥朗则布曾经毫不犹豫地杀死过很多使者，这是大家都知道的。所以拉吉辛赫不想派个怕死的、很不机灵的、只想自己活命的人。这时马尼克拉尔来到拉吉辛赫身边，请求说："就让我去做这件事吧。"于是拉吉辛赫就把那封写好的信交给他，委托他去做这件事。

听到这个消息后，琼秋洛公主就把妮尔莫拉叫来，对她说："你为什么不跟你丈夫一起去呢？"

妮尔莫拉惊奇地问道："我去哪里呀？去德里？为什么？"

琼秋洛说："去逛一逛皇帝的宫殿啊。"

妮尔莫拉说："我听说，那可是一个地狱啊。"

琼秋洛说："难道你就永远不会下地狱吗？你那样折磨可怜的马尼克拉尔，因此你是免不了下地狱的。"

妮尔莫拉说："这不能怪我呀，谁让他看见我美丽就和我结婚呢？"

琼秋洛问："大概，当你躺在树下奄奄一息的时候是他来恳求你了？"

妮尔莫拉说："反正我没有叫他。现在他肩负着仆人的重担要去德里，你说说，我去干什么？"

琼秋洛说："应该去邀请乌迪普丽来。"

妮尔莫拉问："为什么？"

琼秋洛说:"让她来给我装烟。"

妮尔莫拉说:"真的,我把这给忘了。世界的女统治者要是不来为你效劳,你的仆人的负担也就不会减轻。"

琼秋洛说:"去你的吧,罪恶的女人!我现在就是仆人的负担。不是德里皇帝的皇后成为我的女仆,就是我应该服毒自尽。这就是算命先生的预言。"

妮尔莫拉问:"难道靠一封邀请信皇后就能来吗?"

琼秋洛说:"不会的。我的目的是激发矛盾。我相信,一旦挑起矛盾,大王陛下就会取得胜利。还要皇后成为俘虏。让你去还有一个目的——你去结识德里的后妃们。"

妮尔莫拉问:"请你讲一讲,我怎样才能完成这项任务呢?"

琼秋洛说:"我现在就讲给你听。你知道,久陀普丽皇后的一枚戒指在我手里。你带着这枚戒指去。凭着这枚戒指,你就可以进入皇宫,而且凭借它你还可以和久陀普丽皇后会面。你要把所有情况都详细地告诉她。你还要把我写给乌迪普丽的一封信交给她看。她会设法将信送到乌迪普丽那里去的。如果在哪一方面你觉得自己的智慧不够用,那么,你就借助你丈夫的智慧吧。"

妮尔莫拉说:"瞎说!我是个当家的女人。"

妮尔莫拉微笑着拿起信走了。在规定的时间,她和丈夫带着一些可靠的人动身前往德里去了。

第二章 火绳——普鲁罗芭

马尼克拉尔进行了充分的准备。有一天,他的一个手指头让妮尔莫拉看见了。妮尔莫拉惊奇地发现,在他的那只断指处又长出了一个新的手指头。她问马尼克拉尔:"这又是什么呀?"

马尼克拉尔说:"我新接了一个手指头。"

妮尔莫拉问:"用什么接的?"

马尼克拉尔说:"用象牙。我还装了一小节弹簧代替关节,上面包了一层薄薄的羊皮,涂上了一层与我的皮肤一样的颜色。可以随意取下来,装上去。"

妮尔莫拉问:"这有什么必要呢?"

马尼克拉尔说:"在德里可能会有人认识我。在德里可能我需要隐姓埋名。被砍断的手指是无法隐瞒的。不过,有了两手准备就好了。"

妮尔莫拉笑了。然后马尼克拉尔拿出一个笼子,里面装着一只家养的鸽子。这只鸽子是经过很好的训练的,是很善于传递信息的信鸽。那些了解信鸽在现代欧洲战争中所起的作用的人,都会明白这一点。从前,在印度就曾经使用过这种经过训练的信鸽。马尼克拉尔向妮尔莫拉详细地讲述了信鸽的品格。

曾经有这样一种传统:如果要向德里皇帝那里派遣使者,应该携带一些礼品。英国、葡萄牙等国的国王也都这样做过。拉吉辛赫也让马尼克拉尔带去了一些礼品,不过,带去的礼品不多,因为马尼克拉尔这次前往德里不是为了执行友好的使命。

在各种礼品中间,还有几件用白玉石制作的镶嵌着宝石的手工艺品。马尼克拉尔将这几件东西单独装在一个箱子里。

在预定的日子,马尼克拉尔拿到了国王的诏书和信函,在男女仆人和骑士们的陪伴下,带着大象、马匹、骆驼、公牛、马车、轿子,和妮尔莫拉一起浩浩荡荡地出发了。他们走了很多天。在距离德里只有几克罗什远的地方,马尼克拉尔吩咐手下人架起帐篷,安营扎寨,并让妮尔莫拉和其他人留在营帐里,他只带着一个可靠的人前往德里去了。他还带走了那些玉石制品。他把那支假手指摘了下来,交给妮尔莫拉保存,并对她说:"我明天回来。"

妮尔莫拉问道:"你想做什么?"

马尼克拉尔拿出一件玉石制品给妮尔莫拉看,那上面有一个小小的记号。马尼克拉尔说:"在所有这些玉石制品上我都做了这种记号。"

妮尔莫拉问:"为什么?"

马尼克拉尔说:"在德里你我必然分开。如果莫卧儿人制造障碍,致使我们无法见面,那么,你就可以到市场上去购买玉石制品。如果你在哪个商店看到玉石制品上有这种记号,你就可以在那个商店里找到我。"

这样约定之后,马尼克拉尔与那个可靠的人,带着那些玉石制品就前往德里去了。到了德里之后,马尼克拉尔租了一栋房子,并把它改装成一家玉石店,并让那个陪同他来的人当店铺的老板,然后他就返回了营寨。

然后,他就带领所有军人、骑士,与妮尔莫拉一起又向德里进发了。到了德里后,按照惯例,他们建起了营盘,并派人向皇帝通报。

第三章 增加怒火

下午奥朗则布坐在大殿里,马尼克拉尔也来到了皇宫。很多书都描写过德里皇帝接见的场面,在这里我不想再详细描述了。马尼克拉尔首先登上台阶,向皇帝鞠躬施礼。随后他又向上攀登,每上一个台阶就鞠一次躬,再上一个台阶,就再鞠一次躬。就这样他登上三个台阶,来到用孔雀羽毛装饰的宝座前。马尼克拉尔躬身施礼之后,就把拉吉辛赫赠送的一些微薄礼物呈现在皇帝的面前。奥朗则布扫了一眼,非常生气,但是他什么也没有说。在馈赠的礼物中有两把宝剑:一把插在剑鞘里,另一把是没有剑鞘的。奥朗则布收下了那把不带剑鞘的宝剑,把其他礼品都丢在了一边。

马尼克拉尔呈上了拉吉辛赫的信函。了解了信函的内容之后,奥朗则布气得两眼发黑。不过,他即使愤怒,通常也并不表现出来。他特别客气地向马尼克拉尔询问了一些情况。他吩咐军需官给马尼克拉尔安排舒适的住处,说明天将对国王的信函做出答复,然后就让马尼克拉尔走了。

大殿里的接见结束了。奥朗则布一走出大殿，就命令手下人去刺杀马尼克拉尔。刺杀的命令虽然下达了，但是那些去执行刺杀任务的人却找不到马尼克拉尔。那些奉命监视马尼克拉尔的人也找不到他。他们找遍了德里城的大街小巷，到处都找不到他。马尼克拉尔在奥朗则布下达刺杀他的命令之前就躲藏起来了。当全城都在搜捕马尼克拉尔的时候，他却坐在自己的玉石店里，伪装成商人，做起买卖来了。那些武士找不到马尼克拉尔，于是就来到他的营地，碰到谁就抓谁，并把被抓到的人带到了巡警队长那里。在被抓的人中就有妮尔莫拉。

巡警队长从这些被抓来的人的口中什么也没有问出来，无论恫吓还是殴打，都没有什么结果——他们什么都不知道，又能说什么呢？

巡警队长最后开始审问人妮尔莫拉——因为她是女人，所以她一直被单独关押着。现在巡警队长开始审问妮尔莫拉。她回答说："我不认识国王的使者。"

巡警队长说："他的名字叫马尼克拉尔·辛赫。"

妮尔莫拉说："马尼克拉尔·辛赫？我不认识。"

巡警队长问："你不是和国王的使者一起从乌多亚普尔来的吗？"

妮尔莫拉说："我从来都没有去过乌多亚普尔。"

巡警队长问："那么，你是谁？"

妮尔莫拉："我是久陀普丽皇后殿下的一个信奉印度教的女仆。"

巡警队长说："久陀普丽皇后殿下的女仆们是从来都不走出皇宫的。"

妮尔莫拉说："我也是从来没走出过皇宫的。这一次听说一个信奉印度教的使者来了，皇后殿下就打发我去他的营盘。"

巡警队长问："怎么回事？为什么？"

妮尔莫拉说："为了来取伟大圣人用其洗过脚的圣水。所有的拉吉普特人都保存有这种圣水。"

拉吉辛赫

巡警队长问:"我只看见你一个人呀。你怎么从皇宫里出来的?"

妮尔莫拉说:"就靠这件东西。"

妮尔莫拉说着就从衣服里拿出了久陀普丽皇后的那枚戒指给他看。巡警队长看到这枚戒指后,连鞠三躬。他对妮尔莫拉说:"你可以走了。谁也不会再为难你了。"

妮尔莫拉当时说道:"队长先生!我还要请求您的一点儿恩典——我从来都没有离开过皇宫,我今天看见到处抓人,非常害怕——如果您肯开恩,派一个巡警或脚夫把我护送回皇宫,那就更好了。"

巡警队长立即指派一个携带武器的巡警护送妮尔莫拉前往皇帝的内宫。看见皇后的戒指,宫廷的太监们谁都没有阻挡她。妮尔莫拉机敏地一路打听,最后终于找到了久陀普丽皇后。妮尔莫拉向皇后行了大礼之后,就拿出那枚戒指给皇后看。一看到那枚戒指,皇后就警惕起来,随后把她带到无人处,询问起来。

皇后问道:"你是从哪里得到这枚戒指的?"

妮尔莫拉说:"我现在就把一切都详细地讲给您听。"

妮尔莫拉首先做了自我介绍,然后就把戴碧如何前往鲁波诺戈尔,讲了些什么话,如何留下了戒指,以及后来琼秋洛和妮尔莫拉所经历的情况,都详细地讲了一遍。她还向皇后介绍了马尼克拉尔的情况。妮尔莫拉还把她和马尼克拉尔如何来到德里,以及她带来了琼秋洛公主一封信的事情讲了。随后她又讲述了她来德里后遭遇了怎样的危险又如何摆脱了危险,运用何种计谋进入了皇宫。然后她拿出了琼秋洛公主写给乌迪普丽的那一封信,递给了皇后,最后说道:"我到您这里来就是想得到您的指示:我怎样才能把这封信送到乌迪普丽皇妃那里呢?"

皇后说:"有办法——可以借杰波-温妮萨公主的手转送。如果现在去找她,就会掀起轩然大波,等夜里那个罪恶的女人喝得酩酊大醉的时候,就有办法了。现在你到我的那些信奉印度教的女仆那里去休息吧。去吃一点儿她们做的食物,喝点儿水吧。"

妮尔莫拉同意了皇后的安排。皇后的盼咐也传达下去了。

第四章　乌迪普丽往火上浇油

当夜色暗下来的时候，久陀普丽皇后对妮尔莫拉做了相关的交代，并打发一个鞑靼女护卫把她护送到杰波－温妮萨公主那里。一走进杰波－温妮萨的寝宫，妮尔莫拉就被浓郁的玫瑰花香和烟草气味熏得头昏脑涨。看到寝宫里铺着镶嵌有各种宝石的地板、豪华的床铺和陈设，妮尔莫拉简直惊呆了。令她更为惊叹的是杰波－温妮萨所佩戴的各种珠宝首饰、鲜花以及她那娇媚的宛如日月的光辉形象——她的装束使人觉得，这个罪恶的杰波－温妮萨简直就是天上的仙女。

但是这位仙女已经睡眼蒙眬了，她脸面红润，神志昏聩——她仍然陶醉于葡萄酒之中。当妮尔莫拉站在她面前的时候，她舌头有些僵硬地问："你是谁？"

妮尔莫拉回答说："我是乌多亚普尔邦王后的使者。"

杰波－温妮萨问："你是来为莫卧儿皇帝的宝座打孔雀扇的吗？"

妮尔莫拉说："不是。我带来了一封信。"

杰波－温妮萨问："信有什么用？你还是把它烧掉吧。"

妮尔莫拉说："不。我要把它交给乌迪普丽皇妃。"

杰波－温妮萨问："她现在还活着，还是死了？"

妮尔莫拉说："大概，还活着。"

杰波－温妮萨说："不，她已经死了——谁把这个女仆送到她那里去吧。"

杰波－温妮萨这句带有醉意的话语的意思是，把她送到死神阎摩那里去，但是鞑靼女护卫没有明白她的意思，而是理解为这句话的直接含义，于是就把妮尔莫拉送到了乌迪普丽皇妃的寝宫里。

拉吉辛赫

妮尔莫拉来到皇妃的寝宫看到，乌迪普丽的眼睛炯炯有神，笑起来声音很高。她的心情很好。妮尔莫拉向她行了一个大礼。乌迪普丽问道："你是谁？"

妮尔莫拉回答说："我是乌多亚普尔邦王后的使者。我带来了一封信。"

乌迪普丽说："不，不。你是波斯王国的国王。你来这里是想把我从莫卧儿皇帝的手里抢走。"

妮尔莫拉忍住笑，将琼秋洛所写的那封信递到乌迪普丽的手里。乌迪普丽一边假装读信，一边说道："信里写了什么？这样写道：'你快来吧！我最亲爱的美人！听说你的美丽和善良，我简直像疯了一样，神魂颠倒了。你快来让我的头脑冷静下来吧！'好了，我会那样做的。我一定要去见他的。请您稍等一下。我要喝点酒。您也尝一尝这酒吧？是好酒啊！这是葡萄牙大使送来的礼品。这样的酒在贵国是不生产的。"

乌迪普丽端起酒杯开始喝酒，妮尔莫拉趁机溜了出去。她来到久陀普丽皇后的寝宫，并且把一切情况都告诉了久陀普丽皇后。听了之后，久陀普丽皇后笑着说："明天她一定会阅读那封信的。现在你赶快逃走吧。否则明天就可能掀起一场风波。我派一个可靠的太监送你走。他把你送出皇宫后，你赶快到营盘去找你丈夫。如果在那里能找到你们自己的人，今天你就和他离开德里。你丈夫大概在离德里不太远的什么地方在等待你们呢。要是在路上碰不到他，那么，就让这个太监把你送到乌多亚普尔。你没有路费，我现在就给你——不过，你一定小心啊！不要暴露我。"

妮尔莫拉说："殿下，您就放心吧。我是拉吉普特女人。"

久陀普丽把一个名叫波那斯的可靠的太监叫来，并且向他交代了应该做的事情，然后问道："现在你们能走吗？"

波那斯说："能走。但是没有长公主签发的通行证，我不敢贸然那么做。"

久陀普丽说："需要什么样的通行证，你写吧，我去让长公主签名。"

太监开来了通行证。皇后让他交给鞑靼女护卫，对她说："你拿去让长公主签字。"

女护卫问："如果长公主询问是什么通行证呢？"

久陀普丽回答："你就说：'是砍我头的通行证'。你要把笔和墨水也带去。别忘了加盖印章。"

女护卫拿着笔、墨水和通行证去杰波－温妮萨的寝宫了。仍然处于半醉状态的杰波－温妮萨问道："什么通行证？"

女护卫说："是砍我头的通行证。"

杰波－温妮萨问："你偷什么东西了？"

女护卫说："乌迪普丽皇妃殿下的裙子。"

杰波－温妮萨说："你做得好哇！砍头之后你还可以穿嘛。"

说完，长公主就在通行证上签了字。女护卫又加盖了印章，然后拿回来交给久陀普丽皇后。波那斯拿起通行证，带着妮尔莫拉走出了久陀普丽皇后的寝宫。妮尔莫拉怀着喜悦的心情和太监一起走了。

可是她那种喜悦的心情突然消失了——快到皇宫大门口的时候，太监害怕了，他呆呆地站住了，然后说："危险！快逃！快逃吧！"太监说着就气喘吁吁地跑起来。

第五章 阎摩自己也往火上浇油

妮尔莫拉弄不明白，为什么应该逃跑。她环顾四周，也没有发现应该逃跑的什么理由。她只看见，在大门旁边站着一个身穿白色衣服的成年男子。妮尔莫拉想："大概他是个魔鬼，所以太监因为害怕才逃跑了吧？"妮尔莫拉自己并不很怕魔鬼，所以她就没有跑，只是有些犹豫。就在这时，那个身穿白衣服的人走过来，站在了妮尔莫拉的面前。他看着妮尔莫拉问道："你是谁？"

妮尔莫拉说："我是谁关你什么事？"

穿白衣服的男子又问："你去哪里？"

妮尔莫拉说："外面。"

男子问："为什么？"

妮尔莫拉说："我需要去。"

男子问："我知道，任何人都有需要。你的需要是什么？"

妮尔莫拉说："无可奉告。"

男子问："同你一起来的人是谁？"

妮尔莫拉说："无可奉告。"

男子说："我看你是信奉印度教的女人。什么种姓？"

妮尔莫拉说："拉吉普特人。"

男子问："你是否住在久陀普丽皇后那里？"

妮尔莫拉下定决心，决不向任何人提及久陀普丽皇后的名字——说不定，一不小心就会对她造成某种伤害呢。因此她就说："我不住在这里。今天我刚来。"

那个男子又问道："你从哪里来？"

妮尔莫拉心里想："我为什么要说假话呢？这个人又能把我怎么样呢？拉吉普特女人难道因为害怕就说假话吗？"想到这里，她就回答说："我从乌多亚普尔来。"

那个男子问道："你为什么来这里？"

妮尔莫拉心想："我为什么要告诉他那么多情况呢？"于是她说道："我向您介绍那么多情况干什么呢？您要是不再问我那么多的问题，放我出去，我就会特别感谢您。"

男子回答说："如果你的回答能使我满意，那么，我就会放你出宫门。"

妮尔莫拉问："我不知道您是谁，我怎么能把一切情况都告诉您呢？"

男子回答说："我是阿洛姆吉皇帝。"

这时妮尔莫拉回想起了被琼秋洛公主踩破的那幅画像。妮尔莫拉咬住舌头，在心里默默地说："是啊，的确是他！"

妮尔莫拉双膝触地向皇帝行了大礼。她双手合十地说："我听候陛下的圣谕。"

皇帝问道："你到这里来找谁？"

妮尔莫拉说："陛下，我来找乌迪普丽皇妃。"

皇帝问："你都说了些什么？你是从乌多亚普尔来找乌迪普丽的吧？为什么？"

妮尔莫拉说："带来了一封信。"

皇帝问："谁写的信？"

妮尔莫拉："大王的王后写的。"

皇帝问："那信在哪里？"

妮尔莫拉说："我交给长公主殿下了。"

皇帝觉得很惊奇，他说："你跟我来吧。"

皇帝带着妮尔莫拉向乌迪普丽的寝宫走去。走到门口的时候，他让妮尔莫拉停下来，并且对几个鞑靼女护卫吩咐说："不要放她走。"皇帝自己一走进乌迪普丽的寝宫就发现，乌迪普丽正在沉睡。在她的床上放着一封信。奥朗则布拿起信就读了起来。这封信是用当时的波斯文写成的。

读完信之后，奥朗则布的脸色变得如同夏季黄昏时分天上的乌云一样的昏暗。他走出寝宫，向妮尔莫拉问道："你怎么进入这座皇宫的呢？"

妮尔莫拉双手合十地说："请陛下宽恕奴仆的罪过。我不能回答这个问题。"

奥朗则布十分惊异，他说："你怎么这样固执？朕是统治世界的皇帝——朕问你问题，你竟敢不回答吗？"

妮尔莫拉双手合十地说："世界是属于陛下的，但是舌头是属于我的。统治世界的皇帝是不能迫使我说出我不想说的事情的。"

奥朗则布说："朕对你高傲的舌头是无能为力的，但是朕现在就可以命令鞑靼女护卫们动手把你的舌头割下来扔给狗吃。"

妮尔莫拉说："那就悉听尊便吧！不过，要是那样做的话，陛下探听消息的道路就永远堵死了。"

奥朗则布说："为此我将保留你的舌头。我要下达这样的命令——让鞑靼女护卫们把你用破布缠裹起来，然后点燃，慢慢地烧烤你。既然你不想回答我的问话，那你就去回答火焰吧。"

妮尔莫拉笑了，然后说道："信奉印度教的女人是不害怕被火烧死的。印度斯坦的皇帝难道从来都没有听说过，信奉印度教的女人都是面带着微笑跳入焚烧尸体的火堆里和丈夫的遗体一起被烧死的？陛下在用死亡威胁我，可是我的母亲、我的姥姥等先辈都是死于烈火中。我也希望天神垂怜，我能在我丈夫的身边找到一个位置——让烈火活活将我烧死。"

皇帝在心里默默地说："好样的！好样的！"随后大声地说："这个问题以后我来解决。现在你要被关进这座皇宫的一个房间里。即使你感到饥饿和干渴，既不会给你什么东西吃，也不会给你水喝。当你觉得快要饿死的时候，你就拼命地敲门，女护卫们就会把门打开，把你带到我这里来——只要你能回答我的所有问题，你就可以吃东西、喝水了。"

妮尔莫拉说："皇帝陛下！难道您从来都没有听说过，信奉印度教的女人们都有绝食的习惯？为了绝食她们可以一天、两天、三天不吃不喝。为了能死在圣像前她们有时就躺在那里不吃不喝——陛下就没有听说过？她们有时候自愿绝食而死——陛下就没有听说过？皇帝陛下！您的这个女仆也能做到。如果陛下愿意的话，就请考验我吧。"

奥朗则布发现，这个女人毫无畏惧。即便毒打她，也不会起什么作用。即使折磨她，也难说是否会起作用。那么，首先最好用收买的方法来考验她一下。于是奥朗则布说道："好了，我不折磨你了。我给你金银财宝，放你走。请你把所有的情况都讲给我听。"

妮尔莫拉说："拉吉普特女人既然蔑视死亡，同样也蔑视金银财宝。我是一个普通的女人，请陛下开恩放我走。"

奥朗则布问："德里皇帝没有什么是不可以给你的——难道你就没有什么想请求他给你的吗？"

妮尔莫拉："有啊——请陛下放我出宫。"

奥朗则布问："只有这个要求现在我不能答应你。除此之外，难道世界上就再也没有什么是你所希望得到或者是你所畏惧的了?"

妮尔莫拉说:"怎么会没有呢?有啊,但是在德里皇帝的宝库里没有这种宝贝。"

奥朗则布问:"是什么东西?"

妮尔莫拉说:"我们是印度教教徒——在这个世界上我们只敬畏我们的宗教信仰,企求我们的宗教信仰。德里皇帝是个野蛮人,德里皇帝还是个最富有的人。德里皇帝能做什么呢?他能给予我所企求的东西吗?他能从我这里得到什么呢?"

看到妮尔莫拉如此的勇敢和机敏,德里统治者的怒气消失了,并且感到十分惊奇,但是这种刺耳的话语又一次引起了他的愤怒,因此,他说道:"真是的!我竟然把那件事给忘了。"他命令一个鞑靼女护卫:"去!你到厨房拿一些牛肉来,你们两三个人一起把牛肉塞进她的嘴里去。"

妮尔莫拉仍然镇静自如,她说:"我知道,你们有这种智慧。你们正是靠着这种智慧夺取了我们黄金般的印度斯坦。我知道,你们穆斯林赶着牛群去作战,才打败了印度教教徒。否则的话,穆斯林军队在拉吉普特军队的面前就会陷入汪洋大海。不过,陛下还是应该记住这样一个事实——陛下难道就没听说吗,拉吉普特女人出门总是携带毒药的?我就带有这样的剧毒药,如果您的仆人们带着牛肉,只要他们踏进这个宫室一步,那我就立即把毒药吞入口中,在我活着的时候任何人都甭想把牛肉放到我的嘴里。皇帝陛下!在你用砒霜毒死你的哥哥达拉之后,你霸占了他的两个妻子——你成功了吗?我知道那个下贱的女基督教徒投入了你的怀抱,而那位拉吉普特女人不是打了德里皇帝几个耳光后就升天了吗?我现在也会在打你几个耳光之后前往天堂。"

皇帝无言以对。这个以世界的统治者而著称的人,这个具有世界性荣耀的人,这个令整个印度都恐惧的人,今天居然被这个软弱无助的女人所侮辱——并且失败了。奥朗则布只好认输。他在心里默默地说:"这个女人是无价之宝,不应该消灭她。我一定要制服她！"于是他就用非常亲切的语调问道："亲爱的，你叫什么名字？"

妮尔莫拉笑着说："怎么，皇帝陛下，你莫非还想娶一个拉吉普特女人作为妃子？你还是丢掉这个想法吧。我是个结了婚的女人，我那信奉印度教的丈夫还活着。"

奥朗则布说："现在不说这个话题了。你在我的皇宫里住几天吧——这个命令大概你不会不服从吧？"

妮尔莫拉问："您为什么要关押我呢？"

奥朗则布说："如果现在放你回去，你一定会大骂我的。现在我要这样来对待你，以便使你能赞美我，然后我再放你走。"

妮尔莫拉说："陛下如果不放我走，那我就不想走了，不过如果陛下能够保证做到几件事，我可以在这里住几天。"

奥朗则布问："哪几件事？"

妮尔莫拉说："除了印度教教徒准备的食物和水，我是不会去碰别的东西的。"

奥朗则布说："我答应你。"

妮尔莫拉说："任何穆斯林都不能碰我。"

奥朗则布说："我也答应你。"

妮尔莫拉说："我要和来自拉吉普特的某一位后妃住在一起。"

奥朗则布说："这也行——我让你住在久陀普丽皇后那里。"

德里皇帝就像他许诺的那样，为妮尔莫拉做了安排。

第六章　还要往火上浇油

第二天，奥朗则布带着杰波-温妮萨和妮尔莫拉在皇宫里调查，是谁让她进到内宫里来的。奥朗则布把住在内宫里的所有太监、鞑靼女护卫、女仆们都一一叫来询问。放妮尔莫拉进来的人们都认出了她，但是她们意识到自己做了错事，所以谁都不敢承认自己有罪过。奥朗则布和杰波－温妮萨什么都没有调查出来。然后，奥朗则布和杰波－温妮萨对宫廷里所有的人下达了这样一个命令："让她进来并没有什么损失，但是没有我的命令，任何人都不许放她出宫。不过，谁也不准欺压她或侮辱她。要像尊敬后妃那样尊敬她。让她在久陀普丽皇后那里接受信奉印度教的女仆们为她准备的饮食。不许穆斯林碰她。"

所有人都向妮尔莫拉施了礼。杰波－温妮萨很客气地叫她到自己的宫室来，并且同她天南海北地闲聊。不过，有关的内部情况她从妮尔莫拉那里一点儿也没有得到。

一天下午，一个鞑靼女护卫进来，向久陀普丽皇后报告说："有一个小贩带一些玉石制品来城堡里贩卖。他已经把几件制品让人带到宫里来了。那些东西都不太好，哪个妃子都不喜欢。不知您是否想买？"

马尼克拉尔故意挑选一些不好的玉石制品带来卖，这样妃子们就不会购买，好让东西剩下来。当女护卫说这番话的时候，妮尔莫拉就在久陀普丽皇后的身边。她向皇后使了一下眼色，说道："我想买。"

妮尔莫拉将前一天夜里皇帝碰见她并和她进行谈话的一切情况都告诉了久陀普丽皇后。听了之后，久陀普丽皇后对妮尔莫拉大加赞赏，给予她很多祝福，并且更加关心照顾她。这时候她明白了妮尔莫拉的愿望，就命令把玉石制品拿进来。

就在女护卫走出宫室的时候，妮尔莫拉将她与马尼克拉尔商定的计划简要地向久陀普丽皇后做了说明。久陀普丽说："那你现在马上给你丈夫写封信，我来挑选玉石制品，利用这机会向他通报一下你的情况。"就在这时候那些玉石制品都被送进来了。

妮尔莫拉发现，所有商品上都有马尼克拉尔刻的记号。于是妮尔莫拉坐下来开始写信。在妮尔莫拉还没有写完信的时候，久陀普丽就一直挑选玉石制品。在这些物品中有一个珍贵的镶嵌着宝石并雕刻着各种图案的匣子。匣子上挂着一条系锁的金链子。妮尔莫拉的信写好之后，久陀普丽就在别人不注意的情况下把信放进匣子里，然后用钥匙把匣子锁上了。

久陀普丽将自己挑选的东西留下来，只有那个匣子她不喜欢，就将其退回去了。在退还匣子的时候她故意忘了还钥匙。

乔装成小贩的马尼克拉尔看到只有匣子还回来，却没有钥匙，他的心里就有了底数。他收了一些钱后，就带着那个匣子回到了自己的商店。他悄悄地打开匣子，取出了妮尔莫拉写的那封信。

信里写了些什么内容，读者就没有必要详细了解了。其中的大部分读者是可以想象得到的，其余的内容稍后读者也会明白。读过信后，马尼克拉尔对妮尔莫拉就放心了，于是就准备动身返回自己的祖国。不过，就在那一天要是商店就关了门，就可能引起别人的怀疑，因此他就拖延了几天才走。

第七章　杰波－温妮萨往火上浇油

我们先把妮尔莫拉放一放，现在应该来讲一讲莫卧儿的英雄摩巴拉克的情况。我们已经讲过，在那些从鲁波诺戈尔很沮丧地回来的人们中间，有的被奥朗则布撤职了，有的受到了惩罚。但是摩巴拉克不属于那些人之列——从其他人那里听到了他的英雄事迹，奥朗则布仍然让他担任原来的职务。

杰波－温妮萨也听说了他的光荣事迹。她想，摩巴拉克会主动来到她的身边，向她讲述一切情况。可是摩巴拉克并没有来。

摩巴拉克把窦里娅接回自己的家，给她雇请了太监和女仆，送给她华贵的衣服穿，送给她最好的珠宝首饰。他和他那位圣洁的妻子一起忙起家务来了。

看到摩巴拉克没有主动来，杰波－温妮萨就打发她的一个可靠的太监阿湿罗丁去叫他。然而，摩巴拉克还是没有来。杰波－温妮萨非常生气——太傲慢无理了！公主请他来他都敢不来，真是太放肆了！

几天来,杰波－温妮萨一直都在生气。她默默地想:"我的所有人都是一样的。"可是杰波－温妮萨当时并知道,作为皇帝的女儿——公主她也是会糊涂的。她似乎觉得,安拉总是按照同一个模子铸造皇帝的女儿和农民的女儿的;财富、宝座——这一切只不过是一种享受创作的游戏,除此之外,再也没有什么区别。

但是所有人并不都是一样的,杰波－温妮萨手下的所有人也并不都是一样的。生了几天气之后,杰波－温妮萨感到有点儿伤心了。她抛弃了尊严——抛弃了公主的尊严和情人的尊严,又派人去叫摩巴拉克。摩巴拉克说:"我一再向公主殿下鞠躬施礼!在这个世界上除了公主殿下,再也没有使我更珍爱的了。只有一位——安拉和对他的信仰。我不能再去犯罪了。我不会再进入皇宫了——我已经把窦里娅接回了家。"

听到这种回答,杰波－温妮萨气得要命,并且下定决心要毁灭摩巴拉克和窦里娅。这是皇宫里的习惯做法。

妮尔莫拉住在皇宫里——这就为杰波－温妮萨实施这一计划提供了一些方便。妮尔莫拉逐渐成为奥朗则布所尊敬的人。每天奥朗则布都利用闲暇时间和在心情好的时候把"鲁波诺戈尔的舞女"叫去谈话。谈话的主要目的就在于了解拉吉辛赫的王国国内的情况。然而狡猾绝顶的奥朗则布,总是以这样的方式进行谈话,任何人都不会意识到,他是在为战争搜集必要的情报。但是妮尔莫拉在机灵方面并不比奥朗则布逊色,她明白奥朗则布每一次谈话的意图,因此,每一次针对他所要了解的问题,妮尔莫拉都做了虚假的回答。

因此,奥朗则布对于他们的谈话总是不太满意。他在心里盘算:"我要让梅瓦尔沉没在我军队的汪洋大海里,对此我毫不怀疑。拉吉辛赫的王国也将不复存在。但是这样还是不能保持我的荣耀。如果不能把鲁波诺戈尔的女王夺过来,也不能保持我的荣耀。可是即使得到了那个王国,我能得到王后吗?没有这种把握。因为,拉吉普特女人可以毫无畏惧地跳进火堆自焚而死,可以毫无畏惧地服毒。在落到我手里之前,那个女妖精就会自杀身亡。不过,

拉吉辛赫

要是我能够把这个女仆搞到手——对她施加影响,我难道就不能通过她把王后骗来吗?这个女仆难道就不能被征服吗?我是皇帝,难道我就不能征服一个女仆吗?如果我做不到这一点,那么我这皇帝的名声就会受到影响。"

然后根据皇帝的暗示,杰波-温妮萨就用珠宝首饰把妮尔莫拉打扮起来。她的穿着打扮就跟后妃们一样了。妮尔莫拉不论提出什么要求,都能得到满足;不论她想要什么,都能得到——只是她不能走出皇宫。

妮尔莫拉常常与久陀普丽议论这些情况。有一天,妮尔莫拉笑着对久陀普丽说:

金笼子装金鸟,
金链子拴在脚,
金米饭金菜肴,
唯有大地受煎熬。

久陀普丽问她:"你为什么要接受呢?"

妮尔莫拉说:"我回到乌多亚普尔,要向大家展示,我蒙骗了莫卧儿皇帝。"

杰波-温妮萨是奥朗则布的右臂。接到奥朗则布的命令,杰波-温妮萨就把妮尔莫拉带来。真正的工作都在这位皇帝女儿的手里——皇帝自己只是负责与她进行亲切的谈话。他常常与妮尔莫拉开玩笑,说笑话,但是这些玩笑和笑话都带有皇帝的风格特点——妮尔莫拉并不生气,只是以女人的方式给予回答,当然也不乏鲁波诺戈尔山区那种粗野的话语。我无法举出那位皇帝幽默话语的例子来,因为它与现代英国式的幽默是不一样的。在杰波-温妮萨面前,妮尔莫拉可以开诚布公地谈论自己想说的一切。在她所谈论的话题中,她还谈到了在鲁波诺戈尔所进行的那场战争是怎么打的。妮尔莫拉并没有亲眼看见战争初期的情况,但是她听琼秋洛公主讲述过。她就把听到的情况统统讲给杰波-温妮萨公主听。她讲到,几乎取得胜利的摩巴拉克如何在琼秋洛公主面前承认了失败,并带领军队撤出了战斗;她还讲到,为了保护拉吉普特人民,琼秋洛公主如何想自愿前往德里；她还讲了琼秋洛公主服毒自尽的打算；她还讲到摩巴拉克如何没有带她走的情况。

听了之后，杰波－温妮萨在心里默默地说："好一个摩巴拉克先生！我要用这件武器砍掉你的人头。"遇到合适的机会，杰波－温妮萨就把战争的整个过程讲给了奥朗则布听。

奥朗则布听了之后说："如果这个奴仆是这样一个叛徒，那么今天就让他下地狱吧。"奥朗则布并不是不了解事情的真相。有关杰波－温妮萨行为不端的议论，他也时常听到。有这样一些人，国人在议论他们的时候这样说："他们既想做婊子，又想立牌坊。"莫卧儿皇帝们就是这一类人。他们即使知道自己的女儿或姐妹有不轨行为，也不会对她们说什么，但是一旦知道了女儿或姐妹所宠幸的情人的地址，他们就会采用策略以某种借口杀死他。奥朗则布很久以前就怀疑，摩巴拉克是杰波－温妮萨钟爱的情夫，但是直到现在都不能确证——现在听了女儿的话，他明白了，大概他们之间发生了争吵，皇帝的女儿被那只蚂蚁咬伤了，所以她想踩死他。奥朗则布很同意女儿的想法。但是他认为自己应该听一听妮尔莫拉的亲口讲述，于是他就把妮尔莫拉叫来了。妮尔莫拉并不了解，也不明白内情，因此就把自己所知道的一切都如实讲了。

随后奥朗则布皇帝叫来了内务大臣，向他下达了逮捕摩巴拉克的命令。接到大臣的命令，八个卫士逮捕了摩巴拉克，并把他带到内务大臣的面前。摩巴拉克微笑着走到内务大臣的身边，看见大臣的面前放着两个铁笼子，每个笼子里都有一条毒蛇在鸣叫。

今天被判处死刑的人，一般都被绞死，其他执行死刑的方法都不用了。当时在莫卧儿帝国执行死刑的方法很多。有的人被斩首，有的人被钉上木楔，有的人被大象踩死，有的叫毒蛇咬死。需要秘密处死的人，就让他喝毒药。

摩巴拉克面带微笑，垂手站立在内务大臣的面前。他看了一眼放在旁边的两个装有毒蛇的笼子，仍然微笑着说："怎么？我应该走了吧？"

内务大臣悲伤地说："这是皇帝陛下的命令。"

摩巴拉克问道:"为什么下达这样的命令?他说了吗?"

内务大臣说:"没有。您难道不知道吗?"

摩巴拉克说:"有一个原因——只是猜想而已。能拖延一下吗?"

内务大臣说:"不能。"

摩巴拉克就脱掉鞋子,把一只脚放在一个笼子上。毒蛇叫着从笼子的缝隙里咬了他一口。

摩巴拉克痛得脸都变了形。他对内务大臣说:"先生!如果有人问,我摩巴拉克为什么死了,劳驾您告诉他,这是皇帝的女儿阿洛姆·杰波-温妮萨公主殿下的意愿。"

内务大臣有些恐惧,他十分同情地说:"安静一点吧!安静一点吧!"

有可能一条蛇没有毒,因此通常都为被判处死刑的人准备两条蛇。摩巴拉克知道这一点。因此他把脚又放到第二个笼子上,第二条大蛇也咬了他,并且向他的体内注入了毒液。

摩巴拉克当时被剧毒烧得缩成一团,他浑身发青,跪在地上,双手合十地叫道:"伟大的安拉呀!如果我什么时候做过值得你怜悯的事情,那么请你在这时候怜悯我吧!"

已经被蛇的剧毒折磨得筋疲力尽的莫卧儿英雄——摩巴拉克·阿利,就这样一边向宇宙之神乞求着,一边离开了这个世界。

第八章　都一样

一切消息都会传到皇宫里的——一切消息都不会越过杰波-温妮萨的,她实际上才是真正的皇帝。摩巴拉克被处死的消息也传到了她的耳朵里。

杰波-温妮萨本来指望,她会因为这个消息而非常开心,可是她忽然发现,结果恰恰相反。这个消息一传到她的耳朵里,她的眼睛里突然涌出了泪水——在这片干枯的土地上还从来没有涌现过泪泉。她发现，不仅如此，泪水沿着自己的面颊簌簌滚落下来。最后，她觉得，自己很想大哭一场。杰波－温妮萨反锁上门，躺在镶嵌着宝石的象牙床上，开始哭起来。

皇帝的女儿又怎么样呢？即使躺在镶有宝石的象牙床上，她也止不住眼泪啊！如果她走出皇宫，进入德里城郊破损的茅屋，那么，她就会看到，有多少人躺在破草席上在开心地欢笑。没有人像她这样悲伤地痛哭。

杰波－温妮萨第一次感觉到，是她自己毁灭了自己的幸福。她渐渐地意识到，对她来说并不是一切都是无所谓的——皇帝的女儿们也懂得爱；不管她是否意识到这一点，虽然生为女人身，可她还是应该把这种痛苦深藏在心里。杰波－温妮萨问自己："我既然这样爱他，为什么这么久自己不知道呢？"任何人都没有对她这样说过："你陶醉在富贵之中，你陶醉在娇媚的高傲之中；你成了自己感官的奴隶，因此你没有懂得爱情，因此你受到了应得的惩罚——没有人会同情你的。"

尽管谁也没有说什么，但是这一切都一点儿一点儿地开始浮现在她自己的心幕上。与此同时她还有这样一种感觉：善恶大概是存在的。如果存在，那么她就是做了很多罪恶的事情的。最后她恐惧了，如果对善恶一定要进行奖惩——那可怎么办呢？如果由某人来惩罚她的罪孽——又怎么样呢？难道因为她杰波－温妮萨是皇帝的女儿，她就会不被惩罚吗？那是不可能的。杰波－温妮萨的心里又恐惧起来。

由于感到痛苦、悲伤和恐惧，杰波－温妮萨打开门，把自己最信任的太监阿湿罗丁叫了进来。太监一走进来，杰波－温妮萨就向他问道："人被毒蛇咬死了，还能救活吗？"

阿湿罗丁说："人都死了，怎么还能救活呢？"

杰波－温妮萨问："您从来都没有听说，有人被救活过？"

阿湿罗丁说："哈代摩·马尔救活过这样一个人——我只是听说，没有亲眼见过。"

杰波－温妮萨轻轻地松了一口气，又问道："你认识哈代摩·

马尔吗?"

阿湿罗丁说:"认识。"

杰波－温妮萨问:"他住在哪里?"

阿湿罗丁说:"住在德里。"

杰波－温妮萨问:"你知道他家的地址吗?"

阿湿罗丁说:"知道。"

杰波－温妮萨问:"现在你能去那里吗?"

阿湿罗丁说:"只要殿下吩咐,我能去。"

杰波－温妮萨问:"今天摩巴拉克·阿利(声音有点儿颤抖)被蛇咬死了。你知道吗?"

阿湿罗丁说:"知道。"

杰波－温妮萨问:"把他埋葬在哪里了,你知道吗?"

阿湿罗丁说:"我没有看见,但是我知道埋葬在哪个墓地了。新坟,我能找到。"

杰波－温妮萨说:"我给你两百枚金币。一百枚你给哈代摩·马尔,一百枚你拿去用。把摩巴拉克·阿利的坟墓掘开,把他的尸体抬出来,把他救活。如果他能活过来,你把他带到我这里来。你现在去吧。"

接过金币,阿湿罗丁太监就与公主告辞了。

第九章　窦里娅往火上浇油

马尼克拉尔又一次来到皇宫贩卖玉石制品,获得了关于妮尔莫拉的消息。这一次他也带来了那个被锁着的玉石匣子。打开匣子,妮尔莫拉看到了那只信鸽。妮尔莫拉把信鸽藏好。仍然像上次一样,通过书信把消息发了出去。她在信中写道:"一切都顺利。你现在走吧,我以前说过,我要把皇帝带走。"

马尼克拉尔立即关闭了商店,动身前往乌多亚普尔了。当时正值深夜，离天亮还有较长时间。德里有很多城门。为了不引起别人的怀疑，马尼克拉尔没有走阿吉米尔门，而是从另一个门走了出去。道路的一旁有一个不太大的墓地。在一个坟的旁边站着两个人。一看见马尼克拉尔及其随从，那两个人撒腿就跑。马尼克拉尔从马上下来，走到近前一看，他发现，坟已经被掘开，尸体也被抬了出来。马尼克拉尔借助黎明前的微光，仔细地察看了那具尸体。然后他好像意识到了什么，于是就把那具尸体放到自己的马背上捆好，又用衣服将尸体盖住，自己牵着马步行。

马尼克拉尔走出了德里的城门。过了一会儿，太阳升起来了。马尼克拉尔把这具尸体从马背上搬下来，把它放在灌木丛里的阴凉处。他从自己的行囊里取出一丸药，用某种溶液化开，然后他用刀子在尸体的不同部位割开一些小口子，把药水灌入伤口里，又在死者的舌头和眼睛上抹了一些药水。过了一会儿，他又这样做了一次。这样用了三次药之后，死者出了一口气；这样做过四次后，他睁开了眼睛，并且清醒过来；这样做过五次之后，他竟然坐了起来，开始说话了。

马尼克拉尔弄来一些牛奶，让他喝了。摩巴拉克喝过牛奶之后，渐渐有了些力气，慢慢地恢复了记忆，并且想起了所发生的一切。他问马尼克拉尔："是谁救活了我？是您吗？"

马尼克拉尔回答说："是的。"

摩巴拉克说："您为什么救我？我认识您。在鲁波诺戈尔山上我与您打过仗。您把我打败了。"

马尼克拉尔说："我也认识您。您也战胜了大王陛下。您为什么会是这样一种处境？"

摩巴拉克问："现在不是说话的时候。我以后会告诉您的。您现在去哪里？去乌多亚普尔吗？"

马尼克拉尔说："是的。"

摩巴拉克说："您能带我走吗？大概，您已经知道我不能再回德里的原因了——我被判了死刑。"

马尼克拉尔说："我可以带您走，但是现在您还很虚弱呀。"

摩巴拉克说:"到傍晚的时候我就能恢复体力——您能等到那时候吗?"

马尼克拉尔说:"我能。"

他又让摩巴拉克喝了一些牛奶,吃了一些东西。马尼克拉尔从村子里买来一匹矮种马。他让摩巴拉克骑上马,就动身前往乌多亚普尔了。

一路上两匹马并排地走着,摩巴拉克向马尼克拉尔讲述了有关杰波-温妮萨的一切事情。马尼克拉尔明白了,摩巴拉克几乎被杰波-温妮萨愤怒的火焰烧成了灰烬。

这期间阿湿罗丁回来,并向杰波-温妮萨报告说,没有办法救活了。杰波-温妮萨用洒有香水的头巾蒙住眼睛,倒在大理石地板上,就像农妇一样,开始击打自己的额头。

无法向任何人倾诉的那种痛苦,是非常难以忍受的。这位皇帝的女儿所经受的正是这样的痛苦。杰波-温妮萨想:"如果我是农民的女儿,那该多好哇!"

就在这时候,她的寝宫门口响起了一阵吵闹声——有人要强行闯进宫室,女护卫不让她进去。杰波-温妮萨仿佛听到了窦里娅的语声。女护卫没能拦住她。窦里娅推开女护卫,闯进了宫室。她手里拿着一把宝剑。她举起宝剑想要砍杀杰波-温妮萨。可是她突然扔掉宝剑,在杰波-温妮萨面前跳起舞来,并且说道:"太好了——你的眼睛里噙着泪水!"说完她又高声大笑起来。杰波-温妮萨命令女护卫把她抓起来。可是女护卫根本就抓不住她。她拼命地跑出去。女护卫在后面追赶,并且抓住了她的衣服。窦里娅脱掉衣服,赤身裸体地逃走了——她听到了摩巴拉克死亡的消息,当时就疯了。

··· 第七部分　烈火在燃烧 ···

第一章　第二个瑟尔与第二个普罗达普

　　奥朗则布为了消灭拉吉辛赫的王国而进行的讨伐拖延了很久，原因在于他的军队需要进行非常庞杂的准备工作。他也像难敌和坚战①一样，号召从布拉马普特拉河岸到巴赫利克②，从克什米尔到客拉拉和旁迪亚③的各地所有的军队都参加这场战争。德干地区的庞大军队，在遭到高尔昆达、比久耶普尔、马哈拉斯特拉军队不断打击的情况，就像第二个阿修罗布里特拉一样，其后背都没有被击伤——在皇帝的长子沙赫·阿拉姆的统率下，从南方向乌多亚普尔涌去。皇帝的另一个儿子阿久姆·沙赫，作为帝国驻孟加拉的代表，率领东印度的庞大军队，占据了梅瓦尔的山口。在西面，莫卧儿皇帝的另一个儿子阿克巴尔·沙赫，率领不可战胜的旁遮普、喀布尔、克什米尔战士们，从穆拉丹赶来，汇集到莫卧儿军队的汪洋大海之中。在北方，莫卧儿皇帝亲自率领战无不胜的皇家军队从德里出发，向梅瓦尔挺进，其目的是从地球上抹掉乌多亚普尔王国。处在漫无边际的汪洋大海似的莫卧儿军队的包围之中，乌多亚普尔犹如屹立在海洋中的一座巍峨的雄伟壮丽的山峰。

　　拉吉辛赫看见四周围那汪洋大海般的莫卧儿军队，有一点儿恐

---

① 印度古代史诗《摩诃婆罗多》中的人物。以坚战为首的般度族五兄弟为一方，集结了七支大军，以难敌为首的持国的百子为另一方，集结了十一支大军；双方在俱卢之野展开了持续十八天的大战，最后虽然般度族五兄弟取得了胜利，但实际上双方的军队几乎全部覆没。
② 位于阿富汗西北部的一个古代王国。
③ 古代南印度的一个国家。

拉吉辛赫

惧了，就像被群蛇包围的大鹏鸟有些惧怕敌手一样。在俱卢之野大战结束后，在印度是否有过这样的军队集结呢？这很难说。以前为了征服中国、波斯或俄罗斯，也不需要如此多的军队——现在为了征服一个小小的乌多亚普尔，奥朗则布皇帝竟然率领如此多的军队到了拉吉普坦纳。这种情况在世界历史上大概也仅有这一次。当波斯是世界一个强大王国的时候，他的统治者瑟尔曾经率领五百万大军去征服一个名叫希腊的一个小国的土地。廖尼达斯、Themistoclesh 和 Pausaniasda 分别在塔尔马波利、萨拉米斯和普拉迪亚打掉了他的傲慢，把他赶了出去——瑟尔就像一条狼狗一样逃走了。在世界上类似的事件只有这第二次了。这个要比瑟尔强大得多的印度统治者，率领数百万大军去征服拉吉普坦纳这样一个小小的王国——我现在就来说一说，拉吉辛赫是怎样对付他的。

战略是欧洲的一门科学。这门科学在亚洲大陆，特别是在印度从来都没有得到发展。我们常常听到《往事书》中所描述的那些雅利安英雄们的光荣事迹，他们所掌握的武艺也仅仅局限在射箭和棍棒方面。不管那些书写历史的婆罗门是否懂得战争艺术，也不管在古代印度是否真的存在过战争艺术，反正我们一点儿都不知道关于罗摩、阿周那等人的统帅才能。我们也不了解阿育王、月护王[①]、比克拉马迪多[②]、绍迦迪多[③]、石拉迪多等人的统帅才能。我们对于那些曾经征服过印度的人——穆罕默德·卡斯姆、伽贾那比·穆罕默德[④]、沙哈布丁、阿拉乌丁、巴布尔、帖木儿、纳德尔、舍尔等人的统帅才能毫无所知。大概，穆斯林的作家们也都不懂得军事艺术。从阿克巴时代开始，人们对这种军事统帅艺术多多少少有了一些了解。在阿克巴、什瓦吉、阿哈默德·阿布达利、海达尔·阿利、哈里辛赫等人的身上，都可以看到军事指挥艺术和战

---

① 阿育王、月护王是印度古代孔雀王朝的两个著名的国王。阿育王（ashoka）和月护王（chandraguputa）时代的印度很强盛。
② 古代印度王国的著名国王，著名诗人迦梨陀娑曾经在他的宫廷中供职。
③ 即沙利巴汉王（shālibāhan），中亚的沙克王国的著名国王。
④ 穆罕默德·卡斯姆和伽贾那比·穆罕默德两个人都不止一次地进犯过印度。

略的萌芽。在印度的历史上，曾经有过一些军事战略家，与他们之中的任何人相比，拉吉辛赫毫不逊色。即使在欧洲，像他这样的军事家也是很少见的。在荷兰的英雄穆卡基·威廉①之后，世界上再也没有谁能像他那样，以少量的军队取得如此巨大的战绩。

这里不是详细介绍这种空前的军事指挥艺术的地方。我们只能简略地说一说。

在奥朗则布的强大军队从四面逼近的情况下，拉吉辛赫首先做了一个军事家应该做的事情——他放弃了位于崇山峻岭之外的平原部分，把军队部署在山岭上。他将自己的军队划分成三部分。一部分由他的长子久耶辛赫指挥，部署在山顶上。第二部分由他的次子毗摩辛赫指挥，部署在西面；在这个方向有一条开放的通路，其他拉吉普特人也可以沿着这条道路进山来支援他。他自己带领第三部分军队，驻扎在东面的一个名叫纳扬的狭窄山口处。

阿贾姆·沙赫带领军队来到了一个地方，从那里上山的道路被堵住了，因此没有办法从那里上山；从山上可以发射炮弹，滚落密如雨点的石头。当厨房的门被锁上的时候，狗即使撞击被锁上的门，也是撞不开的。阿贾姆·沙赫也像饿狗一样，开始撞击被堵住的山口，可是他无法进入。

在阿贾米尔，奥朗则布与阿克巴会合了。父子俩的军队会合后，他们就率领军队向着通向山脉中的三条通道的方向前进。这三条道路都是狭窄的山路。一条道路名叫窦巴里，另一条叫多耶尔巴拉，第三条山路在前面已经提到过，叫纳扬。到达窦巴里路口之后，奥朗则布允许阿克巴带领五万大军沿着这条山路继续前进，而他自己却在一个名叫天池的著名的大湖岸边扎下营盘，企图稍微休息一下。

皇帝的儿子阿克巴沿着这条山路向乌多亚普尔挺进。一路上没有遇到什么阻挡他的人。他看见了王宫、园林、湖泊以及湖内的小

---

① 即威廉·奥朗斯基（1533～1584），十六世纪荷兰资产阶级革命时期的著名社会活动家和军事统帅。

拉吉辛赫

岛,但是他却没有看见人。周围的一切都显得很安静。阿克巴当时扎下营盘。他以为,当地人由于惧怕他的军队都逃跑了。在莫卧儿人的军营里开始了娱乐活动。有的在饮酒作乐,有的在赌博,有的在进行祈祷。就在这个时候,久耶辛赫王子突然扑向皇帝的儿子阿克巴,就像猛虎突然扑向正在熟睡的行人一样。这只猛虎几乎吞噬了所有的莫卧儿人——几乎没有什么人活下来。五万莫卧儿士兵中只有极少数人逃回来。皇帝的儿子阿克巴向古贾拉特逃窜了。

阿久姆·沙赫——他的另一个名字是沙赫·阿拉姆,他率领自己的军队从德干出发绕过阿哈默达巴德,到达了山脉西部的边缘。这条路是条名叫甘劳的山路。他越过山路,来到坎卡拉利边缘的湖泊和王宫附近之后就发现,再也没有路了。他不能一边开辟道路一边前进,如果那样做的话,拉吉普特人就会切断他的后路——那就再没有办法为军队运送给养了——士兵们就会被饿死。真正的军事统帅都知道,进行一场战争不能只靠手中的力量,还必须让官兵们吃饱肚子。真正的军事统帅都知道,只有在保证官兵吃饱肚子的情况下,他们的手才能发挥作用。锡克人至今都在悲痛地诉说着,正是由于锡克军队的统帅们中断了粮食供应,所以锡克的军队才在与英国人的战争中遭到了失败。巴尔托尔·弗里耶尔①先生有一天说:"不要因为孟加拉人不会打仗就瞧不起他们,孟加拉人可以在一天之内把所有粮食统统藏起来。"沙赫·阿拉姆是个通晓战争的人,因此他没有继续前进。部署兵力是军事统帅的主要职责。由于拉吉辛赫很善于部署兵力,所以孟加拉人的军队和德干的军队的士兵们,在阴雨连绵的季节,就像一群群猴子似的蜷曲地拥挤在一起。在暴雨的袭击下,穆尔丹②军队的士兵们犹如尘埃一样,都不知道落到什么地方去了。只剩下了皇帝本人——宇宙的雷霆——阿拉姆吉尔皇帝。

---

① 般吉姆的同代人,著名的英国殖民者官员。
② 印度西北部旁遮普邦的一个地区。

第二章　纳扬之火也在燃烧

　　把阿克巴尔·沙赫派到前面去之后，莫卧儿皇帝本人在天池岸边安营扎寨了。当时西方的一个旅游者看了莫卧儿皇朝统治下的德里之后说，德里就是一个大军营。换句话，也可以这样说，德里城只是莫卧儿皇帝们的军营之一。这里就像城市的街区一样，都架起了一排排四方形的帐篷。这种无数的四方形的帐篷就构成了一座用帆布建成的伟大城市。在所有这些帐篷中间就有皇帝的一座四方形的帐篷。德里皇帝住在这种豪华的宫殿似的帐篷里，就像住在德里豪华的皇宫里一样，这里同样有大门、议事厅、御用浴室①和皇帝寝宫。所有这些皇帝御用的帐篷并不只是用帆布建成的。帐篷的骨架都是用铁或铜做成的，而且还可以在帐篷里建成两三层的房间。在帐篷的前面建有类似德里城堡大门那样的门。皇帝所有帐篷的围墙都是用帆布做的，而且帆布围墙延伸有半英里长，上面绣有精美的艺术图案。帐篷中的围墙上也像城堡的围墙上一样，装饰着塔楼和尖顶。这种围墙都是用铜柱支撑着的。皇帝帐篷中所有房间的外面都用闪光的丝绸覆盖着，各房间里的墙上都挂着"画"，也就是现在我们所说的镶嵌在镜框里边的由玻璃覆盖着的画。在作为议事厅的帐篷里，上面罩着金黄色的华盖，下面铺着五颜六色的绸缎地毯，中间摆放着镶有宝石的宝座。四周由手持兵器的鞑靼美女们保卫。

　　在皇宫似的帐篷后面，是富有的艾米尔贵族们的豪华的帐篷。这种豪华的帐篷绵延很多公里。有些帐篷是红色的，有些是黄色的，有些是白色的，有些是翠绿和紫色的，有些是天蓝色的；在日

---

① 莫卧儿皇帝们称之为浴室的地方，就像当代的会议室一样，皇帝在那里召开御前会议和办公。它也是一个很舒适的供皇帝休息的地方。——原作者注

拉吉辛赫

光和月光的照耀下，所有这些五彩斑斓的帐篷都闪烁着耀眼的光芒。在湖岸边，在这些帐篷的四周，摆起了长长的商品货摊，就像德里的商业区一样，一个市场连着一个市场。随着德里皇帝的到来，天池的岸边仿佛突然建起了一座美丽的大都市。看到这种情景，人们都惊叹不已。

每当皇帝率领军队出征的时候，内宫里的人们也都跟着去，其中也包括后妃们。这一次他们也都来了。久陀普丽、乌迪普丽、杰波－温妮萨等所有女眷都来了。妮尔莫拉也跟着久陀普丽来了。在德里的内宫里她们都有自己的单独宫室，在军营里她们也都有自己单独的帐篷。

一天夜里，奥朗则布来到久陀普丽的帐篷里，很开心地同她谈着话。妮尔莫拉也在那里。

"伊姆莉夫人！"皇帝这样称呼妮尔莫拉——在这之前他称妮尔莫拉为"妮姆莉夫人"，可是由于混淆了发音，现在他开始叫她"伊姆莉夫人"。

莫卧儿皇帝对妮尔莫拉说："伊姆莉夫人！你是属于我的呢，还是属于拉吉普特人的？"

妮尔莫拉双手合十地说："世界的皇帝在决定着世界的命运，这个问题也请陛下来判断吧。"

奥朗则布说："我的判断是这样的：你是拉吉普特人的女儿，你的丈夫是拉吉普特人，你是拉吉普特王后的女友，因此你是属于拉吉普特人的。"

妮尔莫拉说："皇帝陛下！这种判断难道正确吗？我的确是拉吉普特人的女儿，但是久陀普丽殿下也是拉吉普特人的女儿啊。陛下的祖母和曾祖母也都是拉吉普特女人啊——她们难道不曾希望莫卧儿皇帝幸福吗？"

奥朗则布说："她们都是莫卧儿皇帝的后妃呀，而你却是拉吉普特人的妻子。"

妮尔莫拉笑着说："我是阿拉姆吉尔陛下的伊姆莉夫人。"

奥朗则布说："你是鲁波诺戈尔公主的女友。"

妮尔莫拉说:"我也是久陀普丽皇后的女友呀。"

奥朗则布问:"那么你是属于我的人了?"

妮尔莫拉说:"随陛下怎么认为吧。"

奥朗则布说:"我想委托你去做一件事情。这件事情对我有帮助,对拉吉辛赫有损害。我想委托你去做一件你能够做的工作。"

妮尔莫拉说:"如果不知道是什么工作,我是不能去做的——我不能去伤害某一位天神或婆罗门。"

奥朗则布说:"我不能把要做的所有事情都告诉你。我毫不怀疑,我一定能攻占乌多亚普尔,我也一定能够夺取拉吉辛赫的王宫。但是在夺取王宫之后,我能得到鲁波诺戈尔公主吗?很值得怀疑。在这件事情上你应该帮助我。"

妮尔莫拉说:"我现在当着陛下的面向恒河和朱牟拿河发誓:如果陛下攻占乌多亚普尔的王宫,我就能把琼秋洛公主带来,交给陛下。"

奥朗则布说:"这话我相信,因为你当然知道,谁欺骗我,那么,他就会被剁成碎块,扔给狗吃。"

妮尔莫拉说:"陛下是否能做到这一点,我们已经讨论过了。不过,我现在发誓说,我决不会欺骗陛下。在陛下占领王宫之后,我是否能够找到活着的琼秋洛公主,是值得怀疑的。拉吉普特的女人们有这样一个传统:在落入敌人手里之前,她们会跳进火堆里自焚而死。正因为我找不到活着的琼秋洛公主,所以我才答应去做这件事情。否则我是决不会去做伤害琼秋洛公主的任何事情的。"

奥朗则布说:"这怎么是伤害呢?她会成为皇帝的妃子的。"

妮尔莫拉正准备回答,这时候太监进来报告说:"文书官已经来到议事厅,送来了紧急报告。他带来了阿克巴尔·沙赫皇子殿下的消息。"

奥朗则布急匆匆地走进了议事厅。文书官宣读了报告。奥朗则布从报告中得知,阿克巴尔率领的五万莫卧儿大军被分割后几乎全部阵亡了,没有死的人也不知逃到哪里去了。

奥朗则布立即命令军队拔营准备出发。

拉吉辛赫

阿克巴尔战败的消息也传到了后妃们的帐篷里。听到这个消息，妮尔莫拉穿上裙子，插上门，在久陀普丽皇后面前跳起了鲁波诺戈尔舞。

妮尔莫拉脱掉女装，摘下首饰，刚刚装扮成一个英俊男人的时候，皇帝把她叫了去。妮尔莫拉来到皇帝面前，奥朗则布对她说："我们正在拆除帐篷——要去打仗。你想去乌多亚普尔吗？"

妮尔莫拉："不，现在我要跟军队一起走。在行军的途中遇到合适的机会，我再去。"

奥朗则布有些不悦地问道："你为什么要跟军队走呢？"

妮尔莫拉说："请陛下吩咐。"

奥朗则布愉快地说："如果我不让你走，那么，你会同意永远留在我的内宫里吗？"

妮尔莫拉双手合十地说："我有丈夫啊。"

奥朗则布犹豫了一下，接着说："如果你能改信伊斯兰教，如果你能离开你丈夫，那么，我就会让你享受到比乌迪普丽还要多的荣耀。"

妮尔莫拉微微一笑，十分恭敬地说："这不可能啊，陛下！"

奥朗则布说："为什么不可能？有那么多拉吉普特王国的公主都走进了莫卧儿人的家庭嘛。"

妮尔莫拉说："她们中没有一个人离开过自己的丈夫。"

奥朗则布问："如果你的丈夫不在了，你会同意吗？"

妮尔莫拉说："陛下为什么谈这个话题呢？"

奥朗则布说："谈论这个话题我感到很难为情，这种事我从来都没有对任何人讲过。我已经不年轻了，从来都没有爱过任何人。今生今世第一次我爱上了你。所以，如果你说，你的丈夫要是不在了，你能成为我的妃子，那么，我这颗犹如被烧焦了的缺少钟爱的心，就会稍稍变得清凉愉悦一些。"

妮尔莫拉相信奥朗则布所说的话，因为她从奥朗则布的声音里感觉到了他的真诚。妮尔莫拉对奥朗则布有些同情，于是说道："陛下，我这个女仆究竟做了什么，值得陛下如此垂爱呢？"

奥朗则布说："这我也说不清楚。你的确是位美女，但是我已经过了迷恋美女的年龄。而且，你即便很美丽，也无法与乌迪普丽相媲美。我之所以这样爱你，大概是因为，除了你之外，我在任何人那里都从来没有听到过如此真诚的话语。大概是因为，看到了你的智慧、举止和勇气，我就深信，你更适合做我的妻子。不管怎么说，阿拉姆吉尔皇帝，除了你，从来都没有再迷恋过任何人，从来都没有为哪个美女的目光所吸引。"

妮尔莫拉："皇帝陛下！有一天，鲁波诺戈尔王国的公主曾经问我：'你想嫁给谁？'我当时说，我想嫁给阿姆拉吉尔皇帝。她又问我：'为什么？'我向她解释说，我从小就珍爱老虎，驯养老虎是我高兴做的事。如果我能够把皇帝驯服，我会感到很高兴的。由于命运的捉弄，我在出嫁之前没能遇见陛下。我选择了一个穷苦人做我的丈夫，我因此感到很幸福。现在请陛下放我走吧。"

奥朗则布伤心地说："不论谁成为世界的统治者，他都不会幸福——因为他的愿望无法得到满足。在这个世界上我只爱上了你，但是我却得不到你。因为我爱你，所以我是不会囚禁你的，我放你走。你怎么高兴，你就怎么做吧。你不要去做会使你感到痛苦的事情。你走吧。请记住我。什么时候如果你需要我的帮助，请告诉我。我会帮助你的。"

妮尔莫拉深深地鞠了一躬，然后说道："我只有一个乞求——为了双方的幸福，当我请求陛下缔结和约的时候，请陛下听从我的意见。"

奥朗则布说："这个问题以后再考虑。"

妮尔莫拉让奥朗则布看了她的信鸽，说道："这只信鸽陛下留下吧。当陛下想起我这个奴仆的时候，陛下就可以把这只鸽子放出去。通过它我就可以将我的请求告诉陛下。我暂时留在军中。当我要离开的时候，请陛下吩咐长公主允许我离去。"

此后，奥朗则布开始忙于军队进攻的部署事宜，但是他的心里却充满了苦涩。这位莫卧儿皇帝还从未见过有谁能像妮尔莫拉这样勇敢、机智和清晰地表述。如果是某一位国王——什瓦吉或者拉吉

拉吉辛赫

辛赫，如果是某一位军事将领——迪里尔或者多耶巴尔，如果是某一位皇子——阿吉姆或者阿克巴尔，如此大胆而清晰地讲话，那么，奥朗则布肯定是无法忍受的。然而他对这位美丽的、年轻的、无助的妮尔莫拉的话语却感到亲切甜蜜。看来，爱神通常在老人身上施展的那种威力，也落在了他的身上。奥朗则布并没有因爱恋而发疯似的陷入离别的悲伤之中，他只是感到有些郁郁不乐。奥朗则布毕竟不是马尔克·安东尼或阿格尼瓦尔纳，但是人永远也不是石头。

第三章　皇帝处在烈火的包围中

早晨，莫卧儿皇帝的军队开始出发了。清道部队为了清理道路全副武装地走在最前面。他们的武器是铁锹、斧子、弯刀和砍刀。他们砍倒并移开前面的树木，填平沟壑，修平地面，为皇帝军队的前进在前面开辟广阔的道路。一排排安放在大车上的火炮，沿着这条宽阔的道路轰轰隆隆地向前挺进。跟随着炮车的是炮兵队伍。无数炮车发出的隆隆声震耳欲聋。上千只车轮扬起的滚滚尘埃，遮住了人们的视线。看见这种张着大嘴的、犹如死神阎摩似的火炮，人们的心都开始颤抖起来。跟随在这支炮兵部队后边的是宝库辎重队伍。莫卧儿皇帝的宝库总是与他同行；奥朗则布不相信任何人，所以他从不把金银财宝留在德里；奥朗则布在位时的一个基本信条就是不相信任何人。我们还应该记住这一点：这一次奥朗则布离开德里之后，就永远也没有再回到德里去。一个世纪的四分之一时间他都随着军营四处游荡，最后死在了德干。

在驮着无数金银财宝的大象队伍的后面走着的，是为皇帝呈办公文的文官队伍。装载着大批货物的大车，驮着一箱箱书籍账本的大象和骆驼，一队接着一队，一排接着一排地走着，数也数不清，一眼都看不到头。然后是驮运恒河水的骆驼队。任何河流的水都没有恒河的水好喝,所以几乎一半的恒河水都被皇帝的队伍运走了。在运水队伍的后面是运食品的队伍——粗面粉、奶油、大米、佐料、食糖,各种禽类和畜类——有已经宰杀的,有还没宰杀的,有生的,有熟的——总之,一切食物应有尽有。跟随这支队伍行进的有上千的穆斯林厨师。紧随其后的是装有豪华服装、珠宝首饰等细软的箱笼队伍。最后是数不清的莫卧儿的骑兵队伍。

这是莫卧儿军队的第一部分。莫卧儿皇帝本人位于其军队的第二部分中间。走在他前面的是无数的骆驼队伍——骆驼的背上驮着大锅,锅里燃烧着芳香的树脂、没药、檀香、麝香等香料。芳香的气息弥漫在大地上和天空中,达两英里之远。后面是皇帝自己的警卫队伍,骑士们骑着非常漂亮的战马,排成两列向前行进。中间是皇帝本人所骑的一匹犹如因陀罗坐骑般的大耳朵白马——他骑在镶有各种宝石和缀有铃铛的鞍座上,头上罩着一顶名贵的雪白大伞。紧随其后的是军队的精华——德里军团、皇帝军团、奥朗则布内宫里的女眷美人。有些美人骑在犹如艾拉瓦达①那样的大象的背上,象背的鞍桥上铺着用金丝绣有各种图案的天鹅绒坐垫,坐垫的边缘缀有珍珠流苏,犹如蜘蛛丝般的极其细薄的丝巾盖着她们的脸面,在丝巾里面,被薄雾笼罩着的那一张张娇媚的面容,宛如满月在焕发着光彩;她们那佩戴着珠宝首饰的、宛如黑蛇的发辫在后背摇摆着;美女们那一双双黑黑的眼睛里闪烁着犀利的目光,就像黑色的火焰一样;上边是一双双黑色的眉毛,下边涂着暗黑的眼线,中间那闪电般的目光,使得所有军士几乎都乱了步伐;在她们那甜蜜殷红的嘴唇上绽露出娴静而美丽的甜甜的笑容。这样的美女不止一个两个——驮着美女的大象队伍,一头大象接着一头大象,不断地向前行进。所有美女的脸上都蒙着这样的面纱,所有面纱的后面都是这样的美女,所有美女的眼睛都仿佛在喷射着电闪!昏黑的大地被照亮了。还有少数女眷乘坐轿子行进——轿子外面盖着彩缎,轿子里面衬着天鹅绒,上面用金线绣着各种图案;轿子上边挂着用珍珠

---

① 根据印度古代神话传说,艾拉瓦达(Airāvata)是天神因陀罗所骑的大象。

串成的流苏,银质的抬杆,上面镶嵌着用黄金铸造的鲨鱼——轿子里面坐着佩戴着珠宝首饰的美女。久陀普丽、妮尔莫拉、乌迪普丽和杰波-温妮萨,她们都乘坐大象前行。乌迪普丽满面笑容,久陀普丽郁郁不乐,妮尔莫拉神秘幽默,杰波-温妮萨犹如夏季被连根拔起的蔓藤,被烈日晒得打蔫了,显得细弱而几乎枯死了。杰波-温妮萨在想:"难道我就没有办法淹死在这种武器的波涛中吗?"

在这美女队伍的后边是眷属和女仆。她们都骑着马,梳着长长的发辫,涂着殷红的嘴唇,俊俏的脸上闪烁着闪电般的目光;她们骑在佩戴着响铃等饰物的骏马上,仿佛在翩翩起舞。这支女骑士队伍也特别引人注目。在她们的后边还是炮兵部队,但是他们的火炮都比较小。大概,莫卧儿皇帝认为,在美女们诱人的目光后面不需要太大口径的火炮。

第三部分是步兵部队。在步兵队伍的后边是男女仆人、脚力工人、舞女等平民,以及备用马匹、大量的帐篷和行李箱笼。

这支数不清的、令人恐惧的莫卧儿大军,伴随着如此巨大的轰鸣和嘈杂声,以如此这般的神速,向拉吉辛赫的王国涌去,就像雨季里涨水的河流,以其巨大的声响震撼着周围的村庄,朝着小小的堤岸涌去一样,简直如同鲸鱼、鲨鱼、旋涡等一样可怕。

然而,他们突然遇到了一个障碍。奥朗则布统领大军所走的这条路,正是阿克巴尔率领军队曾经走过的那条路。奥朗则布的意图是,他率领自己的军队与阿克巴尔·沙赫的军队会合。如果途中遇到久耶辛赫王子的军队,就将他们包围起来消灭掉,然后两个人再进入乌多亚普尔,毁灭该王国。可是在登上山路之前,奥朗则布惊奇地发现,拉吉辛赫已经率领他的军队占领了高山上的谷地,并将军队部署在山路的两侧。拉吉辛赫挡住了纳扬山口的通道,但是当他从快马信使的口中得知阿克巴尔战败的消息后,就表现出一位军事家的惊人天才——他就像追赶自己猎物的雄鹰一样,带领军队迅速地越过自己早已熟悉的山路,占据了这块高山上的台地。

莫卧儿人意识到,同拉吉辛赫这样天才的军事家打交道,他们是要遭到毁灭的。因为,莫卧儿军队如果仍然沿着现在选择的道路继续前进,那么,就不得不绕过拉吉辛赫的侧翼。绕过敌军的侧翼行进,危险性就比较小。从侧翼进攻的军队,在战斗中是无法躲避的,他们会把对方分割消灭,从而取得胜利。在萨拉满迦和奥斯达拉利吉附近就曾经出现过这种情况。奥朗则布自己也晓得这个战略公理。他还意识到这样一点,他的确面临着与侧翼敌人作战的情况,但是如果与侧翼敌人作战,他自己的军队就要展开,并且不得不面对着敌人。在这样的山路上是没有地方展开如此庞大的军队的,而且也来不及。因为在军队还来不及调过头的时候,拉吉辛赫就会冲下山来,将他的军队切割成两部分,然后一部分一部分地分别加以消灭。贸然地进行这样的战斗是不妥的。还可能出现这样的情况:拉吉辛赫不进行战斗,让奥朗则布顺利过去。这样一来,就更危险。奥朗则布过去之后,拉吉辛赫就会从山上下来,位于奥朗则布的背后。这样的话,他就会夺取后面的辎重给养并将其后卫部队消灭。这还只是小问题。真正的危险在于,运送粮食的道路将会被切断。前面是久耶辛赫王子的军队。德里皇帝连同自己的军队如果陷入拉吉辛赫的军队和久耶辛赫的军队中间,那么,他们就会像被夹在捕鼠器中的老鼠一样,必死无疑。

结果,德里的统治者的处境就像被困在网里的鱼一样——无论如何都无法逃脱。他本来可以撤退,但是拉吉辛赫跟在他的后面。他本来是想以自己洪水般的大军将乌多亚普尔淹没,现在这种想法早已丢到脑后——乌多亚普尔国王在他的后面紧追不放,全世界都会讥笑他的。对高傲的莫卧儿皇帝来说,还有什么比这更难堪的呢?奥朗则布想:"我这个雄狮怎么能因为惧怕老鼠而跳跑呢?"他决不想让逃跑的想法在自己的心里有立足之地。

这时还有什么办法呢?唯一的希望就是,能够找到通向乌多亚普尔的另一条路。根据奥朗则布的命令,骑兵和步兵急忙去四周寻找别的道路。奥朗则布派人去向妮尔莫拉打听。妮尔莫拉说:"我是个足不出户的女人,我怎么会晓得关于道路的事情呢?"可是不久就传来消息说,前往乌多亚普尔还有一条道路——他们遇到一个

拉吉辛赫

莫卧儿商人，他说他会指给他们那条道路。一个军官去查看了那条路。那是一条穿过山洞的路，十分狭窄，但是那条路很直，很快就能走出去。在那个方向没有发现拉吉普特人——提供消息的那个莫卧儿人说，在那个方向没有拉吉普特人的军队。

奥朗则布想了一下，说："没有？但是他们可能会隐藏起来呀。"

那个去查看过道路的军官——名叫巴克达·汗——说："我派那个第一次指给我那条路的莫卧儿人上山去查看过。如果他看见拉吉普特人的军队，他就会向我暗示的。"

奥朗则布问道："他是我们的士兵吗？"

巴克达·汗说："不，他是个商人。他去乌多亚普尔贩卖披肩。现在正在我们军营中卖呢。"

奥朗则布说："好，那你就带领军队走那条路吧。"

根据皇帝的命令，军队后撤了，因为只有后撤一段路，军队才能够进入山洞那条路。这样做特别危险——然而处于渔网中的大鱼又能游向哪里呢？莫卧儿军队开来时所保持的那种序列，现在完全被打乱了。在前面行进的先遣队变成了后卫队，在后边行进的部队现在走在了前面。莫卧儿军队的第三部分走在了最前面。莫卧儿皇帝发布命令，让运送帐篷、行李箱笼的队伍及所有平民暂时停在天池的岸边，然后跟在队伍的后面行进。他们就这样做了。奥朗则布本人带领步兵、小口径火炮炮兵及大口径火炮炮兵，向山洞之路挺进。巴克达·汗走在最前面。

看到这种情况，拉吉辛赫犹如雄狮一样，从山上跳下来，向莫卧儿军队扑过来。莫卧儿军队就这样被分割成了两部分——就像一只花环被刀子切开一样。一部分军队和奥朗则布一起已经进入山洞里，而另一部分却仍然走在前面的山谷中的路上，但是已经面对着拉吉辛赫。

莫卧儿人最倒霉的是，拉吉辛赫带领军队冲向的那个部位，恰恰是骑着大象、马匹和乘坐轿子的莫卧儿皇帝的女眷队伍所在的地方。看见拉吉辛赫带着军队冲下来，这支皇帝身边的美女队伍，就大声叫起来,像一群麻雀看见老鹰俯冲下来时叽叽喳喳地叫起来一样。在这里根本就没有进行什么战斗。所有的太监都在保护着美女们,他们谁都不敢挥动武器,唯恐后妃们受到伤害。拉吉普特人没有经过战斗就俘虏了太监们。所有的女眷以及她们的无数的宫女仆从都成了拉吉辛赫的俘虏。

马尼克拉尔就在拉吉辛赫的身边——他是拉吉辛赫最亲近的人。马尼克拉尔双手合十谦恭地说:"伟大的陛下!现在我们带着这群母猫怎么办呢?如果陛下吩咐,我就把她们带回乌多亚普尔去,用牛奶填饱她们的肚子。"

拉吉辛赫笑着说:"乌多亚普尔没有那么多牛奶。我听说,德里母猫的肚子都是很肥大的。你只把乌迪普丽皇妃送到琼秋洛公主那里去吧——她对我特别说过此事。把奥朗则布的所有财富都退还给奥朗则布吧。"

马尼克拉尔双手合十地说:"让士兵们分享一点儿缴获来的战利品吧。"

拉吉辛赫笑着说:"你需要谁,就可以接纳她。但是穆斯林女人,印度教教徒是不能碰的。"

马尼克拉尔说:"她们可都会唱歌跳舞啊。"

拉吉辛赫说:"要是把精力都用在欣赏歌舞上,那么拉吉普特人能像你们那样英勇善战吗?把她们都放了吧。你只把乌迪普丽送到乌多亚普尔去吧。"

马尼克拉尔说:"在这个大海中我们到哪里去寻找这样的珍珠呢?我可不认识呀,如果陛下吩咐,那么,我就会像哈奴曼[①]一样,将这座甘塔马丹山[②]搬到王后的面前,让她来挑选。她选中谁,就把谁留下吧。将剩下的女人们释放。她们可以靠在乌多亚普

[①] 印度史诗《罗摩衍那》的一个神猴。在他帮助下罗摩打败了十首魔王罗波那,救出了悉多。
[②] 印度史诗《罗摩衍那》里所描写的一座位于喜马拉雅山脉中的圣山,山上生长着一种芬芳的止痛仙草。哈奴曼为了救罗摩的弟弟罗什曼那到此寻找这种仙草,可是他不认识,于是就把整座山搬了回来。

拉吉辛赫

尔的集市上贩卖涂眉膏和香料来生活。"

就在这时候,坐在大象背上的妮尔莫拉看见了拉吉辛赫和马尼克拉尔。她举起合十的双手,向他们俩施礼致敬。看见她这样施礼,拉吉辛赫向马尼克拉尔问道:"她是哪位皇妃?看来,是位印度教教徒——她不按照穆斯林的方式问候,而是向我们行合掌礼。"

马尼克拉尔认出了妮尔莫拉,于是大声笑了起来。他说道:"大王陛下!她是个女仆——她怎么成了皇妃呢?应该把她带过来。"

说完,马尼克拉尔就命令手下人从大象的背上把妮尔莫拉拉下来,并将她带到自己的面前。妮尔莫拉没有说话,开始笑起来。

马尼克拉尔问道:"又发生了什么事?你什么时候成了皇妃啦?"

妮尔莫拉转动着眼睛,说道:"我就是伊姆莉皇妃殿下。鞠躬请安吧。"

马尼克拉尔说:"我不能向你鞠躬请安——我知道你不是皇妃。你的父亲、兄长也从来都没有与皇妃有什么瓜葛。不过,你为什么这身装束?"

妮尔莫拉说:"你先执行我的命令——别说废话!"

马尼克拉尔说:"我的天哪!你瞧,皇妃殿下多么高傲啊!"

妮尔莫拉说:"为什么不经我的允许乌迪普丽皇妃竟然乘坐在缀有五个宣礼塔标志的大象鞍座上呢?让她到我面前来见我。"

她的话还没有说完,马尼克拉尔就立即吩咐乌迪普丽从大象的鞍座上下来。乌迪普丽用面纱罩住脸,一边哭着,一边从象背上下来。马尼克拉尔让手下人把一顶空轿子放在乌迪普丽的坐象旁边,随后让乌迪普丽坐进轿子里。然后马尼克拉尔对妮尔莫拉悄悄地耳语道:"尊敬的哈姆莉皇妃殿下!还有一件事——"

妮尔莫拉说:"闭嘴,蠢货!应该称呼我为伊姆莉皇妃殿下!"

马尼克拉尔说:"好了,不管怎么称呼,都是皇妃——你认识杰波-温妮萨公主吗?"

妮尔莫拉:"怎么会不认识呢?她对我来说就像亲人一样。你看那头背上闪烁着三个金水罐的大象,上面坐着的就是杰波－温妮萨。"

马尼克拉尔也让她从大象的背上下来,吩咐轿夫用轿子把她抬过来。

这时候还有一位女人撩起象座上罩的金帘,露出脸来,呼唤妮尔莫拉。马尼克拉尔问妮尔莫拉:"又是谁在呼叫你呀?"

妮尔莫拉看了一下,说:"啊,是久陀普丽皇后。不过,不能让她到这儿来。让我也骑上大象和她一起走吧。我就回来。"

马尼克拉尔按照妮尔莫拉所说的做了。妮尔莫拉登上了久陀普丽所骑的那头大象,坐进了犹如因陀罗宝座似的座罩里。久陀普丽说:"让我和你们一起走吧。"

妮尔莫拉问:"为什么呀,母亲?"

久陀普丽说:"为什么,我已经说过多少次了——我再也不想住在那座野蛮人的城市里了,不能再待在那种罪恶的环境中了。"

妮尔莫拉说:"这可不行啊。你不能走。如果这一次莫卧儿帝国不垮台,那么,殿下的儿子就会成为德里的皇帝。我们将努力做成此事。在他身居帝位的情况下,我们会幸福地生活。"

久陀普丽说:"孩子,你不要再说这种话了。要是皇帝听到了,我的儿子连一天也活不了。他会被毒死的。"

妮尔莫拉:"我不是说现在。他毕竟是皇帝的儿子,到时候他会得到属于他的一切。殿下不要再给我下任何命令了。如果殿下现在就跟我走,您的儿子就会遭受厄运。"

久陀普丽思索了一下,说道:"这话有道理。我听你的话。我不走了。你走吧。"

妮尔莫拉就向她鞠躬施礼告别了。

乌迪普丽和杰波－温妮萨在一些士兵的簇拥下,与妮尔莫拉一起被送往乌多亚普尔城中的琼秋洛公主那里。

拉吉辛赫

第四章　烈火的包围圈非常可怕

　　这时，莫卧儿皇帝的所有女眷——骑大象的、骑马的、乘坐轿子的所有女眷——都进入了那条奥朗则布已经被引诱进去的山洞之路。她们进入山洞之后，双方的军队都沉静下来。落在后边的那部分奥朗则布的军队无法前进了，因为拉吉辛赫把道路堵住了。但是奥朗则布那支犹如大海般的骑兵队伍准备投入战斗。他们掉转马头，向拉吉辛赫冲过来。拉吉辛赫的军队向后撤退，给他们让开了道路，并没有与他们交战。他们高喊着口号，根据皇帝的盼咐，向皇帝所进入的那条狭窄的山洞之路奔驰而去。拉吉辛赫又率领军队前进了。

　　随后运送服装细软的车辆过来了。因为没有护卫的士兵，所以拉吉普特人就把服装细软截获了。然后过来的是运送给养食品的队伍。凡是印度教教徒能食用的，都作为拉吉辛赫军队的给养留了下来；凡是印度教教徒不能食用的，一部分让不可接触种姓的人们拿去吃了，剩下的部分都扔在山上了——让胡狼、野狗及其他野兽去吃掉。拉吉普特士兵们从大象的背上卸下莫卧儿皇帝的办公箱笼——有一些被烧掉了，有一些散落在山谷里了。然后是物资宝库队伍，其中有大量的金银珠宝，在世界的任何地方都是见不到的——看到这种情况，拉吉普特军队的士兵们简直为贪欲而发疯了。跟随其后的是重型火炮部队。拉吉辛赫制止了自己士兵的抢劫，对他们说："你们不要着急。这一切都是属于你们的。今天你们放他们过去。现在还不是交战的时候。"拉吉辛赫仍然没有采取行动。奥朗则布的所有部队都已经进入了山洞之路。

　　这时拉吉辛赫把马尼克拉尔叫到僻静处，对他说："我对那位莫卧儿人非常满意。我没想到，会这么顺利。我本来打算通过战斗打败莫卧儿人。现在不用战斗我们就能让莫卧儿人遭到失败。应该派人把摩巴拉克请来。我要好好地谢谢他。"

读者可能还记得，摩巴拉克被马尼克拉尔救活之后，就跟他一起去了乌多亚普尔。拉吉辛赫听说了他的英雄事迹，因此就让他在自己的军队中担任一定的职务。可是因为他是莫卧儿人，所以对他还不十分信任。因此摩巴拉克感到有些痛苦。今天他就是怀着这种痛苦的心情接受了一项重要的任务。读者已经知道了，这项任务圆满地完成了。读者也会明白，那位乔装打扮成莫卧儿商人的就是摩巴拉克。

领受命令后，马尼克拉尔就把摩巴拉克带来了。拉吉辛赫对摩巴拉克大加赞扬，他说："你表现出如此的勇敢和机智，如果不是你乔装成莫卧儿商人，将莫卧儿军队引入山洞之路，我们就会有很多的流血牺牲。如果有人认出你来，你就会遇到极大的危险。"

摩巴拉克说："伟大的陛下！一个大家亲眼看着死去并且在大家亲眼看着的情况下被埋葬的人，即使有谁认出了他，也不会相信自己的眼睛，他会以为，那是幻觉。所以我才敢去冒险。"

拉吉辛赫说："现在如果我不能取得胜利，那就是我的过错。你不论希望得到什么奖赏，我都会满足你。"

摩巴拉克说："伟大的陛下！请原谅我的粗野无理！我是个莫卧儿人，却提供了毁灭莫卧儿王国的办法；我是个穆斯林，却为建立印度教教徒的王国而效力；我是个诚实的人，却使用了欺骗的手段；我曾经食用皇帝的俸禄，却背叛了皇帝。我现在感到比死亡还要更加痛苦。我任何奖赏都不要。我对陛下只有一个乞求——请您命令把我绑在炮口上开炮射击吧。我不想再活下去了。"

拉吉辛赫十分惊讶，他说："既然这项工作使你感到如此痛苦，那么，你为什么还去做呢？你为什么不告诉我呢？我可以委托别人去做呀。我决不想给任何人带来如此深重的痛苦。"

摩巴拉克指着马尼克拉尔说："这位心地善良的人给了我第二次生命。在他的诚恳请求下，我才去做了这件事情。否则我是不会去做的。因为莫卧儿人只相信莫卧儿人，是不会相信印度教教徒的。我要是不同意去做此事，那我就会陷入忘恩负义的罪恶深渊。所以我就完成了这项委托。现在我决定不需要再保存我这条命了。

拉吉辛赫

请您下命令把我绑在炮口上射击吧。或者把我捆绑后派人将我送给莫卧儿皇帝,或者请陛下允许我设法回到莫卧儿军队中去,在与陛下交战中献出自己的生命。"

拉吉辛赫非常爽快地同意了。他说:"我允许你明天前往莫卧儿军队。你还要再等一天。现在我只有一个问题想问你——奥朗则布为什么把你处死了呢?"

摩巴拉克说:"这个问题在伟大陛下面前不好开口啊。"

拉吉辛赫问:"在马尼克拉尔面前能说吗?"

摩巴拉克说:"我对他说过了。"

拉吉辛赫说:"请你再等一天吧。"

拉吉辛赫说完就让摩巴拉克走了。

随后,马尼克拉尔把他带到一个无人处,问道:"先生!既然您想死,那您为什么还要我逮捕皇帝的那位女儿呢?"

摩巴拉克说:"这是个错误!是我的错误!我还要皇帝的女儿做什么呢?我的确曾经想过,我要对那个女妖精进行报复,因为她让毒蛇把我咬死了——她以此来回报我对她的爱。然而,一个人今天想要的东西,明天他却不想要了。如今我已经决定一死——现在对皇帝的女儿是否还进行报复,对我还有什么意义呢?我对什么都不再感兴趣了。"

马尼克拉尔说:"如果您不赞成继续扣留杰波-温妮萨,那么,我就把她释放,还能得到皇帝的一笔赎金。"

摩巴拉克说:"我还想再见她一面。我还想问她一下,她是否相信世界上存在着正义?我还想听一听,她见到我时会说什么?我还想知道,她见到我时会怎么做?"

马尼克拉尔说:"这就是说,直到现在您对她还有爱意?"

摩巴拉克说:"一点儿也没有。我只是想见她一面。这是迄今为止我对您的唯一乞求。"

第八部分 哪些人死于战火之中

第一章 焚烧皇帝的烈火开始燃烧

在另一方面,莫卧儿皇帝陷入了极大的混乱之中。他的所有军队进入隧道后不久,夜幕就降临了。但是先头部队还没有到达隧道的另一个出口。也没有另一个出口的任何消息。黄昏之后,狭窄的隧道里显得特别黑暗。他们根本没有准备足够的火把材料,为全军部队照亮道路。在皇帝和后妃们那里点燃了火把,但是全军都被黑暗所笼罩。再加上狭窄的山洞里的道路崎岖不平,又散布着很多的碎石块,因此情况就更加糟糕。所有的马匹都开始跌跌撞撞地行进;一些马匹被绊倒了,骑马的人纷纷跌落下来,另一些马匹又踩上来,因此人和马或者被踩死,或者被踩伤。许多大象的脚都被石块扎伤了,这些大象就开始在隧道里乱跑起来。骑在马上的女人们纷纷跌落到地上,被战马和大象践踏着,开始惨叫起来。轿夫们的脚都被扎伤并且开始流血了。步兵部队也无法行进了——他们由于滑倒而腿脚被石块磕伤,疼痛难忍。于是奥朗则布允许军队夜里停止前进,架设帐篷。

可是根本没有地方架设帐篷。费了很大的劲儿,才找到为皇帝及其后妃们架设帐篷的地方。再也没有为其他人架设帐篷的地方了。大家只好就地停下来休息。骑马的人就在马背上休息,骑大象的人就在象背上休息,步兵们只好坐在自己的腿上休息。有的人好不容易在高台上找到了一小块地方,可以垂腿坐着休息。但是登上高台是很困难的——斜坡陡峭,爬不上去。因此大多数人都没有地方休息。

更糟糕的是食品严重匮乏。随军运来的粮食都被拉吉普特人截走了。不要说进入隧道里的军队没有任何吃的东西，就连马吃的草料也没有。经过一整天的奔波劳累之后，谁都没吃一点儿东西，甚至连皇帝和后妃们也没有东西吃。由于饥饿和缺少睡眠，所有人几乎都像死人一样。莫卧儿帝国的军队陷入了极大的混乱之中。

在这期间皇帝得到了乌迪普丽和杰波－温妮萨失踪的消息。愤怒的烈火在他的心里燃烧起来。一个人不可能杀死所有的士兵，否则，奥朗则布就会那样做的。奥朗则布大声吼叫起来，就像一头被困在陷阱里的雄狮，看见母狮子被关进笼子里而大声咆哮一样。

深夜，当士兵们的嘈杂声停下来的时候，很多人都听到了，在远处的高山上仿佛有无数的大树都在被连根拔起。因为一点儿也不明白是怎么回事，或者认为那是鬼魂的声音，所以大家都沉默不语。

第二章　皇帝被大火焚烧

次日清晨，奥朗则布命令军队开拔。这支由四部分组成的庞大军队——带着火炮以极快的速度向隧道的出口运动。饥饿和干渴把人们折磨得疲惫不堪——如果能够走出去，就有希望喝到水、吃到东西，所以大家都急匆匆地赶路，整个队伍被打乱了。为了搭救乌迪普丽和杰波－温妮萨，奥朗则布本人用愤怒的火焰将自己焚烧起来，企图将乌多亚普尔彻底烧成灰烬——他再也不能忍受下去了。莫卧儿帝国的军队急速地来到隧道的出口处。但是，他们发现，等待莫卧儿人的是毁灭——隧道口被堵死了。昨天夜里，拉吉普特人锯断了无数棵高大的树木，并将其从山顶上推向隧道口——被砍断的带着新枝嫩叶的树木把隧道口完全堵死了。别说大象、战马和步兵过不去，就连胡狼、野狗也过不去。

莫卧儿人的军队中响起了一阵撕心裂肺的哭叫声。听到女人们的痛哭声，奥朗则布那颗铁石般的心也颤抖了。

清除道路的部队本来是走在最前面的，可是军队是以相反的序列进入隧道的，所以他们就落在了最后面。奥朗则布首先下达命令，把他们调到前面来，但是他们过来需要很长时间。等他们过来，大概还得一天的时间。因此，奥朗则布又命令步兵和其他可以劳动的很多人一起登上树墙，把树木移到一边去，并且还让所有的大象也来参加这项劳动。于是成千名步兵和成百头大象都来摧毁那堵树墙。当所有士兵和大象都聚集在树墙下面的时候，巨大的石块从山上不断地滚落下来，就像法尔衮月①的飓风带来的冰雹一样。步兵中的许多人都被砸伤了，有的伤了手，有的伤了脚，有的伤了头，有的伤了腰部，有的伤了胸部，有的整个身体都被砸成了烂泥。许多大象也被砸伤了：有的伤了头部，有的伤了象牙，有的伤了脊柱，有的伤了肋骨；所有大象都一边令人恐惧地大声叫着，一边踩着步兵的身体乱跑起来，结果奥朗则布的许多士兵都被踩伤或踩死了。大家抬起头一看，惊恐地发现，成千的拉吉普特步兵像蚂蚁一样列队在山上。那些还没有被石头砸伤或砸死的人们，都被拉吉普特人的步枪子弹击毙了。奥朗则布的士兵们在树墙下连一分钟也坚持不住了。

得知失败的消息后，奥朗则布对自己的军官们进行了谴责，随后又下令再一次组织士兵破坏树墙。这时莫卧儿士兵们又高喊着口号向前冲去。在拉吉普特人重新射出的密如雨点的子弹和所抛下的密如冰雹的石块的打击下，莫卧儿军队的士兵就像甘蔗田里被割断的甘蔗一样，一片片地倒在了地上。莫卧儿士兵们就这样一次又一次地冲击，但没能毁坏那堵树墙。

这时，奥朗则布有些灰心丧气了，于是他命令这支大军退到隧道里来——军队还是应该从最初进来的那个隧道口出去。所有的官兵都在经受饥渴和劳累的折磨，奥朗则布平生第一次遭

---

① 印度历的第十二月，公历的 2~3 月间，30 天。

拉吉辛赫

受这样的饥渴之苦,他的后妃们也同样在遭受饥渴的煎熬。但是仍然没有办法——山坡爬不上去,因为山体陡峭,因此只好返回。

下午,奥朗则布带领军队又重新回到了他们最初进入的那隧道口。他看见,死神正站在那里准备吞噬他及他的军队——隧道的这个口也被砍倒的高如山丘的树木之墙堵住了,没有办法出去。拉吉普特军队仍然像以前一样列队站在山顶上。

可是如果走不出去,那么,奥朗则布及其军队必然会灭亡。所以奥朗则布把所有莫卧儿军队的将领都叫来,通过赞扬、恳求、鼓励、威胁等手段迫使他们同意去拼死地开辟道路。将领们带领军队又重新向树墙发起了进攻。这一次稍微容易一点——因为开辟道路的工兵部队也参加了。莫卧儿人个个视死亡为草芥,开始截断并清出堆积的树木。但是这项工作只持续了很短的时间——从山顶上开始纷纷降下铁石之雨,莫卧儿军队就沉没在这种铁石的雨水中了,就像在帕德拉月①的雨季里田野里的庄稼被大雨淹没了一样。

随后的局势更是雪上加霜——拉吉辛赫的军营就设在隧道口对面的山坡上。拉吉辛赫从远处看到莫卧儿军队回到了隧道口,于是命令将火炮对准隧道口。

拉吉辛赫的火炮响了。炮弹穿过树墙,纷纷落在隧道口——大象、战马、士兵、军官都被炸得血肉横飞。莫卧儿军队急忙涌进隧道里,躲藏在洞穴里的石缝中,就像狂暴的毒蛇因害怕火焰而蜷曲着躲进岩洞里一样。莫卧儿皇帝揭开头上的镶有钻石的白色缠头巾,并将其抛在远处,抓起一把沙子撒在自己的头上。德里皇帝带领自己的军队在拉吉普特人面前已经成了被困在笼子中的老鼠。这只老鼠如果能得到食物,也许还能保住性命。

这时,印度的君主想起了那位年轻的拉吉普特女人,并把她看作自己的救星,于是他就把那只信鸽放了出去。

---

① 印度历的六月,在公历的 8~9 月间,31 天。

第三章　火焰开始焚烧乌迪普丽

妮尔莫拉把乌迪普丽皇妃和杰波－温妮萨公主带到一个地方停下来，她自己来到伟大王后琼秋洛公主殿下面前，向她施礼问安，并且从头到尾向她详细地讲述了事情的经过。听了妮尔莫拉的讲述之后，琼秋洛公主首先派人把乌迪普丽叫进来。乌迪普丽进来之后，琼秋洛公主让她坐在另一个座位上，为了表示对她的尊敬，她还站了起来。乌迪普丽显得十分悲伤，她毕恭毕敬地来到琼秋洛公主的面前，但是现在当她看到琼秋洛公主这样彬彬有礼时，就以为这个信奉印度教的小姑娘是因为害怕才如此彬彬有礼。于是这个野蛮的女人说道："你们为什么要来莫卧儿人这里找死呢？"

琼秋洛公主微笑着说："我们并不想找死。是莫卧儿皇帝想把死亡带给我们所有人。但是他忘了，我们是印度教教徒，我们是不接受异教徒的馈赠的。"

乌迪普丽轻蔑地说道："乌多亚普尔的国王们世世代代都接受过穆斯林的这种馈赠。拉吉辛赫国王的祖先们都曾经从莫卧儿皇帝阿克巴·沙赫及其孙子那里接受过这种馈赠。我就姑且不说从苏丹·阿拉乌丁那里接受这种馈赠了。"

琼秋洛公主说："夫人！您现在忘了，我们接受的那不是馈赠，而是欠我们的债务。阿克巴皇帝所欠的债务，普罗达普·辛赫已经亲自讨还了。您公公所欠的债务，我们现在准备讨还。我把您叫来就是为了讨还第一笔欠债——给我装烟。请给我装烟吧。"

如果说乌迪普丽夫人蔑视了琼秋洛公主起初对她所表视出的那种彬彬有礼的态度，那么，现在看来，她不得不品尝这种被蔑视的滋味。然而，正是她那粗暴无理的话语激起了愤怒的琼秋洛公主的傲慢——现在她不得不自食恶果。听到装烟的话，她想起了那封请她来装烟的邀请信。乌迪普丽的全身开始冒冷汗了。但是她在自己的心里又重新恢复了已经习惯的那种傲慢,说:"皇帝的妃子是不装烟的。"

琼秋洛公主说:"当你是妃子的时候,你是不装烟的,可是现在你是我的女仆,你必须装烟。这是我的命令。"

乌迪普丽哭了起来——她不是因为痛苦而哭,而是因为气愤而哭。她说道:"你如此的傲慢无理,竟敢命令阿拉姆吉皇帝的妃子装烟?"

琼秋洛公主说:"我相信,明天阿拉姆吉皇帝本人也要来这里为我们伟大的国王陛下装烟。如果他不掌握这门技术,那么你就应该教会他。今天你自己应该先学会。"

琼秋洛公主吩咐一个宫女:"你去让她装烟。"

乌迪普丽并没有站起来。

那个宫女对乌迪普丽说:"把烟袋拿起来。"

乌迪普丽仍然没有起来。宫女于是走上前来握住她的手,把她拉起来。皇帝的这位爱妃由于恐惧和屈辱而内心在颤抖,她站起身来去拿烟袋。她并没有碰到烟袋——她离开座位站起来,还没走出一步,就瑟瑟地颤抖着向大理石地板上倒去。宫女将她扶住了,因此她没有摔倒。乌迪普丽倒在地板上,失去了知觉。

根据琼秋洛公主的吩咐,她被宫女们抬到一顶豪华的轿子里,被放在专门为她准备的一张豪华的床上。宫女们在她身边精心地照料她。不久她就清醒过来。琼秋洛公主吩咐:不许任何人以任何方式对皇妃表示不尊敬。琼秋洛公主指示妮尔莫拉:在对皇妃的饮食、起居等照料方面,应该比对琼秋洛公主更好更周到。

妮尔莫拉说:"这一切都会做到的,但是她还是会感到不满意。"

琼秋洛公主问:"为什么?她还想要什么?"

妮尔莫拉说:"她需要的东西在京城是搞不到的。"

琼秋洛公主说:"是酒吗?当她要的时候,你就给她一点儿吧。"

乌迪普丽对自己受到的照料感到很满意。可是当夜里她的酒瘾上来的时候,乌迪普丽就把妮尔莫拉叫来,对她恳求说:"伊姆莉夫人,请吩咐拿一些酒来吧。"

"我就去拿。"妮尔莫拉说完就派人去悄悄地通知宫廷里的医生。医生派人送来了一点药水,并且交代说,把这种药水掺到沙拉瓦特饮料里,就能当作葡萄酒来喝。妮尔莫拉吩咐手下人照此做了。乌迪普丽喝过之后,非常喜欢这种"酒"。她赞美说:"这酒非常好!"很快她就醉了,于是就坠入了沉睡的梦乡。

第四章 火焰开始焚烧杰波－温妮萨

杰波－温妮萨一个人单独住一个房间。有一两个女仆在照顾她。妮尔莫拉也来过两次了解她的生活情况。乌迪普丽遭到侮辱的消息,也传到了杰波－温妮萨的耳朵里。听到这个消息后,她就为自己担心起来。

后来妮尔莫拉把她带到琼秋洛公主的身边。她不卑不亢地来到琼秋洛公主的面前。她默默地下定决心:"我决不会忘记,自己是阿拉姆吉皇帝的女儿。"

琼秋洛公主非常客气地请她坐在单独为她准备的座位上,并且同她进行了无拘无束的谈话。杰波－温妮萨也彬彬有礼地做了回答。两个人谁都没有说出那种使她们彼此产生敌意的话语。然后琼秋洛公主又吩咐手下对她进行得体的照料,并且送给杰波－温妮萨一些香水和蒟酱叶。

然而,杰波－温妮萨仍然没有站起来,她问道:"伟大的王后殿下!我能否知道,为什么把我带到这里来?"

琼秋洛公主说:"这个问题还没有对您讲过。不说也罢。我们之所以把您带到这里来,是根据一位星相大师的指示。您今天一个人睡一个房间,把门打开。女护卫们会保护您的,您不会受到任何伤害。那位星相大师说过,您今天夜里会做一个梦。如果您真的做了梦,那么,您明天对我讲一讲。这是我对您的一个请求。"

听了琼秋洛公主的这番话,杰波-温妮萨忧心忡忡地向琼秋洛公主告辞了。在妮尔莫拉的关照下,她的饮食、起居以及睡觉的床铺等,都像在德里的皇宫一样。她躺下了,但是她没有入睡。根据琼秋洛公主的指示,她开着房间的门,一个人倒在了床上,因为她担心,如果不听从琼秋洛公主的吩咐,她也可能遭到像乌迪普丽所遭到的那种对待,可是一整夜都开着门,她是很害怕的。杰波-温妮萨心想:"很有可能,他们暗中对我实施某种迫害,所以才做出了这样的安排。"因此,她决定一夜不睡,时刻保持警惕。

可是杰波-温妮萨白天经历了许多折磨,因此尽管她下定决心不睡觉,但是睡意还是慢慢地控制了她。凡是发誓不睡觉的人,即使睡意慢慢地袭来,他也会醒过来的;即便他已经在打瞌睡,他也会有一点意识:我不能睡。杰波-温妮萨就这样时不时地打起瞌睡来了,但是她的瞌睡常常被惊醒。当她从瞌睡中醒来的时候,她就想起了自己的处境。德里皇帝的女儿在哪里呢?乌多亚普尔的女俘房在哪里呢?莫卧儿帝国舞台上的主要女演员又在哪里呢?莫卧儿帝国天空上的那轮明月,镶嵌在莫卧儿皇帝宝座上的那颗熠熠闪光的宝石在哪里呢?从喀布尔到比贾亚普尔和格尔昆大①——作为这样幅员辽阔的土地上的强大统治者的右臂,如今又在哪里呢?今天她被关在山洞似的乌多亚普尔的一间小房子里,犹如老鼠被关进笼子里。今天她成了鲁波诺戈尔王国公主的女仆,成了印度教教徒家里的一头肮脏母猪,成为被信奉印度教的女仆们的脏脚所沾黑的一条蛆虫!死亡与这种侮辱相比不更好吗?死亡当然好啊!她赐给自己最亲爱的人——摩巴拉克的那种死亡难道不是很好吗?她所赐给摩巴拉克的死亡是无价的——她自己难道配享受这种死亡吗?"啊,摩巴拉克!摩巴拉克呀!摩巴拉克呀!你那强大无比的英雄主义难道就不能够战胜那种渺小的蛇毒吗?你那张英俊动人的脸难道也因为蛇毒而变成了青色?现在难道在乌多亚普尔就找不到能够

---

① 格尔昆大是印度南部的一个地区,以产钻石闻名。

咬死她这条黑色眼镜蛇的毒蛇吗？披着人皮的黑色眼镜蛇难道就不会被黑色的毒蛇咬死吗？啊，摩巴拉克呀！摩巴拉克！摩巴拉克！你来让我再见一面吧——请你让黑色眼镜蛇咬我一下吧，你看，我就不能死吗？"

杰波-温妮萨一想到这些事情，她心里就仿佛出现了摩巴拉克的形象，于是她就睁开了眼睛。杰波-温妮萨看见，活生生的摩巴拉克就站在她的面前。杰波-温妮萨大叫一声，就合上眼睛，失去了知觉。

第五章 火上浇油——火焰更旺

第二天，当杰波-温妮萨起床的时候，人们都认不出她来了。她那张苍白消瘦的脸上，仿佛罩上了一层薄薄的云影——人们看到她立即就会觉察到，今天似乎又出了什么事。杰波-温妮萨今天给人的感觉，就像是这样的一个人——她一昼夜都坐在火焰的旁边，或者爬上了焚烧尸体的柴堆，但是没有被烧死，只被烟火灼伤了一些，就从火堆上跳了下来。杰波-温妮萨好像马上就要被烧死一样。

不梳妆打扮当然是不行的，杰波-温妮萨很不情愿地梳妆打扮了一下，为了保持传统和礼貌，她只喝了一点儿水。然后她首先就去会见乌迪普丽。杰波-温妮萨看见，乌迪普丽独自坐在房间里——面前摆放着圣母玛利亚的雕像和一个带有耶稣受难像的十字架。乌迪普丽早已将耶稣及其母亲忘掉了。虽然这两件基督教的象征物品一直伴随她，但是只有在今天这种不幸的日子里乌迪普丽才又想起了他们——就像雨天一个可怜的人想起了使用自己的旧伞一样。杰波-温妮萨发现，泪水簌簌地流出了乌迪普丽的眼窝，一滴接一滴地沿着她的面颊流淌下来。杰波-温妮萨从来都没有看见过乌迪普丽如此娇媚。这是一种最佳的自然美貌，然而却被高傲、敏感、妒忌所煎熬，以致这种无与伦比的美丽有些被扭曲。今天泪水冲洗掉了那种被扭曲的形象——她那种空前的美貌又重新展现出来。乌迪普丽看见杰波-温妮萨，就向她讲述了自己的痛苦。她说："我已经成为一个女仆——成为一个被出卖的女仆。为什么我不继续成为女俘虏呢!？为什么我命中注定是个富有的人呢？！——"

说到这里，乌迪普丽瞧着杰波-温妮萨的脸问道："你的境况为什么会是这样呢？昨天你那里出了什么事？那些不信教的人是否也对你采取了强制性的措施？"

杰波-温妮萨深深地叹了口气，说："那些不信教的人究竟想干什么？这一切都是安拉所做的。"

乌迪普丽问："这一切都是安拉所做的？不过我还是不知道，究竟发生了什么事？"

杰波-温妮萨说："现在我还不能说，等我临死的时候再告诉你吧。"

乌迪普丽说："无论如何，天主应该惩罚拉吉普特人的暴行。"

杰波-温妮萨说："拉吉普特人在这件事情上没有任何过错。"

说完这句话，杰波-温妮萨就沉默不语了。乌迪普丽也没有再说什么。最后，杰波-温妮萨准备与乌迪普丽告别，去会见琼秋洛公主。

乌迪普丽问："为什么，是她叫你去吗？"

杰波-温妮萨说："不是。"

乌迪普丽说："那你就不要像一个乞求者似的去见她——你是皇帝的女儿。"

杰波-温妮萨说："我自己特别需要见她。"

乌迪普丽说："如果你能见到她，那你问一问她：这些强盗得到多少金币才肯放我们走？"

"我会问的。"杰波-温妮萨说完就告辞出来了。然后，得到琼秋洛公主的允许，她会见了公主。琼秋洛公主仍然像前一天一样彬彬有礼地接见了她，并且很客气地询问了她的身体情况。最后，琼秋洛公主问道："怎么样，您睡得好吗？"

杰波-温妮萨说："不好。我按照您的吩咐去做了，因为害怕就没有睡着。"

琼秋洛公主问："那您在梦中什么都没有看见？"

杰波-温妮萨说："我没有做梦，但是我亲眼看见了一些什么。"

琼秋洛公主问："看见了好的还是坏的？"

杰波-温妮萨说："是好的还是坏的，我说不清楚——不算好吧。不过，关于这件事情我对您有一个乞求。"

琼秋洛公主说："请讲。"

杰波-温妮萨说："我是否可以再见一次我所看到的现象？"

琼秋洛公主说："在询问星相大师之前，我不能回答您。再过四五天我派人去见星相大师。"

杰波-温妮萨问："今天不能派人吗？"

琼秋洛公主问："公主啊，您为什么这么着急呢？"

杰波-温妮萨说："是很着急呀，如果您现在能让我看见我昨天看见的现象，那我情愿做您的女仆。"

琼秋洛公主问："公主啊，这话可令人惊异！您这是怎么了？"

杰波-温妮萨没有回答。泪水开始从她的眼睛里流出来。琼秋洛公主看见她流眼泪，并没有表示同情。她说道："请您再等四五天，让我想想。"

当时杰波-温妮萨已经忘了印度教教徒与穆斯林之间的鸿沟。她迈出了她不应该迈出的一步。她走过来，站在琼秋洛公主所坐着的那个坐垫上。然后犹如一根被折断的蔓藤，突然跪倒在琼秋洛公主的脚边，把脸靠在琼秋洛公主的脚面上，就像一朵洒满泪珠的荷花开放在另一朵荷花上一样。她央求道："请您救我一命吧！否则我就会死去的。"

琼秋洛公主把她扶起来，让她坐下——她心里也不再记着印度教教徒与穆斯林之间的隔阂。她对杰波-温妮萨说："公主啊！您今天还是要像昨天那样，开着房门睡觉。您的愿望一定会实现的。"

说完她就让杰波－温妮萨走了。

这期间乌迪普丽一直在等待杰波－温妮萨回来，可是杰波－温妮萨没有再过来见她。乌迪普丽有些失望，于是她就想请求允许她去见琼秋洛公主。

见到琼秋洛公主之后，乌迪普丽就问需要支付多少金币琼秋洛公主才肯释放她们。琼秋洛公主说："如果莫卧儿皇帝能毁掉印度境内的所有清真寺——其中包括德里的朱玛清真寺，还要把他的孔雀宝座运到这里来，并且同意每年向我们进贡，那么，我就会放你们走。"

乌迪普丽气急败坏地说："在野蛮人的家里真有如此令人震惊的蛮横无理啊！"

说完，乌迪普丽就站起身来，准备走出去。琼秋洛公主笑着说："没有我的命令你要去哪里？你可是野蛮王后的女仆呀，你不记得了？"随后她对一个宫女吩咐说："你把我这个新女仆带到其他后妃那里，让她们见一见。你要介绍一下：她是以前奥朗则布的哥哥达拉从贩卖奴隶的人那里买来的。"

乌迪普丽哭哭啼啼地跟着宫女走了。宫女将奥朗则布的这位爱妃带到拉吉辛赫其他妃子面前，向她们引见。

妮尔莫拉走进来，对琼秋洛公主说："伟大的王后殿下！你把那件正经事情给忘了吧？为什么我们要把乌迪普丽抓来呀？你不记得星相大师的预言了？"

琼秋洛公主笑着说："那件事我没有忘。不过，那一天皇妃实在太恐慌，我就不忍心再折磨她了。不过是皇妃自己让我的怜悯之心枯萎了。"

第六章　皇帝的女儿变成了灰烬

午夜已过，大家都静静地入睡了。杰波－温妮萨——这位皇帝的女儿躺在撒满玫瑰花的床上暗自流泪，有时又像陷入火网中的一只母老虎一样异常愤怒。但是她又像是被利箭射中的一只母鹿一样，惊恐不安。那一夜的天气不太好，时不时地刮起呼呼的大风，天空中笼罩着乌云，透过窗子可以看见山顶上一片漆黑——只有在拉吉普特人安营扎寨的一处地方，亮着无数灯光，就像春天花园里的一簇簇花朵，又像大海里的浪花以及少女身上佩戴的首饰一样，闪烁着光泽。到处寂静无声，到处是漆黑一片，偶尔士兵手中步枪滑落倒地发出声响，令人恐惧不安。有时云层里响起了"震撼山岳的隆隆雷鸣"，有时火炮射击发出的巨大声响，在山谷中久久地回荡。在京都的马厩里，战马不时地发出惊恐的嘶鸣；在京都的花园里，小鹿发出令人惊恐的凄惨哀鸣。听着深夜里所有这些可怕的声音，杰波－温妮萨怀着沮丧的心情想："看来，这是莫卧儿人的火炮在轰鸣——别的大炮不会是这样的响声。这是我父亲的大炮的轰鸣——我父亲有上百门这样的大炮——难道就没有一门是为我的心灵准备的？我要修什么样的功德，才能把自己的胸脯靠在炮口上，让炮火烧毁我的一切痛苦？昨天我骑着大象走在军队的中间，并且看见了无数的士兵，听到了无数武器的撞击声——其中的任何一件武器都可以消除我的一切痛苦，可是我为什么没想那样做呢？我从大象的背上跳下来，倒在大象的脚下，不是可以让大象将我踩死吗？可是我当时没想那样做呀——我为什么没有那样做呢？我想死，但是我为什么没有主动地去寻死呢？就是现在我身上还戴有许多钻石，我为什么不将其砸碎吞下去死呢？我心里还没有主动寻死的那种力量啊。"

就在这个时候，一股强风从敞开的房门吹进房间里，将所有的灯盏都吹灭了。杰波－温妮萨在黑暗中，心里产生了一点儿恐惧。杰波－温妮萨心想："怕什么呢？我正期待着死亡啊！对于一个想死的人来说，还有什么可怕的呢？怕什么呢？昨天我看见了一个死亡的人，今天我仍然活着。看来，我要去那个死人所待的地方了，这是肯定的；那么还有什么可怕的呢？可能，我命中注定不会进入天堂——看来我应该下地狱，所以我才这样害怕！迄今为止我根本就不相信这一切。我既不相信有地狱,也不相信有天堂;我既不承认有天神,也不承认什么宗教信仰。我只知道享乐。安拉是最富有同情心的!你为什么给予我财富?是财富毒害了我的生活!因此我不承认你。我不晓得,财富中没有幸福,但是你是晓得的呀!你既然知道这一切,为什么还让我遭受这样的痛苦呢?谁命中注定拥有像我这么多的财富呢?谁又会像我这样痛苦呢?"

在床上有一只蚂蚁,或者别的什么昆虫——即使镶嵌着宝石的床,也不能禁止虫子爬行——虫子咬了杰波-温妮萨一口。当爱神向这个柔弱的身体射箭的时候,他的手总是轻轻地拉动着弓弦,当虫子轻轻地咬了她一下的时候,这个柔弱的身体就出血了。杰波-温妮萨在这种煎熬中感到有点儿恐惧了。当时杰波-温妮萨在心里默默地笑了,她想:"被蚂蚁咬了一下我就这样恐慌!在这种无限痛苦的时刻,我也会感到恐慌啊!我自己连蚂蚁的叮咬都不能忍受,可是我却轻易地让我那位最亲爱的人去接受毒蛇的咬啊!难道就没有人能够给我带来一条毒蛇吗?如果见不到摩巴拉克,那让毒蛇咬死我吧!"

当一个人内心里特别痛苦的时候,如果更多的时间独自沉浸在撕心裂肺般的痛苦回忆中,他内心里的某些话语就会情不自禁地说出来,杰波-温妮萨的情况几乎就是这样的。杰波-温妮萨心里的这最后几句话就这样说了出来。在这漆黑的深夜,她仿佛是在这黑暗的房间里呼唤什么人似的:"如果见不到摩巴拉克,那就让毒蛇咬死我吧!"这声音打破了呼啸的风声。有人在黑暗中回答道:"如果你能见到摩巴拉克,难道你还会想死吗?"

"这是什么声音?"杰波-温妮萨说着就从床上坐起来,就像母鹿听到歌声抬起头一样。她说道:"这是什么声音?难道是我听错了吗?这是谁的声音?"

"谁的声音?"她听到了回答。

杰波-温妮萨说:"这是谁的声音!这不是我那位已经进入天堂的人的声音吗?难道这只是幻影吗?你是怎样离开天堂回来的?摩巴拉克,你走了吗?昨天你就来过了,今天我又听见你说话。你死了,还是活着?难道阿湿罗丁对我说了假话?你活着也罢,死了也罢,你反正就在我身边——难道你就不能在我的床上坐一会儿吗?即使你只是一个幻影,我也不害怕——坐一会儿吧。"

"为什么?"她又听到了回答。

杰波-温妮萨悲痛地说:"我要告诉你一些事情。我要讲一讲我从来都没有讲过的事情。"

摩巴拉克(应该说,是活着的摩巴拉克)在黑暗中坐在了杰波-温妮萨身边的床上。他的手触摸到了杰波-温妮萨的手——杰波-温妮萨高兴得全身都颤抖起来,一股幸福的暖流流遍了全身,珍珠般的泪水顺着面颊簌簌地流淌下来。杰波-温妮萨爱抚地将摩巴拉克的手放在自己的手上,说道:"亲爱的,你不是幻影!你对我所说的话都是真实的,你没有骗我,我是不会忘记的。我是属于你的;我再也不会放你走了。"这时,杰波-温妮萨突然从床上下来,跪在摩巴拉克的身边,抱住他的腿,说道:"请你原谅我吧!我曾经因为拥有财富而骄傲,因而变成了一个疯子,我今天发誓要抛弃财富——如果你肯原谅我,那我就再也不回德里去了。你说说,你还活着吗?"

摩巴拉克深深地叹了一口气,说道:"我还活着。一位拉吉普特人把我从坟墓里抱出来,并且给我灌了药,把我救活了,所以我就跟他到这里来了。"

杰波-温妮萨仍然抱着他的腿不放。她的泪水不断地滴落在他的脚上。摩巴拉克握住她的手,想把她拉起来,可是杰波-温妮萨还是没有起来。她说:"你可怜可怜我吧!原谅我吧!"

摩巴拉克说:"我已经原谅你了。否则我就不会到你这里来了。"

杰波-温妮萨说:"既然你来了,既然你原谅了我,那就请你接纳我吧。只要你肯接纳我,你想怎么处置我都行,或者你把我送到毒蛇的嘴边,或者你怎么说,我就怎么做。你再也不要离开我了。我在你面前发誓:我再也不想去德里来了;我再也不想走进阿洛姆吉尔皇帝的内宫了。我不想嫁给皇帝的儿子。我要跟你走。"

拉吉辛赫

摩巴拉克忘掉了一切——忘掉了被蛇咬时的疼痛,忘掉了自己对死亡的渴望,忘掉了窦丽娅,忘掉了昔日杰波-温妮萨那些既无感情而又使人无法忍受的话语。在他的眼睛里,现在只有杰波-温妮萨那无与伦比的美貌;在他的耳边,回荡着杰波-温妮萨那充满情爱的话语;看到皇帝女儿那种高傲自负已经化为齑粉,他的心也开始融化了。

摩巴拉克问道:"你现在是否愿意接纳我这个可怜的人作为你的丈夫呢?"

杰波-温妮萨双手合十,眼里含着泪水说:"难道我会有如此幸福的命运吗?"

这位皇帝的女儿已经不再是皇帝的女儿,她只是一个女人。

摩巴拉克说:"那你就不必害怕,也不必难为情,跟我走吧。"

摩巴拉克随身带来了灯笼。他点燃了蜡烛,将其插进入灯笼罩里的底座上,然后,拿着它站在外面。杰波-温妮萨按照他的吩咐穿好衣服,佩戴好首饰。摩巴拉克拉着她的手走出了房间。有几个女护卫等候在那里。按照摩巴拉克的暗示,她们中的两个人跟随摩巴拉克和杰波-温妮萨走了。摩巴拉克一边走着,一边向杰波-温妮萨解释说,一般男人是没有办法进入王宫内室的,就更不要说穆斯林了。因此他不得不在黑夜里来。他之所以能够做到这一点,是因为有伟大王后殿下的特别关照,并且得到了女护卫们的帮助。他们不得不步行走到王宫的狮子门[①]口。在宫门外,有摩巴拉克所骑的马和为杰波-温妮萨准备的轿子。

在两个女护卫的帮助下,他们俩走出了宫门。摩巴拉克骑上马,杰波-温妮萨坐上轿子,一起走了。在乌多亚普尔城,当时也有一些穆斯林在从事经商等活动。经国王允许,他们在城边上建了一座小清真寺。摩巴拉克带着杰波-温妮萨来到那座清真寺。在那里有一位毛拉和律师,还有证婚人。在他们的帮助下,摩巴拉克和杰波-温妮萨按照程序举行了婚礼。

[①] 这里指进出王宫的正门,因为门上刻有狮子,所以称作狮子门。

然后,摩巴拉克说:"现在我应该把你送回你原来住的地方去,因为现在你还是国王陛下的俘虏。不过,我相信,你很快就会获得自由的。"

说完,摩巴拉克又把杰波-温妮萨送回她原来住的卧室。

第七章　干渴难忍的皇帝乞求水喝

第二天早晨,杰波-温妮萨坐在琼秋洛公主身边,满面春风地与她交谈。由于连续两夜的失眠,她的身体显得疲惫不堪——长时间的忧虑使她消瘦了。以前那位珠光宝气、头戴鲜花的杰波-温妮萨,每当从镜子里看到自己的形象都是笑逐颜开,可如今她已经不再是那个杰波-温妮萨了。以前那位皇帝的女儿就知道自己生来只是为了享乐,可如今她已经不再是皇帝的女儿了。杰波-温妮萨明白了,皇帝的女儿也是女人哪,皇帝女儿的内心感受也与一般女人的内心感受一样啊;一个女人的心如果缺少爱,那只不过是一条无水的河——就像是个充满沙石或烂泥的干涸的池塘。

杰波-温妮萨现在确实抛弃了自己的高傲,谦恭地向琼秋洛公主详细地讲述昨天夜里所发生的一切。琼秋洛公主早已知道了这一切。杰波-温妮萨讲完了之后,双手合十地对琼秋洛公主说:"伟大的王后殿下!继续把我作为俘虏扣押在这里,对您有什么好处呢?我已经忘记,我是阿洛姆吉尔皇帝的女儿了。即使您让我回到他那里去,我也不想去了。如果回去,看来,我的命可能就保不住了。所以请您把我放了吧,我要和我的丈夫一起回到他的祖国——土耳其斯坦去。"

琼秋洛公主听了之后说道:"我不能回答您提出的这些问题,这要由伟大的国王陛下自己来决定。他把您送到我这里来,我是根据他的命令在监护您。这里所发生的一切,都是由伟大国王的军事将领马尼克拉尔安排的。我受马尼克拉尔的特别委托,并根据他的要求才做了这一切。但是我还没有接到放您走的命令。所以对此事我不能做出任何许诺。"

杰波-温妮萨郁郁不乐地说："难道您就不能将我的请求向伟大的国王转达吗？他的军营离这里又不是很远——昨天夜里我曾看见山上他营帐里的灯光。"

琼秋洛公主说："山看上去很近，实际上并不近。我们居住在山区，所以我们知道。您也去过克什米尔，对于这种特点您会有印象的。不管怎么说，派一个人去并不是很困难的事。不过，我不寄希望，国王会同意您的请求。如果有这样一种可能性，即乌多亚普尔那支人数不多的军队在一次战斗中彻底打败了莫卧儿军队，如果我们同莫卧儿皇帝不可能签订和约，那么，他当然会同意您和丈夫一起走。但是如果不久需要签署和平协议，到那时当然就得让你们回到皇帝的身边。"

杰波-温妮萨说："那样一来，就等于您把我送往死神的口里。一旦知道我已经与摩巴拉克结婚，皇帝就会下令将我毒死的，就更不要说我的丈夫了——他永远也不能再回德里去了，否则他必死无疑。王后殿下，我们的婚姻又会得到什么结果呢？"

琼秋洛公主说："看来，应该想办法避免任何不幸的事情发生。"

两个人就这样进行交谈，这时候妮尔莫拉急匆匆地走进来。妮尔莫拉向琼秋洛公主鞠躬施礼之后，又与杰波-温妮萨互致问候。然后琼秋洛公主问道："妮尔莫拉，你这样急匆匆地进来干什么？"

妮尔莫拉说："有重要消息。"

这时杰波-温妮萨站起身来走了出去。琼秋洛问道："是有关战斗方面的消息吗？"

妮尔莫拉说："是的。"

琼秋洛公主说："我也听到了人们在互相议论。老鼠已经进洞了。伟大的国王已经把洞门堵死了。我还听说，老鼠大概已经死在洞里，并且开始腐烂了。"

妮尔莫拉说："除此之外，还有一个消息呢——老鼠饿得不得了。我的那只信鸽飞回来了。是莫卧儿皇帝放回来的，鸽子的腿上还绑着一封短信。"

琼秋洛公主问："你看过那封短信了吗？"

妮尔莫拉说："我看过了。"

琼秋洛公主问："写给谁的？"

妮尔莫拉说："写给伊姆莉夫人的。"

琼秋洛公主问："都写了些什么？"

妮尔莫拉拿出那封信来，开始读起其中的几行："我从来都没有向任何人表达过像对你那样的慈爱。你对我也曾经有过好感。现在世界的统治者陷入了困境——你大概听到了人们的议论——我快要饿死了。德里皇帝现在只乞讨一块面包。你能设法帮助我吗？如果你愿意，请帮帮我吧。我是永远不会忘记的。"

听了之后，琼秋洛公主问道："你怎么帮助他呢？"

妮尔莫拉说："现在我也说不好。即使我什么都不能做，我也应该派人给皇帝和久陀普丽皇后送一些食品去。"

琼秋洛公主问："怎么送去呢？人是进不去的。"

妮尔莫拉说："我现在也说不好。请允许我去一趟军营吧。我去看看，我能做什么。"

琼秋洛公主同意了。妮尔莫拉骑上大象，在自己保镖们的护卫下，前往军营去见自己的丈夫。她一到军营就立即会见了马尼克拉尔。马尼克拉尔问她道："难道你想来参加战斗吗？"

妮尔莫拉说："我与谁战斗？难道你配与我战斗吗？"

马尼克拉尔说："我不配，但是阿洛姆吉尔皇帝配吧？"

妮尔莫拉说："我是他的伊姆莉夫人——我怎么会与他战斗呢？我是来救他的。你注意听我吩咐。"

随后马尼克拉尔和妮尔莫拉两个人谈了些什么，我们不知道。我们只知道，他们谈了很长时间。

马尼克拉尔打发妮尔莫拉返回乌多亚普尔之后，就前往拉吉辛赫国王的帐篷去会见国王。

第八章　商量停火

见到拉吉辛赫国王之后，马尼克拉尔双手合十地向他鞠躬施礼，说道："如果大王陛下打算派我这奴仆去别的战场，那么，我是很愿意接受的。"

国王问："怎么了，这里出了什么事？"

马尼克拉尔回答说："这里没有什么事情可做了。这里的工作就是看着莫卧儿人被饿得面容憔悴和听着他们的呻吟。我时不时地爬到山顶的树上看一看。可是这种工作任何人都可以做。我在想，这么多的人员、大象、马匹、骆驼会在这个山洞里饿死腐烂——腐烂后的恶臭气味使人无法再在乌多亚普尔居住，还会发生可怕的瘟疫。"

国王说："所以你就认为，不应该让莫卧儿军队饿死，对吧？"

马尼克拉尔说："我觉得不应该。看到在战场上几十万人战死，我并不感到痛心。但是哪怕看到一个人坐在那里活活地被饿死，我就会感到很难过。"

国王问："那么，对他们应该怎样办呢？"

马尼克拉尔说："伟大的陛下！我没有那么多的智慧，能够在这件事情上给您出谋划策。但是在我这个愚昧之人看来，现在是缔结和约的最好时机——在遭受饥饿煎熬的时候，莫卧儿人就会变得好说话，而在吃饱肚子的时候就不会是这样。我觉得，最好是把大臣和军事将领们都召集来，商量一下，解决这个问题。"

拉吉辛赫同意并采纳了这个建议。他也不希望这么多人被饿死——信奉印度教的人都把向饥饿的人们提供食物看作是最高尚的品德，因此，信奉印度教的人，即使是对于自己的敌人，也不希望让他们轻易饿死。

晚上，国王在帐篷里召开了御前会议，主要的军事将领和大臣都来了，其中包括最主要的大臣窦亚洛·沙哈，马尼克拉尔也参加了。

拉吉辛赫向大家说明了要讨论的事情之后，就开始征求与会者的意见。很多人都说："就让莫卧儿人在山洞里饿死、渴死、腐烂吧！如果能够抓住奥朗则布那个混蛋，我们也给他挖一个坟墓。或者我们叫一些清扫工来为他们挖坟墓。莫卧儿人一次又一次给拉吉普特人带来了很多的灾难，一想到这些，谁都不愿意放掉被抓到的那些莫卧儿人。"

拉吉辛赫国王反驳他们说："即便是我们让这些莫卧儿人在这里饿死渴死，然后挖坑把他们埋掉，即使奥朗则布及其在这里的军队都饿死了，莫卧儿人也不会被彻底消灭。奥朗则布死了，沙赫·阿洛姆就会登上皇位。同沙赫·阿洛姆在一起的还有一支强大的征服了整个德干地区的庞大军队——这支装备精良的军队就驻扎在这山的另一面；还有两支莫卧儿军队部署在两翼——难道我们能够把所有这些军队都消灭吗？如果不能，那么，总有一天要缔结和约。既然要和解，那么何时还会再有现在这样好的机会呢？现在奥朗则布的生命岌岌可危——现在我们可以从他那里得到我们想得到的一切。一旦错过这个机会，我们还能得到吗？"

窦亚洛·沙哈说："当然不能。不过，要是能够杀死那个罪恶滔天的奥朗则布，拔除世界上的这根毒刺，就可以让大地重新松一口气——再也没有比这更高尚的功德了，大王陛下不会不同意吧？"

拉吉辛赫说："我看，所有的莫卧儿皇帝都是大地上的毒刺——难道奥朗则布比沙赫贾汗还坏吗？胡斯鲁①曾经给我们带来了那么多的不幸，难道奥朗则布也给我们带来过那么多的不幸吗？难道我们能确定，沙赫·阿洛姆会比他的前辈好吗？还有，如果你们都怀有这样的信心（我也不是没有这样的信心），我们能够战胜

---

① 阿克巴皇帝的孙子。阿克巴死后，他发动了旨在反对自己父亲贾汗吉的叛乱，目的是夺取皇位。

拉吉辛赫

这四支莫卧儿军队，那么，请你们想想看，在死了多少人之后才能够把这种取胜的希望变成现实呢？又有多少拉吉普特人要牺牲啊？又会剩下多少人呢？我们人数很少，而穆斯林人数众多。如果我们的人数减少很多，如果莫卧儿人再来进攻，那么，我们还有什么力量把他们赶走呢？"

窦亚洛·沙哈说："伟大的陛下！如果整个拉吉普坦纳都团结起来，把莫卧儿人赶出印度河流域又需要多少时间呢？"

拉吉辛赫说："说得对呀。可是什么时候出现过这种团结呢？直到现在我都在进行这种努力呀，可是有效果吗?！我们又怎么能抱有这种希望呢？"

窦亚洛·沙哈说："即使签订了和约，我也不相信，奥朗则布会遵守协定。像他这样不守信誉的伪君子，恐怕永远也不会再有了——一旦获得自由，他就会撕毁和约，依旧我行我素。"

拉吉辛赫说："如果这样想，那么，就永远也不要签订和约了。是这个意思吧？"

就这样大家发表了很多意见。最后大家都认为，国王的话是有道理的，应该缔结和约。

这时，还有人反对说："为什么奥朗则布不派使者来和我们进行和平谈判呢？是他需要和解，还是我们需要和解呢？"

拉吉辛赫回答说："他的使者怎么来呢？从那个山洞里连一只蚂蚁也爬不出来呀。"

窦亚洛·沙哈问道："那我们的使者怎么去呢？上一次奥朗则布曾经下令杀死我们的使者，这一次派谁去，他才不会下达那样的命令呢？"

拉吉辛赫说："可以肯定，这一次他不会杀害我们的使者。因为即使是虚假的和解，现在对他也是有利的。不过我们的使者如何进去呢，这的确是个难题。"

这时马尼克拉尔请求说："请把这个任务交给我吧。我会把伟大陛下的信函送到奥朗则布面前的，并且把他的回信带回来。"在场的所有人都相信他说的话，因为大家都知道，就机智和勇敢而言，马尼克拉尔是独一无二的人选。于是拉吉辛赫下达了起草信函的命令。窦亚洛·沙哈吩咐手下人写好了信函。它的内容是这样的：如果莫卧儿皇帝承诺从梅瓦尔撤走所有军队，禁止在梅瓦尔屠杀牛和毁坏神庙，并且不再要求非穆斯林居民交纳人头税，那么，拉吉辛赫就会对隧道解除封锁，让莫卧儿皇帝顺利地离去。

所有参加御前会议的人都听到了这封信函的内容。马尼克拉尔听了之后说道："皇帝的妻子和女儿作为俘虏还在我们这里——还让她们留在这里吗？"

马尼克拉尔的话音刚落，会场里就响起了一阵笑声。大家异口同声地说："不能释放她们。"有的说："让她们留下来。让她们给大王陛下打扫庭院。"有的说："把她们送到达卡去吧——她们在那里会改信印度教，成为毗湿奴的信徒，颂扬毗湿奴。"有的说："让德里皇帝为她们每个人支付一千万卢比的赎金。"人们还提出了各种其他的建议。

伟大的国王说："不要因为两个穆斯林俘虏而拒绝和解。把那两个女人还给德里皇帝——写上吧。"

这个内容也写入信里了。马尼克拉尔收起了这封信函。会议就结束了。

第九章　　往火焰上泼水

御前会议结束了，但是马尼克拉尔并没有走。大家都离去了。这时，马尼克拉尔悄悄地对国王说："在这时候我应该提醒伟大的陛下想想奖励摩巴拉克的事了。"

拉吉辛赫问道："他想要什么？"

马尼克拉尔说："德里皇帝的女儿作为俘虏住在我们这里——他想要她。"

拉吉辛赫说："如果我们不把她送还给德里皇帝，恐怕就签不

拉吉辛赫

成和约,而且我怎么能对一个女人采取强暴手段呢?"

马尼克拉尔说:"不必采取强暴手段。昨天夜里皇帝的女儿与摩巴拉克已经结婚了。"

拉吉辛赫说:"皇帝的女儿如果把此事告诉她的父皇,大概,问题都会解决。"

马尼克拉尔说:"只有一种方法——把两个人的脑袋砍下来。"

拉吉辛赫问:"为什么?"

马尼克拉尔说:"皇帝的女儿只能嫁给皇族的子弟,这位公主却嫁给了一个小小的军人,这就给皇帝家族的脸上抹了黑。特别是她没有向皇帝报告就结了婚,按照德里宫廷的家规,她必须服毒而死。而摩巴拉克既然上一次没有被毒蛇咬死,那么,他就会被抛在大象的脚下,让大象踩死,或者用木楔钉死,即使饶恕了他的这一罪过,可是他曾经那样帮助了伟大的陛下,为此他也要被用木楔钉死的——德里皇帝一旦知道了此事,肯定会下令将他用木楔钉死的。除此之外,他不经允许就与公主结了婚,为此他也会被处以死刑。"

拉吉辛赫说:"我怎样做才能防止这种不幸发生呢?"

马尼克拉尔说:"陛下要提出这样一个条件:奥朗则布如果不原谅女儿女婿,陛下就不签订和约。"

拉吉辛赫说:"我同意这样做。为了他们,我再给德里皇帝另写一封信。你也要把它带走。奥朗则布会原谅女儿的,但是他是否会同意原谅摩巴拉克而不惩罚他呢?我没有把握。不管是什么事,只要能使摩巴拉克满意,我都准备去做。"

说完,拉吉辛赫亲手写了另一封信,交给了马尼克拉尔。那天夜里,马尼克拉尔带着这两封信就前往乌多亚普尔去了。

到了乌多亚普尔之后,马尼克拉尔首先把这一切消息都告诉了妮尔莫拉。妮尔莫拉很满意。她也给德里皇帝写了一封信,其主要内容如下——

皇帝陛下:

请接受奴婢的无数敬礼!陛下的命令奴婢已经执行了。现在只要陛下同意就行。请陛下记住我最后的乞求：签订和约吧。

妮尔莫拉把这封信也交给了马尼克拉尔。随后妮尔莫拉把这一切都告诉了杰波－温妮萨，她也很满意。与此同时，马尼克拉尔也把这一切都对摩巴拉克讲了。摩巴拉克什么也没有说。马尼克拉尔提醒他说："先生！我不相信，您如果回到德里皇帝的身边，他会原谅您。"

"不会原谅的。"摩巴拉克回答说。

第二天早晨，马尼克拉尔让妮尔莫拉把她的信鸽拿出来，他把信剪短，然后把信捆在信鸽的腿上。信鸽一被放出来，就立即飞上了蓝天。由于腿上的负担过重，信鸽飞起来很艰难，但是它还是飞到了奥朗则布的头上，奥朗则布当时正在仰望蓝天，信鸽将信带到了皇帝的面前。

第十章　火焰熄灭之时乌迪普丽蔫如死灰

信鸽很快就带来了奥朗则布的回答。拉吉辛赫提出的一切条件奥朗则布都同意了，只是提出了一个问题，他写道："应该把琼秋洛公主送来。"拉吉辛赫回复说："与其说要我同意这个条件，还不如让你和你的军队葬身于山洞里。"奥朗则布不得不放弃这个要求。他同意签订和约，并且让书记官根据这些内容书写和约文书，然后盖上自己的印章，又亲笔写上"同意"。在关于杰波－温妮萨和摩巴拉克的另一封信中，他也不得不许诺原谅他们，但是他又提出这样一个条件，永远也不要向任何人公布他们的婚事。德里皇帝还承诺，他会设法不让女儿与她的丈夫分离。

拉吉辛赫收到了和约之后，就下令解除对莫卧儿军队的围困。拉吉普特人用大象将堵在山洞口的所有树木拖到一边。莫卧儿人不可能立即从什么地方搞到粮食，因此拉吉辛赫出于怜悯，就用大象给他们运去了很多食品。最后，拉吉辛赫派人前往乌多亚普尔，传

拉吉辛赫

达他关于遣送乌迪普丽、杰波-温妮萨和摩巴拉克的命令。这时，妮尔莫拉对琼秋洛悄悄地暗示说："乌迪普丽皇妃对你履行过奴仆的职责吗？"说完之后，妮尔莫拉又对乌迪普丽说："我送到德里去的那封邀请信，您还保存着吗？"

乌迪普丽回答说："我要把你的舌头割下来剁成碎块。难道你们还想让我去装烟吗？像你们这样普普通通的小人物，难道也想扣押皇帝的妃子吗？怎么样，现在不得不释放我们吧？不过，我一定要报复你们对我的侮辱——我要把乌多亚普尔夷为平地！"

琼秋洛公主镇定自若地说："我听说了，伟大的国王出于对德里皇帝的同情才决定释放你们。您竟然不知道对他说一句甜蜜的感激话。因此，我是不会放您走的——您去女仆房间给我装一袋烟来吧。"

杰波-温妮萨说："公主殿下，您这是怎么了？您怎么能这样对待她呢？"

琼秋洛公主说："您可以走，谁也不会阻拦的——但是现在我不能放她走。"

杰波-温妮萨一再恳求，最后乌迪普丽也表现出一点儿谦恭的态度，但是琼秋洛公主仍然很强硬，她只是出于怜悯才说道："只要让她为我装一次烟，她就可以走了。"

乌迪普丽说："我不会装烟啊。"

琼秋洛公主说："女仆们会教您的。"

万般无奈的乌迪普丽只好同意。女仆们教给她应该怎样装烟，然后，乌迪普丽为琼秋洛公主装了一袋烟。

琼秋洛公主躬身与她们俩话别："你们可以向皇帝讲述在这里所发生的一切，并且要让他记住：我只是用脚踢破了他画像上的鼻子。你们还要告诉他，如果他还想侮辱信奉印度教的姑娘，那么，我就决不会只满足于用脚踢画像了。"

当时，乌迪普丽就像夏天的雨云一样，两眼含着泪水走了。

奥朗则布得到食物之后，带着后妃和公主，犹如一条受了伤的狗一样，夹着尾巴，从拉吉辛赫面前仓皇逃走了。

第十一章　雌燕在大火中遭受干渴之苦

放走德里皇帝的妃子和女儿之后，琼秋洛公主又觉得前途渺茫——莫卧儿人失败了，皇帝的妃子也为她装过烟了，可是为什么国王他什么都不说呢？看见琼秋洛公主流泪，妮尔莫拉走过来，坐在她的身边。她了解琼秋洛公主的心情。妮尔莫拉说："你为什么不向国王陛下提一提那件事呢？"

琼秋洛公主说："你疯了？一个女人怎么好一次又一次地提这种事情呢？"

妮尔莫拉说："那你为什么不往华美城写信，请你父王来呢？"

琼秋洛公主问："怎么？收到父王的那封回信后，我还要写什么信呢？"

妮尔莫拉说："难道你对父亲生气伤心了？"

琼秋洛公主说："不是生气伤心。但是我已经写过一次信了——结果我竟然收到了那样的诅咒，现在一想起来，我的心就跳得厉害，我怎么还敢写信呀？"

妮尔莫拉问："上一次写信是为了结婚的事情吧？"

琼秋洛公主问："这一次我该写什么呢？"

妮尔莫拉说："如果国王陛下根本不提那件事，那么，我觉得，你最好是回到父亲那里去——奥朗则布不会再去那里了。我看你的信应该写这方面的内容——除了回到父王的宫廷里，还有什么别的出路呢？"

琼秋洛本来想回答什么，可是话还没有说出口，她就哭了起来。妮尔莫拉也为自己的话而感到悯然若失。

琼秋洛公主擦干了眼泪，很难为情地笑了。妮尔莫拉也笑了。妮尔莫拉笑着说："我在德里皇帝面前从来都没有感到过局促不安，可是我在你面前有时却觉得有些心慌意乱——在德里皇帝那里,伊姆莉夫人也感到有些难为情。现在我要让你来看一看伊姆莉夫人的本领。拿过墨水瓶和钢笔来,我来说,你来写吧。"

琼秋洛问道:"我给谁写呢?给妈妈还是给爸爸?"

"给爸爸。"妮尔莫拉说。

琼秋洛写了称呼之后,妮尔莫拉开始口述:"莫卧儿皇帝败在了伟大国王的手下——"

琼秋洛公主在写到"皇帝"一词时说:"我不能写'败在伟大国王的手下',而应该写'败在拉吉普特人的手下'。"妮尔莫拉微笑着说:"好,你写吧。"随后她按照妮尔莫拉的口述这样写道:"莫卧儿皇帝败在了拉吉普特人的手下,现在被赶出了拉吉普坦纳。如今他再不可能来威胁我们了。现在您对自己的女儿有什么命令,我一定听从父亲的吩咐——"

接着妮尔莫拉又口述道:"我不会服从伟大国王的命令。"

琼秋洛谴责道:"滚一边去,你这个坏家伙!"她没有那样写。

妮尔莫拉说:"那么,你就写:我再也不会听从任何人的安排了。"无奈的琼秋洛只好这样写了。

信写好了之后,妮尔莫拉说:"现在你应该派人把信送到华美城去。"信发送出去了。华美城的君主在回信中写道:"我将带领两千人的军队前往乌多亚普尔。你告诉伟大国王,请他打开国门。"

琼秋洛和妮尔莫拉一点儿也不明白,这一奇怪回答的含义是什么。最后,她们经过商量决定,既然回信中提到了军队,那么就必须让国王知道。妮尔莫拉也派人向马尼克拉尔通报了这一消息。

国王也同样陷入了困境——他并没有忘记琼秋洛公主。他给琼秋洛公主的父王比克拉姆·辛赫写了一封信。信的内容涉及琼秋洛公主的婚事。拉吉辛赫国王还提到了比克拉姆·辛赫对女儿的诅咒,并且还提醒比克拉姆·辛赫说,他曾经许诺:如果他认为拉吉辛赫是合适的对象,那他就会带着祝福把女儿嫁给他。拉吉辛赫问道:"不知道现在陛下的意愿是什么呢?"

比克拉姆·辛赫在回信中写道:"我将带着两千骑兵到贵国去。请打开国门。"

拉吉辛赫也和琼秋洛公主一样，琢磨不透这个问题。他想："比克拉姆·辛赫只带两千骑兵，来我这里做什么呢？我应该提高警惕呀。"于是他下达了让比克拉姆·辛赫进入国门的命令。

第十二章 火焰又燃烧起来

回到乌达亚海岸边，奥朗则布就在那里架起帐篷过夜。士兵们和运送物资的牲畜吃饱了，又恢复了元气。当时在士兵的帐篷里又响起了歌声、说笑声和各种令人愉悦的声音。有个莫卧儿人说："我们来到了信奉印度教的王国，所以我们在阴历的月初封斋了几日。"

一个莫卧儿女人听了后说道："好在你们活过来了。我们还以为，你们都不在人世了，所以我们也为你们把斋了。"

一个女歌手在几个沉醉于享乐的莫卧儿人面前唱歌，她唱着唱着就跑调了。一个听歌的人问道："碧比姜！你这是怎么了？怎么跑调了？"

女歌手说："我看到了你们的英雄主义，就再也没有勇气住在印度斯坦了。我心里想着要去奥里萨，所以唱着唱着就跑调了。"

有的人因为乌迪普丽被劫持而感到难过；有一个马屁精把信奉印度教的士兵比作劫持悉多的罗波那；可有人反驳说："皇帝带来了这么多猴子，为什么不去搭救悉多呢？"有人回答说："我们是士兵，不是伐木工——我们不掌握砍伐树木的技术，所以我们失败了。"有人反驳说："你们只掌握了咀嚼米饭的技术，又怎么会砍伐树木呢？"士兵们就这样逗趣地开着玩笑。

这期间，德里皇帝走进了女眷们住的帐篷，杰波－温妮萨双手合十地站在他的面前。奥朗则布对杰波－温妮萨说："我知道，你所做的那件事并非是你自己愿意做的，所以我原谅了你。但是你要注意，你结婚的事不要声张出去！"

然后皇帝会见了乌迪普丽皇妃。乌迪普丽将她受到的侮辱从头至尾讲述了一遍。不用说,她添油加醋,将事实夸大了十倍。奥朗则布听了之后非常生气,闷闷不乐。

第二天要召开御前会议,在正式开会之前皇帝把摩巴拉克叫来,对他说:"现在我已经饶恕了你的所有罪过,因为你是我的女婿。我不能接受我的女婿担任低级职务。因此,我任命你为统领两千人的军事长官。今天就发布委任命令。不过,现在你不能再住在这里了。因为,阿克巴尔皇子在山里也像我一样陷入了困境。为了营救他,狄利尔·汗已经带领军队先走了。那里特别需要像你这样的军人的支援。今天你就动身吧。"

摩巴拉克听了这番话后很不开心,因为他知道,奥朗则布的心思一向不善。可是他想了一下自己决心要做的事情,也就不感到难过了。他毕恭毕敬地向皇帝告别后,就准备前往狄利尔·汗的军营。

随后奥朗则布派遣一个可靠的信使前往狄利尔·汗军营,给他送去了一封信函。信函的内容是这样的:"我已经任命摩巴拉克为统领两千人的军事长官,并把他派到你那里去。你设法不要让他活过一天。如果他战死,那最好;否则,你就用别的方法把他除掉。"

狄利尔·汗并不认识摩巴拉克。他决定执行皇帝的命令。

然后,奥朗则布召开了御前会议,并且发表了自己的意见。他说:"我们误入伐木工设下的陷阱,所以才签署了和约。这个和约不必遵守。一个小小的国王配与德里皇帝签订什么和约呢?我要撕毁和约。特别是,他拒绝送回华美城王国的公主,而她的父王曾经将她许配给我,拉吉辛赫没有霸占她的权利。如果拉吉辛赫不把公主送回来,我是不能饶恕他的。因此,战争仍然要继续进行下去。穆斯林在他的王国内遇见牛,就可以屠杀;遇见印度教神庙,就可以摧毁;非穆斯林居民必须交纳人头税。"

皇帝的这些命令开始执行了。这期间,狄利尔·汗正准备从马尔巴尔出发,沿着通往戴苏里的道路向乌多亚普尔进发。听到这个消息后，拉吉辛赫就派人去质问奥朗则布：签订了和约之后你为什么还要继续战争？

奥朗则布回答说："皇帝与一个小国王还有什么和约可谈？如果不把华美城王国的公主送过来，皇帝是不会饶恕你的。"

拉吉辛赫听到奥朗则布的回答后，笑着说："我现在还活着。"

劫持华美城王国的公主，对奥朗则布来说，就像是钉入他心里的一个楔子。他意识到，拉吉辛赫不可能满足他的要求，于是他就给华美城国王发去了一道命令。他在命令中写道："你的女儿现在还没有到我这里来。你尽快让她来，否则我要把华美城夷为平地。"奥朗则布本来指望，只要琼秋洛公主的父王坚持，公主就会同意到德里皇宫来的。接到命令后，比克拉姆·辛赫在回信中写道："我将带领两千骑兵，很快就去见驾。"

奥朗则布想："为什么要带军队来呢？"他这样安慰自己："比克拉姆·辛赫带领军队是来援助他的。"

第十三章　摩巴拉克开始受煎熬

美颜具有多么伟大的力量啊！一看见杰波－温妮萨，摩巴拉克就忘掉了一切。如果他看见了以前那位高傲的、心里缺乏爱的、趾高气扬的杰波－温妮萨，很难说，他是否还会是这样，但是现在的杰波－温妮萨已经变得谦恭、温柔、喜欢流泪了，也没有骄横傲慢之气了。从前的那种爱恋又重新回到了摩巴拉克的身上。窦里娅早已被抛到九霄云外了。男人一旦迷恋上女人，他就再也没有善与恶、对与错的概念了。他就会变成一个世上罕见的、背信弃义的罪人。

摩巴拉克坐在一顶宛如因陀罗天宫的帐篷里，将杰波－温妮萨的手放在自己的手里，两眼望着乌达亚海四周那层峦叠嶂的群山和映照在昏暗湖水中的数千盏灯笼。摩巴拉克非常悲伤地说:"我又得到了你,不过,遗憾的是,这样的幸福时光我们享受不了几天了。"

杰波-温妮萨问:"为什么?谁会妨碍我们?是皇帝吗?"

摩巴拉克说:"我也有这样的怀疑啊,但是我现在不想说皇帝。明天我要去参加战斗。在战斗中只有两种结果,死亡或生还,但对我来说肯定是死亡。我亲眼见过拉吉普特军队的部署,我确切地知道,他们采用那样的部署,在山地作战中我们是不可能战胜他们的。上一次我已经失败而归,这一次我再也不能失败而还了。我应该战死沙场。"

杰波-温妮萨两眼噙着泪水,说道:"天神一定会让你凯旋的——如果你不回到我的身边,那我就会死的。"

两个人的眼睛里都涌出了泪水。摩巴拉克想:"我去死呢,还是不去呢?"他思考了很久。在他们面前是群山环绕的乌达亚海昏暗的湖水,巍峨的群山高高地耸入布满星辰的苍天。无数的灯火倒映在水中——构成一幅迷人的伟大城市般的画卷。远处是连绵不断的一座高出一座的山峰——更加昏黑。两个人望着眼前的这一片昏暗。

杰波-温妮萨突然说道:"好像有人躲藏在军营墙脚下的黑暗中——我的心总是为你担忧啊。"

"我去看看。"说着摩巴拉克就向要塞围墙脚下跑去。他发现,的确有一个人藏在那里。摩巴拉克抓住他的手,把他拉了起来。那躲藏的人站了起来。黑暗中摩巴拉克什么也看不清。摩巴拉克把他带进要塞里的灯光下。他发现原来是个女人。她用衣襟盖着脸——她不想露出脸来。摩巴拉克把她交给一个女护卫看守,自己回到杰波-温妮萨身边,并将此事详细地告诉了她。出于好奇,杰波-温妮萨让摩巴拉克把她带到他们的帐篷里来。于是摩巴拉克就把她带了进来。

杰波-温妮萨说:"你是谁?为什么躲在这里?把盖在头上的衣襟放下来吧。"

那个女人把蒙在头上的衣襟放了下来。两个人惊奇地发现，她是窦里娅夫人。

在这个幸福的时刻，摩巴拉克和杰波－温妮萨就像遭遇晴天霹雳一样，十分震惊。三个人谁都没有说话。

过了好一会儿，摩巴拉克才叹了一口气，说道："啊，安拉呀！我真该死啊！"

杰波－温妮萨用悲伤的语调说："我也是啊！"

"你是谁？"窦里娅问。

摩巴拉克对她说："你跟我来。"

然后，摩巴拉克非常痛苦地告别了杰波－温妮萨。

第十四章　新火星

拉吉辛赫不仅是杰出的政治家，还是杰出的军事家。在莫卧儿人所有军队撤离王国还不太远的时候，他并没有拆除自己的营盘或者撤销自己军队的部署。他仍然住在军营里，就在这时候，传来消息：比克罗姆·辛赫带领两千骑兵从华美城赶来了。拉吉辛赫已经做好了战斗准备。

走在队伍最前面的一个骑士作为使者通报说，他希望会见拉吉辛赫。卫士得到拉吉辛赫的允许，把他带了进来。他向拉吉辛赫鞠躬施礼后，报告说，华美城王国的君主带着军队来了，希望与伟大的国王陛下会见。

拉吉辛赫说："如果他想在军营里会见，那就请他一个人进来；如果他想带着军队来会见，那么就请他停在军营的外面，我率领军队去见他。"

比克罗姆·辛赫同意一个人来军营里会见。比克罗姆·辛赫走进来后，拉吉辛赫很客气地请他入座。比克罗姆·辛赫给拉吉辛赫带来了一些礼物。因为他把乌多亚普尔的君主看作是整个拉

拉吉辛赫

吉普特人的首脑——只有他才配接受这些礼物。但是拉吉辛赫拒绝接受这些礼物,并且说:"您的这份礼物应该送给莫卧儿皇帝。"

比克罗姆·辛赫说道:"只要拉吉辛赫国王还活着,我相信,任何一个拉吉普特人都不会向莫卧儿皇帝进贡的。伟大的国王啊!您应该原谅我。我因为不了解情况才写了那样一封信。您很好地教训了莫卧儿人,我觉得,只要所有拉吉普特人团结起来,在您的领导下统一行动,莫卧儿帝国就一定会被消灭的。请您记住我那封信的最后部分。我不仅给您带来了礼品,我还给您送来了两件东西:第一件是我这两千骑士;第二件是我自己的这把宝剑。我现在手里还有一些力量,请陛下吩咐吧,我一定完成您交给我的任何任务,直到我倒下为止。"

拉吉辛赫非常高兴。他向比克罗姆·辛赫表达了自己由衷的喜悦。他说:"今天您像一位英雄在讲话。那个无耻的莫卧儿人,败在了我的手里,签订了和约才得以逃脱。逃脱之后,他就撕毁了和约,现在又开始了军事行动。狄利尔·汗正率领军队前去搭救皇子阿克巴尔。您来得非常及时,应该把狄利尔·汗消灭在半路上——一旦他与阿克巴尔会合,贾亚辛赫王子就会陷入困境。因此我已经派格比纳特·拉陀尔前去支援了,但是他的部队人数很少。我从自己的军队中抽调一部分随他同去——我有一位很有经验的军事将领,名叫马尼克拉尔·辛赫——他带领这部分队伍一同前往。因为奥朗则布就在附近,所以我自己不能撤离这个阵地,也不能抽调更多的部队给马尼克拉尔——我希望,您率领自己的骑兵去参加这次战斗。你们三个人联合起来,一定能够把狄利尔·汗及其军队消灭在途中。"

比克罗姆·辛赫高兴地说:"坚决执行您的命令。"

说完这句话,比克罗姆·辛赫就向拉吉辛赫告辞了,以便做好参加战斗的准备。他根本没提琼秋洛公主的事。

第十五章　摩巴拉克和窦里娅化为灰烬

　　格比纳特·拉陀尔、比克罗姆·辛赫和马尼克拉尔都动身前去消灭狄利尔·汗。三个人分别埋伏在狄利尔·汗所要经过的那条道路附近的三个地方。但是他们彼此相距不太远。比克罗姆·辛赫是带着骑兵部队来的，所以他们不能够埋伏在高山上——他虽然也是山里人，可是他必须保留战马，因为没有战马，他就追不上来自平原的敌人和强盗。况且，他也和所有其他小国的君王们一样，夜里如果遇到机会，自己也会成为半个强盗的——在夜里他也会抢劫一些村落。在山上，比克罗姆·辛赫的骑兵们只好下马，变成了步兵。因为要追击莫卧儿人，所以现在比克罗姆·辛赫及其士兵们只能牵着马走。这样就会给山地作战带来困难。因此他就没有上山，而是寻找比较低平的地方，结果还真找到了这样一片土地——它的前面是一片丛林。他就将自己的骑兵部署在丛林的后面，而他自己则位于最前面。马尼克拉尔带领拉吉辛赫的军队埋伏在他们的后面。最后是格比纳特·拉陀尔的部队。

　　鉴于阿克巴尔陷入困境的教训，狄利尔·汗小心翼翼地向前推进。他派骑兵去前面进行侦察，看一看什么地方是否有拉吉普特军队设伏。因此，他们很容易就发现了比克罗姆·辛赫的骑兵。当时他就派出一些部队去袭击比克罗姆·辛赫的骑兵。比克罗姆·辛赫在处理其他事情上往往显得很愚钝，但是在战争期间他却是位足智多谋的军事家——在很多时候表现出睿智大勇的军事谋略。为了砍掉狄利尔·汗的脑袋，他一边与莫卧儿军队进行一些微小的战斗，一边撤退。

　　狄利尔·汗越过马尼克拉尔，继续向前推进。马尼克拉尔埋伏在侧翼——他也不知道——马尼克拉尔的部队也没有发出任何声音。狄利尔·汗认为，击退了比克罗姆·辛赫，所有拉吉普特人也都退却了,因此他不像之前那样小心翼翼地推进了。马尼克拉尔明白,现在还不是投入战斗的好时机,所以他仍然按兵不动。

而后,狄利尔·汗挺进到格比纳特·拉陀尔所埋伏的地域附近。在那里,两山中间有一条非常狭窄的小路。狄利尔·汗的先头部队进入那里之后,格比纳特·拉陀尔率领军队突然从山上冲下来,就像猛虎横在行人的面前。

狄利尔·汗命令摩巴拉克:"你带领部队把他们赶走。"摩巴拉克向前冲,可是他怎么能赶走格比纳特·拉陀尔呢?少量的莫卧儿军队处在狭窄的山间小路上。拉吉普特人在这条狭窄的小路上开始袭击莫卧儿人,就像孩童在蚂蚁出洞的时候一个一个地践踏蚂蚁一样。狄利尔·汗已经没有前进的道路,他只好带领军队滞留在半路上。

马尼克拉尔意识到,现在是出击的最佳时机。他带领军队从山上冲下来,犹如霹雳一样向狄利尔·汗扑过来。狄利尔·汗的士兵们也拼命地厮杀起来。但是这时,比克罗姆·辛赫率领两千骑兵突然出现在狄利尔军队的后方。处在三面包围中的莫卧儿军队再也坚持不住了。凡是能够逃走的人都纷纷逃命去了。大多数人都无路可逃——他们就像被农民割断的稻谷一样,纷纷倒在了战场上。

在格比纳特·拉陀尔的前面还有几个莫卧儿人在继续战斗,不肯退却——他们个个视死如归,拼命厮杀。他们是莫卧儿军队的核心,是莫卧儿军队的精华。摩巴拉克是他们的领导者。但是他们再也顶不住了。在众多拉吉普特人的打击下,他们一个接一个地倒下了。最后只剩下了三四个人。

从远处看见这种情况,马尼克拉尔迅速地赶了过来。他对拉吉普特人喊道:"不要杀害他们!他们都是英雄。放他们走吧。"

拉吉普特人立即停止了屠杀。马尼克拉尔说:"你们走吧。我放你们走。我请你们不要再说什么了。"

一个莫卧儿人说:"我们在战斗中从不退却。今天我们也不会退却。"这几个莫卧儿人还在继续战斗。马尼克拉尔对摩巴拉克喊道:"摩巴拉克先生!你为什么还要战斗?"

"我准备战死。"摩巴拉克说。

　　马尼克拉尔问:"你为什么要战死呢?"

　　摩巴拉克说:"除了一死,我再没有任何出路,难道您不知道吗?"

　　马尼克拉尔问:"那你为什么结婚呢?"

　　摩巴拉克说:"为了一死。"

　　就在这时,从山上传来了一声枪响。这枪声刚刚传到耳朵里,摩巴拉克的头部就被击中了,他立即倒在了地上。马尼克拉尔看到,摩巴拉克已经死了。他的头部被子弹打穿了。马尼克拉尔环顾四周,看见了一个女人,她手里握着枪站在山顶上。她的枪口里还在冒着硝烟。不用说,她就是那个疯狂的女人窦里娅!

　　马尼克拉尔命令逮捕那个女人,但是她却笑呵呵地逃走了。从那以后,在这世界上再也没有人看见过窦里娅夫人。

　　战争结束后,杰波-温妮萨听说摩巴拉克战死了。她当时就扔掉自己佩戴的所有首饰,躺在乌达亚海湖岸边坚硬的石头上,哭诉道:

　　　　我要拥抱大地那灰暗的胸膛,
　　　　我要披头散发跳进你的洞穴。

第十六章　最后奉献的回报——获得幸福

　　战斗结束后,比克罗姆·辛赫怀着胜利的喜悦,回到拉吉辛赫的军营。拉吉辛赫热情地与他拥抱。比克罗姆·辛赫说:"还剩下一件事——就是关于我女儿的事情。我怀着真诚的祝福希望您能娶我女儿为妻——不知您是否肯接纳她?"

　　拉吉辛赫说:"那就请您前往乌多亚普尔吧。"

　　比克罗姆·辛赫带着两千骑兵前往乌多亚普尔去了。

　　毋庸赘言,那天晚上拉吉辛赫就与琼秋洛公主结了婚。讲述后

拉吉辛赫

来所发生的一切事件那是历史学家的任务了，不需要小说家来做。奥朗则布又准备亲自消灭拉吉辛赫。阿吉姆前来与奥朗则布会师了。拉吉辛赫与著名的马尔瓦尔人——杜尔伽达斯联合起来，向奥朗则布发动了进攻。奥朗则布又一次遭到了失败和侮辱，像一只被打伤的狗一样逃走了。拉吉普特人截获了他的所有辎重。奥朗则布的军队伤亡惨重。

奥朗则布和阿吉姆两个人逃到昔日君王们的都城齐多罗避难，但是他们在那里也没有获得安全保证——一位名叫苏博尔达斯的拉吉普特军事将领，来到他们的后方，并把自己的军队部署在齐多罗和阿贾米尔之间。莫卧儿军队又面临被断绝粮道的危险。因此，奥朗则布就派汗·罗西拉带领一万两千人的军队去与苏博尔达斯交战，自己却逃到了阿贾米尔，从此就再也没敢在乌多亚普尔露面。今生今世，他征服乌多亚普尔的梦想破灭了。

这期间苏博尔达斯重创了汗·罗西拉的军队并把他们赶走了。遭到失败后，汗·罗西拉也来到了阿贾米尔。在另一个方向上，拉吉辛赫的第二个儿子毗摩辛赫王子攻入了古贾拉特地区的莫卧儿人的领地，洗劫了所有城镇和村庄，甚至连莫卧儿人的省督首府也被他洗劫了。他攻占了很多地方，并且把拉吉辛赫的统治扩展到直至沙乌拉斯特拉的广大地域，但是遭受压迫的臣民百姓前来向拉吉辛赫诉苦。富有同情心的拉吉辛赫很同情他们的痛苦，于是就把毗摩辛赫王子调了回来。出于怜悯，他就没有再重建印度教帝国。

然而他的大臣窦亚洛·沙赫却不是这样的人。他主张继续进行战争。他在马利瓦开始了消灭穆斯林的战争。奥朗则布曾经对印度教教徒进行过很多迫害。为了报复这种迫害，他强迫穆斯林法官们剃光了自己的头，一遇到《古兰经》就把它扔进井里。

窦亚洛·沙赫的军队与贾亚辛赫的军队会集在一起，他们为了生擒皇子阿吉姆，在齐多罗附近进行了交战。阿吉姆又遭到了失败，只身逃跑了。

战争持续了四年之久。莫卧儿人遭到了一个又一个的失败。最后，奥朗则布不得不签署和约。拉吉辛赫国王提出的条件，奥朗则布都答应了。他不得不答应更多的要求。莫卧儿人从来都没有得到过这样的教训。

结束语
作者的说明

　　作者所要做的一个郑重声明，就是任何读者都不要认为，强调印度教教徒和穆斯林之间存在的某种区别，是这本书的目的。印度教教徒也不是都好，穆斯林也不是都坏；或者说，印度教教徒也不是都坏，穆斯林也不是都好。不论在印度教教徒中，还是在穆斯林中，都有好人和坏人。不过，应该承认，一百多年来，在穆斯林成为印度统治者的时期，穆斯林国君作为政治家要比同时代的印度教教徒优秀得多；但是如果认为，所有的穆斯林君主比所有信奉印度教的国王都优秀，那也是不对的。在很多情况下，穆斯林君主在处理政治事务的能力方面要比印度教教徒强；在很多情况下，信奉印度教的国王在政治素质方面要比穆斯林君主强。在其他素质方面，不论信奉哪种宗教的人——印度教教徒也好，穆斯林也好，都有很优秀的好人，但是也都有卑鄙的坏人。奥朗则布是个无道的昏君，因此，从他即位的时候起，莫卧儿帝国就开始走向衰落了。拉吉辛赫是位品德高尚的人，因此，他虽然是一个小王国的君主，却能够打败莫卧儿皇帝，并且使他屈服了。这就是我这本书所要表达的思想。国君是什么样的，他身边的亲信和工作人员就是什么样的。将乌迪普丽和琼秋洛公主、杰波－温妮萨和妮尔莫拉、马尼克拉尔和摩巴拉克比较一下，就可以明白这一点。撰写这些故事就是为了说明这个道理。

　　杰出的历史学家把奥朗则布比作西班牙的菲利浦二世。两个人都是庞大帝国的统治者；两个人都拥有无数的财富、强大的兵力和无上的荣耀，在这些方面他们都大大地超过了所有的国王。两个人都具有勤奋、谨慎等政治素质。但是他们两个人都残暴、虚伪、自私、高傲、毫无同情之心，并且欺压自己的臣民百姓。因此，两个人都亲自埋下了毁灭自己帝国的种子。两个人都被自己的小小对手打败：菲利浦被英国（当时还是个小国）、荷兰打败；奥朗则布被马拉提人和拉吉普特人打败。马拉提人的什瓦吉可以与当时英国的女王伊丽莎白相媲美，荷兰的威廉与拉吉普特的拉吉辛赫相比，则有更多的相同之处。两个人的荣耀在历史上都是无与伦比的。威廉作为品德高尚的爱国者和最杰出的英雄，在欧洲赢得了极大的声誉，而在我们这个国家是没有人书写历史的，所以谁也不知道拉吉辛赫。

后　记

　　干冷的冬天已经过去，春天又降临京津大地，到处充满勃勃生机。金黄色的迎春花迎风摇曳，粉红色的杏花绽蕾开放，洁白的玉兰花芳香扑面。窗外的垂柳也吐出了新绿。沐浴着春风，我的心情格外愉悦；得知十几年前我翻译的般吉姆的四部作品将要出版时，我更加激动不已！

　　这部《般吉姆小说选集》，共收入印度孟加拉语大作家般吉姆的六部小说作品，其中有一部短篇《拉达兰妮》，一部中篇《印蒂拉》，四部长篇《毒树》《克里什诺康托的遗嘱》《月华》《拉吉辛赫》。《拉达兰妮》是已故的黄志坤先生翻译的，曾经在《世界文学》上发表过；《毒树》是已故的石真女士翻译的，二三十年前也曾出版过。这两部作品的译文如今已经很难找到，征得石真女儿吴葳和黄志坤爱人赵元春的同意，我将其收入这部小说集，以飨读者。收录这两位已故的孟加拉语翻译家的作品，也是对他们的最好纪念。

　　石真（1918年1月3日～2009年11月4日）是新中国第一位孟加拉语文学翻译家，其真名为石素真。她是文学家吴晓玲先生（1914～1995）的夫人。1942年11月至1946年9月，吴先生应邀在泰戈尔国际大学教授汉语和中国文学，石真跟随丈夫前往，并在那里学习孟加拉语言文学近四年之久。她一生从事孟加拉文学的研究翻译工作，主要翻译了泰戈尔的《故事诗》《两亩地》《自由》等诗歌，小说《四个人》，剧本《摩克多塔拉》；般吉姆的长篇小说《毒树》，绍罗特琼德罗的长篇小说《斯里甘特》（第一部）、《嫁不出去的女儿》等。石真是位治学严谨、造诣很深的翻译家，是一位令我尊敬的谦虚朴实的长者。黄志坤（1937年11月～2014年1月25日）是新中国培养的第一批孟加拉语专家，也是我的同学。受国家委派，他于 1960 年 8 月至 1965 年 12 月在苏联列宁格勒大学（现在的圣彼得堡大学）学习孟加拉语言文学，是翻译泰戈尔作品、研究泰戈尔的专家。他翻译过许多泰戈尔的作品，是位勤奋刻苦、拼命工作的学者。

般吉姆是孟加拉文学的奠基人之一，对整个印度各民族的文学发展也产生了深远影响。般吉姆是泰戈尔喜爱的大作家，也是孟加拉读者最喜爱的小说家之一。他的小说在印度西孟加拉邦和孟加拉国几乎家喻户晓。他的作品真实地反映了 19 世纪孟加拉地区的社会生活，是我们了解当时社会状况的一个窗口。

北京外国语大学亚非学院的孙晓萌院长、佟加蒙副院长等对本书的出版给予了大力支持，在这里我向他们表示衷心的感谢！另外，社会科学文献出版社的高明秀主任和许玉燕等编辑，也对这部书的出版付出了辛勤劳动，在此一并致谢。

愿这本书能给中国读者带来心灵慰藉！

董友忱
于北京市海淀区大有庄 100 号院 63 楼 410 室
2015 年 3 月 28 日，星期六

图书在版编目(CIP)数据

般吉姆小说选集:全2册/(印)丘多巴泰著;董友忱等译.—北京:社会科学文献出版社,2015.12
（亚非译丛）
ISBN 978-7-5097-8323-8

Ⅰ.①般… Ⅱ.①丘… ②董… Ⅲ.①中篇小说－小说集－印度－近代 ②长篇小说－小说集－印度－近代 Ⅳ.①I354.44

中国版本图书馆CIP数据核字（2015）第266613号

·亚非译丛·

般吉姆小说选集(上、下册)

著　者／［印］般吉姆琼德罗·丘多巴泰
译　者／董友忱 等

出 版 人／谢寿光
项目统筹／高明秀
责任编辑／许玉燕　陈　方

出　　版／社会科学文献出版社·全球与地区问题出版中心（010）59367004
　　　　　地址：北京市北三环中路甲29号院华龙大厦　邮编：100029
　　　　　网址：www.ssap.com.cn
发　　行／市场营销中心（010）59367081　59367090
　　　　　读者服务中心（010）59367028
印　　装／三河市尚艺印装有限公司
规　　格／开　本：787mm×1092mm　1/16
　　　　　印　张：48　字　数：679千字
版　　次／2015年12月第1版　2015年12月第1次印刷
书　　号／ISBN 978-7-5097-8323-8
定　　价／128.00元（上、下册）

本书如有破损、缺页、装订错误，请与本社读者服务中心联系更换

▲ 版权所有 翻印必究